밤의 경비원

THE NIGHT WATCHMAN
Copyright ⓒ 2020, Louise Erdrich
All rights reserved.

Korean translation copyright ⓒ 2023 by PSYCHE'S FOREST BOOKS
This Korean edition was published by arrangement with The Wylie Agency LTD, London.

이 책의 한국어판 저작권은 The Wylie Agency LTD와 독점계약한 도서출판 프시케의숲에 있습니다. 저작권법에 의해 한국 내에서 보호를 받는 저작물이므로 무단 전재와 복제를 금합니다.

# 밤의 경비원

루이스 어드리크 지음
이지예 옮김

프시케의숲

오니셰너베이 패트릭 고노,
그의 딸이자 나의 어머니인 리타,
그리고 종결 정책에 맞서 싸운
모든 미국 원주민 지도자들에게
이 책을 바칩니다.

1953년 9월
**011**

저자 후기
**571**

1953년 8월 1일, 미국 의회는 상하원합동결의안 제108조를 발표한다. 이로써 그들은 "풀이 자라고 강물이 흐르는 한" 유효할 것이라고 했던 원주민 국가와 맺은 국가 대 국가의 협약을 파기했다. 이 공식 발표는 궁극적으로 모든 인디언 부족에 대한 지원 종결을 요청했으며, 그중 다섯 개 부족에 대해서는 즉각적인 종결을 촉구했다. 그 다섯 부족 중에 터틀마운틴 지역의 치페와족이 있었다.

나의 할아버지 패트릭 고노는 야간 경비원으로 일하는 동안 부족 의장으로서 이 종결 법안에 맞서 싸웠다. 내가 그려낸 인물 토머스 와샤스크처럼 할아버지도 거의 잠을 자지 않았다. 이 책은 소설이다. 그럼에도 나는 할아버지의 훌륭한 삶을 진실하게 전달하고자 노력했다. 잘못된 점이 있다면 그것은 오로지 나의 것일 테다. 토머스 와샤스크와 터틀마운틴 보석베어링 공장을 제외하고, 주요 인물 중에서 아직 살아 있든 세상을 떠났든, 실존 인물과 비슷한 인물은 아서 V. 왓킨스 상원의원뿐이다. 그는 미국 원주민의 추방을 끈질기게 주장한 사람이자 내 할아버지를 심문한 사람이다.

픽시―아, 미안―, 퍼트리스는 전적으로 허구의 인물이다.

1953년 9월

# 터틀마운틴
# 보석베어링 공장

**토머스 와샤스크**는 옆구리에 끼고 있던 보온병을 철제 책상 위, 해지고 낡은 그의 서류가방 옆에 내려놓았다. 작업 점퍼는 의자에, 도시락은 선선한 창턱 위에 자리를 잡았다. 귀마개가 달린 모자를 벗자 귀 덮개에서 능금 열매 한 알이 떨어졌다. 딸 피가 준 선물. 그는 능금 열매를 집어 책상 위에 올려두고 기분 좋게 바라보았다. 그러고는 타임카드를 찍었다. 자정. 그는 열쇠고리와 회사 손전등을 챙겨 들고 주요 구획 주변을 걸었다.

 이 조용한, 언제나 조용한 이 거대한 공간에서 터틀마운틴 지역의 여성들은 작업등의 강렬한 빛에 기대어 하루를 보냈다. 여성들은 눈에 보이지도 않을 만큼 얇게 썬 루비, 사파이어, 혹은 그보다 하급 보석인 석류석 등의 조각을 수직으로 서 있는 날씬한 주축 위에 고정해 드릴로 구멍을 뚫을 준비를 했다. 이 보석베어링들은 국방부 무기와 부로바 시계(유명 시계 제조사—옮긴이)에 쓰였다. 보호구역 근처에 생산직 자리가 생긴 것은 이 터틀마운틴 보석베어링 공장이 처음이었고, 다들 탐내던 공장 직원 자리는 대부분 여성들이 차지했다.

손놀림의 기민함을 시험하는 테스트에서 그들이 훨씬 더 높은 점수를 기록했다.

정부는 이들의 집중력이 인디언 혈통, 그리고 구슬 세공 전통에서 기인한 것이라 여겼다. 토머스는 이것이 인디언들이 가진 날카로운 눈 때문이라 생각했다. 그가 속한 부족의 여성들은 눈길 한 번만으로도 사람을 꿰뚫을 수 있었다. 운 좋게도 그는 자기 직업을 가질 수 있었다. 그는 사리에 밝고 정직했으나 더 이상 젊지도 늘씬하지도 않았다. 이 직업을 얻을 수 있었던 것은 그가 신뢰할 만하고, 모든 일을 힘에 부치도록 열심히 하며, 최대한 완벽하게 일하는 사람이었기 때문이다. 그는 엄격하고 철저하게 순찰했다.

순찰을 도는 길, 그는 드릴 작업실을 확인했다. 모든 문이 잠겨 있는지 확인했고, 전등을 켰다 꺼보았다. 그러다가 혈액순환을 위해 짧게 팬시 춤(인디언 춤의 하나-옮긴이)을 추었고, 그 춤은 레드리버 지그 춤으로 빠져들었다. 기분 전환이 된 그는 보강 작업을 한 산성 세척실 문을 열고 들어섰다. 그곳에는 번호가 쓰여 있는 비커가 열을 맞춰 늘어서 있었고, 압력조절기, 호스, 싱크대, 세척장치가 있었다. 그는 사무실, 그리고 초록색과 흰색 타일로 마감된 화장실까지 순찰을 모두 마치고 기계실로 돌아왔다. 책상에는 그가 주워다가 직접 수리한 허술한 램프가 빛을 비추고 있어서 그는 그곳에서 읽고, 쓰고, 생각하고, 때때로 잠을 몰아낼 수 있었다.

**토머스의 이름은** 와샤스크, 곧 사향쥐였다. 겸손하고, 열심히 일하며, 물을 좋아하는 설치류인 사향쥐는 곳곳에 습지가 많은 보호구역의 어디에든 있었다. 이들은 작고 유연한 몸으로 땅거미가 질 무렵 아무도 모르게 바삐 물가를 돌아다니면서 계속해서 쥐구멍을 완벽하게 다듬고, 습지에서 자라거나 움직이는 건 뭐든 거의 다 먹어치웠다(어찌나 먹는 걸 좋아하는 녀석들인지). 사향쥐들은 셀 수 없이 많고 흔했지만, 없어서는 안 될 존재였다. 태초에, 대홍수가 지나간 후 땅의 재건을 도와준 건 사향쥐였다.

그런 면에서, 보면 볼수록 토머스의 이름은 완벽하게 지어졌다.

## 빵에 바른 돼지기름

**픽시 퍼랜토는** 보석 블랭크 위에 시멘트를 바르고 나서, 드릴로 구멍을 뚫을 수 있도록 그것을 블록 위에 고정시켰다. 그리고 그 준비된 보석을 빠르게 뽑아내 드릴판 위에 있는 작은 구멍에 넣었다. 그녀는 단단히 화가 나 있을 때 일을 더 완벽하게 해냈다. 눈의 초점은 명확했고, 사고는 또렷했으며, 호흡은 차분했다. 그녀는 어릴 때부터 쭉 픽시(잉글랜드 지방의 신화 속 요정으로, 몸집이 작고 장난기가 심하다—옮긴이)라는 별명으로 불렸는데, 눈꼬리가 위로 올라간 탓이었다. 고등학교를 졸업한 이후로는 자신을 퍼트리스라고 부르도록 모든 사람에게 누차 강조했다. 패치, 패티, 팻도 아닌 퍼트리스. 그러나 그녀의 가장 친한 친구마저 그렇게 부르기를 마다했다. 그 가장 친한 친구가 퍼트리스의 바로 옆에 앉아 똑같이 보석 블랭크를 끝없이 이어지는 작은 열에 올려놓고 있었다. 그 친구는 퍼트리스만큼 빠르지는 않았지만 그곳에 있는 모든 소녀들과 여성들 중에서 두 번째로 빨랐다. 윙윙거리는 전등갓 소리만 들릴 뿐, 그 커다란 방이 조용했다. 퍼트리스의 맥박이 느려졌다. 아니, 그녀는 픽시가 아니었다. 비록 체구가 작고, 사람들이 그녀를 *와위야지나고지*하다고 했지만 말이다(그 말은 가증스럽게도 *귀엽다*는 뜻으로 번역되었다). 퍼트리스는 귀엽지 않았다. 퍼트리스에게는 직업이 있었다. 그리고 퍼트리스는 버키 듀발 일당과 그 시덥잖은 사건보다 우위에 있는 사람이었다. 그들은 그녀를 차에 태우고서 목적지 없이 달려놓고는, 나중에 사람들에게 그녀가 모종의 행동을 얼마나 기꺼이 나서서 하려고 했는지 쑥덕거렸다. 정작 그녀는 그런 행동을 한 적도 없고, 또 결코 할 리가 없는데도 말이다. 지금 버키를 보라. 버키의 얼굴에 벌어진 그 일에 대해 그녀가 비난 받을 이유는 없다. 그녀는 그런 짓을 하지 않았다. 또한 퍼트리스는 아버지가 저지른 일 따위보다도 우위에 있는 사람이었다. 줄곧 술을 마신 아버지는 주방에 말리려고 널어놓은 블라우스에 갈색 담즙을 뱉어냈다. 아버지는 역정을 내고, 침을 뱉고, 조르고, 흐느끼고, 그녀의 남동생 포키를 위협하며 집에 있었다. 픽시에게는 1달러를, 아니 25센트를, 아니 10센트를 구걸했다. 그 조그마한 10센트를? 아버지가 손가락으로 꽉 쥐어보려 했지만 맞닿지 않을 정도였다. 그녀는 칼을 숨긴 채 어머니를 도와 아버지를 헛간의 간이침대로, 독이 다 빠져나갈 때까지 그가 잠들어 있을 그곳으로 힘겹게 옮겼다. 그런 그녀는 픽시가 아니었다. 결코 아니었다.

 그날 아침 퍼트리스는 오래된 블라우스를 입고 큰길로 나가 처음으로 도리스 로더와 밸런타인 블루가 탄 차를 얻어 탔다. 그녀의 가장 친한 친구는 세상에서 가장 시적인 이름을 가졌으면서도 그녀를 퍼트리스라 불러주지 않았다. 밸런타인이 앞좌석에 앉아 있었다. "픽시, 뒷자리 어때? 네가 편했으면 좋겠는데."

 "퍼트리스라니까."

 밸런타인은 아무런 대답도 하지 않았다.

밸런타인! 코코넛을 올린 케이크를 굽는 방법에 대해 도리스 로더와 이야기 삼매경에 빠진 밸런타인. 코코넛이라. 코코넛 조각이 이 근방 수천 마일 내 어디에라도 있었던가? 밸런타인. 번트 오렌지색의 황금빛 플레어스커트를 입은 밸런타인. 그녀는 석양처럼 예쁘다. 단 한 번도 뒤돌아보지 않는 그녀. 뒷좌석에서라도 퍼트리스가 보고 감탄할 수 있게 새로 산 장갑을 낀 손을 자랑한다. 그러고서 도리스와 냅킨에 묻은 레드와인 얼룩을 지울 수 있는 방법을 서로 공유한다. 마치 자기가 냅킨을 가져본 적이 있었던 사람인 것처럼. 그리고 와인은 덤불 같은 데서나 마셔봤던 거 아니니? 이제는 마치 퍼트리스를 아예 모르는 사람 취급을 하고 있다. 왜냐하면 도리스 로더는 보석 공장에 새로 온 백인 여자애이고, 비서이고, 자기 집 차를 끌고 출근하니까. 도리스가 밸런타인을 출근길에 태워주겠다고 하자 밸런타인이 말했었다. "내 친구 픽시네 집도 오는 길에 있는데, 혹시…"

 그렇게 절친한 친구답게 퍼트리스를 동행 길에 올렸지만, 그러고선 그녀를 무시했다. 또한 그녀의 진짜 이름을, 그 가톨릭 이름을, 어쩌면 훗날 세계에 떨칠 이름─말하기엔 부끄럽지만 어쨌든 그녀는 그렇게 생각했다─을 부르길 거절했다.

 월터 볼드 씨는 여자들의 작업 줄을 따라 뒷짐을 지고 걸으며 훔쳐보듯 그들이 하는 일을 관찰했다. 그는 각 작업장을 점검하기 위해 몇 시간에 한 번씩 사무실에서 나왔다. 나이는 많지 않았지만 그의 다리는 가늘고 삐걱댔다. 그가 한 발씩 내디딜 때마다 무릎이 휘청거렸다. 오늘은 뭔가 불규칙하게 긁히는 소리가 났다. 아마도, 반짝이면서 뻣뻣한 소재로 된 그의 검은색 바지에서 나는 소리 같았다. 또한 바닥과 마찰하는 신발 끝에서도 끽끽 소리가 났다. 볼드 씨가 퍼트리스 뒤에 멈춰 섰다. 그의 손에 들려 있는 돋보기. 그는 땀에 젖은 채 신발상자를 닮은 턱을 그녀의 어깨 위로 들이밀었다. 입에서 묵은 커피 냄새가 났다. 그녀는 계속해서 작업을 해나갔고, 손가락이 떨리지 않았다.
"최고야, 퍼트리스."
봤지? 하!
그는 계속 걸어갔다. 긁히는 소리. 끽끽 소리. 퍼트리스는 밸런타인을 돌아보며 윙크하지 않았다. 의기양양해하지 않았다. 퍼트리스는 자신에게 생리가 시작됐다는 게 느껴졌다. 하지만 속옷에 깨끗하게 접은 헝겊을 핀으로 고정해둔 터였다. 심지어 그것까지도. 그래, 그것까지도.

**정오가 되자** 여자들과 공장에서 같이 일하는 몇 안 되는 남자들은 구내식당으로 만들려고 마련한 작은 방으로 들어갔다. 그곳에는 주방시설이 모두 갖춰져 있었지만, 점심을 준비할 요리사가 아직 고용되지 않아 여자들은 집에서 가져온 음식을 먹기 위해 앉았다. 누군가는 점심도시락을 가져왔고, 누군가는 돼지기름 통을 가지고 왔다. 어떤 이들은 음식을 밀가루 포대에 대충 싸서 가져오기도 했다. 그러나 이 음식들은 대개 나눠 먹으려고 가져오는 것이었다. 퍼트리스는 노란색이지만 금속이 다 드러나도록 겉껍질이 벗겨진 시럽통과 밀가루 반죽 한 덩이를 가져왔다. 그래, 맞다. 아침식사 전에 어머니의 프라이팬을 사용해 밀가루 반죽으로 걸릿빵을 만들려고 했었는데, 아버지의 난동에 불안해져 도망치듯 집에서 나오면서 그것을 잊고 반죽만 가지고 나온 것이었다. 심지어 그녀는 아침식사조차 하지 못했다. 지난 두 시간 동안 꼬르륵 소리를 억누르느라 아랫배에 힘을 주고 배를 쥐어짰다. 당연히 밸런타인은 눈치 챘다. 하지만 그녀는 지금 당연히 도리스와 이야기 중이었다. 퍼트리스는 밀가루 반죽을 손가락만큼 떼어내 먹어보았다. 나쁘지 않았다. 밸런타인은 퍼트리스가 가져온 통을 들여다보더니, 밀가루 반죽을 보고서 웃었다.

"깜빡하고 안 익혔어." 퍼트리스가 말했다.

밸런타인은 안됐다는 듯이 퍼트리스를 쳐다봤지만, 세인트 앤이라는 기혼 여성은 퍼트리스의 말을 듣고 웃음 지었다. 퍼트리스가 가져온 통에 밀가루 반죽이 들어 있다는 이야기가 퍼져나갔다. 굽고 튀기고 요리하는 것을 깜빡했다지 뭐야. 퍼트리스와 밸런타인은 고등학교를 마치자마자 공장에 들어왔고, 같은 층에서 일하는 사람 중 가장 나이가 어렸다. 열아홉 살. 세인트 앤은 식탁 너머의 퍼트리스에게 버터 바른 번빵을 밀어 주었다. 누군가의 오트밀 쿠키가 전달되기도 했다. 도리스는 베이컨 샌드위치의 반을 떼어내 퍼트리스에게 건넸다. 퍼트리스가 농담을 했다. 퍼트리스는 웃음이 터질 것 같았고, 그래서 농담 하나를 더 했다.

"네가 가진 거라고는 빵에 바르는 돼지기름밖에 없구나." 밸런타인이 말했다.

퍼트리스는 입을 닫았다. 누구도 아무런 말을 하지 않았다. 밸런타인은 그게 가난한 사람들이 먹는 음식이라는 이야기를 하려는 것이었다. 하지만 그곳에 있는 모두가 빵에 돼지기름을 발라 소금과 후추를 뿌려 먹었다.

"맛있을 것 같은데. 누구 남은 거 있어요?" 도리스가 말했다. "나도 조금만 줘요."

"여기." 컬리 제이였다. 그녀의 이름은 어렸을 때 머리칼을 본떠 지어졌다. 이제는 곧게 펴진 머리칼을 지니게 되었는데도 여전히 그 이름으로 불리고 있었다.

도리스가 돼지기름 바른 빵을 맛볼 때 모두가 그녀를 쳐다봤다. "전혀 나쁘지 않은데?" 도리스가 모두에게 들리도록 크게 말했다.

퍼트리스는 안됐다는 듯이 밸런타인을 쳐다봤다. 아니, 그렇게 쳐다본 건 픽시였을까? 어쨌든 점심시간은 끝났고 그날 오후 내내 퍼트리스의 배에서는 꼬르륵 소리가 나지 않을 터였다. 퍼트리스는 모인 사람들 모두에게 큰 소리로 고맙다고 이야기하고 화장실에 갔다. 화장실은 두 칸이었다. 화장실에는 한 명이 더 있었다. 밸런타인이었다. 퍼트리스는 그녀의 갈색 신발에 얼룩이 묻어 있다는 것을 알아챘다. 두 사람 모두 생리 중이었다.

"오, 이런." 밸런타인의 목소리가 칸막이 너머로 들렸다. "안 되는데."

그러지 말자는 마음도 컸지만 퍼트리스는 파우치를 열어 접어놓은 헝겊 중의 하나를 나무 칸막이 아래로 건넸다. 하얗게 표백된 깨끗한 헝겊이었다. 밸런타인은 퍼트리스가 건네준 헝겊을 받았다.

"고마워."

"누구한테 고마운데?"

정적.

"무지하게 고맙다고, 퍼트리스." 그리고 웃음소리. "너 아니었으면 오늘 뒤꽁무니에 불날 뻔했네."

"그래, 네 펑퍼짐한 뒤꽁무니에 불이 났겠지."

또 한 번의 웃음소리. "네 뒤꽁무니가 더 펑퍼짐하거든?"

퍼트리스는 변기에 쭈그리고 앉아 새 헝겊을 핀으로 고정시켰다. 사용한 것은 휴지로 싼 다음, 이런 일에 쓸 용도로 가지고 다니는 신문지 조각으로 다시 쌌다. 밸런타인을 뒤따라 퍼트리스도 화장실 칸에서 재빨리 나왔고, 휴지통 깊숙한 곳으로 헝겊 패드를 밀어 넣었다. 가루비누로 손을 씻은 그녀는 겨드랑이에 있는 땀받이의 위치를 다시 잡고 머리를 매만진 후 립스틱을 다시 발랐다. 화장실을 나왔을 때 이미 다른 사람들은 대부분 작업 중이었다. 그녀는 재빨리 작업복을 입고 작업등 스위치를 올렸다.

**오후 작업이** 중반에 이르렀을 무렵 어깨가 타는 듯이 아프기 시작했다. 손가락에서는 쥐가 나고 펑퍼짐한 엉덩이에는 감각이 없었다. 줄반장이 여성 공원들에게 일어나서 스트레칭을 하고 멀리 떨어진 벽을 바라볼 시간임을 알려주었다. 다음으로 눈을 굴리고, 다시 벽에 시선을 고정하고. 눈이 활기를 되찾으면 이제 손이었다. 손가락을 구부리고, 부어오른 손가락 관절들을 꾹꾹 눌러 마사지했다. 그리고 나면 느리고, 고요하며, 다른 생각일랑 전부 사라지는 지난한 노동으로 돌아왔다. 자비 없이, 고통은 다시 찾아왔다. 그래도 곧 쉬는 시간이었다. 모든 공원들이 화장실을 이용할 수 있도록 분단별로 쉬는 15분간의 시간이었다. 몇몇 여성들은 담배를 피우기 위해 식당으로 갔다. 도리스가 귀한 커피 한 병을 준비해 왔다. 퍼트리스는 컵 받침을 허공에 들고 서서 자기 몫의 커피를 마셨다. 다시 자리에 앉았을 때는 한결 나아져서 집중의 무아지경으로 들어갔다. 어깨나 등이 아프지 않은 이상, 이렇게 최면에 걸린 듯한 상태는 한 시간, 어쩌면 두 시간도 이어질 수 있었다. 그럴 때면 꼭 어머니와 함께 구슬을 꿰던 때의 느낌이 떠올랐다. 구슬을 꿰고 있으면 어머니와 퍼트리스는 모두 고요한 집중의 세계로 들어갔다. 구슬을 집어 구멍에 바늘을 꿰는 동안 두 사람은 느릿느릿 서로에게 무어라 중얼거렸다. 공장에서는 여자 공원들이 꿈을 꾸듯 중얼거렸다.

"아가씨들, 조용."

볼드 씨가 오가는 말들을 제지했다. 그래도 그들은 말을 했다. 나중에 떠올리면 무슨 말을 했는지 거의 기억하지 못했지만, 그들은 종일 서로에게 말을 했다. 오후가 다 저물 무렵, 조이스 아시기낙이 새로운 볼빵을 가져와 썰었다. 그러고서 작업이 계속, 계속, 계속되었다.

**퇴근길에도 도리스** 로더가 두 사람을 집에 바래다주었다. 이번에는 밸런타인이 뒤를 돌아보며 퍼트리스도 자기네 대화에 끌어들였다. 픽시로서는 아버지에게로 향하는 생각을 접어둘 수 있었기에 좋은 일이었다. 아버지는 아직도 거기에 있을까? 도리스의 부모는 보호구역에 농장을 가지고 있었다. 그들은 1910년, 은행에서 땅을 샀다. 인디언이 팔 수 있는 것이라곤 땅이 전부였던 시절이었다. 팔지 않으면 죽음이었다. 사방에서 땅을 광고했다. '싸게 팝니다.' 보호구역에는 좋은 농장 부지가 몇 없었고, 로더 씨네 가족은 시내에서부터 보이는 커다란 은색 사일로를 갖고 있었다. 도리스는 퍼트리스부터 내려주었다. 공터를 가로질러 집 바로 앞까지 데려다주겠다고 했으나 퍼트리스는 고맙지만 사양하겠다고 했다. 도리스에게 부서진 현관과 배경처럼 펼쳐진 폐기물 더미를 보여주고 싶지 않았다. 그리고 아버지가 차 소리를 듣기라도 한다면 비틀거리며 나와 시내까지 태워달라고 도리스를 졸라댈 것이었다.

퍼트리스는 풀이 자란 길을 따라 걷다가 나무 뒤에 서서 아버지가 있는지 살펴보았다. 간이헛간의 문이 열려 있었다. 그녀는 조용히 그곳을 지나 몸을 숙여 현관을 지났다. 간단한 기둥과 직사각형 모양의 진흙, 그보다 나을 것 없는 낮고 기울어진 집이었다. 무슨 연유에서인지 퍼트리스의 가족은 부족의 주택공급 대상자에 들지 못했다. 난로에 불이 들어와 있었고, 어머니가 찻물을 끓이고 있었다. 집에는 부모님과 삐쩍 마른 남동생 포키가 있었다. 언니 베라는 거주지이전 사무소에 지원하더니 새신랑과 함께 미니애폴리스로 떠났다. 두 사람은 집 구할 돈을 얻었고 직업 훈련도 받았다. 많은 이들이 한 해를 채 넘기지 못하고 돌아왔지만 어떤 사람들은 이후로 영영 아무 소식도 전해오지 않았다.

언니 베라의 웃음소리는 크고 밝았었다. 퍼트리스는 모든 것을 바꿔주던 그녀가 그리웠다. 베라는 집 안에 자리한 긴장감을 정면 돌파하고 우울함에 빛을 드리웠다. 베라는 별것 아닌 모든 일에 웃긴 말을 해댔다. 겨울밤 오줌을 누던 요강이나 동생 포키에 대해서, 혹은 어머니가 꾸짖으며 아버지 물건을 밟고 다니지 말라거나 생리 중일 때 요리를 하지 말라고 혼내던 모습에 대해서도 농담을 했다. 언니는 심지어 아버지도 놀렸다. 아버지가 스케비('술에 심하게 취했다'는 뜻의 치페와어—옮긴이)가 돼서 집에 왔을 때 베라가 말했었다. 팔팔 끓인 수탉처럼 지껄여대네.

아버지는 여전히 집에 있건만, 아버지의 허리띠 없이 흘러내리는 바지나 엉망으로 헝클어진 머리를 흠잡아줄 베라는 없었다. 코를 틀어막으며 눈웃음을 쳐줄 베라는 없었다. 그런 까닭에 한없이 부끄러운 아버지를 모른 체할 방법이 없었다. 혹은 아버지를 막을 방법도. 나머지 전부 마찬가지였다. 얇은 리놀륨 한 겹 아래 울퉁불퉁한 더러운 바닥. 퍼트리스는 언니와 어렸을 적부터 함께 썼던 침대를 바라보면서 가림막 담요 뒤에서 차를 마셨다. 뒤쪽에는 창문이 있었는데, 두 사람이 숲 관찰을 좋아했던 터라 봄과 가을에는 좋았고, 겨울과 여름에는 끔찍했다. 꽁꽁 얼어붙거나 파리와 모기 때문에 미쳐 버리거나, 둘 중 하나였다. 아버지와 어머니의 말소리가 들렸다. 아버지는 애걸복걸하고 있었다. 그래도 너무 아픈 탓에 사납게 굴지는 못했다.

"1센트나 2센트만. 예쁜 아가씨. 1달러만 주면 갈게. 집에서 나갈게. 귀찮게 하지 않는다고. 나 없이 당신만의 시간을 보내게 될 거야. 그러고 싶다고 했잖아. 내가 나가 있을게. 다시는 절대 당신 눈에 띄지 않도록."

아버지의 애걸복걸이 계속되는 동안 퍼트리스는 차를 홀짝이며 잎이 노란빛으로 변해가는 자작나무를 바라보았다. 단맛이 알 듯 말 듯 남아 있는 마지막 한 모금을 마신 뒤, 그녀는 컵을 내려놓고 청바지와 체크 셔츠로 갈아입었다. 그리고 낡아빠진 신발을 신고 머리를 틀어 올려 고정시킨 다음에 가림막 담요를 돌아 나갔다. 그녀는 아버지─흐느적거리는 정강이와 파닥대는 신발─를 무시한 채, 어머니에게 점심 통에 든 밀가루 반죽을 보여줬다.

"아직 먹을 만하겠네." 어머니가 말하면서 입을 삐쭉 올리고 살짝 웃음 지었다. 어머니는 통에서 반죽을 그러모으더니, 단 한 번의 부드러운 손놀림으로 반죽을 프라이팬에 펼쳤다. 어머니가 평생토록 반복해온 어떤 일들은 가끔 마술처럼 보였다.

"픽시, 오 픽시, 작은 인형 같은 내 딸." 아버지가 커다랗게 울부짖었다. 퍼트리스는 밖으로 나가 장작더미로 향했고, 밑동에서 도끼를 뽑아 들더니 통나무 하나를 갈랐다. 그러고는 한동안 난로에 들어갈 만한 크기로 나무를 쪼갰다. 그녀는 거기서 그치지 않고 나무를 옮겨 문 옆에 켜켜이 쌓았다. 원래 이 일은 포키의 몫이었지만 동생은 방과 후에 복싱을 배우고 있었다. 그래서 퍼트리스는 계속 장작을 팼다. 아버지가 집에 있을 때면 그녀는 뭔가 큰 할 일이 필요했다. 그랬다. 그녀는 작았다. 하지만 타고나길 강하게 태어났다. 그녀는 나무에 내리꽂힌 금속에서 나무를 타고 자신의 팔을 따라 울리는 진동을 좋아했다. 곡선을 그리며 도끼를 휘두르고 있으면 이런저런 생각이 떠올랐다. 무엇을 할까. 어떻게 행동할까. 어떻게 하면 사람들을 친구로 만들 수 있을까. 그녀는 장작을 마구잡이로 쌓지 않았다. 일정한 패턴을 지키며 쌓아올렸다. 포키는 누나가 쌓아놓은 그 까탈스러운 장작더미를 두고 놀렸다. 그러면서도 누나를 우러러봤다. 퍼트리스는 가족 중에 처음으로 직업을 가진 사람이었다. 덫을 놔서 동물을 잡는 일도 아니고, 사냥도 아니고, 베리를 줍는 일도 아닌, 백인들이 갖는 그런 직업이었다. 그것도 바로 옆 마을에서 말이다. 어머니는 아무 말도 하지 않았지만 퍼트리스에게 고마워하고 있다는 걸 알 수 있었다. 그 급여로 포키는 올해 신을 학생화를 샀다. 또한 베라는 미니애폴리스행을 위해 타탄체크 원피스와 토니 홈 퍼머넌트(파마약 제품―옮긴이), 흰색 발찌를 샀었다. 그리고 퍼트리스는 베라를, 어쩌면 사라져버렸는지도 모를 언니를 추적하기 위해 매달 급여를 조금씩 아껴두고 있었다.

## 보고 있는 사람

**편지를 쓸** 시간. 토머스는 자리를 잡고 앉아 기숙학교에서 배웠던 파머 메소드(미국에서 가장 대중적인 손글씨 쓰는 방법 체계―옮긴이)로 숨을 쉬고 펜 뚜껑을 열었다. 그는 가게에서 눈이 편안한 옅은 녹색 노트를 새로 구입했다. 그의 손에는 흔들림이 없었다. 먼저 공적인 서신을 모두 쓴 후에야 마침내 아들 아치와 딸 레이에게 편지를 쓰는 기쁨을 누릴 것이었다. 장남 로런스에게도 편지를 하고 싶었으나 아직 아들의 주소를 알지 못했다. 토머스는 먼저 밀턴 R. 영 상원의원에게 편지를 썼다. 노스다코타주 시골에 전기를 공급하기까지 힘쓴 영 상원의원의 노력이 빛을 발하게 된 것을 축하하며 회의를 요청했다. 다음으로는 카운티 위원회 위원에게 편지했다. 아스팔트 도로 보수건에 대한 성공을 축하하며 그에게 회의를 하자고 했다. 친구이자 신문 칼럼니스트인 밥 코리에게 편지하면서는 인디언보호구역에 방문하면 좋을 만한 날짜들을 제안했다. 그리고 토머스는 부족에 대한 궁금한 점들을 써서 보낸 몇몇 사람들에게 긴 답장을 썼다.

공적인 편지를 모두 다 쓴 토머스는 그제야 레이에게 보내는 생일 축하 카드와 편지를 쓰기 시작했다.

정말 또 한 해가 지나간 거니? 너의 작은 얼굴과 갈색 머리칼을 보고 감탄을 금치 못했던 게 엊그제 같구나. 나는 네가 몰래 숨어서 나를 지켜보던 첫 번째 순간을 믿고 있어. 넌 윙크로 내게 말했지. "걱정하지 마, 아빠. 내가 엄마에게 부린 말썽은 전부 하나도 빠짐없이 그럴 만한 가치가 있어." 너는 네 약속을 지켰단다. 사실 네 엄마와 나는 그것이 네가 말한 것보다도 훨씬 더 큰 가치를 지녔다고 생각하고 있어…

그는 끊임없이 글을 써 자신의 생각과 새로운 소식으로 금세 여섯 페이지를 채웠다. 하지만 잠시 멈춰 지금까지 쓴 것을 다시 읽어보았을 때, 분명 필체는 명료했으나 그는 자신이 그것을 썼다는 것을 기억해내지 못했다. 어떻게 이럴 수가. 그는 펜을 들어 자신의 머리를 톡톡 쳤다. 잠결에 썼던 것이다. 오늘 밤은 다른 대부분의 밤들보다 훨씬 더 나빴다. 왜냐하면 그러고 나서 자신이 읽은 것도 기억할 수 없었기 때문이었다. 쓰고, 읽고, 자신이 무엇을 썼는지 잊고, 또 자신이 무엇을 읽었는지 잊고, 그러고 나면 처음부터 전부 다시 쓰는 일이 반복되었다. 그는 멈추려 들지 않았으나 점점 불안해지기 시작했다. 방 안 어둠 깊숙한 귀퉁이에 누군가가 있다는 느낌이 들었다. 보고 있는 누군가. 그는 천천히 펜을 내려놓고 의자의 방향을 틀어, 어깨너머로 작동하지 않는 기계들이 있는 공간을 주시했다.

지저분한 머리의 작은 소년이 띠톱 기계 위에 쪼그려 앉아 있었다. 토머스는 고개를 절레절레 흔들고 눈을 깜빡여보았으나 뾰족한 정수리에 삐쭉 솟은 검은 머리칼을 한 소년은 여전히 그 자리에 있었다. 소년은 토머스가 포트토튼에 있는 정부 기숙학교 3학년 시절에 입었던 옷과 똑같은 황토색 캔버스 천 조끼와 바지를 입고 있었다. 소년을 알아볼 수 있을 것 같았다. 토머스는 삐쭉한 머리의 소년이 모터 쪽으로 몸을 돌릴 때까지 소년을 가만히 지켜보았다. "머리 좀 식혀야겠어." 토머스는 이렇게 말하고는 화장실로 발걸음을 재촉했다. 찬물을 틀고 그 아래에 머리를 들이밀고 세수를 했다. 그리고 타임카드를 찍었다. 두 번째 순찰이었다.

이번에는 천천히 움직였다. 마치 거센 바람에 저항하듯 한 발짝씩 앞으로 나아갔다. 두 발은 끌리듯 움직였지만 순찰을 마치고 나자 정신이 맑아졌다.

토머스는 다림질한 부분이 구겨지지 않도록 바지를 당긴 다음 자리에 앉았다. 로즈는 셔츠 소매에도 다림질 선을 세워놓았다. 녹말가루를 사용했다. 별 볼일 없는 쑥색 작업복이었지만, 그 옷을 입은 토머스는 점잖아 보였다. 옷깃이 결코 무너져 있는 법이 없었다. 그러나 그는 무너지고 싶었다. 의자에는 패드가 덧대어져 있어 편했다. 과할 정도로 편했다. 토머스는 보온병을 열었다. 큰딸이 선물로 준 최고 품질의 스탠리 보온병이었다. 토머스가 봉급 받는 직장을 구하자 자녀들이 축하의 뜻으로 보온병을 선물해주었다. 그는 컵 겸용 스틸 뚜껑에 블랙커피를 원하는 만큼 부었다. 온기 어린 금속, 부드럽게 솟아오른 모양, 여성스러운 둥근 곡선까지, 그 뚜껑을 잡고 있으면 기분이 좋아졌다. 그는 한 모금씩 마실 때마다 자신의 눈썹이 오랫동안 그리고 수려하게 감았다 떠지도록 내버려두었다. 그러다 잠시 정신을 잃고 컵을 놓칠 뻔했다. 그는 흠칫 놀라 깼다. 컵에 남은 마지막 한 모금 커피에게 임무를 다하라고 단호한 명령을 내렸다.

토머스는 이 일을 하면서 종종 물건에 대고 말을 하곤 했다.

토머스는 도시락을 열었다. 늘 더 졸리지 않게 조금만 먹자고 스스로 다짐했지만 깨어 있으려는 노력이 그를 배고프게 했다. 음식을 씹으면 곧 기운이 났다. 그는 로즈가 가장 잘 만드는 이스트빵 두 겹 사이에 끼워진 차가운 사슴고기를 먹었다. 토머스 자신이 기른 큰 당근. 작고 신맛이 나는 사과가 힘을 북돋아주었다. 토머스는 아침에 먹기 위해 국가배급 치즈 작은 덩이와 젤리를 넣어 만든 번빵은 남겨두었다.

사슴고기 샌드위치의 호사스러움을 보자니 그 힘겨웠던 해, 포트토튼으로 가는 길에 아버지와 함께 먹었던 얇고 둥그런 걸릿빵 사이에 끼워져 있던 볼품없는 고기 가닥들이 생각났다. 이후로도 결코 잊지 못할 배고픔의 순간들이 있었다. 사슴뼈에서 겨우 떼어낸 질긴 고기 가닥들이 어찌나 맛있던지. 배고픔에 눈물이 그렁그렁해서는 허겁지겁 먹었다. 지금 먹은 샌드위치보다 훨씬 더 맛있었다. 그는 샌드위치를 다 먹은 다음 가루를 손바닥에 모아 담아 입으로 털어 넣었다. 배고팠던 시절이 남긴 습관이었다.

포트토튼에는 파머식 손글씨 교육에 무척이나 경도된 선생님이 한 분 계셨다. 토머스는 몇 시간이고 시간을 들여 완벽한 동그라미를 그리고, 왼쪽에서 오른쪽으로 쓰고, 또 반대 방향으로 쓰고, 올바른 손의 근육을 기르고, 바람직한 자세를 익혔다. 당연히 호흡 운동도 했다. 이 모든 것이 이제는 제2의 천성이 되었다. 대문자들은 특히 더 흡족했다. 때때로 그는 가장 좋아하는 대문자로 시작할 수 있는 문장을 생각해내곤 했다. R과 Q는 그의 예술이었다. 토머스는 꼭 쥔 주먹에 침을 흘리며 마침내 의식을 잃었다가 다시 깨어나기까지 자신에게 최면을 걸며 계속 쓰고 또 썼다. 가까스로 제시간에 시계를 누르고 마지막 순찰을 돌았다. 손전등을 찾아서 들기 전에 그는 재킷을 입고 서류가방에서 시가를 꺼냈다. 시가의 포장을 벗기고 향을 들이마신 후에 셔츠 주머니에 넣었다. 이 마지막 순찰이 끝나면 밖에서 시가를 피울 생각이었다.

 가장 어두운 시간이었다. 밤의 거친 무게가 그가 든 손전등 불빛 바깥에 있었다. 그는 건물에서 나는 심상찮은 끼익 소리와 둥둥대는 소리의 패턴을 듣기 위해 손전등 스위치를 한 번 꺼보았다. 평소와는 다른 정적이었다. 그날 밤에는 바람이 없었는데, 이는 평원에서 드문 일이었다. 커다란 직원용 출입구로 나가기 직전에 그는 시가에 불을 붙였다. 그는 가끔 책상에서 시가를 피웠지만, 머리를 맑게 해주는 신선한 공기를 좋아했다. 열쇠를 갖고 있는지 먼저 확인한 후 토머스는 바깥으로 나갔다. 몇 발자국 걸었다. 귀뚜라미 몇 마리가 풀숲에서 아직도 노래하고 있었다. 그의 마음을 흔드는 소리. 그와 로즈가 처음 만났던 때가 연중 이맘때였다. 이제 토머스는 야외 플러드라이트 조명이 비추는 원 밖으로 나가 콘크리트판 위에 서 있었다. 구름 없는 하늘과 차갑게 펼쳐진 별들을 올려다보았다.

 밤하늘을 보고 있는 그는, 기숙학교에서 별에 대해 배운 토머스였다. 또한 최초의 와샤스크인 할아버지에게서 별을 배운 와샤스크이기도 했다. 그러므로 페가수스의 가을 별들은 할아버지의 무즈('말코손바닥사슴'이라는 뜻—옮긴이)의 일부였다. 토머스는 천천히 시가를 빨아들였다. 그리고 연기를 위쪽으로 불었다, 마치 기도처럼. 부가노기직, 곧 하늘의 구멍. 창조자가 돌진하여 빛을 뿜고 윙크한 자리. 토머스는 이크웨 아낭, 곧 여자 별을 간절히 바랐다. 그 별은 빛의 숨으로서 지평선 너머에서 떠오르기 시작하고 있었다. 이크웨 아낭은 늘 그에게 시련이 끝났다는 신호를 보냈다. 야간 경비원으로 지낸 지난 몇 달간, 그는 여자 별을 마치 사람처럼 점점 더 사랑하게 되었다.

다시 건물로 들어가 자리에 앉자 몸 가눌 길 없던 피곤함이 말끔하게 사라졌고, 그는 아껴두었던 신문과 다른 부족이 발행한 신문을 읽었다. 의회가 인디언에게 질려버렸다는 의미로 읽히는 법안 발췌문. 그는 법안으로 인한 극심한 불안을 가라앉혔다. 또 시작인가. 전략의 징후는 없다. 공포에 질린 혼란도 없다. 그러나 그건 오고야 말 것이었다. 또 다른 커피 한 잔, 간소한 아침식사, 그리고 마지막 타임카드. 토머스는 그날 예정된 첫 회의 전에 자동차 앞좌석에서 잠시 눈을 붙일 수 있을 만큼 따뜻한 아침이어서 안도했다. 그의 사랑스러운 차는 누런빛이 감도는 회색 내시(자동차 메이커―옮긴이)였다. 중고였지만 로즈는 여전히 토머스가 차에 너무 많은 돈을 들였다며 투덜거렸다. 로즈는 그녀 자신이 푹신한 조수석에 앉아 차를 타고 달리는 것을, 자동차 라디오를 듣는 것을 얼마나 사랑하는지 인정하지 않을 것이었다. 이제 정규직 직장이 있으니 토머스는 정기적으로 돈을 지불할 수 있었다. 이전처럼 날씨에 따른 작황을 걱정하지 않아도 되었다. 무엇보다 중요한 것은 이 차는 갑자기 고장 나서 지각을 초래할 그런 차가 아니라는 점이었다. 토머스는 이 일을 오랫동안 하고 싶었다. 그뿐만 아니라 접이식 침대인 뒷좌석을 활용하여, 언젠가 여행, 우스갯소리로 로즈랑 두 번째 신혼여행을 떠날 계획이었다.

이제 토머스는 차 안으로 미끄러져 들어갔다. 그는 커다란 울목도리를 계기판 옆의 수납공간에 넣고 다녔는데, 그것을 목에 둘러 혹여 머리를 가슴으로 떨궈 잠에서 깨는 일을 막을 요량이었다. 그는 단정한 모헤어(앙고라 염소의 털로 짠 윤이 나고 부드러운 천―옮긴이) 좌석

커버에 기대어 잠에 빠져들었다. 얼마 후 러배트가 차창을 두드리며 토머스가 괜찮은 것인지 확인할 때, 토머스는 사방을 경계하며 잠에서 깼다.

러배트는 작은 곰처럼 둥글둥글한 몸을 가진 키가 작은 남자였다. 그가 토머스를 뚫어지게 들여다보았다. 그의 들창코가 차창을 짓눌렀다. 그리고 내쉰 숨에 동그란 수증기가 서렸다. 러배트는 저녁 시간에 일하는 잡역부였지만 종종 소소한 수리를 하기 위해 낮 근무 시간에 출근하기도 했다. 토머스는 러배트의 뭉툭하고 거칠고 영민한 손이 온갖 종류의 기계 장치를 수리하는 것을 보았다. 두 사람은 왕년에 같은 학교에 다녔었다. 토머스가 차창을 내렸다.

"일 때문에 피곤해서 또 잔 거야?"

"짜릿한 밤이었다네."

"그래?"

"띠톱 기계 위에 앉아 있는 꼬마를 본 것 같아."

너무 늦었다. 토머스는 그제야 러배트가 미신을 열렬히 믿는다는 것이 떠올랐다.

"로더릭이었어?"

"누구?"

"내가 가는 곳마다 따라오고 있어. 로더릭 말이야."

"아니야. 그냥 모터였어."

토머스의 말을 믿지 않는 러배트가 얼굴을 찡그렸다. 토머스는 알고 있었다. 여기서 주저한다면 러배트에게서 로더릭에 대한 더 많은 이야기를 듣게 될 터였다. 그래서 곧장 차에 시동을 걸고 으르렁거리는 엔진소리 너머로 이만 회의에 가야 한다고 크게 외쳤다.

## 동물 가죽 텐트

**언젠가는 손목시계를.** 퍼트리스는 시간을 지킬 수 있는 정확한 방법을 간절히 바랐다. 왜냐하면 그녀의 집에는 시간이란 것이 존재하지 않았으니까. 아니 그렇다기보다는 학교나 직장에서처럼 시간을 지키는 것이 존재하지 않았다. 침대 옆 간이의자 위에 작은 갈색 알람시계가 있었지만 매시간 5분씩 느려졌다. 알람을 맞출 때마다 느려진 시간을 새로 맞춰야 했고, 만일 시간 맞추는 걸 잊는다면 모든 것이 물거품이 되었다. 그녀의 출근은 통근 차량을 타는 것에 달려 있었다. 도리스와 밸런타인을 만나는 것 말이다. 퍼트리스의 집에는 수리를 시도해볼 만한 오래된 자동차가 없었다. 타고 갈 만한 털이 덥수룩한 말조차 없었다. 하루에 두 번 버스가 지나가는 고속도로도 수 마일 떨어진 곳에 있었다. 차를 얻어 타지 못하면 자갈길 13마일이었다. 그녀는 아플 수 없었다. 아플 때 누구에게라도 알릴 전화기가 없었다. 해고될 수도 있었다. 그러면 인생은 다시 0이 될 터였다.

퍼트리스는 자신이 마치 동물 가죽으로 만든 텐트처럼 뼈대를 다 덮도록 늘어나 있다는 느낌을 종종 받았다. 그래서 자신이 쉽게 날아가버릴 수도 있다는 것을 잊으려고 노력했다. 혹은 아버지가 얼마나 쉽게 그 모든 것을 송두리째 부숴버릴 수 있는지 잊으려 했다. 가족과 재앙 사이를 오직 그녀 혼자서 막고 있다는 느낌이 어제 오늘 일도 아니긴 했지만, 그것들은 그녀가 일을 시작한 이후에도 여태껏 따라왔다.

 가족들에게 퍼트리스의 직장이 얼마나 필요한지 알기 때문에, 어머니 자낫은 주중에 도끼를 들고 문 뒤에 앉아 있는 임무를 맡았다. 아버지가 이번에는 어디에 자리를 잡았는지 파악되기 전까지 가족들 은 모두 경계를 늦추지 말아야 했다. 주말에는 자낫과 퍼트리스가 번갈아가며 지켰다. 퍼트리스는 탁자 위에 도끼를 두고 석유램프 불빛에 기대어 시집과 잡지를 읽었다. 자낫은 자기 차례가 되면 끝없이 노래를 불렀다. 모든 노래에는 각각의 서로 다른 목적이 있었다. 어머니는 한 손가락으로 테이블을 두드리며, 내뱉는 숨 아래에 낮은 소리로 흥얼거렸다.

 자낫은 할 수 있는 일이 많았고 판단력이 날카로웠다. 강한 존재감의 여성이었으며, 강인하며, 각지고, 아래턱이 튀어나온 얼굴이었다. 그녀는 치페와어로만 이야기하는 증조부 손에 자란 전통적인 옛시절의 인디언이었다. 유년기에는 예식들과 교훈적인 이야기들로 교육을 받았다. 자낫이 가진 지식은 너무나도 중요한 것으로 여겨진 까닭에, 그녀는 정부 기숙학교에서 데려가지 못하도록 꼭꼭 숨겨져 보호되었다. 때에 따라 보호구역의 통학학교에 나갔지만, 그곳에서는 읽고 쓰는 법을 거의 배우지 못했다. 자낫은 바구니를 짜고 구슬 공예품을 만들어 팔았다. 하지만 자낫의 진짜 직업은 아는 것을 전수하는 일이었다. 사람들은 그녀에게 배우기 위해 멀리에서부터 찾아왔고, 이따금 천막을 치고 집 주변에 잠시 머무르기도 했다. 지난

날, 그 깊은 지식들은 거미줄처럼 얽힌 방법들의 한 부분이었다. 거기에는 사냥할 여러 동물들, 야생 채집 먹거리들, 콩과 호박이 자라는 텃밭, 그리고 땅—정처 없이 돌아다닐 커다란 땅—이 담겨 있었다. 이제는 가족 중에 퍼트리스밖에 남지 않았다. 치페와어를 쓰며 자랐지만 영어를 배우는 데 전혀 문제가 없는 유일한 사람. 어머니의 가르침을 대부분 따랐지만 가톨릭이 된 사람. 퍼트리스는 어머니가 부르는 노래들을 알았지만, 다른 한편 학교의 수석 졸업생이기도 했다. 영어교사는 그녀에게 에밀리 디킨슨의 시집을 주었다. 패배자의 시각에서 보자면 성공적인 것이 하나 있는 셈이었다. 퍼트리스는 결혼해서 아이를 낳은 소녀들이 스무 살이 되기 전에 얼마나 빨리 소진되는지 목격했다. 그들에게는 그저 고생뿐이었다. 멋진 일은 다른 사람들에게 일어났다. 결혼한 소녀들은 삶을 잃었다. *먼 곳에서 들려오는 승리의 노래.* 퍼트리스는 그런 삶을 살지 않을 것이었다.

# 세 명의 남자

**모지스 몬트로즈**는 쓰디쓴 차를 앞에 두고 고요히 앉아 있었다. 이 부족 판사는 정성껏 몸단장을 한 남자였다. 작고 군더더기 없는 몸에서 65년이란 세월은 쉽게 찾아보기 어려웠다. 모지스와 토머스는 그들의 회의실인 헨리의 카페에 있었다. 여섯 개의 칸막이와 창을 낸 주방이 있는 곳이었다. 주요 안건은 다음과 같았다: 부족의 시간제 경찰관 한 명이 장례식 참석차 북쪽에 갔다. 감옥은 수리 중이었다. 하얀색 페인트로 칠해진 튼튼한 헛간이었다. 에디 밍크는 그곳에서 대개 밤이면 술에 취해 흥겨워 노래를 부르며 시간을 보냈는데, 그날은 헛간 문을 발로 차버렸다. 와인을 더 마시고 싶다고 하더니만, 그래서 감옥을 나가기로 했다는 것이었다. 모지스와 토머스는 새로운 문에 대해 이야기를 나누었다. 그러나 늘 그렇듯 부족에겐 돈이 없었다.

"엊그제 밤에 체포가 있었어." 모지스의 말이었다. "우리 집 바깥채에 짐 듀발을 가둬놓았지."

"또 싸운 거야?"

"말도 못할 정도야. 우리가 데려왔어. 아들을 불러서 바깥채 안으로 같이 밀어 넣어 달라고 부탁할 정도였다네."

"듀발에겐 추운 밤이었겠군."

"알지도 못하던걸. 오물 덩어리 위에서 잤어."

"다른 방도를 찾아봐야겠네." 토머스가 말했다.

"다음 날 내가 판사복을 입고서 듀발을 우리 집 주방 법정으로 데려왔어. 벌금을 물리고 내보냈네. 그런데 그자 수중에 1달러밖에 없어서 그걸 받는 것으로 됐다고 했어. 그러고 나니 하루 종일 기분이 편치 않더군. 듀발네 가족을 배고프게 한 것 같았거든. 결국은 찾아가서 레올라에게 받은 1달러를 도로 줬어. 벌금을 받긴 받아야 해. 하지만 다른 방법이 있겠지."

"감옥을 빨리 수리해야 해."

"바깥채에 듀발을 가뒀을 때 메리가 난리도 아니었어. 밤사이 거의 폭발할 지경이라고 했다니까!"

"어이구, 메리를 화나게 해선 안 되지. 교육감에게 말해보긴 할 텐데, 교육감은 늘 예산이 빠듯하다고 하니까."

"그 사람이 빠듯하게 구는 거지. 그 볼기짝을 보라고."

모지스가 치페와어로 말했다. 치페와어로 말하면 거의 모든 것이 훨씬 더 재미있어졌다. 토머스의 어지러웠던 마음이 웃음 덕분에 정돈되었다. 커피도 좋은 영향을 준 것 같았다.

"듀발의 이야기를 소식지에 실어야 해. 자세한 사항을 좀 적어줘."

"짐 듀발은 이번 달 소식지에도 이미 실렸는걸."

"공개적인 수치심은 도움이 안 되나보군." 토머스가 말했다.

"짐에게는 안 통하지. 그런데 불쌍한 레올라는 어딜 가든 고개를 들지 못해."

토머스는 절레절레 고개를 흔들었지만, 자치회의 대다수가 지역 소식지에 그달의 체포 사건과 벌금형에 대해 싣는 것을 투표로 찬성했다. 한편 모지스는 사우스다코타주 애버딘에 있는 인디언사안지 역사무국에 좋은 친구를 두고 있었다. 그 친구는 모지스에게 인디언들을 해방시키겠다는 의미가 담긴 발의안 한 부를 보내주었다. 그게 신문에서 쓴 단어였다. 해방시키다. 토머스는 법안을 아직 보지 못했다. 모지스가 그에게 서류봉투를 건네주며 말했다. "우리를 버리겠다는 거지." 서류봉투는 그리 묵직하지 않았다.
"버린다고? 난 그게 해방인 줄 알았는데."
"그게 그 말이야." 모지스가 말했다. "나는 한 단어 한 단어 전부 다 읽었어. 버리겠다는 게 그들의 뜻이야."

* * *

**큰 가게** 바깥에 있는 주유 펌프에서 에디 밍크가 토머스를 붙잡았다. 에디의 회색빛 긴 더벅머리가 군데군데 뭉친 채, 벗겨질 듯 입은 군용코트 깃 안으로 들어가 있었다. 에디의 얼굴은 불거진 혈관들로 뒤덮여 있었다. 종기가 여럿 난 코는 보랏빛이었다. 한때는 잘생긴 얼굴이었고, 아직도 노란색 실크 스카프를 영화배우들이 하는 아스코트 타이처럼 매고 다녔다. 에디가 토머스에게 술값을 내줄 수 있냐고 물었다.
"안 돼." 토머스가 말했다.
"나는 자네가 다시 시작하는 줄 알았는데."
"마음을 바꿨다네. 게다가 자네, 부족에게 새 감옥 문도 빚진 것 아닌가."

에디는 토머스에게 해방에 대한 이야기를 아느냐고 물으며 말을 돌렸다. 토머스가 알긴 하지만 그것은 해방이 아니라고 얘기했다. 그 누구보다도 먼저 에디가 법안에 대한 소식을 들었다는 것이 흥미로웠다. 하지만 에디는 원래 그런 사람이었다. 한때 총명했던, 그리고 여전히 새로운 소식들을 뒤지고 다니는 사람.

"나도 들은 바가 있어, 아무렴. 괜찮은 소식 같던걸." 에디가 말했다. "그렇게 되면 내 땅을 팔 수 있잖아. 20에이커가 내가 가진 전부라고."

"하지만 그러고 나면 이제 갈 수 있는 병원이 없을걸. 치료소도 없고, 학교도 없고, 농장 대행인도 없고, 아무것도 없을 거야. 자네 머리 하나 쉴 곳조차 없을 걸세."

"난 아무것도 필요 없어."

"정부 지원 물품도 없게 돼."

"땅 판 돈으로 알아서 사먹으면 되지."

"법적으로 자네는 인디언이 아니게 될 거야."

"법이 뭐라 하건 내가 인디언인 건 변하지 않아."

"그래, 그럴 수도 있지. 땅 팔아서 얻은 돈이 다 떨어지면 어쩌려고. 그땐 어떻게 하게?"

"하루 벌어 하루 살지 뭐."

"자네 같은 사람이 바로 저들의 입맛에 딱 맞는 그런 인디언이야." 토머스가 말했다.

"나는 술주정뱅이야."

"만일 이 안이 공식 통과되면 우린 전부 다 그렇게 될 거야."

"그래, 그럼 통과되라지!"

"에디, 돈이 자네를 죽일지도 몰라."

"위스키에 잠겨 죽나? 응? 니지?('내 친구'라는 뜻의 치폐와어—옮긴이)"

토머스가 웃었다. "자네가 생각하는 것보다 좀 더 추한 방식일 테지. 그것이 모든 어르신들께 끼칠 영향은 어떻고? 자기 땅을 지키고 싶어 하는 사람들은? 생각해봐, 니지."

"네 말이 맞는 건 알아." 에디가 말했다. "그저 지금 당장은 네 말을 받아들이고 싶지 않은 것뿐이야."

에디가 계속 중얼거리며 발길을 돌렸다. 그는 아버지가 남긴 재분배 농장에 있는 작은 헛간에 혼자 살았다. 그 헛간에선 타르 종이마저 너덜거렸다. 보호구역이 건조한 까닭에, 질 나쁜 사제 술을 잔뜩 마신 에디는 반쯤 눈이 멀었다. 저기 블루는 에디가 사제 술을 마시는 것을 막아보려고 초크체리 와인을 담글 때마다 그에게 한 병씩 가져다주었다. 겨울에는 토머스가 아들 웨이드를 집에 남아 있는 말 등에 태워 에디가 살아 있는지 보라고, 살아 있거든 장작을 패주고 오라고 보냈다. 젊은 시절 토머스는 친구 아킬레와 에디랑 함께 부시 댄스를 추러 다녔다. 에디는 얼마나 술에 취해 있건, 천사 혹은 악마처럼 바이올린을 연주할 수 있는 친구였다.

~

**대부분의 사람들은** 큰 도로가에 집을 지었지만, 와샤스크의 농장은 길게 휘어진 길 끝자락, 풀로 덮인 언덕 바로 너머에 있었다. 옛집은 2층 높이였고, 참나무 목재를 손도끼로 다듬어 만들었다. 이제는 낡아서 회색빛이었다. 새집은 안온한 정부지원 오두막이었다. 와샤스크가 할당 토지와 함께 이 옛집을 매입한 것은 1880년의 일로, 아직

인디언보호구역이 야금야금 줄어들기 전이었다. 그가 이 땅을 살 수 있었던 것은 이곳에 우물이 필요했기 때문이었다. 우물은, 또 다른 이야기다. 아무튼 10년 전, 토머스네 가족은 자격요건을 충족해 정부주택사업 대상자가 되었다. 집이 나타났을 때, 육중한 트레일러가 들어왔을 때 가족들은 무척이나 들떴었다. 겨울에는 토머스, 로즈, 로즈의 어머니 노코, 그리고 그때그때 바뀌는 돌봄 아이들과 아직 독립하지 않은 친자식들이 따뜻한 새집에서 잤다. 오늘은 날이 따뜻해서 토머스는 옛집에서 쉴 수 있었다. 그는 두터운 울 소재의 누비이불 밑에 몸을 뉘일 순간을 간절히 바라며 내시를 주차하고 나왔다.

"나 모르게 슬그머니 나갈 생각일랑 다신 말아!"

로즈와 로즈의 어머니가 말싸움을 하고 있었다. 그렇다면 옛집으로 바로 들어가는 게 어떨까 하고 토머스는 생각했다. 그러나 로즈가 문밖으로 몸을 내밀며 말했다. "집에 왔구먼, 이 늙은이!" 그녀의 미소는 해사했다. 문을 쾅 닫고 집 안으로 다시 들어가버렸지만, 그렇다 해도 토머스는 로즈의 기분이 좋다는 걸 알 수 있었다. 토머스는 늘 무언가를 하기 전에 로즈의 기색을 살폈다. 오늘은 매몰차긴 해도 활기찼기에, 토머스는 문을 열고 안으로 들어갔다. 로즈가 돌보고 있는 이제 막 걷기 시작한 아기들이 커다란 아기침대 안에서 옹알거리고 있었다. 토머스를 위해 준비한 설탕막을 씌운 시나몬롤 두 개가 탁자 위에 놓여 있었다. 그리고 오트밀 한 그릇. 또한 여전히 알을 낳는 누군가의 닭들 덕분에 달걀도 있었다. 로즈는 돼지기름에 빵 두 장을 굽고 있었다. 토머스가 자리에 앉자 그녀가 구운 빵 두 장을 접시 위에 툭 던지듯 놓았다. 토머스는 물통에서 물을 따랐다. 물이 가득 찬 물통은 그게 마지막이었다.

"물은 잠깐 자고 일어나서 길어올게." 토머스가 말했다.
"지금 당장 필요해."
"너무 피곤해. 땅으로 꺼질 것 같아."
"그럼 빨래는 이따 해야겠네."
그녀로서는 쉽지 않은 양보였다. 로즈는 돌돌이 물갈퀴를 빨래통에 달아 사용했고, 햇빛의 건조력을 십분 활용할 수 있게 일찍 빨래해두는 것을 좋아했다. 로즈의 희생 덕에 토머스는 가까스로 자기 자신을 미워하지 않으며, 감동의 마음으로 음식을 먹었다.
"내 사랑." 토머스가 말했다.
"내 사랑 이러쿵, 내 사랑 저러쿵." 그녀가 볼멘소리를 했다.
그녀가 마음을 바꾸기 전에 토머스는 밖으로 나왔다.

**옛집의 잠든** 바닥에 햇살이 넘실거렸다. 때늦은 파리 몇 마리가 유리창에 머리를 찧고 있었고, 몇몇은 바닥에서 뱅글뱅글 돌며 죽어가고 있었다. 누비이불 위가 따뜻했다. 토머스는 바지를 벗고 잡힌 각을 더 날렵하게 할 요량으로 다림질 선을 따라 개켰다. 그는 내복 하의 한 벌을 늘 베개 밑에 두었다. 재빠르게 내복 하의를 입고 셔츠는 의자에 걸어둔 다음, 두툼한 이불 속으로 들어갔다. 그 이불은 대대로 내려온 모직 코트 여러 벌에서 남은 헝겊 조각들을 기워 만든 것이었다. 이 부분은 그의 어머니의 남색 코트이다. 내다 팔려고 만든 모직 이불을 코트로 만들었다가 다시 이불로 기워냈다. 이 부분은 원래 아들들이 입었던 솜을 넣어 만든 격자무늬 모직 재킷이었는데 구멍이 나고 낡게 되었다. 그 재킷들은 들판을 내달리고 꽁꽁 언 언덕을 미끄러져 내려오고 개들과 함께 뒹굴다가, 자식들이 일하러 도시로 떠나자 이곳에 남겨졌다. 이 부분은 신혼 초 로즈가 입던 코트의 일부로, 푸른빛이 도는 회색이고 지금은 얇게 닳아버렸다. 하지만 그녀가 토머스를 뒤로 하고 걸어가다가 멈춰 서서 돌아보고 웃던, 짙은 남색 클로슈 모자의 챙 아래에서 그를 보던, 감히 그녀를 사랑해도 될지 겁먹게 했던 그 운명 같은 형체는 아직도 남아 있었다. 너무나 어렸었다. 열여섯. 이제는 결혼한 지 33년째였다. 로즈는 베네딕도수녀회의 자선회 창고에서 일했고, 그녀가 가진 코트는 대부분 거기서 가져온 것이었다. 하지만 토머스가 입는 단추가 두 줄 달린 낙타색 코트는 그가 추수 일꾼으로 일해 번 돈으로 산 것이었다. 장성한 아이들이 그 코트가 다 떨어지도록 입었지만, 그래도 그는 코트에 잘 어울리는 중절모를 가지고 있었다. 그 모자를 어디에 뒀더라? 키 큰 서랍장 위에 놓인 상자 안에 있는 것을 마지막으로 보았었는데. 코트들, 그리고 그것들을 이어주는 실과 매듭을 복기하는 일은 토머스를 그저 포근하게 감싸주었다. 그리고 형 팰런의 군용코트를 지나 내달리기 전에 토머스를 잠들 수 있게 해주었다. 너무 오랫동안 군용코트에 대해 생각하다간 그것이 그를 깨울 터였다.

   토머스는 자신이 의식할 수 있는 마지막 생각을 아버지의 오래되고 소박한 갈색 코트에 남겨두었다. 언덕 아래, 늪 건너, 들판의 아무것도 심지 않은 밭이랑 너머, 자작나무와 참나무 숲을 통과하면 오솔길이 있었다. 이 오솔길은 그들의 땅 사이를 지나가고 있었고, 그 길을 따라가다 보면 아버지의 집 문 앞에 닿게 되었다. 아버지는 이제 너무 많이 늙어서 하루의 대부분을 잠으로 보냈다. 아버지는 아흔넷이었다. 아버지를 생각할 때면 평화가 토머스의 가슴에 천천히 깃들며 햇살처럼 그를 감쌌다.

# 복싱 코치

로이드 반스가 수학을 가르치는 학생 중에서 가장 명석한 학생이 우드 마운틴이라는 이름으로 경기에 참가하고 있었다. 그는 작년에 졸업한 학생이었지만, 여전히 반스가 주민회관 창고에 차려놓은 체육관에서 훈련했다. 정신만 잘 다잡으면 이 젊은이는 유명해질 거라고 사람들은 말했다. 밀짚 같은 굵은 금발에 체격이 큰 로이드 반스는 그의 복싱 클럽 학생들과 함께 훈련했다. 그들은 3-3훈련을 했다. 3분 동안 줄넘기를 하고, 쉬고, 3분 동안 줄넘기를 하고, 또 쉬고, 다시 3분. 반스는 모든 훈련을 이런 식으로 계획했다. 학생들이 뛰게 될 복싱 경기 라운드와 같은 인터벌 운동이었다. 그는 학생들과 직접 스파링을 하면서 기술에 관해 지도했다. 반스는 아이오와에서 자신의 삼촌, 진 '더 뮤직' 반스에게 복싱을 배웠다. 삼촌은 링 위에서 특별한 존재감을 뿜내던 선수였다. 별명이 '더 뮤직'이었던 것이 삼촌의 본업이 밴드 리더였기 때문인지, 상대를 앞에 두고 스텝을 밟을 때 노래를 흥얼거리는 습관 때문이었는지, 혹은 스포츠 신문에서 항상 아무개가 최고의 복싱 선수인 "더 뮤직과 맞붙게" 될 거라고 보도했던 탓인지 반스는 결코 확실한 답을 알 수 없었다. 반스는 한 번도 삼촌만큼 성공한 적이 없었다. 그리고 타격이 심했던 케이오를 당한 후에는 무어헤드에 있는 교원 양성소에 가는 것이 자신의 운명이라 결정했다. 그는 제대군인원호법이 제공하는 학교에 진학했고, 그때 받았던 장기 대출은 인디언보호구역에서 일하겠다고 지원하자 탕감되었다. 그 후 세 차례 전근을 했는데, 그랜드포티지에서 레드레이크로, 레드레이크에서 록키보이로 옮겼고, 터틀마운틴에서 일한 지는 이제 2년이 되었다. 그는 이곳이 마음에 들었다. 그리고 터틀마운틴에는 눈길 가는 여성이 한 명 있었고, 그녀가 자신을 알아봐주길 기대하고 있었다.

**지난 주말** 로이드 반스는 키드 랩퍼토와 세버린 보이드가 골든 글로브를 두고 벌이는 경기를 보기 위해 그랜드포크스에 다녀왔다. 그는 학생들과 줄넘기를 하면서 보이드와 랩퍼토가 각자의 코너에서 나와 마치 고양이가 그러하듯 얼마나 빠르게 서로를 때렸는지 생각했다. 두 선수 모두 속도가 너무 빨라서 서로 스치듯 닿는 펀치 이상으로 가까이 닿을 수 없었다. 다섯 라운드 내내 그랬다. 부둥켜안았다가 떨어졌다가, 다시 허공을 가볍게 가르는 아름다운 몸놀림들. 랩퍼토는 상대를 지치게 만드는 것으로 유명했으나 보이드는 대개 상대와 거리를 두었고 괜한 힘 빼는 일을 거의 하지 않았다. 여섯 번째 라운드가 펼쳐지는 동안 보이드가 무언가를 했고, 반스는 그 행동이 미심쩍었지만 그만큼 감탄스러웠다. 보이드는 한 발짝 뒤로 물러서더니 가드를 내리고 자신의 복싱 트렁크의 위치를 조정했다. 그러더니 무표정한 얼굴로 랩퍼토를 쳐다보았고, 거의 동시에 타격 거리가 긴 레프트 잽을 예고 없이 날려 랩퍼토의 머리를 가격했다. 보이드는 이 순간까지 경기 내내 속임수를 쓰고 있었던 것이었다. 뜻밖의 순간에 가드를 내리는 것. 마치 복싱 트렁크에 어떤 문제라도 있는 양. 그리고 그 무표정한 얼굴. 때때로 마치 그가 랩퍼토에게 주술을 걸고 있는지도 모를 듯이. 그런 움직임들은 무해해 보였고, 별다른 의미가 없는 것처럼 보였었다. 보이드가 다시 한 번 왼쪽으로 펀치를 날려 이번에는 랩퍼토의 가드 아래 몸통 쪽으로 들어온 다음, 오른쪽 머리를 가격해 랩퍼토가 순간 넘어지고 결국 움직임을 영영 멈춰 보이드가 경기를 이기게 됐을 때까지는 말이다.

링 옆에 앉아 있던 반스는 영어교사 겸 연극반 담당인 레이놀드 자비스에게 도움을 청했다.

"우린 연기 코치가 필요해." 반스가 말했다.

"장비가 더 필요하지." 자비스가 말했다.

"지금 글러브를 사려고 모금 중이야."

"스피드백은 어쩌고? 또 헤비백은?"

"부대자루랑 톱밥이 있잖아. 그리고 오래된 타이어 몇 개도."

"그래. 무슨 말인지 알겠어. 연기가 도움이 되긴 하겠네."

많은 것들, 이를테면 힘, 심지어 지구력조차 속일 수 있었다. 혹은 —이것이 훨씬 더 중요한데— 많은 것들을 '숨길' 수도 있었다. 예를 들어 반스가 가르치는 학생들 중 가장 전도유망한 꼬마 복서인 아지작('두루미'라는 뜻의 치폐와어—옮긴이)은 그의 이름에 걸맞게 왜가리처럼 보였다. 아지작은 반스처럼 마르고 키가 컸으며, 너무 불안해하는 나머지 마치 떨고 있는 것처럼 보였다. 아지작은 송구한 사람처럼 보였다. 하지만 이 소년의 레프트 잽은 깜짝 놀랄 만했고, 리치(복싱에서, 팔을 완전히 폈을 때 손끝이 미치는 범위—옮긴이)는 해변의 새 같았다. 그리고 타고난 재능은 탁월하지만 집중하는 법을 모르는 포키 퍼랜토가 있었다. 레버드 스톤 보이, 캘버트 세인트 피어, 다이시 아시기낙, 가닛 폭스, 그리고 케이스 앨러리까지 모든 학생들이 잘 성장하고 있었다. 웨이드 와샤스크는 복싱 경기에 나가게 해달라고 어머니를 설득하고 있었다. 웨이드도 본능적인 직감은 없었지만 전도유망한 선수였다. 판단력은 좋은데 주먹을 날리기 전에 두 번 생각했다. 반스는 많은 시간을 들여 직접 차를 몰아 학생들을 데리고 다른 마을 선수들과 경기를 하러 다녔다. 인디언보호구역 밖, 자기네 인기 선수가 경기에서 지면 인디언식 전쟁 함성을 내지르며 야유를 퍼붓는 군중이 있는 곳들이었다. 반스는 경기나 연습을 마치면 직접 학생들을 차에 태워 데려다줬다. 통학버스가 끊긴 이후로도 오랫동안 계속되었기 때문이다.

  지금은 학생들이 완전히 잘못된 방식으로 근력 운동을 하고 있었다. 반스는 학생들을 교정해주었다. 그는 왼쪽으로 너무 무거운 중량을 들게 하는 것을 꺼렸는데, 이는 더 뮤직의 유명한 '놀람 교향곡', 즉 예측할 수 없는 강력한 스트라이크의 돌풍만큼 빠른 레프트 잽을 학생들이 모두 날릴 수 있게 훈련시키는 것이 반스의 목표였기 때문이었다. 더 뮤직은 놀람 교향곡으로 과거 에저드 찰스를 링으로 강하게 밀어붙였던 적도 있었다. 뭐, 그건 물론 찰스의 전성기가 도래하기 전, 그가 최고가 되기 전의 일이긴 했다. 아무튼 더 뮤직은 영리한 선수였다. 결국에 가선 어느 싸움꾼과 맞닥뜨려 비장이 파열되고 말았지만.

  용접 수업을 받은 적이 있는 우드 마운틴은 크기별로 깡통에 모래를 채운 뒤 다시 용접해 붙여 복싱 동아리용 근력 운동 기구를 만들었다. 이 기구들은 무게가 일정하지 않았기 때문에 학생들은 힘을 기르기 위해 $1\frac{1}{2}$, 3, $7\frac{1}{4}$, 12, 18, 23파운드 무게의 모래 깡통을 들어 올렸다. 하지만 속도 훈련을 위해 반스는 색다른 것들을 했다.

"자, 봐." 반스가 말했다.

그는 오른손으로 주먹을 쥐고 손가락 관절을 벽에 대고 눌렀다.

"나처럼 해봐."

모든 학생들이 주먹을 쥐고 반스를 따라 했다.

"눌러, 눌러." 반스가 말했다. 팔뚝 근육이 타는 것 같을 때까지 그는 다시 주먹을 벽에 대고 눌렀다. 위로 올린 머리칼이 이마로 내려왔다.

"더 세게… 좋아. 힘 풀고."

학생들이 손을 주무르며 뒤로 물러났다.

"이제 왼쪽."

이것은 펀치에 무게감을 더해줄 근육들만 단련하는 훈련법이었다. 더 뮤직은 속도와 눈에 보이지 않는 움직임에 집착하는 선수였다. 그는 반스에게 정신 단련법도 알려주었다. 반스가 쉬는 시간이라는 신호를 보냈다. 학생들은 물이 위로 솟는 식수대 앞에 줄을 선 후, 반스 주위로 둘러섰다.

"스피드 훈련이다." 반스가 말했다. "자신이 생각하는 가장 빠른 것을 한 사람씩 말해보도록."

"번개요." 다이시가 말했다.

"악어거북이요." 악어거북에게 물려본 적이 있는 웨이드의 대답이었다.

"방울뱀이요." 가족과 함께 몬태나를 오가는 레버드의 말이었다.

"재채기요." 포키가 말하자 모두들 웃었다.

"물론 우렁찬 재채기겠지." 반스가 말했다. "폭발적인! 자, 그런 펀치를 만드는 거야. 예고 없는 펀치 말이야. 이제 각자 머릿속에 떠올려보자. 너희들이 한 번도 보지 못한 가장 빠른 것. 지금부터 섀도복싱이다. 매일 하듯이 3분 하고, 3분 쉬고."

학생들이 페이크 펀치를 날리다가 콤비네이션 펀치를 휘두르고 다시 그것을 반복하는 동안, 반스는 스톱워치를 꺼내 들고 학생들 뒤쪽을 어슬렁거렸다. 그러다가 케이스의 동작을 멈추게 한 뒤 그의 팔을 툭툭 쳤다.

"팔꿈치 벌리지 마! 잽을 똑바로 봐야지!"

학생들의 향상된 실력을 보며 반스는 고개를 끄덕였다.

"팔 뒤로 빼지 말라고! 빼지 마!"

반스는 포키에게 움찔하지 않는 법을 가르치기 위해 포키 쪽으로 주먹을 날렸다. 반스는 포키가 왜 움찔하는지 알고 있었다. 누구 때문에 그러는지도.

반스는 학생들에게 인터벌 전력 질주를 시킨 후 마무리 운동으로 몇 번 더 느린 속도로 달리게 했다. 캘버트와 다이시는 걸어서 갈 수 있을 정도로 가까운 곳에 살았다. 나머지 학생들은 반스의 차 안에 다닥다닥 붙어 탔다. 집에 데려다주는 동안 반스는 보이드가 랩퍼토를 어떻게 꺾었는지 이야기해주었다. 제대로 설명된 것 같지 않았다. 생생하게 묘사할 수가 없었다.

"자비스 선생님이 직접 보여줘야 할 것 같구나." 결국 그렇게 얘기했다.

포키가 늘 가장 늦게 내렸다. 그의 집이 가장 멀었고, 차로 갈 수도 없는 길이었다. 하지만 반스는 나중에 후진으로 나와야 함에도 불구하고 길 끝까지 태워주겠다고 고집을 부렸다. 처음에는 퍼랜토 씨가 어떤 사람인지 알기 때문에 포키가 괜찮은지를 확인하고 싶어서 그랬다. 그러다 픽시를 보게 되었다. 이제 반스는 혹시라도 장작을 패는 픽시를 볼 수 있을까 싶어 그 길 위로 차를 몰았다. 픽시. 그녀의 두 눈!

**음식이 뚝** 떨어진 직후, 반스가 교사식당에 도착했다. 그는 '독신 남성 전용공간'인, 미루나무 아래의 흰색 작은 단층집에 살았다. 여성 교사들과 다른 정부 기관 종사자들은 이층짜리 벽돌집에 살았는데, 그곳 2층에는 여유로운 크기의 방 네 칸이 있었고, 1층에는 방 두 칸이 있었다. 그리고 공용 주방이 있었으며, 큼직한 지하에는 휴게실과 관리자 겸 요리사인 저기 블루가 머무는 작은 방이 있었다. 저기는 설거지와 함께, 대걸레로 주방에서 나오는 길을 닦을 준비를 하고 있었다. 그녀가 늘 저녁 7시에 하는 일이었다. 저기는 키가 작고 땅땅하며, 근육질에 총명해 보이는 40대 여성이었다. 그녀도 토머스와 함께 부족 자문위원회에 속해 있었다. 반스처럼 저기도 늘 담배를 끊으려고 했는데, 그 말인즉슨 두 사람이 금연에 실패하는 날이면 늘 같이 실패한다는 뜻이었다. 하지만 오늘 밤은 실패가 아니었다. 아마도 아닐 터였다. 반스는 이따가 우드 마운틴과 훈련하기로 되어 있었다.

저기는 반스를 위해 늘 접시에 저녁식사를 잔뜩 담아놓고 따뜻하게 데워놓았다. 아끼는 여섯 구짜리 조리용 레인지의 보온 오븐에서 파이 접시를 꺼냈다. 이 레인지의 속은 까만색 점박이 무늬가 박힌 에나멜이었고, 겉은 스테인리스 스틸로 마감되어 있었다. 그리고 레인지에 오븐이 한 개도 두 개도 아닌 세 개가 탑재되어 있었다. 저기의 완강한 의지에 따라 데블스레이크에서 실어온 레인지였다. 저기는 토스크 교육감에게 영향력이 있는 사람이었다. 이 비싼 레인지 덕분에 그녀는 몇 가지 요리를 동시에 구울 수 있었고, 심지어 저온에서 장시간 요리한 비프스튜도 만들 수 있었다. 그녀의 비프스튜는 무척 유명했다. 직접 숙성한 초크체리 와인 한 병 전부와 토머스에게서 산 당근을 넣고—토머스는 겨울에 자신의 지하 저장고에 있는 모래통 깊은 곳에 당근을 묻어놓았다— 아주 오래된 압력 냄비에서 스튜를 만들었는데, 이 냄비는 지난 세기에 황소 무리가 육로로 가져온 것이었다. 그녀는 보호구역에 있는 모든 사람들한테 온갖 물건들을 얻어왔다. 그건 참 신기한 일이었는데, 왜냐하면 그녀는 정말이지 매력이라고는 없는 사람이기 때문이었다.

"포트파이야." 저기가 말했다. 그리고 그녀는 대걸레 들통을 채우러 다시 돌아갔다.

세상에나. 반스는 배가 고팠다. 늘 배가 고팠다. 그리고 포트파이는 믿고 먹을 수 있는 저기의 요리 중에서 그가 가장 좋아하는, 혹은 두 번째로, 혹은 세 번째로 좋아하는 음식이었다. 그녀는 세인트존에서 가져온 돼지기름을 사용했는데 그중에서도 지방이 풍부한 부분을 사용했고, 닭은 후테르파 집단거주지 경계선 너머에서 가져왔다. 그녀가 매년 캐서 저장해놓는 펨비나 감자는 알이 작은 새것이었는데, 시기가 9월이기 때문이었다. 당근은 완벽하게 푹 익혔지만 물컹하지는 않았다. 소금을 약간 뿌린 금빛 그레이비소스. 갈색빛이 돌게 익힌 네모난 모양의 부드러운 양파들. 그녀는 잔지바르 후추를 아낌

없이 뿌렸다. 반스는 다 먹고 나서 고개를 꾸벅 숙여 절했다. 몇몇 교사들은 저기 때문에 계약을 연장하기도 했으니, 토스크 교육감에게 미치는 그녀의 영향력이 어디에서 비롯된 것인지 찾기란 어렵지 않았다.

반스는 한숨을 내쉬고 파이 접시를 카운터로 가져갔다.

"오늘 건 더 맛있었어요."

"흠. 담배 있어?"

"아니요. 이번에는 정말 끊었거든요."

"나도 그래."

두 사람은 잠시 말을 멈췄다. 혹시라도…

"일단 바닥부터 다 닦고." 저기가 말했다. 그러고는 허리를 쭉 펴고 서서 눈을 가늘게 뜨고 주변을 흘긋 본 다음, 카운터 아래에서 포장한 소포 꾸러미를 빨리 꺼냈다. 아들을 위한 저녁. 저기가 반스에게 아무것도 아닌 양 꾸러미를 건넸다.

**우드 마운틴은** 이미 체육관에 와 있었다. 반스가 왔을 때 그는 톱밥으로 만든 샌드백을 치고 있었다. 우드 마운틴이 왼손으로 샌드백을 칠 때마다 미세한 먼지바람이 부대자루에서 솟았다. 그는 오른손잡이였지만, 그럼에도 왼쪽 힘이 더 좋았다. 반스는 우드 마운틴이 가져온 반듯하게 말아둔 옷 옆에 저기가 준 꾸러미를 놔두었다. 우드 마운틴은 저기와 아킬레 아이언 베어 사이에서 태어난 아들이었다. 수Sioux족 남자였던 아킬레 아이언 베어의 할아버지는 리틀빅혼강 전투 후에 시팅 불과 북쪽으로 도망간 사람이었다(1876년 시팅 불이 이끄는 원주민 부족이 리틀빅혼강 근처에서 미 연방군에 대승을 거두었지만, 이

듬해 보복에 못 이겨 캐나다로 넘어갔다—옮긴이). 많지 않은 수의 가족들이 캐나다에 남았고, 몇몇은 우드 마운틴이라 불리는 평원 위의 안전한 지점에 머물렀다. 대부분 사람들은 저기의 아들의 진짜 이름을 잊었고 그의 아버지가 온 장소로 이름을 붙여 불렀다.

"좋아 보이는데." 재킷을 벗으며 반스가 말했다.

반스는 자신이 오래된 말 담요를 바느질해서 만든 패드를 골랐다. 그 패드에는 더 많은 톱밥이 들어 있었다. 그는 패드를 잡아들고서 우드 마운틴이 칠 수 있도록 리듬감 있게 이리저리 스텝을 밟았다. 패드에는 동그란 모양의 빨간색 헝겊이 누더기가 된 채 덧대어져 있었다. 반스는 며칠에 한 번씩 동그라미의 위치를 바꾸어주었다.

"넌 스트라이크를 날리기 전에 몸에 힘을 너무 줘. 힘 빼." 반스가 말했다.

우드 마운틴은 잠시 멈춘 뒤, 힘을 뺀 팔을 덜렁거리며 제자리뛰기를 했다. 이내 다시 시작했다. 반스는 패드 뒤로 충격에 충격을 흡수하면서 팔뚝이 아프기 시작했다. 우드 마운틴이 들어오기 전에 반스가 링을 떠난 건 다행스러운 일이었다. 반스가 좀 더 키가 컸지만 두 사람은 같은 체급에서 경기를 뛰었을 터였다. 둘 다 대개는 최고 170파운드에 이르는 미들급이었다. 비록 지금은 반스의 무게가 좀 더 나갔지만 말이다. 반스는 저기를 탓했다.

# 노코

**토머스는** 잠의 수면 근처를 유영했다. 그는 회반죽 뒤꼍과 지붕에 올린 보온용 갈대더미를 신나게 내달리는 쥐들의 소리를 들었다. 자동차가 지나가는 소리, 그리고 아버지가 아직도 가지고 있는 마차 소리가 들렸다. 로즈와 딸들은 큰 소리를 내며 웃고 있었다. 빽 소리를 지르는 아기들. 떠오르려는 부력이 너무 강했다. 그는 다시 소음의 수면 아래로 가라앉기 위해 자신에게 무게를 더하려 애썼다. 베개를 머리 위로 끌어 올리고 잠들었다. 다시 깨어났을 때 햇살은 더 약해져 있었고, 등은 절반쯤 탔으며, 몸은 그가 얇은 매트리스에 핀으로 고정시킨 기분 좋은 토퍼 속으로 나른하게 가라앉아 있었다. 그는 마침내 몸을 일으켜 옛집을 나와 작은 집으로 걸어가 주방 안으로 들어갔다.

토머스의 딸 샬로는 명민하고 생기 넘치는 고등학교 졸업반 학생으로, 어두운 머리칼을 매일 밤 핀으로 말았으며, 청바지를 발목까지 접어 올려 입었다. 또한 체크 셔츠, 스웨터, 새들 슈즈 차림이었다. 이제 막 열한 살이 된 피는 버터교반기 페달을 밟는 동안 꿈을 꾸는, 좀 더 조용한 아이였다. 로즈는 양파와 감자를 튀기고 있었다. 웨이드는 공중에 펀치를 날리며 집 안과 밖을 오갔다. 아마도 장작통을 채우는 중일 터였다.

그리고 아기들은, 오, 그래 아기들은 늘 무언가를 하고 있었다. 한 명은 자면서 칭얼대고 있었고, 다른 한 명은 자신의 통통한 발을 입에 넣으려고 애쓰고 있었다.

로즈는 난로 위에 뜨거운 물이 든 주전자를 준비해두었다. 그녀가 대야를 가리켰다. 토머스가 적당량을 대야에 부었고, 로즈가 물통에 있던 차가운 물을 한 국자 떠서 더했다. 토머스는 씻은 다음 면도용 구리 머그에서 비누 거품을 재빠르게 퍼올려 윗입술에 펴 발랐다. 깎아서 만든 나무 틀 안에 있는 작은 정사각형 거울은 로즈의 거울이었다. 질 좋은 두꺼운 유리였고 은으로 잘 코팅되어 있었다. 두 사람이 결혼할 때 로즈가 가져온 것이었다. 토머스의 얼굴에는 털이 마흔 가닥쯤 있었다. 그는 면도날을 갈고 공들여 면도를 했다. 그러고서 윗옷을 벗고 헝겊으로 몸을 깨끗하게 닦았다. 마지막으로 헝겊을 침실로 던졌다.

로즈의 어머니가 개수대 옆 의자에 앉아 반쯤 졸고 있었다. 노코는 살짝 코를 골며 고개를 떨구고 있었다. 그녀의 연약하고 오래된 두개골은 갈색 머리스카프에 묶여 있었고, 처진 꽃잎 같은 귓불에는 작고 동그랗게 만든 조개껍질이 달려 있었다. 거친 두 손은 허벅지 위에서 쉬는 중이었다. 노코는 꿈을 꾸는지 움찔했다. 그러고는 갑작스레 고개를 들고서 입술을 올려 이를 드러내더니 고양이처럼 쉬익 소리를 냈다.

"엄마, 왜 그래?"

"가디피야! 그가 다시 왔어!"

"가윈('아니'라는 뜻의 치페와어—옮긴이), 괜찮아. 그건 오래전 일이야."
로즈가 말했다.

"그가 바로 저기에 있잖니." 그녀가 말했다. "또 우리 집에 쳐들어 왔어!"

"아니야, 엄마. 저건 토머스잖아."

노인이 의심의 눈초리로 쏘아봤다.

"저 남자는 늙은이잖아. 토머스는 젊다고." 노코가 말했다.

로즈는 웃음이 나는 것을 숨기느라 손으로 입을 가렸다.

"노코, 그게 무슨 말이에요. 제가 이제 늙었다는 말이에요?" 토머스가 지그시 미소 지었다.

"난 바보가 아니야, 아키웬지('늙은 사람'라는 뜻의 치페와어—옮긴이)! 당신은 토머스가 아니야."

이 말을 하는 노파는 확고한 분노에 차 있는 채로, 서서히 자신의 마른 팔을 접어 올렸다. 그리고 그 모습 그대로 노코는 토머스가 하는 모든 행동을 지켜보았다. 토머스가 테이블에 앉았다.

"여긴 왜 온 거지?" 노코가 말했다. 로즈가 앞에 놓고 간 접시 위에 놓인 튀긴 반죽을 토머스가 먹는 동안, 노코는 토머스를 쏘아보았다. "당신 우리 딸을 쫓고 있는 게야?"

"아니요!"

"왜 아니야?"

"노코, 저는 토머스예요. 늙어버렸죠. 저도 어쩔 수 없었어요."

"로즈도 늙었어." 노코는 눈을 크게 뜨고서 머리가 거의 다 허옇게 센 당신의 딸을 무기력하게 바라보았다.

"로즈는 늙은 게 맞아. 로즈는 늙은 게 맞다고." 노코가 놀라워하는 목소리로 말했다.

"엄마도 늙었거든." 로즈가 짜증 난 목소리로 말했다.

"아마도 그렇겠지." 노코가 술수 가득한 눈으로 은근슬쩍 토머스를 보며 말했다. "자네, 나를 집으로 데려다줄 텐가? 난 이곳이 진절머리 나."

"그런 식으로 토머스에게 말하지 마." 로즈가 울부짖듯 소리쳤다.

노코가 현실에서 너무 멀어질 때 로즈는 힘들어했다. 마치 소리를 지르면 한때 서로 함께 나누었던 현실로 노코를 확 끌어당길 수 있다는 듯 로즈는 소리를 질렀다. 다시 마음을 다잡은 로즈가 빨래를 한 아름 들고 탈수기가 설치되어 있는 헛간으로 서둘러 나가버렸다. 토머스는 마지막 물이 흘러내려가는 소리를 들으면서, 남편이 잘 수 있도록 로즈가 빨래를 하지 않고 기다렸음을 알아차렸다. 빗물 받는 통이 비어 있었다. 빨리 호숫가에 있는 우물에 가서 물통을 채워야 했다. 토머스는 노코의 손에 자신의 손을 대고 말했다. "피곤하신 것 같아요. 제가 침대까지 바래다드릴까요? 거기서 주무실 수 있도록?"

"나는 이 의자에서 벗어날 수가 없어."

"제가 일어날 수 있게 도와드릴게요." 토머스가 말했다.

"난 갇혔어."

토머스가 아래를 내려다보니 노코의 길고 두꺼운 흰 머리칼이 문고리를 휘감고 있는 것이 보였다. 할머니 머리에 빗질해주는 것을 좋아하는 샬로가 노코의 머리칼을 풀어진 채로 두었기 때문이었다.

"샬로, 이리 와볼래." 토머스가 딸을 불렀다. 두 사람은 함께 머리칼을 풀었다.

"오, 노코." 샬로가 말했다. "저 때문에 할머니 머리가 잔뜩 엉켰네요!"

"걱정하지 말아라, 아가." 노파가 샬로의 얼굴을 어루만지며 말했다. "네가 무얼 한들 나한테 폐가 되겠니."

하지만 샬로가 엄마를 데리러 밖으로 나가자, 노코는 다시 절망스러워하더니 재차 의자에서 빠져나오려 버둥거렸다. 토머스가 그런 그녀를 제지하고 손을 잡았다.

"가만히 계세요. 넘어져서 다치겠어요."

"그랬으면 좋으련만." 노코가 말했다. "죽었으면 싶어."

"그런 말씀 마세요." 토머스가 말했다.

노코가 토머스를 쏘아보았다.

"제가 사랑하는 사람을 키운 분이잖아요." 토머스가 말했다. "대단한 일을 해내신 거예요."

"그 얘기는 토머스에게 전해주게." 노코가 말했다. "토머스가 그렇다고 하려나 모르겠네만."

토머스는 의자를 감싸듯 손을 뻗어 노코가 두 발로 설 수 있게 도와주었다. 노코는 주저앉았다. 그는 그녀를 부축해 세웠고, 두 사람은 뻣뻣하게 위태로이 침대로 갔다. 로즈가 침대 시트를 벗겨놓았다. 오늘 세탁하는 모양이었다. 노코는 아무것도 깔지 않은 매트리스에 얼굴부터 떨어졌다. 토머스가 그녀의 몸을 굴려 다리도 침대 위로 올라가게 해주었다. 스타킹을 신은 발끝이 하늘로 곧게 솟도록 노코의 자리를 잡아주었다.

"엄마는 우리 매트리스에 그런 식으로 눕히면 안 돼." 로즈가 문가에 서서 말했다. 그녀의 목소리가 꼭 울 것만 같았다. "밑에 부드러운 패드를 깔아야지. 매트리스 단추 때문에 멍이 든단 말이야. 이제 너무 쉽게 멍이 드는 피부가 됐어. 엄마의 간이침대에 깔 좋은 매트리스 패드를 사야 해."

"무슨 돈이 나서?"

"당신이 차 산 돈으로."

토머스는 끓어오르는 분노의 열기를 느끼며 조용히 서 있었다. 이 분노의 열기는 거친 파도를 타고 그녀에게서 떠밀려오는 것이었다. 그러나 거기에 서 있다 보니 이내 화가 가라앉는 것이 느껴졌고, 로즈의 유쾌한 미소도 돌아왔다. 그녀는 숨을 멈추고 웃었다.

"오, 우리 엄마, 어쩌면 좋아. 작은 발이 삐죽 솟았네."

로즈와 토머스는 접은 담요를 조심스럽게 천천히 노인 아래에 깔았다. 그것이 두 사람의 생각에, 할 수 있는 유일한 일이었다. 이제 노코는 그녀의 가라앉는 뗏목을 타고 그들로부터 멀리 떠내려가면서 서서히 잠의 강을 건너고 있었다.

~

**토머스는 자동차** 트렁크에 오래된 캔버스 천을 깔았다. 주말이면 그는 말과 마차를 이용해 식수를 싣고 왔다. 목욕과 청소 용도의 물로는 빗물 통을 활용했다. 겨울에는 눈을 녹였다. 지금은 마구를 씌울 시간이 없었다. 토머스는 무척 조심스러웠다. 차 트렁크에 물을 흘리면 겨우내 얼 것이고, 여름이 되면 곰팡이가 필 게 분명했다. 이렇게 조심하다 보면 오가는 시간은 더 길어졌지만, 그래도 그는 뒷좌석에는 단 한 번도 물통을 싣지 않았다. 물론 웨이드가 그와 함께 갔다. 토머스의 다른 자녀들처럼 똑똑한 웨이드는 월반을 했다. 요새 웨이드는 차근차근 학년을 밟은 소년들과 같은 반에 있었다.

"늙은이 앨버트랑 한 판 했어요, 아빠. 원투를 날려줬죠."
"싸우면 안 돼."
"그러고 나서 끝내주는 쓰리포까지 날려줬어요."
"웨이드?"
"세 단어로도 끝낼 수 있었는데, 네 단어로 한 거예요."
"그래야 내 아들이지. 싸우지 말고 말로 해결하는 게 늘 더 좋아."
"도망가는 것도요. 도망가라고 하셨죠."
"영예로운 도망이지."
"하지만 저는 도망가는 건 싫어요. 그럼 개네들이 저더러 꼬마 누렁이라고 할 거예요."
"네 자신을 스스로 증명할 필요는 없어. 싸우지 않았으면 좋겠다. 그래도 네가 진짜 싸운다면야 골든 글로브감이지. 우드 마운틴처럼 말이야."
"우드 마운틴은 다음 주 토요일에 보티노에서 메인 경기를 해요. 조 워블하고 싸운대요."
"조 워블리진스키! 그날 밤은 휴가를 내야겠다. 너희들 다 데려갈게. 엄마도 데리고 가야지. 간다고 하면."

웨이드는 기쁨에 차서 고개를 끄덕이며 가드를 올렸다. 두 사람은 물통을 채웠다. 로즈가 적어준 리스트에 있는 베이킹파우더, 설탕, 귀리, 차를 샀다. 집으로 돌아가고 나서 토머스는 감자를 캤다. 토머스는 빠르게 작업했고, 웨이드는 그 감자들을 한데 모아 자루에 담았다. 날이 어두워질 때까지 두 사람은 서로 경주를 했다.

## 물 땅

**퍼트리스는** 아픈 목덜미를 문지르며 풀길을 따라 천천히 걸어갔다. 어머니의 사람들이 그곳에, 집 밖에서 야영하고 있을 거라는 걸 퍼트리스는 알고 있었다. 그곳에 그들이 있었다. 올이 풀린 캔버스 천 텐트가 두서너 개, 그리고 마른 진흙을 덮어 만든 헛간. 요리를 하기 위해 지펴놓은 불. 호숫가 돌들이 튼튼한 나뭇가지를 받치고 있었고, 그 나뭇가지에 물주전자 하나가 하잘것없는 불꽃 바로 위에 매달려 있었다. 사람들이 앉을 때 사용하는 나무 밑동들은 장작더미에서 끌어내어져 불 주위를 둘러싸고 둥그렇게 늘어서 있었다. 집 주변 공터 끝자락, 골조만 남은 제례용 오두막 옆에 안이 훤히 들여다보이는 형태의 또 다른 천막이 지어져 있었는데, 그것은 방문객 중에 지시키드가 있다는 뜻이었다. 자낫은 사촌 제럴드에게 구역 경계선을 넘어와 딸이 어디에 있는지 찾는 것을 도와달라는 전갈을 보냈다. 이런 것이 지시키드가 하는 일 중의 하나였다. 사람을 찾는 일. 제럴드, 혹은 제럴드의 몸 안에 들어간 혼령이 무아지경인 상태에서 시티즈로 날아가 무슨 일이 벌어지고 있는지 볼 것이었다. 제럴드는 왜 베라가 지난 다섯 달 동안 편지를 쓰지 않았는지, 왜 거주지이전

프로그램에 보고하지 않았는지, 왜 지금 그곳에 살고 있는 다른 부족민들과 접촉하지 않는지를 알아낼 터였다.

자낫은 문 너머에 싱싱하고 커다란 소나무 가지를 보관해두었다. 그날 아침, 그녀는 솔잎을 백향목이랑 베이루트랑 함께 태웠다. 어슴푸레한 집에서 연기 향이 났다. 제럴드는 다른 사람들 몇몇과 함께 탁자에 앉아 있었다. 그들은 차를 마시며 웃고 있었다. 농담을 던지는 사이사이, 그들은 자낫과 함께 의식에 관한 것들을 논의했다. 어떤 식으로 의식을 진행할지, 누가 다른 질문들과 함께 나타날 것인지, 얼마나 오래 기다려야 할지, 제례용 오두막도 세울지 말지, 나뭇가지에 어떤 색 헝겊을 묶을지, 그 색깔의 순서는 어떻게 해야 할지. 그리고 누가 각각의 노래를 선창할 것인가. 이 문제를 논의하면서 그들은 서로를 짓궂게 놀렸다. 다 세세한 사항들이었다. 퍼트리스는 가족의 일상사 중 이런 일에 대한 것은, 이해하지 못할 그 누구에게도 결코 이야기한 적이 없었다. 말하지 않는 이유 중의 하나는 이 모든 것들이 얼마나 재미있는지 결코 알아채지 못할 것이기 때문이었다. 퍼트리스는 색깔과 세부사항들을 듣고 있노라면, 천주교도들이 어떻게 색을 선택하고 얼마나 성례에 집착하는지를 떠올리게 되었다. 마치 그런 것들이 혼령이나 성령에게 중대한 문제이기라도 한 듯이.

퍼트리스는 사람들이 신이나 기헤 마니두('창조주'라는 뜻의 치페와어 ―옮긴이), 혹은 성령이란 개념을 유아적인 방식으로 대한다는 생각에 이르게 된 적이 있었다. 종교 의식의 규칙과 장식들은 신과 아무런 상관이 없다는 것, 그것은 마치 어린아이들처럼 형벌을 받거나 해를 당하는 것을 피하기 위해 자신이 옳은 방식으로 하고 있다고 사람들이 상상하는 방도라는 것을 퍼트리스는 꽤나 확신하고 있었다. 퍼트리스는 자신의 인생에서 더 광대한 무언가, 인간적이지 않으나 인간적인 무언가의 움직임을 느낀 적이 있었다. 그녀가 생각하기에, 그 이름 없는 위대함과 접촉하는 사람들은 어쩌면 그것을 끝자락에서 붙잡는 방법을 아는 것일지도 몰랐다. 어쩌면 그 위대함에 끌려가는 방법, 혹은 심지어 체험 너머로 그것에 들어가는 방법을 아는 것이리라.

"삼촌!" 퍼트리스가 제럴드에게 포옹을 하고, 왼손으로, 오른손으로 악수를 했다. 그리고 차 한 잔을 들고 커튼 뒤로 미끄러지듯 들어갔다. 뜻밖에 어머니가 자신의 침대에 누워 있는 것을 발견했다. 곤히 주무시고 있었다.

퍼트리스는 침대 옆 간이의자에 컵을 올려두고, 매트리스 끝자락에 앉기 위해 몸을 낮췄다. 앉으면 어머니가 깰 거라고 생각했지만, 오랜 기간 퍼트리스의 아버지 때문에 고생하느라 지친 어머니는 그간 모자랐던 잠을 몰아서 자는 듯 푹 잠들어 있었다. 아버지는 마침내 열차에 몸을 실었다. 그렇다고 전해 들었다. 퍼트리스는 자신이 창턱에 놓아둔 후추통을 흘끗 보았다. 그녀는 후추통에 남몰래 돈을 채워놓았는데, 보아하니 아버지가 발견해 가져가버린 것 같았다. 안도감. 진짜 보관함은 리놀륨 바닥 아래에 묻혀 있었다. 그녀의 잡지와 신문들이 침대 옆에 깔끔하게 쌓여 있었다. 《룩》, 《레이디스 홈 저널》, 《타임》. 저기 블루는 학교 교사들이 버리는 것은 무엇이든 보관해두었다가 조카인 밸런타인에게 주었고, 밸런타인은 그것들을 다 읽고 나면 퍼트리스에게 주었다.

창이 서쪽을 향해 나 있었고, 자작나무의 금색 이파리에 반사되어 들어오는 마지막 햇살이 어머니의 아리땁게 빗어진 얼굴 위에서 살 랑였다. 어머니의 눈가 구석진 곳에서부터 보기 좋은 선이 별빛처럼 뻗어 나가고 있었다. 동그랗게 휜 곡선에서 자낫의 엷은 미소가 시작되고 있었다. 부드럽게 땋은 긴 머리칼은 우연히도 웃음을 자아낼 만큼 머리 위쪽으로 재빠른 양 뻗어 있어서 마치 그녀가 낙하하고 있는 것처럼 보였다. 어머니의 팔은 팔꿈치에서 접혀 있었고, 굳세고 작은 손은 가슴팍을 가로지르며 가만히 놓여 있었다. 간혹 사람들을 깜짝 놀라게 하는 어머니의 특이한 손. 퍼트리스는 어머니의 휘어진 눈매와 강인함, 의지에 찬 힘을 닮았다. 그러나 손은 닮지 않았다. 손은 오로지 자낫의 것이었다.

자낫은 아주 자그마한 금빛 이파리 무늬가 알알이 박혀 있는 암녹색 옥양목 원피스를 입고 있었다. 지난 세기의 스타일이었지만 퍼트리스는 알고 있었다. 이 원피스는 불과 몇 달밖에 되지 않았다. 어머니는 4야드가 넘는 천을 바느질해서 옛 시절의 원피스를 만들었다. 늘씬한 소매가 손목까지 내려왔다. 앞쪽에는 자개단추가 달려 있고, 치마 모양은 길고 널따란 주름치마 모양이었다. 자낫은 치마 아래에 울 재질의 남성 속옷을 입고 있었다. 둔탁한 붉은빛 오렌지색이었다. 무두질한 사슴가죽으로 만든 그녀의 모카신은 파란색과 초록색 실로 장식되어 있었고 밑창은 생가죽이었다. 자낫은 이따금 갈색 체크무늬 숄을 둘렀다. 그녀는 잠들기 전에 마치 자기 자신을 보호하려는 듯 숄 끝을 어깨 주위로 잡아당겼다. 퍼트리스가 숄에 달린 술을 손으로 부드럽게 쓸자 어머니가 눈을 떴다.

퍼트리스는 혼란스러움이 담긴 어머니의 찡그린 표정을 보고 그녀가 너무 깊게 잠든 나머지 이곳이 어디인 줄 모른다는 걸 알아챌 수 있었다. 이내 자낫의 얼굴이 또렷해지더니, 입술이 치아를 내보이며 곡선을 그렸다. 그녀가 숄을 가까이 잡아당겼다.

"대체 내가 여길 어떻게 들어왔는지, 원." 자낫이 중얼거렸다.

"밖에 제럴드 삼촌 와 있어요."

"잘됐구나. 제럴드가 그 아이를 찾아줄 거야."

퍼트리스는 고개를 끄덕였다. 제럴드는 수년 동안 이따금 사람을 찾아냈다. 그러나 간혹 빙글빙글 허공만 맴돌기도 했다. 간혹 그들의 처소가 가려져버렸다.

**그날 밤,** 어떤 혼령에 사로잡힌 삼촌은 오랜 시간을 맴돌았다. 한참이 지나서 삼촌은 베라를 발견했다. 베라는 등을 대고 누워 있었고, 기름얼룩이 묻은 원피스를 입고 있었으며, 헝겊에 목구멍이 막혀 있었다. 움직임은 없었지만 죽은 것은 아니었다. 어쩌면 잠든 것인지도. 퍼트리스는 삼촌이 찾은 것은 그날 오후의 어머니 이미지가 아닐까 생각했다. 차이점이 있었다. 제럴드는 베라를 도시에서 찾았다고 했고, 베라 곁에 어떤 형체가 있었다고 했다. 작은 형체. 한 아이.

**이튿날 퍼트리스는** 지시키드가 알려준 불안하면서도 안심되는 정보를 잠시 잊고, 도리스 로더의 자동차 뒷좌석에 올라탔다. 비가 내리는 가을 아침이어서 퍼트리스는 누군가 자신을 데리러 와서 공장까지 태워다준다는 것이 말로 다할 수 없이 고마웠다. 이전에도 제안했듯 기름 값을 보태겠다고 했다. 도리스는 불분명한 손짓을 하며 거절했다. 이러나저러나 운전은 했을 거라는 것이었다.

"어쩌면 다음 달에는." 도리스가 백미러를 보며 미소 지었다.

"어쩌면 내가 운전을 할지도 몰라, 다음 달에는." 밸런타인이 말했다. "아빠가 나한테 줄 차를 고치고 있거든."

"무슨 차야?" 도리스가 물었다.

"아마도 다종 차일걸." 밸런타인이 말했다. "있어, 다른 차들 부품으로 만드는 차."

빗물이 자동차 뒷창을 가로질러 은빛 볼트로 흘렀다. 잠시 아무도 말을 하지 않았다.

"베티 파이가 오늘 복귀한다는 얘길 들었어." 밸런타인이 말했다.

"세상에나." 도리스가 갑작스럽게 웃음을 터뜨리며 반응했다.

베티는 한 해에 주어지는 일주일의 유급병가를 내고 편도선 제거 수술을 했다. 그 나이에! 서른 살이었다. 성인이 되어 편도선을 제거하는 것은 누가 봐도 심각한 일이었기 때문에 그녀는 그랜드포트까지 가서 수술을 받았다. 주변의 만류에도 그녀는 흔들리지 않았다. 매해 11월이면 늘 목이 부어오르고, 그렇게 겨울 내내 부어 있다고 했다. 편도선은 쓸 만큼 썼다며 베티는 고집을 부렸다. 그녀의 목구멍을 유심히 들여다본 의사가 편도선이 유달리 크다고, "진정한 미생물 양식장"이라고 했다나. 모두가 자세한 이야기를 알고 있었다.

"어떻게 됐는지 빨리 듣고 싶어." 퍼트리스가 말했다.

앞좌석에 앉은 두 사람은 웃음을 터뜨렸지만 퍼트리스는 짓궂은 의미로 말한 것이 아니었다. 베티는 분명 자신의 수술을 한 편의 드라마로 만들 것이었다. 퍼트리스는 베티를 잘 알지는 못했지만 베티가 있을 때면 일하는 시간이 훨씬 더 빨리 지나갔다. 그날 여공들이 보석베어링 공장에 도착했을 때, 베티는 당연하다는 듯 정말로 출근해 있었다. 베티의 둥그런 얼굴은 약간 잿빛이었고, 후두는 아직 회복되지 않은 상태였다. 그녀는 거의 알아듣기 힘든 쇳소리로 말했다. 하지만 늘 그렇듯 초록색 체크무늬 옷을 입은 그녀는 동그랗고 둥글둥글했다. 집중력이 높은 공원인 베티는 그저 맡은 일을 해나갔다. 점심으로는 뚜껑 달린 커다란 대접에 라이스 푸딩을 담아서 왔는데, 그걸 삼킬 때마다 눈물이 그렁그렁했다. 말하는 게 지옥같이 고통스럽다고 속삭이며, 그녀는 일하는 내내 조용했다. 사람들이 하루 일을 마치고 떠날 때쯤, 베티가 퍼트리스에게 몇 번 접은 종이 한 장을 슬쩍 건네주더니 저만치 걸어갔다. 차 앞좌석에서 도리스와 밸런타인이 베티의 빤한 고통을 이제야 안쓰러워하며 두런거리는 동안, 퍼트리스는 종이를 꺼내 읽어보았다.

언니를 찾고 있다는 얘기 들었어. 내 사촌이 시티즈에 사는데, 걔가 네 언니를 봤다고 너한테 편지를 썼어. 왼손으로 썼지. 왜냐면 내 잘못들을 일일이 지적하다가 걔 오른손 손가락이 부러졌거든. 하지만 너한테는 무척 사랑스러운 애일 거야. 우체국에서 편지 확인해봐.

퍼트리스는 종이를 다시 접고 미소 지었다. 그녀는 베티가 좋았다. 인생의 쓸쓸함을 코미디로 바꾸는 능력이 꼭 베라 언니 같았기 때문이었다. *내 잘못들을 일일이 지적하다가 걔 오른손 손가락이 부러졌거든.* 대체 이게 무슨 말이람? 퍼트리스는 고개를 뒤로 기대고 눈을 감았다.

**토요일 아침,** 퍼트리스는 선교회 자선 가게에 쌓여 있던 옷더미에서 찾아낸 스윙코트를 입었다. 어찌나 잘 골랐는지. 이 사랑스러운 파란빛 코트는 플란넬 울 위에 좋은 재질의 레이온이 덧대어져 있었다. 맞춤 코트였고 라인이 정교했다. 퍼트리스는 빨간색과 파란색으로 된 체크무늬 목도리를 두르고 코트 주머니에 양손을 찔러 넣었다. 4마일 정도 가면 곧장 시내와 우체국으로 이어지는 길이 있었는데, 그러자면 숲을 통과해야 했다. 혹은 도로를 걸어갈 수도 있었고, 그 길에선 지나가는 차를 얻어 타게 될 확률이 높았다. 하늘은 맑았지만 땅이 아직 젖어 있었다. 그녀에게는 장화가 없었는데, 그렇다고 신발을 젖게 하고 싶지도 않았다. 퍼트리스는 도로로 나가는 길을 택했다. 얼마 지나지 않아 차를 얻어 타게 되었다. 토머스 와샤스크였다. 그가 퍼트리스보다 조금 앞선 곳에 차를 세우고 기다렸다. 트렁크 뚜껑에 밧줄이 묶여 있었고, 그 안에 토머스네의 탁한 아연 물통들이 보였다. 수풀 저 먼 곳에 살아서 다행인 점 하나는 수원이 여전히 끊이지 않는다는 것이었다. 더구나 그 물은 깨끗했다. 시내 근처, 초원 안팎에 가까이 사는 사람들의 경우엔, 진작에 물을 상실하거나 소떼가 수원을 오염시켜버렸다. 파놓은 우물조차 말라버렸다.

  토머스와 자낫은 사촌지간이었다. 퍼트리스는 정확히 두 사람이 어떤 관계인지 알 수 없었는데 '사촌'이라는 것이 온갖 관계를 뭉뚱그리는 일반적인 단어로 통용되기 때문이었다. 퍼트리스에겐 토머스가 삼촌이었고, 그래서 그의 아들들 또한 사촌이었다. 퍼트리스가 속도를 높여 앞으로 걸어가자, 웨이드가 차에서 내려 그녀에게 앞좌석에 앉는 영예를 선사했다.

  "태워줘서 고마워요, 삼촌."

  "그래도 이번에는 마른 땅에서 히치하이킹을 했구나."

지난여름, 퍼트리스는 물속을 헤엄쳐 토머스가 낚시하고 있는 배에 올라타 그를 놀라게 했다. 호수 한복판에서 낚싯배 히치하이킹을 했던 것이다. 그때 무슨 일이 있었는지 토머스는 퍼트리스에게 묻고 싶은 마음이 일었다. 그토록 멀리까지 헤엄쳐 온 이유를 토머스는 정확히 알지 못했다.

퍼트리스는 토머스에게 치페와어나 크리어, 혹은 두 언어를 섞어 격식 있게 말할 수 있는 몇 안 되는 젊은이 중 한 명이었다. 서로 정확히 비슷하게 말한다고 볼 수는 없었지만, 그래도 상대의 말을 이해했다. 토머스는 만일 웨이드가 궁금해한다면, 그 호기심에서 언어를 받아들이게 하자는 생각이었다. 두 사람이 한동안 한담을 나누면서 토머스는 자낫이 특별한 천막을 세웠다는 것을 알게 되었다. 베라가 살아 있음을, 그리고 그녀 곁에 아이가 있음을 제럴드가 보았다는 것도. 퍼트리스는 우체국을 겸하는 상점 앞에서 내렸다. 토머스가 돌아오는 길에 퍼트리스를 태워주기로 했다. 웨이드와 물통을 채우는 동안 토머스는 옛날에 그의 할아버지가 제럴드 같은 사람한테 조언을 구했던 일을 떠올렸다. 당시 가족들은 팰런을 찾아야만 했고, 그리하여 공식 서한이 도착하기 훨씬 전에 이미 팰런이 죽었음을 알게 되었다.

**돌아오는 길에** 퍼트리스는 베티 파이의 사촌이 보내준 편지를 다시 큰 소리로 삼촌에게 읽어줘야겠다고 마음먹었다.

시티즈 어디에선가 너희 언니를 봤는데 뭔가 문제가 있는 것 같았어. 내가 아는 마지막 소식은 네 언니가 스티븐스가 206번지 아파트에 살았다는 거야. 그쪽에 인디언들이 여러 명 살고 있어서 알아. 나도 같은 층에 살았었고. 복도에서 아기를 안고 가는 베라를 봤어. 나한테 말도 안 걸더라.

**퍼트리스는** 토머스에게 삼촌 집에 내려서 거기서부터 집까지 걸어가고 싶다고 말했다. 생각을 해야 했다. 집까지 이르는 길은 물가를 따라 이어졌고, 노란 이파리들에 맺힌 빗물이 마르는 냄새가 시원한 대기에 풍겼다. 늪지에 사는 부들이 부드러운 갈색 곤봉처럼 보였으며, 갈대는 여전히 날카롭고 녹색이었다. 호수 위에는 바람이 암청색 물결을 어지러이 만들어내고 있었다. 잔물결들로 인해 거품이 호숫가까지 닿았다. 해는 바람에 빠르게 움직이는 어두운 구름 사이사이로 빛을 쏘고 있었다. 언니 베라는 언제나 자작나무와 늪지가 보이는 곳에 머물고 싶어 했었다. 그래서 어머니의 집에서 언덕을 올라가면 있는 오래된 오두막을 수리하고, 쓸 만한 상태로 고치려고 애쓰면서 그곳에서 야영했다. 베라는 오두막 바닥을 뚫고 자라는 나무 몇 그루를 없앴고, 이 오두막을 자신의 이상적인 집으로 만들겠다는 계획을 그림으로 그렸다. 퍼트리스는 베라가 주방이 딸린 큰 방과 식탁, 심지어 두 칸의 침실까지 만드는 것을 도와주기도 했다. 그녀가 그린 그림에는 모든 세부사항이 적혀 있었다. 베라의 필체는 마치 진짜 설계도에 쓰여 있는 글씨처럼 정갈하고 일정했다. 특히 줄무늬 커튼을 단 중간선대가 있는 창문은 더욱 자세하게 그려져 있었다. 퍼트리스는 아직도 그 그림을 갖고 있었다. 자신만의 스타일로 옷을 입고 요정처럼 귀엽기보다는 우아했던 베라는 가정과목을 좋아했는데, 그 특별한 창문은 《이상적인 가정》이라는 책에서 본뜬 것이었다. 그녀는 떠날 마음이 없었지만, 그만 사랑에 빠지고 말았다. 갑작스러웠고, 자낫은 승낙하지 않았다. 딸이 시티즈로 떠나던 날, 자낫은 딸에게 작별인사를 하기보다는 돌아서는 편을 택했다. 퍼트리스는 어머니가 이 일을 내내 마음에 품고 있다는 것을 알았다.

"움직이지 말고 그 자리에 그대로 있어. 내가 언니를 찾을게." 퍼트리스가 큰 소리로 말했다. 그녀는 길에서 막대기를 휙 집어 들어 수풀을 때렸다. 금빛 씨앗들이 알알이 터져 나왔다.

**퍼트리스가 집에** 거의 다다랐을 무렵, 짙어진 구름이 어둡게 깔렸다. 그녀는 달리기 시작했다. 그러고는 멈춰 섰다. 신발. 그녀는 이 신발을 망가뜨릴 수 없었다. 퍼트리스는 허리를 구부려 신발을 벗은 다음, 그것을 한데 모아 코트 안자락에 감추고서 계속 빗속을 걸어갔다. 숲속으로 이어지는 수풀길을 벗어났다. 맨발로 걷는 것은 문제가 되지 않았다. 그런 건 평생 겪어왔던 일이고 그녀의 발은 강했으니까. 지금은 춥고 반쯤 감각이 없었지만, 그래도 그녀는 강했다. 머리가, 어깨가, 등이 점점 젖고 있었다. 하지만 계속 움직이니 따뜻했다. 죽은 풀이 잔뜩 엉켜 물이 스미는 곳을 찾아서 밟느라 속도가 느려졌다. 아름다운 잎사귀들을 두드리는 빗소리만 들릴 뿐이었다. 그녀는 멈춰 섰다. 거기 무엇인가가 함께 사방에 있다는 감각. 그녀를 휘감아 올리는 소용돌이치는 기운. 나무들이 얼마나 땅을 은밀하게 붙들고 있는지. 얼마나 아름답게 그녀가 그곳의 일부가 되었는지. 퍼트리스는 눈을 감고 잡아당기는 힘을 느꼈다. 그녀의 영혼이 노래처럼 대기 중으로 쏟아져 내렸다. 기다려! 그녀는 눈을 뜨고 차가운 발에 온몸을 집중해보았다. 이것은 분명 제럴드가 땅을 가로질러 날아갈 때의 느낌 같은 것이리라. 이따금 퍼트리스는 자기 자신이 무서웠다.

**오솔길이 집** 주변 공터에 닿기 전, 퍼트리스는 요란하게 돌아가는 타이어 소리를 들었다. 제럴드 삼촌과 함께 온 사람들일까 싶었지만, 그들은 새벽이 오기 전에 떠났었다. 집 가까이 가서 바깥쪽 벽 근처에 갔을 때 그녀는 알아차렸다. 이 옴짝달싹 못 하는 시끄러운 소리는 집으로 이어지는 좁고 축축한 수풀길에서 들려오고 있었다. 그날 아침 제럴드 삼촌 일행이 떠날 때 차들이 젖은 기반을 더 약하게 했을 터였다. 다른 차는 어떻게든 뚫고 나갔었을지도 모른다. 퍼트리스는 자신의 침대와 가까운 쪽의 창을 오두막 바깥에서 들어 올려 그 안으로 신발을 던져 넣었다. 기어올라서라도 들어갈까 생각했지만, 대신 부드러운 진흙땅을 밟으며 집 주위를 걸었다. 그녀는 요리용 모닥불을 피웠던 자리에 남은, 비 맞은 까만 재를 지났다. 그렇게 계속해서 불쏘시개들이 늘어선 길까지 나아갔다. 길 초입에서 그녀는 포키의 선생님이 타는 청록색과 크림색이 섞인 뷰익을 보았다. 반스 씨가 물웅덩이에 빠진 왼쪽 바퀴를 꺼내려고 갖은 애를 쓰며 차량 앞쪽을 들어 올리고 있었다. 노란색 머리칼을 가진 그의 커다란 머리는 마치 한 더미의 지푸라기 같았다. 사람들은 그를 건초더미라고 불렀다. 포키가 운전대를 잡고 있었다. 그녀는 멈췄다. 조용히, 천천히 나뭇잎들 속으로 되돌아갔다.

## 저기의 아들

**미노로 가는** 길, 그들은 오늘 밤 우드 마운틴이 조 워블리진스키를 이길 거라고 이미 마음을 정했다. 문제는 '어떻게'였다.
"판정승." 토머스의 말이었다.
"케이오 승." 로즈가 말했다. 그녀는 저녁 나들이에 들떠 있었다. 그리고 복싱을 좋아했다.
"피에 굶주린 여자라니까." 토머스가 말했다.
"포키도 경기해요. 이벤트 경기요." 웨이드가 말했다. "두꺼운 글러브랑 고무 헤드기어를 쓸 거예요."
"포키는 아직 머리가 자라고 있어." 로즈가 뒤에 앉은 웨이드를 꾸짖듯 보며 말했다.
"아, 제발요. 왜 저는 경기를 못 해요?"
"네 머리가 다 자라면, 그때 해."
샬로가 웃었다.
"샬로, 피. 너희들 머리도 다 자란 거 아니야."
웨이드가 뒷좌석에서 여자형제들에게 손을 휘둘렀다. 그들은 맹수처럼 손을 쥐고서 팔을 앞뒤로 휘둘렀다. 로즈가 웃으면서 앞좌석에서 아이들을 찰싹찰싹 때렸다. 그러고는 아무 말도 않고 얼룩진 차창 밖을 평화롭게 바라보았다. 토머스는 로즈가 즐거워한다는 것을 감지하고 아무 말도 하지 않았다. 그들은 차를 타고 빗속을 가고 있었다. 텔레스포어 리널트 소유의 놀랍게 생긴 동그란 모양의 헛간을 지나쳤다. 토머스가 상으로 받은 집채만 한 크기의 돼지들을 둔 농장. 던시스로 향하는 도로. 더 멀리 가자 코요테가 도로를 건너 배수로로 쏜살같이 사라졌다. 흰기러기들은 들판에 떼로 모여 쓰레기와 잡초를 먹으면서 통통하게 살을 불리고 있었다.

* * *

링은 주립교사대학 체육관 안에 설치되었다. 체육관 벽에는 고동색과 금색으로 이뤄진 현수막이 걸려 있었고, 접이식 의자가 몇 줄 펴져 있었다. 대부분의 관중들은 간이 관람석에 앉거나 서 있었다. 선수들이 지나갈 수 있게 관중들이 길을 내주었고, 선수들이 지나간 후에는 다시 길을 막았다. 와샤스크네 가족이 도착했을 때는 이벤트 경기가 끝나 있었다. 그들은 간이 관람석으로 갔다. 반스 옆에 앉아 있는 포키, 케이스, 레버드는 침울해 보였다. 세 선수 모두 경기에서 졌다. 이제 메인 경기가 곧 시작될 참이었다. 텍 톨버슨 대 로버트 바예. 샘 벨 대 하워드 올드맨. 조 워블리진스키 대 우드 마운틴.

 첫 번째 경기는 텍이 이겼다. 아마도 반칙인 로우 펀치로 이긴 모양인데 관중은 봤지만 심판은 보지 못했다. 관중의 반은 분개했고, 나머지 반은 그 분개하는 관중들에게 야유를 날렸다. 그 경기 결과에 아무도 기뻐하지 않았다.

 하워드 올드맨은 판정승으로 이겼다. 포트버소드 보호구역에 사는 인디언들은 조용히 응원을 했고, 터틀마운틴 보호구역에 사는 인디언들은 적극적이었다. 올드맨은 그들의 희망을 받아들였다.

이후 관중 속에서 조 워블과 우드 마운틴이 나타났다. 오래전, 첫 번째 워블리진스키가 우드 마운틴의 할머니가 소유한 대지에 슬그머니 들어왔다. 그때부터 워블리진스키 사람들은 저기 집안의 땅에 자기네 소떼를 보내 풀을 뜯게 했고, 너무 자주 그렇게 한 나머지 저기네 집안 사람들이 결국 소를 억지로 끌고 갔다. 이 일이 벌어진 때는 베리 수확 시기여서 여기저기에 평소보다 많은 사람들이 천막을 치고 야영 중이었고, 그래서 소가 도난됐다는 건 들끓는 논쟁거리가 되었다. 아무것도 발견되지도 밝혀지지도 않았지만, 어느 하나 잊히지 않았다. 수많은 시간이 지나는 동안 두 가문 사이의 분노는 더욱 굳건해졌다. 그러다가 뜻밖에 각 가문의 남자아이 한 명씩이 복싱을 하기 시작했는데 공교롭게도 같은 체급이었다. 모두의 주목을 받기에 딱 좋았다.

조가 링에 먼저 올랐다. 머리를 숙인 수줍은 모습이었다. 조는 두툼하고 흰 피부에, 엷은 갈색 눈과 머리칼을 가졌다. 짙은 갈색 가운을 입고 있었는데, 가운을 벗자 그의 몸이 마치 황소와 같은 육중한 자신감으로 넘쳤다. 조는 우드 마운틴보다 4파운드 정도 더 나갔고, 키는 1인치 더 작았다. 그의 복싱은 힘이 넘쳤으며 제어력도 뛰어났다. 그는 경기를 위해 에너지를 모으며 리듬감 있게 두 주먹을 맞부딪혔다. 그러는 동안 저기의 아들 우드 마운틴은 반스에게서 빌린 파란색 가운을 입고 여유만만하게 걸었다. 우드 마운틴은 불안감을 감추기 위해 발을 바닥에 끌며 걸었고, 가운을 벗을 때는 작게 춤을 추었다. 위아래로 깡충깡충 뛰었다. 그는 머리칼이 두꺼웠고, 기름을 발라 곱슬머리를 뒤로 넘겼다. 우드 마운틴에게는 멋지고 주의 깊고 어두운 색의 눈이 있었다. 그는 눈 사이의 폭이 좁았다. 얇고 기다란 코. 광대뼈. 굴곡진 두툼한 입술. 우드 마운틴의 몸은 그리 건강해 보이지 않는 마른 몸이었지만, 품위 있고 힘이 넘쳤다. 그러나 조 워블이 한 살 더 많았고, 좀 더 뛰어난 선수였으며, 이미 우드 마운틴을 한 번 이긴 적이 있었다.

벨이 울리고 두 사람은 무례한 외침과 응원 소리에 맞춰 서로를 향해 몸을 움직였다. 허공에 주먹을 날리고 다시 스텝을 밟으며 뒤로 돌아왔지만, 누구의 손도 상대에게 닿지 않았고, 조심스러우면서도 자신만만했다. 그때 조가 오른쪽으로 미끄러지듯 들어와 우드 마운틴의 턱을 짧게 쳤다. 우드는 조의 움직임을 이용해 땅에 발을 붙인 채로 미끄러지듯 조의 몸 주변으로 돌아 중간부를 제대로 강타했다. 타격을 주지는 못했다. 조는 발끝으로 살금살금 뒤로 걷다가 똑같이 오른쪽으로 움직이는 척 속이고는 왼쪽으로 들어왔고 우드 마운틴의 볼에 불명확한 키스를 남겼다. 우드는 다시금 조의 움직임을 이용해 조의 몸 중간부를 주먹으로 세게 치며 어쩌면 허점을 만들었는지 모르겠지만, 아마도 조의 가드가 우드에겐 너무 견고한 것 같았다. 조는 전혀 빈틈을 남기지 않는 것처럼 보였다. 그러나 더 무게가 나가는 선수로서 조는 미세한 차이로 더 느렸고, 두 번째 라운드에서 우드 마운틴은 비껴 서서 스텝을 밟다가 재빠르게 조가 주로 쓰는 팔 아래로 레프트 훅을 날렸다. 이 놀라운 훅을 제대로 맞춘 우드 마운틴은 곧이어 오른쪽으로 강하게 타격했다. 조는 뒤로 휘청거렸지만, 우드 마운틴이 더 강하게 밀어붙이기 전에 라운드가 끝났다. 세 번째 라운드에 두 사람은 계속해서 서로의 몸을 붙잡고 있었고,

사실상 아무 일도 일어나지 않았다. 그리고 이것이 관중들에게 모종의 긴장감을 가져다주었다.

퍼트리스와 밸런타인은 뒷줄에 서 있었다. 두 사람에게는 경기가 거의 보이지 않았다. 밸런타인은 복싱 경기를 좋아했지만, 퍼트리스는 그다지 좋아하지 않았다. 그러나 관중들의 흥분에 동요한 두 사람은 모두 크게 소리를 질러대고 있었다. 경기장에는 포트버소드와 포트토튼, 던시스부터 미노, 심지어 몬태나주에 있는 포트펙까지 각지에서 몰려온 인디언들이 있었다. 저기는 맨 앞에서 누구보다도 큰 목소리를 냈다. 하지만 조 워블리진스키를 응원하는 관중의 수가 압도적으로 더 많았다. 아마도 그래서 응원하러 온 부족 사람들은 농사 공동체로서는 어울리지 않게 좀 더 열심히 환호했던 것 같다. 이들은 특이한 인디언들에 익숙했다. 대부분의 주변 마을들이 보기에 인디언들은 허름한 거주지에 숨어 사는 고통 받는 자들이거나, 누가 봐도 부끄러운 만취 상태로 길을 어슬렁거리는 사람들이었다. 단, 좋은 인디언들만 빼고. 언제 어디에나 누군가가 아는 '좋은 인디언'은 존재했다. 하지만 그들은 복싱 챔피언을 배출한 사람들은 아니었다. 어쨌든 우드 마운틴이 그렇게 되지는 않을 모양이었다. 그는 점점 주저했고, 거의 경기를 꺼리기 시작했다. 머리에 가드를 올리고 벌을 받겠다는 양 복부를 활짝 열어 보였다. 그러더니 가드를 내려 조가 우드 마운틴에게 일방적으로 날리기 시작한, 점점 횟수가 늘어가는 자신감 넘치는 강펀치를 거의 놓치지 않고 다 맞았다.

누군가 알아들을 수 없는 비명을 질렀다.

밸런타인이 소리쳤다. "세게 쳐!" 흥분한 퍼트리스는 치페와어로 소리쳤다. "바키테오!('쳐!'라는 뜻—옮긴이)"

퍼트리스는 몇 줄 앞에 있는 토머스와 로즈, 그리고 그 집 자녀들을 볼 수 있었다. 토머스는 피를 두 팔로 안은 채, 조용히 집중해서 경기를 보고 있었다. 웨이드와 샬로는 토끼 펀치를 날리며 깡충깡충 뛰고 있었다. 잠시 퍼트리스는 토머스의 모습이 의아하게 느껴졌다. 나머지 다른 관중들의 움직임 속에서, 그의 고요함에는 무언가가 있었다. 마치 복싱 경기가 아닌 다른 것을 보고 있다는 듯이. 그리고 그것은 사실이었다. 토머스의 보는 행위에는 직감적인 데가 있었다.

토머스는 주먹이 오갈 때마다 정신적으로 움찔움찔했지만, 다른 관중들과는 무언가 다른 것을 보고 있었다. 조 워블의 팬들은 이미 쯧쯧거리며 웃기 시작했다. 인디언들은 절실하게 외쳤으나 희망은 사라지고 있었다. 토머스는 조 워블이 가하는 타격들이 은근슬쩍 비껴나가는 것을 보았다. 무해한 펀치들이었다. 그는 우드 마운틴이 그 타격들을 받아들이면서도 방향을 트는 것을 보았다. 그리고 관중 속에 또 다른 세 명의 사람들이 자신처럼 긴장감과 고요함 속에 있는 것을 보았다. 링 바로 앞에 있는 반스, 반스의 보조이자 학교 연극을 모두 연출한 영어교사. 그리고 저기 블루. 세 사람은 무언가를 기대하고 있었다. 라운드가 끝나기 1분 전, 우드 마운틴은 이제껏 골몰하고 있던 빈틈을 찾았다. 우드는 상대에게서 탐욕 어린 주먹을 이끌어내더니, 마치 겁먹은 사람처럼 몇 발자국 멀어졌다. 만일 제대로 맞았다면 녹아웃 되었을 만한 펀치였다. 조가 가진 모든 힘이 거기에 집중되어 있던 탓에 조는 잠시 균형을 잃었고, 우드가 온 힘을 실어 레프트 훅을 조의 턱에 날릴 수 있는 빈틈이 열렸다. 곧이어 조의 머리 측면으로 날랜 오른쪽 가격이 뒤따랐다. 다음은 흥거운 콤비네이션이었다. 조의 가드는 무용지물이 되었고 조는 휘청거렸다. 우드가 더 가까이 다가가자 벨이 울렸다. 너무 이른 벨 소리였다.

반스가 링 안으로 뛰어들어가 소리쳤다. "파울! 파울! 15초 남았잖아!"

심판은 그를 제지하고 시계를 확인했다. 그러곤 시간 기록원에게 그리 엄하지 않은 주의를 주고 다시 라운드를 시작했다. 조 워블에게 계속 점수를 주는 것이었다. 누가 봐도 시간 기록원이 워블에게 유리한 부정행위를 하고 우드 마운틴을 흔들어 경기의 추세를 방해한 일이었지만, 점수는 조 워블에게 계속 갔다. 우드 마운틴은 다음 라운드에서 두 차례 다시 솟아올랐지만 결국 지고 말았다.

모든 사람들이 조용히 줄지어 밖으로 나갔다. 인디언들은 인디언들과 악수했고, 농장 사람들은 이제 만족했다. 그래야 마땅한 방향대로 경기 결과가 나왔기에 그들도 평화로이 중얼거렸다. 모두들 흥분을 가라앉혔고, 새로운 일은 아무것도 벌어지지 않았다. 흑빛 바람이 거셌다. 사람들은 서둘러 차로 들어가거나, 코트를 여민 채 상체를 숙이고 빠르게 길을 걸어갔다.

돌아오는 길, 여자아이들은 애석해했다. 하지만 토머스는 우드 마운틴의 실력이 엄청나게 성장했음을 보았다. 더 빠르고 영리해졌으며, 훨씬 더 뛰어난 선수가 되어가고 있었다. 거의 완벽에 가까웠다. 토머스는 저기의 아들을 붙잡아두고 있는 것이 무엇이건 그걸 반스가 고칠 수 있을지 의문스러웠다. 시간 기록원의 부정행위에도 불구하고 우드 마운틴이 거의 이길 뻔했다.

**차를 타고** 5마일도 채 가기 전에, 토머스를 제외한 모든 이들이 잠들었다. 늘 그렇듯이 토머스는 혼자 깨어 생각에 빠졌다. 우드 마운틴의 아버지, 아킬레는 키가 6피트가 훌쩍 넘고, 강인하며, 매부리코에 널따란 미소를 짓는 사람이었다. 아킬레와 토머스는 함께 열차 화물칸에 몰래 타고서 7월 내내 이어지는 가을밀 추수를 하러 갔는데, 탈곡 작업자로 고용되어 마지막 작물인 옥수수에 이르기까지 작업을 하게 되었다. 그 당시에는 노동자들이 손으로 수확할 수 있도록 계절 막바지까지 옥수수 줄기를 떼어내지 않은 채로 건조시켜야 했다. 어느 해엔가 두 사람은 남쪽으로 가기 시작했고, 그렇게 멈추지 않고 계속 가다가 사막이 시작되는 지점에 이르게 되었다. 1931년 텍사스 어딘가. 경찰관이 그들 앞에 나타났던 일요일 아침, 두 사람은 교회 앞을 지나가고 있었다. 그저 대행 역할을 하고 있었던 경찰 요원 한 분대가 그들을 교회 쪽으로 밀더니, 교회에서 우르르 빠져나오는 사람들을 둘러쌌다. 모두 다 멕시코 사람들이었다.

"이런 젠장." 아킬레가 말했다. "우리가 멕시코인인 줄 아나봐."

대공황 시대에 벌어진 수백 건의 경찰 수색 중 하나에 두 사람이 휩쓸려 들어갔다. 그곳에서는 수백만 멕시코 노동자들이 포획되어 대부분이 시민권자였음에도 국경 너머로 보내졌다. 텍사스는 멕시코인이건 인디언이건 좋아하지 않기는 매일반이어서 두 사람이 가지고 있던 서류도 통하지 않았다. 추수 일꾼으로 일하면서 토머스와 아킬레는 백인들에게 공손함을 정교하게 나타내는 법을 배웠다. 이 놀라운 방법은 저 위 북쪽에서 잘 통했다. 그래서 그들은 가끔 남쪽에서도 이 방법을 시도해보게 되었다.

"실례합니다, 선생님. 잠시 말씀드릴 것이 있습니다."

"너희 나라로 돌아가게 될 거야." 경관이 말했다.

"저희는 노스다코타에서 왔습니다." 아킬레가 얘기했다. 그의 차분한 미소가 경관에게는 통하지 않았다. "저희는 멕시코인이 아닙니다. 저희는 미국 원주민이에요."

"그래? 글쎄, 커스터(리틀빅혼강 전투에서 원주민에게 참패한 미국의 장군—옮긴이)의 보복이라고 생각해."

"저희 할아버지께서 커스터를 죽이셨으니," 아킬레가 말했다. "하신 말씀에 온당한 부분이 물론 있습니다만, 여기 토머스는 진정한 미국 시민입니다. 저는 캐나다 사람이고요. 제 형은 참호에서 싸웠습니다. 삼촌은 솜므 강(제1차 세계대전의 격전지—옮긴이)에 있었지요."

경관은 분개한 듯 목을 길게 빼더니 알아들을 수 없는 욕을 해댔다. 그러고는 몇몇 경찰관들에게 손짓했다. 토머스와 아킬레는 다른 사람들과 함께 트럭에 실려 터덜터덜 국경으로 운송되었다. 가는 길에 그들은 스페인어를 조금 배웠고, 아킬레는 한 소녀에게 강렬한 감정을 느끼게 되었다. 소녀는 곱게 땋은 머리를 올려 고정한 채 오로지 흰색 옷만 입었다. 나중에 두 사람이 이야기를 나눴지만, 이때 그들은 태어나 처음으로 특정한 '스타일'을 가진 여성을 만난 것이었다. 그녀, 곧 아돌파의 개성이 어찌나 뚜렷했던지. 어쩌면 그것은 규율이었는지도 모른다. 아돌파는 명백하게 가난한 소녀였지만, 흰색 원피스와 머리 덕에 부유한 분위기가 감돌았다. 그녀의 아버지는 밀짚 페도라와 멜빵, 흰색 셔츠를 착용하고 있었다. 같은 트럭에 타고 있지만 마치 일등석 표를 끊은 것처럼 보이던 그 두 사람에게서 토머스는 영향을 받았다. 마침내 국경 너머에서 몰래 되돌아올 수 있게 되었을 때, 토머스는 부드러운 갈색 펠트로 만든 넓은 챙이 달린 페도라 모자를 샀다. 두 사람은 화물칸을 타고 다시 북쪽으로 향했다. 정거장에 설 때마다 역에 있는 사람들은 점점 더 하애졌고, 머리칼은 한층 금빛이 되어갔다. 그리고 역마다 바닥에 앉은 노숙인들은 더 추워했고, 더 약했으며, 더 병들었다. 토머스와 아킬레는 마지막으로 갤로핑 구스(유명한 옛 철도차량의 이름—옮긴이) 티켓을 샀다. 두 사람은 세인트존에서 내렸는데, 그 역에 저기가 허리춤에 두 손을 짚고 기다리고 있었다. 저기가 어떻게 두 사람이 그 기차를 타고 그곳으로 올지 알았는지는 풀 길 없는 수수께끼였다.

"안녕, 아키. 저녁이 준비돼 있어." 그녀가 말했다.

한 달 후, 두 사람은 같이 살았다. 둘은 결코 결혼하지 않았다. 저기는 너무 독립적이었고, 자기만의 방식대로 하길 원했다. 아키가 기침을 시작하자 저기는 던시스 북부에 있는 산 헤이븐으로 그를 데리고 갔다. 그곳에서 한 해가 지나지 않아 그는 세상을 떠났다. 그때는 결핵으로 사망하는 일이 아직 흔했다. 포트토튼에 있는 많은 아이들이 색앤드폭스에 있는 아동 요양원에 보내졌다.

로더릭.

토머스에게는 저세상에 있는 친구들이 있었다. 점점 더 많은 친구들. 너무 많았다. 종종 토머스는 그들에게 말을 걸었다. 아킬레. 그들에게 말을 걸었다. 왜 아니겠는가. 그렇게 말을 걸면 더 쉽게 친구들이 다른 나라로 이주했다고 생각할 수 있었다. 단 한 번만 건널 수 있는 강 저 멀리에 친구들이 살고 있다고 생각할 수 있었다. 깊은 밤, 계기판 불빛 속에서 토머스는 아킬레에게 말을 걸었다. 단, 머릿속에서만.

"자네의 이름을 딴 녀석이 직장을 구했어."

"이야, 형제여."

"그리고 자네 아들이 참 자랑스러울 테지. 한 순간도 멈추지 않고 계속 주먹을 날려."

"당연하지. 걔 증조부가…"

"커스터를 죽인 이야기는 꺼낼 때마다 문제가 되지 않았던가."

"그건 그렇지. 저기는 어때?"

"아직도 치무코마낙('백인'이라는 뜻의 치페와어—옮긴이)한테 파이를 구워주고 있어. 반스라고, 교사야. 그 사람이 매일 밤 자네 아들한테 저녁을 가져다주지."

"늘 잘 먹고 다니겠군."

"자네도 그렇겠지."

생각을 멈췄다. 마지막이 아킬레답지 않았다. 불필요했고, 필요 이상이었다. 하얀 침대에서. 마른 언덕에서.

"난 요즘 싸우고 있어. 워싱턴 일이야." 토머스가 말했다. "뭔지는 모르겠어, 아키. 하지만 좋지 않아."

# 밸런타인데이

"총 사흘이야." 볼드 씨가 말했다. 그는 책상 아래에서 두 발로 바닥을 톡톡 두드리고 있었다. 그의 신발에서 곤충 같은 거친 소음이 났다. 베티 파이는 예전부터 그를 메뚜기라고 부르기 시작했었다. 집중할 수 없을 정도로 이 별명은 그에게 딱 들어맞았다. 퍼트리스는 메뚜기 턱처럼 움직이는 그의 네모난 입과 턱을 쳐다보았다. 그가 서류를 서둘러 치웠다. 서류를 쥐었다가 잽싸게 치우는 긴 손가락. 책상 너머로 유영해 오는 그의 숨은 마치 지금까지 젖은 건초를 먹고 있었던 양 진하고 축축했다. 그가 종이 한 장을 퍼트리스 쪽으로 내밀었다. 종이를 집어 읽어보았다. 병가를 사흘 더 모으기 위해서는 여섯 달을 일해야 한다는 것이었다.

"제 언니 일이에요." 그녀가 말했다. "선생님."

퍼트리스는 베라와 관련한 상황을 최대한 잘 설명했다. 가족 중에 미니애폴리스로 갈 수 있는 사람은 그녀뿐이었다. 그녀는 상사에게 베티 파이의 사촌이 보내온 편지를 보여주었다. 그는 편지를 몇 차례 반복해 읽으면서 면밀하게 살펴보았다. 그리고 퍼트리스는 그가 여러 번 편지를 읽는 척하면서 지금 가능한 방안을 궁리하고 있다는 것을 깨달았다.
"좋아요, 퍼랜토 양." 그가 마침내 편지를 내려놓으며 말했다. "이건 병가를 내는 상황이라고 말할 수 없군. 무급 휴가를 주도록 하지. 단, 줄 수 있는 휴가 기간 넘게 그곳에 머물러야 한다면, 자네 자리를 보장해줄 수는 없어."
"그게 며칠인데요?"
"일주일이 최대야."
"하루 정도 생각해볼 수 있을까요?"
"그렇게 하도록 해." 볼드 씨가 말했다. "당연히 그렇게 해야지."
그는 자신이 한 말의 거짓 관용에 스스로 감명을 받은 듯 보였고, 그 말을 뱉은 이후로도 계속 같은 말을 되씹었다.

**이후로 오전** 내내 퍼트리스는 조용히 일하며 직장을 잃을 위험을 감수해야 할지 마음을 정하려 애썼다. 점심시간, 그녀는 오래되고 낡은 시럽 들통을 꺼내 그 안에서 삶은 감자와 배넉빵 한 덩이, 그리고 건포도 한 줌을 꺼냈다. 사람들은 이따금 정부 지원품을 주고 자낫이 짠 바구니를 가져가곤 했다. 건포도는 그 대가였다. 퍼트리스는 건포도를 후식으로 천천히 먹었다. 한 알 한 알 치아 뒤에 대고 부드럽게 녹였다.
"건포도네!"
퍼트리스는 친구에게 들통을 건넸고, 밸런타인은 남아 있는 건포도를 한 움큼 떠서 게걸스럽게 입 안으로 털어 넣었다. 밸런타인은 퍼트리스를 흘긋 보더니, 퍼트리스가 실망한 기색을 채 숨기기도 전에 눈치 챘다.

"미안."
"괜찮아."
"그래도 너 맘 상했잖아."
"베라 때문에 그래. 휴가를 내기가 무서워. 상황이 복잡하면 더 오래 있어야 될 텐데, 그럼 직장을 잃게 될 거야. 내가 가진 휴가는 사흘뿐이거든."
"무슨 휴가?"
"사흘짜리 병가."
"뭐?"
"사흘짜리 병가라고."
"병가?"
"급여는 반이래."
"어머. 나는 그런 게 있는 줄도 몰랐다."

점심시간이 끝났다. 퍼트리스는 컵 바닥에 남아 있던 오래된 커피를 마셨다. 삶은 감자 덕에 든든해진 그녀는 이미 습관이 되어버린 순간적인 집중력을 발휘해서 기세 좋게 일했다. 소량의 시멘트를 펴 바르기 위해 그녀는 기다란 막대기의 높이를 낮췄다. 그녀의 손은 흔들림이 없었다.

그날 차를 타러 가는 길에 밸런타인이 말했다. "내 휴가 네가 써."
"그게 무슨 말이야?"
"내 병가. 볼드 씨가 내 휴가를 너한테 줘도 된대. 상황이 그러니까."

안도감에 휩싸인 퍼트리스는 두 팔을 뻗어 밸런타인을 껴안았다. 그러고는 뒤로 몇 발자국 물러섰다.

"너무 고마워. 어쩜 이런 일이 다 있니."

"알아." 밸런타인이 말했다. "나는 모순투성이지."

밸런타인이 자신의 그런 면을 명명한 것에 두 사람은 놀라서 침묵했다.

"모순이라!"

"그거 게임 같은 거야?" 도리스가 뒤로 다가오며 말했다.

"아냐." 밸런타인이 대답했다. "내 얘기야. 이랬다가 저랬다가. 못됐다가 착했다가."

"오, 이런."

"하지만 결코 야박하지 않아. 늘 관대하지." 퍼트리스가 말했다.

집으로 오는 길, 퍼트리스는 두 사람에게 미니애폴리스로 가는 여정에 대해 이야기했다. 지금까지 단 한 번도 다른 지방에 가본 적이 없었던 탓에, 퍼트리스는 그들에게 말하면서 여정을 꾸며냈다.

~

**집에는 여행가방이** 없었다. 시내 상점에 잘 빠진 체크무늬 여행가방이 있었다. 비쌌다. 퍼트리스는 한 야드 반짜리 캔버스 천을 샀다. 그리고 짧은 길이의 포플러 나뭇가지를 잘라내 거친 부분을 긁어냈다. 캔버스 천의 단을 깁고 양 측면을 같이 바느질한 후에, 천의 끝자락을 짧은 막대기에 둘러 바느질했다. 그러고 나서 막대기에 가죽 천 두 개를 힘줄과 압정으로 고정시켜 손잡이를 만들었다. 캔버스 여행가방은 노동자의 가방처럼 보였지만, 그래서 그게 뭐? 예쁜 가방이 필요한 게 아니라 그저 미니애폴리스로 갈 수 있기만 하면 됐다. 거주지이전 사무소에는 기차 시간표가 있었다. 럭비로 가는 차편만 구하면 표는 역에서 살 수 있을 것이었다.

컬리 제이와 자매인 디애나가 사무소로 쓰이는 작은 방에서 일했다. 퍼트리스는 서류로 뒤덮여 있는 탁자에 앉아 베라에 관한 새로운 정보가 있을까 싶어 쌓여 있는 종이들을 훑어보았다. 퍼트리스 뒤로 포스터 한 장이 테이프로 붙여져 있었다. **미니애폴리스로 오세요**. 인생 절호의 찬스. 소매점의 **좋은 일자리**, 생산직, 연방정부, 주정부, 지역, 활기찬 마을, 편리한 상점들. **아름다운 미네소타**. 1만 개의 호수. 동물원, 박물관, 드라이브코스, 나들이 장소, 공원, 놀이공원, 영화관. **행복한 가정**, 아름다운 가정, 많은 교회, 활기찬 마을 공동체, 편리한 상점들.

베라가 미니애폴리스로 간 것은 사랑도 사랑이지만 아마 활기찬 마을 공동체와 아름다운 가정 때문이었을 것이라고 퍼트리스는 생각했다. 자를 대고 그은 듯한 문살이 박혀 있는 창을 그린 저 그림들.

"지원서를 쓰고 싶은 거니?"

"아름다운 미네소타로 이주하는 지원서요?"

"일자리 찾는 것도 도와주고, 교육을 받을 수도 있어. 살 집을 찾는 것도. 그 밖의 다양한 것들도 도와주지."

"베라도 그런 도움을 다 받았나요?"

"음, 그렇지, 뭐."

"저한테 일당이라도 줘야 하는 거 아니에요? 제가 사무소 일을 대신해주고 있는데. 거기까지 가서 베라를 찾잖아요. 사람들이 어디로 가는지 사무소에서 계속 추적해야 하는 거 아니에요?"

"한참 지나면 안 하지."

"이제 막 떠난 사람이에요."

"우리가 알고 있는 마지막 주소는 블루밍턴가야."
"그 주소는 나도 알아요. 거기서부터 시작할 거니까."
"어디에서 묵을 건데?"
"딱히 없어요."
"내 친구를 찾아가."
디애나는 카드에 버나뎃 블루라는 이름과 그녀의 주소, 전화번호를 적어주었다.
"아직도 이 번호를 쓰는지 모르겠네. 직장 번호였거든."
"무슨 일을 했는데요?"
"비서."
"저기 블루 아주머니의 딸이죠?"
"못된 쪽 딸이지." 디애나가 말했다.
퍼트리스가 눈썹을 치켜올렸다. "농담이야." 디애나는 바로 둘러댔지만 사실 농담이 아니었다. 그녀는 계속 서류더미를 이것저것 훑어보았다. "그리고 이분도 있어. 하티건 신부님."
"신부님을 만나려고 거기까지 가는 거 아니에요."
"불미스러운 일이 생길 수도 있으니까."
"그런 일 없을 거예요."
"베라도 그런 식으로 말했었지."
"아무리 생각해도 일당을 받아야겠네요."

그날 토요일, 퍼트리스는 포키가 나가고 자낫이 숲에 갈 때까지 기다렸다. 어머니와 포키가 자기 돈을 가져가지 않으리란 것을 믿지 못한 건 아니었지만, 아버지를 집 밖으로 내보내야 할 상황이 온다면,

그때는 어쩔 수 없을지도 몰랐다. 돈은 리놀륨 바닥의 디자인 중 오른쪽에서 여덟 번째 초록색 정사각형 아래에 묻혀 있었다. 그 패턴의 일부는 그녀의 침대 아래에 있었다. 퍼트리스는 엉성한 침대 프레임을 끌어 옮겼다. 리놀륨 바닥에 상처를 내지 않게 조심하면서 천천히 위로 들어 올렸다. 그녀는 그곳에 저금통, 그러니까 춤추는 쿠키가 그려진 찌그러진 분홍색 철제 쿠키 상자를 숨겨놓고 누가 봐도 자연스럽게 덮어놓았다. 이제 먼지를 밀어내고 덮개를 세게 끌어당겨 상자를 열었다. 돈이 전부 그대로 있었다. 160달러. 퍼트리스는 돈을 꺼낸 뒤 다시 상자를 묻고, 8달러는 어머니의 설탕통 밑에 남겨두었다. 도로시가 럭비까지 차로 데려다주기로 해서 30분 후면 도착할 터였다. 시곗바늘을 시간에 맞게 감아놓은 퍼트리스는 간밤에 몇 분 정도가 느려졌는지 셈해보았다. 시계가 가리키고 있는 시각은 꽤 정확했다. 그녀가 해야 할 단 한 가지 일은 기차에 올라타는 것이었다. 그다음 단계는 못 미더운 주소, 그리고 저기 블루의 딸 중 못된 쪽이라는 버나뎃이었다.

**자낫이 솔청** 한 바구니를 들고 돌아왔다. 두 사람은 문밖에서 서로에게 팔을 두르고 섰다.

"그 사람은 파고에 간 거 맞죠?" 퍼트리스가 아버지에 대해 물었다.

"지금은 돌아오지 않을 거야. 한동안은 말이야."

퍼트리스는 자신을 잡고 있는 어머니의 손에서 느낄 수 있었다. 아버지는 다시 돌아오지 않을 것이다. 자낫이 두려워하는 것은 딸을 보내는 것이었다. "너도 나를 떠나 사라져버리면 안 돼." 자낫이 속삭이면서 퍼트리스를 잡은 손에 더 힘을 주었다. 픽시 때문에 이는 두려움. 그녀가 찾아낼 사실에 대한 두려움. 베라 때문에 이는 두려움. 하지만 한 발짝 물러섰을 때, 자낫은 딸의 반짝이는 신발과 밝은 코트, 핀을 꽂아 만든 웨이브 진 머리, 빨간 립스틱을 보며 미소 지었다. 밸런타인은 심지어 장갑까지 빌려주었다.

"너 꼭 백인 여자 같구나." 자낫이 치페와어로 말했다.

퍼트리스는 웃었다. 그녀의 변신에 둘은 즐거워졌다.

# 푸콘

**토머스는 아버지** 댁으로 가는 길에 소총을 챙겨 갔다. 자고새를 놀라 날아가게 할지도 모를 일이었다. 혹은 사슴을 놀라게 할지도. 그러나 길에는 마른 풀과 로즈힙, 눈이 까만 노란 데이지의 꽃씨 머리, 빨간 버드나무뿐이었다. 참나무 군락 아래 풀섶 위에는 도토리들이 수북했다. 푹 끓이면 먹을 수 있을 터였다. 도토리를 주워볼까 생각했다. 하지만 풀길 옆 자락을 따라가니 그곳에 푸콘(미국 헤이즐넛─옮긴이)이 가득한 덤불이 있었다. 그는 가시로 덮여 있는 초록 견과를 모자와 재킷에 가득 담았다. 아버지는 들판 끝자락을 따라 아들이 오는 것을 보고, 굽은 몸을 막대에 의지해 문밖으로 걸어 나왔다. 겨울이란 뜻의 비분, 그는 깡말랐다. 나이가 들면서 비분의 피부는 군데군데 희어졌다. 그는 때로 웃으면서 자기 자신을 늙은 얼룩무늬 말이라 불렀다. 비분은 크림색 내복 상의에 갈색 일복 바지 차림이었고, 너무 낡아 마치 발의 일부처럼 보이는 모카신을 신고 있었다. 그는 아직 일상을 영위할 수 있었는데, 혼자 살기를 고집했다. 비분은 푸콘을 보고서 몸을 떨며 미소 지었다. 옛 시절을 떠올리게 하는, 그가 가장 좋아하는 음식이었다.

"이런 세상에. 가져왔구나. 껍질을 깨보자."

뜰 끝자락에 평평한 슬레이트가 있었다. 토머스는 가시로 덮여 있는 초록 견과를 자루에 넣은 뒤, 자루를 딱 푸콘 껍질이 헐거워질 정도로만 세게 돌로 쳤다. 늦은 오후의 햇빛이 서쪽에서부터 낮게 비스듬히 비추고 있었다. 그는 주방의자와 설거지통을 가지고 나왔다. 두 사람은 껍질을 떼고 알맹이만 골라내서 푸콘을 설거지통에 던졌다. 그렇게 가라앉는 빛 속에 두 사람이 앉아 있는 동안, 토머스는 그것이 놓치지 말아야 할 순간처럼 느껴졌다. 무슨 말이 오가든 놓치지 말아야 한다. 아버지가 어떤 몸짓을 하든 놓치지 말라. 늦은 오후의 햇살이 밝힌 사물들의 이상스러운 살아 있음을 놓치지 말라. 두 사람 뒤에 있는 나무들, 그 그림자들이 속살대듯 흔들거렸다.

비분이 말했다. "오, 이 요망한 것. 여길 봐라."

껍질 안에 황금 딱정벌레가 들어 있었다. 교훈적인 이야기나 동화에서 나올 법한 것이었다. 양 갈래로 나뉜 껍질이 금속처럼 빛나고 있었다. 딱정벌레는 잠시 비분의 손 위에서 쉬다가 금빛 갑옷을 펼치며 거칠고 까만 날개를 자랑했다. 그리고 그늘진 불빛 속으로 날아갔다.

"꼭 금덩어리처럼 생겼네요." 토머스가 말했다.

"저 말썽꾸러기 녀석을 돌 사이에 넣고 찧지 않아 다행이야." 비분이 말했다.

토머스가 기르는 개, 스모커가 사슴 다리뼈를 물고 숲속에서 나왔다. 스모커는 옛 시절 사람들이 길렀던 개—부드러운 회색 털과 말린 꼬리를 가진 작업견—처럼 생긴 혼종견이었다. 스모커의 털은 까만색의 할퀸 듯한 무늬가 군데군데 있었고, 얼굴의 반은 흰색, 반은 회색이었다.

"잘했어." 토머스가 개에게 말했다.

이미 희어지고 삭은 뼈였지만 스모커는 양발 사이에 그것을 두고 지키며 근처에 엎드렸다. 토머스는 곧 아버지와 치페와어로 이야기하기 시작했다. 두 사람의 대화가 좀 더 복잡한 방향으로 향한다는 신호였다. 머리와 가슴의 문제. 비분은 치페와어로 사고할 때 더 명료했다. 물론 영어 실력도 매우 뛰어났지만, 그의 첫 언어로 말할 때 표현은 더 풍성해지고 재치 있어졌다.

"정부에서 무슨 일이 일어나고 있어요. 새로운 계획이 있다네요."

"그들은 늘 새로운 계획이 있다고 말하지."

"이번 일은 조약에 위배되는 일이에요."

"모든 인디언들에 대해서? 아니면 우리 부족에게만?"

"인디언들 전부요."

"적어도 우리만 꼭 집은 건 아니로구나." 비분이 말했다. "어쩌면 이번 일은 다른 부족들과 함께 해볼 수도 있겠다."

**소년 비분은** 메디신 라인(캐나다와 미국 사이의 국경 — 옮긴이)을 따라 아시니보인, 그로반트, 블랙피트 영역으로 이동했다. 그 후에는 방향을 바꿔 가족과 버펄로를 사냥하며 밀크강을 따라 이동했다. 터틀마운틴으로 돌아온 건 다른 선택지가 없었기 때문이었다. 그들은 보호구역에 갇혔고, 그 경계선을 지나려면 담당 농장주에게 허가를 받아야만 했다. 한동안 먹을 것을 찾으러 나가는 것이 허락되지 않아, 어느 혹독했던 겨울에는 젊은이들의 삶을 지속시키기 위해 노인들이 스스로 굶주렸다. 비분은 밀 씨앗, 쇠 쟁기, 황소를 가지고 농사를 지어

보았다. 황소의 경우, 비분네 가족이 소를 죽이거나 먹지 않는다는 엄격한 조건 아래 담당 농장주가 제공해준 것이었다. 첫해, 아무것도 걷히지 않았다. 그들은 뼈 상인에게 판매할 버펄로 뼈를 구해오기 위해 몰래 교대로 경계선을 넘어야 했다. 다음 해에는 백인의 곡물을 심지 않고 옥수수, 호박, 콩을 심었다. 비분네 가족은 작물을 말려 음식을 저장했다. 크게 배고프지는 않았지만 그들은 봄까지 거의 걷지 못했다. 너무나 말랐으며 너무나 약했다. 어느 땅에서 무슨 곡식이 가장 잘 자라는지, 곡식이 좋아하는 곳이 촉촉한 땅인지 건조한 땅인지, 아침에 해가 드는 걸 좋아하는지 오후에 해가 드는 걸 좋아하는지 등을 알아내는 데만 수년이 걸렸다. 토머스는 아버지의 실험으로부터 배웠다.

이제 양식은 충분했고, 또 항상 예기치 않은 때에 불쑥 나타나는 정부의 잉여 식량도 있었다. 비분은 정부에서 주는 옥수수 시럽을 가장 좋아했는데, 이 시럽은 어찌나 단지 비분의 짧아진 치아를 아프게 할 정도였다. 비분은 여기에 찬물을 부어 희석한 후 메이플린 몇 방울을 떨어뜨려 오랜 옛날에 먹었던 메이플 시럽 맛을 냈다. 어리디어렸던 꼬마 시절, 미네소타에 있는 단풍나무 군락지에서 맛본 그 멋진 단맛을 비분은 기억하고 있었다. 또한 그는 주물 냄비에 볶은 푸콘을 사랑했다. 푸콘이 위아래로 통통 튈 때, 옛 시절의 냄새가 오두막을 가득 채웠다.

# 향수

**럭비로 가는** 길, 퍼트리스는 늘 밸런타인이 차지하던 조수석에 앉아 도리스 로더에게서는 늘 이렇게 좋은 냄새가 나는 건지 궁금해하고 있었다. 향수 냄새인지 묻고 싶었지만 혹시라도 무례한 질문이 아닐지 확신할 수 없었다. 퍼트리스는 자신의 피부에 배어 있는 약재에 대해 생각했다. 그녀는 베어루트, 위켄, 프레이리 세이지, 향모, 키니키닉, 그리고 자낫이 매일 태우거나 끓이는 갖가지 종류의 차, 약재와 함께 살았다. 이 약재 냄새는 당연히 그녀에게 짙게 남아 있었다. 자낫은 퍼트리스가 떠나기 전에 로즈힙 찻잎을, 베라에게 힘을 더해줄 강장제를 헝겊 주머니에 담아 퍼트리스의 손에 꼭 쥐여주었다. 그리고 백향목도. 아기를 씻길 때 쓰는 것이었다. 뒷좌석에 놓아둔 손가방에 그것들이 들어 있었다. 천천히 백향목 냄새가 차 내부에 퍼지고 있었다. 그러나 도리스의 냄새를 이기지는 못했다.

"너 향수 냄새 좋다." 퍼트리스가 말했다. "향수 이름이 뭐야?" 말을 하려던 것은 아니었다. 그러나 끊이지 않고 들려오는 엔진 소음이 대화를 부추겼다.

"오 드 향기로운 거름 냄새(향수 '오 드 콜로뉴'에 빗댄 말장난—옮긴이)."

도리스가 말했다. "농장 소녀의 친구지."

퍼트리스는 너무 신나게 웃다가 그만 콧방귀를 끼고 말았다. 창피했지만 도리스의 코에서도 컹 소리가 났고, 두 사람은 이 콧방귀들에 눈가에 눈물이 맺히도록 웃어젖혔다. 도리스는 차가 자칫 도로를 벗어날 수도 있겠다는 생각에 겁이 나서 진정하려고 숨을 크게 들이쉬었다.

"너 남자친구 있어?" 도리스가 퍼트리스에게 물었다. "밸런타인이 그러던데, 너 남자친구 있다고."

"뭐? 누군지 나도 궁금하네!"

"사람들이 그러는데, 복싱 코치가 너 좋아한대."

"처음 듣는 얘긴데." 퍼트리스가 말했다. 사실 처음 듣는 건 아니었지만. 심지어 동생 포키도 반스가 늘 퍼트리스에 관해 묻는다고 말해준 적이 있었다.

"너는 남자친구 있어?" 퍼트리스가 물었다.

"난 없어."

"그럴 거면 향수는 왜 뿌렸니?"

"뭐랄까, 이건 나한테서 나는 냄새가 그나마 참을 만했으면 싶어서 뿌리는 거지."

두 사람은 다시 웃었지만, 주체할 수 없을 정도로 웃지는 않았다.

"난 한 번도 향수를 사본 적 없어." 퍼트리스가 말했다. "이번에 다녀오면서 혹시라도 돈이 좀 남으면 향수를 살 것 같아."

"올해 생일에 나한테 주는 작은 선물로 산 거야. 액상 꽃잎이라고 불러. 시내에 갈 때 뿌리고 공장 갈 때는 안 뿌려."

"비싼가 보구나."

"비싸긴 한데, 그래서 안 뿌리는 건 아니야. 메뚜기가 이 냄새를 좋아해서 안 뿌리는 거지."

퍼트리스는 그 말의 의미를 곧장 알아들었다. "굳이 관심 끌고 싶지 않은 거구나."

"당연하지. 누군들 그러고 싶겠니?"

"메뚜기 사모님?"

"아무도 없어. 당연하잖아."

"그럼 그 액상 꽃잎을 써보고 싶은 사람은 너한테 없어?"

"있을 수도. 솔직히 말하는 건데, 그 사람은 나한테 관심 없어."

"그럴 리가."

"날 보고 말하는 거니? 나는 땅딸보에, 땀도 많이 나고, 어색해하고, 피부는 하얗게 질려 있잖아. 나는 활기찬 농장 소녀가 아니야. 내 뺨에는 장밋빛이 없어."

퍼트리스는 놀라서 아무 말도 하지 못했다. 자그마한 이목구비와 풍성한 적갈색 머리칼, 큰 가슴과 짧고 굴곡진 다리. 도리스는 예뻤다. 이런 말들이 칭찬이라고 생각한 퍼트리스는 도리스를 칭찬하기 시작했다. 도리스는 퍼트리스가 하는 말 하나하나가 다 짜증스러운 것 같았다. 도리스는 마치 자신에 대한 좋은 말은 듣고 싶지 않아 하는 사람처럼 보였다. 퍼트리스는 말을 멈췄고, 그들은 침묵 속에서 달렸다. 잠시 후 도리스가 말했다. "나도 내가 뭐가 문제인지 모르겠어. 넌 그냥 날 기분 좋게 해주려던 거였잖아. 그런데 나한텐 그게 너무 눈에 보여. 너, 버키 듀발에 대해서는 어떻게 생각해?"

마치 도리스가 퍼트리스의 뇌에 전선을 꽂은 것 같았다.

"어떻게 생각하느냐고? 듣고 싶지 않을 텐데. 너도 알잖아. 버키가 나에 대해 뭐라고 하고 다니는지, 아니야?"

"아닌데?"

도리스가 튀어나올 듯한 눈으로 퍼트리스를 흘긋 보았고, 퍼트리스는 지난여름에 어떻게 버키 일당이 히치하이킹하는 그녀를 차에 태웠는지 도리스에게 사실을 이야기해주었다. 처음에는 목적지까지 데려다주겠다고 약속했다가 어떻게 말을 바꿨는지를. 버키가 어떻게 그녀를 함정에 몰아넣었으며, 어떤 식으로 수작을 부려댔는지, 어떻게 버키 일당이 그녀를 태운 채 피시 호숫가로 가서는 같이 '나들이'를 가자고 종용했는지, 그리고 어떻게 그녀가 함께 가는 척했는지를 도리스에게 털어놓았다. 하지만 당시 퍼트리스는 호수까지 내려갔을 때 바로 물에 뛰어들어 삼촌이 타고 있는 낚싯배를 향해 헤엄치기 시작했다. 버키 일당은 감히 쫓아오지 못했다.

퍼트리스가 도리스에게 말하지 않은 것도 있었다. 차 안에서 그들이 그녀에게 몸을 부대껴온 것, 혹은 버키가 자기 얼굴로 그녀의 얼굴을 짓누르거나 손으로 그녀의 몸 온갖 곳을 만졌던 것은 언급하지 않았다. 또 버키의 현재 상태에 대해서도 아무 말 하지 않았다.

"삼촌 배까지 그 먼 데를 헤엄쳐 갔다고?"

"그랬다니까! 삼촌이 엄청 놀라셨어. 배스를 낚으러 왔지 젊은 여자를 낚으러 온 게 아니라고 하시더라. 여하튼 낚싯대를 내려놓고 내가 배에 탈 수 있게 도와주셨어."

"삼촌이 거기 계셨던 게 다행이다."

"걔네들보다 내가 더 빨리 헤엄쳤을 거야. 걔네는 취해 있었거든."

"언제 그 차에 탔는지 기억해?"

"응. 그땐 그 차를 꼭 얻어 타야만 하는 이유가 있었어."

"당연히 그랬겠지."
두 사람은 침묵 속에서 한참을 달렸다. 그때 도리스가 차 안에 있던 다른 남자들도 아느냐고 퍼트리스에게 물었다.
"몇몇 알아. 모두 네 명이었고."
"내 동생이 버키랑 친구거든."
도리스는 퍼트리스를 흘긋 보았고, 퍼트리스는 낌새로 도리스의 동생이 그들 중 한 명이었음을 깨달았다. 왜 도리스가 버키에 대해 물었는지 비로소 알았다. 그건 정말 궁금해서 묻는 질문이 아니었다. 이제 퍼트리스는 도리스를 믿을 수 없게 되었다. 도리스는 버키와 관련된 모든 것을 알고 있었다. 도리스의 동생이 퍼트리스에 대해 분명 무언가를 말했을 터였다.
"동생은 뭐라고 했는데?" 퍼트리스가 물었다.
"버키보고 멍청한 놈이래. 왜 네가 버키랑 같이 덤불로 갔는지 모르겠다고 하더라."
"나 안 그랬어! 넌 뭐라고 했어?"
"네가 그랬을 리 없다고 했지."
도리스가 정말 퍼트리스를 옹호했을까? 회의적이었다.
"그래서 네 동생은 뭐라고 했는데?"
"날 이상하게 쳐다보더라고. 그러면서 동생이 하는 말이, 버키가 자기한테 꼭 그렇게 말하라고 시켰대."
"버키는 대체 뭐 하러 그러는 거야? 그렇게 해서 좋을 게 뭔데?"
"모르겠어? 네 이름에 흠집을 내서 좋은 남자를 못 만나게 하려는 거지. 그러면 너한테 다가가기가 좀 쉬워질 테고, 결국 자기 걸로 만들 수 있을 테니까. 버키는 널 좋아해. 반스랑 똑같은 거야."

퍼트리스는 아무 말도 하지 않았다. 도리스가 하는 말이 죄다 맞는 것 같았다. 하지만 동시에 죄다 틀린 것 같기도 했다. 버키는 다른 사람이 무슨 생각을 하는지는 안중에도 없는 걸까? 또 버키 자신의 외모가 손상된 게 자낫이랑 퍼트리스랑 관계가 있다는 것은? 두 사람이 그의 얼굴 절반을 굳게 하고 팔에 있는 힘까지 빨아들였다는 것은? 그에게 저주를 걸었다는 것은?

도리스가 갑자기 액셀을 세게 밟더니 도로를 노려보았다. 그들은 날아가고 있었다. 너무 빨랐다.

"천천히 가!"

"최소한 누군가가 널 좋아하잖아! 너, 네 동그란 눈, 귀여운 몸을 말이야." 도리스는 울부짖었다. "그걸 즐길 수는 없는 거야?"

퍼트리스에게 점점 고통이 차올랐다.

"내가 왜 그래야 하는데?" 퍼트리스가 말했다.

"너도 널 좋아하는 사람이 메뚜기 하나밖에 없으면 왜 그런지 알게 될 거야."

~

**퍼트리스는 녹말을** 먹여 빳빳해진 머리받이 헝겊에 머리를 대고 쉬었다. 헝겊에는 이미 머릿기름으로 희미한 얼룩이 남아 있었다. 그녀가 기차 안에 들어서자 몇몇 사람들이 예의 그 표정으로 쳐다봤지만, 그럼에도 그녀는 창가 쪽 좌석을 택했다. 빈 좌석이 충분해서 창가 쪽 좌석에 앉을 수 있었다. 아무도 그녀가 거기 앉을 수 없다고 말하지 않을 것이었다. 그러길 바랐다. 퍼트리스는 불안한 손놀림으로 직접 만든 여행가방을 옮기고, 코트를 걸고, 희미하게 빛나는 코트 주름을 쓰다듬어 폈다. 장갑 낀 손은 무릎 위에 올려놓았다. 그녀의 심장이 여전히 쿵쾅거리고 있었다. 기차가 으르렁대더니 쉭 소리를 내고는 거대한 한숨을 내쉬었다. 그때 문이 닫히고 그녀의 발아래 바닥에 에너지가 모여들었다. 바퀴들이 철로를 강하게 붙잡기 시작하더니 곧 기차가 부드럽고 기쁘고 들뜬 속도로 달렸다. 기차가 엄청난 속도로 굴러갈 때 퍼트리스는 자기 뒤로 빠르게 사라지는 집과 길과 사람들을 보며 미소 지었다. 기차를 타고 달리는 느낌이 얼마나 자유로운지 지금껏 누구도 그녀에게 말해준 적이 없었다. 승무원이 그녀의 표를 가져가더니 다시 반을 되돌려주었다. 승무원은 꼬리표를 그녀의 좌석 맨 위에 있는 작은 틈새에 끼워 넣었다. 이제 이 좌석은 그녀의 것이 되었다. 퍼트리스는 표의 나머지 반을 조심스럽게 지갑 속에 넣었다가, 이내 다시 꺼내서 브래지어 안쪽에 바느질해 달아둔 작은 주머니에 비밀스럽게 집어넣었다. 현찰 대부분도 그곳에 숨겨두었다. 눈꺼풀이 점점 무거워졌다. 좌석의 머릿기름 자국에서 풍기는 낮고 톡 쏘는 향이 놀랄 만큼 좋았다. 열차의 일렁임이 관능적이고 최면을 거는 듯했고, 그녀는 움직임의 바다에 휩쓸려 잠을 향해 유영했다.

# 다리미




**오후에 그들은** 계속해서 감자를 캤다. 웨이드는 친구 마틴을 불러 기거하게 하며 같이 일했다. 마틴은 종종 감자로 일당을 받곤 했다. 그때 즈음하여 마틴은 그들과 함께 살았는데 로즈와 토머스가 마틴을 양자로 받아들이기 위해 서류 작업을 하고 있었다. 토머스가 소년들을 씻으라며 보냈을 무렵에는 하늘의 태양이 낮았다. 들판을 무질러 가면서 토머스는 노코가 꾸짖는 소리를 들을 수 있었다. 토머스가 집 안으로 들어섰다. 로즈는 다른 방에서 다리미질을 하고 있었다. 프라이팬에 담긴 고기 냄새 위로 다리미에 눌린 옷감의 향이 났다. 유리잔 등유랜턴이 탁자 위에서 빛을 뿜고 있었다. 토머스는 옆방으로 들어가 로즈의 목에 입을 맞췄다. 그녀에게서 깨끗한 빨래 같은 다리미질 냄새가 났다. 로즈는 빨랫줄에서 빨래를 걷어오자마자 아직 약간의 물기가 남아 있을 때 다리미질하는 것을 좋아했다. 빨랫감이 너무 바짝 말라버렸을 때는 창턱에 놓아둔 물뿌리개를 썼다. 물뿌리개는 철로 된 병이었는데 뚜껑에 구멍을 여러 개 뚫어서 썼다. 로즈가 물을 뿌리고 다리미로 누르면 향기 나는 증기가 천천히 쉭 소리를 냈다. 다른 지역에 전기가 들어오기 시작하자 로즈는 전기 다리미를 사자고 했었다. 여긴 아직 전기가 들어오지 않아 그건 말이 되지 않았지만, 그럼에도 토머스는 전기 다리미를 사주었다. 로즈는 누구에게도 빼앗기지 않겠다는 듯 그것을 간수했으며, 트로피처럼 반짝반짝 윤이 나게 닦았다. 그녀는 가진 옷을 모두 다 넣어놓는 어두운색의 침실 수납장 위에 전기 다리미를 보관해두고 있었다. 아직까지는 다리미 틀에 딱 맞게 끝이 뾰족한 달걀 모양으로 생긴 무거운 무쇠 다리미를 사용했다. 겨울에는 그것이 침대 보온 역할도 잘해주었다. 하지만 작은 신처럼 우뚝 서 있는 새 스틸 다리미, 그것의 밝은 뾰족한 꼭짓점이 남서향 창으로 들어오는 빛을 반사해 토머스가 방에서 쉴 때면 눈가에서 반짝거렸다.

  집은 깔끔했다. 모든 것이 제자리에 있었다. 무엇 하나 찢어지거나 헐겁게 매달려 있는 것이 없었다. 모든 것이 수리되어 있었다. 로즈는 기준이 철통같았다.

"아빠, 와서 식사하세요!"

  피와 샬로는 학교 체육관에서 열린 영화상영회가 끝나고 나서 집으로 돌아왔다. 그들은 5센트어치 해바라기씨가 담긴 종이봉투를 아직까지 가지고 있었다. 소년들이 그 해바라기씨를 달라고 계속 애걸복걸했다. 로즈는 튀긴 토끼고기와 돌 위에서 구운 감자 두 알을 토머스를 위해 접시에 준비해두었다. 음식 위에는 야생 양파가 적당히 뿌려져 있었다. 저녁을 먹은 후 토머스는 남자아이들과 함께 라디오에서 야구 경기 중계를 들었다. 그러고는 다들 바깥에 있는 화장실을 쓰느라 오며가며 들락거렸다. 토머스는 침실 문 뒤에서 접이식 침대 두 개를 끌어당겼다. 나무상자 옆에 있는 캠프용 침대. 그는 접이식 침대 매트리스의 걸쇠를 풀어 바닥에 펼쳤다. 침대는 시트와 이불까지 아침에 이미 준비되어 있었다. 침실 옷장 맨 위 칸에 작고 평평한 베개들이 있었다. 피가 베개를 하나씩 내려줬고 모두 자기 몫의 베개를 받았다. 여자아이들은 따로 떨어진 주방을 좋아했다. 노코는 문 뒤, 캔버스 천으로 된 캠프용 침대에서 잤다. 다 큰 남자아이들은 접이식 침대 하나에서 방향을 달리해 서로의 발을 보며 잤다. 모든 이들이 어둠 속에서 중얼거리고 한숨을 쉬며 자리 잡자 로즈도 방으로 들어갔다. 토머스도 로즈를 따라 들어가 문을 닫았다. 토머스는 11시 5분에 알람시계를 맞추고 불을 껐다. 로즈가 낡은 플란넬 나이트가운을 입고 있었다.

"실크처럼 부드럽군." 로즈의 가운 소매를 만지면서 토머스가 말했다.

"하!"

토머스는 셔츠와 바지를 벗고 다림질된 선을 잡아서 침대 곁에 걸어놓았다. 침대 옆에는 서류가방과 재킷, 모자가 있었다.

"내 도시락은 차에 있는 거지?"

"그걸 꼭 묻더라."

"당신이 만들어주는 야식이 없으면, 나는 절대 일을 할 수 없지."

"차에 갖다놨어."

"그럼 당신을 깨우지 않아도 되겠군."

"알람 소리 때문에 깰 거야."

"다시 잠들 거잖아, 아니야?"

"맞아." 그녀가 마지못해 대답했다.

로즈가 돌아누웠다. 몇 초 안 돼서 그녀는 잠이 들었다. 토머스는 잠들지 않은 채로 누워 있었다. 그는 손을 꺼내 뻗으며 속삭였다. "나의 나이 든 여인." 로즈의 몸에서 나오는 열기가 이불 속에서 부드럽게 전해져 토머스의 오른쪽을 덥혀주었다. 그의 왼쪽은 차가웠다. 난로에서 나오는 따뜻한 기운은 침실까지 전해지지 않았다. 너무 추운 밤이면 로즈가 침대 위에 누비이불 하나를 더 꺼내주었고, 뒤에서 둥그렇게 안고 잘 수 있게 해주었다. 가끔 데일 것 같은 그녀의 말처럼 그녀의 자는 몸도 뜨거웠다. 안으면 바로 따뜻해졌다. 어두움의 입자들이 가라앉는 동안 토머스는 잠시 부유했다. 스모커가 비분의 집에서 오래 묵은 저녁거리를 먹고 돌아왔다는 것을 토머스에게 알리기 위해 두 번 짖었다. 밖에 있는 구멍 뚫린 팬에 놓인 두 번째 저녁밥을 먹으러 집에 온 것이리라. 스모커는 만일 밤에 아는 사람 누군가가 계단을 오르면 그저 바닥에서 으르렁거렸다. 그게 그가 말하는 방식이었다. *안녕, 내가 여기에 있어.* 하지만 만일 낯선 사람이 다가오면 보호하려는 거친 몸짓으로 갑자기 튀어나올 터였다. 스모커는 현관 계단에 무척 예민한 감각을 가지고 있었다.

**토머스는** 11시 4분에 눈을 뜬 뒤, 소리가 나기 전에 알람을 껐다. 이 직업을 얻기 전에는 옛 이민 노동자의 기상 노래를 부르곤 했다. "말았던 몸을 펴라, 뱀들아. 늪지에도 해가 비친다." 웬일인지 지금 그 노래가 생각났다. 그는 바지를 입고, 작업용 부츠 끈을 매고, 서류가방을 손에 쥐었다. 어둠 속에서 자는 아이들 사이사이를 통과하며 조심스럽게 움직여 간 뒤 천천히 현관문을 열었다. 집을 나서기 전, 그가 말했다. "오 예이! 비잔! 미 에타 고 닌 오마 아야아얀. 닌가 마지비즈 엔다지 아노키얀."('오, 야호! 조용하구나! 오로지 나만 있기 때문이지. 내 세상이다. 이제 달려보자. 저기 차가 준비하고 있구나'라는 뜻의 치페와어―옮긴이) 토머스가 계단을 밟고 내려가자 치폐와 말을 알아들은 개가 꼬리로 흙을 때렸다. 우선 그는 후진할 필요가 없도록 차로 원을 그리며 나왔다. 그리고 한참을 달릴 때까지 전조등을 켜지 않았다. 인디언서비스도로는 암흑처럼 어두웠다. 구름 뒤에 있는 달. 커다란 농장에 있는 하나밖에 없는 야외 조명의 빛이 은빛 사일로 멀리에서 빛났다. 그는 시내를 무질러가 보호구역을 벗어났다. 이 쭉 뻗은 고속도로에서 그는 고통스러워졌다. 마치 길고 날카로운 바늘들이 심장을 뚫는 것 같았다. 그는 아버지를 떠올렸다. 그리고 도망가는 온기를 모으며 늦은 햇살 속에 앉아 있던 그들 두 사람을 떠올렸다.

사랑하는 사람이 충분해지는 때는 결코 오지 않는다. 토머스는 통증을 내쫓으려고 가슴을 천천히 문지르며 생각했다. "아버지가 이렇게 장수하도록 함께 있었는데도 나는 아직도 욕심이 많네. 더 계셔줬으면 좋겠어."

차를 타고 달리는 동안 가슴이 진정되었다. 그런데 훨씬 더 날카로운 감각이 그를 괴롭혔다. 차를 멈추고 내리고 싶을 정도였다. 내린 다음엔 뭘 어떻게 하게? 그는 서류가방을 흘낏 보았다. 거기에 모지스가 준 서류가 들어 있었다. 며칠 동안 토머스는 서류를, 그 의미를 이해해보려 노력했다. 서류에 담긴 도저히 믿을 수 없는 그들의 의도를 정의하고자 했다. 믿을 수 없었다. 왜냐하면 언뜻 무해해 보이는 건조한 언어로 차마 생각조차 할 수 없는 것들을 이야기하고 있었으니까. 믿을 수 없었다. 왜냐하면 그 의도라는 것이 결국은 지우는 것, 인정하지 않는 것이었으니까. 인디언으로서의 토머스, 비분, 로즈, 자녀, 주변 사람들, 곧 우리 모두를 보이지 않게 지우는 것. 마치 여기, 처음부터 우린 이곳에 존재한 적도 없었던 것처럼.

서류가방이 조수석에 무겁게 놓여 있었다. 극심한 두려움이 점점 더 심하게 간지럽혀댔다. 토머스는 주차장에 차를 세웠다. 단단한 자동차 문을 쾅 닫는 것은 언제나 만족스러웠다. 서류가방 없이 몇 걸음 가던 그는 결국 되돌아와서 차에 몸을 기대고 가방을 낚아채듯 꺼내 힘겹게 가지고 갔다. 하지만 그는 밤이 깊을 때까지, 도시락에서 샌드위치를 꺼내기 전까지 서류가방을 열지 않았다. 그는 오래됐지만 깨끗한 빨간색 반다나(스카프 같은 얇은 천—옮긴이)를 풀어 샌드위치를 꺼냈다. 그리고 보온병 뚜껑에 검은색 약차를 부었다. 다시 서류를 읽을 때 잘 구워진 짠맛의 배넉빵 껍질을 씹기 위해서는 커피를 한 모금씩 마셔야 했다. 이런 작은 편안함들이 힘을 줬다.

경비원 일을 시작한 지 일곱 달째였다. 처음에는 늦은 오후와 저녁 시간만 할애해도 터틀마운틴 고문위원회 의장의 소임을 다할 수 있었다. 일을 마치면 아침에는 대부분 잘 수 있었다. 심지어 오늘 밤처럼 운이 좋을 때는 차를 몰고 일터에 오기 전에 토막잠을 더 잘 수도 있었다. 하지만 정부는 때때로 인디언을 기억해냈다. 그리고 그럴 때면 정부는 늘 인디언을 *해결*하려 했다. 토머스는 생각했다. 그들은 우리를 제거함으로써 우리를 해결하려 하지. 언제 제거할 계획인지 과연 말해줄까? 하, 하. 토머스는 정부로부터 어떤 말도 들은 바가 없었다. 《미노 데일리 뉴스》지를 읽다가 무언가 안 좋은 일이 벌어지고 있음을 그 스스로 알아챈 것이었다. 그 후 모지스가 애버딘에 있는 연락책한테 서류를 얻기 위해 갖은 노력을 쏟아야 했다. 의회 결의안을 실제로 보기까지, 아니 그저 열람 허가를 받기까지도 너무나 아까운 시간이 소요되었다. 결의안 작성자에 따르면 미국 의회는 치페와족 터틀마운틴 집단을 해방 대상으로 삼는다고 했다. ㅎ-ㅐ-ㅂ-

*ㅏ-ㅇ. 해-방.* 이 단어가 그의 머릿속에서 멈추지 않고 계속 울렸다. *해방되다.* 그러나 그들은 노예가 아니었다. 인디언 정체성으로부터 자유로워지는 것이 바로 의회가 뜻하는 해방이었다. 그들의 땅으로부터 해방되는 것. 토머스의 아버지와 증조할아버지가 사인하여 영원히 유효하다고 약속받았던 그 조약들로부터 자유로워지는 것. 즉, 늘 그렇듯 우리를 제거함으로써 인디언 문제는 *해결*될 것이었다.

밤사이, 부족 의장의 일이 투쟁으로 바뀌어갔다. 그냥 문제인 채로 남고자 하는 투쟁. 결코 해결되지 않고자 하는.

## 과일 상자

**반스는** 그녀가 나뭇잎 속으로 사라져 들어가는 것을 보았다. 그녀는 맨발이었다. 반스에게는 그것이 매력적으로 느껴졌다. 사랑스러운 인디언 소녀에게 더할 나위 없이 어울리는 것. 그가 어렸을 적부터 쭉 그런 그림들이 있었다. 광고들. 과일 상자와 우유 통 위에 먹음직스럽게 그려진 그림들. 유려하게 떨어지는 사슴가죽 옷을 입은 사랑스러운 인디언 처녀. 그녀는 호박, 사과, 복숭아, 오이를 들고 있기도 했고, 작은 버터 상자를 건네기도 했다. 아마도 이런 그림들에 대한 기억이 디모인에 있는 부모님의 인쇄소를 떠나 보호구역으로 가겠다는 반스의 결심을 휩싸고 어렴풋하게 소용돌이쳤던 것 같다. 또한 고등학교를 졸업한 후에 그의 머릿속에 인쇄소를 물려받고 싶지 않다는 생각이 들어섰다. 그는 수학을 좋아했다. 긴 나눗셈이 일찍부터 그의 마음을 빼앗았다. 반스는 매번 새로운 난이도의 지식을 열망했다. 심지어 지금도 복싱을 하지 않을 때는 심심풀이로 다항식을 계산했다. 숫자는 종일 그의 친구가 되어주었다. 그는 연관성을, 반복성을 찾아냈다. 자동차 번호판에서, 전화번호에서 방정식을 만들었다. 심지어 복싱도 그 바탕은 분, 라운드, 페널티, 점수라는 숫자들이었다. 숫자는 사람들과도 관계가 있었다. 픽시는 실제로는 고작 열아홉 살이었지만, 반스는 픽시를 스물여섯 살로 보았다. 반스는 2가 미끄러지듯 내려가는 것을 사랑했고, 6이라는 달팽이를 사랑했다. 이 숫자들은 픽시와 뗄 수 없는 것이었다. 반스는 2의 6제곱에 애정을 느꼈다. 거기에서 더 나아가지는 않았다. 그는 지나가다가 픽시에게 말을 걸어본 적이 있을 뿐이었고, 다만 자신을 드러낼 적절한 순간을 기다리고 있었다.

반스는 그녀의 집에 가볼까도 생각했다. 이상한 일이려나? 그럴 수도 있겠지. 아마도. 하지만 그는 이미 우연한 만남을 기다려봤다. 픽시가 일터에서 집으로 가는 길에 시간을 보낼 것 같은 장소에 일부러 가기까지 했다. 10센트 가게. 상점. 헨리의 카페. 하지만 행운은 따라주지 않았다. 바람이 도로를 다 말려준 어느 날 저녁, 반스는 픽시네 집까지 가는 길도 그러하길 바라며 그녀의 동생 포키를 차로 데려다주었다. 포키가 차에서 내릴 때 반스도 같이 내렸다.

"너희 부모님한테 인사를 드려야겠어. 아직 뵙지도 못 했네."

포키가 돌아서서 놀라 입을 벌린 채 반스를 쳐다봤다. 곧 입을 다물고 앞으로 가기 시작했지만 아무 말도 하지 않았다.

제발 아버지가 마당에 기절해 있지 않았기를. 한편 포키는 퍼트리스가 기차를 탔다는 것을 알고 있었다.

"뭐, 괜찮아." 반스가 실망한 기색을 감췄다. "어머니께 네가 얼마나 발전하고 있는지 말씀드릴 수 있으니까."

포키는 침묵했지만 속으로 중얼거렸다. '*선생님이 일궈낸 발전을* 말씀하시는 거겠죠. 아니면 일궈내려고 노력하고 있거나.'

포키가 문을 밀어 열었다. 반스는 머리를 숙여 문을 지날 때 충격을 받았다. 집으로 들어가고 있다는 느낌이 안 들었기 때문이다. 반스의 눈에는 그곳의 외관이 대충 지은 짐승들의 보호소처럼 보였다. 생기 없는 노란색 진흙을 바른 장대 무더기. 그러나 그때, 어둑한 불빛 아래에서나마 공간을 보살핀 흔적이 눈에 들어왔다. 탁자가 깨끗하게 닦여 있었고, 그 위에 유리 등불이 빛을 내고 있었다. 등불 뒤에는 한 여성이 앉아 있었는데, 그녀 앞에 뭔가가 놓여 있었다. 반스는 얼핏 그것이 커다란 두루마리 종이인 줄 알았다가 곧 자작나무 껍질임을 깨달았다. 탁자 뒤로는 나무를 태워서 쓰는 작은 화덕과 증기를 내뿜고 있는 무쇠 솥이 있었다. 반스는 그것이 백향목 열매와 야생 순무로 조리한 매운 사슴 스튜라는 것을 알아챘다. 저기가 가장 잘하는 요리였다. 입에 침이 고였다. 아무 말도 없이 그녀는 자리에서 일어나 깡통 재질의 국그릇 두 개에 스튜를 담아 내주었다. 그리고 그들 옆에 얇은 배넉빵 큰 조각을 둔 다음, 국그릇 사이에 기름이 담긴 작은 팬을 두었다. 국그릇 옆에 수저 두 개가 놓였다.

 반스는 스튜를 먹으려고 포키 옆에 앉았다. 여자는 웃지 않았다. 다만 그녀의 언어로 포키에게 말을 하기 시작했고, 그 뒤 느리고 분명하게 손을 움직였다. 반스는 그녀의 손에 매혹되었다. 아마도 숫자에 매혹됐을 것이다. 그녀의 한쪽 손에는 새끼손가락이 없었다. 다른 쪽 손에는 작은 손가락, 완벽한 엄지손가락이 하나 더 있었다. 그녀의 손가락은 잘못되었으나 여전히 다 합하면 열 개였다. 이것이 반스를 불안하게 했고, 극단적인 불편함마저 느껴졌다. 스튜를 먹은 후, 그는 포키에게 어머니께 감사한 마음을 전해달라고 이야기했다. 스튜를 맛있게 먹었다는 것을 그녀가 알기를 바랐고, 반스는 거의 자신의 배를 쓰다듬을 뻔하기도 했지만 화들짝 그만두었다.

"왜 왔는지 궁금해하세요." 포키가 말했다.

"그냥 방문차 왔지. 네 수학 실력이 비 플러스 정도라는 걸 말씀드리려고. 그 정도면 굉장히 잘하는 거야."

반스는 어머니의 눈에 들려고 노력하면서, 말할 때 고개를 끄덕이고 미소를 지었다. 하지만 실망스럽게도 그녀는 시선을 옮기거나 그를 건너뛰어 바닥을 응시할 뿐이었다. 듣고는 있는 것 같았지만 그녀가 얼마나 이해하는지 가늠할 수가 없었다. 반스는 자신이 떠올릴 수 있는 건 죄다 말한 후에 그녀의 말을 기다렸다. 아무 말도 없었다. 그녀는 다만 차를 한 모금 들이켰다. 잠시 후에 그녀는 포키에게 고개를 끄덕이더니 무언가를 말했다. 포키는 반스의 깡통 재질 국그릇에 스튜를 다시 채워주었다. 반스가 스튜를 먹었다. 그러고서 그들은 깜빡이는 등불 아래 같이 앉아 있었다. 마침내 그녀가 아들에게 다시 말을 했다. 포키는 탁자를 보며 얼굴을 찌푸렸다.

"뭐라고 하시는데?" 반스가 말했다.

"엄마가 고맙다고 하셔요. 그런데 선생님이 그 이유로 온 게 아니라는 걸 아세요."

반스는 포키 어머니의 손을 보지 않으려 해도 보지 않을 수가 없었고, 대화를 하지 않으려 해도 하지 않을 수가 없었다. 이 상황은 과일 상자에서 본 그림과는 많이 달랐고, 그는 자신이 잘하고 있는 것이기를 바랐다. 마치 다른 시간, 그가 존재하는 줄 몰랐던 시간, 인디언들이 단 하나도 백인 같지 않은 불편한 시간 속으로 들어온 것 같았다.

"아무래도 내가 돌아가야겠네." 그가 말했다.

"네." 포키가 말했다.

어머니가 말했다.

"포키, 뭐라고 하신 거야?"

"별 말씀 아니에요."

"그러지 말고. 뭐라고 하셨어?"

"음, 그래요, 그럼. 엄마는 픽시가 선생님을 좋아하지 않는다고 말씀하셨어요."

"뭐? 그걸 어떻게 아셔? 왜 그렇게 생각하시는데? 여쭤봐줄래?"

포키가 엄마에게 말했다. 다시 포키는 말 옮기기를 주저하는 것처럼 보였지만, 결국 포기했다.

"선생님 냄새가 고약해서 픽시가 좋아하지 않는 거래요."

반스는 완전히 충격에 휩싸였다. 그는 낮은 천장 아래에서 휘청거리며 서 있었다.

"스튜 감사하다고 말씀드려줘." 그가 말했다.

"네." 포키가 말했다.

반스는 집에서 나와 차가 있는 곳까지 어두운 길을 걸어갔다.

"세상에, 엄마." 문이 닫히자 포키가 말했다. "선생님을 모욕한 거예요."

"그래야 했다." 자낫이 영어로 이야기했다. "누나가 그 사람을 안 좋아한다고 나한테 말했어. 냄새 때문은 아니다만. 그 사람이 귀찮게 하지 않기를 누나가 바랐어."

"그럼 그렇게 말하지 그러셨어요? 이제 선생님은 그냥 씻고 나면 문제가 다 해결된다고 생각할 거예요."

"저 사람이 씻는다고 해도, 여전히 그 사람들 같은 냄새가 날 거야. 그건 절대 씻어낼 수 없어. 땀 냄새가 코를 찔러."

"오, 그래서 엄마는 선생님이 자기한테서 좋은 냄새가 날 리가 없다는 걸 이해할 거라고 생각해요? 그래서 포기할 거라고?"

자낫이 당연하다는 듯이 고개를 끄덕였다.

"엄마, 세상에나! 선생님은 그렇게 생각 안 해요. 선생님은 우리 냄새가 고약하다고 생각해요."

"가윈 게겟!('아니, 절대'라는 뜻의 치페와어—옮긴이) 당연히 아니지!" 자낫이 충격에 휩싸인 목소리로 말했다.

# 기차 좌석

**역마다 사람들이** 열차에 올라탔다. 누구도 퍼트리스 옆에 앉지 않았지만, 곧 거의 모든 좌석이 다 찼다. 금빛 머리칼에 금빛 속눈썹을 가진 남자가, 그래서 반스를 떠올리게 한 남자가 (기차나 역에서 본 많은 남자들이 반스를 떠올리게 했다) 통로를 따라 걸어왔다. 남자가 퍼트리스 옆좌석을 흘끗 보았을 때 그녀는 눈을 감아버렸다. 퍼트리스는 차창에 기대 있었다. 관자놀이에 닿는 유리가 시원했다. 그녀는 좌석에 편히 앉는 남자의 무게를 느꼈고, 곧 남자가 어떤 여자에게 말하는 것을 들었다. 그 여자는 다른 곳으로 갔다. 퍼트리스 옆에 앉은 남자는 잠시 가만히 있더니 퍼트리스의 팔을 툭 쳤다. 고요히 있다가 깜짝 놀란 퍼트리스는 아무 반응도 하지 않았다.

"이봐, 내 아내도 기차에 탔어. 자네랑 자리를 바꿀 거야."

퍼트리스는 눈을 뜨지 않았다. 만일 남자가 팔을 치지 않았다면, 만일 정중하게 요청했거나 잠을 깨운 것 같으니 사과한다고 했다면, 아마도 자리를 바꿔주었을 것이다. 하지만 퍼트리스는 그러는 대신에 냉정하고 폐쇄적인 상태 속에 깊이 머물기로, 그 상태에서 깨지 않기로 마음을 정했다. 남자가 다시 거칠게 그녀의 팔을 흔들었다.

"이봐." 남자가 좀 더 큰 목소리로 말했다. "내 아내가 자네와 자리를 바꿀 거라고 말했잖아."

퍼트리스는 마치 자신이 꾸고 있는 꿈에 금이 가고 있다는 양 얼굴을 찌푸리고는 반대편으로 어깨를 돌리고서 기차 좌석 속으로 더 깊숙이 엉덩이를 밀어 넣었다. 열차 승무원이 통로를 따라 걸어왔다. 승무원은 이미 퍼트리스의 승차권을 확인했기 때문에 그녀를 깨우지 않았다. 승무원이 옆은 노랑머리 남자의 승차권을 확인할 때 그 팔뚝치기 선수가 말했다. "저는 아내와 나란히 앉고 싶어요. 이 여성과 자리를 바꿀 겁니다."

"아가씨." 승무원이 말했다. "오, 아가씨."

"제가 바꿔드릴게요." 어디선가 다른 한 남자가 조용히 말했다.

퍼트리스는 이미 고집스러운 무반응을 고수하기로 의지를 다진 터였다.

옆에 앉았던 남자가 일어섰다.

"그래. 자네 둘, 같은 종족이군그래." 그가 말했다.

다른 남자가 좌석에 앉았다. 퍼트리스는 차가운 벽들을 따라 이상하리만치 서서히 떠내려갔다. 지친 그녀는 갑작스럽고 강렬한 짧은 잠 속으로 빠져들었다. 눈을 뜨기 전, 그녀는 누군가가 자신을 보고 있는 것을 느꼈다. 몸을 일으켜 주위를 둘러본 그녀는 그것이 우드 마운틴임을 알았다.

"안녕, 픽시."

그녀는 고향 사람을 만난 것이 너무나 기쁜 나머지, 자신을 퍼트리스라고 부르라고 말하는 것도 깜빡했다. 기차가 출발한 지 아직 한 시간밖에 안 됐지만 벌써 고향이 너무 그리웠다. 이 모험을 끝낼 마음의 준비마저 되어 있었다.

"너 어디 가?" 그녀가 물었다.

"파고에 가. 시합이 있거든. 확실하지는 않지만."

우드 마운틴은 새로 머리를 자르고 기름을 바른 뒤에 꼬불꼬불 말아 이마를 덮도록 내렸다.

"저번 날 밤에 잘하더라. 네가 이겼어야 했는데."

"오! 너 왔었어?"

그는 사실 퍼트리스가 사촌과 경기장에 왔었다는 것을 아주 잘 알고 있었다. 그래서 그 시합에서 어느 때보다도 더 이기고 싶었다. 그들의 눈이 자신을 보고 있음을 느꼈었다.

"응. 그 시간 기록원이 반칙한 거야. 넌 잘했어." 그녀가 말했다.

"반스가 꼭 그렇게 말하지."

퍼트리스가 고개를 끄덕였다. 반스.

"반스는 늘 너에 대해 좋게 말하던데. 넌 그분 좋아?"

"아니."

"어째서? 반스한테 무슨 문제라도 있어?"

"아무 문제 없어."

"그럼…"

"반스한테 아무 문제가 없다고 해서 꼭 내가 그 사람을 좋아해야 되니?"

"그건 아닌 것 같네."

두 사람은 그렇게 앉아 있었다. 어색하게. 승무원이 다음 역을 안내했는데, 점심식사를 제대로 하기에는 부족한 시간이었다. 퍼트리스는 돈을 아끼기 위해 음식을 싸왔다. 그녀는 노란색 바구니를 꺼내 뚜껑을 열었다. 자낫이 만든 페미컨이 안에 잔뜩 들어 있었다. 페미컨은 사슴고기, 달콤한 준베리, 사향 냄새가 나는 펨비나베리, 설탕을 입힌 탤로 등 온갖 재료들을 건조한 뒤에 부드러워질 때까지 갈아서 만든 음식이었다. 우드 마운틴이 페미컨을 한 줌 정도 조금 가져갔다. 퍼트리스는 한 자밤 정도 집었다.

"더 든든하게 먹지그래." 우드 마운틴이 말했다.

"먹을 게 이게 전부라서." 퍼트리스가 말했다. "나 언니 찾으러 시티즈에 가는 길이야."

"들었어. 일은 어쩌고?"

"밸런타인이 자기 휴가를 나한테 줬어."

"착하네."

그의 첨언은 동의를 구할 뿐 별다른 대화로 이어지지 못하는 것 같았고, 그들은 기차가 멈출 때까지 다시 침묵 속에 앉아 있었다.

"내려서 다리라도 좀 펴자." 우드 마운틴이 말했다.

"다른 사람이 내 자리에 앉으면 어떡해." 퍼트리스가 말했다.

"저 남자가 또 이 자리에 앉으려고 하면 내가 싸워줄게."

"그럼 여기 계속 앉아 있어야겠다. 나 때문에 싸우지 마."

기차가 멈추자 우드 마운틴은 내려서 역 플랫폼에서 가볍게 뛰었다. 퍼트리스는 다른 사람이 앉지 못하도록 자기 코트를 우드 마운틴의 자리에 두었지만, 그럼에도 기차에 다시 승객들이 올랐을 때 강단 있어 보이는 작은 여자가 좌석 앞에서 멈추더니 고개를 까딱이며 물었다. "누구 코트예요?"

"이 사람 거예요." 퍼트리스가 통로에 서 있는 우드 마운틴을 보면서 고개를 까딱이며 답했다. 여자는 파란색 스윙코트와 건장한 체구의 인디언이 자아내는 부조화에 얼굴을 찌푸렸지만, 이내 다른 곳으로 가버렸다. 우드 마운틴이 앉았다. 그는 아직도 숨을 고르고 있었다. 머리가 한쪽으로 쏠려 내려와 있었다. 그는 머리를 빗은 다음, 손으로 눌러 원래 형태로 되돌렸다.

"윈드 스프린트야." 그가 말했다.

"그게 뭔데?"

"짧게 폭발적인 속도로 뛰는 거."

"말 되네. 넌 짧게 폭발적으로 싸워야 하니까."

퍼트리스가 바로 이해하는 것을 보고 우드 마운틴은 깜짝 놀랐다. 곧이어 그녀는 훈련 방법에 대해 물었다. 그는 한 언덕을 최고 속도로 매일같이 거의 백 번을 오른다고 퍼트리스에게 말해주었다. 모래를 채운 뒤에 뚜껑을 용접해 붙인 깡통들에 대해서도 이야기했다. 또 줄넘기와 나뭇가지에 달아놓은 스피드백에 대해서도. 그는 반스 얘기는 하지 않으려고 노력했는데, 어쩐지 그녀가 반스를 좋아하지 않는 것 같았기 때문이었다. 왠지 느낌이 그랬다. 우드 마운틴은 무언가를 명명하는 타입의 사람도, 그 근원을 찾으려고 하는 사람도 아니었다. 그에게 느낌이란 마치 날씨와 같은 것이어서, 그는 그저 그것을 고통스러워하거나 혹은 즐거워할 뿐이었다. 한편 퍼트리스는 가방에서 작은 잭나이프를 꺼내 엄지손가락처럼 생긴 나무껍질을 칼로 가늘고 길게 잘라내고 있었다. 곧 주머니칼을 접더니 잘라낸 조각을 자신의 입에 털어 넣었다. 그녀가 손을 펼쳤다. 거기에 또 다른 조각이 있었다. 향이 났다.

"너도 먹어."

우드 마운틴은 한쪽 볼에 나무껍질 조각을 물고 반대쪽 볼에 하나를 더 물어서, 보드랍게 톡 쏘는 향이 입안을 가득 채우게 했다.
"이게 뭐야?"
그녀가 고개를 절레절레 흔들었다. "나도 몰라. 미스와나겍."
"어디에 좋은 건데?"
"근육통에 좋대."
"무슨 근육통?"
그가 쳐다보자 퍼트리스는 흠칫하더니 고개를 숙이며 돌려버렸다. 그러고는 알아들을 수 없게 중얼거렸다. "여러 가지 근육통!"
"좀 가져갈게." 그는 아무것도 못 알아차린 듯 미소를 숨겼다.
"이걸로 차를 우려내도 돼. 차로 마시면 더 맛있어."
"그래서 시티즈에 도착하면 어디로 갈 거야?"
"주소가 몇 개 있어."
"언니가 사는 집?"
"아니."
"그러니까 네 계획은 언니를 우연히 마주칠 때까지 길을 걷겠다는 거로구나."
"그럴 수도 있고."
"그건 계획이 아니야."
"그런가. 그럼 너라면 어떻게 할 건데? 경찰한테 가게?"
"그건 아니고."
"그럼 어떡하게?"
"경찰서가 아닌 곳으로 가야지. 이런 식으로 말해서 미안해. 네 언니는 이미 어떤 문제에 휩쓸렸을지도 몰라. 그러니까 내 말은, 불량배들한테 가보라는 거야."

"오, 그러서, 좋아. 하지만 난 모르겠어. 불량배들은 또 어떻게 찾고?"

"높은 곳으로 가. 그리고 주위를 둘러봐. 이런저런 일들을 관리하는 것 같은 미심쩍게 보이는 사람들을 찾는 거지."

"이런저런 일이 뭔데?"

그는 픽시에 대해 아는 것이 많지 않았다. 얼마나 더 깊게 이야기를 해야 할지 알 수 없었다.

"좋지 않은 일들." 결국 대답했다.

"술?"

"그래."

"술만큼 나쁜 일이 또 뭐가 있지?"

그가 그녀를 빤히 쳐다보았다. 그녀는 단순히 답을 알고 싶어서 묻는 것이었다.

"너 걱정된다." 그가 말했다.

# 법안

다음 지역에 관하여 연방정부 감독의 종결을 허락한다: 노스다코타, 사우스다코타, 몬태나 등에 있는 치페와족 터틀마운틴 집단의 거주지. 아울러 해당 집단에 속하는 개인에 대한 감독의 종결도 허락한다. 이는 더 많은 경제적 기회가 있는 지역으로 이상의 인디언들이 순차적으로 재배치될 수 있도록 조력하기 위함이며, 기타 다른 목적들도 겸한다.

거기 있었다. 무미건조한 첫 번째 문장 첫 번째 줄에 단어 '종결'이 있었다. 그 단어는 순식간에 토머스의 머릿속에서 강렬한 확장의 아우라를 띤 '해방'이라는 단어로 대체되었다. 신문에 따르면, 종결을 제안한 작자는 법안 주위로 고귀한 단어들의 구름을 쌓아놓았다. 해방, 자유, 평등, 성공. 그 단어들은 법안의 진실을 오도하고 있었다. 종결. 종결. 더 정확히 말하자면, 말살.

**공장의 산업시설용** 창문에 달린 금속 가림막이 바람에 덜거덕거렸다. 토머스는 재킷을 입었다. 그는 옛날에 아버지와 함께 일을 해야 했기 때문에 열여덟 살이 될 때까지 8학년을 마치지 못했었다. 그들은 추수하고, 심고, 잡초를 뽑고, 땀을 흘렸다. 어느 여름에 그는 우물을 파기도 했다. 8학년을 마친 후, 토머스는 독학을 하려고 노력했다. 이를 위해 닥치는 대로 읽었다. 마음을 가라앉혀야 할 때는 책을 폈다. 어느 책이든 상관없었다. 그다지 좋지 않은 책이더라도 그는 단 한 번도 기분 전환에 실패한 적이 없었다. 그러므로 토머스의 이해를 가로막은 건 법안의 나머지 부분들에 쓰인 단어들이 아니라, 그 단어들을 결합한 방식이었다.

이것은 미합중국 의회의 상원과 하원에 의해 제정되었다. 이 법안의 목적은 노스다코타, 사우스다코타, 몬태나 등에 있는 치페와족 터틀마운틴 집단의 재산 및 규제된 부동산에 대한 연방정부의 감독을 종결하는 것을 허락하며, 해당 인디언들의 관련 행정부서가 획득하거나 철회한 연방정부 소유의 부지를 양도하는 것을 허락하는 것으로, 해당 인디언들이 경제적으로 자립할 수 있을 때까지 재배치, 취업 및 거주지 알선을 용이하게 하는 탄탄한 프로그램을 더 강화하는 것을 허락한다. 이에 따라 해당 인디언들과 관련된 연방정부의 혜택과 감독은 더 이상 필요하지 않으므로 중단될 수 있다. 또한 인디언으로서의 지위를 갖고 있음으로 인하여 제공되던 연방정부의 혜택은 종료된다.

그는 종이들을 툭 떨어뜨렸다. 순찰을 돌았다. 그러나 순찰을 마친 뒤 종이를 다시 집어 순서에 맞게 정렬한 다음, 다시 서류가방에 넣었다. 텅 빈 듯함. 큰 구멍이 뚫린 느낌이었다. 둥둥 소리. 몸이 북이

된 것 같은 감각. 누구든 그를 두드릴 수 있고, 두드리면 소리가 날 것 같았다. 그 소리가 설령 저항적일지라도 아무 의미도 없을 테지. 북채를 쥔 사람이 누구이건 그자는 이 사실을 알고 있고 일말의 동정심도 없지. 그 사람은 가죽이 찢어질 때까지 때리고 또 때릴 거야.

그자는 누구일까? 북을 치는 그자는? 대체 누가 이 법안을 짜맞추었을까? 토머스는 궁금했다.

**같은 날** 아침, 토머스는 기숙학교 때부터 친구였던 오랜 동무 마틴 크로스에게 값비싼 전화를 걸었다. 마틴은 포트버소드의 부족 의장이었다. 포트버소드는 노스다코타 서부에 있는 인디언보호구역으로 만단, 아리카라, 그리고 마틴의 부족인 히닷사가 공유하는 구역이었다. 마틴은 기숙학교를 같이 다닌 장난꾸러기 친구에서 지혜의 원천, 인디언 권리를 위해 싸우는 전략적인 투사가 되었다. 그 북을 누가 쳤는지 마틴이 알려주었다. 아서 V. 왓킨스.

"의회에서 가장 영향력이 센 사람이야." 마틴 크로스가 말했다.

"좋지 않군."

"그렇지. 그리고 이게 문제가 될지 모르겠는데, 어쨌든 그 사람 모르몬 교도야."

토머스가 멈칫했다. 크로스가 한 말이 흐릿하게나마 친숙했다.

"아는 사람 중에 모르몬 교도가 있어?" 마틴 크로스가 물었다.

"그런 것 같진 않아."

"아직 너한테는 안 갔구나. 조만간 방문할 거야. 인디언을 백인으로 바꿔주는 게 그들 종교에 있대."

"그런 건 정부가 하는 일인 줄 알았는데."

"그들의 거룩한 책에 있댄다. 우리가 더 많이 기도할수록 더 없어진다는 거야."

"몇 파운드 정도야 나도 빼서 없앨 수 있지."

"그런 게 아니고." 마틴이 웃으며 말했다. "자네가 그들의 도를 따르면, 자네 피부에 있는 그 얼룩 같은 색이 없어질 거래. 그 사람들은 그걸 깨끗함과 기쁨이라고 부르더군."

"자네의 그 늙고 거친 가죽이라면, 그 사람들한테 일감이 좀 생기겠는데."

"자네도 마찬가지지."

부족 자금이 넉넉지 않다는 것이 기억난 토머스는 전화를 짧게 마무리했다. 사실 그는 한 달에 30달러를 받는 줄 알고 의장직을 수락했지만, 생각보다 자금이 더 부족했다. 실제로 그는 아직 급여를 받지 못했다. 하지만 어쨌건, 의회의 본인 진영에서 이 법안을 밀어붙이고 있는 상원의원에게는 이름이 있었다. 아서 V. 왓킨스.

# 누구인가?

**다음 날 밤**, 공장에서 그는 다시 페이지를 펼쳐 보았다.

**결국** 이게 가장 중요한 문제로구나. 종결 법안에 줄줄이 이어지는 중립적인 문장들을 응시하며 토머스는 생각했다. 우리는 천연두, 윈체스터 연발 소총, 호치키스 기관총, 결핵에서 살아남았다. 1918년의 독감 유행에서 살아남았고, 치명적인 미국 전쟁에 네 번 혹은 다섯 번 참전했다. 그러나 결국 우리는 이 단조로운 단어들의 집합에 파괴당하겠구나. *양도를, 강화를, 종결을, 허락하고,* 그 외 등등.

그는 자신의 책상으로 돌아갔다. 이제 막 오전 2시 타임카드를 찍은 참이었다. 마지막으로 푹 자본 게 대체 언제였더라? 옛집에서 잤던 잠. 그는 종이를 펼쳐 아키에게 편지를 쓰기 시작했다.

너도 알다시피 엄마가 밝게 빛나는 젊은 청년들을 맡아서 돌보고 있어. 웨이드에게 마틴은 복사(가톨릭에서, 사제를 도와 예식을 보조하는 봉사자—옮긴이) 같은 존재야. 신성한 걸 폄훼하려는 뜻은 아니지만, 그래도 마틴이 자기 신발을 신고 웨이드 옆에 서 있는 것을 볼 때면, 혹은 쇠스랑이나 삽 같은 뭐든 필요한 걸 들고 웨이드랑 나란히 서 있는 걸 볼 때면, 나는 어쩔 수 없이 오래전에 가톨릭 미사에서 내가 했던 일이 기억나. 마틴도 웨이드의 말을 잘 듣거든. 더구나 어느 날 아침에는 마틴이 나한테 그러더라고. 내가 얼마나 시계를 세게 내려치는지 웨이드한테 여러 번 들었다는 거야. 마틴이 슬픈 표정으로 말하더라. "그렇게 세게 쳐왔으니, 지금쯤이면 시계가 산산조각 났겠네요!"(가톨릭 미사에서, 복사는 전례 순서에 맞추어 타종을 한다. 이를 염두에 둔 내용으로 보인다—옮긴이)

토머스는 두 눈을 손으로 가리며 머리를 양손에 기댔다. 그다음 바로 인지한 것으로 인해, 그는 갑작스럽게 정신이 번쩍 들었다. 미릿속이 헤엄을 치고 맥박이 치솟았다. 누군가가 공장 안으로 침입하려고 했다는 확신이 들었다. 그는 등불을 끄고, 몽둥이로도 유용하게 쓰일 법한 철제 손전등을 집어 들었다. 카드 찍히는 소리가 울릴까봐 타임카드는 찍지 않았다. 그는 아무 소리도 내지 않고 주작업실을 가로질러 산성 세척실로 들어갔다. 평소 그는 공장에서 다루는 보석이 통상적인 원석이라고 생각한 누군가가 값비싼 보물을 가져갈 희망으로 공장에 침입하는 일이 반드시 벌어질 수 있다고 생각해왔다. 그에게는 손전등과 열쇠가 있었다. 손전등으로 침입자들을 세게 때리고 열쇠로 긴 생채기를 낼 수 있을 테지. 하지만 어쩌면 그자들의 힘이 더 강력해서 오히려 그가 묶여 욕실에 내던져질지도 몰랐다. 토머스는 부디 머리가 욕실 세간에 부딪히지 않기를 바랐다. 그가 생각도 추론도 할 수 없다면, 법안에 반대할 수도 없게 될 테니까.

토머스는 천천히 움직였다. 매번 새로운 순찰 지점에 다다를 때마다 공장이 비어 있음을 확인했다. 낮은 소리가 들려올 곳에서 나는 낮은 소리. 늘 정적인 곳의 정적. 늘 그러던 곳에서 큰 소리가 났고, 덜덜거리는 소리가 났다. 그때, 그는 어두운 작업장 안으로 발을 들였고, 그곳에서 날개를 활짝 펼친 채 창문을 덮고 있는 하얀 부엉이의 거대한 은빛 활을 보았다. 부엉이는 반사된 자신과 싸우며 유리창을 쪼고 있었다. 부엉이 뒤로 보이는 하늘은 새까맸고, 달이 없으며, 별들로 반짝이고 있었다. 긴장한 토머스는 열쇠가 있는지 확인하고서 부엉이를 더 자세히 보기 위해 발끝으로 살금살금 걸어 밖으로 나갔다.

누구인가?

토머스는 건물 바깥을 천천히 돌았다. 새하얀 것이 몸은 고정한 채 머리만 돌려 그를 쳐다보더니, 깃털이 아래쪽으로 장식된 다리를 쭉 펴고 검은색 발톱을 구부렸다. 새는 짜증이 난 듯 보였다. 놀란 것 같았으며, 토머스를 뚫어지게 쳐다보았다. 그러고는 유리창에 비친 경쟁자를 마지막으로 의심스럽다는 듯이 쪼더니 깃털을 단장하기 시작했다. 토머스는 부엉이가 소리도 없이 높은 곳으로 올라갈 때까지 오랫동안 부엉이를 쳐다보았다. 그는 부엉이가 어디로 가는지 보려고 잠시 그 자리에 기다리며 서 있었다. 그러나 부엉이는 어딘가로 가버리고 없었다. 까만 하늘로 빨려 들어가버렸다. 토머스는 재킷도 시가도 없었기 때문에, 안으로 다시 들어가 타임카드를 찍었다. 원래대로라면 정각에 찍혔어야 했던 시간 옆에 그는 적었다.

눈처럼 새하얀 부엉이의 질문, '누구인가?'에 답하기 위해 밖으로 나갔다. 부엉이는 대답을 만족스러워하지 않았다.

# 인디언 농담

**월터 볼드는** 자신의 독서용 안경의 자리를 바로잡더니 타임카드를 더 가까이 들여다보았다. 눈처럼 새하얀 부엉이라니! 그는 카드를 책상 너머 도리스 로더에게 되돌려주었다.

"전형적인 인디언 농담이군." 볼드가 말했다.

볼드는 예전부터 도리스가 더 이상 향수를 조금도 뿌리지 않는다는 사실을 눈치 채고 있었다. 그가 가까이 다가가려고 하면 그녀가 슬쩍 멀어진다는 것도. 그리고 막상 가까이 가면 도리스에게서 뜻밖에도 곰팡내가 났다.

"어딜 봐서요?" 도리스가 말했다. "전 무슨 뜻인지 도통 모르겠는데요."

그녀는 개수대에서 흰곰팡이가 핀 해진 천으로 손을 닦아내곤 했다. 매일 하는 일과였다. 그녀가 지나갈 때마다 볼드가 코를 벌름거리며 냄새를 맡지 않을 수만 있다면, 곰팡내쯤은 기꺼이 참을 수 있었다.

"어떻게 설명해야 할까."

볼드는 작위적인 모양새로 놋쇠만큼 단단한 자신의 턱을 두드렸다.

"뭐랄까… 뭐랄까, 그러니까…"

다행히도 볼드의 머릿속에 한 단어가 떠올랐다.

"아리송하달까."

"오. 전 아직도 잘 모르겠네요."

도리스는 곰팡이 묻은 손가락으로 타임카드를 다시 가져와 한 번 더 그 단어들을 고민했다. 문밖에서 러배트가 쓰레기통을 더 큰 쓰레기통에 비우며 꾸물거리고 있었다. 볼드가 도리스의 손에서 카드를 가져갔다.

"러배트 씨." 볼드가 고개를 끄덕이며 마치 비행기에 수신호를 보내는 듯한 손동작을 하면서 러배트를 불렀다. "제 사무실로 와서 뭐 좀 하나 해결해주시죠."

러배트가 땡땡하게 부른 배를 앞세우며 들어왔다. 마치 전문가처럼 보였다. 볼드가 토머스 와샤스크의 타임카드를 러배트에게 건넸다.

"로더 양이 이게 무슨 뜻인지 궁금한 모양입니다." 볼드가 말했다.

러배트는 카드를 들어 얼굴에서 멀찌감치 떨어뜨린 채, 예민한 척 얼굴을 찌푸리고서 카드에 적힌 단어들을 거드름스럽게 읽었다. 그는 두 사람을 향해 눈을 치뜨면서 과하게 권위자 행세를 했다.

"이것은 토머스 머스크랫이 시가를 피우러 밖에 나갔다는 뜻입니다. 토머스는 가끔 새하얀 부엉이라는 이름의 담배를 피우곤 할 거예요. 나갔더니 문이 잠겨서 창문을 통해 들어와야 했던 것으로 짐작됩니다만, 모르지요. 벽을 그대로 통과했을지도. 안개처럼 말입니다."

러배트가 웃으며 나갔다. 볼드와 도리스도 웃기 시작했다.
"엄청 웃긴데! 안개처럼 벽을 뚫고 걸어가다니. 이런 게 바로 전형적인 인디언 농담이지!"

**러배트는 문에서** 나오자마자 웃음을 멈추고 복도를 걸어가면서 낮게 중얼거렸다. 그리고 커진 눈동자를 한 채, 그 어느 때보다도 빠르게 손수레를 밀었다. 부엉이에 대한 언급이 너무도 거슬렸다. 만일 토머스가 부엉이를 본 것이라면 그것은 죽음을 뜻했다. 목전에 닿은 죽음. 러배트는 죽을지도 모를 사람들의 이름을 머릿속으로 빠르게 셈해보았다. 죽는다고 해도 러배트 자신이 그다지 마음 쓰지 않을 사람들. 죽는다면 너무나 마음이 쓰일 사람들. 또 만일 죽는다면 그가 공포에 질리고 마음의 고통을 느낄 것 같은 사람들. 그리고 자기 자신. 어떤 면에서 러배트는 토머스와 매우 가까운 사이였다. 둘은 함께 학교를 다녔고 종종 근무도 겹쳤다. 그렇다. 러배트는 이번 희생자가 될 수 있을 만큼 토머스와 충분히 가까운 관계였다. 하나 더. 러배트에게는 죄가 있어 벌을 받을 위험이 있었다.

텅 빈 복도를 향해 매우 낮은 소리로 그가 중얼거렸다. "로더릭, 나 좀 도와줘."

## 누구인가?

**토머스는 이른바** '버펄로 시대 이후의 우리는 이제 누구인가' 세대에 속한 사람이었다. 그는 인디언보호구역에서 태어나 그곳에서 자랐으며, 또한 자신이 으레 그곳에서 죽을 것이라고 생각했다. 토머스에게는 손목시계가 있었다. 오로지 해와 달을 따른 시간이라는 것은 토머스의 기억에 없었다. 그의 첫 언어는 옛 언어였기에, 영어를 부드러운 낱알처럼 구사하긴 했으나 거의 알아들을 수 없는 억양이었다. 이런 억양은 오직 토머스 세대의 사람들만 가진 것이었다. 뭔가 부드럽지만 경직된 그 말하기 방식은 사라져갈 터였다. 그가 속한 세대는 자신들을 정의해야만 했었을 것이다. 인디언은 누구인가? 무엇인가? 누구이고, 누구이며, 누구인가? 어떻게 그러한가? 인디언으로 존재한다는 것은 이 국가와 어떻게 관계되어야 하는 것인가? 국가는 그들을 정복하고 온갖 방법들을 동원해 흡수하려고 애쓰지 않았던가? 여전히 국가는 종종 적극적으로 인디언을 증오했다. 정말로 그랬다. 그런데 요즘은 좀 더 자주 강렬한 영광의 감각이 넘쳐흘렀다. 전쟁. 시민의 권리와 의무. 국기. 그리고 종결 법안. 아서 V. 왓킨스는 인디언의 지위를 향상시키기 위해선 종결 법안이 최선이라 믿었다. 심지어 천국의 문을 여는 것이라나. 정복자들이 때때로 인디언들의 심장을 사랑 비슷한 무언가로 으스러뜨리려 팔을 뻗을 때, 거기서 대체 어떻게 벗어날 수 있을까?

# 국기

**그해, 토머스의** 아버지는 비쩍 말라서 광대뼈가 불거졌다. 토머스는 늘 배가 고팠다. 사슴 기름을 바른 조그마한 배넉빵 같은, 아무 소도 넣지 않은 음식을 먹기까지 했다. 보호구역에 있는 통학학교는 하루에 한 끼밖에 주지 않았다. 정부가 운영하는 기숙학교는 세 끼를 모두 준다고 했다. 정부 기숙학교는 새벽 전에 출발해도 마차를 타고 한나절 가야 하는 거리에 있었다. 토머스의 어머니인 줄리아 혹은 아완은 그가 떠날 때 흐느끼며 얼굴을 감추었다. 토머스의 머리를 그녀가 직접 깎을지 말지를 결정할 때 그녀의 마음은 찢어지는 듯했다. 학교에 가면 그 사람들이 아들의 머리를 깎을 것이었다. 인디언들에게 머리를 깎는다는 것은 누군가가 죽었음을 의미했다. 그것은 애도의 방식이었다. 떠나기 직전에, 그녀는 아들의 땋은 머리에 칼을 댔다. 그것을 숲에 걸어두어 정부가 아들을 영영 데려갈 수는 없도록 할 요량이었다. 그리하면 아들이 집으로 돌아올 수 있을 테지. 그렇게 아들은 집으로 돌아왔다.

**학교에 간** 토머스가 가장 먼저 알아챈 것은 빨간색 선과 하얀색 선으로 이루어진 줄무늬 천이 되풀이된다는 점이었다. 그리고 파란색 부분도 있었다. 깃발. 그것들은 어디에나 있었다. 막대기에 달리거나 혹은 걸려 있었고, 옷깃에 핀으로 고정되어 있었다. 또한 칠판을 둘러싸고 있었으며, 문에 길게 걸쳐놓기도 했다. 처음에는 그저 보기 좋은 장식들인 줄 알았다. 그런데 교사는 그에게 반드시 손을 왼쪽 가슴에 얹고 어떤 단어들을 반복해야 한다는 것을 보여줬는데, 다른 친구들은 이미 그 단어들을 알고 있었다. 그러는 내내 그 깃발을 응시하고 있어야 했다. 토머스는 선생님이 하는 말이 무슨 말인지도 모르면서 그녀가 하는 말을 그대로 따라 했다. 시나브로, 토머스의 마음속에서 그 소리는 어떤 형상을 갖추었다. 그리고 꽤 시간이 흐른 후에 자잘한 깃들이 그 형상에 더해졌다. 그곳에 몇 달 정도 머무른 무렵, 목숨을 *내놓을 가치가 있는* 깃발이라는 말을 들었을 때 느릿한 한기가 바짝 올라왔다.

# 로그잼26

**기차가 파고에** 도착하자 우드 마운틴은 퍼트리스에게 주소 두 개를 받아 적으라고 했다.

"왜 그래야 하지?"

"왜냐면 네가 어린애니까. 내 말은, 넌 영악하지가 못하다고. 이렇게라도 하면 혹시 길을 잃어도 내가 추적할 수 있잖아."

"내 길은 내가 찾아."

"수풀 속에서라면 그렇겠지. 너랑 네 백당나무랑."

"나도 시내에 나가봤어."

"여긴 도시야, 픽시."

"넌 도시에 대해서 뭘 아는데?"

"너보다는 많이 알아. 한 번은 누나네 집에 갔었어. 또 시합도 여러 차례 있었고."

"한 번이라도 이겼어?"

"아니."

"음, 이겼어야지. 좋아, 여기가 지금 내가 가는 곳이야."

픽시―퍼트리스―는 신문지 조각에 주소를 적었다. 만일의 상황에 대비한 주소는 그에게 알려주지 않았다. 버나뎃은 그의 이복누나였다. 우드 마운틴은 종이조각을 주머니에 넣고 일어나면서 퍼트리스를 내려다보았다. 그리고 무심한 듯 자연스럽게, 면도기 거울을 보면서 연습했던 미소를 지어 보였다. 오, 그녀가 반응했다, 아닌가? 퍼트리스는 의아한 듯 그를 바라보았다. 우드 마운틴은 몸을 돌려 나올 때 퍼트리스의 눈이 자신에게 닿고 있음을 느꼈다. 기차 통로를 걸어가 문밖으로 나가는 동안 그를 쳐다보는….

퍼트리스는 생각했다. 방금 뭐지? 저 미소? 쟤가 어느 삼류 영화 포스터에서 봤을 법한 것. 내 점심도시락에 들어 있는 밀가루 반죽 같은 미소. 슬픈 날것의 미소. 심지어 절반도 채 구워지지 않은 것. 퍼트리스는 다시 자리에 편하게 뒤로 기대어 앉아 시럽통을 꺼냈다. 그리고 창밖으로 파고 시내를 내다보며 페미칸을 몇 번 더 조금씩 떼어 먹었다. 엠파이어호텔이 보였고, 길을 걷는 우드 마운틴도 보였다. 그는 더플백을 앞뒤로 흔들거리면서 걷고 있었다. 만일 저 술집으로 들어간다면, 다시는 너와 말하지 않을 거야.

우드 마운틴은 술집을 그냥 지나쳤다. 퍼트리스는 생각했다. 좋아, 어쩌면 언젠가. 곧 기차가 출발했다.

**너무 깊이** 잠든 탓에 좌석 덮개의 문양이 퍼트리스의 볼에 남았다. 깨어나 손으로 얼굴을 만져보니 딱딱한 직물에 얼굴이 팬 것을 느낄 수 있었다. 오랫동안 달려온 기차는 세인트클라우드를 지나고 있었다. 곧 미니애폴리스에 도착할 것이었다. 퍼트리스 옆자리에 앉아도 되느냐고 했던 마른 몸의 여성은 가느다란 은색 바늘로 하늘하늘한 실을 떠 거미줄처럼 성긴 담요를 만들고 있었다. 아기용 담요였다.

여린 주름들이 흐르듯 떨어져 여자의 허벅지 위에 물웅덩이처럼 포개어졌다. 퍼트리스는 눈을 돌려 다른 곳을 쳐다봤지만, 여자는 좌석 동행이 잠에서 깼다는 걸 알아채고는 자기소개를 했다.

"전 비티라고 해요."

"전 퍼트리스예요."

"무슨 일로 시티즈에 가세요?"

"언니를 찾아가고 있어요. 언니의 아기도요."

"오오?" 말을 하는 비티의 얼굴에서 떨림이 느껴졌다. 비티는 유독 메마른 몸에 힘이 없는 여성이었다. 빛깔을 잃은 성긴 머리칼 속으로 두피가 보였다. 입술은 창백했고 얇았다. "언니는 어때요? 아기는요? 보아하니 이제 갓 태어난 아기를 만나러 가는 것 같은데."

여자는 걱정스럽다는 듯 입술을 모아 비쭉 내밀더니, 눈을 가느다랗게 뜨고서 바늘을 들여다봤다.

"그런 게 아니에요. 언니가 실종됐거든요. 그러니까 제 말은, 언니랑 연락이 끊겼다는 거예요. 아기는 한 번도 본 적 없고요. 무슨 일이 생긴 걸까봐 걱정돼요."

"어머나, 세상에. 안 돼, 안 돼, 안 돼! 아이가 무사하기를!"

여자의 바늘이 계속해서 앞뒤로 왔다 갔다 했다. 곤충 같은 타닥타닥 소리가 점점 높아졌다. 갑작스레 여자가 문제의 해결 방법을 말해주겠다는 듯 퍼트리스를 향해 몸을 돌렸다. "당신 언니를 위해서 기도할게요."

"고맙습니다." 퍼트리스가 말했다.

여자는 눈을 감고서도 코 하나 빠뜨리지 않고 계속 뜨개질을 했다. 찰흙 같은 빛깔의 입술이 옴짝거렸다. 여자의 이목구비 곳곳에서 다정함이 엿보였다. 퍼트리스는 고개를 돌린 뒤, 남은 잠을 흡수하려고 눈을 감았다. 퍼트리스가 다시 고개를 돌려 보았을 때, 여자는 여전히 기도하며 뜨개질을 하고 있었다. 담요는 훨씬 더 길어져 있었다. 퍼트리스가 들릴 듯 말 듯 입을 뗐지만, 여자의 입술은 여전히 달싹이고 있었고, 거의 들릴 만큼 열정적으로 중얼거렸다. 퍼트리스는 다시 몸을 돌려 창밖을 바라보았다. 풀이 우거진 들판을 뒤로 하고, 곧이어 참나무 지대와 젖소가 풀을 뜯는 모래 목초지가 나타났다. 저 멀리, 커다란 갈색 구조물들이 한쪽에 모여 있는 것이 보였다. 별안간 목재 가옥의 뒷마당들이 나타나더니, 철로를 따라 벽돌 건물 창고들이 늘어섰다. 기차 속도가 느려져 약하게 흔들릴수록 건물의 크기는 더욱 커졌다. 곧 양쪽 철로의 한편으로 키 큰 건물들이 우뚝 솟았다. 반대편 기차가 한 뼘도 채 떨어지지 않은 거리에서 마치 꿈인 양 흐릿하게 한 번 지나가기도 했다. 마침내 퍼트리스가 탄 기차의 속도가 기어갈 듯 느려지더니 한 구조물로 들어섰다. 키 큰 기둥들이 있고 그림자가 드리워진 구조물이었다. 그곳에서 기차가 쉬익 소리를 내며 멈췄다.

"여기요." 여자가 눈을 뜨며 말했다.

그녀는 얇은 담요를 말아 퍼트리스에게 건네주었다.

"이거, 언니 아기한테 주세요."

그 작은 여성은 재빠르게 통로로 나갔다.

"고마워요!" 퍼트리스가 외쳤지만 여자는 돌아보지 않았다. 퍼트리스는 잠시 얼굴 가에 담요를 가져가보았다. 냄새랄 게 나지 않았다. 실 냄새조차 없었다. 아니, 잠깐, 무언가 있다. 내밀한 슬픔의 가루 같은 것. 아마도 그 여자는 과거에 아이를 잃었던 거라고 퍼트리스는 생각했다. 그러나 왠지 담요는 마치 퍼트리스가 베라와 아이를 찾을 것이라는 보장처럼 느껴졌다. 퍼트리스는 좌석 위의 선반에서 임시변통으로 만든 여행가방을 꺼내 좋은 조짐을 나타내는 아기 담요를 안쪽에 황급히 쑤셔 넣었다. 그리고서 다른 승객들을 뒤따라 통로를 걸어 나갔다.

플랫폼으로 내려온 퍼트리스는 매표소와 대합실 표지판을 따라갔다. 그곳에는 벤치들이 있었다. 교회의 긴 의자처럼 생겼지만 사이사이에 팔걸이가 있었다. 나무는 단단하고 따뜻했으며, 수많은 사람들이 앉았던 자국이 남아 있었다. 그녀도 거기에 앉았다. 립스틱이 생각나서 작은 손거울의 도움을 받아 새로 한 겹 덧발랐다. 공공장소에서 립스틱을 바르면 늘 그렇듯, 사람들이 쳐다봤다. 종종 퍼트리스는 일종의 실험처럼 립스틱을 발라보기도 했고, 혹은 위협을 느꼈을 때 뒤를 볼 요량으로 바른 적도 있었다. 이번에는 그저 의지를 다지기 위해 거울 속을 들여다본 것이었다. 언니 일은 일어날 수밖에 없었던 거야. 나는 한 치 앞도 예견하지 못할 운명이었고. 다음엔 무엇이 올까? 또 역에서 주소지까지는 어떻게 갈 수 있을까? 퍼트리스는 처음엔 걸어서 가능할 거라고 생각했었다. 몇 마일 정도 걷는 건 아무것도 아니니까. 하지만 지금은 도시의 크기를 충분히 보았다. 몇 마일은 훌쩍 넘어선다는 것을 알 수 있었다. 혼란스러우리만치 비슷한 길들이 이어졌다. 조언이 필요했다. 어쩌면 매표소 창구에 있는 여성이 도와줄지도. 퍼트리스는 립스틱을 가방에 넣고 창구 쪽으로 걸어갔다.

"택시를 타세요. 바깥의 아무 벤치에나 앉아서 기다리기만 하면 돼요."

택시, 물론이지! 잡지에 나온 이야기들처럼 말이야. 퍼트리스는 황동과 잘 어울리는 높고 멋진 문들을 통과해 나가 연석 근처의 벤치에 앉았다. 차 한 대가 섰다. 그녀는 기사에게 주소를 보여주고 택시비가 얼마나 나올지 물어보았다.

"안 나와요." 기사가 말했다. "어차피 그쪽으로 가는 길이거든요."

"그럴 순 없죠." 그녀가 말했다. "뭐든 값을 지불할 거예요."

"가서 보죠. 예쁜 아가씨는 특가로 모십니다."

그녀는 뒷좌석에 타려고 차 문을 열었다.

"앞좌석에 앉지 그래요?" 기사가 말했다.

"고맙지만 사양할게요." 그녀가 말했다. 잡지에서 뒷좌석에 관한 이야기를 읽었던 게 기억나 다행이었다. 그녀는 속지 않을 것이었다. 남자는 차에서 내리더니 가방을 뒷좌석에 실어주었다. 그리고 퍼트리스에게 조수석 문을 열어주며 차에 타도록 안내했다. 이 모든 일이 순식간에 일어났다. 남자는 머리칼이 갈색이었고 주근깨가 난—손에도 주근깨가 있었다— 풍채 좋은 남자였다. 헐렁한 양복은 구겨져 있었으며, 급히 서두르는 것 같았다. 퍼트리스는 앞좌석에 앉았다. 기사는 코를 찌르는 듯한 냄새가 난다는 점에서 반스와 비슷했다. 다른 점도 있었다. 이미 술 한 잔 한 것 같달까. 그녀는 다른 택시를 탔으면 좋았을 뻔했다고 생각했다. 한편으로는 기사가 양복 차림에 넥타이까지 매고 있다는 것이 조금 놀라웠다. 그는 단 한 순간도 말을 멈추지 않았으며, 방향을 틀 때마다 팔을 크게 움직이면서 거칠게 운전했다. 또한 날이 시원했음에도 땀을 흘렸다.

"어디서 왔어요? 그런 데는 못 들어봤는데. 친구가 어떻게 생겼는데요? 마지막으로 봤을 때 무슨 옷을 입고 있었어요? 허, 아이가 있단 말이죠? 그럼, 당신은 어디에서 왔다고요? 처음 들어보는 곳이네. 여기 할 거 되게 많아요. 아마 마음에 들 겁니다. 일을 구하세요? 자리야 있죠. 내가 지금 당장 구해줄 수도 있고. 사람을 잘 만나야 하거든. 내가 좋은 사람들을 알지. 택시기사? 아니, 나는 택시기사가 아니야. 이 주변에서 사람들을 태워주긴 하지만 기사는 아니지. 여기네. 난 여기 차를 세우고 동료를 보러 가야 해. 나랑 같이 들어가지. 앉아서 좀 쉬자고. 싫다고? 나는 싫다는 대답은 안 들어. 같이 가지. 재미있게 해줄게."

차가 '상시 주차금지'라고 쓰여 있는 구역에서 멈춰 섰다.

"내 이름은 얼이야. 사람들은 주근깨쟁이라고 부르지. 저런 건 다른 사람들한테나 해당되는 거고." 그녀가 표지판을 가리키자 그가 말했다.

얼은 차에서 내리더니 조수석 쪽으로 거칠게 돌아서 걸어왔다. 곧 차 문을 열고 퍼트리스에게 내리라고 했다. 원 모양의 네온 글자들이 불이 꺼진 채로 문 위에 붙박여 있었다. 로그잼26. 퍼트리스가 보기에 그곳은 술집 같았다.

"미안해요." 자신이 실수를 했음을 알아차린 그녀가 말했다. "저는 술집에는 안 들어가요."

"나도 안 가! 여기는 술집이 아니야. 아니고말고. 여긴 카메라 가게야."

퍼트리스는 뒷좌석 쪽으로 몸을 돌려 기울인 다음, 여행가방을 날쌔게 끌어당겨 품 안에 안았다. 그리고 가방을 든 채 차 옆에 섰다.

"저는 이제 갈래요. 얼마를 내면 되죠?"

"아무것도 안 내도 돼."

그가 퍼트리스에게 팔을 두르고는 앞쪽으로 밀려고 애썼다. 그곳에 갑자기 다른 남자—까만색 오리꼬랑지 머리를 한 빼빼 마른 남자—만 나타나지 않았더라면, 주근깨쟁이는 아무런 소득도 얻지 못했을 것이었다. 퍼트리스가 여행가방을 가슴께에 꽉 끌어안자 두 남자는 그녀의 팔꿈치를 붙잡더니 힘을 합쳐 그녀를 끌고 재빠르게 보도를 가로질렀다. 문을 통과했다. 빨간색 카펫이 깔린 더러운 로비가 나타났다. 테이블과 의자가 가득한 어두컴컴한 공간. 사방에서 들려오는 게으르게 툴툴거리는 소리.

"카메라가 어디에 있다는 거예요?" 퍼트리스가 울부짖었다.

클럽 중앙에는 불이 들어와 있는 큰 수조가 있었다. 그 거대한 수조는 빛을 뿜으며 주변 테이블에 가짜 초록빛을 드리우고 있었다. 그녀는 중앙 홀을 가로질러 끌려가면서 극심한 공포에 빠져 있을 때, 차라리 중앙 홀에 있는 게 나을 것 같다고 판단했다. 술병들을 비추고 있는 거울로 된 벽. 덫 같은 컴컴한 복도. 그녀는 불량배들을 어쩜 이리도 빨리 찾아냈을까?

퍼트리스는 갑자기 바닥에 주저앉아 그 자세로 고집스럽게 꼼짝도 하지 않았다. 두 남자가 그녀를 일으켜 세우려고 했지만 사력을 다해 버텼다. 우드 마운틴은 그녀에게 불량배들을 찾아야 한다고만 했지, 정작 만났을 때 어떻게 대처해야 하는지는 알려주지 않았다. 그녀는 바닥에 몸을 무겁게 눌러 꽉 붙어 있었다. "이거 놔!" 그녀가 소리를 질렀다. 그러자 내면의 무언가 방아쇠가 당겨졌다. 생각지도 못한 힘. 그녀는 박차고 일어나 오리꼬랑지 남자에게 가방을 휘둘렀다. 제대로 맞았다. 그가 억 소리를 내며 몸을 숙였다. 바에서 술을 마시던 남자가 아무도 모르게 스툴에서 일어나 문제가 난 쪽으로 저

벅저벅 걸어왔다. 그 남자는 회색 재킷에 회색 넥타이를 매고 있었으며, 얼굴은 야위고 노랬다. 술을 마실 때조차 벗지 않은 회색 페도라 아래, 병색이 드리운 눈이 번뜩였다. 남자의 바지가 비쩍 마른 다리 주위로 힘에 겨운 듯 매달려 있었다.

"이 여자애한테 무슨 문제라도 있어?"

"좀 아픈 애야."

"아니에요! 이 사람들이 절 납치하려고 하고 있어요!"

"진짜야, 얼? 착한 아이 같은데. 여긴 왜 온 거야?"

"애한테 일을 주려고 하는 거잖아!"

"뭐, 일단 좀 앉게 하고, 물도 주라고. 평범한 곳에서 하는 것처럼 말이야. 자세하게 얘기를 나눠야지. 그렇게 마구잡이로 끌고 오면 쓰나. 자네, 대체 왜 그래?"

"지난번 베이브도 이렇게 데려온 거였어."

"뭐? 힐다를 마구잡이로 끌고 왔었다고? 자네들, 머저리로군."

주근깨쟁이가 퍼트리스의 팔을 놓아주고 가볍게 털어주었다. 마치 사과를 하듯, 혹은 자신의 행동을 지우려는 듯.

"꼴사납군그래. 저 여자애를 여기에 막무가내로 끌고 오다니." 그 술 마시던 남자가 말했다. 그가 퍼트리스를 보며 정중하게 고개를 끄덕였다. "미안해, 아가씨."

"애가 여기에 자기 발로 들어오는 일은 없었을걸." 주근깨쟁이가 말했다. "여긴 깨끗한 곳이 아니잖아."

"깨끗한 곳 맞거든." 회색 양복을 입은 남자가 말했다.

"뭐, 자네가 그렇게 말한다면야. 하지만 우린 오늘 밤에 사람이 필요하잖아. 이 여자애를 봐. 수중쇼걸같이 생기지 않았어?"

"체구는 딱 베이브네." 어두컴컴하고 깡마른 남자가 말했다. "옷은 맞겠어."

"내 생각도 그랬다고."

"적당히들 하세요." 퍼트리스가 한 발짝 앞으로 나서며 말했다. 그녀는 최대한 기지를 발휘하려고 애쓰면서 자신이 떨고 있음을 감추었다. 다시 한 번 그녀는 행동이 배짱을 두둑하게 채워준다는 것을 깨달았다. 퍼트리스는 남자의 손을 쳐내고 큰 목소리로 얘기했다. "나는 여기 우리 언니를 찾으러 온 거예요. 일주일 안에 집으로 돌아가야 해요. 저 사람은 여기가 카메라 가게라고 말했고요. 나는 술집에는 안 가요. 술집에 가는 남자도 싫어요. 단지 난 여기 쓰여 있는 주소지로 가고 싶을 뿐이에요. 언니를 찾으러요. 언니한테 문제가 생겼거든요."

"언니도 인디언이야?" 깡마르고 작은 남자가 물었다.

"뭐 이런. 여기는 평균 IQ가 한 30인가." 아름다운 모자를 쓴 남자가 말했다. "당연히 인디언이지, 딩키. 언니라잖아."

"그렇군. 난 몰랐어." 딩키가 말했다.

"카메라 가게는 또 뭐야?" 황달기 있는 남자가 모자 챙을 들어 올렸다. 주근깨쟁이가 움츠러들었다.

"나는 잭 멀로이라고 해." 그가 손을 내밀며 말했다. 퍼트리스가 손을 마주 잡았다. 차갑고 건조한 손이었다. 깜짝 놀란 퍼트리스가 그를 더 자세히 보았다. 분명 아픈 사람이었다. 아니, 어쩌면 차가운 손에 따뜻한 심장을 가졌거나. 베라라면 그렇게 말했을 터였다.

"와서 앉아보지. 뭐 좀 마실래?"

"아니요. 저는 블루밍턴가로 가고 싶어요."

"그딴 데는 왜 가고 싶다는 거야?" 딩키가 물었다. "거긴 죄다 인디언뿐이라고."

"자네는 그냥 바보라고 써 붙이고 다녀." 잭이 말했다. "여기서 나가. 우린 이 사랑스러운 인디언 공주님께 일을 주려고 하는데 네가 계속 이분을 욕보이고 있잖아. 이봐요, 아가씨. 소다 팝 먹을래? 저 뒤에서 빌리가 햄버거 샌드위치를 만들어줄 거야. 돈은 낼 필요 없고. 아가씨는 그저 업무에 관한 설명을 듣기만 하면 돼."

"인디언 아가씨 *맞지, 그렇지?*" 그가 퍼트리스에게 말했다. "살짝 밝긴 한데…."

"아버지 닮아서 그래요."

"아. 족장 딸인가?"

족장이라면 술독 족장이겠지. 퍼트리스가 생각했다. 그녀는 주변을 둘러보았다. 선박 창문처럼 생긴 작은 창들 아래에 테이블 몇 개가 놓여 있었다. 이내 배가 고파왔다.

"저기 출입문 바로 옆에 둥그런 창문 있잖아요. 그 아래에 앉는다면 얘기를 들어볼게요." 그녀가 말했다. "그리고 햄버거 샌드위치도 주시고요."

"당연히 드리지. 먼저 앉지그래." 과장된 몸짓으로 팔을 뻗으며 잭이 말했다. 그녀는 창문 쪽의 테이블로 가서 작은 크기의 까만색 의자에 앉았다. 테이블은 진한 보라색으로 칠해져 있었는데 표면이 끈적거렸다. 그녀는 가방을 옆에 있는 의자에 올려두었다. 맞은편에 앉은 잭의 손에는 술이 들려 있었다.

"여행가방이 예쁘군." 그가 말했다. "소박한 맛이 있어." 그가 바텐더를 향해 손짓했다.

"음료를 가지고 올 거야." 그가 계속해서 이야기했다. "그리고 내 사과도. 저치들은 자기들이 뭘 하는지도 잘 몰라."

"제가 보기에는 다 아는 것 같은데요." 퍼트리스가 말했다.

"그렇진 않지." 잭이 말했다.

바텐더가 얼음처럼 차가운 오렌지맛 니하이 소다를 가져와 얼음 잔 옆에 내려놓았다.

"자, 본격적으로 이야기해보자고." 잭이 상체를 길게 빼 퍼트리스 쪽으로 다가왔다. "이곳은 작년에 주인이 바뀌었어. 봐, 그전에는 수중세계 테마인 곳이었지. 인어 궁전. 수많은 조개껍데기랑 물고기. 커다란 수조. 훈련된 인어가 수조에서 쇼를 했었고."

"훈련된 인어요?"

"그렇지. 반짝이는 꼬리를 입고 말이야. 이곳을 W. W. 팽크라는 사람이 매입했는데, 그는 목재로 돈을 좀 번 사람이거든. 그래서 북부 산림 산업에 감사한 마음을 표한다면서, 여기를 목재 산업 풍으로 만들겠다고 결정했지. 그래서 '로그잼'인 거야. '26'은 그냥 아무 숫자나 갖다 붙인 거고. 술이나 뭐 메뉴 같은 것도 보면, 폴 버니언(미국 민담에 등장하는 거대한 벌목꾼—옮긴이) 같은 느낌이 있어. 실내 장식은 우리가 아직도 계속 바꾸고 있지. 당연히 수조도 마찬가지고. 여기는 저 수조로 유명한 곳이니까. 혹시 베이브라고 들어봤으려나?"

"아니요."

"폴 버니언이 데리고 있는 파란색 황소야. 그 암소가 폴 버니언의 통나무를 끌지. 조수라고 할까. 이게 바로 그 베이브 의상이야."

"그걸 입고 뭘 하는데요?"

"인어 의상 대신, 베이브 의상인 거지. 원래는 힐다가 그걸 입고 수중에서 묘기를 했어. 황소 묘기. 사람들이 정말 좋아한다니까. 도시 전역은 물론 도시 바깥에서까지, 몇 마일 둘레에서들 오지. 사람들은 수중쇼걸을 좋아해. 벌써 그렇게 많은 팬이 생겼다니 놀라운 일이지. 하지만 이제 그 자리는 네 거야. 잠깐, 내 정신 좀 보자. 이름도 묻지 않았군."

"도리스예요." 퍼트리스가 말했다.

"도리스라. 성은 뭐지?"

퍼트리스는 잠시 아무 말도 생각나지 않았다.

"도리스 반스요." 그녀가 말했다.

"인디언 이름은 없나? 혹시 물어보면 실례인 건가? 아님, 혹시 비밀?"

"비밀이에요." 퍼트리스가 말했다.

"그렇군. 하지만, 내가 보기에 너는… 어디 보자… 프린세스 워터폴이군."

"아니에요."

"그래 뭐, 도리스. 이 일에 관심이 좀 가나?"

"황소 의상을 입고 헤엄쳐 다니는 거요? 아니요."

"아직 급여도 묻지 않았는데."

"급여는 상관 안 해요."

"하룻밤에 50달러. 격일로 팁은 다 가져가는 걸로."

퍼트리스는 침묵했다. 그녀의 계산에 없었던 팁을 고려해보니, 보석베어링 공장에서 한 주에 버는 돈보다 더 많았다. 단 하룻밤만 일해도.

"썩 하고 싶지는 않네요." 그녀가 말했다.

"어쨌든 의상은 한 번 보지 않을래?"

"보고 웃자는 이유라면." 퍼트리스가 말했다.

"그럼, 나랑 같이 가지."

투실투실하게 살찌고 얼굴은 발그레한 어떤 남자가 퍼트리스 앞에 접시를 내려놓았다. 접시 위에는 햄버거, 상추, 피클, 튀긴 감자, 코울슬로가 곁들여져 놓여 있었다.

"일단 먹고 하자고 하면 별론가요?"

잭이 미소 지었다. 그의 치아는 길고, 갈색이었으며, 부러져 있었다. 퍼트리스는 잭의 이를 보지 않았으면 좋았을 뻔했다고 생각했다. 하지만 곧 햄버거를 한 입 베어 물고는 다 잊었다. 그녀는 접시에 있는 모든 것들을 먹어치웠다. 기세 좋게, 깔끔하게, 효율적으로. 그녀는 손가락 끝을 보라색 냅킨에 문질러 닦았다.

"대단하군." 잭이 말했다. "곧 모든 것이 벌목꾼 콘셉트로 바뀔 거야. 냅킨도 까만색에 빨간 체크무늬가 있는 것으로 바뀔 거고. 그 외 등등."

잭은 잠시 무언가를 생각하더니, 아무것도 남기지 않은 그녀의 깨끗한 접시를 들여다보며 말했다. "당연한 얘기지만, 쇼가 끝나면 저녁식사도 줄 거야."

"좋아요. 의상을 보죠." 퍼트리스가 말했다. "단, 저 복도에 있는 불을 켜야 갈 거예요."

"얼마든지." 잭이 말했다.

그녀는 여행가방을 챙겨 들고 잭 옆에서 걸었다. 잭은 사람들을 지나치며 입을 샐쭉하게 하고 조소하듯 인사했다. 그는 복도를 따라 걷다가 좁은 계단으로 올라갔다. 그리고 문을 열었다.

"네가 쓸 분장실이야."

퍼트리스는 문가에 서서 안을 들여다보았다. 리놀륨 바닥이 적갈색과 회색으로 소용돌이치는 평범한 방이었다. 거울이 달린 붙박이 분장대가 있었고, 거울 주변으로 조명들이 달려 있었다. 파운데이션 메이크업 병들과 너저분하게 서 있는 립스틱들.

"방수 화장품이랍니다." 화려한 손짓으로 쓰레기 더미를 가리키며 잭이 말했다.

오래된 하얀색 페인트가 드문드문 칠해진 분장대 의자에는 분홍색 꽃무늬 방석이 얼룩진 채 놓여 있었다. 잭은 안쪽으로 걸어가 옷장 문을 열었다. 그리고 커다란 상자에서 옷 가방을 꺼내 지퍼를 내렸다. 의상이 나타났다. 양손과 양발 끝에 하얀 발굽이 칠해진 파란색 고무 잠수복이었다. 가슴께에는 두 개의 커다란 흰색 디스크가 달려 있었고, 디스크 중앙에는 다홍색이 찍혀 있었다. 퍼트리스는 움찔했다. 저 소 다리 사이에 있는 게 어두운 그림자였나? 그녀는 고개를 돌렸다. 잭은 아주 귀중한 것을 다루듯 의상을 두 팔로 들고 있었다. 그는 차분하고 조용한 목소리로 그녀에게 입어보겠냐고 물었다. 그녀는 계속 문가에 서 있었다.

"당연히 안 입죠."

"그러지 말고, 제발. 그냥 한 번 대보는 건 어때?"

"그래요."

퍼트리스는 잠수복을 상체에 대보았다. 우스꽝스러운 발굽들이 덜렁거렸다.

잭이 그녀를 가만히 보더니, 한숨을 내쉬고 고개를 절레절레 저었다.

"그냥 딱 맞네. 완벽해."

퍼트리스는 잠수복을 그에게 내던지듯 돌려줬다. 잭은 잠수복의 어느 한 부분도 세게 쥐지 않으려고 극히 조심스럽게 의상을 정돈했다. 그는 의상을 한쪽에 치워두고 커다란 모자 보관함을 열었다. 그 안에는 하얀색 작은 뿔이 달린, 머리에 딱 달라붙는 파란색 고무 두건이 있었다. 턱 아래에서 매는 것이었다.

"이건 괜찮네요." 파란색 모자를 쓰면서 퍼트리스가 말했다. "하지만 소 가슴에 달린 저 하얀색 동그라미들은 싫어요."

"황소야. 베이브는 황소라고. 다른 의상들과 비교하면, 두말할 것도 없이 이 의상은 정말이지 심당히 점잖은 거야. 그건 너도 인정해야 할걸." 잭이 중얼거렸다. "살이 별로 안 드러나잖아. 하나도 안 보이지. 그저 파란색 고무만 많고."

"됐거든요." 퍼트리스가 말했다. 50달러 넘는 돈을 벌기란 참 어려웠다.

"어허, 이거 왜 이래." 잭이 말했다. "그나저나 언니를 찾는다고 했지. 어떻게 찾을 생각이야?"

"그냥… 찾을 거예요. 일단 마지막으로 목격된 주소로 가려고요."

"묵을 데는 있고?"

"친구가 한 명 있어요."

"고향 친구?"

"그런 셈이죠."

"여기서 지내도 돼. 숙식이 제공되는, 일종의 계약 같은 걸 하는 거야. 잠깐 이 어려운 시기를 같이 이겨내자는 거지."

"테이블 밑에서 자라고요? 고맙지만, 됐네요."

"방에 간이침대를 둘 수 있어."

그녀는 불량배에 대한 이야기를 기억해내긴 했지만, 우드 마운틴이 자세한 얘기는 해주지 않았었다. 갑갑함. 만약 여기서 술만 안 마신다면 다 괜찮지 않을까?

"덫에 걸려드는 느낌인데요."

"문에 튼튼한 자물쇠도 달아줄게. 혹시 원한다면 옆 건물이 호텔이야. 평범한 호텔. 깨끗하고. 다만 방에 천장만 없을 뿐이야. 거기도 문을 잠글 수는 있어."

"제 생각은 말이죠, 택시를 잡아서 원래 가려던 곳에 갈 거예요. 지금 당장."

"우리가 도와줄게."

"택시 잡는 거요? 저를 납치하지 않을 택시로?"

"다시 한 번 진심으로 사과하지. 너무 막무가내였어. 택시가 아니라, 언니 찾는 거 도와준다고. 내 말은, 여긴 넥서스잖아."

"그게 뭔지 모르겠는데요."

"중심지라고. 기차역 같은 데 말이야. 다들 저마다 누군가를 만나는 곳이지. 자, 봐. 지금 오후 1시 정도 됐어. 내가 직접 그 주소까지 너를 차로 데려다줄게. 문 앞에 가서 언니에 관해 물어보는 것까지 내가 직접 동행하지. 또 거기 말고도 어디든 확인하고 싶으면 얼마든지 데려다줄 수 있어. 그사이에 머물 곳도 찾고 언니 행적에 대한 결정적인 실마리도 확보하는 거야. 그렇게 되면 우린 '여기까지네요, 안녕, 바이바이' 하면 돼. 하지만 만일 그런 운이 따라주지 않는다면, 여기 돌아와서 오늘 밤 공연을 하는 거지. 그게 다야."

"아저씨는 왜 그렇게까지 하겠다는 거예요?"

"네가 딱 베이브거든."

잭은 그녀의 눈을 들여다보며 연극적으로 말했다. 그의 눈 흰자위가 마치 오래된 종이처럼 누랬다.

"이 의상이 뭐 그렇게 대단한데요? 이건 그냥 소 복장—"

"황소야. 파란 고무로 만든."

퍼트리스가 어깨를 으쓱했다. 그녀는 아직도 문가에 있었다. 잭이 좋은 꿈을 꾸듯 그녀 뒤편을 가만히 응시했다.

"이 의상을 만들려고 우리는 저 아래 시카고까지 가서 의상제작자를 찾아야 했어. 그 사람은 고무용 틀을 새로 만들어야 했지. 또 고무도 구해야 했어. 인조 고무 말고, 자연 고무로. 그리고 염색인데, 여간 어려운 게 아니야. 고무에 잘 스며들어서 쨍한 파란색—너무 멋져! 극적이지—을 내는 염료를 찾아야 하거든. 베이브가 공연을 하는 동안 의상의 염료가 빠지지 않게 하는 것도 힘들어. 색빠짐도 없고 늘어남도 없는 고무여야 해. 찾기 어렵지. 고무에서 상한 냄새가 날 기미조차 없어야 하고. 봐, 아무 냄새도 안 나잖아, 그렇지? 우리가 특수 가루를 뿌리는 게 다 이유가 있어서라니까. 의상을 잘 마르게 하고 벌레가 먹지 못하게 하거든. 고무가 온전하도록 보장해주지. 이건 굉장히 특별한 의상이에요, 도리스 반스 아가씨. 내가 여러 여자들을 봐왔지만, 이 의상을 마지막으로 입었던 숙녀만큼 제대로 소화해줄 것 같은 사람은 네가 처음이야."

"그 숙녀 분이 누구였는데요?" 퍼트리스가 물었다.

"힐다 크란츠."

"그러니까, 그 여자는 왜 이제 여기 없냐고요. 무슨 일이 있었던 거예요?"

"갑자기 병이 났어."

"오. 글쎄요, 그렇다면, 어쩜 병이 나을 수도 있겠네요."

"힐다는 죽을지도 모를 만큼 아파." 잭이 말했다.

"그것 참 안됐네요."

그들은 다시 술집의 메인홀로 돌아왔다.

"좋아요." 퍼트리스가 말했다. "제가 가고 싶은 곳으로 절 태워다주실 수 있게 허락하죠. 그러고 나서 각자 자기 갈 길을 가는 거예요."

"아주 좋아." 잭 멀로이가 말했다. "언니를 찾아야 헤어지는 거야. 못 찾으면, 넌 공연을 하는 거고. 얼한테 차 키 받아 올게."

"그 사람, 아저씨 차를 운전한 거였어요?"

"얼은 늘 내 차를 몰지."

"마음에 안 들어." 퍼트리스가 말했다.

그녀의 뇌가 부어오르고 있었다. 두개골이 너무 빡빡한 느낌이었다. 피곤하지는 않았지만 혼란스러웠다. 평생 일어난 일보다 지난 한 시간 동안 새로 벌어진 일들이 더 많은 느낌이었다.

# 기상 면도

**토머스는 양쪽** 눈을 서로 다른 방향으로 뜨고 빠르게 깜빡거렸다. 살을 비틀어 보았다. 아프게 꼬집어도 보았다. 큰소리로 외쳤다. 가장 힘든 시간. 그의 말을 들이줄 부엉이 한 마리조차 없었다.

"다른 거 또 뭘 원해? 우리가 손수건 끝자락에 사는 거? 그건 했고. 가능한 한 빨리 죽어 없어지는 거? 했고. 기쁜 미소를 지으며 죽어 없어지는 거? 그래. 용기 있는 미소. 그래. 너의 국기에 대한 맹세. 그래. 그래. 그래. 했어."

팰런이 황록색 군용코트를 입고 방 안으로 섬광처럼 들이닥쳤다. 그러고는 안개처럼 벽을 통과해 성큼성큼 걸어갔다.

팰런이 통과한 벽은 스펀지처럼 보였다. 토머스는 그곳으로 가서 페인트칠을 한 석고보드에 자신의 두 손을 댔다. 무미건조한 초록빛 회색은 딱딱했고 차가웠다.

"형이 우리보다 낫네." 토머스가 말했다.

토머스는 벽에서 돌아서서 띠톱을 흘끗 보았다. 로더릭이 그 좁은 곳에 앉은 채 마치 의사의 손을 물어버릴 듯한 광인처럼 히죽 웃고 있었다.

~

**토머스는** 서 있었다. 그는 집에서 면도 도구를 가져왔다. 이것은 일종의 실험이었다. 어쩌면 목을 향해 쭉 뻗은 면도칼을 잡고 있으면, 새벽이 오기 전 마지막 한 시간 동안에 잠에서 깨어 있을지도 몰랐다. 그는 혀를 말아 뺨을 밀어내면서 수염을 모조리 찾아냈다. 남자가 할 수 있는 가장 짧고 완벽한 면도를 했다. 효과가 있었다. 그날 아침, 그리고 이후로 매일 아침, 그는 완벽하게 면도하고 단장한 채로 오전 근무자와 인사했다. 맑은 정신에 올드 스파이스 향을 풍기며.

## 옛 사향쥐

"처음에는 다들 뭘 했어요? 땅을 지키기 위해서?"

"서명하거나, 아니면 죽었지."

"마지막 땅은 어떻게 시키신 거예요?"

"처음에는 손바닥만 한 땅을 주더니, 그마저도 내쫓으려고 하더구나. 그런 다음에는 땅 대부분을 가져가버렸어. 네가 하는 말을 들어 보니, 이제 그들은 이 땅 끝자락에서도 우리를 내보내고 싶어 하는 게지." 비분이 말했다.

"어떻게 버티셨어요?"

쌕쌕거리는 숨소리가 섞인 노인의 웃음.

"나는 젊었어. 하지만 나도 그 일부였지. 우리는 꽉 쥐고 버텼단다. 손톱으로. 발톱으로. 이빨로."

"그들이 결국에는 우리에게 동의하게 된 건, 어떻게 하신 거예요? 이 마지막 땅요. 지금 우리가 갖고 있는 거."

"함께 힘을 모았어. 같이 버텼지. 아이센, 미스코비니스, 카이시파까지 전부. 와샤스크도 마찬가지고. 계속 매달리고, 또 매달렸어. 저 정착민들이 우리 땅 경계선에 왔을 때 우린 맞서야 했어. 그 때문에 거의 전쟁을 할 뻔했지만 우린 침착했단다. 만일 우리가 정착민 중 누구 하나라도 죽일 경우, 무슨 일이 벌어질지 알고 있었어. 그들과 맞섰어. 우린 같이 버텼다. 그러고는 대표단을 꾸렸지."

"대표단은 어떻게 꾸리셨어요?"

"탄원서를 낸 거야. 잊지 말거라. 우리는 담당 농장주들을 극복해야 했고, 데블스레이크에는 인디언 관리관도 있었어. 그러나 어떻게든 그들을 설득했지. 우린 서한을 썼어. 학교에 다니는 인디언들에게 서한을 쓰게 했지. 그 준비가 끝나고 나서, 네가 뭐라고 부르던데, 서명, 서명을 받았단다."

"탄원서였군요."

"그렇지."

"그것부터 해볼 수 있겠어요. 부족원들 모두에게 서명을 받는 거."

"의미가 있을 게다."

"그다음엔 대표단을 꾸려야 할지도 모르겠어요."

토머스는 아버지와 마시려고 방금 막 끓여 양철 컵에 담은 뜨거운 차를 후 불었다. 비분은 자기 몫의 차를 마셨다.

"자치회에 탄원서를 내보는 게 좋겠다고 얘기할게요. 오늘 밤 긴급회의에서요. 그래 봐야 우린 자문위원회일 뿐이에요. 정부 부서에 답을 줘야만 해요."

"생각해보렴." 비분이 말했다. "지금은 상황이 달라. 생존은 변화하는 게임이야. 만일 정부가 우리와 관계를 끊으면, 얼마나 많은 사람들이 피해를 입게 될까?"

토머스는 아버지를 가만히 바라보았다. 비분은 가끔 이런 말들을 툭 내뱉곤 했다. 시내에 한 발자국 나가지 않아도 마치 보호구역의 일들을 속속들이 알고 있는 것처럼. 아버지가 말하고자 한 것은… 다른 사람들도 저마다의 이유로 우리가 필요하다는 것이었다. 이웃 마을들은 우리를 필요로 한다. 필요로 하거나, 아니면 우리와 아무 관련도 없거나. 필요로 하거나, 아니면 수많은 가난한 이들이 자신들의 짐이 될까봐 두려워하거나. 토머스는 이것에 대해 여러 가능성들을 모두 고려해봐야 할 터였다.

"우리는 아무것도 아닌 게 아니야. 사람들이 우리의 노동을 이용하잖아. 교사, 간호사, 의사, 그리고 관리소에 가면 말을 거래하는 공무원도 있어. 여러 분야의 관리자들이 있지. 토지사무소 직원들도 있고, 기록 관리원도 있어."

이 모든 직업과 직함은 치폐와어로 표현할 수 있었다. 치폐와어는 새로운 단어를 만들기에 영어보다 훨씬 더 좋았고, 약간의 비틀기로도 어느 단어에나 미묘한 아이러니를 더할 수 있었다. 비분이 계속해서 이야기했다.

"워싱턴 D.C.를 이해하게 만들어. 우린 이제 막 두 발로 서기 시작했지. 우리 발로 서면서 짤랑거릴 동전이 생겼어. 농장을 건설했고, 너처럼 학교에서 유명해지기도 했어. 앞으론 이 모든 게 힘들어질 거야. 깨끗이 지워 없어질 테지. 그리고 아픈 사람들은 어디로 가지? 그들은 우리에게 결핵을 줬어. 지금도 우리를 죽이고 있지. 우리에겐 그들의 병원에 갈 돈이 없다. 이런 것들과 우리의 땅을 교환하자고 약속한 건 그들이었어. 풀이 자라는 한, 강물이 흐르는 한."

"여전히 풀이 보여요. 흐르는 강 소리도 들리고."

"그리고 그들은 아직도 땅을 이용하고 있지." 비분이 말했다.

"아직도 너무 심하게 이용하고 있죠." 토머스가 말했다. "그런데 사용료를 내겠다는 계약서에는 서명한 적이 없는 것처럼 굴고 있네요."

마시기 좋을 만큼 차가 식었다. 그 쓴맛이 위안을 해주었다.

**지역회관 건물에는** 모임을 위한 장소가 따로 마련되어 있었다. 그날 밤 토머스는 자문위원회 회의를 소집했다. 그들은 치페와어로 대강 번역된 로버트 의사규칙(1876년 출판된 회의 진행 절차 매뉴얼. 미 의회 등에서 광범위하게 사용되고 있다―옮긴이)을 따랐다. 토머스가 회의의 개시를 알리자 총무 저기 블루가 회의록을 두 언어로 읽었다. 일군의 위원회 사람들은 치페와어나 크리어를 썼다. 다른 사람들은 미치프어―프랑스어와 크리어가 섞인 언어―를 썼다. 이들 언어에는 약간의 영어가 소금처럼 섞여 있었다. 그리하여 그들은 조금 혼란스러운 채로 법안 복사본을 손에서 손으로 건네주고서, 일부를 큰 소리로 읽고 그 뜻을 논쟁했다. 그들이 법안의 언어를 연구하는 동안, 불안감이 방 안으로 서서히 흘러들어왔다.

"내가 보기에, 그들은 모든 걸 다 원하는 것 같아. 결국엔."

"우리를 이주시키려는 거지. 이곳에서 끌어내려는 거야."

"이시코니간('보호구역'을 뜻하는 치페와어―옮긴이)을 원하는 거야. 이 찌꺼기마저."

"우리는 협정을 맺었어. 그들이 깼어. 경고도 없이."

루이스 파이프스톤은 아무런 움직임 없이 앉아 있었다. 그의 아들은 한국전쟁에 나갔다가 거의 목숨만 건져 오다시피 해서 아직도 군 병원에서 회복 중이었다. 루이스는 다만 탁자 위에 쫙 펼친 자신의 손 등을 내려다볼 뿐이었다.

조이스 아시기낙이 말했다. "그들은 '이주'를 원하지. 그건 '제거'를 좋게 말한 거야. 우리가 제거되었던 적이 얼마나 많은데? 셀 수도 없어. 이제 그들은 우릴 시티즈로 보내려고 하는 거야."

침묵과 종이가 부스럭거리는 소리가 있었다. 모지스가 큰 소리로 몇 단어를 읽었다.

이런 인디언들이 순차적으로 재배치

그는 종이를 내려놓았다. 계속 읽을 수 없었다.

"'이런 인디언들'이라니. 우리가 '이런 인디언들'이구나." 루이스 파이프스톤이 느릿느릿하게 가라앉은 목소리로 말했다. "전쟁터에서 총알받이로 쓸 수 있는 이런 인디언. 병장이 내 아들더러 앞으로 가라고 손짓을 했다지. 아들은 혼자서 갔어. *돌다리를 두드리러.*"

아무도 말하지 않았다. 들리는 바에 따르면 파이프스톤의 아들은 불에 타서 미쳐버렸다고 했다. 루이스는 아들을 보러 갔었다. 그러고 집에 돌아와 닷새 동안 아무 말도 하지 않았다. 토머스는 침묵을 깨고 탄원서로 종결 법안에 항의하는 것이 어떨지 제안했다. 가능한 한 많은 부족 사람들이 서명에 동참하도록 할 방법을 찾자고 했다.

"내가 탄원서를 타자기로 칠게." 저기가 말했다. "사람들이 서명할 수 있게끔, 뒤에 종이를 스테이플러로 고정하고 말이야. 밀리에게도 연락해보는 게 좋겠어."

밀리 클라우드는 루이스 파이프스톤의 딸이었다. 그녀는 대학에 다녔다. 아마도 밀리가 무언가 해줄 수 있을 거라고 저기가 말했다.

"나도." 루이스가 말했다. "내가 모두에게 탄원서에 대해 설명하고 사인도 받을게."

"정말 네가 원해서 하는 거 맞지?" 저기가 조용히 그에게 물었다.

루이스는 버펄로처럼 덩치가 큰 남자였다. 머리가 크고 어깨가 구부정했다. 그의 짧은 다리는 마치 상반신의 누르는 힘에 구부러진 것처럼 굽어 있었다. 루이스는 웃을 때 뺨이 작고 둥근 사과처럼 단단해졌다. 그래서 별명이 뺨이었다. 루이스가 저기를 보고 미소 지었다. 그의 커다란 얼굴이 부드러워졌다.

"나도 무언가를 해야 해. 그냥 앉아 있을 수만은 없어."

토머스는 루이스가 평소에도 그저 앉아 있지만은 않다는 걸 알고 있었다. 보호구역 끝자락의 목초지에 그의 할당 토지가 있었다. 그에겐 일손이 있었다. 어린 딸이 함께 일했으며, 우드 마운틴도 열심히 일을 도와주러 그곳에 갔다. 하지만 그럼에도 이 작은 목장은 만만치 않았다. 그들은 경주마를 한 마리나 두 마리 가지고 있었다. 말들을 데리고 매니토바까지 갔다. 루이스의 아들이 훈련소에서 집으로 편지를 보냈던 것을 토머스는 기억하고 있었다. 포트토튼 지역 이후로 군대 규율이 널널해졌다고 아버지에게 말하는 편지.

루이스는 잠시 앉아 있는 것조차 참을 수 없다고 진심으로 말했다. "좋아." 토머스가 말했다. "지금 당장 실행하는 게 중요해. 아무래도 이 법안은 악명 높아질 것 같아. 우리 이걸 정식 이름으로 부르는 게 좋겠어. 상하원합동결의안 제108조. HCR 108."

"옳소, 옳소!" 모지스 몬트로즈가 말했다.

"당장 상하원합동결의안 제108조 한 부가 더 필요해. 탄원서랑 같이 가지고 다닐 수 있게 말이야. 우리가 알아낸 것, 우리의 관점을 설명해야지. 누구든 그렇게 해주겠어?"

순식간에 움직임이 일었다. 의사 표현들. 종이가 루이스 파이프스톤에게 전달되었다.

"그리고 말이야," 토머스가 말했다. "우리가 상하원합동결의안 제108조를 '종결' 법안이라고 언급하는 게 어떨까 제안하고 싶어. 해방이니 자유니, 이런 단어들은 다 연기 피우는 거야."

"옳소, 옳소!" 모지스가 으스대듯 말해 사람들이 웃었다.

그다음에 할 일은 인디언사무국을 만나러 갈 일단의 사람들을 모으는 것이었다. 그 회의는 법안을 설명하는 자리로, 저 아래 파고에서 열리기로 되어 있었다. 장거리 운전. 그곳에 갈 차편을 마련하고 회의에 참석하기까지 일주일이 남아 있었다.

"거의 불가능한데!" 저기가 말했다. "휴가를 내고, 사람들을 모으고…. 심지어 이게 뭔지 아는 사람도 없잖아."

"내일부터 알게 될 거야." 루이스가 말했다.

## 수중소절

**블루밍턴가 2214번지는** 3층짜리 낡은 갈색 집으로, 하얀색 페인트는 벗겨지고 있었고, 깨진 창문은 판지로 가려놓았다. 우편함들은 한데 모여 출입문 옆에 달려 있었다. 우편함 옆에 거주자들 명단으로 보이는 것이 있었다. 퍼트리스는 아무것도 없는 마당에서 무언가를 열심히 찾으며, 불안한 듯 천천히 걸었다. 잭은 담배를 피우며 보도에 서 있었다.

"나는 여기에 있으면서 사람이 사는 것 같은지 지켜보도록 하지." 그가 말했다.

출입문으로 이어지는 계단이 내려앉아서 현관으로 올라갈 방법이 보이지 않았다. 퍼트리스는 쓰레기장이 된 마당에서 몇몇 것들을 끌어와 한곳에 모은 다음, 우유 상자와 판자를 임시변통으로 쌓아올려 더미를 밟고 올라섰다. 언니와 비슷한 이름은 명단에 없었다. 퍼트리스는 출입문을 두드렸다. 별안간 녹슨 양철 우편함들 중 하나가 빠지면서 현관 쪽으로 덜커덕거리는 소리를 냈고, 우편물 몇 개가 떨어졌다. 그렇게 큰 소리가 났는데도 누구 하나 나타나지 않았다. 그러나 그 충돌은 잔향을 일으켰다. 퍼트리스는 갑작스레 이 집이 자신에게 경고한 것이라 느껴졌다. 그녀는 그런 느낌을 털어버리고 문 옆에 있는 창을 두드렸다. 안쪽에서 재빠르게 움직이는 소리를 들은 것 같다고 그녀는 생각했다. 개 한 마리가 짖기 시작했다. 짖음은 거칠고 높았으며, 살고 싶은 마음이 절실한 소리였다. 그녀는 얼어붙었다. 눈물이 차오르기 시작했다.

"잭." 그녀가 불렀다. 그는 대답하지 않았다. 짖음이 점차 잦아들더니 멈췄다. 퍼트리스는 기다렸다. 아무 일도 일어나지 않았다. 그녀는 우편함에 다시 넣으려고 흩어진 편지들을 주웠다. 주소를 먼저 읽었다. 그중 하나가 베라 퍼랜토에게 온 편지였다. 수신인은 베라의 남편이 아닌 오로지 베라 한 명뿐이었다. 남편을 따라 시티즈까지 온 것이었지만 여전히 원래 이름을 그대로 쓰는 것을 보니 아식 결혼하지 않은 것이 분명했다. 퍼트리스는 편지 봉투를 가지고 현관에서 조심스럽게 내려왔다.

보도 위에 잭과 나란히 서서 그녀는 봉투를 열어보았다.

"눈앞에서 흉악 범죄를 저지르는군." 그가 말했다.

그녀가 그에게 얼굴을 찌푸려 보였다.

"남의 편지를 함부로 열어보다니."

그 편지는 개인에게 보내는 '최후 고지'(빨간색으로 밑줄이 그어져 있었다)로 베라에게 전기가 끊길 거라고 알려주고 있었다. 날짜는 7월, 두 달 전이었다.

"다음 장소로 가지." 잭이 말했다.

그녀는 집을 쳐다보았다. 누군가 저 집 안에 있었다. 개가 목 졸리고 있거나 뭔가 당하고 있었다.

"잭." 그녀가 말했다. "저 개, 뭔가 잘못됐어요."

"현관에 사람이 오는 걸 싫어하나 보지."

"잠시만요." 그녀가 뒤로 돌아갔다. 집 뒤편에서 코를 찌르는 쓰레기 냄새와 오물 냄새가 나고 있었다. 판지를 덮은 창문이 두 개 더 있었다. 그러나 사람의 흔적은 없었다.

"베라!" 그녀가 불렀다. "베라!"

아무것도 없었다. 개만 희망 섞인 분노로 다시 짖기 시작했다.

그녀는 다시 잭에게 걸어갔다.

"우리 저기에 들어가야 해요." 그녀가 말했다.

"무단 침입이야." 그가 말했다. "난 절대로 법을 어길 생각이 없어."

거칠게 짖던 개의 소리가 서서히 사라졌다. 그녀는 잠시 머뭇거리며 기다렸다. 뭔가 굉장히 낯설고 잘못되어 있었다. 소름이 돋았다. 모든 것이 그녀에게 뭔가를 말하려 하고 있었지만 그 메시지를 해석할 수 없었다. 황폐한 풀숲에서 귀뚜라미가 나타났다. 그녀는 결국 고개를 절레절레 젓고는 스티븐가에 있는 두 번째 주소를 건넸다. 잭이 주소를 보더니 낯빛에 싫은 기색이 스쳤다. 그가 종이를 펄럭였다.

"왜 그래요?" 퍼트리스가 말했다.

"나 이 건물 알아. 여기에서 언니를 찾게 되면 좋을 게 없을 거야."

**짙은 갈색** 벽돌로 된 커다란 정사각형 모양의 아파트 건물이 몇 채 서 있었다. 건물 앞 좁은 구역에 나 있는 잔디는 잘 깎여 있었다. 건물 토대 주변의 낮은 덤불도 잘 정리되어 있었다.

"그렇게 나쁘지 않은데요." 퍼트리스가 말했다.

"겉모습에 속지 마." 잭이 말했다.

그녀는 출입구 계단에 잭과 함께 섰다. 거주자 명단에 퍼랜토는 없었다. 그들은 현관으로 걸어 들어갔다. 검은색 장미와 하얀색 장미가 그려진 팔각형 모양의 작은 타일들이 이제 막 대걸레로 닦여 있었다. 퍼트리스는 다시 불안해지기 시작했다. 자신이 벽과 문을 통과해 흘러넘칠 것만 같았다. 그럼에도 그들은 모든 건물을 하나하나 들어가 보았다. 아무 답도 얻지 못했다. 퍼트리스는 손으로 얼굴을 가렸다. 잭이 그녀의 팔꿈치를 감싸 쥐었다.

"괜찮아…?"

그녀는 잭의 손을 흔들어 내치려 했다. 아까 바에서는 건조하고 차가운 손이었다. 이제는 습기 어리고 뜨거웠다.

"너 좀 쉬어야겠어." 그녀의 손목을 어루만지며 잭이 말했다. "분명 정신적으로 굉장히 힘들 거야. 분장실에 간이침대를 놔줄게."

그녀는 잭의 축축한 손아귀에서 자신의 팔을 거세게 잡아뺐다. 그리고 그 축축한 손목을 그녀 자신도 놀랄 만큼 세게 때렸다. 그가 움찔하며 빤히 쳐다볼 정도였다. 잭은 다른 손으로 그녀를 붙잡았다. 그녀는 재빠르고 거친 몸짓으로 팔을 쳐냈다. 장작 패기.

"한 군데 더 있어요." 퍼트리스가 말했다. "거기 가고 싶어요. 친구예요. 버나뎃 블루."

"버나뎃? 버니 말하는 거야? 버니 블루? 버니가 네 친구야?" 잭이 빨개진 손을 이리저리 돌리며 퍼트리스를 더 강렬하게, 무언가를 알아내겠다는 듯 쳐다보았다. 그는 피우고 있던 담배의 불을 껐고, 이내 두 사람은 함께 건물 밖으로 걸어나갔다.

"그러니까 다시 한 번 말해봐. 버니 블루가 네 친구야?"

그가 그녀를 뚫어질 듯 자세히 쳐다보았다. 그의 얼굴이 불온한

땀으로 번질거렸다. 퍼트리스는 포기했다.

"아니요." 그녀가 머리를 양옆으로 흔들었다. 공기가 그녀의 관자놀이를 짓눌렀다. "사실 친구라고 말하기는 어려운 사이예요. 혹시 무슨 일이 생기면 버나뎃과 지내라고 어떤 친구가 이 주소를 준 거예요."

"잘 들어." 잭은 조금 떨고 있는 것 같았고, 그 어느 때보다도 진지했다. "다 그만두고 로그잼26 분장실에 있는 게 너한테 가장 좋을 거다. 내가 장담해."

**시내로 돌아오는** 차 안에서 잭이 그녀에게 말했다. "특정 장소들, 특정 인물들이 네 머릿속에서 다 뒤죽박죽인 것 같아. 그리고 이제 막 여기 왔잖니. 최소한 네가 말한 바에 따르면 그렇지." 그가 그녀 쪽을 슬쩍 보았다.

"이제 막 온 거 맞아요."

"그래도 전에 여기 온 적은 있니?"

"없어요."

"넌 여기 사람이 아니니까."

"당연히 아니죠. 지금 당장 집에 갈 수 있었으면 좋겠어요."

"자, 네 경우, 그러니까 네 언니 같은 상황에서 일어날 수 있는 일은 이거야. 미납 고지서랑 다른 모든 것을 보아하니, 네 언니는 집주인한테 도망친 거야. 새로 지낼 곳을 얻기가 어렵겠지. 그러니까 아마도 이름을 바꾸고, 어쩌면 다른 사람 집에 들어가서 살고 있을 수도 있어. 그 다른 사람을 친구라고 치자. 친구한테 대가로 돈을 지불하거나, 아니면 서비스를 제공하겠지."

서비스라는 단어를 말하고서 잭은 퍼트리스의 기색을 살폈다.

"우리 언니는 일이 몇 개든 할 사람이에요." 퍼트리스가 아무것도 모르는 채로 말했다. "하지만 아기가 함께이니, 더 힘들겠죠."

"오, 아기라고?"

"네, 언니한테 아기가 있어요."

"그건 또 다른 얘기군. 다른 차원의 복잡함이야. 아기 있는 여자들이 도움 받을 수 있는 곳이 어디지? 거기로 가야겠어. 나도 그것까진 잘 모르거든."

"지금 갈 수 있어요?"

"세상에나. 안 되지."

"시금 가야 해요. 가고 싶단 말이에요."

"거의 끝날 시간이야. 게다가…"

"게다가 뭐요."

"공연을 하기 전에 너도 쉬어야 하지 않겠니."

"내려줘요. 지금 당장 내려달라고요!"

"도리스 반스, 진정해. 제발. 우리가 약속했던 것과 다르잖아."

"싫어요." 퍼트리스가 말했다. "우린 약속 같은 거 한 적 없어요. 왜냐하면 내가 그러겠다고 대답한 적이 없으니까. 하지만… 생각은 해보죠. 팁을 격일로만 챙길 수 있는 건 싫어요. 매일 밤, 내 팁은 내가 가져갈래요."

"그렇게 하지." 잭이 말했다.

잭이 로그잼26의 2층에 캔버스 천으로 된 간이침대를 설치했다. 그는 구김은 있지만 깨끗한 베갯잇을 씌운 베개를 찾아 손바닥으로 쳐서 모양새를 잡았다. 옷장에 빨간색 실크 리본으로 묶인 빨간색 울이불이 있었다. 힐다의 것. 하지만 그게 무슨 대수랴. 이불과 베개 때문에 퍼트리스는 거의 울 뻔했다. 간이침대까지 비틀비틀 가는 것조차 힘겨웠다. 신발을 던지듯 벗어버린다. 눕는다. 윙윙대는 어둠의 영화가 그녀의 위로 무겁게 내려앉았고, 그렇게 그녀의 의식이 사라졌다.

퍼트리스는 도리스 반스, 도리스 반스 하는 소리에 잠에서 깼다. 팔을 흔드는 누군가, 그리고 산미가 강한 커피 냄새. 그녀는 우는소리를 내며 거칠게 몸을 뒤척였다. 이곳이 어디인지 전혀 기억나지 않았다. 내가 누구였더라, 하는 혼란스러운 순간. 그리고 잭의 목소리. "정신 차려! 그러다 이 뜨거운 커피를 흘려서 온통 뒤집어쓰겠다!" 그녀가 처한 현실의 흉측한 모양새.

"전 못하겠어요."

"우리가 약속한 것과 다른데." 잭이 말했다. "커피 마셔. 데니시빵도 먹고. 복도 끝에 욕실이 있으니까 거기 가봐. 그다음에는 의상을 입고."

그가 불을 켜둔 채 분장실에서 나갔다. 문에서 나는 삐걱 소리가 컸다. 그녀는 데니시빵을 먹었다. 체리 맛이었다. 커피, 블랙커피를 마셨다. 그녀는 가방에 손을 뻗어 페미컨 한 줌을 꺼냈다. 손가락으로 조금씩 떼어 천천히 먹었다. 마지막으로 복도 끝에 있는 불결한 욕실을 썼다. 분장실로 돌아오니 뚜껑이 열린 상자 안에 황소 의상이 펼쳐진 채로 그녀를 기다리고 있었다.

"50달러야." 의상을 보면서 그녀가 말했다. "그리고 팁까지. 매일 밤 말이야."

그녀가 의자를 문 쪽으로 거칠게 밀자 문이 다시 삐걱거렸다. 그녀는 조심스럽게 옷을 벗었다. 못이 여러 개 박혀 있는 벽에 빈 옷걸이가 걸려 있었다. 그녀는 블라우스, 치마, 얇은 스웨터를 벽에 걸었다. 코트는 이미 걸려 있었는데 언제 걸었는지 기억나지 않았다. 가방은 여분의 의자에 놓여 있었다. 이제 브래지어와 팬티만 남았다. 그녀의 돈이 브래지어 안에 있었다. 불쾌한 마음으로 그녀는 속옷을 벗었다. 분장실을 둘러보았다. 마침내 그녀는 돈을 브래지어 가운데에 두고 그것을 접어 작은 뭉치로 만든 뒤에 분장 테이블에 있는 서랍장 뒷공간에 끼워두었다. 그녀는 상자에서 파란색 고무 의상을 꺼내 들어보고는 아래부터 입는 게 좋겠다고 생각했다.

페인트칠이 된 발굽에 그녀의 발이 편안하게 잘 맞아 들어갔다. 그녀는 다습고 유연한 고무를 잡아당겼다. 발목을 따라 조심스럽게 눌러 폈다. 황소 다리가 단단하고 굳건한 피부 한 겹을 그녀에게 덧씌우며, 종아리와 무릎, 허벅지를 꽉 붙잡았다. 그녀는 의상을 펴가며 엉덩이와 복부 윗부분까지 끌어올린 다음, 팔을 움직여 황소 앞다리 속으로 넣었다. 기특할 만큼 의상이 딱 맞았고, 물이 한 방울도 들어올 수 없게끔 꽉 잡아주었다. 발굽들도 영리하게 나뉘어 있어서 엄지손가락과 다른 손가락들을 사용할 수 있었다. 뿔 달린 캡모자 아래로 딱 맞아떨어지는 후드는 턱 아래에 편하게 들어맞아 쉽게 조일 수 있었고, 귀도 탄탄하게 덮어서 견고하게 감싸주었다. 의상실에는 롤라 옷가게에 있었던 것과 비슷한 전신 거울이 있었다. 그녀는 거울 앞에 서서 낯설고도 매력적인 자신을 바라보았다. 막상 의상을 입고 나니 가슴께의 흰색 과녁이 달라 보였고, 더 이상 신경 쓰이지 않았다. 다리 사이의 그림자는 그저 조명의 눈속임일 뿐이었다. 구불구불한 파란색 꼬리가 뒤쪽에 말려 있었고, 그 끝에는 아래로 처진

털 한 뭉치가 달려 있었다. 그녀는 뿔 달린 캡모자를 아래로 당겼다. 턱 아래에서 끈을 묶었다. 다 하고 보니 그다지 못나 보이지 않았다.

잭이 문을 두드렸다. 그녀가 문을 열자 그가 입에 물고 이제 막 불을 붙이려던 담배를 빼내 손가락 사이에 끼고서 잠시 얼어붙었다.

"이런." 눈이 휘둥그레진 그가 부드럽게 말했다. "이런."

"준비됐어요."

"그래, 그런 것 같네. 그런 것 같아. 첫 공연은 30분 뒤에 있을 거야. 의상은 잘 맞니?"

"편해요."

"말했지? 좋은 거라고."

그는 끈을 조정하면서 뿔 달린 모자를 이리저리 만졌다. 그녀는 그의 손을 쳐냈다.

"수조 바닥에 무거운 추들이 있어. 물속에 있으려면 하나를 잡고 있고, 수면으로 나와야 할 것 같으면 내려놔. 오, 그리고 보니 너 수영은 할 줄 아니?"

퍼트리스가 황당하다는 표정을 지었다.

"그냥 물어보는 거야."

"그냥 묻기에는 늦은 거 같은데요."

"할 줄 안다는 뜻으로 알지. 자, 이제 베이브의 기본 동작을 보여주마."

잭이 잇새에 담배를 물고 팔을 구부리자 연기가 원을 그리며 그의 머리를 둥그렇게 휘감았다. 곧 그는 양손을 내밀었는데, 마치 둥글넓적한 크리스털 와인잔을 부드럽게 잡은 듯한 자세였다.

"어깨를 들었다가 내리고, 엉덩이를 돌려. 어깨너머를 살짝 보고,

엉덩이를 빠르게 흔들어. 물방울. 키스. 수면으로 상승. 숨 쉬기. 그리고 다시 내려가면 돼. 신나는 까꿍 놀이인 거지. 양쪽 어깨를 번갈아가면서 올렸다가 내리고, 동시에 엉덩이를 빠르게 흔들어. 발굽을 원 그리듯이 돌려. 주먹을 들어 올려서 마치 싸우는 것처럼 해. 그다음 온몸으로 돌아. 황소 몸통 비틀기. 물방울. 키스. 수면으로 상승. 숨 쉬기. 이걸 20분 동안 조금씩 바꿔가면서 반복해. 내가 신호를 주지. 그러고 나면 30분 동안 쉬는 시간이야. 그 후에 다시 공연이고. 그렇게 총 네 번 공연하는 거지."

"50달러 먼저 받은 다음에요." 퍼트리스가 말했다.

"내가 그렇게 말했었나?"

"팁도요."

"진심이야?"

"그게 우리가 약속한 거예요, 잭. 공연 후엔 식사도 주기로 했죠. 그리고 당연히 저는 분장실에서 잘 거고요. 아니라면 지금 여기서 당장 나갈게요."

잭이 웃었다. "그 황소 의상을 입고? 픽이나."

"확인해보시든지요."

"늘 끝장을 보는 식이구나." 잭이 말했다. "농담이야. 아무렴. 그게 우리가 합의했던 거지."

"문에 걸쇠도 달아줘요. 자물쇠 열쇠도 주고요. 그렇게 안 하면, 이 의상에 구멍을 내버릴 거예요."

"사람 정말 못 믿네. 진짜 이런 곳이 처음이야?"

"아빠가 주정뱅이예요."

"아, 그렇다면야." 잭이 말했다. "내 아버지도 그랬어."

그는 꾸러미에서 열쇠 하나를 빼 그녀에게 주었다. 그녀는 맞는 열쇠인지 문에 확인해보았다. 걸쇠는 내일 달아주기로 약속했다. 함께 방 밖으로 나간 다음, 그녀가 문을 잠갔다. 그녀는 귀 뒤쪽의 파란색 후드 밑에 열쇠를 알맞게 넣고 잭을 따라 복도 끝까지 갔다.

"앉지." 의자에 손을 대며 잭이 말했다. 그러고는 바닥에 있는 작은 문을 어렵사리 당겨 열었다.

소음이 올라왔다. 그리고 불빛. 흔들리는 물빛. 잔들이 부딪히는 소리. 웃음소리. 터져 나오는 말소리들. 잭은 자리를 비웠다. 퍼트리스는 수조 속으로 하강하길 기다리면서 혼자 의자에 앉아 있었다. 하루 전, 하룻밤 전만 해도 그녀는 어머니와 함께 웃고 있었다. 그녀의 당돌한 변신을 같이 즐거워했다. 그런데 이제 그녀의 어머니는 어떻게 생각할까? 마야기. 이상한. 마마 카지그. 이상한 사람들. 가윈 인기켄디조 신. 나도 내가 낯설다. 보통의 퍼트리스보다 더 완고하고 더 대범한 다른 사람이 그녀를 정복했다. 지금 이 퍼트리스는 잭으로 하여금 자신을 데리고 이곳저곳에 다니도록 밀어붙인 사람이며, 아울러 열쇠를 흥정한 사람이다. 다른 한편으로 이것은 오직 치페와어로만 설명할 수 있는 느낌이자 생각으로, 거기서 낯섦은 곧 유머러스함이며, 혹여 다치게 될지라도 이 모든 상황을 둘러싼 위험이 그저 웃고 넘어가게 되는 그런 종류의 일이 된다. 더욱이 그녀에겐 이와 관련된 비밀들과 처절함이 있었다. 왜냐하면 실제로 갈 곳이 없었으니까. 수조 속으로 굴러 들어가는 당장 닥쳐올 미래, 그 말도 안 되는 시간 이후에는 그녀가 갈 수 없는 곳이 없었으니까. 로그잼26, 2층 복도의 반대편 끝에 있는 분장실 외에는.

# 레프트 훅

**반스는** 파고 시내에 있는 파워즈호텔 식당에서 우드 마운틴이 들어오기를 기다리고 있었다. 칠흑같이 검은 유리. 거울들. 풍성한 아침식사. 볼품없는 사람에게 매몰차서 인디언 복싱 선수에게는 자리를 안내해주지 않을 것 같은, 작은 마을의 억양으로 말하는 여성 지배인. 그는 걱정했지만, 우드 마운틴은 반스의 커다란 건초더미 같은 머리를 금세 알아보고 걸어왔다. 여성 지배인은 따라오지도 않았다. 반스는 메뉴판에 있는 음식들을 전부 읽어보았다. 두 번씩. 그는 풍성한 아침식사를 좋아했다. 칸막이로 된 식당 자리에서 우드 마운틴은 반스를 마주 보고 앉았다.

"스테이크랑 계란 먹자." 반스가 말했다. "내가 살게."

우드 마운틴은 반스가 좋은 곳에서 아침식사를 사줄 거라고 예상하고 있었다. 왜냐하면 경기가 없었으니까. 역시나 그랬다. 우드 마운틴은 실망감을 감추며 손가락을 한데 그러쥐었다.

"여기까지 왔는데."

"그래도 거의 성사될 뻔했잖아. 우리가 사람들한테 널 소개해줄게. 그래도 이제 최소한 밥은 먹을 수 있잖아."

우드 마운틴은 작은 주전자에 있는 크림 절반을 커피에 부었다. 그는 악마처럼 훈련했고, 완벽한 몸을 만들었고, 머리를 잘라 스타일도 냈고, 복장도 갖추었다. 그런데 경기가 없었다. 그래도 오는 길에 픽시 옆자리에 앉았다.

"픽시라고, 여자애 알죠?"

반스가 예민해졌다.

"픽시가 왜?"

"오는 길에 걔 옆자리에 앉았어요."

"그럼 픽시도 여기, 이 마을에 있는 거야?" 반스는 짐짓 대수롭지 않은 일인 것처럼 물어보려고 했지만 우드 마운틴은 속지 않았다. 그는 대답하기까지 뜸을 들였다.

"여긴 그냥 지나갔어요. 시티즈에 언니가 있어서, 베라라고, 언니 찾으러 가던 길이었거든요. 언니 남편이 나쁜 일에 손대기 시작했나 봐요. 소식을 아는 사람도 없고."

"거기에 픽시가 머물 만한 곳이 있나?"

"걱정하지 마세요. 본인이 알아서 하겠죠."

반스는 자신의 선수를 힐난하듯 쳐다보았다. 우드 마운틴은 속임수를 쓰고 있었다. 그의 마음이, 그러니까 반스의 마음이 픽시 때문에 반쯤 멍해 있다는 것을 모르는 사람은 아무도, 우드 마운틴이 생각하기에는, 아무도 없었다. 글쎄, 누군들 안 그럴까. 왜 아닌 척을 한담?

"확실해? 내 동생이 거기에 살고 있거든."

"오, 픽시가 퍽이나 코치님 동생하고 지내려고 하겠네요!"

"문제가 생겼을 때 연락할 사람은 있어야지."

"경기도 없는데 제가 가서 그런 사람이 되어주죠, 뭐."

우드 마운틴은 자신이 무슨 말을 하고 있는지 잘 알고 있었지만 신경 쓰지 않았다. 그는 픽시 퍼랜토 주변만 맴도는 반스가 피곤해지고 있었고, 포키에게 들은 바에 따르면 그녀도 피곤해하고 있었다. 우드 마운틴은 반스가 경기도 주선해주지 않아 속은 기분이 들었다. 그렇다. 물론 그는 더 열심히 노력하고 쉽게 포기하지 않을 것이다. 그러나 지금 여분의 시간이 있고 야외 작업으로 번 돈도 가지고 왔으니, 기차를 타고 더 멀리 가보지 않을 이유가 뭐람? 픽시를 찾고, 더 잘 된다면 그녀의 언니를 찾아 조 워블과의 경기에서 되지 못한 영웅이 되어보지 않을 이유가 뭐람? 그녀가 그를 봤다던 그 경기.

"뭐, 기차를 타는 것도 나쁘지는 않겠네요." 스테이크를 썰면서 우드 마운틴이 말했다. 그는 스테이크 조각을 풍성한 달걀노른자에 푹 찍은 뒤에 씹어 먹었다. 해시 브라운은 겉은 바삭하고 속은 크림처럼 부드러웠다. 우드 마운틴은 곧 수그러들었다. 반스는 아무런 대가도 없이 자신을 헌신적으로 지도해주지 않았던가. 내가 대체 무슨 짓을 한 거지? 희망도 없이 픽시를 갈망하는 반스는 이미 충분히 비참했다. 몰아붙이지 말자.

"아니면 선생님이 가는 게 좋겠어요." 우드 마운틴이 말했다. "픽시가 찾아본다고 했던 주소가 저한테 있어요. 선생님이 가서 지켜보세요."

"그랬으면 좋겠지만," 반스가 천천히, 진심을 담아 말했다. "수업해야지."

"수업, 뺄 수 있잖아요. 안 그래요?"

"당연히 안 그렇지." 포크를 내려놓으며 반스가 말했다. 그는 완고

했고, 모욕을 당한 듯 분하게 여겼다. "한 해의 시작이잖아. 검토를 하고, 한 해 동안 발전할 수 있도록 탄탄한 토대를 쌓는 기간이야. 간과할 수 없는 과정이지. 그런데 너, 지원은 했어?"

"아직요."

"뭐? 복싱은 진짜 직업이 아니야. 평생 할 수 있는 일이 아니라고. 우리 이 이야기 했었잖아. 넌 내가 가르친 학생 중에서 가장 뛰어났어. 교사가 될 수 있을 거야."

우드 마운틴은 교사가 되고 싶지 않았다. 노스다코타대학이나 무어헤드(미네소타주립대학교—옮긴이)에 지원하고 싶지 않았고, 와페턴에 있는 주립과학대학에는 더더욱 가고 싶지 않았다. 계속 현장에서 일하는 것이, 계속 근육을 기르고 복싱을 하고 루이스 파이프스톤 댁의 말을 훈련시키는 것이 그가 원하는 것이었다. 그는 말들을 데리고 위니펙에 있는 아시니보인 다운스(경마장 이름—옮긴이)까지 가며 루이스와 함께 말을 타고 달리는 것이 좋았다. 루이스의 아이인 그레이스는 그들의 신참 기수였다. 또한 어머니 저기가 혼자서도 충분히 잘해내기는 했지만, 그래도 우드 마운틴은 어머니를 돌보고 싶었다. 딱히 별 말은 안 했지만, 그는 어머니가 요리사 일로 시내에 나가 있을 때면 그녀를 위해 늘 집을 청소해두었다. 그렇지 않으면 루이스와 함께 있었다. 우드 마운틴, 복싱 선수, 아킬레의 아들, 시팅 불과 함께 전투에 참전한 사내의 손자. 그는 집에 머무르고 싶었다. 결국 따지고 보면 시팅 불이 원했던 것도 그것이었다.

"음," 그가 말했다. "제가 거기 시티즈까지 갈 수 있을 것 같긴 해요. 가서 도와줄 수도 있을 것 같고. 그런데 그러고 싶지 않네요."

"네가 말한 것처럼 픽시가 알아서 잘하겠지. 머물 곳도 있고."

"나쁜 일에 엮일 애는 아니죠. 그럼요."

"아니고말고." 반스가 말했다. "그럴 위인이 아니지."

"그럼 전 그냥 집으로 갈래요."

하지만 럭비로 돌아갈 표를 사려고 기차역에 갔을 때, 우드 마운틴은 자신의 입에서 말이 잘못 튀어나오는 것을 듣게 되었다.

"미니애폴리스행 표 주세요."

"몇 시 기차로 드릴까요?"

"가장 빠른 거로요."

## 루이스 파이프스톤

**그의 아버지는** 과거 1938년에 레드호에서 건강한 말을 데려와 흰색 얼룩이 있는 야생 벅스킨과 교배시켰다. 그 말은 달릴 줄 알아서 돈을 좀 벌어들였다. 루이스는 그 돈으로 언덕만큼 푸른 1947년산 쉐보레 소형 트럭을 샀다. 그는 그걸 타고 천천히 신중하게 간선도로를 운전해 갔다. 머릿속에 인디언보호구역의 지도를 그려보면서. 그는 서쪽 경계 너머에 있는 한층 외진 곳부터 시작하려고 했다. 거기에는 부족민들이 많이 살고 있었고, 맺은 지 몇 년도 채 안 돼서 깨진 최초의 부족합의토지 일부가 속한 곳이었다. 그는 아완, 무브스캠프, 가디피, 친구 티투스 기지스를 만났다. 그리고 바로 길 건너에 있는 자낫의 집 입구에 트럭을 세우면서, 자낫과 그 집 남편, 딸을 한 번에 만날 수 있기를 기대했다. 하지만 늙은 퍼랜토는 또다시 술에 절어 있었고, 자낫의 말에 따르면 픽시는 그 집의 또 다른 딸을 찾기 위해 시티즈에 갔다고 했다. 포키는 서명을 하기에는 너무 어렸지만 루이스가 치페와어로 하는 말을 귀 기울여 듣더니, 자신의 손목을 자낫에게 가볍게 쥐게 하고서 굵은 글씨로 어머니의 이름을 썼다.

"미이우('그거로군'이라는 뜻의 치페와어—옮긴이)." 자낫이 말했다. "한

숟갈 뜨고 갈래요?"

"싫을 리가 있나요." 루이스가 말했다.

자낫은 얇은 배넉빵, 소금 약간, 구운 오리에서 나온 신선한 기름, 그리고 잘게 썬 넓적다리 고기 한 접시를 가져왔다. 말린 베리 한 그릇, 끓인 야생 순무를 식힌 것, 페미컨, 뜨거운 차도 있었다.

"옛날 음식들이네요." 루이스가 반색하며 말했다.

"잠드는 게 무서워요." 자낫이 말했다.

루이스는 기다렸다.

"딸들에 대한 꿈을 꿀까봐 무서워요."

"아주머니 삼촌이 베라가 살아 있는 걸 봤다고 전해 들었어요."

"아이랑 함께 있더래요."

루이스가 무언가를 생각하며 고개를 끄덕였다.

"나는 이주가 마음에 들지 않아요. 젊은이들이 빠져나가죠. 시티즈가 데려가서는 내주지를 않아요."

"전 안 갈 거예요." 포키가 말했다.

어머니가 그를 보고 고개를 끄덕였다. "내 아들."

"누구하고 붙어도 픽시가 이길 거예요." 루이스가 의자에 앉았던 몸을 바로잡으며 말했다. "픽시에게 허튼짓을 하지는 않을 겁니다. 픽시는 작지만 강한 애예요."

"누나는 장작도 패요." 포키가 말했다. "그걸 다 가지런히 쌓아올리죠."

"그 반스란 사람이 픽시를 훈련시켰으면 페더급 챔피언이 됐을 겁니다." 루이스가 자기는 다 알고 있다는 듯 말했다.

"누나는 그 사람하고 아무 관계도 없어요." 포키가 말했다.

루이스가 눈썹을 치켜세우더니 둥그런 볼에 바람을 불어넣고서 자낫에게 윙크했다.

"제가 알기로, 픽시를 좋아하는 다른 녀석이 또 있어요. 많이 걱정하지 않으셔도 됩니다." 그가 말했다.

**루이스는 일곱** 명에게서 더 서명을 받고, 토머스 와샤스크의 집으로 가는 구불구불한 길을 따라 달렸다. 널따란 건초지 끝자락에 아름답게 순서지어 서 있는 자작나무의 노란 잎들을 된바람이 떨어뜨리고 있었다. 토머스는 마리골드의 씨앗을 뽑아 통조림 깡통에 채우고 있었다. 샬로는 말린 모스로즈 꽃머리를, 그 먼지만큼 미세한 씨앗을 모으고 있었다. 그녀는 재빠르고 폭풍 같은 소녀로 눈빛이 날카로웠다. 어머니를 닮은 아이였다.

"파이프스톤 씨, 아닌('안녕하세요'라는 뜻의 치페와어—옮긴이)." 샬로가 말했다. "그레이스는요?"

"어딘가에서 말 타고 있겠지."

"사람들이 서명은 좀 했나?" 토머스가 물었다.

루이스는 그에게 탄원서 뒷면에 있는 서명들을 보여주었다. 대부분의 서명은 섬세했다. 기숙학교에서 배운 손글씨였다. 다른 서명은 자기 이름의 형체 정도만 아는 부족민들이 어렵사리 공들여 쓴 것들이었다. 친족들이 쓴 어떤 서명들은 옛 시절에 그랬듯 흐릿한 잉크로 엄지손가락 지문이 함께 찍혀 있었다. 두 사람 모두에게 서명 숫자는 놀라운 것이었다. 토머스는 자신이 책상 용도로 쓰는 카드보드 여행가방 안에서 커다란 서류철과 봉투를 찾아냈다. 그것들이 서류를 보호해줄 것이었다. 토머스는 자낫의 서명을 가리키며 픽시에 관해 물었다.

"베라를 찾으러 도시에 가 있대."

"이주한 사람 중에서 안 좋은 일로 못 돌아오게 된 경우는 아직 단 한 번도 없었어. 대부분은 몇 달이 지나면 돌아왔지."

"지금도 고향으로 안 돌아오는 사람들도 있고."

"맞아. 한다면 하는 사람들이지."

"신경 쓰이지 않아?" 루이스가 말했다. "그런 진취적인 사람들을 고향에서 잃고 있다는 게."

"그래서 우리가 보석베어링 공장을 유치하려고 노력했던 게 아닌가."

"픽시에겐 좋은 직업이 있잖아. 돌아올 거야."

"픽시가 자낫을 떠날 리 없어. 픽시가 좋은 직업을 얻은 덕분에 그나마 그 집이 유지되지."

"아무래도 그레이스에게 공장에서 일해도 좋다고 허락해줄까봐."

"걔가 거기에서 일하고 싶어 해?"

"아니." 루이스가 웃었다. "말을 타고 싶어 하지."

"지금은 어디가 제일 좋은 말들을 가지고 있나?"

"위니펙 서쪽 큰 데. 말 이름은 캐시 아웃이야."

"자네가 가진 말 중에서 제일 좋은 말은 뭔데?"

"원래는 그링고였어. 지금은 피카소랑 유망주 티처스 펫이 있지."

"파고에서 열리는 법안 설명 회의에 가는 거 말이야. 혹시 자네 운전 가능한가?"

"물론이지." 루이스가 말했다. "내 트럭 뒷자리에 여덟 명까지도 끼어 앉을 수 있다고."

"오, 좋은 생각이군. 픽업트럭 뒤에 탄 왁자지껄 인디언들이 엉망진창 대단한 쇼를 벌인다는 말이지?"

"아마 인디언사무국이 그런 걸 기대하고 있을지도 모르겠단 느낌이 드는데."

"내 차를 가져갈 수 있어. 끼어서 타면 다섯 명까지 타. 나도 포함해서." 토머스가 말했다.

"저기 차도 가져갈 수 있을 거야."

"저기한테 이번에 좋은 차가 생겼다고 들었어."

"버나뎃이 데소토를 샀대." 루이스가 말했다.

"뭐, 문 네 개 달린 거?"

"그렇겠지. 문 네 개. 그리고 투톤 컬러야."

"저기 딸이 크게 성공한 게 분명하군."

"이제 내 말뜻을 알겠지. 한다면 하는 사람들."

"저기는 늘 그랬지. 누구도 막을 수 없었어." 토머스가 말했다.

"우드 마운틴, 그 녀석도 그래. 언젠가 훨훨 날아올라 조 워블을 꺾고 말 거야."

"나도 정말 그런 날이 오면 좋겠네." 토머스가 말했다. 그가 잠시 말을 멈췄다. "있잖아, 루이, 우리 대표단을 꾸리는 것도 고민해봐야 할 것 같아."

"그 정도로 상황이 안 좋아?"

"내 생각엔."

"워싱턴 말이지?"

"옛날 어르신들처럼."

"나는 도무지 이해가 잘 안 돼." 루이스가 시선을 아래로 떨구며 말했다. "내 아들은 전선에서 목숨을 걸었는데."

"팰런처럼 말이지." 토머스가 말했다.

"그래, 팰런처럼." 루이스가 말했다.

"이 법안을 밀어붙이고 있는 사람이 왓킨스 상원의원이래."

"누군지 알아봐야겠군."

"내가 지금 집중하고 있는 게 바로 그거야. 그런 말이 돌더군. 그 사람이 바라는 건, 우리가 우리 두 발로 서도록 가르쳐주는 거래."

두 사람은 각자 자신의 발치를 내려다보았다.

"두 개 보이는데." 루이스가 말했다.

"나는 가끔 이런 생각이 들어." 토머스가 말했다.

"무슨 생각?"

"그들 중 한 명이라도 나중에 이렇게 말하지 않을까 싶은 거지. 오, 이 망할 인디언들도 쓸 만한 생각을 하나둘 정도는 하지 않았겠어요? 싹 다 처리해버리지는 말았어야 했나봐요. 어쩌면 놓친 게 있었을지도 몰라요."

루이스가 웃었다. 토머스가 웃었다. 두 사람은 그 생각에 함께 웃었다.

# 아이악스

**캄캄한 밤**, 토머스와 로즈가 나란히 누워 있었다.

"오늘 술 한 잔 했어." 토머스가 말했다.

나오지 못하게 막아 두었던 그날의 모든 감정들이 올라와 로즈의 짜증을 돋웠다. 따끔거리는, 타오르는 듯한 압력.

"또 그랬단 봐. 내 손에 죽을 줄 알아."

토머스는 아무 말도 하지 않았다. 하지만 로즈가 결코 그에게 손 끝 하나 대지 않을 것임을 알고 그냥 누워 있었다. 그도 그녀를 치지 않을 것이었다. 그들은 그런 사람이 아니었다.

그는 로즈를 향해 돌아누웠다. 의식이 가라앉고 있었다. 어느 누구 의 짐작보다 상태가 훨씬 더 나빴다.

이번에 마신 술은 놀라웠다. 그는 그전까지 술 생각을 해본 적도 없었고, 술 때문에 힘들었던 적은 더욱 없었다. 그는 다만 에디보 이 밍크와 자리에 앉아서 술을 마셨을 뿐이었다. 몇 년 만에 가진 술 자리였다.

"어떻게 죽일 건데? 독약?"

그는 로즈의 얼굴을 바라보았다. 그녀의 두 눈이 반짝였다. 눈물인가? 아니다. 열기다. 이내 그녀의 입이 옴찔거렸다.

"당신은 이미 독약을 먹었어."

"진짜?"

"며칠 전 아침에 먹은 비스킷 기억하지?"

"아니."

"그거야 당신이 반쯤 잠든 채로 먹었으니까. 그거 웨이드가 만든 거야. 우쭐해했지. 그런데 나중에 나한테 베이킹파우더를 못 찾았다고 하더라고. '그래서 이걸 넣었어요'라고 하던데."

"그게 뭐였는데?" 토머스가 물었다.

"아이악스 가루세제 한 캔을 손에 들고 있더라."

"그건 독약이 맞는데." 토머스가 놀라 대꾸했다.

"한두 자밤밖에 안 넣었대." 그녀가 입에 손가락을 갖다 댔다. "너 때문에 아버지가 죽었을 수도 있다고 얘기했거든. 그때 이후로 계속 당신을 가까이에서 지켜보더라고. 어쨌든 그 일로 당신이 아픈 것 같지는 않길래 이제까지 아무 말도 안 한 거야."

"너무 피곤해서 죽을 여유도 없는 거지, 뭐." 말은 그렇게 했지만 분했다. 뭐라고? 내가 쓰러져 죽을지 말지, 그냥 보면서 기다리고 있었다는 건가? 그는 깨달았다. 스스로 자기 자신을 안쓰러워하고 있다는 걸. 그리고 그것을 알게 된 것이 다행이라 여겨졌다. 자기 연민과 싸울 수 있게 되었으니까.

"그만." 로즈가 목소리를 낮추며 내키지 않는다는 듯 말했다. "부탁이야. 그러지 마."

부탁이라는 단어를 말하다니, 그녀가 부드러워진 것 같았다. 로즈는 손을 올려 강인하고 따뜻한 손바닥으로 그의 볼을 쓸어내렸다.

토머스는 다시금 가라앉고 있었지만, 이번에는 행복한 편안함 속으로 였고, 로즈가 그곳의 중심이었다.

"다신 안 그런다고 약속할게."

"약속하고 도장도 찍어." 그녀가 속삭이며 두 손으로 그의 얼굴을 감쌌다. 토머스는 로즈의 손 위에 자신의 손을 포갰다. 마치 두 사람이 함께 그를 붙들고 있는 것 같았다. 잠시 후 그는 손을 떼 그녀에게로 향했다.

## 무쇠 튤립

**주근깨쟁이**와 **딩키**가 20파운드 무게의 강철판을 단 밧줄에 그녀를 매달아 바닥으로 내려보냈다. 퍼트리스는 그 금속 위에 섰다. 물속으로 들어가기 직전에 깊게 숨을 들이쉬었다. 그리고 강철판이 수조 바닥과 만났을 때, 그녀는 크림색 얼굴 방울들을 흘끗 보았다. 그것들은 아무런 의미가 없었다. 그녀는 발굽 하나가 귀엽게 자신의 뒤쪽 위를 향하게 하고는 밧줄을 중심으로 빙글빙글 돌았다. 꼬리를 잡으려고 뒤쪽으로 손을 뻗었지만, 꼬리는 그녀의 머리 위로 수면에 떠서 마치 머리에 가짜 털이 달린 파란 뱀처럼 그녀를 따라다니고 있었다. 그녀의 몸이 까딱까딱 솟아오르려 했다. 바닥에 다른 무게 추들이 있다는 것이 기억났다. 소품들. 그녀는 분홍색 소품에 가까이 다가가다가 마지막 순간에 그것이 충격적인 물건임을 깨달았다. 그 바로 옆에 있던 무쇠 튤립. 그녀는 이것을 들어 올려 향기 맡는 척을 하며, 어깨너머를 재빨리 몰래 살폈다. 별안간 그녀는 즐거워하며 말발굽을 차내더니 뒤로 원을 그리며 공중제비를 돌았다. 그러고는 튤립을 떨어뜨리고 수면으로 올라왔다. 숨을 쉬는 동안 그녀는 박수갈채와 휘파람 소리를 들었다. 공연을 즐거워하는 소음들이 물속을 가득 채웠다. 그녀는 새로운 물건을 찾기 위해 회오리를 그리며 아래로 내려갔다. 그녀의 안에서 움직임이 자연스레 나왔다. 쉬웠다. 잡지에 실린 냉장고, 복숭아 통조림, 자동차, 통돌이 세탁기 광고들에서 본 것을 약간 변형한 자세들. 입술에 손가락을 대고, 엉덩이를 쌜룩대며, 눈은 살짝 사선 위를 쳐다보고, 꼬리 밧줄을 쥐고서 천천히 원을 그리며 흔들어 크림 같은 방울을 만들어내는 것. 그러다가 실수로 바닥에서 외설적인 손도끼를 뽑아냈다. 20분은 쉽게 흘렀다.

"반응이 *끝내줘*." 코일로 된 작은 전기 히터 옆에서 물방울을 뚝뚝 떨어뜨리고 있는 그녀에게 잭이 말했다. "히터에 너무 가까이 가지는 마. 녹아서 구멍이 날 거야."

그녀는 나무로 만든 작은 의자에 앉아 있었다. 잭에게서 약간 홍조가 돌았다. 그의 미소 저변에서 냉소적인 무언가가 간간이 올라왔다. 잭은 그녀가 "쾌락을 수행"하면서 몸을 움찔하는 것을 눈치 챘다고 말하면서 그런 것들은 하지 않는 편이 좋겠다고 했다. "저속해질 필요는 없어. 게다가 시에서 문을 닫으라고 할 수도 있거든."

"꽃을 이용하는 건 계속하고 싶어요. 그 작은 손도끼로 장작 패는 흉내를 낼 수도 있어요. 손도끼 자루 부분을 아저씨가 고쳐줘야 하겠지만."

"별로 탐탁지 않은 느낌의 소품이야." 잭이 말했다.

"오, 그리고 일당은 그날 밤에 바로 주세요."

"아침에 받는 게 어때? 수표를 써줄 수 있어."

"전 현찰이 좋아요."

"현찰로 지급." 두 손, 두 발 다 든 잭이 말했다.

잭이 따뜻한 커피 한 잔을 주었지만, 그녀는 온기를 위해 몇 모금만 마셨을 뿐이었다. 나머지 세 번의 공연. 그러나 이 공연들은 새로움이 흐릿해진 가운데 지나갔다. 공연을 마치고 난 뒤 그녀는 의상을 벗어서 말리려고 작업대 위에 조심스럽게 펼쳐놓았다. 아침에 잭이 의상을 보존하기 위해 온갖 것들을 섞어 만들었다던 특수 가루를 안쪽에 칠할 생각이었다. 그녀의 저녁식사가 쟁반에 담겨 도착했다.

  그레이비소스를 뿌린 뜨거운 칠면조 샌드위치. 두툼한 흰 빵이 후추 친 그레이비소스로 흠뻑 젖은 채 그녀의 목구멍을 녹여주었다. 리마콩과 깍지콩도 있었다. 칵테일을 마실 수도 있었다. 그러나 그녀는 그 아버지에 그 딸이 되고 싶지 않았다. 대신, 작은 주전자에 담긴 설탕이 들어간 차를 마셨다. 오, 데일 듯 뜨거운 차가 몸 깊숙이 잘 내려갔다. 그녀는 다시 한 번 욕실을 사용했다. 쟁반을 복도 밖에 두었다. 문을 잠갔다. 그리고 가방에서 나이트가운을 꺼내 어깨에 걸쳤다. 그녀는 불을 끄고 빨간색 담요 아래로 조용히, 천천히 들어가 새틴 담요 끝자락을 단단히 뺨에 덮었다.

~

**다음 날** 아침, 그녀는 느지막이 일어나 아래층으로 내려갔다. 술집은 축 늘어져 음울했다. 거리나 차에서 자거나, 아니면 아예 잠도 자지 않은 거나한 술꾼들 몇몇이 가게 문을 닫고서 특별 해장술을 들이붓고 있었다. 위스키 잔에 달걀이 담겨 나왔다. 토스트는 옆면에 버터가 두껍게 발려 다섯 장 더미로 나왔다. 퍼트리스는 계란 반숙의 노른자를 버터 토스트에 넉넉히 발라 먹었다. 그녀는 블랙커피를 마시며 앞으로의 계획을 세웠다.

  "저 우체국에 다녀올게요." 그녀가 바텐더에게 말했다.

"어젯밤에 잘했다고들 하던데."

그녀는 미소를 짓고는 작은 가방 안에 포크를 집어넣었다. 이미 숨겨놓은 돈뭉치에서 20달러를 가지고 나왔다. 코너를 돌아 택시 승차장을 발견한 그녀는 그곳에서 블루밍턴가로 가는 택시를 탔다. 택시에서 내릴 때 기사에게 돈을 건네다가 문득 한 가지 생각이 떠올랐다. 그녀는 기사에게 스티븐가의 주소가 적힌 종잇조각을 보여주었다.

"여기 이곳, 무슨 문제라도 있는 곳인가요?" 그녀가 물었다.

"내가 아는 바로는 없소." 택시 운전사가 말했다.

"확실해요? 여기가 위험하다는 사람이 있어서."

"거기서 문제가 있었던 적은 없는데." 그가 말했다.

"고맙습니다."

어쩌면 그녀가 그곳에 가지 못하도록 잭이 수를 쓴 것인지도 몰랐다. 그녀는 블루밍턴가에 있는 건물의 현관문 앞까지 걸어갔다. 똑같은 창문들에 여전히 판지가 붙어 있었다. 고통이 조금씩 흘러나오는 느낌. 뒤쪽으로 돌아가다가 그녀는 개가 짖지 않는다는 것을 깨달았다. 그녀는 가방에서 포크를 꺼내 들고 부서진 뒷문 계단을 올라갔다. 자물쇠 옆 썩은 목재에 포크를 꽂고 힘을 써서 헐겁게 만들었다. 잠시 뒤 그녀는 안으로 들어갔다. 모든 것이 너무나도 정적에 잠겨 있었다. 집 안에 죽음이 있었다. 그녀는 포크를 손에 쥔 채 앞으로 나아갔다. 다른 쪽 팔에서 핸드백이 달랑거렸다.

주방은 비어 있었고, 조리대 위에 담배꽁초들이 담긴 굉장히 불쾌한 컵 몇 개가 놓여 있었다. 지천에 묻은 얼룩과 무언가 튄 자국들, 먼지와 뒤섞여 탁해진 오래된 기름. 나뭇잎들이 식당과 응접실 안으로 날아 들어와 있었다. 바닥 곳곳에 부드러운 가루들이 덮여 있었다. 조심스럽게 그녀는 천천히, 조용히 중앙의 계단을 올라갔다. 계단 난간이 마치 이빨처럼 부서져 있었다. 이내 약간 금이 간, 커다란 크기의 스테인드글라스 창문이 나타났다. 또 다른 창문 속의 빨간 튤립과 초록색 작살 모양 이파리들. 금색 틀과 바다색 다이아몬드들. 계단을 다 오르니 흰색 페인트칠이 군데군데 떨어져 나가고 더러워진 중앙 복도가 나왔다. 그곳에 다섯 개의 닫힌 문이 있었다. 문을 하나하나 다 열어봐야 할 터였다. 그녀는 숨을 멈추고 첫 번째 방에 들어갔다. 그곳에서 개를 발견했다. 사슬 끝이 벽에 박혀 고정되어 있었다.

  뼈밖에 남지 않은 해쓱한 몰골을 한 개는 거기서 빗어나기 위해 열심히 몸부림쳤을 테지만 지금은 쓰러져 누워 있었고, 기력을 다 소진해 숨을 헐떡이지도 못했다. 뒤집힌 그릇, 그리고 구석에 물이 반쯤 남은 유리 물병이 있었다. 여기저기에 말라비틀어져 널린 똥들. 열린 창문. 그녀는 물병을 가져와 생명체 옆에 쭈그리고 앉아 개의 부어오른 주둥이 밑으로 물을 천천히 흘려넣었다. 잠시 기다리자 개의 목구멍이 발작적인 움직임을 보였다. 퍼트리스는 일어나서 재빨리 다음 방들의 문을 열었다. 각 방에는 더러운 매트와 낡아빠진 담요가 있었고, 종종 변이 보이고 오줌 냄새도 났다. 볼트로 벽에 박아 고정한 쇠사슬, 그리고 각 사슬 끝에 달려 있는 개목걸이. 그녀는 쇠사슬과 텅 빈 개목걸이를 자세히 살펴보았다. 어느 방 하나에는 창턱에 맥주병들이 줄지어 놓여 있었다. 마지막 문 뒤에는 물기 없이 냄새나는 욕실이 있었다. 오래된 시트 조각들. 말라붙은 혈흔. 대충 뭉쳐놓은 기저귀 두 개. 그녀는 다시 개에게 가서 이번에는 옆에 앉아 더 많은 물을 입안으로 떨어뜨리고, 개의 갈비뼈에 손을 가져다 댔다. "너는 언니가 어디에 있는지 알지." 퍼트리스가 말했다. "네가 안다는 거 알아. 제발. 언니를 찾으려면 네 도움이 필요해."

"그녀는 사슬 끝에서 죽었어, 나처럼." 개가 말했다.

퍼트리스의 손 아래에서 숨이 네 번 들어왔다가 나갔고, 곧 개는 가르랑거리는 큰 한숨을 쉬었다. 그녀는 개의 몸이 차게 식을 때까지 갈비뼈에 손가락을 올려놓고 앉아 있었다. 벼룩 한 마리가 뛰어 올라 그녀의 손가락 마디를 넘어갔다. 그녀는 일어나 계단을 내려와 집 밖으로 나갔다.

잭이 차를 세웠다.

"여기 왔을 것 같더라고."

퍼트리스는 문을 열고 차에 올라탔다. 그녀는 자신의 몸 안에 없었다.

"스티븐가 주소지로 가주세요." 그녀가 말했다.

"오, 안 돼. 안 된다고, 안 돼, 안 돼. 우린 거기로 안 갈 거야."

"약속했던 거랑 다르잖아요." 퍼트리스가 말했다.

**잭은 퍼트리스가** 아파트에 있는 모든 문을 하나하나 두드려보는 동안 그녀를 따라다니겠다고 고집을 부렸다. 물기 묻은 금발을 동그랗게 말아 올린 여성이 나타났다. 그녀는 비비에르, 혹은 베라 비비에르, 아니면 베라 퍼랜토를 몰랐다. 그녀를 만난 적도 없었다. 새로 옮겨간 주소지도 본 적이 없었다. 문이 닫혔다. 퍼트리스는 다음 집으로 갔다. 잭은 나비눈을 떴다. 건물에 있는 모든 집에서 그녀는 같은 답을 들었다. 베라는 없다. 퍼트리스는 복도를 따라 천천히 걸어 내려가다가 갑자기 방향을 틀어 어느 한 집으로 되돌아갔다. 잭은 이미 계단을 내려가고 없었다. 처음에 두드렸을 때는 아무도 문을 열지 않았다. 그녀는 다시 한 번 문을 두드려보았다. 이번에는 부드럽게 두드렸다.

"내려와, 가자." 잭이 계단에서 불렀다.

"누구세요?" 문 저편에서 굉장히 낮은 목소리가 말했다.

"수중쇼걸이에요." 퍼트리스가 그 목소리를 향해 대답했다.

문이 열렸다. 문을 연 여성은 비쩍 말랐고 머리칼이 없었다. 잭이 복도를 따라 뛰어왔다. 문이 쾅 소리를 내며 닫히기 전에 옆방에서 소리치는 목소리가 들렸다. "누가 온 거야, 힐다?"

"내가 가자고 했잖아!" 잭이 퍼트리스의 팔을 꼬집듯이 세게 쥐었다. 그러자 퍼트리스가 거칠게 밀어 잭이 휘청거렸다.

"그 여자가 힐다였어요? 대체 무슨 일이 벌어지고 있는 거죠?"

"힐다는 나한테 화가 났어." 잭이 말했다.

"왜죠?"

"직업 기준 때문이랄까."

퍼트리스는 잭을 밀어내고 문을 쾅쾅 두드렸다.

"이제 힐다는 대답하지 않을 거야." 잭이 말했다. "우리는 사이가 별로 안 좋거든."

"그럼 저를 버나뎃에게 데려다주시죠."

"아이고 맙소사." 잭이 말했다.

**은밀한 불꽃**, 푸른색의 베인 상처, 하얀 치아, 잭을 보는 칼날 같은 눈빛. 곧이어 퍼트리스를 알아보자마자 불어닥친 버나뎃의 강렬한 애통의 폭풍우. 그 급작스러운 폭발에 퍼트리스는 덜컥 겁이 났다.
"어머나, 자기야! 오, 오, 오!"
"왜 그래요?" 퍼트리스가 말했다. "왜? 왜 그러냐고요? 우리 언니 어디에 있어요?"
"도망갔어!"
 버나뎃은 오렌지핑크색 벽돌로 만들어진 타운하우스의 계단 쪽으로 퍼트리스를 끌어당겼다. 입구까지 휘어지며 이어지는 돌이 죽 깔린 통로. 타원형의 불투명한 유리창이 달린, 어둡고 빛나는 목재로 만들어진 문. 버나뎃은 남자애들 옷을 입고 천방지축 다니던, 그 수줍음 많고 어딘가 어색해하던 톰보이 여고생이 아니었다. 너무나도 아름다운 여성이었다. 분홍색 꽃들이 그려진 붉은색 비단 기모노하며, 밝게 염색해 영화배우처럼 말아 올린 머리, 붉게 칠한 입술, 날렵한 검은 날개가 달린 눈썹, 불안스레 공허한 밝음이 담긴 두 눈까지.
"네 언니가 나를 아기 때문에 꼼짝도 못 하게 해놨어." 버나뎃이 퍼트리스에게 말했다. "너, 아기를 데리러 온 거지?"
"베라를 찾으러 온 거예요." 퍼트리스가 말했다.
 버나뎃은 퍼트리스의 말을 막고 경고의 눈빛으로 잭을 쳐다봤다.
"얘 여기서 뭐하는 거야? 당신 가게에서 일해?"
 잭은 그녀의 질문들을 무시했다.
"그냥 자기 언니 찾으러 온 거잖아."
"자식을 버리다니 어찌나 슬픈지." 버나뎃이 한숨을 쉬었다. 그녀의 목소리가 달라졌다. "여기서 잠깐 기다려. 위층에서 아기를 데리고 올게."
"난 아이를 데리고 가지 않을 거예요. 베라를 내놓기 전까지는."

"나라고 걔가 어디에 있는 줄 알 것 같니? 나도 몰라. 한 번도 알았던 적 없어. 그 사람들이 안 알려줬단 말이야. 베라는 어디론가 가버렸고, 내 생각에는 아마 질 나쁜 사람들이랑 어울리게 됐겠지. 여기 앉아. 아기 데리고 올게."

집 안에서 아무 소리도 나지 않았다.

"베라를 데려와요." 퍼트리스가 말했다.

"이 친구 좀 데리고 여기서 나가줄래?" 버나뎃이 잭에게 말했다.

"퍼트리스, 가자." 잭이 말했다. "버니는 몰라."

"내 생각엔 분명히 알아요."

"버니는 널 도와주려는 거야!" 잭이 말했다. 그는 퍼트리스의 팔을 붙잡고 잡아당겨 문밖으로 끌어내려 했다. 그녀는 손을 쳐서 떼어낸 다음 그의 팔을 내팽개쳤다.

"난 정말 몰라." 버나뎃이 화장으로 가린 멍이 다 보일 정도로 퍼트리스에게 얼굴을 가까이 대며 말했다. "네가 입 다물고 아기를 데려가면, 내가 베라가 어디에 있는지 찾아볼게. 저 아기 때문에 힘들어 죽을 지경이야."

"그러니까 찾아내요. 아기를 찾으러 다시 올 테니까." 퍼트리스가 말했다. "그때 베라가 여기에 있는 게 좋을 거예요. 어디에 있는지 당신이 아는 것 같으니까."

이번에는 잭이 간곡히 애원하듯 퍼트리스의 팔을 붙잡았다. 퍼트리스는 그를 떨쳐낼 수 있었지만 그렇게 하지 않았다. 잭이 자신을 끌고 문밖으로 나가도록 내버려두었다.

## 숲속의 미녀




**우드 마운틴**은 기차에서 내려 17번가에 있는 누나의 타운하우스를 향해 한참을 걸었다. 버나뎃이 그를 안으로 들였다. 팔을 넓게 벌려 동생을 안았다. 금방 목욕한 몸에서 나는 고급스러운 꽃향기의 훈기가 그녀 어깨에서 피어올랐다. 복도 끝에서부터 맛있는 냄새가 길게 이어져 왔다. 구운 고기. 캘을 위해 음식을 만들고 있는 것이 분명했다. 응접실에는 조각이 새겨진 목재 손수레가 있었고, 거기에 무늬를 새겨넣은 유리 디캔터(입구는 좁고 길며 내부는 넓은 구조로 된 용기— 옮긴이)가 호박빛 화주로 가득 찬 채 놓여 있었다. 소파도 보였는데, 그의 누나, 그러니까 이복누나는 하늘거리는 빨간색 가운을 입고 두려움과 불안에 사로잡힌 채 앞뒤로 걷다가 소파에 축 늘어지곤 했다.

"걔 여기 왔었다." 버나뎃의 말이었다. "걔한테 베라에 대해 많은 걸 말해줄 순 없어. 다시 돌아오겠다더라. 캘이 그때 여기 없어야 할 텐데. 잭이 걔랑 함께 있었어. 잭, 하필 그 많은 사람 중에 말이야. 잭은 나한테 아무것도 말해주지 않을 거야."

"잭이라. 확실히 내 조언을 받아들였군." 우드 마운틴이 말했다.

"뭐라고 했는데?"

"불량배를 찾으라고."

"오. 제대로 찾았네. 잭이라니!"

버나뎃이 그가 앉아 있는 소파 옆자리로 몸을 던지듯 앉았다.

"잭은 아직 새 사업을 운영하고 있어. 로그잼26."

"진짜 있는 곳이야?"

"실제로 존재하지. 잭이 하는 다른 사업들처럼."

"잭은 요즘 모양새가 좀 어때?"

"더 말랐어. 더 병들었고. 전보다 약에 쩔었더라. 더 누리끼리해."

"약쟁이로군."

"사람들 말로는 오래 했대. 통제된 습관이라나."

"글쎄, 그 사람 그러다 실수할 거야."

"그런 사람들이 늘 그렇지. 하지만 불량배치고는, 잭이 아주 나쁜 편은 아니야, 알잖아."

"나 며칠 여기 있어도 돼?"

"이미 저 아기까지 있는걸. 베라 아기 말이야. 캘이 아기 있는 걸 별로 안 좋아해. 수즈가 계속 이 작은 귀염둥이를 돌봐주고 있어. 아빠는 시카고에 있고."

"베라는 어디에 있는데?"

버나뎃은 자신의 손톱을 자세히 들여다보았다.

"어딘가에서 일하고 있어."

"그게 어딘데?"

"그걸 왜 나한테 물어? 내가 어떻게 알아?"

우드 마운틴은 그 얘기는 관두기로 했다.

"아기는 남자애야, 여자애야?"

"남자애. 작아. 걱정돼. 울지를 않아. 그나저나, 그래. 너도 여기서 지내."

"고마워."

"주방 밖에 작은 방이 있어. 뒷문 열쇠야. 정말로 조용히 해야 돼."

"내가 누나 동생인 건 캘이 아는 거지, 그렇지?"

"그럼. 저번에 말했어. 그이가 믿지를 않아서 그렇지."

"그럼 난 어떻게 되는 건데? 총 맞는 거야?"

"설마 그 사람이 너한테 총을 쏘겠니. 그 사람은 시끄러운 일 만드는 거 싫어해."

"무슨 말인지 알겠어. 그래, 아무래도 난 다른 데서 지낼게."

버나뎃이 20달러짜리 지폐 세 장을 줬다. 그녀는 팔을 뻗어 동생을 안으려 했지만, 우드 마운틴은 자기 팔을 끌어안으며 뒤로 물러섰다.

"응, 누나, 고마워. 칼 맞기 전에 가는 게 좋겠어."

"맞으면 신장에 맞을걸. 캘은 그 부위를 좋아하거든."

"세상에나. 갈게."

~

**우드 마운틴은** 헤너핀가에 이를 때까지 서쪽으로 걸었다. 거기서 북쪽으로 계속 걷다가 로그잼26 건너편, 헤너핀가의 홀수 주소지가 있는 거리 쪽에 섰다. 그는 창문은 물론 오가는 사람들을 유심히 관찰했다. 대부분 여성을 동반하지 않은 평범해 보이는 남자들이었다. 창문에는 '벌목꾼 특별공연'에 대한 안내 표지가 있었다. 바깥에는 메뉴판이 보면대에 고정되어 있었다. 잭이 이 눈가림용 사업에 진지하거나, 아니면 정말 식당 사업을 좋아하나 보네. 우드 마운틴은 그렇게 생각하면서 음식이 과연 괜찮을지 궁금해했다. 20달러짜리 지폐들이 주머니를 따뜻하게 덥혀주고 있었다. 그는 한참을 처다보다가 길을 따라 더 아래로 내려갔다. 디케이터호텔로 들어갔는데, 도어맨이 그를 잡아 세웠다. "인디언은 출입 금지야." 그는 다시 나와 길 건너 로그잼26의 옆 건물 조슨하우스에 방을 잡았다. 그날 밤 방값을 미리 지불했다. 두꺼운 유리 창문 아래로 지폐를 건네고, 거스름돈을 두 번 셌다. 뭘 좀 먹을까, 아니면 잠을 잘까? 그는 정신이 또렷하면 음식을 더 맛있게 먹을 수 있겠지 싶어 위층으로 갔다.

문을 열 때만 해도 평범한 방이었는데, 들어가서 보니 천장이 철망으로 되어 있었다. 새장 호텔이로군. 프런트에 가도 돈을 돌려받기에는 아마 늦었을 터였다. 그래도 그는 아래층으로 뛰어 내려갔다. 미리 말해줬어야 하는 게 아니냐고 따졌다. 점원은 힘들어 보이는 데다 하품까지 했다. 우드 마운틴은 터덜터덜 계단을 올라왔다. 그나마 덜 걱정스럽게도, 최소한 방에서 벼룩 약 냄새가 났다. 그는 매트리스를 확인한 다음 베개 냄새를 맡아봤다. 그러고는 손가락으로 베개 끄트머리만 집어 방바닥 저편에 조심스럽게 내려놓았다. 그는 재킷을 돌돌 말아 머리 밑에 두었다.

일어났더니 늦은 시간이었다. 저녁식사 시간이 지나 있었다. 배가 움푹 꺼져서 아플 정도로 비어 있었다. 그는 욕실 안을 깨끗하게 청소했는데, 화학약품을 너무 강하게 쓴 탓에 눈물이 날 정도였고, 다 망가진 거울을 보며 머리를 빗어 넘길 때는 숨을 꾹 참으려 애써야 했다. 그는 아래층으로 내려간 뒤, 밖으로 나가 로그잼26으로 들어갔다. 그리고 식당 가운데에서 빛을 내뿜는 수조를 빤히 바라보았다.

수중 모조 소나무를 제외하면, 수조는 텅 비어 있었다. 그는 작은 부스에 앉았다. 테이블 위의 철제 클립에 판지로 된 광고지가 끼워져 있었는데, *이국적인 볼거리! 숲속의 미녀! 오직 이곳에서만 볼 수 있는 전 세계적으로 유명한 수중쇼걸*이라고 쓰여 있었다. 그는 공연 시간을 자세히 들여다보았다. 식사가 끝난 후 디저트와 커피를 주문하면, 쇼걸을 볼 만큼 식사 시간을 충분히 끌 수 있을 것 같았다. 그는 잭을 찾아 몇 가지를 물어보려고 했다. 픽시에 대한 단서를 얻기 위해서였다. 그다음엔 가지고 있는 주소지들에 찾아가볼 생각이었다. 하지만 지금은 어두운 데다, 어둠 속에서 낯선 사람이 낯선 주소지에 나타나는 게 그리 좋은 생각 같지 않았다. 아침에 새롭게 시작하자. 더욱이 그는 복싱 훈련을 멈춰서도 안 됐다! 식사 후에 방에 가서 줄넘기를 하기로 다짐했다. 또한 더블 미트로프를 주문하되 감자는 시키지 않고 맥주도 한 잔만 마시기로 마음먹었다. 감자를 먹지 않는다는 미덕이 죄책감을 덜어주었다. 스팽글(반짝거리는 얇은 장식 조각—옮긴이)이 달린 머리 망을 쓴 나이 든 여종업원이 그에게 웃어 보이며 물잔을 채워주었다. 그는 메뉴 볼 시간이 더 필요한 척했다. 이윽고 여자가 두 번째로 그에게 다가왔을 때 식사를 주문했다. 그는 그녀에게 천천히 줘도 좋다고 얘기했다.

"공연을 보고 싶은 모양이군요, 맞죠?"

"숲속의 미녀라고 쓰여 있네요."

"오, 너무 사랑스러운 아이예요. 그런데 세 번째랍니다. 아주 빠르게 사람을 써버리더라고요."

멋진 실력과 괜찮은 외모를 생각하며 우드 마운틴이 고개를 끄덕였다.

"더 좋은 무대로 가나 보네요?"

종업원이 놀란 것처럼 보였다.

"그렇게도 말할 수 있겠네요. 첫 번째 사람은 죽었어요. 두 번째 사람은 이제 곧 죽게 생겼고요. 식당에서 일하는 우리는 이게 보통 일이 아닌 것 같은데, 관리자들이 이보다 더 신경을 안 쓸 수가 없네요. 이번엔 그저 기차에서 막 내린 여자애를 데려왔다니까요."

"별일이네요." 우드 마운틴이 중얼거렸다. 그는 얼음물을 들이켰다. 종업원이 다른 곳으로 갔다. 그는 뒤쪽 부스에서 어린 커플이 옥신각신하는 소리를 들었다. 여자는 다른 곳으로 가고 싶어 했고, 남자는 계속 있기를 원했다. 그들은 목소리를 높이지도, 말을 비꼬지도 않았다. 여자는 공연이 바보 같다고 했다. 남자는 교육적이라고 했다. 여자는 남자를 멍청하다고 했다. 남자는 여자가 재미를 망친다고 했다. 그런 말들이 계속 반복되었다. 두 사람이 별 재미도 없이 다투는 동안, 종업원이 전채요리를 가지고 왔다.

"고맙습니다." 우드 마운틴이 말했다. 행복했다. "전채요리가 같이 나오는 특식인 줄 몰랐어요!"

"원래 아니에요. 특별 손님한테만 나오는 거죠." 종업원이 윙크하며 말했다. 스팽글이 반짝였다.

"전 좋은 전채요리를 정말 사랑해요." 우드 마운틴이 진심을 담아 말했다. 종업원이 활짝 미소 지었다. 사실이었다. 전채요리 같은 고품격 식사는 말할 것도 없었다. 경기에서 이기는 날이면, 위니펙에서 돌아오는 길에 꽤 고급스러운 저녁 식당에 들르곤 했다. 우드 마운틴은 음식의 배열을 주의 깊게 보았다. 장미 모양으로 조각한 얼음장처럼 차가운 무, 막대기 모양으로 썬 당근, 셀러리. 올리브 두 종류, 빵 모양 햄, 얇게 자른 서머소시지. 설탕과 허브 딜을 넣은 작은 크기의 피클. 우드 마운틴은 이것들을 다 먹은 다음, 사람들을 즐겁게 해주고 있는 마르고 누런 잭을 보았다. 잭은 아름답게 재단된 짙은 파란색의 가벼운 핀스트라이프 양복을 입고 있었다. 우아했다. 미소 짓기 전까지는 그랬다. 우드 마운틴은 식당 여기저기를 돌아 다니는 잭의 어둡고 사악한 미소를 볼 수 있었다. 뒤로 깔끔하게 넘긴 가느다란 검은색 머리칼. 중앙에서 벗어난 위치에 있는 뾰족한 이마 선. 잭의 오른손 가운뎃손가락에서 빛나고 있는 금반지. 소맷동에서 사치스럽게 반짝이는 손목시계. 손님이 늘어날수록 그는 더 성실하게 돌아다녔다. 우드 마운틴은 잭의 눈에 띄어보려고 노력했지만, 잭은 반쯤 정신없는 상태인 것 같았다. 특별 공연자에 대한 안내 방송이 몇 번 나왔다. 도리스 반스. 흔한 이름이었다. 우드 마운틴은 아마도 놀림 삼아 반스에게 분명히 이 이야기를 하게 될 터였다. 그 선생님은 놀려도 그다지 재미있는 사람은 아니었지만. 그즈음 우드 마운틴의 주요리가 테이블 위에서 김을 내뿜었다. 후추를 듬뿍 뿌리고 토마토소스를 끼얹은 꽉 찬 고기였다. 야채는 노란 강낭콩이었는데, 그 위에 초록색 콩이, 다시 그 위에 양파 링이 올려져 있었다. 산더미였다. 그는 골똘히 생각에 잠겨 콩을 하나하나 찌른 다음, 콩을 씹으면서 픽시를 어떻게 찾을지 계획했다.

  마침내 공연이 시작되었다. 그녀가 수조 안을 헤엄쳐 다니기 시작했을 때 우드 마운틴은 그다지 집중하지 않았다. 그는 커피 대신 맥주를 한 잔 더 주문했다. 수조를 흘긋 보았지만 그 멋지다는 공연이 별달리 특별하게 느껴지지 않았다. 이런 실망스러운 일이. 작은 뿔이 달린 파란색 의상을 입은 소녀. 그래서 뭐. 이것저것 흔들고. 오 이런. 그렇다면 어쩌면. 그녀에겐 뭔가 있었다. 하지만 오 이런. 곧 그는 어쩌면 그녀에겐 뭔가가, 정말 뭔가 있을지도 모르겠다고 생각하기 시작했다. 두 번째, 혹은 세 번째 잠수, 그녀의 이상한 동작들에서 눈을 뗄 수가 없었다. 그러고 나서. 그러고 나서. 그는 수조 유리 너머를 보았고, 그의 눈에는 픽시 말고는 아무것도 들어오지 않았다. 그는 벌떡 일어섰다. 단호하게 수조 쪽으로 걷다가 깨달았다. 그녀 쪽에서는 유리가 아마도 왜곡되어 있겠다는 것. 그러나, 맞다. 수중쇼걸. 입술과 코에서 계속 뿜어져 나오고 있는 물방울. 의심의 여지없이 픽시였다. 그녀는 숨겨져 있는 수면 쪽으로 헤엄쳐 올라갔다. 픽시 퍼랜토. 도리스 반스. 이제 알겠다. 어쩌면. 어쩌면 그녀는 반스와 결혼했던 것이었다. 하지만 그건 불가능했다. 반스와의 결혼이라니. 수조에서 헤엄치고 있다니. 곧 그녀가 다시 내려왔다. 수조 쪽 테이블에 앉은 사람이 우드 마운틴을 밀어내려고 했지만, 우드 마운틴은 방방 뛰고 그녀의 이름을 외치면서 픽시에게 손짓했다. 그는 유리를 두드리려고 주먹을 들어 올렸지만 붙잡히고 말았다. 그를 뒤쪽으로 데려간 사내들이 잡아당길 때 소리쳤다. 픽시! 두 차례 그는 사내들에게서 벗어나 영웅처럼 주먹을 휘두르기도 했다. 그들을 떼어냈다. 하지만 결국 주근깨가 난 커다란 남자와 말랐지만 다부진 몸에 완강한 작은 족제비 같은 그의 보조가 우드 마운틴을 팔로 단단하게 꿰어 문밖으로 끌고 나갔다.

**퍼트리스는 수조** 안에서 그녀의 꼬리를 올가미 돌리듯 휘휘 돌리며 크림색 방울들을 잡았다. 그녀는 자신의 뒤에 있는 어두운 물고기 그림자를 보았고, 효과를 주기 위해 발굽으로 선 채 삐루에뜨 동작

(발레에서 한쪽 발을 다른 다리의 발목에 붙이고 회전하는 동작—옮긴이)을 하며 빠르고 가볍게 돌았다. 유리 너머의 흐릿한 세계에 동요와 소란이 있었지만, 무엇도 그녀에게 영향을 주지는 않았다. 해야 하는 모든 공연을 마치고 그녀는 몸을 이끌어 수면 위로 올라갔다. 공연 의상을 벗겨냈을 때, 밤 근무 종업원이 식사를 가지고 올라와 이렇게 말했다. "자기야, 자기 팬 생겼더라. 그런데 그 남자 뭐랄까. 약간 열정적이야. 조심하는 게 좋을 것 같아."

"머리 망 예쁘네요. 반짝거려요." 퍼트리스가 말했다.

종업원이 양옆 복도를 모두 살피더니 주머니에서 접어놓은 메모지를 꺼내 재빠르게 건넸다.

"그래?" 종업원이 몸을 숙여 다급한 듯 속삭였다. "쇼걸들은 오래 못 버텨. 그만둘 수 있을 때 빨리 그만두는 게 좋을 거야."

"왜요, 어떻게 되는데요?"

계단에서 주근깨쟁이가 올라오는 소리가 들리자 종업원이 크게 소리쳤다. "다 먹으면 쟁반은 문밖에 내놔. 내가 여기 다시 올라올 테니까."

"무슨 일인데요?" 퍼트리스가 속삭이듯 말했다. "그리고 팬이라니 그건 또 무슨 말이에요? 왜 조심해야 하죠?"

주근깨쟁이가 식당에서 작은 의자를 들고 복도를 따라 여기저기 부딪히며 걸어왔다.

"수중쇼걸들은 있잖아, 그냥 갑자기 죽어." 종업원이 주머니에서 냅킨을 꺼내 꼭 움켜잡더니, 퍼트리스의 손에 구기듯 쥐여주며 중얼거렸다.

"안 가고 뭐해." 주근깨쟁이가 말했다.

"수다 좀 떨고 있었어요." 종업원이 말했다.

"잭은 가게 직원들이 쇼걸의 사생활을 존중해주길 바라." 주근깨쟁이가 말했다. "나는 불청객이나 팬들, 뭐 그런 치들이 오지는 않는지 지켜보기로 되어 있고."

"그래요, 전 이만." 종업원이 말했다. "오늘 공연 정말 좋았어."

그녀가 눈썹을 치켜세우고 불안한 눈빛으로 퍼트리스를 봤다.

주근깨쟁이가 문밖에 의자를 내려놓은 뒤, 그곳에 자리를 잡고 앉아 곧장 《미니애폴리스 스타》지를 펼쳤다. 퍼트리스는 문을 닫았다. 필수적이라는 가루칠을 해놓은 그녀의 베이브 의상이 떨어져 있었다. 물기는 거의 다 말랐지만, 그래도 그녀는 계속해서 커다란 선풍기를 틀어두었다. 이제 뭘 어쩌지?

"독이 들어 있든 말든 상관 안 해." 식사 덮개를 열며 그녀가 말했다. 미트로프를 게걸스럽게 먹으며 그녀는 메모지를 펼쳐보았다.

나야, 우드. 네 주의를 끌려다가 어깨들한테 끌려 나왔어. 나는 옆 건물인 그랜드플리백에 있어. 날 찾아와. 328호.

그녀는 수조 바깥에서 소용돌이치던 움직임을 다시 생각해보았다. 팬이라고? 그리고 높은 톤에 화난 목소리였던 잭의 인사. 하지만 그녀가 분장실에서 공연 준비를 하는 걸 보고 누그러졌지. 이건 마치 그가 그녀를 죄수로 대하는 것과 비슷하다. 아니, 정확히 죄수로 대하는 것이다. 주근깨쟁이가 문밖에 있지 않은가. 하지만 돈은? 돈은 그녀가 가지고 있다. 136달러. 이틀 밤을 더 일한다면, 200달러 넘는 돈을 가질 수 있을 것이다. 더구나 그녀는 돈을 다 모으고 있다.

하지만 어쩌면 그만둬야 할지도 모른다. 맞다, 그녀는 그만두기로 이미 결심했었다. 그렇지 않았나? 무엇 때문에? 어떤 것, 그러니까 그 개가 말한 것 때문에. 버나뎃이 말한 것 때문에. 거의 말했다고 봐야지. 아니, 그 말들은 버나뎃의 입 밖으로 나오지 않았으므로, 단지 퍼트리스가 무언가를 들었다고 착각하는 것에 지나지 않을 수도 있었다. 분명 들은 적도 없고 향후에도 듣지 못하리라. 그것 말고도 뭔가에 좀 더 신경을 써야겠다고 생각했었는데… 뭐였더라…. 그 여종업원이 한 말이 뭐였지? 수중쇼걸은 대개…. 어쨌거나 퍼트리스는 그만둘 것이었다. 우드 마운틴한테 알아내야지. 그녀는 한 시간 정도 안에 조용히 빠져나갈 생각이었다. 옷을 모두 입고 속옷에 돈을 끼워 넣으면서 그녀는 결심했다. "지금 하거나, 영영 못 하거나." 입 안에서 올리브 한 알을 굴리며 그녀는 중얼거렸다. 지금 하거나, 영영 못 하거나. 올리브에서 기름이 배어났다. 경첩에 기름칠을 하는 거지. 물론 꽤 짭짤한 돈을 뒤로하고 떠나자니 눈에 밟히긴 했다. 그녀는 너무 피곤했다. 너무나 졸린 나머지, 기억을 상기시키는 명료한 이미지가 갑작스럽게 톡 떠올랐다.

그녀는 쇠사슬이 있던 방 중의 하나로 다시 돌아갔다. 비어 있는 개의 목줄. 그것은 보통의 목줄이 아니었다. 버클로 채워지지 않은 채 반으로 잘려 있었다. 목줄이 잠겨 있던 사슬. 그것을 제거하려면 펜치가 필요할 터였다. 그리고 구석에 있던 마른 변은 사람의 것이었다.

# 평범한 여자와
# 빈 연료 탱크

**루이스 파이프스톤은** 탄원서를 마치 정원을 보살피듯 보살폈다. 그는 늘 그것을 가지고 다녔다. 시내에 나가서 아직 서명하지 않은 부족 일원을 발견하면 그의 눈빛이 날카로워졌다. 그들이 어디에 있든지 —주유소, 잡화점, 헨리의 카페, 도로, 아니면 치료소나 병원 밖, 그 어디든—루이스는 그들을 궁지에 몰았다. 그들이 아기가 태어나길 기다리고 있다면, 그는 서명을 받았다. 그들이 웃고 있다면, 언쟁을 벌이고 있다면. 학교에서 아이를 데리고 집으로 가고 있다면, 역시 서명 받았다. 누군가가 밀주업자와 가격을 두고 실랑이하는 것 같으면, 두 사람 모두에게서 서명을 받았다. 그는 미소를 띠곤 했다. 그는 미소가 가진 힘을 알고 있었다. "빰." 울타리 기둥처럼 단단한 팔. 편안한 인상의 버펄로 머리. 굽은 다리.

**한편 문제가** 있었다. 그들에게는 법안이 한 부밖에 없었고, 무척 조심스레 다룬다고는 했지만, 얼룩도 묻고 점점 해지고 있었다. 저기는 인쇄를 하기 위해 제판용 종이에 한 부를 타자기로 치느라 바빴다.

더 빨리 타자를 칠 수 있는 사람들도 있었지만, 치면서 교정을 보는 저기가 가장 정확했다. 그녀는 또한 부족 소식지를 수합하고 있었다. 이것은 토머스가 떠올린 새로운 아이디어였는데, 자문위원회의 일을 덜어내는 방법이었다. 이렇게 하면 사람들이 뉴스를 접할 때 입소문이 아닌 어떤 것을 신뢰하기 시작할 것이었다.

토머스가 잠깐 들렀던 어느 밤, 저기는 소식지를 타자기로 치고 있었다. 그에게는 학교 현관 열쇠가 있었다.

"어떻게 돼가?"

저기가 토머스에게 첫 페이지를 보여주었다. 줄지어 있는 별 모양 덕분에 각각의 짧은 소식들이 눈에 잘 들어왔다.

"농담이 좀 있었으면 좋겠어." 그녀가 말했다.

"농담이라."

그녀는 곧장 뭐라도 칠 것처럼 타자기 위에 손가락을 올렸다.

"농담이 필요하다니까."

그녀는 그를 보고 크게 미소 지었다. 그녀의 숨김없는 표정과 날카로운 눈매.

"당신은 늘 농담을 하잖아."

하지만 그에겐 할 농담이 없었다. 그는 입을 열었다가 다시 닫고는, 바닥을 보며 울상 지었다. 책상 끄트머리만 빤히 보았다. 마치 거기에서 농담이 찾아지기라도 할 것처럼.

"잠깐 기다려줘." 그가 말했다.

그건 사실이었다. 그는 늘 농담을 하는 사람이었다. 사람들은 그의 우스갯소리를 기대했다. 한두 마디 말을 주고받고 나면 토머스는 늘 농담을 했는데, 어디서 들은 것이거나 그냥 생각난 것이었다. 그러면 사람들이 웃음을 터뜨리곤 했다. 그렇게 웃고 나면 대화가 진전될 수 있었다. 하지만 지금 그는 깨달았다. 한동안 우스갯소리를 하지도, 생각하지도 않았다는 것을. 얼마나 오래됐더라… 기억나지 않았다.

"농담이 다 떨어져버렸는걸!"

"굉장히 재밌네." 저기가 말했다. "딱 한 줄만 생각해봐."

그는 거의 포기하려다가 아이악스 세제를 넣어 비스킷을 구운 아들 웨이드와 몇 년 만에 처음으로 술을 마신 자기 자신, 그리고 로즈를 떠올렸다.

"평범한 남자란, 평범한 여자가 농담을 받아들일 수 있다는 증거이다." 그가 말했다.

"잠깐, 다시 말해봐." 이미 타자를 치기 시작한 저기가 말했다.

~

**며칠 전** 밤이었다. 피가 방한용 귀마개 모자 안에 블랙베리 사탕 조각 하나를 넣어두었다. 그게 토머스의 머리에 들러붙었다. 조심스럽게 사탕을 떼어낸 그는 피가 사탕 한 조각을 자신에게 줬다는 것에 감동했다. 그들의 집에는 사탕이 흔치 않았다. 그는 이것을 아껴두었다가 집으로 돌아가는 길에 잠을 깨울 용도로 쓰기로 했다. 토머스는 밀턴 R. 영 상원의원에게 절절한 편지를 쓰고 있었다. 격조 있는 친근함으로 견딜 수 없는 두려움을 가리려 애쓰는 편지였다. 새벽 2시쯤, 토머스는 책상에 머리를 찧었다. 그는 놀라 순간 잠에서 깼다. 이런, 만일 업무 중에 잠이 들어 정신을 잃기라도 했으면 어쩔 뻔했어. 그는 자기 뺨을 때렸지만 잠이 깨지는 않았다. 오히려 뺨을 때림으로써 그때까지 한 번도 경험한 적이 없었던 종류의 잠에 빠지게 되었다. 순찰을 돌았지만 뇌의 대부분이 갇혀 있었다. 그는 이것을 느낄 수 있었다. 뇌의 일부가 저항하며 잠들어 있었다. 자아의 극히 작은 일부가 깨어 일했다. 문을 잠그고, 열었다. 손전등을 비추어 구석구석 관찰했다. 야간 식사를 했다. 로즈가 싸준 깨끗한 반다나 속에 샌드위치 반을 넣었다. 다음으로 순찰을 돌았다. 로더릭과 긴 대화를 나누었다.

"로더릭, 넌 그걸 어떻게 하는 거야?"

"모터에서 변신하는 거 말이야?"

"응."

"네 뇌하고 얘길 나눴지. 자고 있는 부분 말이야."

"오, 참 재밌네. 로더릭, 근데 왜 자꾸 나한테 와서 귀찮게 해?"

"나는 너 때문에 여기에 있는 게 아니야. 러배트 때문에 있는 거지. 내가 전에 걔 구해준 적 있잖아, 기억나?"

"그럼, 기억하지. 네가 러배트 대신 감옥에 갔었잖아."

"처음에는 그들이 나를 가뒀어. 저 아래 지하 저장고에 말이야. 그들이 날 거기에 던져놨지. 러배트가 한 일을 내가 했다고 자백했었어."

"내가 코트를 던져주지 않았나?"

"그랬었지. 하지만 어쨌거나 너무 추웠어."

"러배트는 그때 네가 잘못된 거라고 생각하더라."

"아니야. 첫 번째는 별로 잘못되지 않았어. 아마도 두 번째였지. 미친 듯이 기침을 하면서 거기에서 나왔던 게 확실해. 열도 나고. 그런데 그게 아무것도 아닌 게 아니었지."

"사람들은 네가 색앤드폭스로 가야 된다고 했어."

"누가 그렇게 말했지! 그 요양원. 나 거기 갔었어."

"몸이 좀 나아졌어야 했잖아."

"바보야, 나 안 아팠어."

"남자애들이 많이들 걸렸었지."

"받아들이자."

"받아들이자."

"모든 음식에 버터를 발라서 줬어, 바보야. 오트밀에도 버터. 크림 감자 위에 또 크림. 날 살찌웠어. 여섯 명은 죽었는데, 난 아니었어. 나는 관 없이 집까지 왔지."

"잠깐만. 아니야, 로더릭."

토머스가 비보를 전하며 부드럽게 말했다.

"넌 죽었어. 그 사람들이 너를 관에 넣어서 집에 보냈어. 기차를 태워서."

로더릭은 고개를 젓고는 매우 거북한 듯이 볼에 바람을 가득 불어 넣었다.

"그래, 맞아. 그 사람들이 날 관에 넣었지. 기차에도 태우고. 하지만 나는 그 관 안에서 웃고 있었어. 내가 튀어나가서 덮치면 저들이 분명 놀랄 거라고 혼잣말하면서 말이야."

"너희 부모님이 마중 나오셨어?"

"아무도 나오지 않았어! 안 나왔지! 왜냐고? 부모님은 그 관에 있는 내가 죽지 않았다는 걸 알았으니까. 나는 그저 장난을 치고 있었을 뿐이야."

"내가 들은 얘기하고는 달라, 로더릭."

"그 요양원에서 나왔어야 했어."

"왜 나오고 싶었지? 그렇게 음식을 잘 줬다면서."

"그 사람들이 내 폐를 톱으로 잘라냈단 말이야, 바보야! 거길 무너뜨려야 했어."

"네가 러배트 벌을 대신 받았잖아. 걔는 네가 그것 때문에 죽기를 바란 적이 결코 없었어. 그래서 평생 안 좋은 마음으로 살았지."

"뭐 때문에? 난 아무렇지도 않아. 터프한 인디언, 그게 나야!"

"그래서 넌 여기저기 찾아가고 있는 거야?"

"내가 말했잖아. 난 러배트 때문에 여기 있는 거라고. 거기 포트토튼에 있을 때 러배트는 내 형제였어. 너도 마찬가지였고. 무엇도 우릴 떼어놓을 수는 없었지. 형제들. 난 러배트를 구하기 위해 여기에 있는 거야."

"러배트한테 무슨 일이라도 있어?"

"걔의 그 멍청함이 문제지."

"러배트가 뭘 하고 있는데?"

"멍청한 짓들."

"이를테면?"

로더릭이 자기만 아는 비밀이라는 듯 고개를 끄덕였다. 그는 양옆을 살폈다.

"별로 알고 싶지 않을 텐데. 너, 우리 이야기 윗사람들한테 할 거야?"

"절대 안 하지."

"러배트가 훔치고 있어."

"뭘 훔쳐?"

"아무거나 자기 호주머니에 맞는 거. 뭐든 사람들이 신경 쓰지 않는 거. 종이클립. 스테이플. 종이. 화장실 두루마리 휴지. 커피. 설탕. 숟가락으로 자루에서 퍼내지. 한 번에 조금씩. 비누도 가져가고 있어. 엔진 윤활유도. 이건 그냥 병에다 조금씩 흘려 넣더라고. 금속 조각도 가져가고. 지금은 보석을 가져갈 궁리를 하고 있지."

"보석은 금고에 있어. 러배트가 들어갈 수 없어."

"왜 못 들어간다고 생각해?"

"늘 잠겨 있거든. 열쇠로 여는 금고가 아니야. 볼트로 벽에 고정되어 있는 비밀번호 금고라고."

"바보야, 그럼 그 번호가 어딘가에 적혀 있겠지. 러배트가 찾아낼 거야. 볼드가 알고 있기는 한데, 그 메뚜기도 외우고 있지는 않아."

"어쨌든, 러배트는 도둑이 아니야. 이런 얘기들을 하면서 네가 다 꾸며내고 있는 거잖아, 로더릭."

"그럼 내가 바보겠네? 난 그렇게 생각하지 않는데. 토머스, 네가 모든 것을 아는 건 아니야. 그럼 내가 뭐 하러 여기 있겠어? 스스로 한 번 물어봐."

"하지만 넌 여기에 있는 게 아니잖아." 자기 손에 있는 샌드위치 빵 겉껍질을 보며 토머스가 말했다. 먹은 기억이 없는 샌드위치였다.

~

**어떻게 뇌가** 만들어낸 허구의 인물이 진실을 말해줄 수 있는 것일까? 토머스는 로더릭의 말이 옳다는 걸 그냥 알았다. 러배트가 감옥에 가기 전에, 다른 인디언들의 좋은 일자리를 망치기 전에 그와 터놓고 얘기를 나눠야 했다. 그날 아침 러배트가 양동이 몇 개를 납땜하러 오기로 했음을 알고 있던 토머스는 평소보다 더 오래 공장에 머물렀다. 그의 오랜 학교 친구가 주차장을 가로질러 올 때 토머스는 그를 향해 다가갔다. 에둘러 말하기에는 토머스가 너무 짜증 나 있었다.

"어젯밤에 로더릭을 봤어."

러배트의 놀란 눈이 튀어나올 듯했다. 바짝 깎은 머리가 공포로 뒤덮이는 것처럼 보였다. 그는 토머스 옆, 그러니까 토머스 차의 보닛 위에 자신의 점심도시락을 올려놓았다.

"로더릭이 그러던데, 자기가 자네를 구해주기 위해 거기에 있다고 하더군. 자네가 공장에서 뭘 훔치고 있다는 거야. 더구나 보석을 훔칠 궁리까지 하고 있다던데."

러배트는 부정하는 척도 하지 않았다. 유령과 언쟁할 수 있는 사람이 누가 있으랴. 그는 복받치는 감정을 주체하지 못하더니 얼굴에 흐르는 눈물을 닦곤 자신에게 불운한 일이 끊이질 않고 있다고 토머스에게 말했다. 심지어 부엉이 일 전부터 그랬다는 것이었다.

"무슨 부엉이?"

"자네의 부엉이."

"내게 부엉이들은 행운인데. 흰색이라면 더더욱."

"나한테는 좋은 일이 아무것도 일어나지 않을 거야, 토머스."

"뭐가 문제인데 그래?"

"또 빈털터리가 됐어."

"하지만 자네는 직장이 있잖아."

"그렇다고 스물, 아니 서른을 먹여살릴 순 없어."

러배트의 가족에겐 필요한 것들이 얽히고설켜 많이도 있었고, 그

중 정규직을 갖고 있는 사람은 러배트뿐이었다. 토머스는 그의 오래되어 부드러운 지갑을 꺼내, 가지고 있던 돈을 러배트에게 건네주었다. 돈을 받아든 러배트가 말했다. "고마워, 형제. 나는 나쁜 길을 걷고 있었어. 하지만 난 로더릭이 도와주리란 걸 알았어. 나는 자네가 부엉이에 대해 쓴 것을 봤고, 내가 곧 죽을 사람이라고 생각했어."

러배트는 마치 심장이 가슴 밖으로 터져 나올 듯 흐느끼기 시작했다. 토머스는 오랜 친구의 어깨 위에 손을 올려놓았다.

"도둑질은 그만둬. 메뚜기한테 들킨 적은 없고?"

러배트는 다시 숨 쉬기 어려워하며 괴로워했다. "메뚜기. 아마 충분히 예상할 수 있겠지. 내가 왜 이렇게 멍청한 짓을 했나 모르겠어."

"로더릭도 딱 그렇게 말했는데."

토머스는 러배트의 대답에 소름이 끼쳤지만 곧 흔들어 떨쳐냈다.

"솔직하게 고백하고, 그렇게 극복해야지."

"맞아." 러배트가 말했다. "나 매주 도둑질한 거 고해성사 했어. 신부님이 나를 점점 파악하고 계셔. 내가 지난번에 그랬거든. '저, 이거 설탕자루 조그마한 건데, 신부님 드리려고요.' 그랬더니 신부님이 호통을 치셨어. '훔친 거요?' 어휴, 세상에. 고해소에서 나를 대차게 쫓아내셨지."

"난 가봐야 해." 토머스가 말했다. "다른 회의가 또 하나 있는데 늦었어." 토머스가 자신의 도시락을 집어 들었다.

그는 러배트가 왜 그토록 절실하게 돈이 필요했는지 자세히 듣고 싶지 않았다. 다른 모든 이들—토머스 자신까지 포함해서—의 이야기와 같을 테니까. 보석베어링 공장에서 받는 급여 덕분에 많이 나아지기는 했지만, 여전히 일거리가 충분하지 않았다. 땅도 충분하지 않았다. 농사지을 땅도 충분하지 않았다. 숲에 사슴이 충분하지 않거나, 습지에 오리가 충분하지 않았다. 물고기를 너무 많이 잡아가면 감시인이 적발해냈다. 그냥 무엇이든 충분한 게 없었고, 거의 없다시피 한 것이 전부 사라지지 않게 그가 지키지 않았더라면, 누군들 살아남을 수 있었을지 상상도 할 수 없었다. 가질 수 없었다. 갖게 되는 일이 없을 것이었다. 시내까지 반쯤 갔을 때, 차에서 뭐가 잘못됐는지 시끄러운 소리가 나더니 동력 없이 혼자 굴러가기 시작했다. 그는 갓길로 차를 몰았다. 연료 탱크가 비어 있었다. 연료 채울 돈은 러배트에게 줘버렸고 말이다.

토머스는 텅 빈 도로에서, 텅 빈 들판, 텅 빈 하늘을 보며, 텅 빈 연료 탱크와 함께 한참을 앉아 있었다. 구름 한 점 없는. 천국처럼 파란. 그렇게 앉아 있는데 정말 뜻밖에도 러배트가 오래된 고물차를 몰고 토머스 바로 옆을 쌩하니 지나갔다. 그는 멈추지 않고 달렸다.

토머스는 러배트의 차에 어색하게 달려 있는 뒷범퍼가 사라지는 것을 바라보았다. 그의 차는 마치 도로에서 날아올라 그대로 숲속으로 들어가는 것처럼 보였다. 토머스는 도시락에 손을 뻗었다. 어쩌면 아까 식빵 껍질을 남겼었는지도 모른다. 그런데 그것은 러배트의 점심도시락이었다. 꽉 차 있었다. 진짜 버터를 바른 고기 샌드위치. 버터와 설탕이 들어간 여분의 빵. 아직도 따스한 구운 감자. 사과까지.

"주인을 제대로 찾았지." 그가 나중에 러배트에게 말했다. "연료 사러 시내까지 걸어가는데 힘이 되더군."

러배트가 한숨을 쉬었다. "나는 작고 칙칙한 사탕 하나뿐이었고 말이지."

# 선교사들

**하얀 셔츠와** 까만색 바지를 입고, 갈색 머리는 남김없이 뒤로 빗어 올린 젊은 청년 두 명이 갈색 종이봉투 두 개를 들고서 비포장도로를 걸어 와샤스크 씨네로 왔다. 9월 말, 어느 따뜻한 날이었다. 토머스는 옛집에서 바깥에 지어둔 화장실로 가던 중에 그들이 가까이 오는 것을 보았다. 그는 가던 발걸음을 멈추고 그들을 기다리려 했으나, 두 사람이 오는 속도가 느렸다. 서로 의견 합치를 못 보는 모양이었다. 하나가 멈춰서더니 뒤돌아서 가버렸고, 그러자 다른 하나가 그를 붙잡았다. 그 자리에서 두 사람은 다시 대화를 시작했다. 토머스가 화장실에서 나왔을 때, 젊은 청년들은 더 가까이 와 있었다. 그는 집으로 들어가 손과 얼굴을 씻고 수건으로 물기를 닦고 나서 그들을 만나기 위해 뜰로 나왔다. 젊은이들이었지만 꼭 정부에서 나온 사람들처럼 보였다.

"좋은 오후입니다." 그가 말했다.

그는 한 사람씩 악수를 했다.

"무슨 일이시죠?"

"당신이 왜 이곳에 있는지 한 번이라도 궁금해하신 적이 있습니까?" 두 젊은이 중 키 큰 청년이 강렬한 눈빛으로 그를 보며 물었다.

"아니요." 토머스가 말했다. 토머스는 놀라 당황했는데, 그도 그럴 것이 두 사람은 비즈마크 같은 먼 곳, 혹은 그보다 더 먼 곳에서 온 것이 분명했기 때문이었다. 어쩌면 워싱턴에서 왔을지도. 그의 대답에 두 사람도 놀라 주춤하는 것 같았다. 정신을 차린 한 명이 말했다. "왜 없으신가요?"

"왜냐하면, 알고 있기 때문이죠." 토머스가 말했다. "여러분은 모르시나요?"

둘 중 키 작은 청년이 다른 한 명에게 돌아서서 대뜸 말했다. "봤지?"

키 큰 청년이 창피함에 고개를 떨구고는 키 작은 동료에게 눈빛으로 눈치를 주려고 했다.

"물 한 잔 하실래요?" 토머스가 말했다.

"네." 이제 상황의 주도권을 쥔 것처럼 보이는 키 작은 청년이 말했다.

"따라오세요." 토머스가 말했다. 그는 집을 향해 걸어갔다. 세 계단을 올라갔다. 문을 통과했다. 두 젊은 청년은 머뭇거렸다.

"저희가 들어가도 될까요?" 두 사람이 동시에 물었다.

토머스가 고개를 끄덕였고, 두 사람은 그를 따라갔다. 작은 아기가 살금살금 걷고 있었는데, 두 청년을 보고 뒤쪽으로 물러서다가 넘어져 울기 시작했다. 로즈는 멀리 떨어져 아기를 돌보고 있었다.

"저 사람들 누구야?" 노코가 벽에 몸을 밀착하며 소리를 질렀다.

로즈가 주먹 쥔 손을 허리춤에 올리고서 옆방에서 나타났다. 그녀가 자기 손을 어머니 어깨에 올려놓았다.

"어머니가 놀라셨잖아요." 그녀가 불길하다는 듯이 말했다.

"죄송합니다." 종이가방 든 손을 어찌할 줄 몰라하며 청년들이 말했다.

로즈는 아기를 들어 올려 다독이면서 눈으로는 토머스를 째려보았다.

"이분들은 단지 우리가 이곳에 있는 이유를 궁금해하는지 알고 싶대." 토머스가 말했다.

"니들이 우리 땅을 빼앗아갔잖아." 노코가 말했다. "우리가 그럼 달리 어딜 가야 했겠나?"

어머니의 대답에, 그 살기 어린 눈빛에 놀란 로즈가 하얗게 센 노코의 머리를 내려다보았다.

"실례합니다." 키 작은 청년이 말했다. "아마도 시작부터 다시 하는 게 좋겠네요. 저는 엘나스 장로, 이쪽은 버논 장로입니다. 처음 뵙겠습니다."

"장로라고?"

"저희는 정말 여러분이, 여러분 고대인들이, 왜 여기 이 땅에 있는 것인지 궁금해하지는 않을까, 그것을 묻는 겁니다."

"나는 늙었지. 그래도 고대인은 아니야." 분노에 찬 노코가 말했다. 그녀의 귀가 갑자기 밝아졌다.

로즈가 어머니의 앙상한 어깨를 쓰다듬었다.

"젊은이들, 목 좀 축이시죠." 통에서 물을 따르며 토머스가 말했다. 그는 두 사람에게 시원한 물 한 잔씩을 건넸다. "이제, 제가 여러분들을 도와드릴 게 있을까요?"

"버논 장로가 질문을 잘못했어요. 처음부터 사람들에게 우리가 누구인지 말할 기회가 잘 없었거든요. 그래서 버논은 좀 더 넓은 관점의 질문을 던지는 게 이야기를 나눌 방법이라고 생각한 겁니다."

"더 넓은 관점이요?"

"우리를 이 땅에 보낸 사람, 우리가 이곳에서 하는 일 말입니다. 그런 의미의 더 넓은 관점을 말하는 거예요. 우리 일은 정말 그저 당신이 모르몬경을 읽고 우리와 함께 기도하고 싶은지 알아보는 거죠."

"모르몬이라니!" 토머스가 한 발자국 뒤로 물러섰다. "젊은 친구, 당신들은 아서 V. 왓킨스를 압니까?"

"그분은 작가시죠." 엘나스 장로가 놀라며 말했다. "《니파이족의 목자》를 쓰셨어요."

"좋은 책인가요?" 토머스가 물었다.

"이런, 그렇고말고요! '젬나라이하의 깨달음'에서 목자는 그가 비밀 사회의 일원인 것을 알게 됩니다. 하지만 라만족 때문에 발목 잡히게 되지요. 거무스름한 피부를 가진 종족의 죄를 계속해서 속죄하는 라만족 때문에요."

"왓킨스가 그걸 썼나요?"

"우리 쪽 상원의원인 것으로 알아요." 버논이 말했다. 키가 큰 장로였다.

"유타에서 왔군요."

"네."

"그 사람은 왜 우리를 없애려고 합니까?"

"그분은 그걸 바라지 않아요!"

"그자가 우리를 말살하려고 해요."

"아니, 전혀요!" 엘나스의 열정이 솟아올랐다. "우리는 당신들에게 복음을 전할 의무를 졌습니다! 당신들은 전부 다 라만족이에요."

"여기 사는 우리는 치페와족입니다. 크리족도 있고, 프랑스인도 더 러 있어요."

"이것은 계시되었습니다." 버논이 진지하게 말했다. "당신들은 야 곱의 집 사람들이며, 리하이의 자녀라는 것이 조셉 스미스에게 계시 되었어요."

"나는 조셉 스미스도, 말씀하신 그 사람들도 들어본 적이 없는데 요." 토머스가 말했다.

"조셉 스미스는 선지자였어요."

"여기 선지자라고 오는 사람들 정말 많아요." 토머스가 유쾌하게 말했다. "그리고 나는 종교가 있습니다. 나는 정치적인 것에 더 관심 이 많아요. 그 상원의원은 왜 우릴 내쫓는 거죠? 어떤 사람이에요? 그가 말하려는 바는 또 뭐고요? 이런 것들이 바로 내가 알고 싶은 거 예요."

"어쩌면 당신한테는 이게 흥미로울지도 모르겠네요."

버논이 종이가방에 손을 뻗어 까만색 표지로 덮인 작은 책 한 권 을 꺼냈다. 그는 책을 토머스에게 주었고, 그것을 받은 토머스는 고 마움을 표했다. 젊은 청년들이 물을 다 마시자 토머스는 그들을 계 단 아래까지 배웅해주었다. 그들이 길 저 멀리 사라질 때까지 토머 스는 그들을 바라보았다. 두 사람은 더 이상 비슷해 보이지 않았다. 하지만 수수께끼 같은 목적으로 가득찬 그들은, 똑같이 곧게 뻗은 길을 걷고 있었다.

# 태초

**계절이 바뀔** 때마다 늘 그러했듯, 토머스는 아버지에게 말린 담뱃잎을 한 손가락 집어드리면서 그의 이름에 얽힌 이야기를 해달라고 청했다. 토머스의 이름은 조부에게서 따온 데다 조부의 이름이 가족의 성씨가 되었기 때문에 그 이야기는 그들을 한데 묶어주었다. 진정한 최초의 와샤스크는 작은 사향쥐였다.

"태초에," 비분이 말했다. "세상은 물로 뒤덮여 있었어. 창조자가 최고의 잠수부 동물들을 일렬로 줄 세웠지. 창조자는 첫 번째로 가장 강한 놈, 피셔를 내려보냈어. 하지만 피셔는 숨을 헐떡이며 올라왔고 바닥을 찾지 못했단다. 다음은 망, 아비새였어. 아비새가 그렇듯 그들은 재빠르게 고개를 숙였지."

비분은 손을 오므렸다. "아비새도 시도했지만 실패했어." 토머스가 이야기를 경청하며 고개를 끄덕였다. 유년 시절부터 기억하고 있는 그 손짓이 좋았다.

"논병아리가 자기는 성공할 거라고 우쭐대며 쏜살같이 물속으로 들어갔어. 논병아리는 더 깊게, 더 깊게 들어갔지. 하지만 탈락!"

비분은 잠시 기다리고서 깊은 숨을 들이쉬었다.

"마지막으로 겸손한 물쥐. 창조자는 그에게 도움을 청했어. 와샤스크. 이 작은 녀석이 잠수를 한 거야. 녀석은 오래 걸렸어. 굉장히 오래 걸렸지. 마침내 와샤스크가 수면으로 떠올랐어. 녀석은 익사했지만 발을 꼭 쥐고 있었단다. 창조자는 와샤스크의 서로 얽힌 손들을 폈어. 그는 이 사향쥐가 바닥에서 아주 조금이나마 무언가를 가져온 것을 보았지. 창조자는 그 작은 발이 꼭 쥔 흙을 가지고 이 세상을 전부 만든 거야."

"미위('오직 이것뿐'이라는 뜻의 치페와어—옮긴이). 이야기 끝." 비분이 말했다.

두 사람은 바깥에 앉아 있었다. 비분은 한꺼번에 소용돌이치며 가지에서 떨어져 나오는, 흔들리고 반짝이는 밝은 포플러 이파리들을 보고 있었다. 한때 야생 프레리 초원에는 뼈들이 곳곳에 버려져 있었다. 그가 보기에는 두껍고 하얀 뼈들이었다. 비분은 그의 아버지와 버펄로 뼈들을 모아서 운반했다. 데블스레이크에 있는 기차 차량 기지에 가면 1톤에 8달러였다. 그의 가족은 뼈에 붙은 더러운 것들을 떼어내기 위해 다 함께 전력을 다했었다. 그런데 이제, 아들이 그와 함께 앉아 있다. 그들의 의자는 백색 도료를 칠한 오래된 통나무 벽에 기대어 있었다. 태양이 비분의 얼굴에 강하게 내리쬐었지만, 그 빛에는 따스함이 없었다. 그와 이름을 나눈 존재가 막 지평선을 넘어 나타날 것이란 징후.

"나는 늙은 얼룩 조랑말이야. 볼품없이 말랐고 늘 배고프지. 이번 겨울이 나를 데려갈지도 모르겠어." 그가 말했다. 목소리가 가볍고 즐거웠다.

"안 돼요." 토머스가 말했다. "계속 있어줘야 해요, 아빠."

"내가 네 목을 옥죄고 있잖니." 비분이 말했다.

"무슨 말이에요. 우린 아버지가 필요해요."

"이제는 감자조차 캘 수 없어! 어제는 넘어지기까지 했지."

"제가 아버지랑 같이 있으라고 웨이드를 보낼게요. 다시 하는 얘기지만, 우린 아버지가 필요해요. 워싱턴에서 우리에게 도착한 이거 말이에요. 내가 싸워나가는 데 아버지 도움이 필요해요."

"오, 그래야지." 비분이 주먹을 쥐어 올리며 말했다.

## 사원의 거지

**분장실 안에** 스스로 갇힌 후에, 퍼트리스는 옷을 벗고 거울 앞에 서서 자신을 들여다보았다. 그녀는 이런 것을 상상하지 않았다. 미묘하지만, 그렇다 해도 부정할 수 없는 푸르스름함이 그녀에게 스미고 있었다. 그녀는 기다란 선이 생긴 배를 만져보았다. 겨드랑이가 아프고 찌르는 듯 따가웠다. 피부에 어떤 냄새가 들러붙어 있었다. 황소 의상에 펴 바른 살충제 가루의 화학약품 향. 그녀는 뚫어지게 자신의 모습을 한참 쳐다보았다. 이것이 진정 퍼트리스인가? 혹은, 조금 전까지 물속에서 한껏 도발적인 척을 하다가 이제는 여기저기 가려워하는 이 파란색의 여자가 그녀의 또 다른 자아인가? 픽시. 분명히 픽시다. 하지만 그녀는 이제 그 소녀를 남겨두고 떠날 것이었다.

  퍼트리스는 다시 브래지어를 차고 돈을 챙겨 넣었다. 그녀는 손을 뻗어 가방 안에 넣었다. 팔에 힘이 없었다. 갑작스럽게, 그리고 겁이 날 정도로 기운이 다 빠져서 거의 움직일 수가 없었다. 가까스로 가방을 싸고 입을 옷을 펼쳐놓았다. 그러고 나서 불을 끄고 리본 테두리가 달린 빨간색 담요 아래에 몸을 웅크렸다. 그녀는 잠에 빠져들면서 자신의 육체에게 몇 시간 안에 잠에서 빠져나오라 지시했다.

일어났을 때 자기가 어디에 있는지 정확히 기억해내라고 스스로에게 일렀다. 완벽한 어둠이 있을 터였다. 불을 켜면 빛이 반드시 문 아래로 피처럼 흘러나가게 될 테니, 반드시 켜지 않은 채로 탈출해야만 했다. 그녀는 주근깨쟁이 또한 잠이 필요하다는 사실에 의지해야 할 것이었다.

그녀는 정말 깨어났다. 불덩이가 다리를 타고 흘러갔다. 깜짝 놀랐지만 울음을 터뜨리지는 않았다. 공기를 느껴보니 밤이 깊은 지 몇 시간 채 되지 않았다는 것을 알 수 있었다. 그녀는 자리에서 일어나 주위를 경계하며 가방과 신발, 코트를 찾았다. 돈은 아직 가슴 사이, 브래지어의 작은 주머니 안에 뭉치로 끼워져 있었다. 그녀는 침대 위에 앉았다. 아무것도 보이지 않았다. 그리고 자기 전에 스스로에게 내렸던 지시사항들을 이행했다. 각 명령을 만족스럽게 따른 그녀는 은밀히 문으로 다가갔다.

그녀는 열쇠를 이용해 걸쇠를 밀어 열고, 조심스럽게 문을 열었다. 기름칠한 경첩이 침묵했다. 그녀는 한 발짝 앞으로 내디뎠다. 복도 바로 맞은편에 잭이 앉아 있었다.

잭은 발목을 부드럽게 교차한 채 두 다리를 쫙 뻗고 있었다. 그의 양복 재킷이 깔끔하게 개켜져 옆에 놓여 있었다. 기름을 바른 머리카락 몇 가닥이 그의 턱에서 하늘거렸다. 그의 얼굴은 물결처럼 주름졌다. 이목구비를 가로질러 흐르는 표현들, 놀라움에서 기쁨으로, 기쁨에서 공포로 빠르게 바뀌는 날쌘 배열. 그는 진흙처럼 노란 홍채를 그녀에게 고정해두려 했지만, 두 눈은 슬롯머신의 작은 창처럼 뒤로 돌아가버렸다. 금빛 피부와 금색 눈알, 말아 올린 셔츠 소매와 무언가를 구하듯 펼친 손까지, 그는 한 장의 사진이었다. 그녀가 전에 어디선가, 아마도 잡지에서 봤을 법한 사진. 어떤 사원 문 앞의 거지. 그녀는 손을 뻗어 그의 머리칼 몇 가닥을 귀 뒤로 단정히 쓸어 넘겼다.

"잭?"

그가 아이처럼 그녀에게 웃어 보였다. 순진무구한 얼굴. 그러고는 그의 두 눈이 다시 뒤로 돌아갔다. 그녀는 미끄러지듯 빠져나와서 뒷계단을 내려가 주방을 통과해 뒷골목으로 나갔다. 골목 끝에 한 남자가 쓰레기통을 뒤지고 있었다. 남자는 그녀가 옆으로 지나쳐 조슨하우스를 찾으러 큰길로 향하는 것을 눈치 채지 못했다. 바람이 매서웠고 기온은 급격히 떨어지고 있었다. 그녀는 호텔 안으로 들어갈 때 입구에서 남자들 몸을 뛰어넘어야 했다. 그들은 동전 몇 개를 내고 입구 자리에서 잠을 청하는 사람들이었다. 창구에 아무도 없어서 3층 계단을 걸어 올라갔다. 328호는 복도 맨 끝에 있었다. 복도는 자고 있는 투숙객들의 중얼거림, 턱 막히는 숨소리, 뒤척이는 소리, 코 고는 소리, 천장의 철망을 지나가는 쥐들의 타닥타닥 발걸음 소리로 가득했다. 창문의 금 간 틈으로 끼익하는 소리와 덜거덕대는 소리를 내며 바람이 들어왔다. 때때로 천둥의 으르렁거림이 파문처럼 번졌다. 소음 가득한 복도의 끝에서 그녀는 문을 가볍게 두드렸다. 그가 침대에서 나와 문 여는 소리가 들렸다.

"픽시."

그가 그녀를 방 안으로 끌어당겼다. 그녀는 바닥에 가방을 툭 내려놓았다. 방에는 창문이 있었다. 아래쪽 가로등과 간판에서 나오는 낮은 조도의 빛. 그녀는 우드 마운틴의 부은 입술과 얼굴의 상처를 볼 수 있었다. 그녀의 피부는 여전히 타는 듯 뜨거웠지만 정신은 얼음장처럼 차가웠다. 지금까지 벌어진 일들이 이제 뚜렷하게 이해되었고, 각각의 사건들이 머릿속에서 선명하게 되살아났다. 그녀는 그의 침대 위에 앉았다. 우드 마운틴은 재킷을 바닥에 펼쳐 깐 다음 쭈그려 앉았다. 두 사람은 서로에게 소곤거리기 시작했다.

"이제 알겠어, 알겠다고. 그 사람들이 언니를 데려간 거야." 퍼트리스가 말했다. "그들이 베라를 데려갔어."

"죽었을 수도 있어." 우드 마운틴이 자기 생각보다 더 거칠게 말을 꺼냈다. 하지만 퍼트리스는 고개를 저었다.

"아니, 죽지 않았어. 베라를 어디론가 데려간 것뿐이야."

"내가 아기를 데리러 다시 오겠다고 말해놨어."

"여자앤가… 남자앤가. 아무튼 데리고 오자."

"남자애야."

"그런 다음에 여길 빠져나가자."

"우리 몇 시간 정도는 자야 해. 지금 버나뎃 집에 가는 건 죽으러 가는 거나 마찬가지야. 네가 침대 써. 나는 바닥에서도 잘 자."

그녀는 그에게 먼지로 뻣뻣해진 이불을 건네주고, 자기는 코트로 몸을 덮었다. 그녀는 숨을 들이쉬고 내쉬며 점점 잠 속으로 빠져들어갔다. 그들이 깊이 자는 동안 바람이 거세졌고 아침이 되자 차가운 비가 창문을 세차게 때렸다. 퍼트리스는 모로 누운 채로 깨어 창밖의 회색 하늘 들판을 바라보았다. 호텔 벽은 판지와 합판, 그리고 잘 구부러지고 폭풍우처럼 격렬하게 흔들리는 깡통 소재의 철로 만들어져 있었다. 그녀는 아까 천둥소리로 들렸던 것이 실은 사람들이 자기 방에서 움직이는 소리였음을 깨달았다. 때로 누군가 벽에 부딪히면 마치 무언가 크게 충돌한 듯한 소리가 쿵 하고 복도 끝까지 울렸다. 우드 마운틴은 팔다리를 쭉 뻗고 바닥에서 자고 있었다. 퍼트리스는 고대 황금 같은 잭의 눈을 생각했다. 우드 마운틴의 머리 위 1인치 지점, 구리색의 수생곤충들이 날랜 몸짓으로 빠르게 이동했다. 가짜 천둥소리에 얼어붙는 예민한 생명체들이었다. 울림이 잦아들자 곤충들은 자신들의 진지한 여행을 다시 시작했다.

"에버렛 블루." 그녀가 말을 꺼내자 벌레들이 흩어졌다. 우드 마운틴, 곧 에버렛 블루는 눈을 뜨기 전에 얼굴 위에 손을 올려놓고 중얼거렸다. "그 사람들이 나를 밤새 뒤쫓았어."

"우리 이제 버나뎃한테 가야 해. 그리고 나 거기, 음, 거기 좀 써야겠는데…."

"옥외 화장실이야." 그가 말했다. "옥외라서 다행이라고 생각하게 될 거야. 내가 같이 가서 지키고 있을게."

**몇 분** 후, 두 사람은 뒷문을 통해 건물을 나왔다. 골목을 반쯤 걸어왔을 때, 우드 마운틴은 옷더미처럼 보이는 것을 밟게 되었다. 퍼트리스는 그 옷더미가 잭이라는 것을 알아보았다. 그녀는 몸을 숙여 손가락을 그의 목에 대보았다.

"아냐." 우드 마운틴이 말했다. "그냥 내버려둬."

그녀는 생의 박동을 기다렸다. 미약했고, 더 미약해졌다. 잭의 영혼은 그녀의 발목 언저리에서 빠르게 철벅거렸다.

"아직 살아 있어." 그녀가 말했다.

"가망이 없어, 픽시."

그녀는 일어섰다. 잭의 의식의 마지막 흔적이었던 부드러운 진흙에서 발을 뺐다. 그가 점점 사라져갈 듯 미약해지면서 그르렁대는 소리가 낮게 났다.

퍼트리스는 다시 호텔 안으로 들어가 창구 앞에 섰다. 야간 안내원은 머리는 움직이지 않은 채 그녀를 향해 눈만 굴려 쳐다봤다.

"골목에 어떤 남자가 죽어가고 있어요." 그녀가 말했다.

두 눈이 그녀에게 계속 고정되었다.

"옆 건물에 있는 잭이에요."

그 남자가 고개를 끄덕였다.

"우리가 챙길게요."

그녀가 떠났다.

**아름다운 타원형** 창을 통해 유심히 밖을 보던 버나뎃이 참나무 문을 열었다. 그녀는 주름 잡힌 흰색 긴 원피스 앞치마를 입고 머리에 젓가락을 꽂고 있었다. 정신적으로 피로한 기색이었다.

"오, 잘 왔어." 그녀가 말했다. "캘은 나가고 없거든."

"베라는 어디 있어요?"

"제발. 내가 데리고 있지 않다고 했잖아." 버나뎃이 말했다. "내가 곤란해질 수도 있단 말이야."

두 사람에게 들어오라고 고개를 끄덕이기 전에 그녀는 우드 마운틴과 퍼트리스 뒤쪽을 흘끗 보았다. 베이컨이 튀겨지고 있었고, 버나뎃의 어깨에서는 예의 그 꽃향기 훈기가 피어올랐다.

"배고프니?" 그녀가 물었다.

"늘 그렇지." 우드 마운틴이 말했다.

부드러운 갈색 피부의 여성이 계단을 따라 현관으로 내려왔다. 버나뎃이 손짓하자 그녀가 들고 있던 꾸러미를 풀었다. 아기가 얼굴을 찌푸린 채 자고 있었다. "이 여자한테 아기를 주세요." 버나뎃이 말하자 여성이 아기를 퍼트리스에게 건넸다. 아기는 마치 벽돌처럼 놀라울 정도로 묵직했다. 버나뎃은 재빨리 주방으로 들어갔다. 잠시 후 우드 마운틴이 뒤따라 가서 닫힌 문에 가까이 기댔다. 누군가 문 뒤에서 버나뎃에게 말을 하고 있었다. 그는 귀를 기울였다. 이내 조금 전 그 여성이 우드 마운틴의 어깨에 손을 대더니 아기용품 가방 하나를 주었다. 버나뎃이 나왔다.

"이제 여기서 싹 다 나가." 그들에게 신문지로 싼 꾸러미를 내밀며 버나뎃이 말했다.

**움직이는 기차에** 적응이 되자 우드 마운틴은 신문지로 싼 꾸러미를 펼쳤다. 쌓아올린 팬케이크와 베이컨이었다. 그는 팬케이크 위에 베이컨을 올리더니 통째로 접어서 동그랗게 말아 퍼트리스에게 건넸다. 그녀는 팔로 계속 아기를 안은 채 한 손으로 팬케이크를 받았다. 아기는 이제 막 우유 한 병을 빨아들일 듯 다 마신 참이었다. 아기의 눈썹 사이에 짧은 선이 하나 있어 그곳에 미래에 대한 걱정이 자리 잡고 있었다. 퍼트리스는 손가락으로 그 선을 부드럽게 누르며 없애 보려 했다. 하지만 파인 홈은 영원히 없어지지 않을 것만 같았다.

"내 가방에 보면," 그녀가 우드 마운틴에게 말했다. "아기 담요 있을 거야. 그거 좀 줘."

그는 남은 팬케이크를 허겁지겁 욱여넣고 일어서서, 위쪽에서 축 늘어진 하얀색 망사 직물을 당겼다. 그리고 그것을 퍼트리스에게 건네주었다. 담요는 컸고 쉽게 늘어났다. 아이를 두 번 감싸기에 딱 맞는 크기였다. 예쁜 패턴은 그녀와 우드 마운틴이 아기를 무척 잘 돌보는 것처럼 보이게 했다. 아기가 그들의 아이처럼 보이도록, 두 사람이 부부처럼 보이도록 했다. 누구도 두 사람의 좌석을 탐내지 않았다. 사람들은 언제 터질지 모를 꾸러미에서 멀리 벗어나 자리 잡았다. 퍼트리스는 사람들에게 자신은 엄마가 아니며 우드 마운틴도 아빠가 아니라고, 이 모든 일이 보이는 것과는 다르다고 말하고 싶었다. 하지만 그녀는 이렇게 말할 뿐이었다. "그 신문 좀 접어줄래? 나중에 읽어보고 싶어."

그녀가 우드 마운틴을 과연 좋아하는지, 혹은 만일 그가 그녀를 좋아하게 될 경우 그녀도 그를 좋아할 마음이 있는지, 그 어느 쪽도 그녀에게 확실하지 않았다. 누구도 그것을 자리에서 일어나 선언하기란 거의 불가능하리라. 그녀는 자신이 완벽하리만치 좋은 직업을 가진 워킹우먼이며, 심지어 일을 너무나 잘하기 때문에 지금 직장으로 돌아가는 중이란 것을 말하고 싶었다. 하지만 그런 말을 할 이유가 전혀 없었다. 생각할 이유도 없었다. 그녀는 아기를 안고 몸을 뒤로 편하게 한 다음, 시티즈에서 일어났던 일들을 떠올리지 않으려 했다. 하지만 그녀의 머릿속은 자꾸만 혼란에 휩싸였다. 그 모든 일이 정말 실제로 일어났던가? 개 목줄? 개가 한 말? 유해물질에 오염된 황소 의상? 고대 황금 같은 잭의 눈? 머리에 긴 비녀를 꽂고 있던 버나뎃? 누가 믿으랴?

"언니가 돌아올 때까지 내가 돌봐줄게." 퍼트리스가 아기에게 말했다.

우드 마운틴이 그녀를 빤히 보고 있었다.

"왜?" 그녀가 말했다.

"아무것도 아니야." 그가 시선을 돌렸다. 나설 자리가 아닐 뿐더러,

그는 아까 주방 문 뒤에서 새어나왔던 말들이 무슨 의미였는지 아직 파악하지 못했다. 좋은 걸까, 나쁜 걸까? 다 알아내기 전까지는 픽시에게 말하고 싶지 않았다.

**아기에게는 기저귀** 여섯 개가 있었다. 허리와 다리 부분을 잘 늘어나게 고무줄로 엮은 조그마한 연파랑 고무바지. 유리병 두 개와 고무 젖꼭지 네 개. 양쪽에 끈이 달린 면셔츠 두 벌. 머리부터 발끝까지 덮어주는 따뜻한 톤의 회색 베이비슈트. 아기는 돔과 작은 탑 모양이 생동감 없이 수놓인 식탁보에 싸여 있었다. 우유 한 병이 더 있어서, 그거면 기차를 타고 가는 동안에는 괜찮을 것 같았다. 아기는 아까 첫 번째 우유병을 금세 바닥냈던 터라, 아마 추가분을 구하러 파고에서 뛰쳐나가야 할 거라고 퍼트리스는 생각했다. 하지만 아기는 자고 또 잤다. 우드 마운틴이 아기 정수리에 있는 회오리처럼 곱슬거리는 머리칼을 만지며, 아기가 그들을 곤란하게 하길 원치 않는 것 같다고 말했다. 퍼트리스는 팔로 몸을 기대어 세운 다음, 의자를 뒤로 조금 젖혔다. 그리고 아기를 가슴에 안았다. 아기는 따뜻한 도꼬마리(한해살이풀로, 열매에 가시가 많아 옷에 잘 달라붙는다—옮긴이)처럼 매달려 퍼트리스를 곧장 잠에 빠지게 했다. 잠시 후 아기가 완전히 깼다. 우렁차고 큰 울음소리에 그녀는 어쩔 줄 몰라 했고, 그녀가 아이를 안고 기차 화장실로 갈 때 우드 마운틴은 통로로 넘어질 뻔했다. 기저귀를 갈고 우유를 먹인 후 그녀는 열차 사이의 흔들리는 연결통로에서 끝도 없이 아이를 안고 부드럽게 흔들었다. 마침내 아기가 조용해졌을 때, 그녀는 자신의 목이 눈물로 축축해졌음을 깨달았다. 그녀가 흘린 눈물이었다. 내 어머니도 당연히 아이를 돌봤겠지. 그렇지 않았을까? 퍼트리스는 그 모든 걸 해낼 수가 없었다. 그중 어떤 것도 해낼 수가 없었다.

그녀는 조용히 통로를 따라 걸어가 우드 마운틴의 팔에 아이를 넘겨준 다음, 그를 미끄러지듯 지나쳐 자리에 앉았다. 그가 아기를 애지중지 받아 자연스럽게 가슴 쪽으로 안을 때는 거의 실망스럽기까지 했다.

"이름 뭐라고 지을 거야?" 그가 퍼트리스에게 물었다.

"이름을 짓는다고? 왜? 애는 이름이 있잖아. 베라가 지어줬어."

우드 마운틴은 아기가 마치 무언가를 아는 눈으로 그를 쳐다보고 있다고 생각했다.

"얘 내가 마음에 드나봐." 그가 말했다.

"오, 그렇게 생각해?"

퍼트리스가 그를 뚫어지게 쳐다봤지만 그녀에게로 시선을 돌리게 하기엔 역부족이었다. 우드 마운틴과 아기는 서로에게 푹 빠져 줄곧 눈을 맞추었다. 두 사람에게 그녀는 안중에도 없었다. 이제 밖이 어두워졌지만 그녀는 창문 쪽으로 몸을 돌렸다. 유리창에 비친 것은 피곤한 유령 하나뿐이었다.

## 야생 수탉

**그들이 차를** 타고 래리모어를 통과해 파고로 가는 동안 하늘이 넓게 펼쳐졌다. 그들은 종결 법안에 반대 의사를 표하기 위해 회의에 참석하러 가고 있었다. 도로는 젖어 있었다. 밤이 찾아오자 타르가 미끄럽게 얼었다. 토머스는 속도를 늦췄고, 루이스는 투톤 컬러의 데소토를 끌고 굉음을 내며 빠르게 지나갔다. 데소토 뒷좌석에 네 명이 비좁게 들어앉아 있었다. 저기가 그 앞의 조수석 창문에서 손을 흔들었다.

"저 두 사람 결혼했으면 좋겠어," 모지스가 말했다. "라고 생각하면 좀 이상하겠지."

"그게 무슨 말이야?" 애써 놀라움을 감추며 토머스가 물었다.

"그래, 너. 누가 가톨릭 복사 아니랄까봐." 모지스가 웃었다.

뒷좌석에서 그의 아내 메리가 말했다. "당신은 너무 많이 알아서 탈이야!"

"아무렴, 내가 아는 모든 걸 가르쳐준 건 당신이잖아." 모지스가 한껏 순종적인 목소리를 꾸며내어 말했다.

"저기는 저기처럼 살도록 내버려둬." 가운데에 앉은 조이스 아시기낙이 말했다.

조수석 뒷자리에는 에디 밍크가 앉아 있었다. 그렇다, 에디 밍크. 술 취하지 않은 에디는 명석했고 촌철살인을 날렸다. 이것이 옛 시절 토머스가 그와 술을 마셨던 이유였다. 토머스가 그에게 무엇인가를 알려줄 때면 그는 좋은 질문들을 던졌다. 문제는 그가 술에 취하지 않게 하는 것이 될 터였다. 그 문제는 조이스와 메리가 전담했다.

"그 주제에 관해서라면 나는 할 말이 아무것도 없어." 에디였다. "나는 결혼을 한다는 게 전혀 이해가 안 돼. 목사님 설교 같아."

"배신자가 이야기하는군." 토머스가 말했다.

"아주 죽여주게 맞는 말이야. 나는 여기 뒤에서 아름다운 암탉 두 마리와 함께 있는 야생 수탉이니까. 모지스, 뒤돌아보지 마. 충격적인 광경을 보게 될 거니까, 인마."

조이스와 메리가 웃으면서 에디를 여기저기 찰싹찰싹 때리기 시작하더니, 곧 격렬하게 때리는 시늉을 하는 바람에 차량 뒷좌석이 양옆으로 흔들리기 시작했다.

"이런!" 토머스가 소리쳤다.

"그만!" 모지스가 명령 조로 말했다.

"우리는 위대한 치페와 국가의 마지막 희망이야." 에디가 울부짖었다. "우릴 망가뜨리지 말자고."

"오, 입 다물어, 멍청아." 조이스가 웃고 또 웃었다.

"멍청아? 내가 너에게 지혜를 들려주지. 잘 들어. 정부는 사람들이 생각하는 것보다 훨씬 더 섹스랑 비슷해. 지금 하는 섹스가 좋잖아? 그러면 좋은 만큼 충분히 감동하지는 않지. 그런데 섹스가 별로지? 그러면 그것밖에 생각이 안 나는 법이야."

"수탉 씨, 그거 괜찮은 비유로군." 앞좌석에서 모지스가 말했다.

차는 기어가듯 했고, 그러다 도로가 다 말랐다. 모두 다친 데 없이 무사히 도착했다. 숙박비가 없었기 때문에 토머스는 도시 중심부 근처에 있는 몇몇 주소지에 사람들을 데려다주었다. 토머스는 모지스의 사촌 내외인 낸시, 조지와 함께 지냈다. 그들은 작은 아파트에 살았는데, 그곳에는 침대 겸용 소파는 물론 작은 주방에 간이침대까지 있었다. 아침에는 둥글둥글하고 곰처럼 귀여운 낸시가 토머스를 놀라게 했다. 토머스는 마치 구멍에 내던져진 것처럼 잠들었고, 안개에 쌓인 듯 깨어났다. 바지를 벗고 잤기 때문에 낸시가 아직 이불 속에 있는 그에게 커피를 가져다줬다. 낸시가 오트밀을 만드는 동안, 그는 한쪽 팔꿈치로 기대어 커피를 마셨다. 왕이 된 기분이라고 얘기했다.

"로즈는 절대 이불로 커피를 안 가져다준다고?"

"절대!"

"그럼 네가 먼저 로즈에게 해줘봐. 운 좋으면 어떻게 될지 누가 알아."

"오, 말도 안 되는 소릴."

"그런 식이면 운이 따를 리가. 너 속이 시커멓구나!"

"어젯밤에는 누가 나를 복사라고 부르던데."

낸시가 웃었다. "못된 복사도 여러 명 봤거든."

"한 잔 더 마실 수 있을까?"

"바지부터 입어. 그럼 생각해볼게."

# 아서 V. 왓킨스

**만일 아서** V. 왓킨스가 복싱 선수였다면(물론 아니었지만) 그는 주로 묵직한 강펀치를 날리는 선수가 되었을 것이다. 무척이나 이상적인 생김새, 그러니까 존경이 우러나오는 남성이라고 생각되지는 않는 사람이었다. 고전적인 설교자 타입의 외모로, 희끗희끗한 머리칼로 고결한 후광을 두른 반쯤 벗어진 대머리가 참 볼만했다. 청결과 경건의 공격적인 분위기. 그것이 왓킨스였다. 어두운 타이. 옅은 양복. 그는 1886년, 유타가 아직 자치령이던 때에 태어났고, 아이작 제이콥에게 세례를 받았다. 1906년, 그와 똑같이 아서 V. 왓킨스라는 이름을 쓰는 그의 아버지는 조셉 F. 스미스에게 편지를 썼다. "인디언보호구역 땅에 우리 집 경작지를 가지고 있다네." 이런 일이 토지할당 시대(미국 정부는 1887년에 토지할당법을 제정해 인디언 부족으로 하여금 공동 토지를 분할해 각 개인에게 할당하도록 했다―옮긴이)에 벌어져, 왓킨스 일가가 위치해 있던 윈타 및 유레이 보호구역의 유트족 땅이 1,380만 에이커 줄어들었다. 그곳이 에이브러햄 링컨 대통령과 뒤이어 체스터 A. 아서 대통령이 행정명령으로 인디언들에게 보장해주었던 땅임에도 불구하고 말이다.

아서 V. 왓킨스는 아버지가 훔친 땅 어딘가에서 자랐다. 1907년에 그는 보통 사람과는 다른 사람이 되었다. 유타의 윈타 카운티에 있는 버널에서 하느님의 부름을 받은 그는, 미국 동부에서 선교를 마치고 다시 유타로 돌아왔다. 그러고는 상원의원이 되기 위해 주정부에서 열심히 일하다가 마침내 공직에 출마했다. 종결에 대한 심리가 진행되던 중에 그에 관해서 이런 이야기가 돌았다. "거의 무서울 정도로 의로운 분위기를 풍긴다." 그는 종결에 대해 자세히 설명할 때 "높고 얇은 목소리로 울부짖었다"고 한다. 조셉 스미스와 초기 모르몬 교도들은 나라 전역에서 그들이 가는 길에 있는 모든 인디언들을 살해하려 최선의 노력을 다했지만, 결국 크게 성공하지는 못했다. 아서 V. 왓킨스는 그 선지자가 시작한 일을 자신의 공직이 가진 힘을 이용해 완수하기로 결심했다. 그는 손에 피 한 방울 묻힐 필요조차 없었다.

## 시원하고 화창한

**기차에서 내려** 버스를 탔다. 시내 가까운 고속도로에서 버스가 그들을 내려줬을 때, 가을의 오후는 시원하고 화창했다. 나뭇잎들은 한 번씩 불어오는 세찬 바람에 떨어져 내리고 있었다. 그들은 걷기 시작했다. 도로에는 사람이 거의 없었고, 그들이 가는 방향으로 가는 사람은 아무도 없었다. 우드 마운틴은 자기 가방과 퍼트리스의 가방을 들고 둘을 따라 걸었다. 퍼트리스는 힘겹게 아이를 안고 가고 있었다. 걷는 동안 그녀는 기도했다. *집에 아버지가 없게 해주세요.* 만일 성내고 토하는 아버지가 집에 있다면 그녀는 달아날지도 몰랐다. 다시 시티즈로. 그녀에게는 돈이 있었으니까! 우드 마운틴은 전혀 다른 생각을 하고 있었다. 그는 아이에게 지어줄 이름을 생각해놓았다. 아킬레. 아버지의 이름. 그랬다. 그도 자기 자신을 어쩔 수가 없었다. 그는 이런 것들, 즉 감정들, 이름 붙여지지 않은 고요한 감각들에 휩쓸리고 있었고, 오직 그의 행동과 갑작스러운 결정만이 그를 보여주었다.

"아기에게 지어줄 이름을 생각했어." 몇 마일을 함께 걷고 난 후 우드 마운틴이 말했다. 그는 말해도 좋을지 의심하면서, 그러나 말하지 않고는 배기지 못해서, 자신의 목소리 크기를 줄여볼 요량으로 나머지 한 손으로 자기 얼굴을 비벼댔다. 그리고 퍼트리스의 표정을 흘긋 살펴보았다. "당연히 당분간만 부르는 이름이지." 우드 마운틴이 말했다.

여전히 아무런 대답이 없었다.

"아킬레 어때?" 말하고서도 바보 같아서 스스로 한 대 쥐어박고 싶은 심정이었다.

"아킬레라."

그녀는 계속 걸었다. 그리고 한걸음 한걸음 걸을 때마다 아기의 등을 가볍게 토닥였다. 그녀는 아기가 가슴께에서 흔들리지 않고 주머니 안에 잘 매달려 있을 수 있도록, 잘 늘어나는 그 하얀색 담요를 영리한 방식으로 자기 몸에 묶었다. 아, 그녀의 가슴! 우드 마운틴은 마치 벌레를 잡으려는 양 자신의 머리를 손으로 쳤다.

"언니가 돌아오면," 퍼트리스가 말했다. "네가 아버지 이름을 따서 아이 이름을, 별칭을 지어줬다고 언니에게 말할게. 삼촌한테서 두 분이 젊었을 적에 어떻게 기차를 타고 다니셨는지 들은 적이 있어. 너희 아버지 좋은 분이셨더라."

그녀는 이기적인 사람이 아니었다. 하지만 아직도 옆에서 우드 마운틴이 함께 그녀의 집 쪽으로 걷고 있었다. 사실 우드 마운틴의 입장에선 전혀 다른 방향이었다. 퍼트리스는 혼자서도 집까지 잘 갈 수 있다고 한 번 더 말했다. 하지만 그는 아니라며, 그녀가 아기와 함께 혼자 걷게 내버려두지 않을 거라고 했다. 걸으면 걸을수록 가방과 아기가 더 무거워질 거야, 우드 마운틴이 말했다. 퍼트리스는 좋은 신발을 신고 있었는데, 걷기에 최상인 신발은 아니었다. 그가 말했다. 어쨌든 예쁜 신발이네.

"이 신발 어찌나 아픈지, 악마 같아." 그녀가 말했다. "내일 공장에 가면 걷지도 못할걸."

그녀가 숲으로 들어가는 분기점에서 신발을 벗을 동안 그가 아이와 짐을 들었다. 지천으로 길이 있었는데, 이 길은 집으로 가는 큰길로 이어지는 여러 길 중 하나였다. 가는 길에 얕은 늪지를 헤쳐가야 했지만 그건 괜찮았다. 그녀의 발가락은 진창을 좋아했다. 그녀는 아기를 다시 받아들었다.

"귀위젠스." 심장까지 아기를 들어 올리며 그녀가 말했다. 부족 사람들은 악령이 남자아이를 찾아오지 않기를 바랄 때, 또 주변에 질병이나 위험이 있을 때 아기를 그렇게 불렀다. 그러니까, 악령의 주의를 끌 만한 어떠한 화려함도 없이 그냥 '리틀 보이'였다. 우드 마운틴도 그것을 알고 있었고 수긍도 되었지만, 그럼에도 한편으로 자신이 지은 이름을 퍼트리스가 쓰지 않는 것이 무언가를 의미한다는 것도 이해했다. 그게 무슨 뜻이냐면… 그는 발을 빨아들이는 습지의 진흙을 헤쳐 가는 동안… 발을 헹구고 다시 신발을 신는 동안, 오로지 그 생각만 했다. 푸콘이 모자에 부딪히는 언덕을 올라갈 때도 그 생각뿐이었다. 그게 무슨 뜻이냐면…

그건 바로, 그녀에게 우드 마운틴이 지은 이름을 쓸 의향이 전혀 없다는 뜻이었다.

오, 하지만 색채의 향연이었다. 숲의 금색과 노란색, 황토색, 반짝 타오르는 오렌지색과 진홍색, 초록과 초록, 세상의 모든 초록색들. 색채들이 화려한 불빛을 일으켜 그들의 머리칼에, 어깨에, 걸어가는 몸 위에 색의 물보라를 쏟아냈다. 우드 마운틴의 광대뼈 둔통과 퍼트리스의 오른쪽 발가락에 잡힌 물집을 빼면, 그들의 젊은 육체에는 아무런 고통이 없었다.

왜 그녀는 누군가 자신을 집까지 바래다주기를, 그래서 연인이 되기를 바라지 않는 걸까? 어쩌면 그가 그녀를 사랑할지도 모르고, 확실히 아기는 사랑하는데 말이다. 건장한 데다 그럴싸한 외모를 지닌 우드 마운틴은 전도유망한 남자였고, 그녀는 그 바보 같았던 미소에도 불구하고 그에게 끌렸다. 그 이후로 다신 그녀에게 시도하지 않은 미소. 그와 사랑에 빠지는 것은 자연스러운 일이었다. 그렇지 않나? 하지만 그녀는 자신의 손 바로 옆에 늘어뜨려져 있는 그의 손을, 그녀의 손을 향해 살짝 돌려져 있는 그의 손을 잡지 않았고, 대신 귀 위젠스를 쓰다듬었다.

"픽시." 그가 말했다. "오, 픽시."

"퍼트리스라고 몇 번을 말하니."

그녀는 만일 그의 얼굴에 수염이 나 있었다면 싹 밀어버렸을 것 같은 눈으로 그를 쳐다봤다.

그는 입을 다물었다.

그녀는 지금 자신이 반스에게 하듯 우드 마운틴을 대하고 있음을 깨달았다. 그를 낙담시킬 줄 뻔히 알고도 내뱉는 말들. 또한 가볍게 흔들거리는 그의 손을 무시했으며, 판이 다 깔려 있었지만 꽉 붙잡는 일을 회피했고, 감동의 미소가 기대되는 순간 아무런 표정도 담지 않은 눈길을 보냈다. 집에 거의 다다랐을 때쯤, 그녀는 그렇게 하는 것이 반스에게는 쉬웠지만 우드 마운틴에게는 훨씬 더 어려웠음을 스스로 인정할 수밖에 없었다.

∼

**자낫은 선생님** 같지 않았고, 수녀 같지 않았으며, 성직자 같지도 않았다. 그녀는 퍼트리스에게 세상을 보여준 다른 어떤 어른들과도 달랐다. 자낫은 다른 종류의 지식을 갖고 있었다. 자낫의 생각 속에는 편가름이 없었다. 아니, 어쩌면 그녀의 편 가름은 다른 사람들의 것과는 다르거나, 혹은 눈에 보이지 않는 것일지도. 백인들은 그녀 같은 인디언을 볼 때면 *멍청하게 고집이 세다고* 생각했다. 하지만 자낫의 지식은 두려운 차원의 것이었다. 가끔 그녀는 몰랐으면 좋았을 것들까지 알고 있었다. 사라진 남자가 얼음을 통과해 떨어진 곳이 어디인지. 온전하지 않은 여성이 디프테리아로 죽은 아이를 어디에 묻었는지. 동물이 이 사냥꾼에게는 잡혀주지만 다른 사냥꾼에게는 왜 잡혀주지 않는지. 질병이 왜 젊은 남자를 괴롭히고 그의 노쇠한 할아버지는 내버려두는지. 왜 어느 날 아침에 아무 이유 없이 문밖에 이상한 돌이 떨어져 있는지.

"별들이 우리에게 메시지를 보낸 거야." 자낫이 말한 적이 있었다.

그때 퍼트리스는 어머니를 가만히 바라보았다. 분명 유성에 대해 단 한 번도 들어본 적이 없었을 어머니였다. 자낫의 생각은 그녀를 둘러싼 삼라만상을 세심하게 배려하는 것에서 비롯되었다. 왜냐하면 모든 것들은 살아 있으며, 자기만의 방식으로 반응하고, 자기만의 방식으로 다치게 할 수 있으며, 자기만의 방식으로 벌을 내릴 수도 있기 때문이었다.

**퍼트리스와 우드** 마운틴이 집에 도착했을 때, 자낫은 백향목을 가득 넣은 앞치마를 입고 언덕을 내려오고 있었다. 자낫은 모든 것을 내던지고 그들을 향해 뛰어왔다. 걱정에 휩싸인 얼굴이었다.

"언니는 아직 못 찾았어." 치마가 펄럭이고 땋은 머리가 풀리도록 팔을 한껏 펼치며 달려오는 어머니를 보면서 퍼트리스는 울었다. 자낫은 퍼트리스를, 두 사람 사이에 있는 아이를 안았다. 우드 마운틴은 시선을 떨어뜨렸다. 포키가 양팔 가득 나무를 안아 들고서 집 모퉁이에서 나왔다. 포키는 얼어붙은 채 그 자리에 서 있었다.

"리틀 보이밖에 못 데리고 왔어, 엄마."

퍼트리스는 귀위젠스를 어머니의 팔에 안겼고, 자낫은 아기를 불안한 듯 응시하다가 베라의 특징을 찾기 위해 매섭게 여기저기 뜯어보았다. 그러다 갑자기 아기를 안은 채로 주저앉았다. 마치 힘이 다 빠진 것처럼 땅 위에 풀썩 쓰러졌다. 자낫은 아무 소리도 내지 않았고, 퍼트리스는 어머니가 어딘가 다른 곳, 닿을 수 없는 곳에 있음을 알았다. 자낫 자신이 돌아오기로 결정할 때까지 돌아오지 않을 것이었다.

"에버렛, 넌 그만 가는 게 좋겠어." 퍼트리스가 우드 마운틴에게 말했다. 그녀는 조심스럽게 주위를 둘러보았다. 아버지가 있다는 흔적은 없었다.

우드 마운틴은 문까지 걸어가더니 그녀의 가방을 그곳에 내려놓았다. 그는 포키에게 아는 체를 하며 고개를 끄덕이고는 돌아서서 걸어갔다.

**마침내 자낫이** 아기와 그녀 자신을 추슬렀다. 집 안으로 들어갔다. 자낫이 첫 번째로 한 일은 앉아서 아기에게 자기 젖을 먹인 것이었다. 포키는 알아채지 못했지만 퍼트리스는 마음이 불편해졌다. 그녀는 어머니에게 왜 젖을 먹이느냐고 물었다. 아무래도 젖이 나올 것 같지가 않았다. 하지만 자낫은 옛 시절에는 종종 아이 엄마가 젖을 먹일 수 없을 때, 나이 든 여성들이 대신 젖을 먹였다고 말했다.

"그리고 내가 그렇게 나이 들지도 않았잖아." 자낫이 말했다. "내 가슴은 아직 말라비틀어진 오래된 가죽 담배 주머니가 되진 않았거든." 치페와어로는 이 모든 것을 단 한 단어로 표현할 수 있었다. 가슴이 찢어질 때 보통 그러하듯, 두 사람은 하이 톤으로 절박하게 웃기 시작했다.

## 원환면

**다음 날** 아침, 곧 죽을 듯 배고파 하는 아기에게서 빨리 벗어나지 못해 안달이었던 퍼트리스는 도로에서 도리스와 밸런타인을 기다렸다. 아기의 울음이 어찌나 큰지 건드리면 가진 것을 모두 쏟아내는 잠금장치 같았다. 자낫은 여전히 아기에게 젖을 물렸지만, 아울러 끓인 오트밀을 걸러낸 물을 먹여보려고도 애썼다. 포키는 일찌감치 통학버스를 타러 걸어 나갔다. 도로에는 아무도 없었다. 나를 잊은 건가? 퍼트리스는 천천히 동료들이 올 방향으로 걸어가보았다. 그녀의 생각은 마치 파리처럼 여기에 앉았다가 저기에 앉았다가 하며 빠르게 쏘다녔다. 여기저기 내달렸다. "나도 알아." 그녀가 큰 소리로 말했다. "어쩌면 내가 미쳤는지도 모르지. 하지만 나는 우리 언니가 여전히 살아 있다고 믿어야만 해." 그녀는 비칠 듯 비치지 않는 부드러운 석영 조각 하나를 주워들고 손에 올린 다음 가만히 바라보았다.

"내가 미쳐가고 있나 보네." 그녀는 곧 석영을 덤불 속으로 던져버렸다.

으르렁거리는 모터 소리, 도리스 차의 타이어 아래로 자갈이 으스러지는 소리가 들렸다. 그녀는 안도감에 눈을 감았다. 차가 그녀 옆에 멈춰 섰다. 닷새 동안 그녀는 다른 시간 속, 다른 행성에 있는, 다른 사람이었다.

"아름다운 아침이야!" 뒷좌석 문을 열며 그녀가 말했다.

"집 없는 노숙자를 그냥 지나칠 수가 있나." 밸런타인이 외쳤다.

"타!"

"베라는 찾았어?"

"아니, 언니는 아직 안 나타났어. 언니 아기만 집에 데리고 왔지. 사내애야."

"아기라니!"

가는 내내 그들은 다른 이야기는 전혀 하지 않았다. 그날이 다 저물 때까지 그녀는 약속들을, 너무나 많은 약속들을 받았다. 젖병. 몇 주 분량의 기저귀. 뚜껑 달린 기저귀 통. 꼬까옷과 담요. 아기에게 필요한 온갖 것들. 딱 엄마만 빼고.

"아기 분유 남은 걸 가지고 있는 사람을 알아." 베티 파이의 말이었다. "돈을 받으려고 하겠지만, 사정을 들으면 분명 그냥 줄 거야."

"저, 돈 있거든요." 퍼트리스, 수중쇼걸이 말했다. "얼마를 부르든 낼 수 있어."

하지만 정말 그럴 생각은 없었다. 분명 자낫의 담배 주머니가 제 역할을 톡톡히 해주리라.

~

**축을 중심으로** 두고 원을 하나 회전시키면, 그 회전체의 표면은 원환면이 될 것이다. 타이어 속에 들어 있는 바퀴 모양의 튜브. 텅 빈 원환면이 있을 수 있고, 원환면 안에 부피가 더해진 속이 꽉 찬 원환면

이 있을 수도 있다. 도넛, 보석베어링 같은 것들. 금속 주축이 나란히 자리 잡은 보석 중앙에 있는 구멍에서 회전했다. 이 구멍이 원환면 같은 생김새였고, 이런 메커니즘은 마찰 없는 영속적인 움직임이라는 이상을 가능하게 했다.

당신은 자신이 시간에 갈리고 있다는 걸 느낄 수 없다. 시간은 단지 모든 것일 뿐, 그 밖의 어떤 것도 아니다. 초도 아니고, 분도 아니고, 시간도, 날도, 해도 아니다. 이 물질 아닌 물질은, 이 구부림과 모양 빚음과 뒤틂은 바로 우리가 세계를 이해하는 방식이다.

자낫은 시원한 가을 햇살의 널 아래에서 지친 아기를 팔에 안고 딸의 침대에 누워 있었다. 퍼트리스가 집으로 들어와 신발을 벗을 때, 그들은 마찰 없는 영속적인 움직임을 유영하고 있었다. 퍼트리스는 모자를 벗고 그들 곁에 누웠다. 그리고 날개를 펼치듯 그녀의 파란색 코트를 열어젖혔다.

## 금속 블라인드




**파고에서의 중요한** 회의는 법원 건물에서 열렸다. 옅은 색의 부드러운 석회암으로 만든 육중한 기둥식 구조의 건축물이었다. 황동 촛대들과 광택이 흐르는 참나무 웨인스코팅(실내 벽에 사각 프레임 형태로 장식 몰딩을 붙이는 것—옮긴이)으로 장식된 복도는 판사석이 있는 으리으리한 재판정, 판사실, 배심원단의 심의실, 그 외 다른 수많은 작은 통로와 사무실로 이어졌다. 토머스와 부족 구성원 동료들이 들어선 곳도 아름다운 목재 웨인스코팅이 설치된 곳이었다. 벽의 윗부분은 근래에 백악질의 무광 흰색 페인트로 칠했다. 북향 창문을 통해 무미건조한 회색빛이 흘러들어왔다. 까만색 치마에 힐을 신은 키 작은 여자가 쉽게 접을 수 있는 금속 블라인드를 열어젖혔다.

 차분한 빛이 창문 아래, 윤기 나는 책상 끄트머리에 덧댄 막대 위로 떨어졌다. 토머스와 부족 성원들이 들어오자 책상에 앉아 있던 네 명의 남성이 일어났다. 네 사람은 모두 양복과 넥타이 차림이었는데, 각기 다채로운 채도의 양복을 입었고, 양복에는 갈색과 회색의 패턴이 들어가 있었다. 그들은 사우스다코타주 애버딘에 있는 인디언사무국에서 온 사람들이었다. 이내 한 명씩 앞쪽으로 나오더니 토머스와 위원회의 다른 성원들, 그리고 부족 변호사 존 헤일과 악수를 나눴다. 그러고는 각기 테이블 뒤로 되돌아갔다.

토머스는 서류가방을 맨 앞줄에 있는 의자 위, 존 헤일과 모지스 몬트로즈 사이에 내려놓았다. 나머지 사람들이 우측과 좌측, 그리고 뒤에 있는 좌석을 채웠는데, 다 합쳐서 마흔다섯 명이 넘는 부족 구성원들이었다. 토머스는 양손으로 두 눈을 훔쳤다. 그리고 이렇게 많은 사람들이 쉽지 않은 길을 와준 것에 감동한 것을 숨기기 위해 시선을 떨구었다.

"환영합니다." 지역감독 존 쿠퍼가 말했다. "이 회의는 1953년 10월 19일, 오후 1시에 시작되었음을 알립니다."

속기사의 손가락들이 타자기 자판을 빠르게 두드리기 시작했다.

"감사합니다." 토머스가 말했다. "우리가 이 자리에 모인 것은 상하원합동결의안 제108조와 관련하여 발의된 법안의 목적에 대해 의견을 나누고자 함입니다. 이 법안에 따르면 터틀마운틴 주체에 대한 연방정부의 인정 및 지지는 종결됩니다."

토머스는 자신의 복부를 꽉 움켜잡은 긴장감을 풀어보려고 깊게 숨을 들이쉬었다. 긴장된 탓에 아침을 충분히 먹지 못했다. 그는 존 쿠퍼에게 부족 동료들을 위해 법안을 읽어줄 수 있는지 부탁한 후 자리에 앉았다. 쿠퍼 씨는 종이 꾸러미를 인디언사무국 측 변호사 게리 홈스에게 건네주었고, 그가 각 부분을 읽기 시작했다.

첫 몇 페이지를 읽고 나자, 토머스는 사람들의 집중력이 흐트러지고 있음을 느낄 수 있었다. 짧은 구절들이 주의를 끌었다가도 다음에 이어지는 긴 문장이 주의를 다시 흐트러뜨렸다. 변호사의 목소리는 차분하면서도 거칠었다. 그는 목을 가다듬느라, 혹은 길게 이어지는 '으으으음' 소리를 내느라 자주 멈췄다.

> 연방정부 소유의 부지를 양도
> 위의 인디언과 관련해 더는 필요하지 않음에 따라 중단될 수 있다
> 땅의 매도를 초래하며 매도 과정을 위탁하는
> 더틀마운틴 집단 관련 사안과 부족원에 대한 신뢰 관계는
> 종결되었다
> 종결
> 종결하는

**법안 낭독을** 듣는 것보다 더 고역이었던 것은 토머스의 뒤에 있는 조용한 실망감이었다. 연사에게 무례를 범하지 않고는 뒤를 돌아볼 수 없었지만, 그는 저기랑 루이스와, 조이스랑 메리와 눈빛을 주고받기를 간절히 바랐다. 또 이곳 파고를 비롯해 그랜드포크스에서 와준 다른 이들과도 그러고 싶었다. 그들은 상황에 대해 듣고 나서, 이 알수 없는 회의실로 천천히 들어선 사람들이었다. 마틴 크로스는 그들을 지지하기 위해 온 주를 차로 가로질러 왔다. 참석자 열두 명 정도가 영어를 아예 못 하거나 거의 알아듣지 못했지만, 그럼에도 그들은 엄청난 노력과 돈을 들여 이 회의에 왔다. 단어들이 무미건조한 작은 망치들처럼 두드려대는 동안, 토머스는 이들이 사는 장소에 대해 생각했다. 존 서머, 늙은 기지스, 클로틸드 플러리, 앵거스 워치, 버기 모리시, 아낙와드는 제간습지(움푹 팬 저지형 습지―옮긴이)와 구릉에 쏙 들어가 자리 잡은 진흙집에서 바람을 피해 살았다. 그들은 습지나 자그마한 샘에서 물을 길었고 집은 등유로 밝혔다. 그러나 이

곳에서 그들은 모두 다 먼지 한 톨 없이 깔끔한 옷을 입은 모습으로 참석하고 있었다. 인디언들에게는 세대를 거듭해 일어나는 일이었기에, 그들은 백인 남자가 읽고 있는 끝없는 종이 꾸러미를 이해하려고 애쓰고 있었다.

홈스가 쿠퍼 씨에게 말을 걸기 위해 잠시 멈췄을 때, 토머스는 뒤를 돌아보았다. 사람들은 고도의 집중력을 보여주고 있었으며, 연사가 자리를 비우자 토머스를 바라보았다. 그는 빠르게 한 사람 한 사람을 보며 눈빛을 되돌려주었다. 보통 때와 달리 아무도 시선을 피하지 않았다. 그들의 숨김없는 표정 전부가 그에게 와 닿았고, 토머스는 그 눈빛들에 실린 엄중함을 받아들였다. 다시 고개를 앞으로 돌렸을 때, 그는 무언가가 자신에게 전달되었다는 느낌을 받았다. 그는 두 눈 뒤편의 마른 눈물로 그것을 느꼈다. 홈스가 아까 멈추었던 부분부터 다시 읽기 시작했다.

**긴 시간** 이어진 법안 낭독이 끝나자 토머스는 일어나 다시 돌아서서 그의 친구들과 친척들을 보았다. 그는 방청객의 의견을 구했다.

*루이스 파이프스톤:* 고맙습니다. 자, 이제 이 법안에 대한 설명을 들을 수 있을까요? 귀가 먹어가는 이 늙은 목장주가 핵심을 이해할 수 있게?

*홈스:* 간단하게 말하면, 결국 터틀마운틴 부족에게는 더 이상의 인디언 지원이 없다는 뜻입니다. 적어도 정부가 생각하기에는 이제 여러분은 백인들과 동등할 겁니다.

*조이스 아시기낙:* 글쎄요, 우리가 보기에는 동등한 것 같지 않은데요.

우리의 권리는 줄어들어요. 그러니 이 법안은 어떤 식으로든 저에게는 맞지 않네요. 정부는 합의한 내용을 철회하고 있어요. 당신들은 우리를 이 작디작은 땅에 버려뒀고, 이 땅의 대부분은 경작할 수도 없는 땅입니다. 정부는 먹다 남은 걸 줘놓고 거기에서마저 우리를 쫓아낼 게 아니라, 우리에게 더 많은 땅을 돌려줘야 해요.

홈스: 오, 좋은 소식도 있어요! 동등한 기회를 갖는 지역으로 이주될 겁니다. 법안에 그렇게 나와 있어요.

회의실 안에 완벽한 침묵이 흘렀다. 이내 홈스가 한 말을 사람들이 다시 말하고 해석하면서 급작스럽게 부산스러움이 일었다.

*저기 블루:* 우리는 고향을 떠나고 싶지 않아요. 우린 가난합니다. 하지만 가난한 사람들도 고향을 사랑할 수는 있는 거잖아요. 고향을 사랑하는 데에는 돈이 필요하지 않습니다.

*아낙와드:* 가윈 니니시도투시눈.

*루이스 파이프스톤:* 지금 아낙와드가 자신은 이해할 수 없다고, 또 운명을 알기 위해 이곳에 온 많은 사람들도 그와 마찬가지라고 말하네요. 아낙와드는 이 법안이 이해 가능하도록 번역될 수 있는지 묻고 있습니다.

홈스 씨는 동료들을 바라보며 눈썹을 추어올린 채 웃음 지었다. 동료들 또한 관용이 넘쳐 흐르는 쓴웃음을 짓더니, 짜증 섞인 얼굴로 고개를 휘휘 저었다.

*클로틸드 플러리:* 제가 인디언 말로 발언하시는 분들 옆에 앉아서 통역을 할게요.

청중들이 다시 자리를 정비한 다음, 클로틸드가 토머스에게 조용히 말했다. 모든 사람들이 기대에 찬 얼굴로 기다렸다.

*기지스*(클로틸드의 통역)*:* 저는 홈스 씨에게 한 번 더 법안을 읽어주기를 정중히 청하는 바입니다. 여기에 모인 사람 중 절반은 법안을 이해하지 못했습니다.

홈스는 입을 뗐다가 다시 닫았다. 기침을 했다. 그는 동료들과 의견을 나눴다. 그러더니 생색내듯 유리잔에 물을 따르고는 길게 한 모금을 마시고 나서 읽기 시작했다. 몇 분이 흐르고서 쿠퍼 씨가 그를 중단시켰다.

*쿠퍼:* 잠시 휴회를 청합니다.
*토머스 와샤스크:* 선생님, 뜻은 감사하지만, 저희에게서 모든 것을 가져가겠다는 의미가 담긴 이 법안을 이해할 수 있는 시간이 저희에게는 오늘 하루뿐입니다. 휴식이 필요한 사람들은 조용히 다녀오고, 나머지 사람들을 위해 회의는 계속하는 것이 어떨까요. 또 하나, 홈스 씨께서 법안을 간단하게 요약해 읽어주길 제안합니다. 홈스 씨라면 몇 문장으로 요약해서 뜻을 전달해줄 수 있을 것 같습니다.

토머스는 자신의 배짱에 스스로 놀라면서도 꿋꿋하게 서 있었다. 필요한 사람은 밖으로 나갔다가 다시 들어오는 식으로, 회의가 흐름대로 계속되었다. 그리하여 회의실 내부의 집중력이 흐트러지지 않았다.

메리 몬트로즈: 이주는 제가 원하는 것이 아닙니다. 우리 이웃 중에 인디언이 아닌 사람들을 이주시키는 게 어때요? 그 사람들이 우리 땅에서 가장 좋은 곳에 살고 있거든요.

쿠퍼(불쑥 웃음을 터뜨리며): 그건 논의 자체가 안 돼요. 우린 여러분을 대표해 이곳에 와 있습니다. 하지만 그런 건 저희도 할 수 없어요.

헤일: 인디언국이 터틀마운틴 치페와 인디언과 그 보호구역을 포괄하는 이 조치를 시작한 게 아니라는 것은 저희도 압니다. 그것은 의회의 결정이었지요. 의회의 몇몇 의원들은 터틀마운틴 치페와 족이 충분히 발전하여 부득이 정부 지원을 중단해야 한다고 들었거나 혹은 그렇게 믿는 것으로 보이네요.

모지스 몬트로즈: 어떤 면에서는 발전했습니다. 그건 사실입니다. 이 회의실만 해도 똑똑한 인디언들이 매우 많지요. 하지만 대다수의 인디언은 누가 봐도 경제적으로 파산 지경이에요. 우리는 일을 하고 있습니다만, 만일 우리가 부자가 됐다고 해도, 그것이 우리가 정부와 맺은 합의에 영향을 줄 수는 없어요. 어느 조약을 봐도 우리의 형편이 나아지면 땅을 잃게 될 거라고 쓰여 있지 않습니다.

토머스 와샤스크: 어떤 연구 결과를 보고 우리의 발전, 곧 경제적인 발전에 관한 정보를 얻었는지 저는 모르겠습니다. 그러나 그것은 잘못된 것임을 말씀드립니다. 대부분의 인디언은 전기 없이, 수도

시설도 없이 더러운 바닥에서 삽니다. 이 회의실에 있는 대다수의 인디언처럼 저도 제가 마실 물을 직접 가져왔습니다. 제가 스스로 발전했다고 느끼는 것은 오로지 제가 읽고 쓰기 때문입니다. 제가 읽고 쓸 수 있다고 해서 인디언이 되지 말아야 한다는 것입니까?

*쿠퍼:* 당신의 인디언 정체성을 없애려는 조치는 없습니다.

*조이스 아시기낙:* 지금 벌어지고 있는 일이 정확히 그거예요.

*존 서머:* 발전을 했어도 우리는 여전히 우리입니다. 그리고 제 경우에는 아직 발전하지도 않았고요.

*헤일:* 의회는 지난 시대를 거쳐 인디언들과 맺은 협약에 대한 책무를 유기하려는 시도를 하고 있습니다. "풀이 자라고 강물이 흐르는 한"이라는 구절을 여러분도 들어봤을 겁니다. 제가 대표하고 있는 건, 그간 우여곡절 속에 생존해온 사람들, 그리고 자립하려면 도움이 필요한 사람들입니다.

*홈스:* 우리는 이 법안을 만든 사람들이 아닙니다.

*에디 밍크*(굳건하게 선 채, 그의 축 늘어진 실크 넥타이를 부드럽게 쓸어내리며)*:* 제가 몇 마디 보태겠습니다. 잠시 주목해주시겠습니까? 감사합니다. 제가 보기에 이 조치는 위대한 노스다코타주가 외딴 우리 지역에 대한 지원을 떠안게 될 것이라는 뜻 같네요. 교육도 제공하고, 그 밖의 것들도요. 카운티에서 다리도 정비해주고 도로도 보수해주기 시작해야 할 거예요. 치안 같은 여러 가지 것들 또한 강화해야겠지요. 저는 우리의 멋진 카운티와 주가 이런 뜻 깊은 기회들을 받아들일 열정적인 자세가 되어 있는지 궁금합니다.

*쿠퍼:* 그건 저도 확신하기가…

*에디 밍크:* 그렇겠지요. 만일 정부가 우리를 다른 곳으로 보내버리고,

여기저기에 떨군다면, 아, 미안합니다, 이주시킨다면, 우리 대부분은 결국 시티즈에 자리 잡게 될 거예요. 그리고 만일 인디언사무국에서 우리 땅을 팔아 치워버린다면, 그럼 문제 해결이겠죠.

*아낙와드*(통역): 여기 있는 사람 중에 누가 부자처럼 보입니까? 제가 아는 한 여기 부자는 아무도 없습니다. 제 호주머니에는 몇 센트뿐입니다. 그게 제가 가진 전부예요. 1492년에 백인이 들어왔을 때부터, 그들은 인디언에게서 부를 빼앗기 시작했습니다.

*저기 블루*: 그들은 그저 우리 땅을 빼앗으려는 거예요. 5년 안에 보호구역에 있는 땅은 전부 백인 손에 들어갈 테고, 우리는 길에서 아이들과 함께 터덜터덜 걷고 있을 겁니다. 불 밝힐 곳을 찾아다니면서 말이죠.

*기지스*(통역): 이 법안과 관련된 것 중에서 우리가 원하는 건 아무것도 없어요. 우리는 이 법안과 싸워서 이길 겁니다. 이것이 우리의 입장이에요. 우리는 그저 현상 유지를 바랍니다. 이것보다 더 좋은 새로운 것이 나타날 때까지, 계속 이대로 유지되기를 바라요.

*홈스*: 이제 쉬어도 될까요? 엉덩이가 제법 뜨뜻해지고 있네요.

(웃음)

*버기 모리시*: 몇 년 전에 워싱턴에 가게 될 일이 있었습니다. 내무부장관, 인디언사무국장과 이야기를 나눴어요. 그들은 인디언이 독립하려면 수십 년은 걸릴 거라고 말했습니다. 그래서 저는 이 법안이 이해되지 않아요. 어쩌면 우리가 할 수 있다는 걸 미래가 보여줄지도 모르겠네요.

*모지스 몬트로즈*: 우리가 처음에 맺은 합의에는 그런 조항이 없었어요. 영속하기로 되어 있던 합의였습니다. 만일 우리가 독립하게 되

더라도 협정은 여전히 유효해야 해요.

*에디 밍크:* 정부가 인디언에게 제공해주는 지원들은 임대료랑 비슷한 것인지도 모르겠네요. 미국이라는 나라 전체가 쓰고 내는 임대료 말이죠.

～

**회의실 앞쪽에** 앉아 있던 사무국 행정관들은 에디의 발언에 다소 망연자실한 것처럼 보였다. 그 후 회의는 두 시간가량 더 계속되었지만 새로운 의견은 없었다.

다음을 기약하며 회의를 중단하려던 순간, 모지스 몬트로즈가 갑작스레 목소리를 높여 말했다.

*모지스 몬트로즈:* 궁금한 게 있습니다. 이 모임이 끝나면 보고서를 작성할 텐데, 의회에 모임이 어땠다고 서술할 생각인지 묻고 싶네요.

*홈스:* 이곳에서 나온 다양한 발언들은 전부 기록되었습니다.

*저기 블루:* 그렇다면 부디 이것을 기록해주세요. 우리들 한 명 한 명은 모두 이 법안에 반대합니다.

토머스가 투표를 받았다.

법안 찬성—0.

법안 반대—47.

회의가 끝났다. 다들 악수를 나누고 회의실을 떠났다. 토머스가 문밖으로 나올 때, 루이가 토머스 옆에서 함께 나오며 이렇게 말했다. "내 딸 밀리 기억해?" 토머스는 전혀 기억하지 못하는 눈치였다. "체크 말이야. 우리가 그렇게 불렀잖아?" 루이가 대화를 이어나갔다.

"아, 체크. 그래."

"내가 첫 번째 여자친구와 낳았던 딸이지. 여자친구는 이름이 클라우드였는데, 이쪽 동네 출신은 아니었어. 그 딸 밀리가 대학생이야. 자네, 밀리가 여기에 와서 이것저것 물어봤던 것 기억나나? 학위를 받으려고 정보를 수집했었지."

"오, 생각나고말고." 토머스가 말했다. "우리 치페와 학자."

"어쩌면 그애가 그때 찾았던 걸 가지고 우릴 도와줄 수 있을지도 몰라."

"그래." 토머스가 말했다. 그는 절망을 숨기려 노력 중이었다. "할 수 있는 건 뭐든 해서 죄다 그들에게 던져주자고. 그들이 우릴 궁지로 몰아넣고 있으니까."

**목화 담요** 같은 구름 뒤에서 과하게 산란하는 태양빛 때문에 시간이 어느 정도 되었는지 가늠하는 것이 불가능했다. 토머스는 꽤 늦은 오후임이 틀림없다고 생각했다. 그는 에디가 잠깐 멈춰서 한 잔 하자고 조이스와 메리를 설득하는 소리를 들었다.

"에디가 한 잔 적시고 싶다는군." 모지스가 말했다.

"나도 그러고 싶네만," 토머스가 말했다. "저녁 먹을 때 루트비어(탄산수의 일종—옮긴이)만 마시는 편이 좋겠어."

"그렇다면 자네의 부족 판사도 그리할 거야."

모지스는 아마 이따금 위스키를 한 모금씩 마실 테지만, 다른 사람이 알아볼 만큼 취한 적은 단 한 번도 없었다. 이것이 그가 판사인 이유 중의 하나이기도 했다. 그는 술을 마시지 않음으로써 토머스의 맹세에 신의를 다했고, 토머스도 그것을 알고 있었다. 마음속으로는 그도 술을 마시고 싶었다. 마치 뇌에 통증이 이는 것 같았다. 그 통증을 중심으로 생각들이 회오리쳤다. 마치 병이 찾아오는 듯, 불안한 거부감이 그를 휘어잡았다. 걸어가는 동안 더 심해졌다. 그는 너무 크거나 혹은 너무 작았는데, 둘 중 어느 쪽인지 가늠할 수가 없었다. 그림자의 부재, 건물들과 보행로의 납작한 표면, 그것들은 아무런 도움도 되지 않았다. 토머스는 그것이 다가오는 게 느껴졌다. 물속에 머리를 담그고 싶었다. 경련. 학교에서 심하게 혼났을 때 같은 감각이 그를 그러쥐었다. 그가 은행 안으로 들어갈 때 같은 감각, 혹은 보호구역이 아닌 다른 동네에서 값비싼 것을 샀을 때 같은 감각. 그를 지르밟는 그들의 눈빛. 그를 짓누르는 그들의 말. 그를 옥죄는 그들의 응시. 이세이, 즉 부끄러움. 어머니가 쓰던 말. 하지만 *부끄러움*이라는 단어는 영어일 때 훨씬 더 와닿았다. 이 단어를 들으면 그의 내부가 굳어갔다. 그 굳은 것이 딱딱하고 시큼한 것이 되었다. 그리고 배 속에 남아 어디에나 지니고 다니는 새까만 앙금이 되었다. 혹은, 너무나 깊게 찌른 나머지 그가 분노의 불꽃으로 쳐내버릴지도 모를 생각이 되었다. 혹은, 그곳에 머물며 훨씬 더 딱딱해지다가 끝내 뇌까지 차올라 그를 죽일지도 몰랐다.

만족한 듯 부드러운 얼굴을 한 행정관들.

그는 그들의 우월한 듯한 태도만큼이나 그들의 승인 역시 증오했다. 하지만 이러한 진실은 그의 내면 저 깊숙한 곳에 묻혀 있어서, 그들이 함께 있는 동안에는 그것이 오로지 친근한 미소로서만 드러날 뿐이었다.

얼마 후, 그들은 식당에서 일어섰다. 그들이 고른 이탈리아 음식점은 그리 비싸지 않았다. 스파게티와 미트볼로 배를 가득 채운 그들은 다들 활력이 넘쳤다. 바깥에서 토머스는 퍼랜토를 보았다. 그는 길 저편에서 걷고 있었는데 중력과 씨름하며 균형을 못 잡고 좌우로 휘청거리고 있었다. 그는 몇 걸음 걷다 말고 번번이 균형을 잡기 위해 멈춰 서서 기둥을, 창턱을, 우편함을 꽉 잡았다. 몸에 간신히 걸려 있는 코트는 정강이까지 내려와 있었다. 토머스는 일행을 앞서 보낸 뒤 길을 건너갔다.

"안녕, 니지." 토머스가 말했다.

퍼랜토는 마치 움직이기 전에 목표를 정하는 것처럼, 가늘게 뜬 눈으로 길 저 끝에 시선을 고정하고서 앞을 바라보고 있었다. 그는 토머스를 인지하지 못한 채 스스로를 진정시키더니, 갑작스레 앞으로 튀어나오며 어설픈 걸음으로 질주했다. 그렇게 철로 된 가로등 기둥까지 가서는 마치 토네이도를 만난 사람처럼 그것을 꽉 붙잡았다. 토머스가 그를 따라갔다. 그리고 곧 쓰러질 것 같은 그의 몸 주변으로 조심스럽게 움직였다. 토머스는 퍼랜토 앞에 서서 어깨를 꽉 붙잡았다. 가관이었다. 머리칼이 엉겨 붙어 있었다. 입술은 젖은 시가처럼 불어서 툭 불거졌고, 입은 힘없이 축 늘어져 있었다. 벌건 두 눈은 젖은 채로 튀어나와 있었다. 참혹했다.

"친구, 형제, 날세. 토머스."

퍼랜토는 엄청나게 무거운 짐을 끌 준비를 하는 말처럼 앞뒤로 몸을 움직이기 시작했다. 그의 발은 가로등 기둥을 떠나려고 애썼지만, 그의 두 손은 기둥을 놓으려 들지 않았다.

"안 돼." 그가 말했다. "아직 안 돼."

"아니야." 토머스가 말했다. "자네 꼴이 말이 아닐세. 우리가 집에 데려다줄게."

"아니, 아니, 아니. 아직 안 돼."

토머스는 가로등 기둥을 잡고 있는 퍼랜토의 손가락을 떼어보려 했다. 하지만 손가락이 꿈쩍도 하지 않았다. 퍼랜토는 거칠게 헐떡이며 숨을 내뱉기 시작했다. 그는 안간힘을 썼다. 그 필사적임에 두 눈이 튀어나올 듯 불거져서 토머스는 눈길을 돌려야 했다. 퍼랜토는 손가락에 들어간 힘을 풀 수 없었다. 마치 손가락들이 금속 기둥에 용접된 것 같았다.

"오, 나의 니지." 퍼랜토가 울부짖었다. "그녀가 날 얼마나 사랑하는지 봐! 내 사랑! _그녀가 나를 놔주지 않아!_"

퍼랜토가 킬킬거리며 웃기 시작했다.

"오 나의! 오 나의! 그녀가 날 붙잡았어, 형제여!"

"빠져나올 수 있어." 토머스가 말했다. "그냥 지금 깊게 숨을 들이쉬어봐. 마음 편하게 먹고. 그러면 그녀가 널 놔줄 거야."

"오, 그러지." 퍼랜토가 말했다.

잠시 후, 토머스는 퍼랜토의 왼쪽 바짓단 아래로 오줌 한 줄기가 흐르고 있음을 깨달았다. 그 줄기가 배수로로 흘러갔을 때 퍼랜토가 흐느끼기 시작했다.

"내가 우리 팀에서 제일 잘했잖아. 득점도 많이 하고. 나보다 뛰어난 사람은 아무도 없었지, 형제. 내가 뛰기 시작하면 아무도 손 못 댔다고. 3점 슛은 또 어떻고. 중요한 순간에? 나만 믿으면 됐었잖아. 점프? 사람들은 나를 포고(긴 막대에 발판을 단 스프링 놀이기구―옮긴이)라고 불렀어. 기억하지?"

"응."

그해 농구팀은 주 대회까지 갔다. 2군 리그. 거의 결승까지 올라갔었다.

"자네가 마지막 골을 넣었지. 그 경기는 거의 자네 것이나 다름없었어." 토머스가 말했다.

"바로 그거야. 오, 형제, 나는 지금 병들었어. 죽어가고 있지, 난. 길의 끝이야."

토머스는 다시 퍼랜토의 손가락을 떼어내려고 열심을 다했지만 소용없었다. 그의 손가락은 뜨거웠다. 퍼랜토에게 있는 모든 생의 힘이 거기에 집중된 듯, 저항하는 의지로 불타고 있었다. 마침내 토머스는 새끼손가락 하나를 떼어내는 데 성공했다. 그러자 마치 마법의 레버를 들어 올린 듯, 나머지 모든 손가락들이 한꺼번에 떨어지더니 퍼랜토가 펄쩍 뛰어올랐다. 그가 예전에 그랬던 것처럼. 포고 퍼랜토. 이내 그는 다리를 가지런히 모아 섰다. 그리고 수사슴처럼 튀어 올랐다. 그는 고통과 함께 거칠게 펄럭이는 코트를 휘날리며 길을 따라 떠나버렸다.

잡지 말자. 돌아오며 토머스는 생각했다. 퍼랜토가 집으로 돌아오는 것이 다른 가족들에게는 지옥일 터였다. 파고에서 정처 없이 떠돌아다니게 놔두고, 그저 살아남기를 바라는 것이 더 나을 것이었다.

$$X = ?$$

**반스는 가공할** 속도에 자신의 주먹이 눈에 보이지 않는 듯한 느낌을 받았다! 주먹이 너무 빨라서 바람이 그의 머릿결을 뒤로 밀어젖혔고, 뜨거운 열기에 녹아내린 파란색 눈만이 스피드백에 고정된 채 강철 같은 안정감을 견지했다. 그는 자기 자신을 위에서 바라보았다. 그다음에 영화 스크린상에서, 또 거꾸로 든 망원경을 통해 바라보았다. 이 배신을 어떻게 다뤄야 하나? 이 금 간 믿음을? 우드 마운틴이 기차를 타고 퍼트리스에게 가서 그녀가 아기를 데리고 인디언보호구역으로 돌아올 수 있게, 또 거기서부터 집까지 돌아올 수 있게 도와주었다니! 반스는 그 얘기를 포키에게 들었다. 마당까지 바래다주었다고 했다. 그것이 마당이라 불릴 수 있는 것이라면. 반쯤 벌거벗은 숲으로 둘러싸인 집.

땀이 두 눈을 찌르는 바람에 반스는 멈추었고, 이내 다시 주먹을 날렸다.

우드 마운틴에게 모든 시간을 헌신했건만! 훈련 비밀을 전부 아낌없이 알려주었건만! 데려다주고, 데리고 오고, 셔츠를, 가운을, 장비를 빌려주고, 코치의 자부심과 희망을 내주었건만! 저기에게서 받아

전해줬던 숱한 음식들이나 헨리의 카페에서 사줬던 것들, 혹은 파고의 파워즈호텔에서 우드 마운틴과 함께한 빌어먹을 운명의 아침식사 같은 것들은 세지도 않았건만, 이 모든 것의 끝에 어떻게 그리 무례한 짓을 했단 말인가? 이제 그 발정 난 꼬마 수캐가 아량은 넓지만 바보 같은 그의 더벅머리 코치와 훈련을 하겠다고 나타나면, 반스는 어떻게 해야 할까?

"그래, 어쩌나 보자."

반스는 한 발짝 물러서서 부르르 떠는 스피드백을 노려보았다.

"코치님, 안녕하세요! 진짜 빠른데요!"

반스가 돌아섰다. 손이 근질근질했다. 어떻게 행동해야 할지 고민할 필요는 전혀 없었다. 그저 간단히 이렇게 말했기 때문이었다. "너, 직접 시티즈로 가서 픽시 퍼랜토 일에 껴들었다며."

"걔는 사람들이 자기를 퍼트리스라고 불러주길 바라더라고요."

분노가 끓어올랐다.

"오, 오, 그래?"

"네, 그나저나 주먹은 내려놓으세요. 퍼트리스도 저한테 내줄 시간은 없었으니까요."

반스가 솔깃하다는 듯 우드 마운틴을 쳐다보았다.

"제가 뭐 수작이라도 부렸을까봐요? 아니에요. 전 그냥, 몰라요. 그냥 걔가 문제에 휘말릴 수도 있다는 생각이 들었을 뿐이에요. 이복누나가 그런 놈들이랑 엮여 있는 탓에, 시티즈에서 여자애들을 어떤 식으로 데려가는지 제가 알거든요."

"어떤 놈들 말이지?"

"캘 스트로스키 무리요."

"걔네들이 뭘 어떻게 하는데?"

우드 마운틴은 자기 발을 바라보았다.

"그냥 누나한테 들었던 몇 가지 얘기 때문에 쫓아간 거예요."

"픽시한테 무슨 문제가 있었어?"

"빠져나왔어요. 황소처럼 옷을 입고 있었죠."

"뭐?"

"아무것도 아니에요. 걔는 언니를 찾으러 간 거였지만, 어쨌든 아기를 데리고 집에 왔어요. 저는 그냥 같이 다닌 거고요. 그다지 중요한 경험도 아니었어요. 그래도 이건 코치님께 얘기하고 싶네요. 제 느낌에는, 만일 제가 그랬더라도, 안 그랬지만, 그랬어도 그녀는 아무런 관심도 없었을 거예요."

"허."

"그렇다고요."

"그래서?"

"그래서…."

"그래서 네 생각에는 나한테 기회가 있다?" 반스는 목소리를 낮췄다. 그러는 바람에 목소리가 목에 걸려버렸다. 흐느끼는 딸꾹질.

"젠장, 난 뭐가 문제람." 반스는 스피드백을 치며 꺽꺽거렸다.

우드 마운틴은 도와주려는 듯 손을 펼쳤다. 배가 조금 아팠다. 마침내 그가 말했다.

"코치님 잘못은 없죠. 걔가…"

"알아." 반스가 분한 듯 말했다. "예쁘지."

"아니요." 우드 마운틴이 제자리로 돌아오며 말했다. "뾰족한 게 여간내기가 아니잖아요. 걔는 그런 사람인 거죠."

**같은 날**, 대수학을 이제 막 시작한 학생들이 x+12=23에서 수수께끼 같은 x의 정체를 찾는 것을 도와주는 동안, 반스의 생각은 완전히 다른 방정식의 구조 속으로 길을 들어섰다. 이것을 사랑 방정식이라고 하자. 그는 자신을 객관적으로 보려고 노력하면서 자신의 장단점에 숫자를 매겼다. 그는 자기 인생의 가능성들을 면밀하게 고려해보고, 우드 마운틴의 외모와 호감도에 점수를 매겼다. 그리고 그에 견줘 자신의 외모와 호감도, 또 제대로 된 직장이 있다는 사실과 함께 여타 다른 가시적이거나 비가시적인 특징들에 점수를 매겨보았다. 방정식을 세우면서 놀란 것은, 그가 인디언이 아닌 것이 퍼트리스가 생각하기에 긍정적인 요소일지, 부정적인 요소일지 결정할 수 없다는 점이었다. 그래서 이 방정식은 좌변과 우변이 동등하게 머무르기를 거부하면서, 더 많은 x와 풀어야 할 미지수들을 여럿 만들어내며 계속 바뀌었다.

인디언인 것을 감점 요소로 가정하고, 그의 머리칼에 우드 마운틴의 머리칼과 같은 점수를 더해주면 근소한 차이로 그가 앞서 나갔다. 다음 날 아침, 그는 일어나면서 베개에서 머리카락 몇 가닥을 발견했다. 겁에 질린 그는 아버지의 남은 머리가 편자 모양인 것을 떠올린 다음, 방정식을 재설계하여 자신의 기회의 창은 좁히고 우드 마운틴의 창은 넓혔다. 어떻게 나이를 잊을 수 있었을까? 탈모? 그게 문제가 되는 걸까? 인디언이 아닌 것은 그에게 플러스일까, 마이너스일까? 10년의 반, 그리고 반만 남은 머리칼은? 그는 방정식을 다시 수정했다. 그리고 답을 찾으려고 애쓰는 동안 그 아기도 고려해야 하는지 궁금해졌다. 그는 연필을 내려놓은 뒤, 주먹 위에 턱을 괴었다. 또 긴가민가한 게 있었다. 픽시가 황소 옷을 입었다고 우드 마운틴이 실제로 그에게 말했었던가?

"제정신이 아니로군." 자비스가 중얼거렸다. 그는 반스의 교실로 들어와 밀짚색 머리칼의 교사가 눈에 보이지 않는 평면을 뚫어지게 보고 있는 걸 발견한 터였다. 마치 우주처럼 보이는 그 평면에서는 숫자들이 쉴 새 없이 이동하고 있었다.

~

**우드 마운틴은** 피카소를 보았다. 이 암말의 등과 어깨뼈에 갈색과 흰색으로 화려하게 북아메리카 지도가 펼쳐져 있었다. 그는 자신의 기발한 관찰을 픽시에게(미안하지만 그는 그녀를 퍼트리스라고 생각할 수 없었다) 말해주리라 마음먹었다. 말의 주인은 그가 아닌 그레이스였다. 마르지만 강단 있고, 거칠고 강직한 그레이스. 그녀는 지리를 공부하고 있었다. 그리고 이 말을 새로 들여온 암망아지보다 훨씬 더 사랑했다. 타고 달리면 세상에서 가장 높은 곳을 달리는 기분이라나. 이 얼루기의 아빠말은 아래쪽 남부의 블루그래스 지역에서 온 서러브레드 종자가 일부 섞인 말이었다. 아마도 그랬다. 얼룩이 생길 말이 아닌데 어떻게 무늬가 생겨났는지 신기했다. 우드 마운틴은 복싱과 소중한 옅은 색 말 그릭고, 그리고 이 얼루기에 미래를 걸었다. 픽시와 함께 기차를 탄 이후로, 또 아기 아킬레가 그녀의 팔에서 자는 것을 본 이후로, 그는 자신의 미래에 대해 생각하기 시작했다. 얼루기를 타고 달리는 그레이스를 보며 그에게 한 가지 생각이 떠올랐다. 그는 복싱 연습 강도를 전보다 두 배 높였다.

훈련하는 동안에 그는 포키에게 무언가를 이야기했다. 훈련이 끝나자 포키가 우드 마운틴의 등에 폴짝 올라탔고, 이 복싱 선수는 경주마처럼 서둘러 달려 나갔다. 반스는 이것이 탐탁지 않았다. 만약 우드 마운틴이 포키를 등에 업고 집까지 달리기로 마음먹었다는 것을 알았더라면, 훨씬 더 반스의 마음에 안 들었을 터였다. 그건 픽시를 보려고, 혹은 아기를 보려고, 아니면 두 사람 모두를 보려고 한 결심이었다. 솔직히, 우드 마운틴은 그날 아침에 아기가 괜찮은지 불안한 마음으로 잠에서 깼다.

그는 중간에 두 번 포키를 내려야 했다. 그가 소년을 등에 업고 마당으로 가볍게 뛰어 들어갔을 때는 이미 날이 어두워져 있었다. 그는 픽시가 문밖으로 나올 때까지 포키를 마당에 붙잡아두려고 애썼다. 그녀의 동생을 등에 업고 집까지 달려왔다는 것을 알면 어떤 표정을 지을지 보고 싶었다. 하지만 포키는 미끄러져 내려가 문으로 달려갔고, 더구나 자낫만 문밖으로 나왔다. 그는 픽시가 잘 있는지 묻지 않으려 했지만, 당연한 듯 말이 밖으로 튀어나와버렸다.

"퇴근하고 와서 자고 있어." 아기를 어르며 자낫이 말했다. 아기는 우드 마운틴을 보자 깜짝 놀라는 것 같았다. 아기의 얼굴에 불현듯 자신을 알아보는 빛이 비치자 그의 숨이 턱 막혔다.

우드 마운틴은 아기에게 다가가 다코타어(인디언 수어족의 언어—옮긴이)로 말을 걸었다. 자낫의 두 눈이 순간 반짝였다. 다코타어와 관련해 그녀가 따르는 전통에서 해결해야 할 문제가 있기 때문이었다. 그가 치폐와어로 바꿔 말하자 그녀가 누그러졌다. 자낫은 심지어 그가 아기를 너무나 예뻐하는 것을 보고 미소를 짓기까지 했다. 우드는 생기발랄해져서 눈을 커다랗게 뜨고 두 손을 흔들었다. 아기의 눈이 그를 쫓다가 깜짝 놀라더니 가랑가랑 소리를 내며 웃었다. 우드 마운틴은 그 우스꽝스러운 동작을 한 번 더 했다. 아기가 다시 웃었다. 그 웃음에 우드 마운틴이 어찌나 아찔할 만큼 들떴는지, 픽시를 마음 한쪽으로 밀어내버릴 정도였다. 아기가 마음의 중심에 자리 잡았다. 아기가 재차 웃었다. 픽시가 눈을 비비며 일어나 나왔을 무렵, 우드 마운틴은 집에 들어와 탁자 앞에 앉아 있었다. 그의 팔에 안긴 아기는 병에 담긴 오트밀 즙을 쪽쪽 빨아 없애고 있었다. 그가 애써 아기 젖꼭지를 빼내려 할 때, 아기가 내치더니 우드 마운틴의 얼굴을 손으로 와락 잡았다. 아기가 그의 코를 꽉 쥐었을 때 우드 마운틴은 부드럽게 킁킁 소리를 냈고, 그 소리에 아기는 행복이 묻어나는 소리를 내질렀다. 아기가 옹알이를 하다가 잠이 들 때까지 이런 것이 계속되었다. 우드 마운틴은 가려고 일어났지만 자낫이 만류하고 사슴 기름으로 튀긴 감자를 그레이비에 듬뿍 적셔 내주었다. 그는 음식을 먹다가 문 너머에 있는 오래된 소총을 보았다.

"포키가 저 오래된 총으로 사슴을 잡은 거예요?"

그의 할아버지, 시팅 불 시대의 소총처럼 보였다.

"뭐, 포키?" 자낫이 입술로 퍼트리스를 삐쭉 가리키며 웃음 지었다. "이번 여름에 수사슴을 잡은 건 쟤야. 튼실했지. 그 고기를 내가 말렸어."

그의 생각이 아기에게서 픽시로 옮겨갔다. 젠장, 당연히 그녀가 명사수였어야지.

우드 마운틴은 부드러웠던 페미칸을 기억해내고는 자낫에게 기차에서 먹었는데 맛있었다고 얘기했다. 그가 어머니를 칭찬하는 사이, 퍼트리스는 가림막 담요 뒤의 다른 방으로 아기를 데리고 가버렸다. 그는 더 오래 머무르지 않았다.

~

**반스는** 차로 웨이드를 집에 데려다주고, 그의 아버지와 함께 한 시간 정도 파고에서 있었던 회의에 관해 이야기를 나눴다. 토머스는 하루 휴가를 냈지만, 여전히 거둬야 할 감자가 그의 앞에 산적해 있었다. 그는 언덕과 언덕을 이어가며 온 힘을 다해 쇠스랑질을 해냈다. 웨이드와 여자아이들은 감자를 깨끗하게 닦아 모래 저장고에 묻었다. 그는 그 일은 아이들이 하게 두고 반스에게 들어와 차를 들자고 청했다.

"뭐가 그렇게 나쁘다는 건지 저는 잘 모르겠어요." 반스가 말했다. "여러분들이 보통의 미국인이 된다는 이야기처럼 들리는데요."

반스가 선수들을 집으로 데려다줄 때면 당연하다는 듯 잠깐 들어오라고 초대를 받았는데, 그날도 늘 앉는 곳─먹고, 요리하고, 음식을 통에 담고, 말리고, 조리하고, 또한 피노클과 크리비지(각각 카드 게임의 하나─옮긴이)를 하고, 설거지통에 아기를 넣어 씻기고, 손님을 맞이하는 등등의 일에서 중심이 되는 탁자─에 두 사람이 앉아 있었다. 차는 맛있었고, 오래되고 무거운 흰 머그잔 속에서 뜨거웠다. 토머스는 너무나 생각이 깊고 조용한 사람이었던 까닭에 반스는 종종 질문거리들을 생각해두었다. 토머스가 신중히 생각하고 답을 주리란 것을 알았기 때문이었다.

"여기 사는 많은 사람들이 선생과 같은 생각을 했죠." 토머스가 말했다. "하지만 그러다 깨달았어요. 우리가 지금까지 버티고 있었다는 걸…. 콜럼버스가 이곳에 도착한 이래 몇 년이 지났지요?"

반스는 그가 가장 좋아하는 것을 했다. 머릿속으로 뺄셈하기.

"400 하고 61이네요." 그가 대번에 대답했다.

"그렇다면 다섯 세기에 가깝군요." 토머스가 말했다. "선생네 사람들이 우리한테 던지는 온갖 사업들을 버티는 것. 왜 버텼을까요? 그건 우리가 그렇게는 보통의 미국 사람이 될 수 없었기 때문입니다. 이따금 미국 사람처럼 보일 수야 있겠지요. 또 이따금 미국 사람처럼 행동할 수도 있겠고요. 하지만 내면에서는 아닙니다. 우린 인디언이에요."

"하지만, 보세요." 반스가 말했다. "저는 독일인이고, 노르웨이인이고, 아일랜드인이자, 영국인입니다. 그러나 다 따져보면 저는 미국인이에요. 뭐가 그렇게 다른 거죠?"

토머스는 그를 차분하고 진지하게 바라보았다.

"그 나라들은 다 유럽 국가들이잖소. 내 형이 거기에 있었지. 제2차 세계대전."

"네, 하지만 전부 다 다른 나라들인걸요. 저는 여전히 이해가 안 되네요."

"우린 *이곳* 사람들이니까요." 토머스가 말했다. 그는 잠시 생각했고, 차를 조금 마셨다. "이렇게 생각해봐요. 우리 인디언들이 그곳 하나를 골라잡아 건너가서는 당신네 민족 대부분을 죽이고 땅을 가져갔다고 칩시다. 그러면 어떨까요? 당신한테 영국에 커다란 농장이 있다고 합시다. 우리가 그곳에서 야영하면서 당신을 쫓아냈어요. 그러면 뭐라고 하겠습니까?"

이 시나리오에 반스는 말문이 막혔다. 눈썹을 너무 빠르게 치켜뜨는 바람에 머리카락이 떨궈졌다.

"우리가 처음부터 여기에 있었다고 할 거예요!"

"그래요." 토머스가 말했다. "그럼 우린 상관 안 한다고 대꾸할 겁니다. 당신들이 이 엉망진창을 살아냈으니, 별 필요도 없는 손바닥만 한 땅 정도는 가져가도 좋다고 할 거예요. 단, 그 땅에서 살게 해주는 대신, 당신들이 우리 언어를 써야 하고 우리처럼 똑같이 행동해야 한다고 할 겁니다. 그리고 우리가 구舊인디언이라고 할 거예요. 당신들은 이 구인디언이 되어 치페와어로 말해야 합니다."

반스는 자낫을 생각하며 활짝 웃었다.

"전 할 수 없겠네요." 그가 말했다.

"그게 자연스러운 거지요." 토머스가 말했다. "당신은 그렇게 하지 않아도 되니 좋은 일이군요. 나 또한 무람없이 백인이 될 수는 없는 겁니다. 이게 바로 그런 거예요. 나는 영어를 할 수 있고, 감자를 캘 수 있고, 돈을 벌 수 있고, 차를 살 수 있습니다만, 심지어 내 피부가 하얗더라도 그게 나를 백인으로 만들 수는 없는 거지요. 그리고 나는 이 작디작은 고향을 포기하고 싶지 않아요. 내 고향을 사랑해요."

"알겠어요." 반스가 말했다. 그가 이것에 대해 생각했다. "하지만 시민이 될 거라고 들었어요. 미국 시민이 되고 싶지는 않으세요?"

"뭐라고요?" 토머스가 말했다. "우리는 미국 시민입니다."

"투표권은요? 이미 투표를 할 수 있나요?"

"그럼요. 1924년에 우리는 투표권을 갖게 됐어요. 흑인 남성 다음, 여성 다음이긴 했지만, 우리도 투표권을 가지고 있죠."

"오. 작년에 누구 뽑으셨어요?"

"아이젠하워는 아니었습니다. 그게 뭐든 다 공화당에서 나와요. 상원이든, 하원이든. 그래서 그들이 이 법안을 여기에서 통과시킨 거예요. 인디언들에게는 수치죠."

반스가 불현듯 생각나는 대로 말을 뱉었다. "세금 내게 될까봐, 그래서 싫은 건가요?" "아니요." 토머스가 말했다. 인내심 있게. "우리도 당신들처럼 세금을 내요. 한 해 동안 충분히 수익을 내면 세금을 냅니다. 다른 게 있다면, 우리 땅에 대해서 세금을 내는 게 아니죠. 당신네 사람들이 나머지를 다 빼앗아간 후에 쓸모없어 남겨둔 이 이시코니간 땅에 산다는 이유로 우리에게 세금을 부과하지는 못할 노릇이니까요, 그렇죠?"

반스가 듣기에 그건 옳은 일 같지 않았다.

"이 법안이 우리 땅을 흩어버릴 겁니다. 보세요." 토머스가 계속 얘기했다. "지금 우리는 땅을 공유하고 있어요. 이 땅은 그렇게 굴러갑니다. 우리끼리는 서로 팔 수 있지만, 그런 식으로 계속 부족 땅으로 남아요. 그런데 이 법안은 우리 땅을 해체하고, 인디언사무국이 이 땅을 팔아버리게 할 거예요. 모르긴 몰라도 그들은 1달러짜리를 5센트쯤 받고 팔 겁니다. 그리고 나면 우리는 이주당하겠죠. 시티즈로 보내질 거예요. 우리가 결국 닿게 되는 곳은 그곳일 겁니다. 작은 방 하나에 세를 내어 살겠지요. 그런 집을 뭐라고 부른댔죠?"

"아파트 건물이요."

"네, 거기요. 작은 방들을 전전하면서 말이죠. 가로등 켜진 길들. 나는 거기 가봤어요. 로즈와 선생의 학생은 진심으로 좋아하지 않을 겁니다. 우린 굉장히 침울할 거예요."

"저도 충분히 이해할 수 있습니다." 반스가 말했다. 딱 적당한 만큼의 온기를 내뿜는 나무 화덕 속의 부드러운 불길, 멋들어지게 상처 난 나무를 윤이 나게 닦은 탁자 위에 놓인 머그잔 속에서 식어가는 차, 그리고 창문 밖 소나무에서 부드럽게 우는 여러 마리의 비둘기들. 이런 것들과 함께 작은 집에 앉아 있는 동안, 그도 기분이 침울해지기 시작했다.

"제가 인디언 여성과 결혼한다면," 반스가 말했다. "그럼 저도 인디언이 될까요? 저도 부족에 들어갈 수 있을까요?"

반스는 자신이 치를 수 있을지도 모를 희생에 경탄했다.

토머스는 이 덩치 큰, 어린애 같은 남자를 보았다. 옥수수처럼 샛노란색의 뻣뻣한 머리칼과 물기 머금은 파란 눈을 가진 남자. 백인 친구가 측은한 적은 처음이 아니었다. 그중 몇몇에게는 무언가가 있었다. 그들 자신이 인디언이 되면 도움이 될지도 모른다는 급작스러운 생각. 뭘 도와준다는 거지? 토머스는 마음을 넓게 쓰고 싶었다. 그러나 동시에 토머스는 자신의 끝없는 일이, 가족의 따스함이, 가게에서는 주시받게 하고 식당과 영화관에서는 쫓겨나게 하는 정체성이, 그가 존재하는 방식이, 그게 좋든 나쁘든, 백인들에게는 노력하면 얻을 수 있는 또 다른 무언가에 불과하다는 생각에 저항했다.

"아니요." 그가 부드럽게 말했다. "당신은 인디언이 될 수 없어요. 하지만 어쨌든 우리는 당신을 좋아할 수 있는걸요."

반스의 어깨는 축 처졌지만, 그래도 토머스가 한 말은 위안이 되었다. 어쨌든 그들은 그를 좋아할 수 있다. 그들은 그를 인정할 것이며 좋아할 것이다. 그것은 중요했다. 왜냐하면 그의 마음이 세상 어떤 여자도 마다하고 오로지 픽시에게로 향했기 때문에. 오, 픽시였고 픽시뿐이었다. 반스는 우드 마운틴이라는 그 어느 때보다도 완전한 심상을 거슬러 매일같이 힘겹게 자신을 설득해야 했다. 픽시가 사랑에 빠진 듯한 빛나는 눈빛으로 바라봐줄 거라고, 그녀가 포키의 행동을 인정해주며 크게 웃던 날 그가 딱 한 번 목격했던 그 미소로 보상해줄 거라고, 비록 그녀가 지금까지 단 한 번도 그를 향한 적이 없고 딱히 이유도 알 수 없지만 아무튼 그렇게 될 거라고.

"당신의 눈으로 나를 알아봐줘." 차를 몰고 집으로 가는 길에 반스는 생각했다. 어둠 속에서 그녀의 이미지가 갑작스레 떠올랐다. "오, 픽시. 단 한 번만. 그저 당신의 눈으로 나를 알아봐줘."

은은한 불빛과 심지어 대시보드의 숫자들조차 외로운 빛을 드리웠다. 사랑의 방정식은 반스의 머릿속에서 마치 놀이터의 시소처럼 균형을 이뤘다가 잃기를 반복했다. 그가 앉은 쪽에 좀 더 나은 자질들을 올려놓을 수 있을까? 옷 입는 스타일에 크지 않은 변화를 줘볼까? 머리를 미묘하게 소용돌이처럼 꼬아서 머리가 많이 빠진 부분을 감춰볼까? 그리고 선물들. 선물을 좋아하지 않을 여자가 어디에 있으랴. 글쎄, 어쩌면 퍼트리스가 그럴지도. 선물이 그녀에게 의심을 불러일으킬지도 모른다. 하지만 동생 포키에게 주는 선물이라면? 반스가 너그럽다는 증거가 되면서도 부담은 주지 않는 것. 그게 무슨 문제가 될 수 있겠어?

## 쌍둥이 꿈

**여성의 몸은** 엄청난 기적을 일으킨다. 한 주 정도 아이가 맹렬히 가슴을 빨자 가늘게 젖이 흘렀다. 퍼트리스는 어머니를 믿었지만, 그래도 여전히 놀라웠다. 자낫은 굶주리던 시절에는 심지어 남자들한테도 젖이 나왔다고 어떤 확신을 가지고 말하면서, 달이 바뀌는 때가 오면 보통 양만큼의 젖이 자신에게 나올 것이라 주장했다.

"베라가 돌아올 때까지만이야." 그녀가 말했다.

날이 점점 추워지고 있었기에 퍼트리스는 그즈음 매일 밤 집을 정비했다. 근처 습지에서 파온 진흙으로 통나무 사이사이 빈 곳을 메웠고, 말린 풀로 창틀 사이의 빈틈을 막았다. 수중쇼걸로 일해서 번 돈으로 회반죽 몇 상자와 흰색 도료, 타르 종이 두루마리, 못, 망치를 샀다. 타르 종이는 지붕틀에 고정시켰다. 그리고 진흙과 풀을 섞은 묵직한 혼합물로 처마를 메웠다. 방과 후에 복싱을 마친 포키가 집에 와서 벽 안쪽에 회반죽을 펼쳐 바르는 일을 도왔다. 포키가 자는 구석 벽에는 토끼 아교풀로 사진과 기사들을 붙였다. 록키 그라지아노, 토니 제일, 저지 조 월콧, 슈거 레이 로빈슨, 아치 무어가 부드러운 황혼 속에서 복싱 글러브 너머로 강렬한 눈빛을 쏘고 있었다. 이들 사진과 기사는 밸런타인이 퍼트리스에게 준 잡지가 아닌, 반스가 포키에게 준 복싱 잡지에서 가져온 것이었다. 반스는 처음에 잡지 한 무더기를 주더니 그다음에 한 무더기, 그리고 또 한 무더기를 주었다. 반스는 자신이 이미 읽은 잡지라는 듯 에둘러 말했지만, 표지와 내지가 빳빳한 새것이었다. 그는 포키에게 겨울 외투도 줬다. 그것 역시 물려주는 게 아니라 새로 산 겨울 외투였는데, 빨강과 검정 체크무늬였던 탓에, 불편하게도 퍼트리스에게 로그잼26의 벌목꾼풍을 떠올리게 했다. 외투에는 뜨개질한 소맷동이 달려 있었고, 깃이 위로 높이 올라와서 두툼한 스냅 단추로 여밀 수 있게 되어 있었다. 반스는 누군가가 이 외투를 줬고 그는 그저 주인을 잘 찾아준 것뿐이라고 했다. 퍼트리스가 보기에는 분명 반스가 직접 외투를 산 것이었고, 그래서 불쾌했다. 그녀에게 남동생 외투를 사줄 돈도 없을 거라는 건가? 포키가 입던 외투가 다 해져도 그녀가 그냥 보고만 있었으리라는 건가? 퍼트리스는 그런 사람이 아니었다. 외투만이 아니라 앞에 챙이 있고 귀마개도 올렸다 내렸다 할 수 있는 갈색 울모자까지 동생에게 사줄 수 있었다.

"그게 반스한테 받은 거야?"

"응."

포키가 활짝 웃더니 외투 앞섶을 부드럽게 매만졌다. 손가락으로는 외투 깃을 부드럽게 쓸었다.

"오, 정말 좋네." 퍼트리스가 말했다. 포키가 그녀의 안색을 살필 수밖에 없는 말투였다.

"돌려줘야 할까?"

"아니." 퍼트리스가 말했다.

대체 어떻게 동생의 의기양양한 기분을 망칠 수 있겠는가. 하지만 반대로, 그 좋은 물건들이 어디서 나오는지 다른 아이들이 알아버린다면 그들이 동생에게 힘든 시간을 선사할 터였다.

"포키, 반스가 너한테 선물 줬다고 친구들한테 자랑하지 마. 알았지?"

"당연히 안 그러지!"

"그리고 다른 걸 또 주면, 이제 받지 마. 그럴 수 있지?"

"응." 포키가 말했다.

그러면서 그는 부츠를 살펴보았다. 검정과 하양으로 꼰 신발끈이 달려 있는 멋진 새 가죽부츠였다. 그는 퍼트리스가 뭐라 할 거라고 생각했지만, 그녀는 다만 막대기로 토니 제일의 사진에 풀을 처덕처덕 바를 뿐이었다. 그 '강철 남자'에게 인생에 남을 매질을 해주면서.

\* \* \*

**베라는 늘** 해 뜨기 전에 돌아왔다. 퍼트리스가 잠에서 빠져나올 무렵이면 언니가 나타나곤 했다. 하지만 시티즈로 떠나던 때의 그 모습이 아니었다. 떠날 당시 그녀는 하이힐에 스타킹을 신고 판지로 만든 로즈핑크색 여행가방을 들고 있었건만…. 또한 밝게 생기 넘치던 그 눈도 아니었다. 퍼트리스가 한 말에 의심스럽다는 듯 활짝 웃던, 멈춰서 크게 웃던 모습 역시 아니었다. 아니다, 그것은 베라가 아니었다. 어느 날 아침, 퍼트리스는 아마도 잭이 죽었을 그 좁은 골목으로 되돌아갔다. 다시금, 그 축축한 골목에서 퍼트리스는 옷더미 앞에 멈춰 섰다. 다시금, 그녀는 재킷의 옷깃을 들췄다. 웃고 있는 잭의 해골 대신 베라가 얼굴을 일그러뜨린 채 피로 막혀버린 입을 헤 벌리고 있었다. 다른 날 아침, 그녀는 의자 하나, 잘려나간 가죽 목줄, 얼룩지고 구겨진 시트만 있을 뿐인 먼지 자욱한 텅 빈 방에 서 있었다. 발자국들이 있었고, 퍼트리스는 그곳에서 빙글빙글 빠르게 돌았다. 누군가 방 안에 있었고, 벽은 긁혀 있었으며, 아울러 베라가 그녀의 이름을 읊조렸다.

그리고 여러 날 아침, 그녀는 다 벗은 채 수조 안에 있는 수중쇼걸이었다. 밖에서 손님들이 흔들리며 유영하고 있었다. 한 명은 베라였다. 베라는 호기심 가득한 얼굴을 유리에 짓누르고 있었다. 이것들은 꿈이 아니라 퍼트리스의 정신을 잠식한 선명한 시나리오였다. 그 도시에서 그녀에게 벌어졌던 모든 일들이 다시, 또다시 일어나야만 하는 것 같았다. 단, 베라가 늘 그곳에 있었다. 완전히 찾아낸 것도 아닌, 잡힐 듯 잡히지 않는.

"엄마, 나 이런 꿈을 꿔." 어느 날 아침, 여전히 신경이 곤두서 있던 퍼트리스가 말했다.

그들은 오트밀을 먹고 있었고, 아기는 자낫의 무릎 위에서 자고 있었다. 오트밀에 건포도 몇 알이 군데군데 섞여 있는 까닭에 천천히 식사하던 참이었다. 한 수저 뜰 때마다 건포도가 한 알씩만 올라가도록 했다. 그렇게 하면 오트밀을 다 먹을 때까지 건포도가 남아 있었다.

"윈다마위시 가-파와다만."

그래서 퍼트리스는 그녀가 꾼 꿈에 대해 어머니에게 이야기했다. 점점 뻣뻣해지고 움직임이 없어지는 엄마의 얼굴.

"제럴드가 이리로 와주면 좋으련만, 지금은 제의 때문에 움직일 수 없을 거야." 자낫이 말했다. "우리가 알아서 해결해야지."

"꿈을 해결한다고요?"

자낫이 탁자를 가만히 쳐다보며 나무 모서리를 부드럽게 문질렀다. 하지만 남들과는 다른 그녀의 특별한 손은 이내 갑작스레 힘을 잃더니 무릎 위로 떨어졌다. 퍼트리스가 보기에 어머니는 생명을 잃어가는 것처럼 보였다.

"엄마도 꿈에 언니가 나와요?" 퍼트리스가 말했다.

"완전히 똑같은 꿈들이야."

"내 꿈이랑 완전히 똑같다고요?"

자낫은 걱정스러워하는 표정으로 딸의 눈을 보며 무겁게 고개를 끄덕였다. 퍼트리스는 이해했다. 심장 뒤쪽 어디에선가 떨림이 시작되었고, 곧 그 떨림이 피부 바로 아래로 천천히 퍼졌다. 그녀의 몸이 마치 방금 과녁에 맞은 화살처럼 떨리고 있었다. 어머니가 말했다.

"베라가 우리에게 닿으려 노력 중인 거야."

## 별들의 파우와우*

**그들이 오는** 것을 본 사람은 아무도 없었다. 스모커는 예의 그 경고성 짖음 대신 도로로 나가 그들을 맞이했다. 자낫은 아기를 지게식 요람에 끈으로 묶기보단 은색 실로 짠 망에 넣어서 옮겼다. 아기는 마치 설탕 자루처럼 아기 담요 포대기 안에 늘어뜨려져 있었다. 자낫 곁에는 퍼트리스가 아랫단을 말아 올린 청바지에 새들 슈즈와 초록색 스웨터를 착용하고서 걷고 있었다. 자낫의 옷도 초록색이었다. 어두운 톤의 옥양목 원피스에 작은 금색 꽃들이 그려져 있었다. 그들이 토머스네 집 문을 두드리자 곧 로즈가 문을 열어주었다.

"오, 왔구나!"

로즈의 얼굴이 기쁨으로 편안해졌다. 그녀는 두 사람 모두를 좋아했지만 특별히 자낫과 가까웠고, 아기를 보고 싶어 했다. 로즈는 실타래에서 아기를 꺼내 들더니, 아기 얼굴을 하나하나 꼼꼼히 들여다보곤 자신을 향해 웃어보라고 구슬렸다. 토머스는 아이들이 왔다 갔다 지나다니고 노코가 딸에게 힐난을 퍼붓는 동안 주방 탁자에 앉

---

\* Powwow: 인디언 전통 춤 경연대회.(옮긴이)

아 있었다. 밀턴 영과 다른 두 의원에게 다시금 편지를 썼다. 그는 펜 뚜껑을 닫았다. 또한 미국 재향군인회의 지역대표 아널드 제프와 루이스 파이프스톤 간의 회동 준비를 했다. 루이스는 조국에 충성스럽게 복무했던 인디언들이 맞게 될 미래에 대해 아널드 제프에게 보여줄 계획이었다. 보호구역 밖에 있는 제프의 동네 길거리에서 인디언들이 버려진 채 구걸하게 되리라. 루이스는 재향군인회가 종결 법안에 반대 서명을 해주길 바라고 있었다. 한편 토머스는 아침에 지역교육감과 회의를 했다. 만일 연방정부가 지원을 중단할 경우, 토머스는 보호구역의 학교 자금을 조달해달라고 지역교육청에 제안할 생각이었다. 이러한 발상들은 비분과 에디 밍크의 의견에 바탕한 것으로, 그들은 종결이 되었을 때 주변 공동체가 받을 수 있는 영향에 대해 토머스에게 일러주었다.

퍼트리스와 자낫이 주방 탁자에 앉았다. 샬로는 산수 문제지를 치웠고, 피는 책을 가지고 다른 방으로 갔다. 저쪽 구석에서 노코가 노려보고 있었다. 그녀는 뻣뻣하고 하얀 실이 삐죽삐죽 튀어나온 회색 울숄을 걸친 채, 분노를 억누르며 가슴께에 팔짱을 꽉 끼고 있었다. 아기가 배고프다고 보채자 자낫은 무심결에 아기를 다시 안아 들고 젖을 먹이기 시작했다. 로즈가 커피를 끓였다. 노코가 갑작스레 목을 뒤로 젖혀 꼿꼿하게 세우는 바람에 머리카락들이 뒤로 홱 넘어갔다. 그녀의 두 눈은 튀어나올 듯해서 마치 미친 왜가리처럼 보였다. 토머스는 전혀 놀라지 않은 기색이었다. 로즈가 데일 듯 뜨거운 커피가 가득 찬 머그잔을 탁자 위에 내려놓았다. 무겁고 금이 간 머그잔이었다. 이내 로즈가 토머스 옆에 앉았다.

"삼촌 조언이 필요해요." 토머스에게 담뱃잎 한 자밤을 건네며 퍼트리스가 말했다.

 그녀는 개와 개가 한 말, 그리고 쇠사슬이 벽에 박혀 있고 칼에 잘려나간 가죽 목줄이 바닥에 떨어져 있던 빈 방에 대해 이야기했다. 다만 베라와 관련된 것에 대해서만 말했다. 잠시 수중쇼걸로 일했던 것은 아마 누구에게도 결코 털어놓지 않을 것이었다. 돌아오는 기차를 끝으로 이야기를 마친 뒤 퍼트리스는 침묵했다. 마침내 토머스가 입을 열었다. 눈 뒤로 충격의 눈물이 차올랐지만 그는 눈물이 밖으로 흘러나오지 못하게 했다. 그의 이해를 넘어서는 일이었다.

 "경찰에 연락해야 해." 토머스가 말했다.

 그의 목소리는 감정에 잔뜩 젖어 있었지만, 퍼트리스와 자낫에게 그의 말은 생각도 할 수 없는 실망스러운 말이었다. 인디언 여성에게 있어, 경찰의 도움을 구한다는 것은 베라를 잘못한 사람으로 만드는 것임이 거의 확실했다. 무슨 일이 벌어졌든 베라가 비난 받고 벌 받는 사람이 될 터였다. 경찰에 연락한다는 것은 생각지도 못할 일이었고, 토머스가 적을 신뢰한다는 뜻이었기에 실망스러운 일이었다.

 "경찰은 절대 우릴 도와주지 않을 거예요." 결국 자낫이 얘기했다.

 "다른 방법을 찾아야 할 거예요." 퍼트리스가 말했다.

 "며칠 밤 자면서 생각해볼게요." 결코 잠들 수 없으리라는 것을 알면서도 토머스는 그렇게 말했다. 그러고서 그들은 보석베어링 공장 일 같은 아무 관계 없는 다른 이야기들을 어렵사리 나눴다. 불가사의한 공포를 그들의 생각 저 아래로 가라앉힐 수만 있다면 어떤 이야기라도.

**그날 밤**, 토머스는 일을 하러 갔지만 서류가방은 가져가지 않았다. 그를 짓누르는 수많은 요청 편지와 설명들에 집중할 수 없으리라는 것을 그는 알고 있었다. 지역회관에서 열릴 정보 회의를 계획하는 것도 할 수 없을 것 같았다. 그는 이 회의에서 쓰기 위해 법안을 번역해놓고 싶었다. 하지만 퍼트리스의 이야기를 들은 이상, 한동안 알맞은 단어들을 생각해낼 수 없으리라는 것을 알았다. 차를 몰고 일하러 가는 것이 그 어느 때보다도 두려움으로 가득 찼다. 깨어 있을 수 없을 것 같다는 두려움. 다른 한편, 다시는 잠들지 못할 것 같다는 두려움. 너무 엄청나서 이해할 수 없는 이 상황에 대한 두려움. 외로움. 그가 맞서 싸우는 힘들은 완강했으며 멀리에 있었다. 그러나 그 먼 곳에서도, 그들은 손을 뻗어 사람들 전부를 쓸어버릴 수 있었다.

급기야 이런 일이.

퍼트리스가 말해준 것은 너무나 극단적인 악이었던 까닭에, 토머스의 근원적인 믿음 자체를 흔들리게 했다. 그는 증오나 주취폭력을 마주할 때조차, 사람들이 나쁜 짓을 저지르는 이유는 무지나 나약함 또는 술 때문이라는 믿음을 단 한 번도 버린 적이 없었다. 그런데 벽에 박힌 쇠사슬, 목줄, 베라의 운명에 대해 말하는 개라니. 그는 이런 종류의 악은 전혀 알지도 들어보지도 못했다. 모지스 몬트로즈가 옳았다. 토머스는 영락없는 복사였다. 더구나 그는 역시나 자기 나름으로 순수한 비분 아래에서 자라기까지 했다. 토머스는 그 방의 존재가 의미하는 바를 모두 이해할 수 있을 만한 깨달음에 도달할 수 없었다. 방들이 무엇을 암시하는지 생각하려고 애쓸 때마다 그의 생각은 자꾸 어긋났다. 그는 보석베어링 공장에 도착해 문의 잠금장치를 풀었다. 책상으로 걸어갔지만 자리에 앉지는 않았다. 그저 서성였다.

순찰 사이사이, 그는 방의 어둑한 귀퉁이를 한없이 쳐다보았다.

**토머스는 분명** 잠들었거나, 혹은 너무 피곤해서 반쯤 정신이 없었다. 희미한 북소리가 그의 의식을 깨웠다. 토머스는 이번에도 그 부엉이일 거라고 생각했다. 혼란스러웠다. 부엉이가 다시 돌아오다니. 부엉이는 유리창에 비친 자신의 모습과 싸우며 뒤쪽 창문에 머리를 찧고 있었다. 그는 바로 벌떡 일어나 본능적으로 타임카드를 찍은 다음 갑작스럽게 내달렸다. 건물 밖으로 나가 뼛속까지 에는 추위 속으로 들어갔다. 그때 뒤에서 문이 그대로 닫혔다. 황급히 문 쪽으로 몸을 던졌지만 너무 늦었다. 문은 쾅 소리를 내며 닫혔고, 그 시끄러운 소리가 울려 퍼졌다. 그에게는 외투도, 손전등도, 열쇠도 없었다. 단지 늘 바지 주머니 속에 있는 자동차 열쇠만이 자수 가죽끈에 매달려 있었다. 바람은 앨버타에서 내려와 매니토바 전역을 휩쓸며 세력을 얼음처럼 갈고 닦더니, 이제 그것으로 토머스를 찔러댔다. 그는 바람에 평생토록 단련되었지만, 그럼에도 부들부들 떨기 시작했다. 그는 자신의 팔과 가슴, 허벅지를 찰싹찰싹 때렸다. 부엉이는 없었고, 둥둥 두드리는 소리만 계속되었다. 그는 왜 달려 나왔던가? 가능한 한 빨리 건물 안으로 되돌아가야 했다. 하지만 당연하게도 그는 매일 밤 하던 일을 이미 마쳤다. 각각의 잠금장치를 확인했고, 문고리를 돌려봤으며, 모든 것의 보안을 확실히 했다. 건물로 침입해 들어가는 것 외에는 방법이 없었다. 그의 인생에서 단 한 번도 해본 적이 없는 일이었다.

로더릭을 위해 지하실 창문을 연 적이 있긴 하지만, 그것은 셈하지 않았다. 그자들은 그 아래에서 로더릭을 거의 죽일 뻔했다. 다행히 토머스가 포트토튼 기계 공장에서 훔친 철사로 창문을 여는 데 성공했었다. 당시 그는 철사 끝을 갈고리 형태로 만든 후 그것을 틈 사이에 넣어 이 방향 저 방향 흔들었고, 큰 어려움 없이 나무 걸쇠를 당길 수 있었다. 그는 아래쪽으로 외투와 사과, 빵 껍질을 던졌다. 오트밀 한 덩이를 싼 보자기도 던졌다. 그는 아래쪽으로 보이는—실제로는 보지 못했다—로더릭을 불렀지만 곧 도망가야 했다. 로더릭은 격하게 흐느끼고 있었다. 토머스는 어둠 속에서 흐느끼는 그 소리를 몹시 싫어했다.

지금 그에게 철사가 있다면, 여자 화장실의 꽁꽁 언 창문 틈 사이로 찔러볼 수 있을 것 같았다. 창문은 땅에서 6피트 위에 있었다. 사다리가 필요할 테지만, 아니다. 그는 차를 그쪽으로 몰고 가 위로 올라설 수 있을 터였다. 그는 팔로 몸 이곳저곳을 때리며 차로 걸어갔다. 차에 탄 그는 양손을 마주 비비고 차에 시동을 걸었다. 기나긴 몇 분이 지나자 히터가 제대로 열기를 뿜었다. 그는 잠시 손을 녹였다. 머릿속을 녹이기 위해 머리를 팬 가까이에 가져갔다. 애석하게도 그는 차 내부를 거의 강박적일 정도로 깔끔하게 유지하는 사람이었다. 담요가 없었다. 여분의 외투도 없었다. 하지만 철사라면? 차량 전기 시스템 안에 있지 않나? 안 되지. 거기서 철사를 뽑느니 차라리 차 안에서 하룻밤을 보내는 게 나을 것이라고 토머스는 생각했다. 황홀한 따스함이었다. 차에서 나가기가 무서웠다. 토머스는 경비 급여를 받는 건물 밖의 차량 안에서 자신이 졸고 있는 모습으로 발견될까봐 걱정되기 시작했다. 볼드가 이 일이 토머스에게 너무 과중하다고 생각할지도 모를 일이었다. 부족 의장직 스트레스가 떠맡기에 너무 커 야간 경비원 일을 제대로 하기 어렵다고 생각할지도 몰랐다.

밖에서는 북소리가 더 강렬해졌다. 토머스는 차 앞유리 너머를 유심히 쳐다보았다. 어딘가 먼 곳에서부터 소리가 오고 있는 것 같았다. 바람이 이렇게 불 때면 대개 구름이 끼어 있기 마련인데, 하늘에는 구름 한 점 없었다. 낮게 걸려 있는 별들이 빛났다. 북소리는 저 위에서 내려오고 있었다. 토머스에게는 달 없는 깊은 밤에 별들이 북을 치고 있는 것처럼 보였다. 아름다운 시간을 보내는 순간. 잠깐. 그는 갑작스레 밖으로 뛰쳐나가 차 뒤쪽으로 가서 트렁크를 열었다. 그 안에 예전에 선교회 꾸러미에서 집어온 오래된 래그 러그가 있었다. 그는 이것을 들어 어깨에 걸머지었다. 러그 아래에 철사 한 얼레가 나타났다. 지난번 시내에 갔을 때 올가미 용도로 산 값싸고 얇은 철사였다. 늘어지고 축 처지는 철사였지만, 이 정도면 될 거란 생각이 들었다. 그는 다시 재빠르게 차 안으로 들어가서 건물 바로 옆까지 차를 끌고 갔다. 당연히 그는 괜찮을 것이다. 다 잘될 것이다. 그는 북소리의 출처에 대해 생각하며 강한 히터 바람을 쐬었다. 북 두드리는 희미한 소리가 저 위에서 여전히 들려왔다. 그를 희망차게 하는 북소리였다. 곧 그는 철사를 꼬아 적당한 길이로 잘라냈다. 그리고 창문 걸쇠가 어떤 식으로 작동하는지 생각하면서 철사 끝을 고리 모양으로 만들었다. 그는 창문을 아래 방향으로 붙들고 있는 작은 손잡이를 휘감은 다음, 고리를 꽉 조인 후 들어 올릴 생각이었다. 그렇게 하기 위해 차에서 나왔던 것이었다.

 20분이 지났을 때, 그는 꽁꽁 언 손으로 땅에 내려왔다. 몸을 좀 덥힌 다음 다시 해볼 생각이었다. 그런데 이번에는 히터를 켜도 작동하지 않았다. 다시 또 다시. 작동하지 않았다. 그는 기다렸다. 다시 해보았다. 작동하지 않았다. 작동하지 않았다. 작동하지 않았다. 극도의 한기가 덮쳐오기 시작했다. 너무 추워서 그의 뇌가 작동을 서서히 멈추고 있었다. 심지어 겨드랑이도 감각을 잃고 손을 따뜻하게 해주지도 못했다. 그는 너무 추워서 그만 포기하고 시내 불빛 쪽을 향해 걸어가야 한다는 것을, 아니 살고 싶다면 걷는 게 아니라 뛰어야 한다는 것을 알았다.

그는 차에서 나와 허허벌판으로 나갔다. 자갈길을 벗어나 서리로 반짝이는 거친 초원으로 들어갔다. 그러다 넘어져 꽤 심하게 나가떨어지는 바람에 놀란 채로 누워버렸다. 마치 장난감처럼 땅에 내던져진 것 같았다. 어떠한 경고도 없이 그들이 나를 내동댕이쳤어. 그게 바로 그자들과 함께 사는 방법이지. 오, 그랬다! 토머스는 그들을 연구한 적이 있었다! 한때 그는 모든 면에서 교사나 상관들과 비슷해지기 위해 분투한 적이 있었다. 그들의 방식을 그의 방식으로 만들려고 노력했다. 그들의 방식이 맘에 들지 않더라도, 어쨌건 노력했다. 또한 그들처럼 돈을 벌기 위해 노력했다. 충분히 일을 열심히 하고 그들의 법칙을 따른다면, 그것이 곧 가족을 안전하게 보호하고 최악의 피해로부터 부족민들을 보호할 수 있다는 의미일 거라고 생각했다. 하지만 어느 하나 사실이 아니었다. 그놈들이 베라에게 한 짓에 대한 깨달음이 그의 뇌 속으로 역겨운 물줄기처럼 밀려왔다.

머릿속에 여러 심상들이 떠오르는 것을 막을 수가 없었다. 그의 마음을 찢어지게 하는 것을 알면서도 말이다. 그들이 베라에게 저지른 참을 수가 없는 짓거리. 만일 그녀가 살아 있고 아직도 그들 손아귀에 있다면, 여전히 저지르고 있을 짓거리. 토머스는 울부짖었으며, 추위 때문에 초지에 꽉 붙어버린 듯한 느낌을 받았다. 불쌍한 퍼랜토와 그 금속 가로등 기둥처럼.

북소리가 점점 더 커지기 시작했다. 위를 올려다보던 그는 존재들을 보았다. 그들은 얇게 반투명했고, 밝지만 선명하지 않았다. 천국에서 떠내려오는 그들이 어찌나 자애롭던지. 그 존재들은 보통 사람들 같은 형체를 하고 있었고, 빛나는 옷감으로 만들어진 평범한 옷, 셔츠, 바지, 드레스를 입고 있었다. 토머스는 그들을 관통하여 뒤편을 볼 수 있었지만, 완벽하게 투명한 것은 아니었다. 그리고 그들은 무척 열심히 일하고 있던 것처럼 보였다. 그는 그 별들이 늘 열심히 일한다는 생각이 들었다―저 위에서 밝게 빛을 내는 일은 쉽지 않으니까. 밝게 빛나는 사람 중의 한 명은 예수 그리스도였지만, 다른 이들과 그저 똑같은 모습이었다. 토머스의 놀라움을 이해하며 그들은 재미난 방식으로 고개를 끄덕였고, 그러자 별안간 아무 데도 아프지 않았다. 빛이 그를 채웠다. 그는 북을 치는 자들이 그가 춤추기를 바란다는 것을 알고는 자리에서 일어났다. 위로는 구름, 아래로는 땅. 영들이 죽은 자들의 땅에서 춤을 추듯, 그들은 시계 반대 방향으로 춤을 추고 있었다. 그들은 그가 함께하기를 원했다. 그리하여 그는 함께 춤을 췄다. 뻣뻣한 풀 위에 발을 내디딜 때마다 그의 발은 물기 어린 밝음을 공기 속으로 밀어 넣었다. 그는 상상의 인디언 머리띠를 하고 있었는데, 머리를 숙였다가 들 때마다 그 머리띠에서 빛이 흘렀다. 아래를 내려다본 그는 자신이 흔들리는 북쪽의 빛으로 만든 춤 막대기를 쥐고 있는 것을 보았다. 번득이는 눈, 피가 손가락 끝까지 솟구칠 때 으르렁거리는 심장, 그는 그들이 준 노래를 부르기 시작했다.
　북소리가 멈췄을 때, 토머스는 차 지붕으로 올라가 주머니에서 꺼낸 철사로 화장실 창문에 달린 걸쇠를 열었다. 그는 몸을 위로 끌어

올려 창문으로 들어가 초록색 리놀륨 바닥에 가볍게 안착했다. 그리고 화장실을 나가 책상으로 가서 바삐 열쇠를 집어 든 뒤, 타임카드를 찍은 다음, 차로 달려 나갔다. 곧바로 시동이 걸렸다. 토머스는 그의 주차 자리로 차를 끌고 간 후에, 다시 건물 안으로 뛰어 들어갔다. 앉았다. 타임카드상으로는 단 2분 동안 자리를 비웠을 뿐이었다. 그는 보온컵에 담긴 커피에 열중하며 새벽에 인사했다.

# 고통은
# 그녀의 이름이 되리

**남자들에게선 뜨거운** 기름 냄새, 숨기운 어린 땀내, 썩은 고기 냄새, 수백 개비의 담배 냄새가 났다. 그들은 울버린의 언어로 말했다. 그리고 그녀의 뺨이 빨갛게 붉어질 때까지 그들의 수염을 얼굴에 대고 문질러댔다. 만일 그녀가 도망치고 싶다면, 칼들을 통과해 달려야 할 터였다. 만일 칼들을 통과해낸다면, 그녀를 보호해줄 피부가 남지 않을 것이었다. 날것의 살점이 되리라. 사물이 되리라. 고통이 되리라. 거대한 모터가 벽 뒤에서 이를 갈았다. 가끔씩, 징이 울려 퍼지는 것처럼 그녀는 어머니가 자신의 이름을 부르는 소리를 들었다.

## 홈커밍*

**금빛으로 물들어가고** 있는 초록 나뭇잎들, 축축한 빗속에서 빛나는 잎들이 숲길에 깔려 있었다. 와샤스크 가족은 전부 열심히 일하고 있었다. 습지에서는 작은 와샤스크들이 초록색 잔가지를 모았다. 들판에서는 식구들이 마지막으로 남은 당근을 쇠스랑으로 캐내고 있었다. 울퉁불퉁한 초록색 돌기가 올라온 애호박, 탐스럽게 색이 올라온 오렌지, 딱딱한 작은 호박 한 더미 등이 창고를 채웠고 가옥 사면에도 쌓였다. 양파 꾸러미들. 연한 색깔의 순한 양배추들. 크림이 담긴 상자들과 보라색 순무. 수십 수백 파운드의 감자. 토머스가 화물용 우마차를 끌고 왔다. 웨이드와 마틴은 뒤에 타겠다고 우기더니 채소들 주변에 자리를 잡았다. 둘은 계속 언쟁하면서 카페에, 학교에, 마지막으로 교사 식당에 수확물을 내렸다. 저기 블루가 그들에게 어디에 놓고 어디에 쌓아야 할지 알려주면서 지시를 내렸다. 내일은 가장행렬과 마을 식사, 축구 경기, 왕족의 대관식이 있을 예정이었다. 샬로가 홈커밍 왕족 중 한 명이었다.

---

\* Homecoming: 매년 가을에 열리는 학교 축제. 고등학교 졸업 30년째 되는 해에 자녀들과 가족들을 동반하여 모교를 찾는 데서 비롯되었다고 한다.(옮긴이)

"당신도 가장행렬에 참가해?" 저기가 토머스에게 물었다.

"이번엔 아니야. 우리 집 어르신이 차에 앉아서 볼 거라. 나도 같이 옆에 앉아 있으려고."

"그럼 로즈는?"

"샬로가 입을 드레스를 만들고 있어."

"오! 어떤 드레스인데?"

저기의 얼굴에 생기가 어렸다. 그녀는 멜빵바지를 교복처럼 입고 다니지만 드레스를 무척 좋아했다.

"긴 드레스 같아. 아마도… 파란색?"

저기가 눈을 가늘게 떴다.

"길고, 아마도 파란색이라고? 드레스 설명이 그게 다야?"

"어딘가에 주름 장식도 달려 있고."

"들으나 마나네!"

이야기를 나누며 토머스는 저기를 자세히 살펴보았다. 그리고 자리를 떠나면서 내심 그녀의 불평에 안심했다. 저기는 그에게 무슨 문제가 있는 것처럼 그를 대하는 것 같지 않았다. 토머스는 로즈도 자세히 살펴봤었다. 서리 내린 들판을 방문한 이후로 그가 변했나? 그전까지 그가 이상하게 행동하고 있었나? 이상하게 행동했는지 아닌지는 누가 어떻게 구별할 수 있을까? 토머스는 그가 겪은 일을 아무에게도 말하지 않았고, 빛나는 사람들에 대해서도 단 한 단어도 발설하지 않았다. 적절한 때가 오면 비분에게는 말할 것이었지만, 다른 사람들에게는 말할 엄두가 나지 않았다. 아버지 말고 다른 사람들에게 정확히 무어라 할 것인가? 별들의 파우와우에 갔었다고? 예수 그리스도를 만났는데 좋은 사람이더라고? 그들은 웃을 것이고,

그가 마차에서 떨어졌다고 생각할 것이고, 고생하더니 정신이 나간 모양이라고 걱정할 터였다. 또 한편으로는, 아마도 이것이 가장 중요했을 텐데, 토머스는 그 방문 이후로 누리고 있는 평화를 누군가에게 방해 받길 원하지 않았다. 여전히 피곤하고 걱정도 되었으나, 공포로 가득하지는 않았다. 그의 손님들이 자신들의 평안한 현존을 조금이나마 남겨주었다.

매일 밤, 토머스는 열쇠를 가지고 있는지 두 번씩 확인하면서 밖으로 나가 천국을 올려다보았다. 그들이 맞춰 춤추던 노래를 기억하려고 하며 그는 낮게 노래했다. 예수 그리스도에 관해서는, 미사에 꼭 가는 게 좋겠다고 생각했다.

**비가 그치고**, 토요일 아침은 청명하고 쌀쌀했다. 가장행렬에 참여하는 모든 사람들이 교회 바로 아래에 모여서 느릿하고 불규칙한 행진을 시작했다. 시내에서부터 시작해 고등학교 계단까지 이어지는 행진이었다. 샬로는 노란색 벨벳꽃 수십 송이를 핀으로 고정한 코트를 입은 채, 영어 교사의 컨버터블 차량 뒷좌석 가장 높은 곳에 친구들과 앉아 있었다. 피는 트럼펫 연주자로 가장행렬에 참여했다. 포키도 참여했다. 그는 복싱 링처럼 꾸며진 픽업트럭 화물칸에서 경중경중 뛰며 돌아다녔다. 화난 듯 찌푸린 얼굴을 하고서 다른 남학생들과 스파링하는 자세를 취하고 있었다. 어린 선수들은 셔츠를 입고 싶지 않았지만 반스가 외투를 입게 했다. 반스는 학생들이 새로 산 에버라스트 브랜드의 글러브를 낄 수 있게 허락해줬고, 학생들은 우체국 창구에서 빌려온 라운드벨로 종소리를 냈다. 비즈가 박힌 까만색 벨벳 예복을 입은 세 명의 나이 든 전통 무용수들은 루이의 소형 트럭 화물칸에 탔다. 젊은 무용수들이 그 뒤를 따랐다. 할아버지에게 무용복을 빌려 온 웨이드는 위아래로 빠르게 움직이는 한편, 눈으로는 바닥에서 무언가를 열심히 찾았다. 몇몇 여자들은 사슴가죽을 흉내 낸 갈색 면원피스를 입었는데, 자른 솜으로 술을 단 것이었다. 한층 짧은 단발머리를 한 여자들은 나일론 스타킹에 말 털을 잔뜩 넣어 만든 가짜 땋은 머리를 달고 있었다. 그들은 반짝이는 비즈가 박힌 머리띠를 하고 멋진 메달을 걸고 있었다. 두 명의 화려한 무용수들은 비즈가 박힌 브리치클로스(전통 방식으로 허리에 두르는 천—옮긴이)와 깃털이 달린 버슬(스커트 뒷자락을 부풀리는 허리받이—옮긴이) 안쪽으로 긴 빨간색 속옷 의상을 입고 있었다. 그들은 몸을 숙였다가 빙글빙글 돌고, 걷고, 웃고, 모인 사람들에게 손을 흔들고, 우스갯소리를 했다. 그들은 예를 갖춘 모습으로 헝겊가방에서 연필을 하나씩 꺼내, 그 노란색 막대기를 아이들 몇몇에게 모두 나누어주었다.

그레이스 파이프스톤은 카우보이 모자와 풍성하게 퍼지는 플레어 스커트와 카우보이 가죽부츠를 착장하고서 새로운 암망아지 티처스펫을 탔다. 푸른색이 멋지게 섞인 예쁜 말이었다. 말의 두 눈에는 급습하는 모양새의 암청색 윤곽이 그려져 있었고, 어두운색 양말 무늬 덕분에 재빠른 걸음이 예리하고 정확해 보였다. 행렬 속에는 말 타는 사람이 여럿 있었지만, 누구도 토스크 교육감만큼 화려하게 옷을 입은 사람은 없었다. 그는 진짜 술이 달린 사슴가죽 재킷을 입었고, 독수리 깃털로 만든 인디언 머리띠를 착용했다. 특별한 행사나 사진을 찍을 때 그는 늘 이 인디언 머리띠를 했다. 황홀하리만치 아름답게도, 이것은 그의 머리에서 비죽 솟아 등까지 이어져 내려왔다. 그는 루이의 가장 귀중한 말 중 하나인 그링고를 탔는데, 그 말은 독보적인 선두로 달리던 경주를 사랑 때문에 졌던 말로, 이제 교배할 준비가 되어 있었다. 그링고는 여러 가지 옅은 색 털이 섞여 있었고, 거의 크레멜로(몸빛이 크림색인 품종―옮긴이)에 가까웠다. 그리고 토끼같이 부드러운 귀와 분홍빛 도는 넓적한 얼굴을 갖고 있었다. 그링고의 갈기는 전날 밤에 수고를 들여 빗고, 물에 적시고, 땋아 내려주었지만, 지금은 그 땋은 것이 풀어져 목의 곡선을 따라 하얗게 잔물결 치고 있었다. 그레이스가 그링고의 꼬리도 똑같이 다듬어준 까닭에, 매끈한 잔주름들이 거의 자갈길을 빗질한 것 같았다. 정말이지 더 좋은 이름을 가져야 마땅한 아름다운 말이었다. 우드 마운틴이 자주 그렇게 말했었다.

우드 마운틴은 초록색과 하얀색이 칠해진 저기의 데소토를 운전하고 있었다. 데소토에는 건초 뭉치가 실린 작은 트레일러가 딸려 있었으며, 떠돌이처럼 입은 저기와 디애나가 그곳에 앉아 있었다. 저기는 '*종결로 인해 깨어진*'이라고 쓰인 표지판을 들고 있었다. 볼드 씨는 금빛 주름종이로 장식한 커다란 갈색 스테이션왜건 차량을 몰고 있었는데, 판지에 색을 칠해 만든 보석이 여기저기 매달려 있었다. 차 지붕에는 커다란 시계와 베티 파이가 세운 로켓이 고정되어 있었다.

보석 공장을 대표하는 또 다른 차는 도리스 로더 가족의 차였다. 색을 칠한 표지판이 창문에 달려 있었다. 당연한 일이지만, 밸런타인이 앞좌석에 탔다. 밸런타인은 도리스와 서클 스커트를 만들 때 바이어스 재단법으로 잘라낸 격자무늬 천을 어떻게 어울리게 할 수 있는지에 대해 이야기를 나누었다. 퍼트리스는 베티 파이와 함께 뒷좌석에 탔다. 두 사람은 수제 토피 사탕을 넣은 작은 꾸러미들을 들고 있었는데, 이 정사각형 꾸러미들은 하나하나 모두 왁스 입힌 종이로 포장이 되어 있었다. 때때로 두 사람은 행렬을 구경하며 서 있는 열성적인 아이들에게 토피 사탕을 몇 개씩 던져주었다. 2년 전, 퍼트리스는 밸런타인과 함께 이 행렬에 참여했고 두 사람 모두 홈커밍 왕족에 속해 있었다. 그들은 사람들에게 던져줄 팝콘 공을 만들었지만, 대부분 공중에서 날아가다가 포장지가 벗겨지거나 혹은 도로에 떨어져 산산조각이 났다.

가장행렬 동선의 중간쯤에 버논과 엘나스가 도롯가에 어색하게 서 있었다. 그들은 검은색 양복을, 지금은 검은색 오버코트까지 입고 이방인으로 지냈지만, 이제는 모든 사람들이 그들이 모르몬 교도인 것을 알았다.

퍼트리스는 두 사람을 향해 사탕 여러 개를 던져주었다. 버논은 허리를 굽혀 사탕들을 집어 들고 입 안으로 하나를 던져 넣었다. 엘나스는 팔짱을 끼고서 노려보았는데, 그의 눈은 격노하여 빛을 뿜고 있었다.

"저 두 명 봤어?" 퍼트리스가 베티에게 물었다.

베티가 몸을 돌렸다. "오, 저 사람들 선교사야. 그런데 그레이스 파이프스톤이 한 명을 개종시키는 중이야."

"뭐?"

"루이가 그 집 헛간에 저 사람들을 재워줬거든. 저기 입 안 가득 사탕 물고 있는 저 사람, 저 사람이 그레이스를 좋아해. 그런데 그레이스는 그가 가톨릭이 되지 않는 한, 쳐다도 보지 않겠다고 했어. 그는 이것 때문에 기도하고 있고."

"그레이스가 그럴 것 같지는 않은데." 앞좌석에서 밸런타인이 불쑥 말했다. "걔가 잡을 더 큰 물고기가 있거든. 어쩌다 알게 됐는데 우드 마운틴이 그레이스를 눈여겨보고 있대."

"그레이스는 아직 열여섯 살도 안 됐잖아." 퍼트리스가 잔뜩 열이 올라 말했다.

"질투하는 눈이네, 질투하는 눈이 번득여." 밸런타인이 의기양양해서 말했다.

"그게 대체 무슨 말인데?"

밸런타인이 도리스 로더 쪽으로 몸을 향했고 두 사람은 같이 웃기 시작했다.

**가장행렬은 천천히** 움직였지만 빨리 끝났다. 차량들과 걷는 사람들, 무용수들이 고등학교 주차장에 도착했다. 홈커밍 왕족들은 차에서 나와 학교 현관 계단을 올라가 겹문 앞에 있는 널따란 콘크리트 층계참에 섰다. 토머스가 일찌감치 가까운 곳에 내시를 세워둔 터라, 비분은 밖으로 나와 자동차 보닛 위에 앉아 왕과 여왕의 대관식을 볼 수 있었다. 이제 이 노쇠한 노인은 군용 담요를 두르고서 여린 햇살 아래에서 기대에 찬 마음으로 앉아 그곳의 들뜬 흥분을 즐겼다. 군중들이 점차 조용해졌다.

긴장한 왕족들 쪽에는 가정 교사인 에지스 여사가 자비스 씨와 함께 서 있었다. 두 사람은 철사와 양철, 반짝이는 은색 페인트로 만든 왕관을 각각 하나씩 들고 있었다. 다른 교사들은 왕족 한 명 한 명에게 수여될 빨간색 망토와 왕홀을 들고 있었다. 먼저 자비스 씨가 천천히 앞으로 나와 캘버트 세인트 피어에게 재빨리 왕관을 씌워주었다. 그는 반스의 학생 중에서 가장 많이 머뭇대는 선수였다. 캘버트에게 망토를 둘러주자 사람들은 박수를 치며 환호하거나, 따뜻한 마음으로 함성을 질러주었다. 이내 관중들은 다시 조용해졌다. 도로 끝자락에서 잔디 풀잎을 뜯고 있던 말들도 히힝 하며 울고 콧바람을 뿜었다. 에지스 여사가 앞으로 걸어 나와 왕관을 씌울 듯 말 듯 여학생들의 머리 위로 한 번씩 들어 올리며 놀렸다. 그러고는 마침내 핀으로 곱슬곱슬하게 만든 샬로의 갈색 머리 위로, 풍성한 광륜 모양으로 빗어 빛나는 얼굴을 둘러싼 그녀의 머리 위로 왕관을 내렸다. 관중들이 숨을 죽였다. 샬로의 두 눈이 놀라움으로 커지더니 갑작스러운 감정을 그대로 드러내며 이목구비가 일그러졌다. 곧 그녀가 표정을 풀고 미소 지었지만, 그사이 관중석에 있던 몇몇 사람들은 저마다의 기억이 떠올라 깜짝 놀랐다.

**토머스는 딸의** 네 살 적 모습을 보았다. 높이 쌓인 건초더미 위에서 공중으로 날아오르기 전에 소리치는 모습이었다. 토머스는 재빠르게 움직여 겨우 한쪽 무릎을 땅에 대고 샬로를 받을 준비를 했다. 그가 건초더미 위에 부주의하게 던져둔 쇠스랑이 딸이 떨어질 때 같이 넘어졌다. 두 사람이 한쪽으로 함께 굴러 넘어지면서 쇠스랑이 딸아이 옆 바닥에 세게 부딪혔다. 덜덜 떨면서 그 장면을 본 토머스의 가슴이 공포의 울음으로 한껏 팽창했다. 그때 샬로가 그의 얼굴을 쓰다듬었다. 지금 왕관을 쓴 그녀는 당시 날지 못하고 붙잡힌 뒤에 지었던 그 수수께끼 같은 표정을 똑같이 하고 있었다.

**로즈는 그녀의** 다리미가 옷장 위에 자랑스럽게 서서 반짝이는 것을 보았다.

퍼트리스는 자신이 바로 저 계단 위에서 홈커밍 여왕으로 왕관을 쓰던 그때로 불현듯 되돌아갔다. 빨간 망토를 두르고 가짜 왕홀을 든 그녀가 어떻게 군중을 내려다보았는지, 또 그들은 얼마나 멀게 느껴졌는지. 그녀의 심장이 부풀어 올랐다. 가슴 속 돌멩이. 그리고 그녀는 기억했다. 어렸을 적 너무나 가난한 나머지, 발가락들이 삐죽 튀어나오는 구멍 난 신발을 신고 학교에 다녔다. 선생님이 구해주기 전까지는 코트 하나 없었다. 밀가루 부대를 기워 만든 속옷과 옛 전통 양식으로 땋은 머리를 두고 친구들은 하나같이 그녀를 놀려댔다. 인디언 여편네라고 불렀다. 심지어 여자애들조차 그랬다. 더럽다고도 했다. 그러다 언니 베라가 옷들을 주워오거나 직접 만들 만큼 나이가 들자, 퍼트리스에게 젖가슴이 생기자, 한때 죽을 지경으로 배고파 보였던 작은 얼굴이 매력적으로 변하자, 그녀를 보는 눈도 달라졌다. 이제 그녀는 여왕이었다. 하지만 그녀는 잊지 않았다. 결코 잊지 않을 것이었다. 갑작스레 왕관의 무게를 느꼈던 그 순간, 맞다. 별안간 그녀는 그들이, 그들 전부가 자신에게 절하기를 바랐다. 특히 인디언 여편네라고 부른 남학생들이 교회에서처럼 무릎 꿇기를 바랐다. 축복받은 처녀, 그 의기양양하게 미소 짓는 완벽한 빛의 조각상 앞에서 그러하듯이. 그래, 무릎을 꿇어라! 오, 그녀가 거머쥔 작은 양철 홀이 마치 검이라도 되는 양, 두려워하며 고개 숙이기를 바랐다. 교사들이 절하는 것도 보고 싶었다. 어쩌면 그들은 경이에 차서 흘긋 그녀를 올려다보리라. 그리고 감히 훔쳐보는 것을 들킬까봐 두려워 황급히 고개를 숙이리라.

바라건대, 그녀에 대해 험담을 하거나 어머니의 손을 놀린 여자들도 두려움에 떨기를. 그리고 거만하게 그녀를 위아래로 훑어보며 윙크하던 남자들. 그자들. 마치 그녀가 뺨이라도 때린 듯 고개를 돌리게 되리. 더구나 버키. 그 애는 총에 맞은 듯 쓰러질 수도 있고.

당시 퍼트리스는 반쯤 넋이 나간 채로 학교 현관 계단을 내려오기 시작했다. 누구도 절하지 않았다. 그중 어떤 일도 일어나지 않았다. 사람들은 소리 지르며 박수쳤고, 모두가 친절했다. 밸런타인만 빼고. 그날 이후 지금까지도 친구로서 신뢰하기 어려운 그녀였다. 그래, 밸런타인을 무릎 꿇리고 납작 엎드리게 해서 자꾸 나를 골탕 먹이지 못하게 했어야 해. 퍼트리스가 생각했다.

**왕족들이 군중** 속으로 걸어 들어가고, 사람들이 서로서로 머리를 맞대고 약속을 잡을 때였다. 토스크 교육감이 벗긴 모습으로 앉아 있던 말, 그링고가 커다랗고 요란한 트럼펫 소리를 내며 티처스 펫을 향해 한쪽 다리를 구부리고 앉았다. 토스크가 고삐를 그러쥐었다. 그레이스 파이프스톤이 타고 있는 말은 매혹하듯 히힝거리는 울음소리를 냈다. 그들은 군중 저편에서 사람과 차에 둘러싸여 있었다.

티처스 펫은 뒤쪽을 보려고 몸을 길게 빼고서 멈춘 채, 그링고에게 구애의 뜻을 전했다. 그레이스는 자신의 암망아지를 발로 차, 임기응변으로 저기의 데소토 맞은편을 향해 말을 빠르게 몰았다. 아직 떠돌이 넝마 차림이던 저기는 높이 뛰어올라 그링고의 고삐를 낚아챘지만 곧 놓치고 말았다. 티처스 펫이 재빠르게 돌아섰다. 저기는 암말이 잔뜩 흥분해 있는 것을 보았다. 외음부가 불거진 채 열렸다 닫히며 벌렁거렸다.

말 뒤편을 지나가던 반스는 공포로 땅에 붙박여 그대로 멈추어 섰다. 그에게는 처음 보는 광경이었다. 그는 양팔을 흔들며 우드 마운틴에게 달려갔다. 저기는 말과 승마자를 향해 뛰어가 소리쳤다.

"그레이스, 내려! 지금 발정 났어!"

아마도 그레이스는 못 들었거나, 혹은 어쩌면 듣긴 했지만 사람들로부터 말을 멀리 떨어뜨려놓고 싶었는지도 모른다. 그레이스는 군중 속에서 급히 빠져나와 학교 운동장으로 향했다. 그러려고 애썼다. 하지만 티처스 펫은 가지 않으려 했다. 엉덩이를 씰룩댔다. 그링고를 향해 외음부를 벌렁거렸다. 그레이스가 장식용 박차를 사용하기 전까지는 움직이려 들지 않았다. 그러다 티처스 펫이 별안간 돌진하자 그링고의 귀가 쫑긋 섰다. 무서움에 동그래진 눈으로 토스크 교육감이 그링고의 고삐를 세게 잡아당겼지만, 이 종마는 갑자기 머리를 위로 치켜들더니 괴성을 내지르고 티처스 펫 쪽으로 재빨리 내달렸다. 그때 티처스 펫은 학교 운동장에 있는 그네들—4.5미터 높이에 가로로 걸쳐진 막대기에 걸려 있는 쇠사슬 끝에서 부드럽게 흔들리고 있는 두꺼운 나무 널빤지—을 향해 온 힘을 다해 달리고 있었다. 그레이스는 암말을 그네들 사이로 몰았지만, 속절없이 흔들리며 비명을 지르던 토스크는 종마와 함께 그대로 그네와 충돌했다. 그네는 올가미처럼 그링고의 고귀한 목 아랫부분을 잡아챘다. 그링고는 쇠사슬로 자기 몸을 휘감는 한편, 토스크 교육감을 짐꾸러미처럼 개키고, 길게 이어진 독수리 깃털을 부러뜨렸다. 그리고 거의 교육감을 매달다시피 하면서, 뒷발로 몸을 똑바로 일으켰다. 루이스가 그링고의 머리 위로 담요를 힘껏 던지고 신속하게 교육감을 쇠사슬에서 풀어주었다. 그레이스는 티처스 펫의 등에서 미끄러져 내려왔다. 쇠사슬이 풀리자마자 그링고는 뛰어올랐고, 단 한 번의 점프로 등에 탄 낯선 사람을 떨궈냈다. 그리고 건초지와 학교 부지를 가르는 숲 뒤편으로 천천히 가버린 티처스 펫을 뒤쫓아, 러닝트랙의 끝자락을 질주했다.

**그날 밤**, 홈커밍 무도회가 열렸다. 모든 연인이 최대한 멋지게 차려입고 열을 맞춰 서서 어두워진 체육관 주변을 돌았다. 자비스 씨가 가져온 스포트라이트 조명 덕분에 각 커플은 어둠에서 빛으로 나올 수 있었다. 고등학생만이 아니라 누구든지 무도회에 올 수 있었다. 사람들은 뒤에 마련된 테이블에 앉아 준베리 파이, 테이블 번빵, 젤리를 먹었다. 저기 블루가 정사각형 모양으로 잘라 만든 캐러멜 시트케이크도 있었다. 그들은 디저트와 함께 우묵한 그릇에 마련된 펀치를 마시면서 연인들의 행렬을 보았다.

토머스와 로즈는 진저에일이 섞여 더 맛이 좋아진 주스를 홀짝거리면서 벽에 기대어 서 있었다. 홈커밍 왕과 여왕은 민속음악 바이올린 연주자가 귀에 쏙 들어오는 미치프족 행진곡을 연주하는 동안 무도 행렬의 맨 앞에서 춤을 췄다. 스포트라이트 조명이 빛의 흔들리는 조각들을 샬로가 나타나는 곳에 드리웠다. 가장 윗부분이 은색 별로 장식된 그녀의 왕관은 그곳에 있는 빛들을 붙잡았다. 그녀가 앞서 나아갈 때면 마치 둥둥 떠다니는 것 같았다. 어쩌면 정말로 바닥에 닿지 않는 것인지도 몰랐다. 토머스의 생각엔 그랬다. 어둠 속을 뚫고 마법처럼 움직이는 딸의 모습을 보며 그는 착각에 빠졌다. 샬로는 인간의 형상과 형식을 하고서 지상에서 보낼 시간을 받은, 별 존재 중의 하나였다.

그때 앵거스와 에디가 더 강렬하게 연주하기 시작했다. 연인들은 그 자리에 갑자기 멈춰서 팔다리를 흔들고, 왼쪽과 오른쪽을 오가고,

손을 바꿔 잡고, 가끔은 부둥켜안고 차차를 췄다. 춤 사이사이마다 그레이스 파이프스톤은 기타를 집어 들었고, 우드 마운틴도 그렇게 했다. 나이 든 사람들은 뒤쪽에 마련된 테이블에 앉아 파이가 놓인 탁자에서 파이를 가져와 먹고 커피를 마시며 구경했다. 음악이 신명 나는 포크댄스에서 비밥으로 바뀌었다. 마지막으로 자비스 씨가 스피커 시스템을 이용해서 춤추기에 알맞은 시끌벅적한 소리로 레코드를 틀겠다고 발표하여 어르신들에게 충격을 주더니, 첫 곡으로 지미 포레스트의 〈나이트 트레인〉을 틀어 거친 사운드가 체육관에 널리 퍼졌다. 누구도 말릴 수 없는 인기에 같은 곡이 다시, 또다시 흘러나왔고 앵거스와 에디는 곧 곡을 파악해 현장에서 변주했다. 그날 밤이 다 가도록 단 한 명도 그 곡이 아닌 다른 곡에 맞춰 춤추고 싶어 하지 않았다.

무도회가 끝나고, 자비스 씨는 레코드를 깨끗이 닦아 판지 봉투에 넣었다. 조심스럽게 레코드 바늘을 후후 불고 안전하게 고정한 뒤 플러그를 뽑았다. 그러고서 레코드플레이어 케이스를 조심스럽게 닫아 걸쇠를 잠그고 밖으로 가지고 나갔다. 스포트라이트 조명은 그가 자기 돈으로 직접 산 것이어서 집으로 가져갔다.

학교에서 마지막으로 나온 사람은 반스였다. 그는 아무 이유도 없이 학교에 남아 있었고, 퍼트리스가 무도회에 오지 않았다는 사실에 아직도 다소 상처를 받았다. 그녀가 오지 않을 것임을 아까 깨달았을 때, 눈 뒤에서 눈물이 뜨겁게 차올랐다. 또 눈물이라니! 남자로서 이게 대체 무슨 일이란 말인가. 반스는 퍼트리스의 친구인 밸런타인에게 서둘러 걸어가 춤을 청했다. 그녀의 허리는 늘씬했고, 그의 모든 말에 맞장구쳤다.

그가 현관문으로 나왔을 때 밸런타인이 아직 있었다.

"우리가 차 태워줄게요." 그녀가 반스의 팔을 잡으면서 흥분에 차 큰 소리로 말했다. 위스키 냄새가 조금 났다. 그들은 신난 걸음으로 계단을 내려갔다. 반스가 주변을 훑어보았지만 보는 사람은 아무도 없었다. 밸런타인이 도리스 로더의 차 앞좌석으로 들어가 앉았다.

"길 건너면 바로 집이에요." 반스가 말했다. "고마워요. 근데 난 걸어가면 돼요."

"안 돼요!" 밸런타인이 울부짖듯 말했다. "타요. 우리 지금 부시 댄스장에 갈 거란 말이에요!"

그는 예전부터 늘 그런 곳에 가보고 싶었다. 빠른 음악, 격정적인 춤, 수제 맥주, 와인. 어쩌면 픽시도 있을지도. 결국 그는 차 뒷좌석으로 들어가 중앙에 앉았다. 잠시 후 그는 양팔을 뻗어 등받이 너머로 활짝 펼쳤다. 여성이 운전하는 차를 타고 어딘가로 가는 것이 익숙지 않았고, 최대한 자기 자신을 크게 부풀려야 할 것만 같았다.

## 부시 댄스

**교미가 끝난** 후, 그들은 지루했고 짜증이 났다. 또한 그곳엔 먹을 게 아무것도 없었다. 그들은 정확히 헤어졌다고는 볼 수 없었지만, 수분 많은 풀을 찾으러 터덜터덜 돌아다니는 동안 서로를 무시하는 데는 성공했다. 건초지가 있긴 했지만 풀들이 이미 잘려나가 있었고, 그마저도 다 말라서 거칠었다. 그래서 그들은 방향을 돌려 숲속으로 들어가 걸었다. 티처스 펫은 그레이스가 부르는 소리를 들었지만, 한 시간 전과 달리 그 목소리는 암말에게 영향을 주지 않았다. 티처스 펫은 그저 그링고 옆에서 걷고 또 걸었고, 그링고는 이미 인간의 소리를 전혀 염두에 두지 않은 채, 완벽했던 자신의 감각을 아직 즐기고 있었다. 그들은 참나무 사바나를, 자작나무 숲을 지났고, 흡족하지 않은 또 다른 건초지를 지나갔다. 그리고 버려진 뜰에 다다라 그곳에서 호화롭게 풀을 뜯으며 가장행렬로 인한 스트레스를 날려버렸다.

  그들은 습지에서 물을 마시고 진흙에서 뒹굴었다. 점점 어두워졌다. 쉴 수도 있긴 했지만 바람이 너무 찼다. 짜증스럽긴 해도 그 존재들 근처의 따스운 곳에 들어갔으면 했다. 종종 맛있는 것을 하나둘

씩 주었단 말이지. 쭈글쭈글한 사과, 당근 토막, 배넉빵 껍질. 오, 저건! 그링고는 껍질, 당근, 사과에 앞서 공기 중에 느껴진 어떤 냄새를 향해 종종거리며 다가갔다. 어쩌면 그 냄새가 그링고를 이곳으로 불러들였을지도 몰랐다. 그들은 누군가의 집 근처에 있었다.

  그 집에서 다른 이들이 내는 시끄러운 소리가 들려왔다. 어쩌면 그들과 같은 종이거나 가까운 종, 아니면 전혀 다른 종이 내는 소리일 수도 있었다. 히힝거리는 소리, 웃는 소리, 숨이 막히는 듯한 소리, 우는 소리, 날카로운 경적 소리, 공기가 터져 나오는 소리. 그들은 자갈을 건너, 땅을 건너 더 가까이 다가갔다. 그러고서 밟혀 뭉개진 맛없는 잡초 위에 서서 누가 진짜 음식을 주기를 기다렸다. 곡식이면 좋을 텐데. 하지만 익숙한 온기 안에서 소리는 계속되었고, 쿵쿵거리는 소리와 높게 내지르는 소리가 수그러들지도 않았다. 때때로 지독한 냄새가 나는 차 뒷좌석에서 인간 한둘이 소리를 지르며 나타나거나 서로 엉겨 붙었다. 누구에게서도 옳은 냄새가 나지 않았다. 음식을 가진 사람이 없었다. 마침내 고개를 떨군 채, 두 말은 제멋대로 도로까지 천천히 걸어갔다. 몇 마일을 더 걸었고, 그렇게 그들이 살던 들판으로 이어지는 풀 길로 들어섰다. 원래 살던 곳의 담장을 뛰어넘으려니 그들 스스로의 모습이 매우 유감스러웠다. 그들은 들여보내주기를 기다리며 밖에 서 있었다. 짧고 강한 바람이 출입구를 밀어젖혔다. 티처스 펫이 문을 통과해 들어갈 때 그링고가 무례하게 그녀에게 부딪혔다. 별안간 그녀는 그링고가 세상 그 무엇보다 지독히도 혐오스러웠다. 그녀의 작고 예쁜 발굽이 번쩍이더니, 그의 분홍빛 금색 아랫배에 사나운 상처를 남겼다. 이것이 그링고의 유일한 흠이 되었다.

# 건초더미


**고통스러웠다. 영혼이** 고통스러웠다. 그래서 그는 교회로 가서 긴 딱딱한 나무 의자에 앉았다. 부시 댄스는 밤새도록 계속되었다. 반스는 거의 내내 어설프고 서투르게 복싱 스텝을 밟았다. 위스키도 마셨다. 늘 그렇듯 술은 곧장 그의 머리로 뻗쳤다. 복싱 스텝이 느릿한 지그 춤이 되었을 때, 그는 휘청거리며 문 밖으로 나갔다. 처음에는 도리스, 다음에는 밸런타인과 같이 간 숲에서 그는 무서울 정도로 열의 넘치는 입맞춤을 맞닥뜨렸다. 깨물리기까지 했다. 밸런타인이 표식을 남긴 것이다. 여전히 그의 몸에 증거가 남아 있었다. 꽤 확신하건대, 더 나아갈 수도 있었다. 하지만 그의 감정들은 픽시에게 향했다! 아닌가? 어쩌면 그는 문란해지고 있는 것인지도 모르겠다. 서로 절친한 친구 사이로 알고 있는 세 명의 여성에게 동시에 끌리고 있는 지금, 대체 어떻게 그가 다른 복싱 선수들, 특히 제자들을 가르치고 시합하고 훈련시킬 수 있단 말인가? 픽시 퍼랜토 말고 다른 사람을 생각할 수도 있다는 것은 안심되는 일이면서도 실망스러웠다.

교회 안의 공기는 안온하고, 옅게 향료 냄새도 났다. 아마도 향일 터였다. 그는 가톨릭 신자가 아니었다. 성호를 긋는 법은 몰랐지만,

그래도 감정을 담은 손짓으로 가슴 이쪽에서 저쪽까지 손을 가로지르고서 신의 어머니를 조각한 상을 올려다보았다. 끝이 뾰족한 모양의 타원형 공간 안에 조각상이 안치되어 있었다. 그것을 보니 홈커밍에서 봤던 암말이 떠올랐다. 어떻게 할 틈도 없이 머릿속에 생각이 떠올라버렸다. 타원형 공간은 빨간색으로 페인트칠되어 있었고, 장식된 금색 점들이 공간 둘레를 명료하게 표시했다. 그 중앙에 조각상이 떠올라 있었다. 빛의 변화에 따라 그녀의 눈길이 이곳저곳 빠르게 넘나들며, 설명할 수 없는 두려운 느낌을 자아냈다. 그녀는 분명히 반스를 주시하고 있었다. 결코 허락하지 않는 것처럼 보였다. 심지어 이 만남을 나중으로 미뤄야 한다는 뜻을 내비치는 때도 있었다. 그저 네 갈 길을 가고 이곳 사람들이 네 방해 없이 삶을 살아가도록 내버려두라. 건초더미 반스. 그는 이 별명을 좋아하지 않았지만, 이곳의 모든 사람들에게는 별명이 있었다. 더구나 더 나쁜 별명이 붙었을 수도 있었으니.

자, 그는 이곳에 있었다. 문제를 정면으로 맞닥뜨릴 생각이었다.

먼저, 당연하게도 픽시가 있었다. 오, 그는 모든 것들을 감내해왔다. 그가 아는 한 단 1인치라도 픽시를 염원하지 않음이 없었고, 욕망하지 않음이 없었으며, 마음에 품지 않음이 없었다. 물론 그가 알지 못하는 것이 많긴 했지만.

두 번째로 밸런타인이 있었다. 이 얼마나 여성이 갖기에 완벽한 하트 모양의 이름인지. 하지만 그녀의 얼굴은 전혀 하트 모양이 아니었다. 되려 마르고 뾰족한 얼굴에, 미끄러질 듯한 눈을 가지고 있었다. 밸런타인에게는 젊은 여우처럼 교활한 데가 있었다. 그래, 죽어 늘어진 토끼를 입에 물고 숲속 이곳저곳을 빠르게 걷는 작고 예쁜 젊은 여우. 아니, 정확히는…

그는 자기 목의 정맥과 어깨, 그리고 밸런타인이 실제로 피를 흘리게 했던 가슴 한 부분을 눌러보았다. 원래 이런 게 흔한 일인가?

세 번째로, 놀랍게도 껍질을 벗긴 사과처럼 촉촉하고 하얀 살을 가진 도리스 로더. 그녀의 턱과 허리 아래에 느껴지던 살집은 그저 아름답기만 했다. 통통한 팔과 단단한 다리. 밝은 빛 적갈색의 굽이치는 머릿결. 뒤로 넘긴 머리칼이 그리 풍성하진 않았지만, 그걸 휘날릴 때는! 오, 그녀는 적갈색의 복숭아였다. 한입 베어 물고픈 유혹. 그녀가 인디언이 아니라는 것은 이미 알려진 사실이었다. 그래서 덜 이국적이고, 덜 매력적이었다. 아니, 어쩌면 그는 이것을 매력으로 받아들였는지도 몰랐다. 어쩌면 그는 그저 좋은 인상을 주기 위해 노력할 필요가 없는 멋진 여자를 원하는 것인지도 몰랐다. 딱 봐도 척 알 수 있는 누군가, 그를 딱 보면 척 알아주는 누군가를.

\* \* \*

"이게 누구시죠." 토머스 와샤스크가 말했다. 그는 교회 의자의 좁은 틈으로 미끄러지듯 들어와 반스의 복싱 글러브를 치우고 옆에 앉았다. 두꺼운 겨울 외투에 니트 목도리 차림이었다. "좀 추워야 말이죠." 토머스가 말했다.

"기도를 좀 하고 있었어요." 반스가 말했다.

"나도 그러려고 왔지요." 토머스가 말했다. "실제로 기도를 했고요. 저기 저 뒤편 구석에서 잠깐 예수와 이야기를 나눴습니다. 선생이 일어나 밖으로 나오면 좀 긴 얘기를 나눌 수 있을 것 같아서, 사실 저쪽에 기다리면서 앉아 있었어요. 그런데 지금 가봐야 해서 선생을 귀찮게 하기로 했지요. 그렇다고 방해하고 싶지는 않은데."

"아니에요. 괜찮습니다." 누군가 방해할 수 있는 고독 같은 것을 자신이 즐겼다는 것에 기분이 우쭐해진 반스가 말했다. "무슨 일이시죠? 기도는 다 마쳤습니다."

"복싱 경기를 열면 어떨까 싶어서요." 토머스가 말했다. "대표단을 보내기 위해 기금을 마련해야 하거든요."

"그 법안 때문이군요. 그렇죠?"

토머스가 고개를 끄덕였다. "가서 정부가 하려는 하는 일에 반대한다고 증언할 텐데, 그 돈을 정부가 줄 것 같지는 않으니까요. 그러니 우리가 직접 돈을 마련해야 할 겁니다. 그들이 일정을 정했어요. 3월이에요. 그때까지 모든 것을 준비해야 해요."

"그러니까 당신 말은," 반스는 더듬더듬 알맞은 단어들을 찾았다. "증언을 하신다고요? 그런 거예요?"

"법안에 반대되는 증거들을 많이 제시할 거예요. 그러니까, 맞습니다. 부족 내 학자한테도 연락을 하고 있어요. 그 사람이 비밀병기가 되어줄지도 모르죠. 우리는 기차표 값이, 머물 곳이 필요합니다."

"그래서 복싱 경기를."

"부대비용도 포함해서요. 만일 우드 마운틴과 조 워블이 다시 맞붙는다면 관중석이 아마 꽉 찰 거예요."

"저도 동의합니다만, 어쩌면 조가, 아니 어쩌면 우드가 경기를 안 하고 싶어할 수도 있어요. 지난번 경기가 좋지 않아서. 저도 의문스러운 점들이 있죠."

"선생만 그렇게 생각하는 게 아닙니다. 그렇기 때문에 재경기를 열면 관중이 많을 것 같은 거예요."

"맞아요." 반스가 말했다. "그런 것 같네요. 지역회관에서 하면 될 것 같아요. 자비스 선생에게 확성기 같은 것을 설치하게 할게요. 우체국 벨 말고 진짜 벨도 갖고 올 수 있어요."

"로프도 복싱 로프로 준비하고요."

"예쁜 여자들. 득점 카드도요." 반스가 희망에 차서 말했다.

"아니요." 토머스가 말했다.

"아, 뭐 그냥 생각일 뿐입니다."

토머스가 고개를 끄덕였다. 딸 샬로가 숫자를 머리 위 높은 데까지 들고 돌아다니며, 거친 남성들에게 휘파람이나 음흉한 시선을 받게 하고 싶지 않았다. 깨끗한 경기가 될 것이며, 이 큰 주요 경기 전에 다른 선수들의 경기도 있을 것이다.

"조 워블과 다시 맞붙는 거라면," 반스가 말했다. "지금 당장 가서 우드 마운틴을 훈련시켜야겠네요."

나중에 교회를 빠져 나오고 나서야 깨달았지만, 그 생각이 반스 자신을 자유롭게 해주었다. 만일 우드 마운틴을 훈련시키는 일이 사람들에게 좋은 일이라면, 그 무엇도—세 여성을 향한 감미롭고 괴로운 감정도, 스타 제자에게 품고 있는 비밀스러운 경쟁심도—조 워블리진스키를 이길 수 있게 우드 마운틴의 몸을 만드는 것보다 더 의미 있을 것 같지 않았다.

~

**일이 진행되는** 게 어찌나 희한한지, 그 주에 농부의 아침식사를 기대하며 포비스식당에 걸어 들어온 사람이 다름 아닌 조 워블리진스키, 그였다. 식당에는 머리칼을 아래로 빗어 내린 후 물을 묻혀 머리에 평평하게 붙인. 그래서 앞에 쌓인 더미에서 포크로 찍어 올리고 있는 금빛 팬케이크와 닮게 된 반스가 있었다. 조가 지나갈 때 반스가 인사하며 악수했고, 혼자 왔으니 함께 앉자고 했다. 조는 음식 주문을 거절하며 친구를 만나기로 했다고 말했다. 하지만 그래도 커피 정도는 함께할 수 있다면서 반스랑 앉았다. 그 자리에 미워하는 감정 같은 것은 없었다. 조 위블에게 정말이지 그런 것은 없었다. 링 밖에서는 맞수의 코치를, 아니, 설령 맞수라 해도 망가뜨릴 의도가 없었다.

"해볼래요?" 경기의 이유와 경기장에 대해 설명한 반스가 물었다.

"내 지분은 어느 정도 되는데요?"

"말했듯이 그들이 워싱턴에 증언하러 가기 위한 경기예요. 누구도 이득을 보지 않아요. 하지만 내 선수를 의문의 여지없이 이긴다면 당신의 면이 좀 서겠지요."

"알아요, 나도 그 시간 기록원 문제는 찜찜했어요. 꼭 내가 질 것처럼 보이게 했으니까."

"당신은 좋은 사람입니다." 반스가 말했다.

"어쩌면요. 그 사람들이 워싱턴에 가는 걸 제가 왜 신경 써야 하는지 모르겠군요."

"아는 인디언 없어요?"

"어떻겠어요? 당연히 있죠. 그 사람들이 우리 집에서 일해주는데."

"당신네 농장에서 일해주는 거, 맞죠?"

"스톤 보이 가족이에요. 그 사람들 없으면 안 돼요. 좋은 인디언들이죠. 저는 레버드랑 스파링도 시작했고요. 아시죠?"

"나한테는 말 한 마디 없더니! 레버드 실력이 늘고 있어요. 이제야 이유를 알겠네." 반스가 말했다. 그저 전략상의 입발림 소리였다.

"강한 애예요." 조가 말했다. 그가 커피를 내려다보며 미소 지었다.

"좋은 코치군요." 반스가 말했다. 진심이었다. "자, 봅시다. 내가 깨달은 건 이렇습니다. 그 종결, 이게 처리되면, 우리 전부 다 지는 거예요. 나는 직업을 잃을 겁니다. 정부에서 이 사람들을 보호구역 바깥으로 이주시킬 거예요. 단 한 명도 여기 있지 않을 겁니다. 그럼 스톤 보이 가족들도 결국 시티즈로 가게 되겠죠. 이쪽은 벌써 사람들이 빠져나가고 있어요."

"무슨 말인지 알겠어요." 조가 말했다. "형이 파고에 나가 있는데 형은 파고가 좋대요."

"난 별로 도시 체질이 아니어서요." 반스가 말했다. "난 여기서 평생 사는 것도 싫지 않아요."

조가 진지해졌다. "우리가 여자친구를 찾아봐드려야겠네요."

반스가 힘없이 손사래를 쳤다. "그런 일이라면 신경 쓰지 말아요. 내가 다 해결했으니까."

해결 그 이상이지. 조가 친구를 만나러 가려고 자리에서 일어났을 때 반스가 속으로 생각했다. 그리고 똑똑히 보았다. 벽돌집처럼 널따랗고 단단한 조였지만, 몸이 반쯤 왼쪽으로 기울어져 있었다. 조가 친구와 다른 칸에 앉을 때 선명하게 보였다. 반스는 몇 분 더 조의 뒷모습을 지켜보았고, 그의 왼쪽 어깨가 확실히 오른쪽 어깨보다 낮다는 것을 알아차렸다. 좋은 정보였다.

**"워블 몸이 한쪽으로 처졌어."** 반스가 우드 마운틴에게 말했다. "이게 무슨 의미인지는 모르겠지만 뭔가 자세히 들여다볼 만한 것 같아."

반스는 하나하나 뜯어가며 생각해보았다. 자신의 돈으로 스피드 백도 샀다. 우드 마운틴은 성공적으로 훈련하고 있었다.

"약간 이런 식으로 걷더라고. 이렇게 앉고 말이야." 반스가 어깨를 늘어뜨리고서 왼쪽으로 치우쳐 걷는 모양새를 흉내 내며 말했다. "부상을 당했을 수도 있어. 아니 어쩌면 훈련 방식에 약점이 있을 수도 있고. 뭔가 잘못된 거지. 그 점을 잊지 말아야 해."

"알겠어요." 우드 마운틴이 말했다. "아니면, 그냥 그날 좀 안 좋았던 걸 수도 있죠. 코치님을 속이려고 그런 걸 수도 있고요."

"속이려고? 그럴 리가?" 반스가 그 말에 충격을 받았다.

"모르죠. 하지만 그럴 수도 있다는 게 말은 되잖아요."

"우리처럼 말이지." 반스가 말했다. "생각 좀 해보자."

"아무도 안 말립니다." 우드 마운틴이 말했다.

"좋아." 반스가 말했다. "너는 오른쪽 손에서부터 손목까지 가짜 깁스를 할 거야. 몇 주만 하면 돼. 훈련 때는 벗지만, 다른 때는 깁스를 하도록 해. 네가 깁스 하지 않은 모습은 아무도 못 보는 거야. 자비스한테 만들라고 할게. 연극 소품을 잘 만드니까."

"슬쩍 속이는, 뭐, 그런 건가요?" 우드 마운틴이 말했다.

"하하!"

"뭐가 그렇게 웃기세요? 아, 속이는 거! 그것 참 괜찮네요!"

그렇게 한 30분 동안 그들은 계속 그 농담을 맴돌았고, 매번 더 웃긴 점을 찾아냈다. 두 사람은 이 이야기를 사람들한테 할 수 없는 것이 애석한 일이라는 데 동의했다.

"클래식 농담이 됐을 텐데요." 우드 마운틴이 아쉽다는 듯 말했다. 그의 농담 중에서는 재미난 것이 거의 없었다.

"네 승리가 클래식이 될 거야. 자, 이제 입 다물고 해보자." 반스가 말했다.

쩍

**우드 마운틴**은 걱정이 되기 시작했다. 지난번 그녀의 장작 패는 소리에 그의 무언가가 진정 깨어났다. 그저 약간. 깔끔한 갈라짐, 갈라짐의 확실함, 명료함, 그녀의 도끼가 나무와 만나는 소리. 타격은 매번 정확했고 힘이 넘쳤다. 거기에 무언가 그가 표현할 수 없는 것이 있었다. 무언가 그에게 상처를 주는 것. 깊숙한 곳에서의 떨림. 짜증이 묻어나는 불규칙한 박동. 그를 잇몸이 다 드러나는 미소로 알고 있는 아기와 함께 갑작스레 의자에 앉아 탁자 쪽으로 가까이 몸을 기울임으로써 숨긴 따스하게 젖은 감각. 대체 누가 저항할 수 있을까? 자낫은 작은 난로에서 몸을 돌려 탁자에 크고 우묵한 그릇을 올려두었다. 우드 마운틴에게 줄 오트밀을 만들었는데, 건포도도 설탕도, 아무것도 없었다. 그 주 몫의 바닥까지 탈탈 털어 내준 것이 분명했다. 목요일이었다.

오트밀을 빤히 보고 있는 그를 자낫이 보았다.

"걱정하지 마." 그녀가 말했다. "내일이 우리 집 아이 월급날이야."

그녀는 아기를 건네받고서 숟가락 끝으로 오트밀 이유식을 조금씩 입에 넣어줬다. 아기는 이것을 호화로운 식사로 생각하는 듯 보였고, 그래서 우드 마운틴도 장작 패기가 계속되는 동안 천천히 오트밀을 먹었다. 쩍. 쩍. 이런 젠장. 그의 가슴에 가는 금. 사라지는 부드러움. 쩍. 쩍. 어떻게 나한테 이럴 수가 있지? 그녀가 수중쇼걸이었던 모습이 떠올랐다. 그는 자기 자신을 흠씬 패주고 싶었다.

~

**반스는 삼촌을** 초대했다. 우드 마운틴에게 삼촌의 노하우를 전수해주기 위해서였다. 다음 날, 반스의 삼촌이 찾아왔다. 반스와 똑같은 머리에, 마치 터진 건초 묶음처럼 양쪽으로 귀가 툭 튀어나와 있었다. 깡마른 몸에 곧잘 흥분하는 사람. 또한 그는 아무런 이유 없이 '더 뮤직'이라 불리는 것이 아니었다. 그의 훈련 요법에는 실제로 음악이 활용되었다. 그는 전자 턴테이블을 가지고 와서 볼륨을 최대치로 높이고, 줄넘기, 엇걸어 뛰기, 2단 뛰기에 힘을 실어줄 수 있는 빠르고 에너지 넘치는 최신 레코드를 틀었다. 빌 헤일리와 히스 코멧츠의 〈엘 니그로 줌본〉과 〈크레이지 맨, 크레이지〉의 빠른 버전으로 콤비네이션 동작의 박자를 짰다. 그때 튼 노래들이 우드 마운틴의 머릿속에 박혔고, 그가 들을 수 있는 건 오직 그 노래들뿐이었다. 노래들이 우드 마운틴의 세계를 채색했다. 그의 두 주먹이 노래의 생명과 함께 움직이기 시작했다.

# 편도선

**홈커밍이 있었던** 주말 이후로, 그리고 부시 댄스와 관련해서 밸런타인과 도리스가 '쩍쩍'이라고 언급하는 일이 있고 난 이후로, 뒷좌석에 타고 가는 것이 퍼트리스에게는 한층 더 짜증스러운 일이 되었다. 말이 안 되는 단어들로 특정 사건을 언급하면서 자기네들끼리 비밀 언어로 말하는 것 같았다. 누가 신경이나 쓴다고. 대체 뭘 알길래? 퍼트리스는 두 사람이 어린애 같아 보여 부러운 한편, 너무나 무지해 보여 경멸스럽기도 했다. 평화로움을 얼굴에 덧씌우고 뒷좌석에 앉아 창밖을 바라보고 있을 때, 혀 뒤에서 경멸이 불 일 듯 일었다. 하지만 그녀의 머릿속을 점거해버리고도 남을 일은 따로 있었다. 집에서 구이위젠스('소년'이라는 뜻의 치페와어―옮긴이)가 갓난아기의 잠에서 빠져나오고 있었다. 보고 있으면 기분 좋아지는 매력과 까르륵거리는 웃음 소리와 더불어, 아기는 시선을 사용하기 시작했다. 사람을 위축되게 만드는 시선이었다. 다른 아기들처럼 부드럽지 않고 강렬했다. 아기의 눈이 퍼트리스에게 고정되어 있을 때면, 시선이 그녀의 영혼을 그대로 뚫고 들어왔다. 무언가 그녀에게 할 말이 있는 것 같았다. 베라가 아기에게 메시지를 남겼던 걸까? 위치를? 요청을?

말을 배울 때까지 아기가 그 할 말을 기억할까? 퍼트리스의 심장이 더 빠르게 뛰었다. 그때쯤이면 이미 너무 늦었을 터였다. 여태껏 토머스가 연락해둔 시티즈 사람들 중 누구도 소식을 전해오지 않았고, 알 법한 사람들도 전부 연락이 없었다. 버나뎃은 모를 리 없었다. 퍼트리스가 다시 거기에 간다면, 버나뎃의 집 밖에서 기다린다면, 그녀를 끝까지 몰아세운다면, 언니가 어떻게 되었는지 알 수 있을까?

공장에서 퍼트리스는 조심스럽게 다른 사람들을 재보았다. 밸런타인처럼 병가를 내어줄 만한 사람이 있을까? 자신의 아량 넘치는 행동에 대해 한창 떠들어대는 밸런타인과 달리 그 일에 관해선 말을 아낄 사람? 한 번 얘기를 해볼 만한 친구, 베티 파이는 이미 편도선 제거 수술을 하느라 휴가를 다 쓴 상황이었다. 더구나 베티는 넘지 말아야 할 선까지 다소 넘은 것 같았다. 그날 점심식사 자리에 자신의 편도선을 가지고 온 것이다.

베티가 점심도시락—판지 상자 실물에 은박지를 덮은 것—을 꺼냈을 때였다. 그녀는 도시락 옆에 병 하나를 함께 올려놓았다. 병 안에는 초록빛이 감도는 칙칙한 갈색의 구불구불한 무언가가 들어 있었다.

"나 말고 편도선 제거한 사람 또 있어?"

"나도 기숙학교 다닐 때 떼어냈어." 컬리 제이가 말했다.

컬리는 탁자 저편 끝에 앉아 있었다. 병 속의 편도선과 함께 베티가 앉아 있는 반대편 끝 쪽은 적막이었다.

"너무 특이할 것 같아서 편도선을 챙겨왔어. 이거 내 거 맞아!" 베티가 사람들에게 말했다. 대수롭지 않게 동료들을 훑어보면서 그녀는 에그 샌드위치를 한 입 베어 물고 씹었다. 사람들은 슬금슬금 그녀에게서 멀리 떨어졌다. 도리스가 뭐라 말했고 늘 그렇듯 밸런타인이 웃음을 터뜨렸다. 오직 퍼트리스만 베티 파이에게서 눈을 떼지 않았다. 하지만 그녀 역시 편도선을 너무 똑바로 쳐다보지는 않았다. 그렇다고 해서 눈에 안 들어올 수 있는 것이 아니었지만. 그것은 몇 마리의 거머리들처럼 보였다. 퍼트리스는 배가 고팠고, 점심으로 구운 감자를 먹었다. 그녀는 예전에 토끼, 사슴, 호저, 온갖 종류의 야생 새, 사향쥐, 비버를 도축해본 적이 있었고, 그래서 편도선 한 쌍에 그다지 신경이 거슬리지 않았다.

"너 가장행렬 때 토피 사탕 다 썼어?" 퍼트리스가 물었다.

"아니." 베티가 말했다. 그녀는 도시락에 손을 뻗더니 포장된 조각 하나를 탁자 위로 미끄러뜨려 퍼트리스에게 주었다.

생각지도 못했는데! 퍼트리스는 자신의 점심도시락에 토피를 넣었다. 이것을 집에 가지고 가면 자낫의 얼굴이 환하게 밝아질 터였다. 요즘 퍼트리스가 가장 큰 노력을 쏟는 것은 단 1, 2초일지언정 자낫을 기쁘게 하는 것이었다. 동생 포키도, 심지어 아기조차도 노력하고 있음을 느낄 수 있었다. 아기는 치아 없는 작고 환한 웃음으로 자낫의 미소를 자아냈다. 그러나 퍼트리스를 볼 때 아기는 결코 웃는 법이 없었다.

볼드 씨가 본인이 무척 중요한 사람인 듯한 표정을 하고서 식당에 들어왔다. 그리고 말을 전하길, 곧 높으신 분들이 오셔서 기본적인 것들이 잘 지켜지고 있는지 감찰할 거라고 했다. 모든 것이 완벽해야 한다. 또한 당분간은 오후에 있던 커피 브레이크 시간이 없어질 거라고도 했다. 볼드 씨는 자신의 유약한 눈을 강인하게 보이도록 하려고 애썼다. 그러더니 뜬금없이 나가버렸다. 여성들은 서로 눈을 맞추고 부스러기를 치운 뒤에 작업 자리로 돌아갔다. 얼마 후 그들은 투덜대기 시작했다. 이제 오후에 커피 브레이크가 없다고? 그럼 대체 어떻게 일을 하라는 거람? 몸이 곧 스러질 것 같을 때, 양쪽 눈의 초점이 자꾸 다르게 맺힐 때, 목이 곧 죽을 것처럼 아플 때, 그럴 때 유일하게 계속 일할 수 있도록 해주는 것이 바로 커피 브레이크가 있다는 생각이었다. 그게 없어진다고? 무너질 것이다. 퍼트리스는 여전히 밸런타인의 바로 옆자리에서 일했고, 밸런타인도 여전히 도리스가 자리에 없을 때는 그녀에게 종종 말을 걸었다. 커피 브레이크에 대한 두 사람의 생각은 같았다. 그때 밸런타인의 어조가 바뀌었다.

"너 요즘 우리가 숨기고 있는 게 뭔지 궁금하지?" 그녀가 수줍은 척 속삭였다.

"숨겨?"

"말하자면 그렇다는 거지. 있잖아, 그 사람이 우리한테 키스했어. 우리 둘 다한테."

"동시에?"

"오오오오 와아아아. 아니."

"그 *사람*이 누구인지 안 물어볼 거야?" 잠시 있더니 밸런타인이 말했다.

"반스?"

밸런타인이 헉 소리를 내며 숨을 멈췄다. "그 사람이 너한테 말했어?"

퍼트리스 안에 있는 어떤 짓궂음이 이런 대답을 하게 했다. "응."

그 이후로는 침묵이었다.

* * *

**하지만 그들은** 집으로 돌아오는 길에 그녀에게 말을 걸어왔고, "짹짹"에 대해서나 반스에 대해서 더는 이야기하지 않았다. 이 모든 것은 굉장히 이상했다. 그녀는 그랬다. 그녀가 마음에 둔 남자는 아무도 없었다. 단지 예외라면 언니를 납치하고, 어쩌면 더 심한 짓을 했을지도 모르는 얼굴 없는 남자들뿐. 그 극악무도한 남자들 말고는 아무도 마음에 두지 않았다. 반스가 눈앞에 나타나지 않고서야 그녀가 반스에 대해 생각하는 일은 명백히 없었다. 우드 마운틴에 대해서도 생각하지 않았다. 비록 그가 아기를 보기 위해 정기적으로 집에 들르는 바람에 좀 더 힘들기는 했지만. 그에게 웃어주는 아기! 그렇다! 우드 마운틴은 퍼트리스의 것이어야만 하는 그 미소를 가져갔다. 그녀가 누군가를 질투한다면, 그것은 밸런타인도, 도리스도 아니었다. 우드 마운틴이었다.

**풀길을 따라** 내려오면서 퍼트리스는 집에 또다시 방문한 그를 보게 되었다. 그가 즐겨 타는 옅은 색 말이 나무 그루터기에 묶인 채, 베라가 늘 잔디밭이 되었으면 했던 곳을 뜯어 먹고 있었다. 퍼트리스는 말의 주둥이를 토닥이고 귀를 긁어주기 위해 멈춰 섰다. 어쨌든 아버지가 집에 오는 것보다는 나았다. 백 번 천 번 나았다. 집 안에서는 아기가 자낫이 진하게 우려낸 로즈힙 차를 병째 마시고 있었다. 우드 마운틴은 아기와 병을 잡고 있었다. 집에는 우드 마운틴뿐이었다.

"그거 설탕 들어갔으면 낭패인데." 퍼트리스가 말했다.

"왜?"

"아기들은 설탕 먹으면 안 좋아."

"이거 그냥 아기 차야. 걱정하지 마. 너희 어머니는 향나무 구하러 나가셨어. 내 짐작에, 특별한 목욕을 시켜주려고 그러시는 것 같아."

"향나무가 아기를 튼튼하게 만들어주거든." 우드 마운틴이 바로 덧붙였다. 마치 그녀는 모른다는 것처럼.

퍼트리스는 커튼 뒤로 걸어가 청바지로 갈아입고, 밖으로 나와 난로를 뒤적대 불길을 살려 주전자를 올렸다.

"계속 안고 있을 거야? 내가 장작통 채워 넣는 동안?"

우드 마운틴은 아기에게서 눈을 떼지 않고 고개만 끄덕였다.

퍼트리스는 밖으로 나가 도끼를 간 후, 등과 어깨에 있는 통증을 해소하기 위해 장작을 팼다. 우드 마운틴은 그 충격을 하나하나 모두 느꼈다. 그녀가 다시 집 안으로 들어왔을 때, 우드 마운틴은 아기 머리를 자신의 어깨 너머로 기대게 하고서는 걸을 때마다 둥실둥실 앉았다가 일어서며 집 안을 돌아다니고 있었다. 아기를 잠들게 하는 덩실덩실 걷는 걸음. 그는 가볍게 토닥이며 옛 노래, 저기가 불러주는 자장가 중의 하나를 불렀다. 그는 아기를 보자마자 경험 많은 사람처럼 돌봐주었다. 복싱 선수가 말이다. 그는 말도 길들일 수 있었다. 그러나 그렇다고 해도, 그것이 그녀가 그를 좋아해야 한다는 뜻은 아니었다. 그녀는 생각했다. 그래도 어쩌면, 굳이 안 될 건 뭐람, 친구인데.

"픽시? 아니, 퍼트리스?"

그럼, 그럼. 그가 마침내 그녀를 퍼트리스라 부르고 있었다.

"차 마실래? 너희 어머니가 갓 구운 화이트롤을 보내주셨던데."

"좋지. 그런데 퍼트리스?"

"왜?"

"아기한테 보온백이 필요할 것 같은데, 네 생각은 어때? 그리고 아기 요람도."

퍼트리스는 어머니와 이 문제에 대해 상의한 적이 있었다. "보온백은 필요해. 어떻게 만들지 우리도 어제 생각했어."

"담요가 두 장 필요해. 담요 사이에 부들개지를 넣고. 우리 엄마가 그렇게 만들어. 아기 요람은, 나, 내가 만들 수 있어."

그는 별다른 고민 없이 마지막 문장을 말했지만, 아기 요람을 만드는 건 손이 많이 가는 일이었다. 치페와족 사이에서는 어쨌든, 그건 아이의 아버지가 만드는 것이었다.

"좋아. 네가 요람을 만들어." 퍼트리스는 다른 전통적인 일들과 다를 것이 없다는 듯 말했다. "요람에 깔 담요는 우리가 구할게. 못 구하면 우리가 쓰던 것 중에서 하나를 반으로 자르면 되고."

"다들 담요 하나씩은 가지고 있지?"

"응." 퍼트리스가 말했다. "당연하지."

"딱 하나?"

무슨 뜻으로 하는 말인지 그녀는 알았다. 그들이 얼마나 가난해 보일까. 하지만 그녀는 대비가 되어 있었다. 그도 분명 이미 눈치를 챘겠지만, 아까 그녀는 커다란 자루에서 꾸러미들을 몇 개 꺼냈다. 밀가루, 베이컨, 당근, 양파. 비튼 종이 속에 들어 있는 설탕. 차.

"다음 주에 급여 받는 대로 담요를 살 거야. 한 사람에 두 장씩, 아기한테 줄 것도 하나 더. 모아놓은 돈도 있어."

"선교회에 가면 언제든 공짜로 군용 담요를 받을 수 있어."

"알아." 퍼트리스가 말했다. "하지만 엄마는 그거 싫어해. 병균이 있대."

"옛날 사람들은 많이들 그렇게 생각하지."

"우리 엄마 옛날 사람 아닌데."

"하지만 전통을 따르는 분이니까."

"그렇지." 퍼트리스가 차를 따르며 말했다. 어머니를 묘사하는 다른 말들만큼이나 좋은 말이었다. 전통을 따르는 사람. 아기가 이미 잠들었지만, 우드 마운틴은 여전히 아기를 품에, 외투 안에, 팔 위로 안고 있었다.

"그리고," 아기의 얼굴을 만지며 퍼트리스가 말했다. "시간이 있으면 엄마가 담요 맨 윗부분에 구슬을 꿰어주실 거야."

"퍼트리스. 나 물어볼 게 있어. 너는 베라가 돌아올 거라고 생각해?"

퍼트리스는 돌아서서 찻잔을 들어 올렸다. 그리고 잔을 우드 마운틴에게 건넸다. 그녀의 손이 떨리기 시작했다. 그녀는 그 후로도 또 꿈을 꿨다. 지난번과 똑같은 꿈. 작은 방. 감옥.

"응, 나는 언니가 돌아오리란 걸 알아."

"어떻게 아는데?"

"계속 언니가 보여. 언니를 찾으러 다시 가보고 싶어. 하지만 어디에서 찾아야 할지 모르겠어. 너 아는 거 있어? 버나뎃이 뭐라고 안 했어?"

"아무 말도 없었어. 그런데, 버나뎃이 그때 했던 말이 계속 신경 쓰여."

"뭐라고 했는데?"

"그때 주방에서 버나뎃이 누구랑 얘기하고 있는 걸 들었어. '숲에 있다', 아니면 '벽 안에 있다' 이런 말을 했던 거 같거든. 그리고 나서 무슨 말을 했는지는 기억이 안 나. 한동안은 진짜 베라가 벽 안에 있는 건가 싶을 정도였어. 하지만 그건 불가능할 테지."

퍼트리스도 기억하는 목소리들이었다. 집 안에 흐르는 정적. 베라가 굉장히 가까이에 있다는 느낌. 입이 말랐다. 다른 말을 들을 수 있을 것 같지 않았다. 그녀는 귀에 손을 가져다 댔다.

"아니, 잠깐만." 우드 마운틴이 살며시 그녀의 귀에서 손을 떼어주었다. "들어봐. 그리고 기억나는 게 '선창하다'야. '그녀는 선창하다에 있어'라는 말."

"'선창하다'라고?"

"맞아. 그래서 말이 안 된다고 생각하고 있었는데, 루이 아저씨가 자기 친구 분과 나누는 이야기를 듣고 알았어. 그 친구 분이 해군에 있던 사람인데, 뱃짐칸, 그러니까 선창에 대해 무언가 이야기를 하더라고. 그래서 그때 버나뎃이 했던 말을 다시 생각해본 거야. '그녀는 선창에 있어'라는 말이었던 거지."

"이 주변에는 배가 없어. 시티즈 쪽에도 없고."

"퍼트리스, 미시시피강이 있잖아. 그리고 저 위쪽에 기치 구미라는 호수도 있고. 오대호 중의 하나이고, 옛날에 부족 사람들이 자주 가던 곳이지. 거기에 온갖 종류의 배들이 있어."

퍼트리스는 앞에 차를 두고 앉은 채, 우드 마운틴을 침착하게 바라보았다. 이해가 잘 되지 않았다.

"배. 거기에는 남자들이 잔뜩 타고 있지."

우드 마운틴이 고개를 돌려 차를 한 모금 마셨다. 그러고서 계속 자는 아기를 토닥거렸다. 마침내 그가 잔을 내려놓고, 마치 아이를 깨우고 싶지 않다는 듯 조용히 말했다.

"퍼트리스. 바로 그게 이유야."

하지만 그녀는 우드 마운틴의 말에 마음을 닫아버리고 다시 밖으로 나갔다.

# 미네소타대학으로
# 보내는 편지

친애하는 밀리 클라우드,

아마 자네 아버지의 오랜 친구에게서 편지를 받게 되어 놀랐을 거야. 루이스가 내가 쓰는 것이 좋겠다고 제안하더군. 최근에 이곳 보호구역의 경제적 상황에 관한 연구를 진행했다는 것을 안다네. 그래서 자네의 지원을 받고자 이 편지를 쓰고 있어. 혹시 아는지 모르겠지만, 의회로부터 심각한 소식이 우리에게 이르렀어. 상하원합동결의안 제108조에 따라 우리 부족에 대한 종결 일정이 잡혔어. 이곳에서 살아온 인디언들에게 이보다 나쁜 일은 있을 수 없어. 나는 이 법안이 우리 부족민들에게 재난이라는 것을 믿어 의심치 않네.
미국상원의회 인디언사안위원회에 가서 증언을 할 거야. 자네한테 도움을 부탁하려고 이 편지를 쓰고 있어. 반드시 3월 안에 증언을 해야 한다는 말을 들었네. 정확한 날짜는 아직 듣지 못했어. 최대한 빠른 시일 내에 자네가 가진 정보를 받고, 증언할 때에도 도움을 받을 수 있다면, 정말 큰 힘이 될 걸세.

                                            진실하게
                                            토머스 와샤스크
                                            부족 위원회 성원 겸 의장

## 치페와 학자

**밀리 클라우드가** 가장 좋아하는 책상은 미네소타대학의 월터도서관 열람실에 있었다. 그녀는 거무칙칙한 빨간색 표지의 《미니애폴리스 및 세인트폴 질병통계연감》 모음집을 등지고 앉는 것을 좋아했고, 왼쪽으로는 커다란 직사각형 창문을 두는 것을 좋아했다. 여름에는 커다란 나무들이 그림자를 드리우지만, 지금은 그저 잎 떨어진 가지들만이 하늘을 향해 휘어 있어서 환히 밝았다. 오른쪽으로는 도서목록카드, 사서 책상, 물 많은 지구의 파란 지구본이 있는 것을 좋아했다. 그녀의 앞에는, 문. 어느 공간에서든 그녀는 문을 볼 수 없는 자리에는 절대 앉지 않았고, 책장이나 벽을 바로 등지지 않은 의자에도 절대 앉지 않았다. 사람들이 의도치 않게 그녀를 스치거나 닿는 것을 그녀는 좋아하지 않았다.

밀리가 기하학적인 패턴을 좋아한다는 것은 누가 봐도 명백했다. 오늘 그녀는 다이아몬드가 두 개 그려진 체크무늬를 입었다. 까만색과 하얀색의 블라우스, 치마는 밝은 청록색. 목에는 회색 사각형과 금색 사각형이 불규칙하게 그려진 목도리를 두르고 있었다. 지금 입고 있지는 않지만, 그녀의 방에 있는 작은 옷장에는 줄무늬 블라우스 다섯 벌, 여러 가지 색의 선이 복잡하게 교차하는 스웨터 두 벌이 걸려 있었다. 그리고 타탄무늬의 체크치마 세 벌과 파랑과 노랑이라는 독특한 조합의 바지가 있었다. 신고 있는 것은 갈색과 흰색의 새들 슈즈로, 그녀는 늘 이 신발을 까만색 선들로 정교하게 장식하고 싶어 했다. 추운 날이었고, 줄무늬 바지를 입고 나올걸 그랬다고 생각했다. 다리는 온기를 위해 의자 밑에 쏙 넣어두었다. 공부하는 동안에 가벼운 울코트를 어깨에 걸쳤다. 벌써 날씨에 맞지 않게 되었지만 그녀가 참 좋아하는 코트였다. 두 가지 방식으로 보일 수 있는 상자 패턴이라, 그걸 입으면 그녀가 곧 걸어 다니는 착시현상이 되기 때문이었다. 그러나 이 푹신한 섬유조직을 뚫고 바람이 들어왔다. 그녀는 코트를 새로 사야 할 테고, 겨울 부츠도 사려고 돈을 모으던 중이었다.

밀리는 아침식사 때 식당에서 음식 배식하는 일과, 도서관 열람카드에 제목 및 청구기호를 타자기로 써넣는 일을 했다. 지금 그녀가 앉아 있는 이 도서관 지하에서 오후 1시부터 3시까지 하는 일이었다. 주말에는 퍼플 패럿이라는 바에서 술을 가져다주는 일을 했다. 그녀의 얼굴은 정사각형 모양에 커다랬고, 친근한 인상이었으며, 끝이 살짝 뾰족하게 올라간 검은색 안경을 쓰고 다녔다. 안경은 꼭 써야 하기도 했지만, 외형적으로 도움을 주기도 했다. 짧고 우직한 목, 두툼한 어깨, 아버지를 닮은 그녀의 이런 특징들에서 안경이 시선을 빼앗기를, 바라건대 그런 특징들을 감소시켜주었으면 했다. 밀리는 루이스 파이프스톤보다 키가 더 컸다. 그래서 그녀가 물려받은 버펄로 같은 몸통을 길고 얇은 다리가 지탱하고 있었다. 또한 아버지의 손도 물려받았다. 정사각형 모양에 우직한 손이었지만, 그녀는 말고삐 대신 펜을 쥐었다. 그녀에게는 루이스의 좋은 사람다운 태도는 없었다. 쉽게 화를 냈고 자기주장이 강했다. 걸을 땐 마치 앞으로 진군하는 것 같았다. 밀리는 자신의 견해를 명확하게 진술했다. 그녀는 힘의 대부분을 패션, 그중에서도 패턴을 조합하는 일에 쏟았다. 무엇이든 단색이라면 구입을 극히 꺼렸으며 늘 어려워했다. 머리는 항상 쭉 뻗은 보브컷을 유지했고, 한쪽을 실핀으로 고정했다. 립스틱 바르는 것 말고 화장은 전혀 하지 않았다. 입술의 밝은 암적색이 그녀가 말하는 모든 단어를 강조해주었다.

결국 그녀는 변호사가 되어볼까 생각했다. 결코 무엇에도 물러서지 않으니 변호사로서 탁월할 터였다.

한편, 같은 이유로 무능력할 터였다.

사람들은 그녀를 좋아하지 않았다. 남자들은 그녀에게 흥미가 없었다. 그녀는 신경 쓰지 않았다, 그다지. 그녀는 어머니의 외동딸이었다. 아버지는 가끔 보았는데, 인디언보호구역의 이 집 저 집을 돌며 경제적·실질적 조사를 수행할 때는 아버지의 집에 머무르기도 했다.

밀리는 각 가옥의 구조, 지붕과 창문의 상태를 기록했다(창문이라는 것이 있는 집에 한해서). 난방 방법과 거주하는 사람의 수도 기록했다. 종종 안으로 들어오라는 청을 받기도 했는데, 그녀가 무뚝뚝했음에도, 아니 무뚝뚝했기 때문에, 그녀는 어떻게 낯선 이를 친근감 있게 대하는지 알고 있었다. 그것 또한 아버지를 쏙 빼닮은 점이었다. 집 안으로 초대를 받으면, 밀리는 돈에 관하여 몇 가지 질문을 하고 몇 가지를 더 관찰했다. 당시 보호구역에 드나들면서 그전까지 전혀 몰랐던 친척들도 몇 명 만났다. 자료 조사한 것과 여러 찾아낸 것들은 석사 논문이 되었다. 보호구역에 장기간 방문하는 것은 그녀에게 중요했다. 미니애폴리스에서 자라면서 그녀는 늘 궁금했었다. 이제 보호구역에 산다는 것이 어떤 것인지 알게 되었고, 자신이 그곳에 살았다면 꽤 힘겨웠을 것이라 생각했다.

다른 이유도 있었지만, 무엇보다 말이 문제였다. 보호구역의 가족들은 전부 길에서, 도시에서 말을 탔는데, 그녀는 보행로나 도로에서 자전거를 타고 돌아다니는 것에 익숙했다. 그들은 전혀 아무렇지도 않게 이곳저곳, 심지어 가게에 가거나 누군가를 만나러 갈 때도 말을 탄 채 몸을 흔들며 보통 구보로 다녔다. 그녀는 도저히 그렇게 할 수 없었다. 마지막에는 가장 얌전한 암말을 타보려고 했지만, 어떻게 말을 걷게 하는지 아는 바가 없었다.

"그냥 발로 차." 그레이스가 말했다.

밀리는 말을 어딘가 잘못 찼고, 그러자 말이 미친 듯 내달리더니 담장에 등을 문질러 그녀를 떼어내리고 했다. 그녀가 다시 발로 차자 엄청난 속도로 뱅글뱅글 돌더니 그 긴 초록색 이빨로 그녀를 물려고 했다. 적당한 햇살 한 줄기가 길고 넓은 나무 책상 위에 드리우는 이 도서관에서 데이터를 모으고 비교하는 것이, 여기에 있는 것이 훨씬 나았다. 어둠이 일찍 내리면 그녀는 기뻐하며 초록색 유리갓이 있는 독서등을 켰다. 꽤 오랫동안 그녀는 배고픔을 무시했다. 결국, 전날에 사서 창턱에 올려둔 차가워진 셰퍼드 파이를 떠올리며 방으로 돌아가기로 했다. 그녀는 두툼한 몸통과 마른 엉덩이에 코트를 둘러 꽁꽁 싸매고는 술이 잔뜩 달린 체크무늬 울목도리를 머리에 감아 묶었다. 오렌지색 손모아장갑도 꼈다. 어머니에게 이 색깔을 콕 집어 손모아장갑을 짜달라고 했는데, 길을 건널 때 쉽게 눈에 띄도록 하기 위해서였다. 장갑은 두툼하고 따뜻했다. 그녀는 밖으로 나가 책을 가슴께에 꼭 끌어안았다. 두꺼운 장갑과 전공 서적이 바람막이 역할을 했다. 방으로 돌아오는 길에 학내 우체국에 들러 우편함을 열어보았다. 편지가 몇 통 와 있었고, 그것들을 통계학 책 중간에 끼웠다. 그녀는 학생조합 건물 문 뒤에서 잠시 서 있다가, 깊게 숨을 들이쉬고는 밖으로 나가 바람 속으로 들어갔다.

**방에 들어서자마자** 밀리는 위안이 되는 솔즈베리의 플러그를 콘센트에 꽂았다. 장학금 일부를 떼어 구입한 전기난로였다. 여름용품 중에서 전기선풍기를 가장 좋아하듯, 월동장비 중에서 전기난로를 가장 좋아했다. 널뛰는 온도에 민감한 그녀는 오늘처럼 추운 날이면 코일로 휘감겨 있는 금빛 금속면을 사랑스럽게 내려다보았다. 밀리는 코트를 입고 장갑을 낀 채로, 차를 끓이기 위해 주전자를 불에 올렸다. 그녀에게는 화구가 두 개인 난로가 있었다. 가스난로였다. 물론 그녀는 항상 자기 전에 버너가 완전히 꺼졌는지 주의를 기울여 확실히 확인했다. 하나 더. 그녀는 늘 미세한 틈이 생길 정도로 창문을 열어두었는데, 무척 추운 밤에도 그렇게 했다. 이럴 수는 없다 싶게 추운 밤에는 내복에 스웨터를 입고, 그 위에 다시 코트를 입고 잠자리에 들었다. 심지어 영하 40도였던 어느 날에는 겨울 부츠까지 신고 잤다. 오늘 밤, 전기난로는 켜자마자 추운 공기를 한결 누그러뜨려주었다. 그녀는 창턱에서 셰퍼드 파이를 가져와 난로 앞에 내려놓았다. 찻주전자 속의 쭈글쭈글한 찻잎 위에 뜨거운 물을 부었고, 차가 다 우려지자 컵에 부은 후 설탕 반 숟가락을 넣고 저었다. 그녀는 하나 있는 의자에 앉았다. 오래된 목재 식탁의자였다. 난로 가까이에 있는 짤따란 스툴에 스타킹 신은 두 발을 편히 올려두었다. 셰퍼드 파이가 그녀의 발 옆, 커피잔 받침 위에서 서서히 녹고 있었다. 준비가 되면 그녀는 가스버너, 프라이팬, 그리고 파이 겉면을 갈색으로 만들어줄 소량의 버터를 쓸 것이다. 밖에는 바람이 거세지고 있었다. 눈이 창문을 두드려댔지만, 그녀에게 닿을 수는 없었다. 밀리 앤 클라우드에게 이보다 더 좋은 것은 없었다. 눈이 대기를 채울 때 안온한 방에 앉아, 벌겋게 열이 오른 솔즈베리 난로 앞에서 발을 녹이는 것. 녹고 있는 저녁식사. 그리고 이제 열어볼 두 통의 편지.

첫 번째 편지는 특별할 것이 전혀 없었다. 브레이너드에 살고 있는 어머니가 보낸 편지였다. 어머니는 한결같이 길고 긴 편지를 썼는데, 주로 개, 고양이, 그리고 별다른 걱정 없이 한가로운 친구들의 우스운 행동에 관한 내용이었다. 위안이 되는 이야기들이었지만 크게 흥미롭진 않았다. 두 번째 편지는 토머스 와샤스크가 보내온 것으로 굉장한 흥미가 일었다. 사실, 진심으로 놀라운 편지였다. 첫째, 가족이 아닌 부족의 누군가가 그녀를 기억하고 있다는 것, 혹은 알고 있다는 것. 둘째, 그녀의 연구 결과가 유용할 것이라고 여겨진다는 것. 셋째, 이 종결이라는 일. 그것이 무엇이든 그녀에게 개인적인 영향을 끼칠 것 같지는 않았다. 그러나 아버지의 지인들에게 도움을 줄 수 있는 사람으로 여겨진다는 사실이 솔즈베리보다 훨씬 더 그녀를 따뜻하게 해주었다.

# 그녀에게 필요한 것

**베라는 자신이** 기억하는 한 계속 아팠었다. 통증은 단지 움직임, 흔들림 때문만이 아니었다. 또한 단지 그녀가 갇혀버린 악취 나는 작은 구멍, 남자들이 밤낮 없이(물론 그녀는 밤과 낮을 구별할 수 없었지만) 들어와 사용한 그 구멍 때문만도 아니었다. 주방 보조, 그러니까 원래대로라면 베라를 돌봤어야 할 그자는 베라가 필요로 하던 그것을 본인이 다 써버렸다. 그리하여 그녀의 고통은 끊임이 없었다. 베라의 내부가 끌려 나오고 있었다. 뇌가 두개골 안에서 들썩였다. 주방 보조는 베라에게 모자란 투여량을 주면서 베라를 서서히 소멸시키려 했다. 그때, 두 사람 모두가 필요로 했던 그것이 다 떨어졌다. 베라는 가려웠고, 비명을 질렀으며, 악령처럼 신음하다 벽에 몸을 던졌다. 점점 더 심해졌다. 거품을 물었고, 똥을 지렸고, 너무나 두려운 형상이 되었다. 그러던 어느 날 밤, 두 남자가 베라에게 죽은 사람의 옷을 입히고 배에서 끌어내 부두까지 끌고 올라갔다. 베라가 필요로 하던 그것을 전부 써버렸던 남자는 투여가 중단되면 어떻게 되는지 알고 있었다. 그자는 또 다른 남자에게 베라를 호수에 던지지 말라고 조언했다. 호수의 깊이를 봤을 때 차갑고 산소가 없는 탓에, 뱃사람들이 사용한 베라의 육체가 보존될 가능성이 있다는 이유였다. 그래서 두 사람은 베라를, 더러운 담요 속에서 의식을 잃은 그녀를 덜루스에 있는 가파른 골목 끝에 내다 버렸다.

# 노인의 겨울

**가끔 그는** 자신의 영혼이 호기심 많은 새처럼 자유롭게 나무에서 나무로 날아다닐 것 같다고 생각했다. 살아 있는 자들을 보며, 그들을 부르고, 그들에게 노래할 것 같다고 상상했다. 그러나 그 생각을 너무 깊게 하면 외로워졌다. 살아 있는 자들은 그를 이제 더 이상 알지 못할 것이다. 안 돼. 죽은 자들의 마을에 이르기까지 나흘의 여정을 걸어갈 테지. 그곳에서는 연회가 계속되고, 쉬지 않고 계속되며, 그가 좋아했던 모든 음식들이 노란 돌로 만들어진 널따란 탁자 위에 펼쳐져 있다. 그 마을에 있는 모든 것들은 금빛일진대, 음식만은 예외여서 원래의 그 맛있는 빛깔일 테지. 파란색과 보라색 베리들, 갈색 빛이 감도는 구운 고기, 빨간색 젤리들과 빵과 배녁. 그는 먹고 또 먹을 것이다. 그가 잃어버렸던 모든 사람들, 그리워했던 사람들과 함께 음식을 먹을 것이다. 사랑하는 니니모셴('나의 사랑'이라는 뜻의 치페와어―옮긴이)은 그를 만나게 되면 어떻게 하려나? 휘파람을 불까? 두 사람은 박새의 봄노래로 휘파람을 불곤 했다. 그래, 그는 곧장 그녀에게 향할 것이다. 괜히 살아 있는 자들 주위에 머무르지 않겠다. 산 자들은 산 자들이 해야 할 일을 하게 놔두자.

다만, 아직은 떠나기 어려웠다.

잎사귀들의 아름다움은 다시 떠나고, 한 해라는 커다란 바퀴의 또다른 4분의 1도 떠났다. 하늘을 배경으로 아름다운 나뭇가지들이 황량했다. 그는 나무들의 진정한 형상이 나타나는 때를 사랑했다. 그는 자고 또 잤다. 낮과 밤을 온통 잠으로 보낼 수도 있었다. 남은 시간이 얼마 되지도 않는데, 너무도 기쁘게 이 시간을 의식이 없는 채로 보내길 선택한다는 것이 스스로에게도 이상해 보였다. 그는 여전히 세상의 위대함을 가득 누리기를 열망했다. 날이 좀 더 따뜻할 때면, 그는 따스하게 옷을 입고 나가 작은 의자에 앉은 채, 대지 밑에서 낮게 흥얼거리는 나무들의 뿌리를 느꼈다. 나무들은 잠자리에 들기 전 마지막으로 저 아래에서 흐르는 좋은 물을 들이켜고 있었다. 그처럼, 잠들기 전에. 그는 수층 아래로 존재들을 느꼈다. 그 존재들은 너무나 느릿하게 움직인 까닭에 인간들은 대개 그들의 현존을 인식하지 못했다. 그러나 그는 근방 저 아래에서 그들의 움직임을 느꼈다. 그리고 더 깊은 곳, 훨씬 더 깊은 곳에, 그 존재들 아래로 창조의 불이 있었다. 별들이 지구의 한가운데에 묻어둔 것이었다.

비분은 난로에 나무를 더 넣었다. 그는 온기가 있는 곳으로 간이침대를 조금 더 가까이 옮겼다. 그러고 나서 등을 대고 누워 눈을 감았다. 담요 밑은 따뜻했으며, 두 발 역시 따뜻했다. 그는 얼음 들판에서 원을 그리며 춤을 추는 은빛 여성들을 보았다. 그중 한 명이 그를 향해 돌아서서 점박이 딱따구리 깃털로 만들어진 작은 부채로 손짓했다. 줄리아였다.

'곧 보러 갈게.' 그는 생각했다. 하지만 다음 날 아침, 그는 다시 깨어났다. 난롯불이 다 꺼졌는데도 축 늘어진 침대 안에는 아직 온기가 남아 있었다. 그는 힘들여 침대를 원래 자리로 되돌려놓았다. 웨이드가 곧 와서 그날 하루를 위해 불을 살필 것이다. 웨이드는 비분을 돌보려고 거의 매일 밤 그곳에 머무르기도 했다. 하지만 비분은 생각할 것이 너무도 많았기에 혼자 있어도 그다지 마음 쓰이지 않았다. 그는 요강에 볼일을 보았다. 물을 끓이고, 차와 오트밀을 준비했다. 먹는 동안, 조금씩 마시는 동안, 그는 노래도 하고 생각도 했다.

함께 앉아 있을 때 삼촌이 비분의 무릎을 만진다는 것은 곧 그의 말을 비분이 기억해야 한다는 뜻이었다. 별들은 인간이 아니었다. 그러나 별들은 인간의 형상을 취하고서 다음 생의 방향을 뜻하는 순서에 따라 배치되었다. 비분이 가고 있는 곳에는 시간이란 것이 없었다. 그는 늘 그것이 이해 못 할 일이라고 생각했었다. 세월이 지난 지금, 그는 시간이 앞과 뒤, 위와 아래가 거꾸로 된 것임을, 모든 것이 한순간임을 알게 되었다. 동물은 지구의 법에 귀속되는 까닭에 우리는 시간이 곧 경험이라 생각한다. 그러나 시간은 물질에 더 가깝다, 공기 같은 것(물론 공기는 아니지만). 사실상 시간은 거룩한 요소다. 이윽고 금빛 벌레, 마니둔스가, 그리 오래되지 않은 때에 껍데기를 깨고 나온 그 작은 영적 존재가 그에게 날아들었다. 이 일은 그가 대초원 고지의 끝자락에 서 있던 작은 꼬마였을 때 일어났다. 그곳에서 그는 세계 이편의 지평선에서부터 천천히, 그러나 묵직하게 걸어오는 버펄로를 보았다. 끊어지지 않은 존재의 선 하나를 이룬 버펄로들은 그의 눈앞을 지나가더니 세계의 저편으로 사라졌다. 그것이 시간이었다. 모든 일이 한순간에 일어났고, 그 작은 금빛 벌레는 거룩한 요소를 통과하며 앞뒤로, 위아래로 비행했다.

## 아기 요람

**우드 마운틴은** 가짜 깁스 없이 손을 사용하는 모습을 보일 수 없었기 때문에 반스와 둘이서만 비밀리에 훈련했다. 아무에게도 말하지 않겠다고 약속했지만, 아기를 안고 있을 때면 자신의 속임수가 부끄러워졌다. 마치 아킬레에게 거짓말하는 것 같았고, 그래서 한 번은 이렇게 속삭였다. "걱정하지 마. 이 깁스 가짜야." 누군가는 그링고를 데리고 나가 달려줘야 했기 때문에 우드 마운틴은 길 너머로 말을 이끌고 갔다. 그리고 뜰 끝자락에서 위험 부담을 안고 담요를 끈으로 묶었다. 그링고를 번식용 종마로 둔 이후로 루이는 상당한 수입을 거두어들였다. 자기네들의 암말을 독특한 색깔을 가진 그링고와 교배시키려는 사람들이 캐나다에서, 몬태나 저 너머에서 왔다. 그링고는 숲이 시작되는 퍼랜토네 뜰 끝자락, 그리고 그가 뜯을 수 있는 꽁꽁 언 긴 풀에 익숙해져 있었다.

집 안에서는 포키가 자신이 출전하는 것도 아닌 경기를 걱정하고 있었다. 모든 사람들이 표를 팔고 있었고, 모든 사람들이 우드 마운틴의 부상에 대해 알고 있었다. 어쩌면 그링고의 말발굽에서 진흙을 떼어내다가 다친 것인지도 몰랐다. 말이 그를 물었을 수도 있고, 손을 밟았을 수도 있다. 끔찍하게도 그의 손목을 못 움직이게 만들어버렸는지도 몰랐다. 아니, 어쩌면 등에 타려고 하는 그를 내동댕이친 건가? 우드 마운틴은 아무런 말도 하지 않았다. 이른바 부상에 대해선 설명하기 어렵지 않았지만, 그는 실재하는 단어들을 사용해 거짓말을 할 수 있는 사람이 아니었다. 그의 얼굴이 진실을 드러낼 터였다. 그래서 그는 누가 물어볼 때마다 다만 말을 쳐다보며 고개를 끄덕이거나, 종마의 이름을 되뇌며 머리를 흔들곤 했다. 늘 그런 식이었다.

"손은 어쩌다 다친 거야?"

"그링고." 움찔 놀라며 그가 말했다.

"말, 저 빌어먹을 것." 포키가 말했다.

"에헤!" 우드 마운틴이 말했다. "동생 앞에서 그런 말 하면 쓰나."

**이후에 우드** 마운틴은 헛간에서 그링고에게 마사지를 해주고 곡물을 조금 주었다. 그리고서 구석진 그의 잠자리 근처에 있는 작은 난로에 불을 피웠다. 그는 소젖 짤 때 앉는 의자에 앉아 아기 요람용 나무를 손질하기 시작했다. 미네소타에 사는 친구에게서 향나무 판을 구해온 터였다. 구주물푸레나무 조각도 반으로 쪼갠 뒤 물에 적셔놓았다. 머리 보호대의 휘어진 부분에 쓸 요량이었다. 바닥 나무판 위에 크기가 맞는 평평한 판을 올려놓을까 싶기도 했다. 그렇게 하면 이 갓난아기가 조금 더 컸을 때 거기에 작은 발을 의지할 수 있을 것이다.

그레이스가 헛간으로 들어와 우드 마운틴이 맨손으로 향나무를 다듬고 있는 것을 보았다.

"어이." 그녀가 말했다. "손은 이제 다 나은 모양이네?"

우드 마운틴이 멍한 얼굴을 했다가 잔뜩 찌푸렸다.

"오우." 나무판을 내려놓으면서 그가 말했다. "이거 하지 말았어야 했는데."

"전혀 아무렇지 않아 보이던데." 의심스럽다는 듯 그레이스가 말했다. "진짜 손 다친 거 맞아? 아무한테도 말 안 할게."

"너 그 모르몬이랑 진짜 아무 사이도 아니야? 아무한테도 말 안 할게."

"아니거든." 그레이스가 말했다. "그 사람 갔어."

"완전히?"

"그런 것 같아. 그 사람 뭔가 나한테… 모르겠다."

"푹 빠진 것 같았지." 우드 마운틴이 말했다.

"그럴 수도."

"무슨 일 있었어?"

"그 사람이 착각할 만한 행동을 내가 했다거나 그런 건 전혀 없었어."

"오, 당연하지."

"정말이야! 그냥 같이 말 털을 빗겨주고 있었어. 그런데 갑자기 그 사람이 그러는 거야. 자기 씨앗이 라만족과 섞이면, 영원히 꺼지지 않는 불에 들어가는 벌을 받게 된대. 그래도 기꺼이 고통을 받겠다고 하더라. 그래서 내가 걱정하지 말라고 했지. 당신 씨가 여기서 다른 거랑 섞일 일은 전혀 없다고. 그렇게 말하고 나니까 궁금한 거야. 그래서 라만족이 뭐냐고 물어봤어. 나한테 모르냐고 하길래 모른다고 했거든. 그랬더니 내가 바로 라만족이래. 아니라고, 나는 치페와 사람이라고 그랬지. 그런데도 그 사람은 나보고 라만족이라고 똑같이 말하는 거야. 만일 내가 모르몬이 되기로 마음먹으면 하얘지고 또 하얘질 거래. 어두운 곳에 있어도 빛이 날 정도까지 말이야."

"그 정도로 하얘지면 네 아버지 몰래 나가기는 어렵겠다."

"내가 몰래 나가는지 네가 어떻게 알아?"

"너무 피곤해서 집에 못 가겠다 싶은 날이 가끔 있는데, 그럼 여기서 잠을 자거든. 그렇게 보게 된 거야. 저번 날 밤에 네 남자친구가 살금살금 너 만나러 나가는 거. 신발은 손에 들고 가더라. 무릎까지 들어 올리면서 살금살금. 진짜 바보 같았어."

"그날이 바로, 그 사람이 자기 씨앗에 대해 말했던 밤이야."

"그 사람, 선 넘은 거야. 그런 말을 했다니 내가 박살내줄까 싶다."

"그 다친 손으로? 지금 나무 기름 뚜껑을 열고 있는 그 손?"

"이크."

"너 거짓말하고 있구나!"

"아무한테도 말하지 마! 단 한 사람도 안 돼. 조 워블을 속이는 중이란 말이야."

그레이스가 웃음을 터뜨렸다. 어찌나 격하게 웃는지 자리에 주저앉을 정도였다.

"그만 좀 해."

"너 몰랐어?" 마침내 그녀가 말했다. "걔도 지금 너 속이고 있는 거야. 항상 찌그러진 몸을 하고 돌아다니잖아. 걔는 가끔 어느 쪽이 찌그러졌는지도 잊어버리더라. 여자애들은 다 알아."

우드 마운틴의 입이 떡 벌어졌다. "네가 어떻게? 뭐라는 거야?"

"난 네가 안다고 생각했어. 다른 사람들 다 아는데."

"개도 내가 속이고 있다는 걸 알아?"

"그건 내가 모르지. 넌 꽤 잘하고 있어. 심지어 나도 믿었는걸. 네가 나무 다듬는 걸 보기 전까지는."

"아기 요람을 만드느라 그래."

그레이스가 불만스러운 표정으로 한 발짝 물러섰다.

"혹시 너희 어머니가 아셔야 하는 그런 일이야?"

"아니, 그런 거 아니야. 베라 아기 거야."

"글쎄, 조심하는 게 좋을걸. 사람들이 뭐라고 해."

"뭐라고 하는데?"

"이를테면 아기를 시티즈에서 데려온 게 아니라는 둥, 너랑 픽시의 아기라는 둥. 네가 그걸 신부님한테 계속 숨기느라 그런 거라나."

"신경 쓸 가치도 없네. 아니야. 베라 아기야."

"그럼 왜 그렇게 그 집에 매일 가 있는데?"

"남자는 아기를 좋아하면 안 돼?"

"당연히 되지. 하지만 보통은 자기 자식일 때 그렇지."

"나 픽시는 아예 안 봐. 거의 본 적도 없어." 우드 마운틴이 말했다.

"오, 그러시겠지." 그레이스가 말했다.

"픽시는 나한테 마음 없거든."

"그리고 네 손도 정말로 다쳤고 말이지. 남자들은 너무 멍청해."

그녀는 머릿결을 찰랑이더니, 여물통을 찰싹 치고 자리를 떴다. 이내 그녀는 티처스 펫을 긁어주기 위해 멈춰 섰다.

"아무한테도 말하지 마!" 그가 큰 소리로 말했다.

"네 손에 대해서, 아니면 픽시 퍼랜토에 대해서?"

"그 얘긴 좀 그만." 우드 마운틴이 말했다.

그는 기름을 묻혀 나무를 닦던 헝겊을 냅다 던졌다. 그리고 다시 향나무 판에 대패질을 하기 시작했다. 너무 세게 대패질을 한 나머지, 기름을 바른 표면이 꼬부랑 모양으로 벗겨졌다. 그레이스가 뒤돌아보고 다시 웃으려던 찰나, 그의 거친 집중력에, 그가 가늘게 뜬 눈을 깜빡이며 나무판을 내려다보는 모습에 그녀는 어딘지 안쓰러운 마음이 들었다. 그리고 이내 자기 자신이 훨씬 더 안쓰러워졌다. 그녀는 티처스 펫에게 가까이 몸을 기댄 채, 말의 부드러운 귀를 문질러주고, 까맣고 촉촉한 눈을 들여다보며 속삭였다. "엄청 좋아하는데, 정작 본인은 모르네."

그레이스는 뜰을 가로질러 걸어가며, 우드 마운틴이 감추고 있는 것을 픽시가 들춰내리라 생각했다. 그레이스는 그링고의 배를 떠올려보았다. 무방비로 노출된 분홍빛 살. 아버지가 꿰매서 봉합하기 전까지 원색적이었던 그것. 그링고의 가죽 껍질이 티처스 펫의 발굽에 끼어 있던 것을 보고, 그들은 이것이 그녀의 짓임을 알았다. 하지만 무슨 상관이랴. 그 느낌이 어떤 것인지 우드 마운틴이 스스로 알아내게 놔두자. 공기가 밀도 높은 데다 차가웠다. 눈 냄새가 나서 그녀는 하늘을 올려다보았다. 달이 조 위블처럼 한쪽으로 기울어져 있었다. 땅에는 바람이 불지 않았지만, 서쪽 저 너머에서 구름이 솟아오르며 별들을 지우고 있었다. 무척 빠른 속도로 올라오는 중이었다. 그녀는 되돌아가 폭풍이 오고 있다고 우드 마운틴에게 말해줄까 생각했지만, 아니. 말들에게서 이야기를 전해 듣게 두자. 헛간에서 자게 두자. 늘 알고 있었듯, 그는 그녀에 비해 너무 나이가 많은 남자였다. 이미 그녀에게 그는 끝난 사람이었다. 그는 곧장 픽시에게 향해 가리라.

## 최후의 승자가
## 가려질 때까지

**뭐라고 해야 할까?** 최후의 승자를 가리는 경기, 금요일 밤의 난장, 결전 토요일? 프린트할 경기 문구를 준비하면서 토머스는 곰곰이 생각해보았다. 흥분의 도가니. 이건 너무 우스꽝스러운가? 토머스와 반스는 지역 복싱 동아리에서 가장 나이 많은 선수들을 경기에 올렸고, 당연히 가장 큰 볼거리인 우드 마운틴 대 조 워블의 경기도 추가했다. 토머스는 사비를 들여 작은 잡화점, 학교, 보호구역 밖에 있는 술집, 카페, 주유소 등 온갖 곳에 붙일 수 있는 광고 전단지를 만드는 중이었다. 전단지 하단에 "권장 입장료 2달러"라고 해놓았지만, 관중들이 얼마를 내든 다 받을 것임을 알고 있었다―부디 많은 사람이 와주기를. 최종적으로 그는 문구를 "최후의 승자를 가리는 자선 경기"로 정했다. 맨 아래에는 이렇게 썼다. "남녀노소 누구나 오세요. 즐거운 밤을 함께 즐겨요. 흥분의 도가니! 여러분의 대표가 워싱턴에 갈 수 있도록 최선을 다해주세요." 아까 집에서 샬로가 미국 국기 앞에 보들보들하면서도 툭툭한 복싱 글러브 한 쌍을 그려주었다. 토머스는 좀 더 위협적으로 보이는 글러브로 다시 그려달라고 했다.

그는 사무실의 자기 책상에서 모든 것을 한데 붙였고, 새벽 3시쯤 작업을 다 마쳤다. 그리고 다음 날 아침 퇴근한 후에 전단지를 돌렸다.

 모지스 몬트로즈와 한 차례 더 회의를 하고 나서 그는 곧장 집으로 갔다. 자는 방으로 비틀거리며 들어가 신발을 벗은 다음, 늘 그렇듯 다림질 선이 잡힌 바지와 조심스럽게 개킨 셔츠를 침대 옆에 놓인 작은 침대 위에 올려두었다. 그는 내의와 트렁크 속옷을 입은 채로 이불 아래로 미끄러져 들어가 또 다른 내의를 두 눈 위에 걸쳐두고는 깊고 느린 숨을 들이쉬기 시작했다. 그렇게 해도 심장박동 소리가 그의 귀를 채웠다. 오래되어 평평한 베개—그가 누구에게도 절대 내어주지 않는—에 머리를 누이는 순간, 생각들이 들쭉날쭉 빠르게 움직였다. 마치 어제 일어난 일처럼 선명한 장면들이 떠올랐다. 눈을 깜빡이고, 공포에 질리고, 떨고, 기침하고, 넋이 나간 채 위층으로 끌려가던 로더릭의 모습. 이미 반쯤 죽어 있던 모습. 몇 주 후에 그는 기숙사에 있는 로더릭을 깨우러 갔었다. 친구는 미동이 없었고, 피부가 회색빛이었다. 피 묻은 침대 시트 속에서 친구는 거의 숨을 쉬지 않았다. 오, 로더릭. 온몸을 관통하는 이 충격적인 기억들은 과연 끝이 날까? 그중 최악인 것은 다 기억이 난다는 점이었다. 로더릭을 놀리던 것부터, 위험한 짓을 해보라고 부추기던 것, 심지어 로더릭을 곤란한 상황에 빠뜨렸던 것과, 러배트가 손가락으로 지목한 일까지.

 *누가 한 짓이지?*

 *로더릭입니다, 선생님.*

 토머스는 원하는 만큼 잠을 충분히 자지 못했다. 사실 네 시간 후에 일어났을 때도 여전히 피곤했다. 노코가 배회하다가 집에서 멀어지자 스모커가 맹렬하게 짖어댔고, 목청 좋고 울화 많은 아기를 오후 동안 맡아줄 수 있냐고 물어보러 온 로즈의 손님이 있었다. 토머스는 다른 가족들이 자러 갔을 때 몇 시간 정도 혼자만의 시간을 갖고자 했으나, 또다시 심장이 빠르게 내달린 데다 몸도 너무나 긴장한 나머지 쉴 수가 없었다. 더구나 맡아주기로 한 아기는 짖는 원숭이었다. 토머스의 눈꺼풀 뒤로 로더릭이 보였고, 그러고서 복싱 경기로 충분한 돈을 모금할 수 있을지 걱정되었다가, 그러고서 워싱턴 D.C.로 생각이 껑충 뛰었다. 의회에 가는 것이 어떤 일일지, 또 거기서 무슨 말을 할지 걱정되었다. 의회가 얼마나 일을 어렵게 만들 것이며, 또 혹시나 자기 말에 스스로 눈물이 차오르지는 않을는지. 이 한참 먼일을 걱정하는 것은 소용없을 뿐더러 터무니없기도 하다는 것을 그도 알고 있었다. 하지만 그럼에도 그의 생각은 비이성적인 길에서 내려올 기미를 보이지 않았고 논리의 통제를 벗어났다. 그는 잠을 자도록 스스로를 설득하지 못했다.

　마침내 그가 생각과의 씨름을 멈추고 일터에 가기 위해 몸을 일으켰다. 늘 그렇듯 어둠 속에서 옷을 입고 아무도 모르게 조용히 주방으로 나갔다. 주방 식탁, 조도가 낮은 등유 램프 아래에 샬로가 앉아 있었다. 그녀는 어깨에 담요를 두른 채 책에 고개를 파묻고서 어찌나 집중하던지 토머스를 거의 알아채지 못했다. 그는 옥외 화장실에 가려고 바깥으로 나갔다가, 다시 돌아와서 잠에서 깨기 위해 찬물 세수를 하고, 손과 팔뚝, 목까지 씻었다. 샬로는 위쪽을 거의 올려다보지도 않았다. 토머스는 재킷을 입고 모자를 쓴 다음, 서류가방과 도시락, 커피 보온병을 챙겨 들었다. 샬로에게 나간다는 인사와 함께 이제 자라고 말하려 문가에서 몸을 돌렸을 때, 그녀가 한숨을 쉬더니 위로 말아 올려 핀으로 고정한 머리를 저으며 책을 덮었다. 그리고 하품을 하며 팔을 쭉 뻗었다.

"이 책 재미있어요."

"잠도 안 자고." 토머스가 그녀의 머리칼을 만졌다.

"여기, 가지고 가세요."

미스터리 책이었다. 하지만 그에겐 써야 할 편지들이 너무 많기도 했고, 선교사들이 주고 간 책을 샅샅이 조사해보리라 작정한 터였다.

**첫 번째** 순찰을 마치고 난 뒤, 토머스는 커피를 한 잔 따르고서 어두운 색의 작은 책을 꺼냈다. 아서 V. 왓킨스를 이해하려면 이 책을 읽어야 한다고 그는 생각했다. 어쨌거나 비분도 그를 기숙학교에 보낼 때 이렇게 말했었다. "공부 열심히 해. 우리에겐 적을 알아야 할 필요가 있으니까." 여러 해가 지난 후에 그는 그 말에 담긴 지혜를 깨달았다. 상대하는 사람들을 알았던 까닭에 그는 보호구역 근처에 보석 베어링 공장을 유치하도록 힘 있는 자들을 설득할 수 있었다. 또한 지역 공동체 학교를 개선하기 위해 저들의 논리를 사용할 수도 있었다. 토머스는 저들에게서 교육받은 것을 적용해 동족 사람들을 발전시켰다. 비분의 말처럼 바로 그것이 그가 공부한 이유였다. 이 사실을 그는 종종 잊곤 했지만, 그래도 그러하다는 것이 드러났다. 하지만 살아오면서 적이라는 단어는 혼란스러워졌다. 파고의 그 회의실 안에 있던 인디언사무국 고위층들은 적일 수도 있겠지만, 그들은 법안 지시사항을 수행하는 데에 기꺼워하기보단 도리어 곤란해하는 것 같았다. 시내 변호사 존 헤일도 친구였다. 심지어 볼드조차 적이라고 보기 어려웠고, 경쟁자는 더더욱 아니었다. 그러나 아서 V. 왓킨스는 명백한 적이었고, 그중에서도 가장 위험한 부류였다. 자기가 하는 일이 최고의 선이라 생각하는 도덕적인 적. 그러나 그를 적이라 부르지 말자고 토머스는 생각했다. 나는 왓킨스를 경쟁자라고 생각하리라. 전투에서 적은 물리쳐야 하는 대상이지만, 경쟁자는 다르다. 경쟁자는 내가 한 수 앞서야 하는 대상이다. 그러므로 상대를 매우 잘 알고 있어야 한다. 토머스의 경험에 따르면, "사태" 혹은 인디언 "문제"라고 불리는 것에 맞서 그것을 전면적으로 해결하려는 사람들에겐 다들 개인적인 이유가 있었다. 토머스는 아서 V. 왓킨스의 경우 그것이 무엇일지 궁금했다.

모르몬경에서 가장 처음으로 찾은 흥미롭고 놀라운 점은 선지자 조셉 스미스도 엄청나게 밝은, 반쯤 투명한 존재의 방문을 받았다는 것이었다. 토머스는 책을 내려놓았다. 처음에는 혼란스러운 느낌이 들었고, 어쩌면 상처마저 받았다. 그 묘사가 그날 밤 그만의 사적인 경험과 너무나 가까워서 그는 거의 얼어붙었다. 그러나 일단 그 느낌을 이겨내고 나자 다소 마음이 안정되었다. 그 존재들은 분명 다른 사람들에게도 나타나는 것 같았다. 조셉 스미스에게도 나타나 여러 군데에 파묻혀 있는 것으로 보이는 역사적인 판들에 대해 말해주었다. 모르몬경에는 긴장감을 불러일으키는 요소들이 있었다. 예를 들어 니파이라는 남자의 내적인 다툼이 그러했다. 이 사람은 자신의 검으로 술 취한 남자를 살해하고픈 간절한 바람이 없었지만, 하느님의 목소리에 설득되어 살해를 완수한다. 그 후 니파이는 피살된 남자의 행세를 하며 그의 하인을 속이고, 그가 가진 모든 보물, 즉 역사가 새겨져 있는 놋쇠 판들을 훔친다. 토머스의 눈이 무겁게 내려앉기 시작했다. 책에는 광야, 여성, 유대인이 나왔고, 주로 니파이가 등장했다. 니파이가 이 책 전부를 말하는 것일까? 토머스는 뒷부분으로 책을 넘겨보았다. 다시금 두 눈이 점점 불타는 듯했고, 이내 머리가 기울어지는 게 느껴졌다. 잠을 깨워보려 빠르게 움직였다. 매우 지난한 밤이 될 터였다.

  그는 다시 꿋꿋하게 한 시간을 버텼고, 아메리카에 온 이민족에 대한 부분을 읽기 시작했다. 그에 관한 내용이 그토록 빠르게 지나갈 줄 몰랐기 때문에 놀라운 마음이 들었다. 그러나 그 모든 낡은 반복과 비난에도 불구하고 그 책은 역시 아메리카에서 시작된 책이었으므로, 토머스는 적응하려 애썼다. 책에는 의로운 분노가 너무도 많았다. 크고 끔찍한 교회에 대한 얼마간의 격분도 있었는데, 토머스는 그런 장소를 도무지 떠올릴 수 없었다. 다른 사람들의 추악함에 대한 내용과 니파이인들의 순결함에 대한 내용이 많았다. 시온의 딸들의 몰락에 대해 읽었을 때는 토머스에게 여성들을 향한 극심한 고통마저 느껴졌다. 분명 딸들은 오만하고 거만했다. 하지만 그렇다 해도 그들이 받은 징벌은 과도하다는 생각이 들었다. 토머스는 시온의 딸들이 걸을 때 징글춤을 추는 무용수들처럼 쨍그랑 소리를 낸다는 것이 좋았다. 그러나 어느 날 하느님은 딸들의 용기는 물론, 쨍그랑거리는 장신구, 머리에 쓰는 천, 달처럼 둥근 외륜까지 빼앗아갔다. 하느님은 모든 것을 앗아갔다. 목걸이와 팔찌와 머플러. 보닛, 다리 장신구, 머리띠, 명판과 귀걸이. 반지와 코걸이. 예복, 두루마기와 장옷, 손가방. 유리잔, 좋은 아마 섬유, 머리에 쓰는 천, 면사포까지. 그리고 딸들은 달콤한 냄새 대신에 악취를 풍기게 되었다. 속옷 대신에 찢어진 속옷. 곱게 단장한 머리 대신에 대머리. 대머리라니! 장식 가슴옷인가 뭔가 대신에 마대를 둘러 묶게 되었고, 그중에서도 최악은 아름다움 대신 얻은 화상이었다.

　토머스는 로즈가 머리카락을 길게 늘어뜨리고, 불꽃같은 색의 원피스를 입고, 곡선 모양의 힐이 달린 까만색 스트랩 구두를 신었을 때, 그러한 멋진 차림들을 알아차리고 애정하는 사람이었다. 그는 책을 덮고 기분이 가라앉았다.

* * *

**아서 V. 왓킨스**에 대해 토머스가 처음으로 써내려간 것은, 그가 아마 아무런 꾸밈이 없는 원피스를 입은 여성을 좋아할 것이며, 그 자신도 아마 단순하고 무난한 옷을 입을 것이란 점이었다. 그의 앞에선 발목에 종을 달면 안 된다. 화려한 넥타이, 두 가지 색이 들어간 신발, 혹은 챙이 넓은 페도라도 안 된다. 그는 분명 의로운 사람이다. 이런 사람과 어떻게 싸운담?

**토머스는 몇몇** 신문기사들에 대응하는 글을 쓰고, 부족 의회에서 쓸 목적으로 등사기를 요청하는 주문서를 작성했다. 그 후에 기숙학교 시절에 있었던 무언가를 떠올렸다. 거기서 그는 전략을 착안했다. 의로운 사람과 싸우는 단 한 가지 방법이 있으니, 바로 상대가 원하는 것을 해주는 것만이 오직 의로운 일인 것처럼 보이도록 논증하는 것이었다.

## 이틀의 여정

**베라는 자신이** 걷고 있다는 것을 깨달았다. 그녀는 따뜻한 외투를 입고, 모자를 쓰고, 발에는 부츠를 신고 있었다. 도로 위에 있었다. 그녀 주변 사람들이 모두 알듯, 죽고 나면 영혼이 다음 생을 향한 여정을 떠난다는 것을 그녀도 알고 있었다. 길을 따라 걷기 시작한다는 것을. 바로 그녀가 지금 걷고 있는 길처럼 어둡고, 외롭고, 그러나 달빛 아래에서 선명하게 보이는 길을. 죽는다는 것은 아마도 안심되는 일일지도 모른다. 걷는 동안 베라는 길의 안내사항을 외우려고 노력했다. 몇 차례 시험을 받게 될 터였다. 살아 있는 자들의 목소리를, 돌아오라고 부르는 소리를 듣게 될 테지만 절대 돌아보지 말아야 한다. 반드시 서쪽으로 계속 걸어가야 한다. 그곳에는 그녀가 먹지 말아야 하거나, 혹은 먹을 수 있는 어떤 음식이 있을 것이다. 아마도 그곳에는, 전부 다 기억나지는 않지만, 다리가, 혹은 뱀이, 어쩌면 아래에 트롤이 사는 다리가 있을지도 모른다. 아니, 살아생전에 이런 것들을 어딘가 다른 곳에서 들었던가? 충분히 멀리 왔다면, 그녀를 부르는 죽은 자들의 소리를, 그녀에게 힘을 북돋아주는—사흘째에는 몹시 지쳤을 테니까—그들의 소리를 들을 수 있을 것이다. 그녀는 죽은 자들의 마을에서 자신의 아기가 우는 소리를 듣게 될까봐 두려웠다. 그 애가 죽지 않았길 바랐다. 하지만 그 애가 어디에 있든 그녀는 달려갈 것이다. 적어도 혼자 두지는 않을 것이다. 시간이 흐르고, 공기가 옅은 회색으로 바뀌었다. 그녀는 표지판을 보았다. 2번 고속도로. 그 후 검은색 페인트로 직접 쓴 또 다른 표지판을 보았다. 장작 판매 중. 그녀는 이 길이 맞는지 의심이 들기 시작했다. 과연 자신이 죽은 것인지조차 의아해지기 시작했다. 비록 그녀가 살아 있던 때에도 오래전에 죽은 것과 다를 바 없었지만. 아마도 한참 동안. 그것만은 그녀에게 분명했다.

## 자유를 위한 복싱

**눈은 곧장** 내리지 않았고, 도로는 텅 비어 있었다. 학교에서 운동경기 때 쓰려고 산 중고 팝콘 기계를 정비해서 마을 회관에 갖다놓았다. 뜨거운 기름 냄새와 팝콘 알갱이들이 튀어 오르는 짧고 강렬한 연이은 소리가 관중들을 따뜻하게 해줬다. 샬로는 팝콘을 포장했고, 피는 돈을 받았다. 저기는 입구에서 표를 팔았다. 모지스는 돈을 셌다. 토머스는 문가에서 링이 설치되어 있는 회관 내부로 들어가는 사람들을 따뜻하게 맞이하며 경기 안내 카드를 나누어주었다. 안쪽에서는 화장실 가까운 곳에 선수들이 따로 모여 있었다. 이들이 환호 속에 등장할 수 있도록 커튼이 쳐져 있었다. 링, 포스트, 로프, 그리고 루이가 기증받은 목재로 지은 바닥이 더할 나위 없이 훌륭했다. 지역 위원이기도 한 벤 퍼넌스가 심판을 맡아 팔에 완장을 차고서 작고 하얀 메가폰을 들고 다녔다. 자비스 씨가 시원찮은 스피커를 불안하게 만지작거리는 동안, 벤이 장내 안내를 하고 관중들을 반겼다.

**퍼트리스와 밸런타인은** 일찍부터 와서 링과 가까운 곳, 어르신들만 앉을 수 있는 의자 뒤편에 서 있었다. 관중들이 빠르게 불어났고 자비스 씨는 마이크와 징을 들고 나타났다. 그가 종을 치자 이국적인 잔향이 퍼졌다. 그는 스포트라이트 조명을 쓰고 싶어 했지만, 그건 불가능한 것으로 드러났다. 그가 떠올린 생각은 소리로 관중을 지휘하는 것이었다. 효과가 있었다. 경기에 대한 기대로 웅성거림이 잦아들었고, 그때 선수들이 터져 나오는 환호를 향해 걸어 나왔다. 각 선수들이 자신의 맞붙을 선수와 함께 소개되었다. 포트토튼과 데블스 레이크에서 온 수Sioux족과 더불어 관중들의 대부분은 인디언이었지만, 수백 마일 이내에 있는 농장과 마을에서 온 이웃들도 꽤 많았다. 경기장의 위치가 인구 균형을 뒤바꿔놓았지만, 그래도 눈에 띌 정도의 적대감은 거의 없었다. 심지어 조 워블의 가족과 응원자들은 멜빈 로더의 힘을 북돋아주면서도, 상대 선수인 레버드 스톤 보이의 손도 꽉 잡아줄 만큼 호의적이었다.

자비스 씨는 늘 경기 중계를 하고 싶어 했었고, 이 격전을 최대한 흥미진진하게 만드는 것이 자신의 의무라고 느꼈다. 궁극적으로 이 스포츠에 참여하는 소년들의 목적은 인성을 기르는 것이지, 서로를 가루로 만들려고 주먹을 날리는 것이 아니었다. 그들의 전사 정신을 과장하는 것이 달리 나쁜 일 같지 않았다.

"스톤 보이가 눈 하나 깜빡하지 않고 펀치를 맞았습니다. 이름값을 하는군요. 로더는 안달이 나서 계속해서 그에게 몸을 밀착합니다. 그러나 볼룸 댄서처럼 미끄러지듯 빠져 나가는 스톤 보이! 복부 오른쪽으로. 턱 왼쪽으로! 로더의 턱은 강철입니다. 로더, 이걸 흔들어 털어내는군요. 스톤 보이는 상대를 기민하게 살피며 뱅글뱅글 돕니다. 스톤 보이가 강펀치를 계속 날리면서 광적인 주먹세례로 거칠게 나가네요! 그러나 로더는 이 어려운 일을 해내고 있습니다! 이걸 막

아내네요! 종이이이이이이이 울립니다!"

　더 어린 선수들의 이기고 지는 경기가 펼쳐지는 동안 훨씬 더 많은 사람들이 공간을 빽빽하게 채우며 비집고 들어왔다. 세인트마이클에서 온 선수인 존 스키너는 텍 톨버슨을 상대로 좋은 모습을 보여주었다. 자비스가 모든 경기마다 흥분을 자아내서 흥겨운 분위기는 열기를 더해갔다. 경기들은 전부 다 판정이나 점수로 이겼고, 결과적으로 그다지 흥미진진한 경기는 아니었다. 단 한 번 예외인 경우가 있었는데 그때는 심지어 코피가 터졌다. 자비스는 그것을 마치 댐이 터진 것처럼 묘사했다. 모든 사람이 보러 온 바로 그 경기, 대단원의 마지막에 대한 안내방송이 흘러나왔을 때조차 호의적인 분위기였다. 도움을 주는 자선경기라는 사실. 자비스는 계속 이 점을 안내하고 관중들에게 감사를 표했다.

"여러분, 드디어 왔습니다! 오늘의 메인 경기!"

　그때쯤에는 우드 마운틴과 조 워블의 부상이 전부 속임수라는 것을 모두가 알고 있었다. 그래서 두 사람은 이것으로 장난스럽게 웃음을 유발하기로 했다. 조는 그가 비틀거렸던 왼쪽으로 심하게 기대어 절뚝거렸다. 우드 마운틴은 회반죽 깁스를 감은 채로 나왔다.

"여러분, 선수 입장합니다! 두 사람이 링으로 올 수 있게 우리가 도와줍시다! 각자 부상으로 인한 끔찍한 고통과 맞서 싸우고 있음에도 불구하고, 기꺼이 끝까지 싸우려는 두 사람. 뭐죠? 무슨 일이죠? 워블이 똑바로 서고 있습니다! 우드가 자신의 깁스를 관중들에게 던지고 있어요! 그가 손수건을 떨어뜨리자 픽시 퍼랜토가 이 기념품을 잡는군요! 오, 여러분, 이건 정말이지 기적입니다. 여러분이 보고 계신 것은 기적이에요. 자유를 위해 싸우는 두 명의 투사가 여러분의 눈앞에서 치유되고 있습니다!"

두 번째 라운드까지 그들은 치고 빠지면서 서로의 능력을 시험했다. 우드 마운틴은 여전히 더 치밀한 선수로서 한 치의 빈틈도 허락하지 않으며 워블을 안쪽으로 밀어붙였다. 그러나 조 워블리진스키의 주먹은 약해지지 않았고, 지난번 경기에서 자신의 전략 부재가 노출됐음을 깨달은 것 같아 잠재적으로는 더 위험했다. 세 번째 라운드에 이르도록 워블의 강력한 펀치는 그저 허공을 가를 뿐이었다. 그것으로 보아 우드 마운틴은 상대를 지치게 할 요량인 것 같았다. 가능한 한 상대의 사기를 꺾어놓을 의도임이 명백했다.

조 워블은 지난 경기 때보다 몸무게를 조금 줄였다. 반대로 우드 마운틴은 몇 파운드를 증량했으나 빠르기는 한 치도 포기하지 않았다. 그 부분은 반스와 그의 삼촌이 확실히 해두었다. 우드 마운틴은 빨라지기 위해, 더 빨라지기 위해 훈련했다. 꾀부리는 감각은 타고났다. 속임수에 관해서는 자비스가 직접 지도했는데, 그는 이것을 네 번째 라운드에서 썼다. 우드 마운틴은 워블의 가장 위협적인, 단단한 오른쪽 펀치를 끌어내기 위해서 마치 실수인 것처럼 바지를 끌어올렸다. 그러고서 번개처럼 사라지면서 워블의 부드러운 턱 윤곽과 뾰족한 턱 끄트머리가 만나는 곳에 왼쪽 주먹을 날려 상대의 빗나간 펀치에 응수했다. 그는 강하고 정확하게 그곳을 타격할 수 있었다. 그리고 조가 앙갚음을 할 때는 바로 빠져나왔다. 그의 앙갚음이란 우드 마운틴을 구석으로 쫓아가서 표면에만 닿을 뿐인, 울림 없이 겉보기에만 파괴력이 있고 숨이 턱 막히는 펀치를 날리는 것뿐이었다. 우드 마운틴은 맹공이 펼쳐질 때는 움츠리라는 자비스의 지도를 다시 한 번 기억해냈고, 워블은 기세등등하며 자기 코너로 갔다.

"참아. 딱 맞는 때가 오면 음악을 틀자고." 우드 마운틴의 왼쪽 광대뼈를 따라 코카인 한 움큼을 바르며 반스가 말했다. 그 음악이란 캉캉을 더 빠르게 한 것으로, 이 음악에 맞춰 우드 마운틴은 눈에 보이지 않을 정도로 빠른 펀치를 상황에 맞게 조절할 수 있도록 연습했다. 일정한 속도로 난타한 후 더 빠른 속도로 바꾸고, 그렇게 그는 복싱 선수에서 벌떼로 변했다. 이것은 과거 1950년, 세계 미들급 챔피언십의 마지막 라운드에서 제이크 라모타가 프랑스 선수 로랑 도튀유를 이긴 방법이었다. 더 뮤직을 제외한 모든 관중들에게 그것은 난데없이 마음 속 어떤 저장고에서 튀어나온 전환처럼 보였다. 하지만 탄력이 붙은 상태에서 이루어진 그 탁월한 변환은 처음부터 죽 계획된 것이었다. 더 뮤직은 확신했다.

"두 사람이 표범처럼 원을 그리며 돌고 있습니다! 어느 표범도 발을 들지는 않습니다만, 여러분. 이때 워블이 회색 곰처럼 후려칩니다! 마운틴이 되치네요! 전부 야수 같은 힘입니다. 이제 두 사람은 다시금 서로를 재보고 있네요. 저 말도 안 되는 화려한 발재간을 보십시오!"

그때까지 선수들은 상한 곳이 없는 것처럼 보였다. 사실 그들은 눈부시게 아름다워 보였다. 우윳빛 피부를 가진 최고의 황소 조, 그리고 앞으로 내려온 반짝이는 머리칼 아래로 흘긋 내다보는, 마르고 번뜩이는 우드 마운틴. 하지만 상황은 곧 바뀌었다. 여섯 번째 라운드에서 조 워블은 우드 마운틴을 쫓아다니는 데 질려버렸으며, 이내 우드의 코를 제자리에서 벗어나게 하는 단단한 펀치를 꽂았다.

"마운틴이 이걸 코로 받네요!"

퍼트리스는 부러지는 소리를 듣고 다리에 힘이 풀렸다. 밸런타인은 유령처럼 잿빛이 되었다. 경기가 멈췄을 때 그들은 서로를 꽉 붙잡고 있었다. 반스가 우드 마운틴의 부상을 처치했고, 비뚤어진 콧구멍을 솜으로 틀어막은 그는 다시 링으로 들어갔다. 거의 벨이 울리자마자 우드 마운틴은 놀라우리만치 침착하게 경기를 이어나갔고, 워블의 오른쪽 훅을 빌려 가격해 그의 무릎이 꿇리도록 했다. 워블이 다시 일어섰다. 이제 분노가 아닌 의무적인 폭력에서 싸움이 시작되었다는 것이 선명해졌다. 다음 두 라운드는 형벌의 흐릿한 형체들이었다. 여전히 두 선수는 거의 비등비등했다. 우드 마운틴의 점수가 아주 약간 높았지만 확실한 것은 아무것도 없었다.

"이제 경기를 멈춰요!" 퍼트리스가 소리 질렀다. 그러나 하필 그때 한 원로가 의도치 않게 다이아몬드 모양이 새겨진 나무 지팡이로 다른 사람을 쳤고, 두 사람의 가족들이 시시비비를 가리느라 큰 소란이 일었다. 게다가 조의 가족들은 무엇을 해야 할지 잘 몰라서 그저 소리만 질러댔다. 우드 마운틴을 응원하는 사람들은 경기를 중단해야 할지 마음을 정하지 못했고, 그래서 목이 터져라 응원을 할 뿐이었다. 자비스는 다시 한 번 징을 쳐야 했다.

"여러분, 여러분, 진정하세요. 두 선수는 그만두기를 거부하고 있습니다. 최선을 다하길 원합니다. 심판이 이것을 받아들였어요. 두 사람은 괜찮다고, 좋다고, 끝까지 하고 싶다네요."

경기가 다시 시작되었지만 관중들은 조용했다. 조가 우드 마운틴의 눈썹에 깊은 자상을 남겼다. 우드 마운틴이 묵직한 보디 블로를 가하자 조는 링을 가로지르며 휘청거렸다. 최후의 순간까지 그들은 진실한 안개 속에서 움직이며 그저 서로를 때리기만 했다. 자비스는 아무 말도 하지 않았다. 전략도 없었고, 계획도 없었다.

"이건 역겹기만 할 뿐이야." 고개를 돌리며 퍼트리스가 말했다.

징이 울리자 사람들은 안도감에 탄성을 내질렀다. 그들은 괴로운 마음으로 박수를 쳤고, 어수선한 무리 속에 남겨졌다. 우드 마운틴이 더 많은 점수로 이겼으나 승리는 중요한 것이 아니었다. 조 워블리 진스키는 멍하게 의자에 앉아 있었다. 두 사람의 눈은 부어서 떠지지 않았고, 입술은 찢어졌으며, 눈썹에는 테이프가 붙어 있었다. 귀가 둥둥 울렸으며, 코가 부러졌고, 두개골 속에서 뇌가 부풀어 올랐으며, 모든 뼈와 근육이 아팠다. 근사했고, 끔찍했고, 극한이었다. 그 날이 두 선수 모두에게 마지막 경기가 되었다.

# 승진

**부당하다, 너무도** 부당하다. 밸런타인이 산성 세척실로 승진되어 고글, 장갑, 하얀색 머리 두건, 보호용 고무 앞치마를 입게 되었다. 너무 부당했다. 퍼트리스가 더 빠르고, 더 정확하고, 더 집중력 있고, 매번 깔끔한 카드를 생산해냈기 때문이다. 그녀는 그 정도로 뛰어났다. 밸런타인의 작업이 나빴다는 것은 전혀 아니지만, 퍼트리스만큼 일을 잘하지는 않았다. 모두가 다 아는 사실이었다. 하지만 볼드 씨의 눈에는 승진할 만큼 뛰어나지는 않았던 모양이었다.

"작업이 훌륭해, 훌륭해." 퍼트리스 뒤에서 그가 말했다. 오늘은 그의 숨에 참치 범벅이 실려 있었다. 퍼트리스는 우드 마운틴이 링에서 조 워블을 때려 눕혔던 것처럼, 그에게 간절히 주먹을 날리고 싶었다. 왼쪽 잽, 그리고 오른쪽 크로스. 고전적인 방법. 지금 그게 중요한 게 아니지. 그녀는 볼드 씨가 혼란 속에서 복도를 휘청휘청 걸으며 눈을 치켜뜨는 모습을 상상했다. 하지만 당연하게도 그렇게 하면 그녀는 해고될 것이다. 그녀는 집중하려 애썼다. 비참한 마음이 집중하는 데에 도움이 되었다.

아니, 그녀는 비참하지 않았다. 그날은 밸런타인이 산성 세척실에서 일을 시작한 첫날이었고, 그리고 맞다, 퍼트리스는 질투가 난 동시에 팔꿈치 바로 옆에 앉아 있던 밸런타인이 그리웠다. 그들이 쌓아온 '척 하면 척' 하는 소통이 그리웠다. 그녀 덕분에 긴 시간이 빠르게 지나갔었는데. 오늘은 어찌나 힘들게 끌려가는지. 더구나 휴게시간도 없었다. 볼드는 부로바사社와 오마 브래들리 장군의 방문을 준비하면서 정말 휴게시간을 없애버렸고, 다시 원래대로 복구하지 않았다. 목이 아팠다. 경직. 그녀는 집중했다. 집중의 웅얼거림 속으로 들어갔다. 그러고서 점심시간이었다. 퍼트리스는 밸런타인이 자기 일이 얼마나 훌륭한지 떠들어대는 것을 듣기가 부담스러웠던 탓에 화장실부터 갔다. 또한 봉급 인상. 밸런타인은 말하지 않을 거라 하고선 결국 말할 테지, 얼마 받는지.

"기운 내." 퍼트리스는 자기 자신에게 말했다. "걔가 여왕이 된 것 같은 그런 일이 아니야."

그녀는 점심식사 하는 곳으로 들어가 밸런타인 옆에 자리가 있었음에도 베티 파이 옆에 앉았다. 그러든지 말든지 그녀의 친구는 같은 테이블에 앉은 모든 사람들에게 고무 앞치마가 얼마나 무거운지, 아침 내내 고무장갑을 끼고 있으면 얼마나 이상한 느낌이 드는지 얘기하는 일에 푹 빠져 있었다.

"손에 주름 잡힌 거 봐!"

*고무 옷 입는 것에 대해서라면 나도 해줄 말이 좀 있지. 피부에 주름이 잡히는 거나 파랗게 변하는 것에 대해서도 말이야.* 퍼트리스는 생각했다. 그리고 그 생각을 제쳐두었다. 그녀의 점심은 사슴 기름으로 튀긴 오트밀 케이크와 건포도였다. 많지 않은 양이었다. 그녀는 음식이 계속 남아 있도록 천천히 먹었다. 너무 배가 고팠고, 식사를 다 마쳤

을 때도 배가 여전히 고통스러울 정도로 비어 있었다. 아니, 어쩌면 밸런타인이 봉급 인상 애기를 해서 복통이 있는 것일지도 몰랐다. 하지만 알고 보니 시간당 85센트에서 90센트로 생각보다 적게 올랐다. 퍼트리스가 수중쇼걸로 일하면서 번 돈보다도 훨씬 적었다. 최고의 볼거리. 수조 속에서 여유롭게 헤엄치고 물속으로 뛰어들 때, 모든 사람의 시선이 그녀를 향해 있었다. 사실 그 사람들은 그녀에게 단지 얼룩에 불과했지만, 그래도 그들의 눈은 그녀만을 보고 있었다. 그녀는 찬사의 대상이었다. 그렇지 않았나. 아니, 어쩌면 착각이었을 수도. 퍼트리스는 그 생각 또한 제쳐두었다. 머릿속 저 뒤편으로 차 버렸다. 밸런타인이 퍼트리스에게 무언가를 묻고 있었다. 모든 사람이 답변을 기다리며 그녀를 향해 몸을 돌리고 있었다.

"내가 뭐라고 했냐면, 픽시-"

"퍼트리스라니까."

"네 의견이 궁금하다고 했어!"

"맨입으로는 들을 수 없을 텐데." 그녀가 말했다.

"오오오오오." 여성 몇 명이 웅성거렸다.

"얼마면 돼?" 밸런타인이 고집을 부렸다. "자."

그녀는 탁자 너머로 1달러 지폐를 밀어 건넸다.

퍼트리스는 지폐를 집어 공중에서 펄럭이더니, 다시 내려놓고 밀어 돌려주었다. "이걸로는 안 돼."

"오, 그러면," 도리스가 말했다. "픽시가 누굴 좋아하는지 결코 알 수 없겠군."

"퍼트리스라고 불러. 나는 둘 중에 아무도 좋아하지 않아. 네가 둘 다 가져."

"둘 중 하나는 내가 가질지도 몰라." 도리스가 말했다. "반스랑 영화를 보러 가기로 했거든."

"잘됐네. 언제 가는데?" 퍼트리스가 물었다.

"언젠가." 도리스가 말했다.

"그게 무슨 말이야?" 이제 밸런타인이 도리스에게 묻고 있었다.

"무슨 말이냐면, 반스가 언제 영화나 한 번 보러 가자고 했을 때 내가 그러자고 했다는 거야."

"그 사람이 보러 가자고 했어, 아니면 네가 보러 가자고 했어?" 밸런타인이 집요하게 물었다.

"그래." 도리스가 말했다. "내가 보러 가자고 했어. 하지만 반스가 분명 그러자고 했어."

"잘됐네. 가게 되면 나한테 얘기해줘." 퍼트리스가 말했다.

"도리스, 너 참 뻔뻔하구나." 밸런타인이 말하더니, 일어서서 특수 보호복을 입었다.

"너희 셋, 그만 아웅다웅하는 게 좋겠어." 베티 파이가 편안하게 말했다. "서로 잘 지내는 게 훨씬 더 좋잖아."

"알지." 퍼트리스가 말했다. "근데 바보 같은 건, 이게 전부 남자 문제라는 거지. 밸런타인과 도리스는 내가 손가락에 반지를 끼고 탑에 갇히지 않는 이상 만족스러워하지 않을 거야."

"재밌네. 여기 주변에서 탑을 한 번 찾아봐."

"아마도 곡물창고?"

"내겐 착한 늙은이, 노버트가 있어서 다행이야." 베티가 말했다. "우린 그냥 별다른 생각 없이 만나고 있어."

"결혼할 거야?"

"오, 임신하면 같이 사랑의 도피를 해야지." 베티 파이가 말했다.

퍼트리스는 말을 잇지 못했다. 베티의 대답이 너무 멋지다고 생각했다. 공원들은 복장을 갖추고 작업장으로 돌아갔다. 퍼트리스는 베티가 옆에서 일했으면 싶었다. "임신하면"이라는 말에 대해 더 많은 것을 알고 싶었고, 베티가 얘기해주기를 바랐다.

**도리스의 차에서** 내린 퍼트리스는 토머스 와샤스크가 어머니를 찾아왔다는 것을 알았다. 토머스의 차가 큰길을 따라 가지런하게 주차되어 있었다. 퍼트리스가 집에 들어갔을 때, 토머스는 남자라면 다들 그렇게 운명 지어진 것처럼 구이위젠스를 안고 있었다.

"언니에 대해 알아내신 게 있는 거예요?" 퍼트리스가 물었다.

"그렇기도 하고, 아니기도 해."

"그리고요?"

"베라가 어디에 있는지는 모르지만, 봤다는 사람이 있어. 덜루스에서. 부랑죄로 잡혔다가 풀려났대."

"이름을 대고는 사라졌다는구나." 자낫이 말했다. "하지만 살아 있어. 살아 있을 줄 알았어. 지금까지 우리와 통하려고 노력해온 거야."

"통화했다고요?" 토머스는 수 마일 내에 전화기가 없다는 것을 알고 있었다.

"꿈 얘기예요. 기억하세요? 우리가 꾼 꿈."

"물론이지. 내가 좀 피곤한가봐. 베라는 지금 뭘 하고 있지요?" 토머스가 물었다.

"모르겠어요." 자낫이 말했다. "한동안 초록색 하이힐을 신고 있었어요. 남자 옷을 입고 있었고요. 도로를 따라 걷고 있었죠. 하지만 그러고서 더 이상 꿈에 안 나타나요."

"저도요." 퍼트리스가 말했다. "간밤에 제가 꾼 꿈은…"

그녀는 얼버무리고 고개를 돌렸다. 사실 지난밤에 잡지 광고 속의 남자에게 입맞춤 받는 꿈을 꾸었다. 남자가 잡지 속에서 걸어 나와 담배를 내려놓은 뒤 가까이 기대어…

"돈은 얼마나 모였어요?" 그녀가 재빨리 물었다.

"반 넘게. 워싱턴에서 우릴 재워줄 사람만 찾으면, 거의 다 모은 셈이지. 거기 호텔들은 겁나 비싸니까."

"겁나 비싸니까." 퍼트리스가 따라하며 웃었다.

토머스는 자낫에게 법안을 세세하게 설명해주었고, 자낫은 이것이 땅에 대해 세금을 내야 한다는 뜻일까봐, 이 땅을 포기해야 한다는 뜻일까봐 걱정했다. 그들에게는 살 곳이 없을 것이다. 딱 저기가 말한 것처럼, 그들은 불을 켤 곳을 찾아 도로를 걸어 다니게 될 것이다. 하지만 당연하게도 퍼트리스는 자신에게 직장이 있으니 어딘가에 아마도 살 곳을 구해 세를 낼 수 있으리라 생각했다. 밸런타인이 승진을 가로채지만 않았어도 더 좋은 곳에 살 수 있을 텐데. 아까 집으로 돌아오는 길에 이것에 관해 농담인 척 친구를 탓하자 밸런타인이 곧바로 대꾸했다. "온통 그 서슬 퍼런 질투뿐이네!" 한편 토머스는 그가 세운 전략의 큰 그림을 이야기하고 있었다.

"지금 나한테 최고의 패가 있어요. 바로 루이 파이프스톤이 결혼하지 않았던 여자하고 낳은 딸이에요. 사실 그 반대였어요. 그 여자네 부모가 루이와 약혼하는 걸 탐탁지 않게 생각했죠. 너무 인디언이라서나. 그 사람들의 압박이 너무 컸던 거예요."

"슬픈 일이네요!"

"네, 루이는 이 일로 무척 우울해했어요. 옛날 일이죠. 지금 그 딸이 자라서 대학에 갔어요. 심지어 지금은 더 높은 학위를 따려고 공부하고 있고요. 그녀가 알아낸 것들이 우리에게 쓸모가 있을지 알아볼 참이에요. 의회는 우리가 돈도 엄청 많고 너무 발전했다고 생각하는데, 사실 그렇지 않잖아요. 하지만 그걸 증명할 길이 지금 우리에게 없다는 게 문제죠. 가서 마냥 불만을 성토할 수만은 없어요. 확실한 사실이 필요합니다. 연구 결과가 필요해요."

"연구라니!"

퍼트리스에게는 그것이 굉장히 전문적인 말처럼 들렸다. 자신이 속한 부족 출신의 연구하는 여성. 그것이야말로 하고 싶은 일처럼 느껴졌다. 대학에 간다. 연구한다. 퍼트리스는 충분히 명석했고, 수학을 잘했으며, 작문은 반에서 언제나 최고였다. 하지만 그녀가 생각하기에, 자신은 작은 텐트, 그러니까 너무나 얇아질 정도로 늘린 은신처와 같았다. 그녀가 없다면 가족은 스러질 것이다. 만일 학교에 나가 있으면 집에 돈을 부칠 수 없다. 아기에게는 올라가 놀 수 있는 러그가 필요했다. 또한 만약 땅을 팔 수밖에 없다면, 얼음장처럼 차가운 바닥이나마, 이 작은 땅 쪼가리나마 없어져버릴 것이다. 가족은 살아남지 못할 것이다. 이전과 같아질 것이다. 잊지 말라.

퍼트리스는 가림막 담요 뒤, 그녀의 방으로 갔다. 리놀륨 밑에 숨겨둔 돈을 꺼낼 엄두까진 나지 않았지만, 철제 양념통을 열었다. 그 안에 잔돈으로 총 5달러가 있었다. 그녀는 돈을 침대 위에 펼친 뒤 그중 4달러를 세어 어머니에게 가져갔다. 그리고 어머니의 손에 돈을 쥐여 주었다. 자낫은 그 돈을 탁자 위에 올려놓았다.

"워싱턴 갈 때 쓰세요." 그녀가 말했다.

눈에 띄게 감동한 토머스가 말했다. "고마워요, 사촌."

**다음 날**, 볼드 씨가 베티 파이를 퍼트리스 바로 옆 기기로 보내는 일이 일어났다. 점심시간에 내려진 지시사항이었고, 곧 베티가 자기 물건을 가지고 지시받은 자리로 왔다. 얼마나 반가운지! 한동안 두 사람은 조용히 일했다. 퍼트리스는 베티가 말을 걸지 않는 이상 자신도 말하지 않겠다고 스스로와 약속했다. 어쩌면 베티가 볼드 씨를 피하려 하는 것일진대, 괜히 베티를 난처하게 하고 싶지 않았다. 그러나 한 시간도 채 안 되어 베티가 주말에 뭘 하는지 물어봤고, 퍼트리스는 모르겠다고 소곤소곤 답했다. 그러고서 이번에는 퍼트리스가 베티에게 주말에 뭘 할 것인지를 물었고, 베티는 노버트가 시간과 장소를 알려줄 거라고 말했는데, 퍼트리스는 그 말을 듣자 무엇을 하면 좋을지 제법 괜찮은 생각이 떠올랐다.

"말해봐, 베티." 아주 작은 목소리로 퍼트리스가 말했다. "난 어떻게 되는 건지 아주 일반적인 수준에서만 알고 있어. 자세한 걸 누가 좀 말해줬으면 좋겠어."

"너 지금까지 한 번도 해본 적이 없다고?"

베티의 목소리가 너무도 컸지만, 다행히 컬리 제이가 동시에 연달아 재채기를 해서 목소리가 덮였다.

"쉬잇."

"미안. 그냥 믿을 수가 없어서."

"하기가 무서워. 왜냐면, 네가 도망갈지도 모른다고 했던 그 이유 때문에."

"밖에서 만나서 커피 한 잔 하자. 내가 전부 설명해줄게."

"그렇게 해줄 수 있어?"

"못살아, 누군가는 해줘야지."

**토요일, 퍼트리스는** 포키와 함께 시내까지 걸어갔다. 동생은 스피드백을 치러 중심가로 갔다. 퍼트리스는 베티를 만나러 헨리의 카페로 향했다. 이미 베티는 카페에서 커피를 마시고 있었다. 깃털 달린 베이지 펠트 모자를 쓰고 있었는데, 둥그런 케이크처럼 생긴 귀여운 모자가 파마를 한 어두운 곱슬머리 위에 내려앉아 있었다. 입고 있는 코트는 장미색이었고 하얀 토끼털 장식도 달려 있었다. 눈에 띄는 모습이었다. 베티의 넓고 둥글고 기분 좋은 얼굴은 열정적이었고, 컵에 댄 입술은 오므려져 있었다. 그녀는 커피를 식히려고 조심스럽게 불었다. 퍼트리스는 차를 주문했다. 주말에는 커피를 마시지 않고, 가능하면 오후에 낮잠을 잤다.

"그래서," 베티가 말했다. "아무도, 단 한 번도 너한테 말해준 적이 없는 거야?"

"없어." 퍼트리스가 말했다.

정확히 말하자면 그건 사실이 아니었다. 무슨 일이 일어나는지 퍼트리스는 줄곧 알고 있었다. 그녀는 야생 동물과 가축들 가까이에 살았다. 한 번은 습지 옆 등심초에서 짝짓기를 하는 밍크를 본 적도 있었다. 이런 모든 것들을 봐왔다. 버키 일당과 차 안에 갇혔을 때도 그들이 무엇을 하려는 것인지 알고 있었다. 어머니가 이런 문제들에 관해 이야기해주었다. 다만 전부 치페와어로 일러준 까닭에, 단지 치페와어로만 무슨 일이 일어나는지 알았다. 그녀는 이 과정을 영어로도 알고 싶었다. 인디언 말을 모르는 누군가와 그런 일이 벌어질 수도 있으니까. 그것에 관한 말들을 알 필요가 있었다. 그녀는 그런 일이 벌어지는 몇몇 방법이 있다는 것은 이해하고 있었지만, 그것이 어떤 식으로 대화를 통해 정해질 수 있는지는 이해하지 못했다. 수중쇼걸로 일한 적도 있으면서 그것을 모른다는 게 이상해 보였다. 하지만 잭 멀로이에게는 그녀가 모른다는 사실이 뻔히 보였으리라. 바로 그랬기 때문에 잭이 그녀를 고용했는지도 모른다. 간혹 그녀를 망가뜨리는 것이 잭의 일이었을 수도 있다고 의심되기도 했다. 하지만 그녀가 잭의 팔을 때리면 그가 움츠러들 만큼, 그녀는 꽤나 강한 사람이었다.

베티가 주변을 조심스럽게 둘러보았다. 카페는 만석이었지만 그렇다고 붐비지는 않았다. 그들은 구석에 앉아 있었다. 그녀가 하는 말을 들을 사람은 아무도 없었다. 그녀는 발기가 무엇인지 퍼트리스에게 이야기해주었다. 이미 알고 있는 것이었다. 그녀는 버키 일당을 떠올리지 않으려 애썼다. 베티는 좋아하지 않는 남자가 발기했을 때 그에게서 벗어나는 방법을 알려주었다. 이것도 새로울 것은 전혀 없었다. 만일 내가 누군가를 좋아하는데 그 사람도 나를 좋아하는지 알고 싶다면 어떡할까. 베티는 어떻게 뭔가를 떨어뜨린 척할 수 있는지, 어떻게 자연스럽게 살짝 몸을 터치할 수 있는지 알려주었다.

"눈에 뭐가 들어가서 네 손이 어디로 향하는지 못 보는 척해. 아니면, 그 사람 발 근처에서 뭘 줍는다고 몸을 숙여. 일어설 때 손으로 거길 훑는 거야. 어머나! 그러고서 그 느낌이 마음에 들면, 그 사람을 보고 미소를 지어. 그도 알 거야. 단, 느낌이 안 좋으면 최대한 그 사람을 피해야 돼."

"맞는 말이야." 퍼트리스가 말했다. 그녀는 이제 한쪽 눈이 사팔뜨기가 된 버키를 떠올렸다.

"일단 네가 만지면, 그게 우연이었다 해도, 남자들은 널 꽉 잡을 거야. 그러니까 너는 준비를 해야 해. 만약 좋으면, 해보고 싶으면 비밀스러운 곳을 찾아. 가을이나 초봄에는 야외 숲도 괜찮아. 하지만 여름에는 진드기에 물릴 수도 있을 거야. 섹스를 할 때 진드기를 떼어내고 있는 건 별로 매력적이지 않지."

"안 되지."

"그러니까 헛간이나 침대, 아니면 그 사람이 차를 가지고 있는 편이 더 좋아."

"차는 별로." 퍼트리스가 말했다. 하지만 베티는 듣는 둥 마는 둥 하더니 객관적인 실현 가능성과 더불어 체위들을 묘사했다. 퍼트리스는 양손에 고개를 파묻고 웃었다.

"웃지 마! 이게 네가 '후하'를 얻을 수 있는 방법이야."

"뭐라고?"

"후하."

"그건 한 번도 들어본 적 없는 말인데."

"널 붕 뜨는 느낌이 들게 해주는 거야. 이런, 너 꼬맹이구나."

베티가 너무나 세세하게 후하에 대해 설명하는 바람에 퍼트리스의 얼굴이 점점 발그레해지고 뜨거워졌다. 어머니가 치페와어로는 얘기해주지 않았던 것이었다. 그리고 버튼에 대해서도. 무슨 버튼? 배꼽 아래에 있는 나머지 다른 하나. 그녀는 생각했다. 이거 봐, 이러니까 내가 베티랑 얘기를 해야 했던 거야.

"어찌 됐든 임신하고 싶지는 않아. 그건 어떻게 막아?"

"고무. 그런데 남자들이 그걸 안 좋아해. 아니면, 갖고 있는 고무가 없을 수도 있고. 그래도 그걸 하고 싶다면, 달거리가 끝나고 난 다음 주에는 그냥 해도 괜찮을 거야. 그 주간만큼은 안전해. 이게 나랑 노버트가 하는 방법이야. 그리고 당연히 우리에겐 그이가 오래 끌고 다닌 고물 자동차가 있고. 우린 주말에 차 세우러 가. 구획도로 나가는 길에. 너는 누구랑 자려고?"

"혹시 모르니까 그냥 알고 싶은 것뿐이야. 계획이 있는 건 아니고."

"네 친구들이 생각하는 거랑은 다르네."

"걔네 너무 짜증나."

"그렇긴 해도, 둘 중 하나랑 시도해볼 수 있는 걸로 들리던데. 한 가지 문제가 있다면, 하고 나서 어떻게 떼어내느냐는 거야. 네 맘에 안 들 경우에 말이야."

퍼트리스는 전혀 이해하지 못하는 것처럼 보였다.

"알아. 네가 평생을 계획하는 경우에만 그걸 할 수 있다고들 하지. 결혼하는 경우 말이야. 하지만 우리 이모 말로는, 진지하게 생각하는 사람이 있으면 일단 해보래. 하나도 안 좋으면, 그 사람 한 명하고 평생 그걸 하는 게 고역일 거라고. 불발탄이랑 갇혀 살 이유가 뭐람? 우리 이모가 한 말이야."

"너무 맞는 말이다!"

베티는 퍼트리스에게 훨씬 더 깊은 인상을 주었다. 퍼트리스가 페이스트리를 먹고 싶은지 물었고, 베티는 좋다고 했다. 두 사람은 각각 메이플 롱존 하나씩을 샀다. 아이싱을 바른 롤을 입술로 감아 한 입 베어 물려던 베티는 퍼트리스와 눈이 마주치자 웃기 시작했다. 어찌나 심하게 웃어대는지 거의 숨을 못 쉴 지경이었다. 그녀가 페이스트리를 내려놓았다.

"세상에나, 그거 생각나!"

"뭐? 오…"

베티는 페이스트리 윗부분과 옆면의 아이싱을 혀로 핥아먹었다. 그녀의 혀는 두툼했고, 옅은 분홍빛이었다.

퍼트리스는 주변을 둘러보았다. 불편했다. 베티가 암시하는 것처럼 보이는 일이 그녀에게는 단 한 번도 일어난 적이 없었다.

"남자들도 여자들한테 이렇게 해줄 수 있어. 비스마르크 번빵에서 젤리를 핥는 것 같은 거야. 한 방에 후하로 갈 수 있지."

"너는 이런 걸 어떻게 다 알아? 이모가 알려준 거야?"

"아니." 베티가 대단치 않다는 듯 말했다. "경험이야."

퍼트리스는 다소 혐오감이 일었지만, 곧 완전히 경탄하게 되었다.

"아무한테도 말하면 안 돼."

"무슨 일이 있어도 말 안 할게."

베티가 위를 올려다보더니 퍼트리스 뒤에 있는 누군가에게 미소 지어 보였다.

"안녕하세요, 건초더미. 아니, 내 말은, 미안해요. 반스 씨."

"베티, 안녕하세요. 퍼트리스, 안녕."

퍼트리스는 의자에 앉은 채로 몸을 돌렸다. 반스가 안녕이라고 말한 그 방식만으로도, 공기가 짓누르는 듯 그녀는 불편해졌다. 그리고 창피했다. 대화 내용을 들었으면 어쩌지? 그리고 만일 그녀가 시험을 해봤는데, 그가 불발탄이라면 또 얼마나 더 나쁠까?

"안녕하세요, 반스 씨." 그녀는 어떤 감정도 담지 않은 목소리로 말했다.

반스는 한 발짝 뒤로 물러서더니 가식적인 미소를 짓고는 돌아서서 가버렸다.

그가 떠난 후 반가운 커피와 차가 새로 채워졌다.

"문제는," 베티가 퍼트리스 쪽으로 몸을 가까이 기대고 이상한 눈으로 그녀를 바라보면서 말했다. 입에 아이싱을 군데군데 묻힌 채였다. "남자들은 그걸 너무 간절하게 원해서 돈도 지불한다는 거야. 무슨 말인지 알지?"

"잘 모르겠는데…"

"남자들이 이곳까지 와서 여자들한테 말하지. 시티즈에 가서 결혼하자고. 같이 가자고. 그런 다음에 시티즈에 가면 관계를 끊고 여자들을 팔아. 섹스를 시키려고 내놓을 사람한테."

"내놓는다고…?"

"길거리에 내놓지. 거래할 사람을 찾는 거야. 돈을 내고 섹스할 남자. 그런데 그 돈은 포주한테 가."

"포주가 뭐야?"

"너 아무것도 모르는구나! 포주는 여자들을 소유하는 사람이야. 섹스를 해주고서 받은 돈을 가져가. 알겠니?"

"아니, 모르겠어." 퍼트리스가 무미건조하게 말했다. 하지만 그녀는 이해했다. 잭이 그녀를 조금은 망가뜨렸을 것이다. 누군가 다른 사람과 함께하게 되었을 때, 그녀가 수치심을 가질 정도, 딱 그 정도로만. 그리고 나서 더 큰 수치심. 그녀가 수치심 속에서 길을 잃고, 자기 자신이 아니게 될 때까지.

"좋아." 불편해진 베티가 말했다. "내가 꾸며낸 얘기야."

"물론 그렇겠지." 퍼트리스가 말했다. 그리고 베티에게서 멀찍이 몸을 떨어뜨렸다. 불쾌해지고 싶지 않았다. 이제 이야기가 너무 멀리

갔다. 이 대화의 시작 지점으로 돌아가고 싶었다. 섹스를 시도해보고, 남자를 떼어내는 그 부분으로.

"후하도 거짓말한 거야? 그런 것들 다?"

"아니. 그건 꾸며낸 거 아니야."

"좋아." 퍼트리스가 말했다.

그녀는 자신의 메이플 롱존을 지나칠 정도로 자세히 들여다보았고, 다 먹지 못했다. 속에 담긴 크림이 접시 위로 흘러나왔다. 그녀는 그것을 냅킨으로 덮고 나서야 겨우 차를 마실 수 있었다.

# 이디스,
# 초능력의 개


**제2차 세계대전과** 한국전에 참전했던 은퇴한 육군 군의관 해리 로이는 동트고 한 시간쯤 지났을 때 고속도로 갓길에서 자고 있는 사람을 보고 브레이크를 밟았다. 그의 오래된 스튜드베이커가 쿨럭거리며 멈췄다. 잠든 사람은 얼어붙은 잡초 속, 낮은 배수로 끝자락에 있었다. 그는 움츠린 형체 쪽으로 되돌아 걸어가서 상체를 굽히고, 그 사람이 쓰고 있는 모직 소재의 선원 모자를 정돈해주었다. 부르튼 뺨과 여성스러운 날카로운 턱을 가진 인디언. 손을 잡았을 때, 그는 자신이 여자의 손을 잡고 있음을 확신했다. 여린 뼈 구조, 우둘투둘한 손톱, 조금 남아 있는 빨간색 광택제. 맥박은 약했고 매우 빨랐다. 그는 여자를 병원으로 데려갈지 생각해보았다. 그러나 그는 병원을 알아도 너무 잘 알았다. 그들은 그녀를 술 취한 사람으로 취급하고 몸이 데워지면 바로 길로 내보내버릴 것 같았다. 그는 그녀의 머리를 부드럽게 안고 무릎 아래로 팔을 넣어 그녀를 들어 올렸다. 그저 뼈만 있을 뿐 너무도 가벼웠다. 숨은 잘 쉬었고, 술 냄새는 나지 않았다. 그렇게 그녀를 들고 차로 가서 한쪽 팔로 안정적으로 잡고 뒷문을 열었다. 그녀의 몸을 굽혀 차 안에 태우려고 애썼다. 부드럽게만 해서는 되지가 않는 일이라 그녀를 잡아당기고 거칠게 밀어야 했다. 이제 그녀는 걱정스러울 정도로 축 늘어졌다. 그러나 맥박은 전보다 좀 더 안정적인 것 같았고, 숨도 여전히 잘 쉬고 있었다. 그는 그녀를 집으로 데려가기로 결정했다.

  해리는 평범하게 생긴 똑똑한 갈색 개 이디스와 함께 살았다. 사람 한 명에 개 한 마리가 살면 으레 그러하듯, 이디스는 초능력을 갖게 되었다. 차가 도착했을 때 이디스는 해리가 누군가를 길에서 데려왔다는 것을 직감했다. 이디스는 차고로 이어지는 길에서 기민하게 조용히 기다렸다. 그러곤 차가 서자 가까이 다가가 해리 옆에 섰다. 해리는 차량 뒷좌석 안쪽으로 몸을 기대 넣더니 다른 인간을 당겨 꺼냈다. 그녀를 팔에 안을 때 그는 조금 휘청거렸지만, 이내 자세를 잡은 후에 걷기 시작했다. 해리가 여자를 들고 있는 방식 때문에 이디스는 그녀를 보호할 준비를 했다. 이디스는 여자의 다리에 코를 대봤다. 여자는 기름을 써서 요리하는 남자의 옷을 입고서 스컹크 사체 근처, 눈과 박하 속에서 잠이 들었었고, 최근에 이 마을에 왔으며 그전까지는 물가에 나가 있었다. 그녀는 악한 데가 없었으나 절망 속에서 혼란스러워했고 어쩌면 영원히 자는 편을 택할 것도 같았다. 이디스는 그 모든 것을 받아들였다. 해리가 여자를 집 안으로 데리고 들어왔을 때 이디스도 뒤따랐다. 그리고 그가 소파—해리가 잠들면 이디스가 곧잘 차지하곤 하는—에 그녀를 눕힐 때 이디스는 귀를 쫑긋 세우고서 차렷 자세로 서 있었다. 기다랗고 부드러운 소파였고, 여자는 키가 작았다. 이디스는 소파를 그녀와 함께 쓰는 것에 개의치 않았다.

**눈을 뜨기** 전, 베라는 남자를 감지했다. 그녀는 눈을 계속 감고서, 가슴 밖으로 튀어나오려는 심장을 애써 지켰다. 음식 냄새가 났다. 냄새를 따라 머리가 돌아갔다.

"입을 벌려봐요."

남자의 목소리에 그녀는 불안해서 떨었다. 하지만 친절한 목소리였다.

"난 의무병 출신이에요. 수프를 좀 먹을 수 있겠어요?"

결코 눈을 떠선 안 됐지만, 입이 벌려지는 건 어찌할 도리가 없었다. 그녀의 입으로 부드러운 고기 조금, 당근, 양파, 보리가 가득 들어간 기적 같은 수프가 들어왔다. 남자는 그녀의 입술 사이로 물을 조금 흘려주었고 손에 빵도 쥐여 주었다. 베라는 계속 눈을 감은 채 천천히 빵을 먹었다. 점차 음식이 몸속으로 길을 찾아 들어가는 동안 그녀는 완전히 다른 세계에 있는 듯한 낯섦을 느꼈다. 마치 폭풍의 뱃속을 지나온 것처럼. 그녀의 내면은 저 깊숙한 곳까지 여전히 떨렸다. 음식을 먹고 나자 몸은 너무나도 간절히 잠을 원했고, 그래서 자고 또 잤다. 중간중간 깨더라도 눈은 계속 감고 있었다. 그곳에 무엇이 있는지 알고 싶지 않았다.

해리가 욕조에 물을 받았지만 그녀는 여전히 눈을 뜨지 않았다. 그래서 그가 그녀를 욕실로 이끌고 갔다.

"여기예요." 그녀가 들어설 때 그가 말했다. "이건 세면대고요." 그가 그녀의 손을 도자기 위에 올려주었다. "바로 옆에 이건 좌변기예요. 그리고 이쪽에 욕조가 있어요."

그가 그녀의 손가락 끝을 물속으로 낮추었다.

"잠금쇠는 여기 있어요." 그녀를 문 뒤로 데려가며 그가 말했다. 그는 그녀의 손을 작은 금속 볼트 위에 두었다.

그러고서 등 뒤로 문을 닫고 나갔다. 베라는 볼트를 밀어 잠근 다음, 손으로 더듬어 변기까지 갔다. 한참 소변을 보고서 옷을 벗은 뒤 더듬거리며 욕조로 향했다. 뜨거운 물속으로 서둘러 들어갔다. 그 감각의 아름다움이 너무도 강렬한 나머지 공포가 떨어져나갔다. 모종의 탄생 같은 느낌이었다. 그녀는 눈을 떴다. 습기 찬 창문을 통해 들어오는 햇살. 선반 위의 초록 식물. 흐릿하고 기분 좋은 가을 공기. 그녀는 새로 태어난 아기였다. 종이처럼 연약한 피부, 우유처럼 여린 팔, 형상을 생각으로 형성해나가는 뇌.

다음 날 아침, 그녀는 남자가 웃는 소리를 들었다. "이디스, 이 재주 좋은 녀석. 이분이 너한텐 발을 덥혀줄 수 있게 해주는구나."

**이디스는 완벽하리만치** 재주가 좋았다. 이디스는 여자를 따라다녔다. 여자 근처에 앉았다. 그리고 그녀의 냄새로부터 말로 표현할 수 없는 일들이 일어났음을, 또 일어날지도 모른다는 것을 알았다. 그녀가 그토록 두려워하는 것은 이디스와는 아무 관계가 없었지만 해리와는 모종의 관계가 있었다. 그녀는 그가 방으로 들어올 때마다 떨었고, 떨림을 감추려 애썼으며, 손을 이불 아래로 넣었다.

매번 상태가 안 좋았지만, 이전 상태와 크게 다르진 않았다. 초조함, 떨림, 눈가의 경련, 악몽, 소리 없이 갑작스레 차오르는 눈물, 공포를 숨기려는 시도. 해리는 그녀와 함께 방에 앉아 도서관에서 빌린 탐정소설들을 읽고 음악을 틀었다. 그녀는 어느 노래가 마음에 드는지 말하지 않을 것이다. 그는 카우보이 음악을 좋아했지만, 가사가 없는 음악만 트는 것이 좋을 것 같았다. 평온한 음악. 키티 웰스는 아니다. 행크도 아니고. 경쾌한 앤드루스 시스터스나 전쟁 때 들었던 다른 빅밴드 음악들도 전부 아니다. 마음을 평온하게 해주는 잔잔한 음악, 어머니가 듣던 오래된 레코드 몇 장이 있었다. 가끔씩 그녀의 눈이 뒤로 돌아가며, 마치 누군가를 거칠게 밀어내고 있는 것처럼 마구 움직이기도 했다. 그럴 때 그녀에게 손을 대는 것은 상황을 악화시켰다. 이디스조차 도움이 되지 못했다. 그는 그저 드뷔시를 틀어놓고 가만히 기다릴 뿐이었다.

# 헝그리맨

**간밤에 폭설이** 내려 모든 것을 덮었다. 밀리는 눈을 뜨는 순간 그것을 알아차렸다. 차가운 빛으로 채워진 실내 공기가 달랐다. 라디에이터 옆에 있는 침대를 벗어난다는 건 어려운 일이었다. 찻주전자 근처의 안락함이 그리울 것이다. 하지만 짐을 꾸려야 했다. 떠나야 했다. 그녀는 털 장식이 가장자리에 달린 방수 덧신을 신어야 했다. 두꺼운 소재의 지퍼형 덧신으로, 정말이지 매력이라곤 없었다. 또 묵직한 코트도 실망스러웠다. 예산에 맞춰 어머니가 알아봐준 갈색 누빔 선이 들어간 트위드 코트였다. 따뜻하긴 했지만 트위드에 빨간색 양모로 된 작은 점들이 불규칙하게 엮여 있어서 눈에 거슬렸다. 그녀는 엄격한 흑백의 선들로 이루어진 새로운 복장으로 이 모든 것들에 맞서야 했다.

밀리는 지난번에 그들이 체크라는 별명을 자신에게 지어줬던 것을 기억했다. 이번에는 줄무늬라고 부르려나?

어머니는 밀리에게 울내복을 한 벌 사주었다. 밀리는 자신이 그것을 입을 거라고는 생각지도 않았다. 그러나 나서기 직전에 결국 가방에 내복을 쑤셔 넣었다.

집 바깥은 빛이 강렬해 현실적으로 선글라스가 필요했다. 소리가 숨죽어 있었다. 처음에는 수 마일 이어지는 투명한 물 아래에 있는 것 같은 느낌이었다. 그러다가 눈 위에서 여행가방을 끌며 느릿느릿 걸어가는 것에 적응이 되었다. 첫눈, 비록 그것이 앞으로 내릴 더 많은 눈을 뜻한다 해도, 첫눈은 언제나 밀리를 설레게 했다. 버스 안은 따뜻하고 거의 텅 비어 있어 마음이 편안했다. 정거장에서 걸어가면서 그녀의 눈은 빛나는 세계에 적응했다. 기차역에 들어갈 때는 마치 초록색 휘장이 눈앞에 떨어지는 것 같았다. 앞이 안 보여서 회전문에서 빠져 나오자마자 멈춰서야 했다. 눈이 다 적응되기 전에 누군가 부딪혀왔다. 낯선 사람과 부딪히는 것은 언제나 너무 불쾌했다. 그녀는 역내에 적응하고 나서 어느 때보다도 주의를 기울여 기민하게 걸었다. 미리미리 사람들을 재빨리 피하면서 일정한 속도로 걸어가 매표창구에 다다랐다. 어쨌든, 표를 사는 것은 원활했다. 당시 그녀는 계단으로 플랫폼에 내려가는 것조차 싫어했는데, 기차에 타는 과정에서 누군가와 닿지 않기란 거의 불가능하다는 이유에서였다. 그녀는 여행가방을 꽉 붙들고 그 안에 들어 있는 것에 집중했다. 가방 안에는 얇은 종이로 된 논문 한 부가 들어 있었다. 나머지 다른 한 부는 지도교수가 가지고 있었다. 몇 년 동안 힘들게 연구해 논문을 썼는데, 미처 여태껏 행정실에서 복사할 시간을 못 냈다. 논문의 물성이 극히 취약해 긴장되었다. 아버지와는 이전처럼 럭비에서 만날 예정이었다. 누군가 논문의 중요성을 존중해준다면, 누군가 논문 보호를 도와준다면 한결 나을 것 같았다. 그래서 그녀는 아버지에게 토머스 와샤스크와 함께 와달라고 부탁했다.

**밀리는 기차를** 타고 가는 동안, 눈이 마치 소용돌이치는 거대한 망토처럼 따라왔다는 것을 알아채지 못했다. 평평한 레드리버밸리 근처에 다다랐을 때 바람이 불기 시작하더니, 파고를 통과하는 내내 계속 바람이 불었다. 바람의 힘은 점점 더 세져서 땅에 있던 눈을 날려 눈보라를 일으켰다. 기차는 눈보라를 쉽게 뚫고 지나갔지만, 이동하던 차량 대부분은 멈춰 섰다. 마침내 밀리는 목적지에 다다랐지만, 루이와 토머스가 나타날 때까지 기차역이 거의 텅텅 비도록 기다려야 했다. 아버지는 그녀를 보자마자 껴안았고, 그것이 그녀를 혼란스럽게 했다.

"오, 체크." 그가 말했다. "네가 여기까지 도와주러 오다니 너무 기쁘다!"

밀리는 토머스와 악수를 나누었고, 더 이상 불안하지 않았다. 두 남자는 오는 길에 몇 번씩 삽질을 해서 눈밭을 빠져나와야 했던 탓에 완전히 지쳐 있었다. 그날 밤에 떠나는 것은 불가능했다. 역장은 발이 묶인 다른 몇몇 여행자들과 함께 벤치에서 잘 수 있도록 허락해주었다. 밀리는 여행가방을 베개 삼아 편하게 누워보려 애썼다.

"불편해 보이는데." 아버지가 말했다. "내 외투를 베고 누워."

"여행가방에 있는 보고서를 잃어버리고 싶지 않아요." 밀리가 말했다. "누가 훔칠 수도 있고, 여하튼. 이거 한 부가 전부예요."

"자네 차에서 밧줄을 가지고 올 테니 나랑 밀리랑 여행가방을 묶는 게 어떻겠나?" 토머스가 말했다.

그렇지, 저분은 이 문서를 제대로 존중하고 있어. 밀리는 안도하며 생각했다.

토머스와 밀리는 여행가방을 사이에 두고 잠들었다. 가방의 튼튼한 손잡이를 두 번 휘감은 밧줄은 두 사람의 손목에 한쪽씩 단단히 묶여 있었다.

루이는 밧줄이 오히려 절도범을 유인할지도 모른다고 생각했다. 가방에 뭐든 값진 게 들어 있음을 알려줄지도 모른다는 것이었다. 하지만 쉴 곳을 찾는 주변 사람들 중에 조금이라도 도둑처럼 보이는 사람은 아무도 없었다.

**아침에 그들은** 창문에 '헝그리맨 특식'이라고 광고해놓은 식당에서 아침식사를 했다. 한 사람 앞에 특식 하나씩을 주문했는데, 밀리가 자기 것은 물론 다른 일행이 남긴 것까지 전부 먹었다. 우습게도, 그녀는 남자가 아니었으나 남자보다 더 배고팠던 것이다('배고프다'는 뜻의 '헝그리'와 '남자'라는 뜻의 '맨'을 활용한 말장난—옮긴이).

"가끔은 제가 남자였으면 해요." 밀리가 말했다. 두 사람 중 누구도 적절한 답변을 찾지 못한 종류의 말이었다.

"눈이 멈추다니 다행이지." 루이가 눈을 가늘게 뜨고 창밖을 보며 말했다.

"타이어체인을 사용할 일이 없었으면 좋겠는데 말이야." 토머스가 말했다.

"어쨌거나, 정리가 되고 있어."

"내가 아직도 타이어에 체인을 안 감았다니, 아무리 생각해도 한심해."

"아무래도 밀리한테 아침 메뉴를 하나 더 주문해주는 게 좋을 것 같아." 루이가 말했다. "도로에 해가 좀 비칠 때까지 기다리는 것도 나쁘지 않을 거야."

"커피를 좀 더 마실게요." 밀리가 말했다. "하지만 가는 길에 저 때문에 차를 세우셔야 할지도 몰라요. 차를 세우면 잽싸게 나무들 뒤로 뛰어갈게요."

루이가 깜빡했지만, 딸과의 대화는 늘 이런 불편한 말들에 방해받곤 했다. 두 남자는 모두 접시를 치우러 온 웨이트리스에게 딴청을 부렸다. 정말이지, 밀리에게 뭐라고 얘기하는 것이 좋을지 알 수 없었다.

"M 하나, E 하나, L 둘, I 둘." 밀리가 갑자기 말했다. "그게 바로 저예요." 그녀는 미소를 지어 보인 후에 덧붙였다. "여기서 기다리는 동안, 제 연구 결과에 대해 이야기를 나눠보죠."

## 좋은 소식
## 나쁜 소식



**토머스는 자세히** 기술된 보고서에 관해 오랫동안 깊이 생각했다.

**좋은 소식은** 우리가 정부에게 현 상황의 유지를, 아니 심지어 개선을 요구할 만큼 충분히 가난하다는 것이다.

나쁜 소식은 우리가 눈에 뻔히 보이도록 가난하다는 것이다.

좋은 소식은 카운티, 주, 인디언보호구역 외부 마을에 사는 이웃들 자신이 우리를 책임지게 되는 것을 꺼린다는 것이다.

나쁜 소식은 그저 우리가 가난하기 때문에 꺼린다는 것이 아니라는 점이다. 그들은 우리를 좋아하지 않는다.

좋은 소식은 우리가 지붕의 보호를 받는다는 것이다.

나쁜 소식은 그중 97퍼센트가 타르 종이로 만들어졌다는 것이다.

좋은 소식은 우리에게 학교가 있다는 것이다.

나쁜 소식은 우리 중 너무도 많은 이들이 문맹이라는 것이다.

좋은 소식은 최근에 우리를 내려친 재앙, 결핵을 고칠 치료제가 발견됐다는 것이다.

나쁜 소식은 너무나 많은 부모들이 죽어 그 자식들이 기숙학교에서 자랐다는 것이다.

좋은 소식은 우리에게 이 보고서가 있다는 것이다.

나쁜 소식 역시 이 보고서다.

## 눈 너머로 날아

**퍼트리스는 작고** 부드러운 솔로 작업대의 먼지를 천천히 털었다. 눈이 내려 겹겹이 두껍게 쌓였다. 이제 봄이 오기 전까지는 베티 파이가 준 정보의 가능성을 시험해볼 기회가 없을 것이다. 그녀는 시험 상대로 우드 마운틴을 정했는데, 그 까닭은 만약 일이 잘 안 풀렸을 경우 그가 반스보다 덜 "달라붙을" 것 같아서였다. 그녀는 옷감 주름을 엉클어뜨리며 바지나 코트 아래를 온 힘을 다해 압박하는 작은 진동들에 대해 생각했다. 달라붙는다. 우드 마운틴은 구애자가 많은 것 같았다. 심지어 그 자신이 다른 사람에게 관심을 두고 있을지도 몰랐다. 이런 것들이 달라붙을 가능성을 줄여주었다. 더구나 예상 밖의 무언가가 잘못된다면, 그에게 아기를 주고 기르게 할 수도 있었다. 아니, 이건 정신 나간 생각이야! 그녀는 그런 여성에 대해 단 한 번도 들은 적이 없었다. 하지만 그가 아기와 얼마나 잘 지내는지 보라. 섹스를 해볼 만한 장소로 그녀가 생각할 수 있는 곳은 야외 숲속뿐이었는데, 이제 눈이 두껍게 쌓였으니 거기도 적당하지 않았다. 그녀가 어떻게든 가능하게 만들지 않는 이상. 그녀는 장비를 조정하고 섬세한 작업을 시작했다. 어제 베티 파이가 확대경에 대고 재채기를 크게 하는 바람에, 볼드 씨는 특수 세척액을 뿌리고 부드러운 헝겊으로 윤이 나게 베티의 확대경을 닦아야만 했다. 감기가 심한 베티는 오늘 공장에 오지 않았고, 그래서 집중에 방해가 되는 것도 없었다. 어찌나 밸런타인이 그리운지. 휴게시간이 그리운지. 또한 빛도 그리웠다. 한 해의 이맘때쯤이면 너무 일찍 어둠이 내려앉았다.

* * *

**그녀가 밖으로** 나왔을 때 도리스와 밸런타인은 이미 차 안에 있었다.
"미안." 뒷좌석에 타면서 그녀가 말했다.
"우리 너 두고 갈 뻔했어." 밸런타인이 말했다. "도리스가 출발을 못 해서 얼마나 근질거렸는데."
"아니야, 안 그랬어." 도리스가 말했다. "어쨌거나 예열해야 하니까. 밸런타인, 넌 늘 과장을 해."
"아닌데!"
퍼트리스는 뒤로 기댔다. 따뜻한 기운이 아주 천천히 발을 감싸는 것을 느낄 수 있었다. 이미 발이 얇은 부츠 안에서 감각을 잃어가고 있던 터였다. 더 두꺼운 양말이 필요했다. 또한 코트 안에 입을 스웨터도. 그녀가 운 좋게 찾은 파란색 코트는 10월을 견뎌내기에만 좋았다. 그녀는 반스 덕분에 포키가 얼마나 따뜻하게 입고 다니는지 떠올렸고, 비록 눈 때문에 무의미한 선택이 되긴 했지만, 반스가 아닌 우드 마운틴을 택한 것에 대해 다시 한 번 죄책감을 느꼈다. 적어도 도로만큼은 충분히 깨끗해서 운전이 불가능하지 않았다. 앞에서는 언쟁이 놀림과 웃음으로 바뀌고 있었고, 그래서 퍼트리스는 혼자만의 생각이 자유롭게 떠가게 두었다. 만일 저기가 없을 때 우드 마운틴의 집에 방문하면 어떨까? 혹은, 만일 두 사람이 저기의 차를 빌린다면? 만일… 오 만일… 언덕 위에 있는 버려진 오두막, 베라가 언젠가 자기 집이 그곳에서 시작될 거라고 생각하며 손보곤 했던 그 오래된 오두막까지 두 사람이 올라가면 어떨까? 아니다. 터무니없다. 오두막 안은 딱 바깥만큼이나 춥고, 아마도 나뭇가지들이 벽을 뚫고 자랐을 것이다. 하지만 녹슬고 작은 철제 난로가 있지 않았던가. 또한 담요도 가져갈 수 있다. 하지만 그렇게 되면 그녀가 모든 일을 계획했다는 것이 탄로 날 테지. 머리가 어지러웠다. 그녀는 눈을 감았다. 땀과 열기로 반짝이는 우드 마운틴의 단단한 벗은 가슴. 그가 아기를 사랑스러워하며 처음 얼굴에 띠던 표정, 그 애정 어린 표정이 그녀를 향했다. 아니, 그런 것을 원치 않는다. 우드 마운틴은 개인적인 실험일 뿐이다. 그녀는 예쁨을 받거나, 사랑을 받거나, 혹은 그를 반스처럼 달라붙게 하려는 것이 아니었다. 오로지 시험 삼아 계획을 짜고 있는 것이었다. 그런데 어쨌거나 우드 마운틴도 조금은 달라붙는 사람이 아니었나? 아이를 보러 오면서?

아니, 그는 달라붙는 사람이 아니었다. 심지어 더 이상 그녀를 결코 쳐다보지도 않았다. 이제 이렇게 눈이 내렸으니 그는 그링고를 타고 달리지도 않을 것이다. 그 말은 너무 값어치가 커서 추운 곳에 오래 둘 수 없었다. 그녀는 그를 볼 일이 없을 것이다. 사실상, 전혀. 실망의 깜빡임. 그리고 다시 오랜 오두막, 혹은 저기의 차 생각. 버니 블루가 샀다는 그 예쁜 차. 버니가 번 돈으로 샀단 말이지? 어떻게 벌었는지는 모르겠지만. 생각의 방향이 바뀌었다.

버니는 그 돈을 어떻게 벌었을까? 나쁜 방법으로, 뻔하지. 함께 살고 있는 수상쩍고 폭력적인 남자가 아마도 돈을 주겠지. 무슨 이유에서인지는 모르겠지만. 아마도 사랑. 하지만 그런 부류의 남자가 그렇게나 많은 돈을 사랑 때문에 여자에게 주던가? 퍼트리스는 전혀 알 수 없었다. 그녀가 수중쇼걸로 일해 큰돈을 번 것처럼, 아마 버니도 뭔가 그런 다른 일을 했을 것이다. 퍼트리스는 예전에는 황소처럼 옷을 입고 수조에서 헤엄치는 것이 직업이란 것을 몰랐다. 그렇듯 그녀가 몰랐던 심지어 섹스 같은 것도 직업이었다. 그녀는 계속 생각했다. 어쩌면 잭이 했던 마약 같은 것도 술처럼 필시 누군가에겐 돈을 쓸 가치가 있을지도 몰라. 그녀의 생각이 갑자기 방향을 틀었다. 어쩌면 문에 판자를 붙여놓았던 그 집의 목줄과 쇠사슬과 위협이 버니와 관계가 있는 것은 아닐까? 어쩌면 베라가 간 곳과 버니, 그리고 차를 산 돈이 다 관계 있을지도 모른다. 베티 파이가 퍼트리스에게 말해주려고 했던 것들이 사실이며, 그것이 베라가 간 곳과 관계 있을 수도 있다. 우드 마운틴이 기차에서 말해주려 했던 것, 그리고 상상도 못 할 엄청 커다란 배에 관한 얘기들 역시 마찬가지일지도.

그녀는 깨달았다. 이러한 가능성들에 대해 다른 사람들은 이미 알고 있고, 예전부터 줄곧 알고 있었음을. 퍼트리스가 되도록 생각하지 않으려고 했던 것들이었다. 그러나 이제 그것들이 그 무게 그대로 덮쳐왔고, 그녀는 뒷좌석에서 날카로운 비명 소리를 냈다. 밸런타인이 돌아볼 것이라 생각했지만, 아니었다. 그녀는 혼수용 궤에 씌울 덮개에 레이스 장식을 만들고 자수를 놓는 일이 너무나 지루하고 짜증 나서 더 이상 못하겠다며 열정적인 대화에 몰두해 있었다. 수녀님이 자수를 가르쳐주었지. 하지만 더 이상은 안 돼! 안 할 거야! 무슨 이유에서든 안 해. 혼수용 궤에 대해서도 마찬가지야. 난 혼수용 궤 없이 결혼할래. 도리스가 격정적으로 동의했다. 밸런타인은 고개를 휙 쳐들고는 화가 난 얼굴로 창문 밖을 내다보았다. 그리고 침묵. 밸런타인의 얼굴이 차창에 비쳤고, 그녀의 눈이 슬픔으로 반짝이며 좌우로 흔들리는 것을 퍼트리스는 뒷좌석에서 보았다. 밸런타인은 단 한 번도 혼수용 궤 때문에 자수를 놓아본 일이 없었다. 다만 기숙학교에 다니던 시절, 몇 년 동안 수녀들을 위해 자수를 놓았던 적이 있었다. 어린 그녀는 손가락을 찔려가며 디자인에 맞게 자수를 놓으려 애썼다. 그 시기에 그녀의 어머니는 결핵으로 거의 죽을 뻔했고, 밸런타인은 외로움으로 거의 죽을 뻔했다.

~

**퍼트리스는 기다란** 속옷과 솜을 넣은 멜빵바지를 입고, 울양말 두 겹과 아버지의 덧신을 신었다. 그리고 문쪽 벽 못에 걸려 있는 철사 한 사리를 챙겼다. 쉬는 날이었지만 그녀는 시내까지 걸어가거나 차를 얻어 타지 않을 작정이었다. 바람 없는 밤사이 더 많은 눈이 내려, 이제 눈은 나뭇가지 하나하나, 잔가지 하나하나의 윤곽을 그리며 나무에 내려앉아 있었다. 마법 같은 고요함이 있었다. 퍼트리스는 토끼덫 사냥 때문에 이런 날을 좋아했다.

자낫은 딸을 위해 구부러진 구주물푸레나무와 힘줄로 눈신발 한 켤레를 만들어주었다. 퍼트리스는 눈신발을 신고서 어디든 갈 수 있었고, 순백의 추위 속에서 마치 눈처럼 오래도록 서 있었다. 그녀는 언 습지를 따라 내려가면서, 토끼가 다니는 길에 갈대를 묶어 덫을 고정했다. 허리 주위에는 커다란 헝겊가방을 둘러메고 다녔는데, 습지를 건널 때 솜털이 솟은 부들개지를 목질 줄기에서 잡아당겨 떼어내 그 가방에 채워 넣었다. 그녀는 베라의 오두막까지 이어지는 덤불 안에 덫을 설치했다. 축축한 곳에 자낫이 심어놓은 삼나무들은 추위 속에서 거의 검은색이 되어 잠들어 있었다. 연중 이맘때쯤 그것들을 약으로 만들면 부드러웠다. 마침내 그녀는 라즈베리 덤불과 자작나무를 뚫고 오두막이 서 있는 빈터까지 산을 올랐다. 그곳에 기둥과 진흙으로 된, 눈 쌓인 자그마한 상자가 있었다. 문과 좁은 창문들이 여전히 있었고, 유리창은 기적적이게도 여태 온전했다. 지붕을 뚫고 포플러나무 몇 그루가 자라고 있는 것이 눈에 띄었다―정말이었다. 나무들 위에는 눈이 무겁게 쌓여 있어 아름다운 분위기를 한층 더했다. 매우 조용한 곳이었다. 너무도 사랑스러운 장소. 오, 베라. 내 호기심이 아무리 컸다 해도, 어떻게 어리숙한 사랑 때문에 우드 마운틴을 이곳에 데리고 올라올 생각을 했을까?

나는 그저 궁금한 걸까, 아니면 베티 같은 걸까? 설령 베티 같은 것이라 해도 문제 될 게 있나? 나는 한 치도 더 나을 것 없어. 퍼트리스는 생각했다. 뚝뚝 떨어지는 황홀하고 굶주린 감각이 갑작스레 그녀에게 찾아왔다. 아니, 나는 다른 어느 여자보다 나을 것 없지. 그러나 그런 생각은 그녀의 열망을 도와주지 않았고, 단지 수치심에 혼란스러울 뿐이었다. 퍼트리스는 생각을 돌렸다. 오두막 안에 불을 피운다 해도 얼마나 춥고 어두울까. 아마도 스컹크가 살고 있을 거야. 퍼트리스는 돌아서서, 올라올 때와는 다른 길로 내려갔다. 천천히 하강하는 남은 눈들이 덫 주변에 있는 그녀의 냄새를 덮어주길 바랐다. 그녀는 집으로 돌아가는 더 어려운 길을 택해, 눈이 켜켜이 쌓여 발을 내딛기조차 불확실한 산골짜기 옆을 걸었다. 집까지 반쯤 남았을 때였다. 눈 덮인 곳 위에 발을 디뎠는데, 하필 나뭇잎들이 수북이 쌓인 움푹한 곳이라 아래로 무너져 내렸다.

  너무나 갑작스럽게 벌어진 일이라 그녀는 넘어지고도 한동안 어리둥절해했다. 그러면서도 편안하게 나뭇잎들 위에 앉아 있었다. 움직이고픈 마음이 전혀 없었다. 그녀는 눈신발을 벗었다. 저 위, 산골짜기 꼭대기에서 작은 새들이 속삭이는 소리가 들렸다. 무리 지어 날아다니며 먹이를 찾기 위해 눈을 긁어대는 둥그런 모양의 회색 새들이었다. 그녀가 떨어지며 날린 눈은 새들을 아주 잠깐 불안하게 했을 뿐이었다. 그녀는 고개를 뒤로 돌렸다. 나뭇잎으로 꽉 막힌 뿌리들 사이의 좁은 구멍, 그리고 그 뒤로는 깊고 친밀한 어둠이었다. 나뭇잎 더미가, 헐벗고 마른 뿌리의 곡선이 편안해 보였다. 여기가 사랑의 둥지가 될 수 있어. 그녀는 생각했다. 만일 그가 여길 좋아한다면, 나도 그를 좋아할지도 몰라.

  하지만, 뭐랄까, 산골짜기의 경사지, 나뭇잎 동굴, 이곳은 살아 있는 것처럼 보였다. 그렇게 느껴졌다. 이곳의 입구에서 그녀는 결코 착각할 수 없는 곰의 공기를 감지했다. 그것은 빽빽한 참나무 잎 아래에서부터 천천히 올라오는 은은한 종류의 냄새였다. 두려워해야 한다고 생각했지만, 두렵지 않았다. 그녀는 곰이 깊이 잠들어 있다는 것을 알았다. 소총을 들고 오지 않은 것이 이제 와서 유감스러웠다. 가족이 소유한 오래된 엇나가는 총으로 곰을 죽이는 것이 정말 최선이자 유일한 방법이었다. 하지만 총을 가져왔다면 어깨에 헐겁게 매달려 있는 소총과 함께 넘어졌을 터였다. 눈신발을 신고서도 다치지 않고 착지할 수 있었던 건, 그만큼 운이 좋았다는 뜻이다. 퍼트리스는 편하게 자리 잡으려고 이리저리 움직여봤다. 바깥에는 눈이 한 송이 한 송이씩 공중에 켜켜이 내리고 있었다. 눈이 활공하며 내려오는 것을 보면서 퍼트리스는 최면에 걸린 듯 멍해졌고, 이제는 곰의 폐가 천천히 부풀어 올랐다가 공기를 내뿜는 것마저 느낄 수 있었으며, 그래서 훨씬 더 졸렸다. 어쩌면 곰의 육중하고도 느린 숨의 들썩거림에 나뭇잎들이 따뜻해졌는지도 모른다. 퍼트리스는 공처럼 몸을 웅크리고 나서 눈을 감았다. 어쨌거나 주말 낮잠 시간이었고, 또 현대의 직장 여성이 살아 있는 곰과 함께 잠을 자는 것이 얼마나 자주 있는 일이겠는가.

**그녀는 무언가** 좋은 일이 일어난 것 같은, 그리고 일어날 것 같은 간질거리는 느낌과 함께 나뭇잎 동굴에서 깨어났다. 그러고서 자신이 곰과 불과 얼마 떨어지지 않은 곳에서 잠이 들었음을 기억해냈다. 그녀는 다시 눈신발을 신고 조용히 떠났는데, 처음에는 걷다가 나중에는 골짜기 아래에 닿을 때까지 뛰었다. 눈신발로 눈을 치울 수 있게 무릎 높이로 다리를 들어 올리며 가볍게 천천히 뛰었다. 목구멍을 가득 채우는 차가운 공기가 힘의 원천이었다. 잠 또한 그녀를 가볍고도 힘차게 만들어주는 연료였다. 그녀는 스스로 생각했던 것보다 훨씬 더 강했다. 그리고 두려움이 없었다. 비탈길을 내려가는 동안 그녀는 거의 날 듯이 눈을 무질렀다.

"**네 아버지**, 가까이에 있어." 퍼트리스가 문으로 들어섰을 때 자낫이 말했다.
 "어떻게 알아요?"
 "아침에 흔적을 발견했어. 저기 밖에서 그 사람 냄새가 나더구나. 징조지."

"그리고 아버지의 행운이 다 떨어질 때가 됐군요."

일정한 기간이 있었다. 두세 달 정도 떠돌아다니고 나면, 퍼랜토는 대개 고래고래 악을 쓰고 비틀거리면서 마당으로 돌진해 들어왔다.

"내가 밤에 경비를 설게요." 그렇게 말하고서 퍼트리스는 도끼를 가지러 밖으로 나갔다.

밤은 맑았지만 바람이 바뀌어 있었다.

퍼트리스는 도끼를 집 안으로 가지고 들어와서 탁자 위에 놓았다. 등유를 사두었기 때문에 밤새 등을 밝힐 수 있었다. 그녀는 책과 종이, 연필을 챙겼다. 포키는 매트리스 위에 웅크리고 있었다. 자낫은 아기와 함께 잠자리에 들었다.

**밤이 반쯤** 지났을 때, 퍼트리스는 그녀가 나뭇잎 동굴에서 깨어난 이후로 단 한 번도 우드 마운틴에 대해 생각하지 않았음을 깨달았다. 어쩌면 심지어 흥미조차 잃었는지 모른다. 그런 생각과 계획들에 쏟았던 밀도 높은 집중력이 먼일처럼 보였다. 그녀가 곰과 함께 잠을 잔 사람일진대, 어찌 남자를 알아보는 데 시간을 허비한단 말인가. 그날 오후에 낮잠을 자서 지금은 정신이 완전히 또렷했다. 그 몇 분 동안 자면서 얻었던 힘을 그녀는 고스란히 간직해두었다. 더욱 원대한 생각이 몰려왔다. 뭐든 불가능할 이유가 무엇이랴.

밤의 가장 깊은 시간, 퍼트리스는 난로에 장작을 채우고 집 안으로 파고드는 추위에 맞서 부츠와 코트를 착용했다. 나무가 뜨겁게 불타오르며 타닥타닥 소리를 냈다. 그렇게 쪼개진 장작들이 석탄 속으로 떨어졌다. 모든 것은 마지막에 다다랐다. 그녀는 열심히 귀를 기울였다. 정적, 정적, 정적. 그러나 밤의 고요한 숨결을 느낄 수 있었다. 그녀는 어머니의 손모아장갑을 끼고 도끼를 챙겨 문밖으로 나갔다. 밖에는 둥둥 울리는 침묵이 있었다. 까만 하늘은 의미 너머의 시였다.

　이 세상은 마지막이 아니네.
　저 너머에도 종족들이 서 있다네-
　마치 음악처럼, 눈에 보이지는 않지만-
　하지만 마치 소리처럼, 확실하다네.*

---

\* 에밀리 디킨슨의 시 〈This World is not Conclusion〉의 한 대목.(옮긴이)

# 덫

"**도리스와 밸런타인이** 내가 여기 나와서 덫을 놓고 있는 걸 보고 싶어 하지 않을까?" 다음 날 퍼트리스가 남동생에게 말했다. "거기, 토끼가 뛰어올랐던 곳 보이지? 거기 바로 위에 설치해."

"나도 알아! 가르치려고 하지 좀 마!"

포키는 철사를 올가미 모양으로 말아서, 낮게 걸려 있는 가지에 고정했다.

"내 친구들은 전부 다 토끼도 잡고 사냥도 해." 그가 말했다. "누나 친구들은 쓸모가 없어."

"걔네들에겐 직장이 있단다. 그리고 가정주부 클럽 일원이지. 바느질도 하고, 정원도 가꾸고, 닭도 길러."

"우리 집에도 닭이 있었으면 좋겠어." 포키가 말했다. "내가 작은 헛간에다가 넣어둘 수 있는데."

"꽁꽁 얼어버릴 것 같은데."

"어쩌면 이제 끝내야 하지 않을까, 픽시?"

그녀는 포키한테만 유일하게 픽시라고 부를 수 있게 해주었다.

"뭘 끝내?"

"알잖아."

현재 퍼트리스는 생각들이 엉망진창 되기 전의 그 퍼트리스였다. 곰과 잠을 자기 전의 자신보다 지금의 자신이 더 우위에 있다고 느꼈다. 그녀는 미소를 지으며 포키의 말을 받았다.

"건초더미를 말하는 것 같다?"

"나한테 잘해줘. 하지만 나는 이유를 알지. 그 사람은 아니야."

"그럼, 우드 마운틴?"

"절반은 나쁘지 않을걸."

"50퍼센트 이상 나쁘지 않다라." 퍼트리스가 가볍게 포키의 어깨를 쳤다. "나는 90퍼센트 이상 좋은 사람이었으면 좋겠는데."

포키가 손바닥으로 그녀를 쳤다. "우드 마운틴이 누나보고 똑똑한 사람이라고 하더라."

"그렇게 말해?"

"어쩌면 자기에겐 과분할 정도로 똑똑한 사람일지도 모르겠다고 하던데."

"어쩌면 그 말이 맞겠네."

포키는 의심스럽다는 표정을 짓더니 이내 울적해했다.

"게고 바바멘단겐, 니시멘, 걱정하지 마. 내가 어제 위쪽 오래된 집에 덫을 놓았으니까 확인해보자."

퍼트리스는 어머니에게 곰에 관해 이야기했는데, 치페와어로 말한 까닭에 포키는 잘 이해할 수 없었다. 그녀는 자기 딴에 최대한 복잡한 단어들을 사용하기도 했다. 그래야 그녀가 무슨 말을 하는지 동생이 알아내지 못할 테고, 직접 곰을 쏴서 죽이겠다는 생각도 하지 않을 터였다. 자낫은 반짝이는 눈으로 퍼트리스의 말을 들었다.

자낫의 심장 위에서는 아기가 자고 있었다.

베라의 오두막으로 가는 길, 두 사람은 퍼트리스가 덫을 설치한 길을 따라 토끼를 주의 깊게 찾으며 언 습지를 가로질러 걸었다. 그들은 딱딱하게 얼어붙은 커다란 흰색 눈덧신토끼 한 마리와 그보다 작은 솜꼬리토끼 한 마리를 찾았다. 덤불 속을 헤치며 언덕을 올라갔고, 그렇게 오두막의 존재 안으로 발을 들였다. 이곳의 방해받지 않은 평온함이 퍼트리스를 너무도 외롭게 만든 탓에, 포키가 내부를 구경하고 싶다고 말했을 때 그녀는 안 된다고 대답했다.

"이건 베라 거잖아." 그녀가 말했다.

"그럼 창문으로만 잠깐 볼게."

"안 돼." 그녀가 말했지만, 포키는 어쨌든 오두막까지 걸어갔다.

그는 손을 동그랗게 말아 쥐고 눈에 갖다 댄 다음 창문가에 섰다.

"저기 안에 누가 자고 있어." 그가 말했다. "난로 옆에 웅크리고서."

"돌아와." 퍼트리스가 말했다.

그녀는 오두막 안에 누가 있든, 단순히 잠을 자는 게 아니라는 것을 직감했다. 어제까지만 해도 아무런 흔적이 없었다. 오두막에 이르는 유일한 흔적은 오늘 포키가 남긴 흔적뿐이었다. 돌아온 포키의 얼굴로 보건대 그도 이 사실을 알고 있음을 그녀는 눈치챘다.

"집에 가자. 엄마한테는 말하지 말고."

"말 안 하는 게 나을 것 같긴 해." 포키가 말했다. "그런데 어떻게 하려고?"

"시내로 갈 거야. 모지스 몬트로즈를 찾아야지. 아니면 토머스 삼촌이나. 어쨌든 엄마한테는 아직 말하지 마."

"그럴게. 누구일지 무서워."

"나도 그래. 남자인지 여자인지 알겠어?"

"담요에 싸여 있었어."

"아마도 토머스 삼촌을 모셔 와야 할 것 같다." 퍼트리스가 말했다.

**토머스, 퍼트리스,** 우드 마운틴이 오두막까지 가는 동안 추위가 꽉 조여와 화끈할 정도였다. 우드 마운틴은 자낫과 퍼트리스가 눈 위로 사냥감을 끌고 올 때나 포키가 언덕을 타고 내려올 때 쓰는 터보건을 몰았다. 포키도 오고 싶어 했지만 어머니와 함께 있게 했다. 어머니는 아기를 어르며 난롯가에 멍하니 앉아 있었다. 자낫은 이제야 언덕 위의 집에 무엇이 있었는지 이야기를 들은 참이었다. 그녀는 마치 강한 바람에 맞은 듯 균형을 잃고 탁자 위로 스러졌다.

그들은 오두막 문을 열 수 있을 만큼 충분히 눈을 치우고 나서 안으로 들어갔다. 퍼트리스는 토머스가 담요를 옆으로 거두기 전에, 심지어 아주 잠깐 얼굴 부분을 들추기도 전에, 그 사람이 누구인지 알아차렸다. 그녀는 그 신발을 알고 있었다. 판지가 보이는 구멍 뚫린 얇은 신발. 아버지의 신발이었다. 그리고 술병들. 여섯 병, 혹은 그 이상의 빈 파인트들. 아마도 고통 없는 죽음이었으리라.

두 남자는 뒤로 물러나면서 턱 아래에 묶인 두꺼운 귀달이 울모자로 손을 올렸다.

"모자 안 벗으셔도 돼요." 퍼트리스가 분노에 차서 말했다. "그냥 빨리 데리고 내려가죠."

남자들이 그를 실었고, 퍼트리스는 앞장서 걸었다. 아버지가 돌아와 죽을 장소로 베라의 집을 택했다는 사실에 너무나 화가 난 그녀는 터벅터벅 걸어가는 동안 무척 흥분했다. 이제 베라의 장소, 그곳의 벽들은 죽음으로 얼룩져버렸다. 퍼트리스의 두 눈이 자꾸 젖었다. 눈물이 아니었다. 그녀는 울지 않았다. 눈이 젖은 것은 추위 때문이었다. 그리고 죽은 이가 베라일 수도 있었다는 공포 때문이기도 했다. 퍼트리스가 아버지를 떠올릴 때 유일하게 생각나는 것은, 그가 집에 취한 채로 들어와 가족들 전부를 그의 추함으로 끌고 들어간 시간들이었다. 그가 포키를 벽으로 날려버렸을 때가 그랬다. 다른 순간들도 있었음을 그녀는 알았으나 기억나지 않았다. 후련하다, 라는 생각이 들었다. 아무도 말을 하지 않았다. 다들 눈신발을 신고 있었고 어두워지기 전에 내려왔다. 포키가 집에서 나왔다. 죽은 이가 누구였는지 알게 되었을 때 포키의 얼굴은 변하지 않았다. 그는 아버지를 의지간 안에 놓는 일을 도왔다. 퍼트리스는 집 안으로 들어갔고 남자들은 바깥에 머물렀다. 퍼트리스가 어머니에게 죽은 이가 누구였는지 말하자 어머니는 고개를 돌렸다. 자신의 얼굴에 드리운 안도감을 딸이 보지 않기를 바라는 것임을 퍼트리스는 알았다.

**감정을 실어** 장작을 패는 사람은 이제 포키였다. 어쩌면 그는 아버지를 사랑했는지도 모른다. 혹은 어쩌면 아버지를 사랑해야 한다고 생각했는지도. 남자들은 떠나기 전에 숲에서 넘어진 나무를 끌고 와서 난로 길이로 톱질을 했다. 포키와 다른 사람들이 퍼랜토를 위해 불이 꺼지지 않도록 지킬 터였다. 그들은 그가 죽은 지 얼마나 되었는지 짐작할 수 없었다. 그러나 그의 영혼은 아직도 배회하고 있을 거라고 자낫이 말했다. 그를 길 위로 보내주어야 했다. 자낫은 그를 집 뒤에 있는 작은 빈 터에 묻고 싶어 했다. 내가 감시할 수 있는 곳이잖아, 그녀가 말했다. 우드 마운틴은 그날 밤에 우마차 한 대 분량의 나무를 끌고 왔다. 그러고는 그를 묻을 땅에 불을 여럿 피웠다. 무덤을 파려면 땅을 부드럽게 해야 했다. 우드 마운틴은 아이스픽과 삽을 가져왔고, 솥에 저기가 만든 불레트 수프를 담아 가지고 왔다. 밀가루로 걸쭉하게 만든 국물에 후추를 치고 큼직한 미트볼, 부드러운 감자, 당근을 넣은 수프였다.

**그날 밤**, 퍼트리스는 어떤 소리에 잠에서 깼다. 소리는 낮게 시작하더니 높은음의 비명이 될 때까지 세졌다. 오두막 안으로부터, 어머니가 잠들어 있는 곳으로부터 나는 소리였다. 아니면 벽 뒤, 아버지가 얼어붙은 채로 놓여 있는 곳에서 나는 소리일까? 퍼트리스는 완전히 잠에 빠져들었다. 어느 순간 그녀는 포키가 침대로 올라와 등을 맞대고 웅크리고 있음을 깨달았다.

**다음 날에는** 일하러 가기가 힘들었다. 집을 나서면서 퍼트리스는 의지간을 힐끗 보았다. 아버지의 시체가 담요에 싸인 채 여전히 그곳에, 술이 깰 때까지 누워 있곤 했던 간이침대 위에 놓여 있었다. 슬퍼해야 한다고 생각했지만, 슬프지 않았다. 그가 삶으로 돌아오지 않은 것이 그저 기뻤다. 그리고 그것이 그녀를 슬프게 했다. 슬퍼지지 않는 것이란 얼마나 슬픈지.

차가 섰을 때 퍼트리스는 뒷좌석 창문으로 밖을 노려보고 있는 밸런타인을 보았다. 그녀는 뒷문을 열었다.

"넌 왜 거기 뒤에 앉아 있어?"

"도리스가 그렇게 하래."

밸런타인은 팔짱을 끼고서 바로 앞만 쏘아보았다.

"앞에 타." 퍼트리스가 말했다.

"싫어." 밸런타인이 말했다. "나는 그냥 도리스가 하라는 대로 하고 있을 뿐이야."

도리스는 아무 일도 일어나지 않은 척하고 있었다. 그녀는 입을 꾹 다물고 있을 것이다. 퍼트리스는 그들이 무얼 가지고 말싸움을 했든 어리석다고 생각했다. 하지만 얼마 전 밸런타인이 앞좌석에서 창밖을 쳐다볼 때 그녀의 눈에 서렸던 슬픔이 기억나서 이렇게 말했다. "그럼 제발. 제발 앞에 타. 말싸움의 이유가 뭐든 간에 그럴 가치가 없어. 너희 둘은 가장 친한 친구잖아."

"네가 나랑 가장 친한 친구지." 밸런타인이 낮지만, 여전히 도리스가 들을 수 있을 만큼은 큰 목소리로 말했다.

"우리 셋이 친한 친구들이지." 퍼트리스가 말했다. "그리고 우리가 이렇게 친하게 지내는 동안 베티도 끼워줘야 한다고 생각해. 이제 그만하고 앞에 타. 우리 늦겠다."

"그래." 도리스가 말했다. "늦겠다. 앞으로 와."

"미안하다고 말해!" 밸런타인이 소리를 질렀다.

"화 나려고 하네." 퍼트리스는 말하면서도 스스로가 놀라웠다. 그녀의 목소리에 깃든 높은 권위. "밸런타인. 앞에 타."

밸런타인이 차에서 내린 뒤, 마치 상처 입은 새처럼 굴며 앞좌석에 앉았다. 그녀는 고급스러운 깃이 달린 얇은 갈색 코트를 입고 있었다. 매우 잘 어울렸다. 뒷좌석에서 퍼트리스는 눈을 감았다. 언젠가 그녀도 자신의 차를 갖게 되리라. 그리고 밸런타인의 코트 같은 것도 입게 되리라. 이제 무슨 일이든 일어날 수 있다. 그녀는 나뭇잎 속에서 깨어났을 당시를 떠올렸다―무언가 좋은 일이 곧 생길 것 같았던 간지러운 느낌. 그것은 아버지에 관한 것이었을까? 아버지의 죽음을 발견한 것이 이미 벌어진 좋은 일인가?

*퍼트리스, 넌 매정해.* 너무도 딱했다. 아버지는 너무도 딱했다. 하지만 그녀는 왜 그런 감정을 더 이상 느끼지 못할까? 아버지는 아마도 그녀가 나뭇잎 동굴에서 자는 동안 죽었을 것이다. 이상스러웠던 그날의 낙관적인 마음이 다시 찾아왔다. 그녀는 골짜기 바닥을 따라 성큼성큼 뛰고 있는 자신을 보았다. 그녀는 자신이 짐을 지고 있다는 것을 몰랐다. 그런데 이제 짐이 없어졌다. 아버지의 폭력적인 공격에 그녀는 살면서 거의 내내 불안했다. 불안은 사라졌다. 그가 죽으면서 불안도 떠났다. 아버지가 너무도 무거운 짐이었음을 그녀는 미처 깨닫지 못했었다.

퍼트리스는 보석베어링 공장에서 종일 일했다. 슬픔을 꾸며낼 수는 없었기에, 그녀는 누구에게도 아버지에 관해 말하지 않았다.

## 요람에서 무덤까지

**우드 마운틴이** 지게식 요람을 완성하는 동안 토머스는 무덤 집을 만들었다. 톱, 대패, 라스프컷 줄, 분할기, 바이스, 망치, 사포용 돌 등 모든 도구를 루이가 가지고 있었기 때문에 두 사람은 루이의 헛간에서 작업했다. 둘 중 누구도 말을 하지 않았다. 토머스는 판자의 끝부분들을 서로 이을 홈을 파기 위해 날카로운 끝을 사용하고 있었다. 그는 무덤 집을 만들 때 못을 사용하는 것을 좋아하지 않았다. 그는 지붕용 작은 서까래 여러 개를 만든 다음, 꼭 필요한 지붕널에 대패질을 했다. 무덤 집들을 타르 종이나 구입한 지붕널로 만드는 것을 토머스도 본 적이 있었지만, 그는 전통 방식으로 무덤 집을 만드는 사람이었다. 자낫이 그에게 무덤 집을 부탁한 것도 그런 이유에서였다. 토머스는 작업을 하는 동안 자낫이 가깝게 느껴졌다. 다만, 이것이 정말 전통 방식인 걸까? 토머스는 의문스러웠다. 비분은 그의 아버지가 죽은 사람을 자작나무 껍질로 세심하게 싸서 나무 높은 곳에다 고정해두던 시절을 기억한다고 했었다. 그게 더 나아 보였다. 벌레들 대신에 까마귀와 독수리에게 먹히는 것. 육신이 땅 아래에 사는 작은 생명체들에게 나누어지는 대신, 저 너머로 날아가는 것이다. 지금의 무덤 집이라는 건 아마도 강제로 한 장소, 곧 인디언보호구역에 살게 된 이후에 출현했을 것이다. 대부분은 가톨릭식 매장을 했다. 토머스는 우드 마운틴에게 나무와 흙 중에서 어느 쪽이 더 나은 것 같은지 물어보고 싶었다. 그러나 우드 마운틴은 지게식 요람을 마무리 짓는 중이었다.

"우리가 무덤 집과 지게식 요람을 동시에 만들었다는 얘기는 자낫에게 안 하는 편이 좋을 것 같아." 토머스가 말했다.

"아기한테 나쁠 수도 있다고 생각하시는 거예요?"

"난 미신을 믿지 않아." 토머스가 말했다. 하지만 그는 분명 미신을 믿는 사람이었다. 단지 러배트처럼 부엉이를 두려워하고 모든 것에서 마구잡이로 징조를 읽어낼 만큼 심하지 않을 뿐이었다. 우드 마운틴은 나쁜 기운을 없애기 위해 세이지를 피워 연기에 지게식 요람을 씻어내겠다고 말했다.

"그러면 될 거야." 토머스가 말했다.

지게식 요람의 가장 윗부분부터 우드 마운틴은 자낫이 지닌 가장 정교한 사포용 도구를 사용했다. 쇠뜨기 풀을 갈라 나무 조각에 풀로 붙인 도구였다. 그것이 하얀색 향나무에 좁다란 선들을 만들어냈다. 그에게는 차 한 병, 그리고 한 주 동안 동전 몇 개를 넣어뒀던 식초 한 병이 있었다. 우선 나무를 사포로 닦아 매끈하게 만든 후에, 요람 바닥을 차로 칠하여 부드러운 갈색을 입혔다. 그다음, 동전을 넣어뒀던 식초를 써서 머리 보호대를 포함한 나무의 가장 윗부분에 연한 파란색을 더했다. 그는 힘줄 몇 조각을 머리 보호대에 묶었다. 가끔 그는 들판에서 일하다가 작은 조개껍데기들을 발견하곤 했다. 어떤 것들은 나선형 무늬였고, 또 어떤 것들은 좁은 홈이 여럿 파인 아주 작은 크기의 가리비였다. 그는 그것들에 구멍을 뚫어 힘줄의 길이만큼 달랑거리도록 매달았다.

"반스가 그러는데 여기가 원래 바다였대요." 우드 마운틴이 토머스에게 말했다.

"이루 셈할 수 없이 오랜 옛날이지."

"생각해보세요. 베라의 아기는 이곳 바다의 바닥이었던 곳에서 나온 이 작은 것들을 갖고 놀게 될 거예요. 누가 알았겠어요?"

"정말 많은 방식으로 우리는 머나먼 과거의 이곳 사람들과 연결되어 있지. 어쩌면 옛날 옛적 누군가가 이 조개껍데기들을 만졌을지도 몰라. 조개껍데기들 안에 있는 작은 생명체들이 땅 속으로 분해되었을지도 모르고. 어쩌면 그 생명체에서 나온 아주 작은 조각이 지금 우리 안에 있을지도 모르지. 이런 것들을 우린 알 수 없어."

"여기 우리가 그 먼 옛날과 이어져 있다는 걸 생각하면 평안해져요." 우드 마운틴이 말했다.

"그게 바로 이 모든 것의 핵심이지." 토머스가 말했다. "이제 우리는 또 다른 한 명을 땅속에 두게 되겠구나. 아마도 주정뱅이 말이야. 하지만 그가 늘 주정뱅이였던 건 아니지."

"밖에 나가 돌아다니다 보면 가끔," 우드 마운틴이 말했다. "그 옛날 사람들이 저랑 같이 있는 것 같아요. 이런 걸 절대 말하지는 않지만. 그들은 다 우리 곁에 있어요. 전 여길 결코 떠나지 못할 거예요."

## 야간 경비

**그들은 집** 근처에 서 있는, 튼튼한 가지가 달린 나무를 남겨두었다. 그 나무에는 사슴을 매달아 도축할 수 있었다. 혹은 곰을. 그것이 퍼트리스가 일터에서 돌아왔을 때 자낫이 하고 있던 일이었다. 물론 자낫이 사냥한 것이었다. 곰은 걸어 다니는 약상자였다. 곰이 겨울잠을 자고 있을 때 죽이면 고기가 더 부드럽고 맛있었다. 퍼트리스는 강요에 못 이겨 어머니에게 털어놓기는 했지만, 그래도 어머니가 그 곰을 죽이지 않기를 바랐다. 이제 자낫과 토머스는 조심스럽게 가죽 작업을 하고 있었다. 가죽을 벗겨낸 곰이 퍼트리스의 눈에는 너무도 사람 같아서 그녀는 서둘러 집 안으로 들어갔다. 두 분이 낮은 목소리로 곰에게 노래를 불러주는 것이 들렸다. 따뜻하고 친밀했다. 탁자와 난로 주변에 사람들이 앉아 있었다. 아기는 저기의 팔에 안전하게 안겨 있었고, 로즈는 배넉빵을 만들고 있었다. 포키의 침대, 그리고 어머니가 쓰는 낮은 매트리스 위에도 사람들이 앉아 있었다. 어떤 사람들은 바닥에서 잘 수 있게 자기 담요를 가져와 어깨에 두르고 있었다. 퍼트리스는 모든 사람을 알았다. 아니, 거의 모든 사람을 알았다. 퍼트리스의 커튼이 한쪽으로 젖혀져 있었고, 그녀가 모르는 한 사람이 침대 위에 홀로 찻잔을 꼭 쥐고 앉아 있었다. 그 여자는 퍼트리스보다 몇 살 더 많아 보였다. 어두운색 생머리를 하고 끝이 뾰족하게 올라간 안경을 쓴 여자는 검은색과 하얀색 선들로 어지럽게 보이는 스웨터를 입고 있었다. 퍼트리스의 누비이불도 거의 다 검은색과 하얀색이었다. 누구였더라?

누군가가 구석에 담요를 걸어 다른 사람들의 눈에 띄지 않을 만한 공간을 만들어두었다. 퍼트리스는 거기서 옷을 갈아입을 수 있었다. 내복, 멜빵바지, 오래된 선교회 스웨터를 입었다. 그리고 선반에서 털 달린 손모아장갑을 꺼냈다. 그녀가 니트 모자를 쓴 다음 가림막 담요 뒤로 돌아 나왔을 때, 그 모르는 여성이 퍼트리스의 변신을 놀라워했다.

"안녕하세요." 여자가 말했다. "나는 밀리 클라우드예요."

여자는 손을 내밀지 않았고, 그래서 퍼트리스가 손을 내밀었다. 밀리는 퍼트리스의 손이 자낫처럼 특이하다는 듯이 면밀하게 살피더니, 이내 거의 필사적으로 손을 꽉 잡았다. 밀리는 마치 백인처럼 악력이 셌다.

"손에 굳은살이 있네요." 밀리가 말했다.

"장작 패는 걸 좋아해서요." 퍼트리스가 말했다. "지금도 장작을 패러 나가는 길이죠."

"저는 한 번도 패본 적이 없어요." 밀리가 말했다. "근데 이 집은 언제 지은 거예요?"

"모르겠어요."

"타르 종이를 잘 활용하고 있는 게 보여요. 아버지가 작업하신 거예요?"

"그 사람이요? 해가 서쪽에서 뜨겠네요. 아버지는 술주정뱅이였어요." 퍼트리스가 말했다.

"굉장히 솔직하네요." 밀리가 말했다.

"글쎄, 뭐. 그리고 당신이 앉아 있는 그거, 내 침대예요."

"그런 것 같았어요. 잡지가 쌓여 있는 걸 봤거든요. 내가 여기 앉아 있는 게 불편한가요?"

"그렇다 한들 제가 뭘 어쩌겠어요?" 퍼트리스가 말했다.

그러고서 뭔가 듣기 좋은 말로 다시 고쳐 말한 다음, 밀리에게 잡지를 읽어도 좋다고 중얼거린 뒤 밖으로 나갔다. 퍼트리스는 몇몇 사람들하고만 아버지를 매장하는 편이 낫겠다고 생각했다. 그러면 이렇게 북적거리지도 않고, 알지 못하는 사람도 없을 것이다. 그 여자는 치페와 학자라고 들어보기만 했던 사람이었다. 좀 더 친절하게 대했어야 했다. 대학에 가는 방법에 대해 정보를 얻을 수 있을 거란 생각이 들었다. 퍼트리스는 몇몇 사람들과 더 이야기를 나누고, 여러 사람들의 포옹을 받아들인 다음, 배넉빵과 저기가 만든 수프를 먹었다. 그러고서 밖으로 나갔다. 포키가 아직도 장작을 패고 있었다.

"너 좀 쉬는 게 좋겠어." 퍼트리스가 말했다. "하루 종일 장작만 팼잖아."

"그렇지도 않아. 손이 너무 시려워서 자꾸 멈춰야 했거든."

퍼트리스는 손모아장갑을 벗고 도끼를 받아들었다. 그녀에게서 따뜻한 온기가 솟았다. 장작을 패면서 손이 차가워지기까지는 오랜 시간이 걸렸다. 포키는 난로 길이의 장작을 한 짐 들고 집으로 들어갔다. 리듬을 타기 시작하자 퍼트리스에게서 다른 모든 것이 점차 사라졌다. 그녀는 자신의 침대 위에 앉아 있던 낯선 여자, 이불 위 패턴과 비슷해서 섞여 들어가던 여자를 잊었다. 자신의 복잡한 감정들을 잊었으며, 혹은 그것들을 도끼 아래로, 그리고 숲속으로 없애버렸다. 그녀는 곰의 친절함을 잊었고, 자신이 그것을 어떻게 배신했는지 잊었다. 어쩌면 자낫이 늘 믿듯이 그 곰이 의도적으로 자기 자신을 그녀에게 내어준 것일 수도 있으리라. 하지만 여전히 퍼트리스가 보기에 그녀의 낙하는 사고였으며, 그 곰은 그저 자는 중에 그녀의 존재를 받아들여준 것이었다. 혹은 그녀를 알아채지 못했거나, 혹은 어쩌면 곰이 그녀 꿈을 꾸었는지도 몰랐다―분명 곰은 자는 중에 그녀의 냄새를 맡았고 그녀가 거기에 있는 걸 알았기 때문이다. 곰의 꿈에 나타난다는 것, 그건 뭘까?

퍼트리스의 생각에, 그것은 대부분의 홈커밍 여왕들에게 일어나는 일이 아니었다. 혹은 대부분의 수중쇼걸은 물론, 당연히 보석베어링 공장의 직원 대다수에게도 일어나지 않는 일이었다.

우드 마운틴은 무덤가에서 곡괭이로 언 땅을 찍고 있었다. 그녀도 장작을 패고 있었던 터라 두 사람은 번갈아 치면서 쪼갰다. 그게 위안이 되었다. 그녀에게 힘을 주었다. 그건 일이 끝나가고 있다는 뜻이었다. 아버지는 곧 안전할 것이고, 그녀 역시 아버지로부터 안전할 것이다. 그들은 훨씬 더 편하게 살 것이다. 어머니가 베개 밑에는 칼을, 발에는 손도끼를 두고 자야 하는 일은 결코 없을 것이다. 포키가 움츠러드는 일도 다신 없을 것이다. 퍼트리스가 구석에서 아버지의 오줌과 똥을 닦아야 하는 일 또한 결코 다신 없을 것이다. 혹은 의지간에서 마치 길 잃은 영혼처럼 가족들을 부르는 아버지의 울음소리를 듣는 일도 없으리라. 비록 얼마 지나지 않아 그녀는 한 번 더 아버지의 소리를 듣게 되었지만.

**첫 번째 야간 경비**

한참 일하고 난 뒤 퍼트리스는 집 안으로 들어가 저기가 만든 수프 한 그릇을 더 먹었다. 신성한 불은 아버지가 발견된 이래로 계속 타고 있었다. 그녀는 어머니의 차가 담긴 철제 머그잔을 들고 불가로 나갔다. 불에 몇 방울을 뿌렸다. 차는 향이 좋은 향나무 잎과 녹인 눈으로 끓인 것이었다. 그녀가 가장 좋아하는 차였다. 천국을 휘돌고, 얼고, 퍼 올려지고, 향나무와 함께 끓인 물에는 무언가가 있었다. 뭐라 명명할 수는 없었다. 그러나 땅과 하늘이 만난 재료로 만든 이 뜨거운 차는 그녀의 육체를 관통하며 뚫는 힘을 내뿜었다. 손가락 끝이 따끔거리고 배가 따뜻해졌다. 피가 깨어나는 것을 느낄 수 있었다. 그녀는 불가에 남자들과 함께 앉았다. 퍼트리스가 아버지의 부츠를 신고 커다란 코트와 멜빵바지를 입고 있으니, 남자들이 그녀를 달리 대했다. 그녀는 그들이 아버지의 농구 업적에 관해 이야기하는 것을 들었다. 포고 퍼랜토. 이 모든 이야기를 그녀는 수백 번은 들었다. 이따금 아버지의 오래전 팀 동료 한 명이 손짓과 함께 그의 특별했던 점프 슈팅을 흉내 낼 때, 그녀는 심지어 웃음 짓기마저 했다.

**두 번째 야간 경비**

토머스는 부디 아침이 오기 전에는 끝마치기를 바라며 무덤 집을 만들러 갔다. 다른 남자들은 번갈아 가며 손도끼와 삽을 이용해 무덤 자리에 꽉 얽혀 있는 나무뿌리들과 글라신지의 먼지를 조금씩 깎아 내고 있었다. 그들이 일하는 소리가 내내 배경으로 있었다. 삽질은 희미하고 낯설었으며, 숲속을 울렸고, 나무에 부딪히고 튕겨 나왔다. 땅을 파는 사람들이 땅속에 들어갈수록 조금씩 소리가 작아졌다. 마침내 남자들은 불가를 떠나 음식을 먹으러 안으로 들어갔다. 퍼트리스는 혼자 있었다. 한 차례 그녀의 등이 오싹해졌다. 주위를 둘러보았으나 아무것도 없었다. 퍼트리스는 다시 돌아앉아 불이 가운데서부터 타오름에 따라 나무 끝자락이 하얗게 되는 것을 응시하며 멍하니 불을 쳐다보고 있었다. 그녀의 시야 모퉁이 끝자락에서 무언가가 다시 움직였다. 그녀는 주위를 둘러보았다. 숲의 끝자락에서, 산길 바닥에서, 무언가 혹은 누군가가 잽싸게 나무들 사이를 통과하고 있었다. 그녀는 이것이 나뭇가지 곳곳에서 바삐 움직이는 것을 보았다.

### 세 번째 야간 경비

다시, 밤의 가장 깊은 시간, 퍼트리스는 또 불가에 혼자 있었다. 남자들은 무덤을 완성했다. 더욱 강렬한 고요함이 내려앉았다. 그녀는 가장 뜨거운 부분에 통나무를 두었다. 그러고 나서 공기를 빨아들이는 석탄과 탐욕스럽게 새 나무를 그러쥐는 아치 모양의 불길을 보는 동안 그녀는 고갈된 상태로 빠져들었는데, 너무나 심했던 나머지 가늘게 몸이 떨렸다. 그녀는 마음이 풀어졌다. 다시, 무언가가 움직였다. 그녀는 보았다. 보이는 것의 빠져나감과 보이지 않는 것의 나타남을. 낮게 몸을 숙이고 덤불에서 조심스럽게 내다보고 있는 존재. 아무것도 없는 까만 구멍에서 밝게 빛나는 눈. 사람들에게 발견되었을 때처럼 색 없는 누더기 옷을 입고 있는 그것은 다름 아닌 아버지였다. 그가 그녀를 보았다. 그녀로부터 무언가를 원하는 것 같았다. 그는 마치 애원을 하려는 듯 울 것 같은 빨간 입을 열었다. 어쩌면 그는 목이 마른 것일지도 모른다. 혹은 배가 고픈 것일지도. 그러나 그가 그녀를 쳐다보는 데에는 무척이나 애처롭고 절실한 것이 있었다.

다른 죽은 자들의 부름을 받은, 이제는 죽은 아버지. 그가 산 자들의 법을 한사코 어겼던 식으로 죽은 자들의 법을 어기고 있었다. 그렇다. 그는 이전에 늘 그녀를 원했던 것과 똑같이 그녀를 데려가고 싶은 것이다.

퍼트리스는 자신이 움직이면 그가 다른 곳으로 갈 수도 있다고 생각하며 일어섰다. 예상대로 그는 다시금 숲을, 빽빽한 검은 나무들을 통과해 그의 무덤이 기다리고 있는 곳으로 돌진하기 시작했다. 그녀는 땅에서 검은 틈을 볼 수 있었다. 그는 그곳, 어둠의 입술에 멈추어 아래를 내려다보며 섰다. 그때 그의 목소리가 시작되었다. 처음에는 낮게, 그러다 높은 휘파람으로 날카로워진 목소리. 그의 목소리가 싫다는 듯 높게 울면서, 대기를 구부러뜨리며 그녀에게로 날아왔다. 그것이 불길을 높다란 화염으로 휘저어 올릴 때 그녀가 일어섰다. 그러자 그것은 헐벗은 나뭇가지들을 후려쳤고, 컴컴한 공간을 가로지르는 회색 연기처럼 구름을 몰아 먹구름이 되게 했다. 그의 목소리는 그녀에게서 생명을 끄집어내려 하고 있었다. 그녀는 떨었고, 목구멍에서 심장이 쿵쾅거렸다. 바람이 그녀의 몸을 옥죄며 얼굴을 잡아뜯었고 그녀 주위를 휘돌았다. 그녀는 자신이 공중에 뜨기 시작했음을 느꼈다. 그래서 온 힘을 다해 발에 힘을 주고 웃기 시작했다.

"당신은 우릴 괴롭힐 수 없어! 이제 괴롭힐 수 없다고!" 그녀가 악을 쓰며 말했다.

누군가 뒤에 나타났다. 그녀의 목구멍이 닫혀버렸다. 하지만 그녀는 천천히 감히 용기 내어 쳐다보았다. 어머니였다. 자낫은 아버지가 무덤 속으로 내려가고 있는 것을 응시했다. 어머니의 얼굴은 잠시 잔혹함으로 고양되었으나, 이내 천천히 시선을 딸에게로 돌렸다. 퍼트리스는 아래쪽에 있는 구름과 물의 반사경에 비춰진 자신의 얼굴을 보고 있다고 생각했다. 그러나 그것은 어머니가 그녀에게 건네주려고 들고 있던, 김이 날 정도로 뜨거운 곰고기 건강 수프 한 그릇일 뿐이었다.

## 낮

우드 마운틴이 무덤 집을 가지고 왔다. 토머스는 이제 잠을 잘 것이고 매장은 그들의 몫이었다. 자낫과 포키가 퍼랜토를 담요 속에 묶은 다음, 녹인 나무껍질을 그의 형체에 따라 둘러 덮었다. 제럴드가 간밤에 도착했고 그와 함께 온 사람들이 집 바닥에 꽉 막힌 형태의 조각 그림처럼 자리 잡았다. 퍼트리스의 침대에서는 세 명의 여성이 자녀들과 함께 잤기 때문에, 그녀는 두꺼운 코트를 덮고 구석진 곳에 몸을 구겨 넣었다. 밀리는 머리를 목도리로 감싼 채 이미 그곳에서 자고 있었는데, 털 장식이 된 방수용 덧신에서 발이 비죽 빠져나와 있었다. 아이 발 같아서 이상하고도 뭉클했다.

**다른 사람들도** 도착하기 시작했다. 온 가족들이었다. 누군가는 음식을 가져왔고, 누군가는 먹기 위해 왔다. 러배트 씨네 가족은 남은 음식을 집으로 가져가려고 다들 통을 가지고 나타났다. 러배트가 눈물을 흘렸다. 며칠 전 밤에 그는 퍼랜토, 에디와 술을 마셨지만 그것과 관련해 아무런 말도 하지 않았다. 다만 퍼트리스가 장례를 치르기 위해 결근할 수 있도록 볼드 씨에게 보고는 해주었다. 여전히 극심히 추웠다. 버키가 코트 위에 담요를 두르고서 왔다. 퍼트리스는 자신이 서 있는 곳에서 그를 보았다. 버키의 머리칼은 머리 주위로 한

데 엉겨 붙은 채, 죽은 동물의 가죽처럼 딱딱해져 있었다. 그가 다리를 끌면서 자낫의 집으로 들어서자 모두 침묵했다. 버키는 온 힘을 다해 자낫에게 걸어가서 그의 얼굴을, 한쪽으로 흘러내리고 있는 뺨과 살을 가리켰다. 입은 비뚤어져 다 다물어지지 않았고, 목 아래까지 흘린 침은 얼었으며, 한쪽 눈은 사시였다.

버키는 몸을 구부려 주머니에서 퍼트리스에게 훔친 신발 한 켤레를 꺼냈다. 그는 무릎을 꿇고 바닥에 놓인 신발을 밀었다. 그러고서 고통에 찬 소리로 중얼거렸는데, "나에게서 거둬가세요"라고 하는 듯한 소리였다.

자낫은 매정하지 않게 신발을 보고 그를 자세히 관찰했다.

"네 행동이 자초한 거야. 난 아무 상관이 없단다." 그녀가 말했다.

버키가 바닥에 스러졌다.

"그럼 고쳐줘요. 제발 고쳐줘요."

불분명하게 뒤섞인 단어 속에, 왕년의 버키는 그 어디에도 없었다.

퍼트리스는 그가 무력하다고 생각했다. 내가 무력했던 것만큼. 그러나 그가 힘을 되찾는다면 분명 우리를 해할 것이다.

**이후,** 제럴드가 퍼랜토의 몸에 말을 걸고, 그에게 저편에 도착하면 무엇을 찾고 무엇을 해야 하는지 말하는 동안, 밀리가 와서 퍼트리스와 함께 섰다. 제럴드가 잠시 멈추자 밀리는 그가 무슨 말을 한 것인지 물었고, 퍼트리스가 낮은 목소리로 그녀에게 알려주었다. 고개를 끄덕인 밀리는 어리둥절해하면서도 몰입한 표정이었다. 마침내 남자들이 밧줄을 사용해 퍼랜토를 땅속으로 내렸다.

# 두 달

**토머스**

날짜가 정해졌다. 공청회는 3월 첫째 주로 잡혔다. 이로써 터틀마운틴 자문위원회에게는 부족을 종말에서 존재로 구원할 약 두 달의 시간이 주어졌다.

**밀리**

밀리 클라우드는 겨울 코트를 입고 바닥에 앉아 있었다. 몸을 웅크려 허벅지 위에 공책을 꽉 잡아두고서 퍼랜토의 장례식장에 갔던 것에 대해 빠르게 기록하고 있었다. 그녀는 장례식 같은 자리에 한 번도 가본 적이 없었고, 음이 안 맞는 채 반복되는 노래들이 그렇게 이상할 정도로 듣기 좋았던 적도 없었으며, 파이프스톤 가족이 집에서 말하는 몇 단어보다 더 많은 치페와어를 들어본 적도 없었다. 설문조사를 했을 때는 거의 늘 영어로 말하는 것을 들었다. 사실 그건 사람들이 그녀를 도와주기 위한 것이었고, 그녀는 이제 루이스와 그레이스를 비롯하여 주변 사람들이 대부분 전통 언어로 말한다는 것을 이해했다. 이 모든 것이 밀리에게 매혹적이었으며, 의식이 진행 중일 때는 기록을 남기기가 거의 불가능했기 때문에 그 과정을 면밀하게 관찰했다. 그녀는 가능한 한 빨리 공책을 챙긴 다음, 그레이스 파이프스톤과 함께 자는 침실 구석에 앉았다. 그레이스가 두꺼운 이불 두 개를 덮고 침대 위에서 자는 동안 밀리는 꽁꽁 얼 듯이 추웠다. 기억할 수 있는 모든 세부사항을 다 쓰자마자 밀리는 코트를 벗었다. 가장 따뜻한 양말을 신고, 믿을 수 없게도 가져오지 않으려 했던 내복을 입었다. 그러고서 발끝으로 살금살금 방을 가로질러 그레이스 옆의 이불 속으로 미끄러져 들어갔다.

**반스**

그의 방, 그가 수도사의 방이라고 생각하기 시작한 그곳에는 정사각형 모양의 나무 탁자가 있었다. 반스는 탁자 위에 삼촌에게 받은 이른 크리스마스 선물을 올려놓았다. 표백한 악어가죽으로 만든 작은 여행가방처럼 보였지만 사실 플라스틱 가죽이었다. 그는 턴테이블, 톤암, 바늘, 다이얼을 꺼내기 위해 상자를 열었다. 플러그를 방에 있는 콘센트에 꽂고 레코드 커버에서 판을 꺼내 틀어놓았다. 그러고서 매트리스가 움푹 꺼진 침대에 누워 두 눈을 감았다. 슬림 휘트먼의 불멸의 목소리가 공간을 채웠다. 세 명의 여성은 그에게 행운이었다. 앞으로 내 인생은 어떻게 펼쳐질까? 반스는 돌아누워 머리를 베개 속에 묻었다. 세 명의 여성들이 한 명 한 명씩 향기와 미소를 남기며 머릿속에서 회오리쳤다. 반스는 다시 몸을 획 뒤집고 다른 베개를 끌어안았다. 마음의 안정을 위해서는 베개가 두 개 필요했다. 하나는 머리에 베고, 하나는 밤새도록 끌어안았다. *어느 여자가 날 위해 만들어졌을까? 오, 이런, 세 명 때문에 마음이 찢어질 듯 슬퍼.*

**저기**

소년은 보지 못했나? 아들의 얼굴은 완전히 망가져서 다시는 이전과 같지 않을 것이다. 누구도 알아채지 못한 것 같았다. 전과 후를 비교하는 것은 어머니였다. 무언가 그녀의 심장을 꼬집었다. 그녀가 창조한 완벽한 인간에게 이 멍청한 싸움질이 감히 손을 댔다. 무슨 의미가 있었나? 어쨌거나 아들은 인생의 한순간 그의 아버지처럼 잘생겼었다. 그리고 똑똑했다. 지금 아들은 대부분의 젊은 남성이 지니고 있는 조금의 상식조차 잃어버린 것처럼 보였다. 아들은 그녀에게 지게식 요람을 가져오더니 찬탄을 했다! 나무도 만져보게 했다.

실크처럼 부드러워요. 그가 말했다.

오, 그렇네.

대체 그녀가 무슨 말을 해야 했던가?

**베티 파이**

노버트, 노브, 오, 노비! 문 손잡이가 그녀의 등으로 파고들었고, 고개를 계속 들고 있느라 목이 아팠다. 그렇게 하지 않으면 뒤통수를 뒷좌석 창문에 찧을 텐데 그건 아플 터였다. 시작은 늘 그렇듯이 몸이 곧장 날아가는 듯했다. 하지만 이쯤에서는 그녀가 받아들이거나, 받아들이지 않을 수 있었다. 언제, 오, 오, 오, 노버트, 노브, 언제, 노비, 오, 그는 언제 멈출 것인가? 그의 어깨너머로 그녀는 반대편 창문을 볼 수 있었다. 두꺼운 창문에 흐릿하고 굶주린 얼굴이 나타났다. 베티가 입을 열었다. 그녀의 비명은 게걸스러운 입맞춤에 빠져나오지 못했다. 노버트가 고개를 뒤로 젖혔고, 그녀는 소리 지르지 않기로 마음을 정했다. 문은 잠겨 있었다. 그녀가 노브를 방해한다면 처음부터 전부 다시 시작해야 할 것이다. 어쨌거나 그 얼굴은 사라졌다. 그녀가 볼 수 있는 것이라곤 고독하게 어둑한 빛 하나뿐인 구획도로. 어디에서든 수 마일 떨어진 이 먼 곳에 대체 누구였을까? 야간에 이곳까지 혼자서 걸어올 사람이 누굴까? 오, 오, 오, 노비! 마침내. 추위가 그녀의 등을 날카롭게 베었다. 베티는 그 얼굴을 알고 있었다. 그녀는 자신의 옷을 펴서 내리고, 머리를 매만지고, 작은 휴지로 빈다우지간('총 주머니' '콘돔'을 뜻하는 치페와어―옮긴이)을 떼어냈다. 그리고 그것에 다른 휴지 몇 장을 더 말아서 작은 가방 옆주머니에 넣었다. 그렇다. 어딘가 모르게 그 얼굴을 알고 있었다. 그녀는 작은 휴지 몇 장을 더 쓴 다음 힘들게 앞좌석으로 갔다. 오, 자기, 오 자기, 노버트가 말하고 있었다. 니니모셴. 오, 자기, 오, 니니모셴, 그녀도 답해주었다. 그녀는 자신의 부드러운 손을 그의 뺨 위에 올리고서 얼굴을 다정하게 감쌌다. 부드러운 입맞춤. 이제 집에 가자. 자기 삼촌한테 차 돌려줘야지. 다 깨끗하지? 다 깨끗해. 미이우('그건…'이라는 뜻의 치페와어―옮긴이). 그녀는 생각을 해야 했다. 누구였더라? 그녀가 아는 얼굴이었다.

**루이스**

그것은 신성한 임무가 되었다. 보호구역에 사는 모든 이들에게 서명을 받는 것. 다른 곳에 사는 사람들도 있었지만 그들을 찾아내는 것은 그의 힘 밖이었다. 그의 초록색 소형 트럭은 수리 중이었다. 그리고 저기는 출근을 해야 해서 데소토가 필요했다. 뭐지? 말 한 마리를 골라 타고 뒷길을 달려야 하는 건가? 해가 나서 그는 걸을 수 있었다. 길을 따라 눈신발을 신고 나섰다. 밀리가 그레이스와 함께 잤던 작은 방에서 걸어 나왔다. 물론 그레이스는 말들과 함께 있었다. 발목까지 올라오는 부츠를 신은 밀리의 옷차림은 확실히 추위를 대비한 것이 아니었다. 그는 밀리에게 양말 한 켤레를 주었다. 놀랍게도 그녀는 자신이 말을 탈 수 있을지 물었다. 밀리는 자낫의 집에 가고 싶어 했다. 사실 그녀는 승마에 대한 안 좋은 기억 때문에 말을 무서워했다. 루이스는 자신이 함께 가겠다고, 그러고 나서 서명을 받으러 가겠다고 했다. 그는 어느 말이 밀리가 타도 괜찮을 만큼 순한지 고심했다. 어느 말도 전혀 순하지 않았다. 말들은 오랫동안 실내에 갇혀 있던 탓에 예민하거나, 바람을 헤쳐 나갔다가 외양간으로 돌아오는 것을 불안해했다. 나이 많은 데이지 체인조차 쉽게 겁을 먹었고, 더구나 그 암말은 은퇴한 말이었다. 밀리가 재차 고집스럽게 부탁했다. 그녀가 고집스럽게 굴 때는 즉시 포기하고 똑같은 태도로 언쟁하는 것을 피하는 게 상책임을 루이스는 알고 있었다.

**토머스**

고향 땅과 사람들, 이들이 스스로를 구원할 두 달하고도 며칠. 시간이 없었다. 그런데 왜 토머스는 일터에서 마치 아무것도 보이지 않는 사람처럼 허공을 응시하거나, 이 문제에 있어 중요한 사람이 아닌 친구나 가족에게 길고 두서없는 편지를 쓰고 있는가? 왜 낙서를 하고, 왜 지금 샬로의 미스터리 책—쉽게 졸음을 쫓을 수는 있었다—을 읽는가? 왜 그는 진군하지 못하고 집중하지 못하는가? 두려웠기 때문이다. 그게 이유였다. 대체 한 사람이 워싱턴에서 무엇을 한단 말인가? 그들은 어떻게 그곳에 갈 것인가? 또 어디에 묵을 것인가? 만일 아서 V. 왓킨스가 그를 철저히 짓밟는다면? 왓킨스에 대한 여러 말들이 떠돌았다. 그자는 자신의 언변과 수단들로 인디언을 갈 퀴질해 가루로 만들었다. 만일 토머스가 실패한다면? 만일 그가 자신의 의견을 피력하지 못한다면? 만일 이 문제를 논증하지 못한다면? 만일 그들이 종결되어 모두가 땅을 잃고 시티즈로 이주해야 하고, 그 역시 고향을 뒤로한 채 떠나야 한다면? 그의 가족은? 또한 비분은?

**퍼트리스**

크리스마스가 되기 직전, 그녀의 눈이 욱신거리기 시작했다. 햇빛이 너무 강한 날에 덫을 놓은 길을 확인하다가 어쩌면 눈에 화상을 입은 것인지도 몰랐다. 혹은 가까운 물체를 계속 보는 직업이 슬슬 문제를 일으키는 것인지도. 처음에는 비비고 싶은 마음만 참으면 그리 심하지 않았다. 그녀는 여전히 눈을 깜빡이고 가늘게 뜨면서 카드에 집중할 수 있었다. 보석베어링을 뽑아내 정확하게 접착제를 발라 작업을 완료할 수 있었다. 하지만 너무 느렸다. 메뚜기의 다리에서 껄끄러운 소리가 났다. 고통은 더욱 날카로워졌다. 자는 동안 고름이 두 눈을 붙여버려서 눈이 떠지지 않았다. 일을 마치고 기진맥진한 채 집에 오면 자낫이 그녀의 눈을 발삼 차로 씻어주었고, 그동안 그녀는 누비이불을 깐 침대에 누워 있었다.

그게 도움이 되어 항상 회사에 다시 갈 수는 있었지만, 타는 느낌이 계속 다시 돌아왔다. 퍼트리스는 자낫이 졸여준 차를 작은 치료제 병에 담아 가져갔다. 매일 점심시간에 이 약으로 눈을 씻어냈다. 누군가 보고서 상사에게 고자질할 수 없도록 여자 화장실 칸막이 안에 들어가서 약을 눈에 넣었다. 그녀는 혹시라도 직장을 잃게 될까봐 두려웠다.

## 단어들

사정을 표현하는 단어 바시키지기는 총 쏘는 것을 뜻하기도 한다. 콘돔을 표현하는 단어 빈다우지간은 총 주머니를 뜻한다. 밀리는 이 단어들을 공책에 적었다. 대단히 흥미로웠다.

## 베라

어느 오후, 이디스가 보고 있을 때, 선하고 늙은 해리는 반지를 들고 소파 옆에 무릎을 꿇고 앉았다. 그는 그녀에게 청혼을 했다. 그녀는 눈을 감았다. 막 깨어난 참이었지만 여전히 피곤했다. 아무런 답을 할 수도 없이 그녀는 다시 잠들었다. 저녁에 그는 다시 무릎을 꿇었다. 이번에는 그녀가 눈을 떴다. 그는 그녀가 이 엉망인 상황에서 빠져나갈 출구처럼 보였다. 그녀는 반지를 받아 손가락에 끼웠다. 그러고서 자신의 얼굴을 가렸다. 그는 그녀에게 입맞춤조차 하지 않겠다고 말했다. 오래도록 부적절한 성적인 행동도 없을 것이라고 했다. 절대 안 되지, 그녀는 생각했다. 며칠 밤이 지난 후, 그는 문가에 서서 혼자 즐거워하고 있었다. 그 진동이 그녀를 깨웠다. 매끄러운 표면에 미끄러지는 소리.

"세상에나." 그녀가 일어나 앉으며 소리쳤다. "지금 무슨 짓을 하고 있는 거예요?"

해리가 불을 켰다. 그는 우유병을 들고 있었다. 윗부분이 얼어서 우유를 흔들고 있었던 것이었다. 그는 잠이 안 와서 우유를 데우려던 참이라고 했다. 그녀가 조금은 원했던 것일까?

## 러배트

그가 그 짓을 멈추자마자 귀찮은 일들이 시작되었다. 프랜시스 보이드는 아무도 모르게 커피를 좀 가져다 달라고 부탁했다. 통에서 딱 한 컵만. 그는 이 분쇄원두를 네 번 우릴 것이라고 말했다. 릴리아 스노우는 화장실 휴지를 부탁했다. 그녀는 시어스사의 상품 전단지에 질려버렸다. 그녀의 작은 복숭아에 생채기를 냈기 때문이다. 주니어 비지키는 친구네 주방에서 본 것과 같은 유리 비커컵을 바랐다. "나, 그 짓 더 이상 안 해." 그녀에게 말한 러배트는 두려워졌다. "어쨌든 그런 짓을 해본 적도 없고. 그러니까, 너 대체 무슨 말이야?" 고든 플러리는 자신에게 어떤 장비든 가져다주면 고맙겠다고 러배트에게 말했다. 이번에는 격한 분노가 일었다. 모욕을 당한 것이다. 그는 다 무너져가는 그의 집 문을 쾅 닫아 거의 부술 뻔했다. 글쎄, 이 보호구역 사람들은 문을 쾅 닫지 않았다. 누군가에게 분노를 표출하며 문을 쾅 닫는 일은 없었다. 말이 돌았다. 그는 쾅쾅이라는 별명을 얻었다. 그렇게까지 나쁜 별명은 아니었다. 그는 기껍게 이 별명을 받아들였다. 사람들이 잊어주길 바랐던 다른 별명들보다는 나았다. 이를테면 '손가락' '주머니' '산타클로스', 혹은 그가 얻길 두려워하는 별명인 '징크스', 이런 것들보다는 나은 별명이었다. 그는 징크스라는 단어를 너무나 많이 쓴 나머지, 그 별명이 붙여질 위험에 처했었다. 하지만 그는 자신이 아는 것을 알고 있었기 때문에 그 단어를 쓴 것뿐이었다. 예를 들면 그는 픽시에게 징크스, 곧 불길한 징후가 생겼음을 알았다. 그녀의 눈에서 그것을 알아챌 수 있었다.

# 새해의 수프

**오, 맛있었다.** 배를 채우고. 미소 짓게 만들고. 숙취를 해소해주고. 추위 속에서 계속 움직이게 하고. 이 음식은 양파와 미트볼(미치프어로 불렛이라고 불렀다), 그리고 껍질을 벗겨 딱 알맞게 삶은 감자로 만들었다. 거기에 밀가루를 넣고 저어 국물을 냈다. 후추와 소금. 그게 이 음식, 수프의 전부였다. 때때로 고기를 여러 조각으로 썰어 넣기도 했다. 그것도 맛있었다. 뜨거운 한, 맛이 없을 수가 없었다. 그리고 만일 밀가루가 있다면 빵을 만들고, 기름이 있다면 튀겨서 미치프어로 걸릿이라고 부르는 배넉빵, 부풀어 오른 작은 정사각형 모양, 혹은 사람들이 뱅이라고 부르는 베녜를 만들었다. 수프는 몸을 편히 뻗을 수 있게 하는 음식이었다. 자낫은 곰고기를 넣어 그것을 만들었다. 일반적인 감기를 치료해주고. 드문 감기를 치료해주고. 하지만 결막염은 치료해주지 않았다. 수프를 눈에 넣을 수는 없으니까.

"간호사한테 한 번 가보는 게 좋겠어." 우드 마운틴이 말했다. "이봐, 내가 시내에 데려다줄게. 네가 데이지 체인을 타. 내가 옆에서 떨게. 엄마가 시합은 더 이상 안 된다고 했지만 아직 훈련 중이거든."

"그렇게 하도록 하렴." 자낫이 말했다. "내 약으로는 고쳐지지 않

아. 그냥 늦춰줄 뿐이지."

퍼트리스는 늙고 거친 말을 타고 시내에 갔다. 느릿느릿 천천히 가는 말이었다. 우드 마운틴은 반 마일 달려 나갔다가 다시 뛰어 돌아왔고, 그녀 곁에서 한동안 걷고 다시 앞서 달려갔다. 병원은 벽돌 건물이었다. 대기실은 간소했으며 의자는 딱딱했다. 퍼트리스는 학교에서 천연두 예방주사를 맞은 적이 있었다. 심지어 자낫도 예방주사를 맞았다. "백인의 질병엔 백인의 치료법이 필요해." 그녀가 말했다. 그때를 제외하고 퍼트리스는 늘 자낫의 치료법을 따랐다. 어머니의 치료제가 통하지 않은 것은 이번이 처음이었다. 그녀는 의사든 간호사든 단 한 번도 본 적이 없었다. 또 이렇게 불길한 작은 방에서 기다린 적도 없었다.

간호사는 머리를 말아 올린 잿빛의 마른 사람이었다. 녹말로 빳빳하게 만든 하얀색 옷깃이 달린 긴 회색 원피스를 입었고, 누가 봐도 알 수 있게끔 수녀처럼 행동했다.

"여기에는 무슨 일로 왔어요, 젊은 아가씨?" 그녀가 말했다. 목소리가 가늘고 건조했다. 퍼트리스가 그녀에게 눈을 깜빡였다.

간호사는 퍼트리스에게 밝은 등 가까이에 서보라고 한 뒤, 입을 벌리게 하고는 얇은 나무 막대기로 퍼트리스의 혀를 꾹 눌렀다.

"치아가 건강하네요." 간호사가 말했다.

그녀는 퍼트리스의 귀를 간단하게 살펴보고 맥박을 쟀다. 마침내 그녀가 퍼트리스의 두 눈을 들여다보았다. 한쪽을 집중해서 본 다음, 다른 한쪽에 집중했다. 그러고 나서 퍼트리스의 물기 어린 눈 위아래로 그녀의 차갑고 깨끗한 손가락을 댔다. 아주 가까이에서 본 간호사의 얼굴 피부는 종이처럼 얇았고, 아주 가는 선들로 주름져 있었으며, 거의 투명했다. 차오른 눈물에도 불구하고 퍼트리스에게 이런 것들이 다 보였다. 간호사는 아랫눈꺼풀을 아래로, 윗눈꺼풀을 위로 당겼다.

"늦지 않게 와서 다행이네요. 눈멀 수도 있었어요." 그녀가 말했다.

간호사는 이상한 초록색으로 칠해진 작은 방에 퍼트리스를 두고 나갔다. 방 선반에는 솜뭉치와 얇은 나무 막대기들이 가득 담긴 유리병들이 놓여 있었다. 눈이 멀다니! 눈이 멀다니! 간호사가 했던 말이 계속 맴돌았다. 간호사가 돌아와 퍼트리스에게 연고가 담긴 작은 병을 주었다.

"눈에 조금씩 펴 바르세요."

바르고 나서 반드시 꼼꼼하게 손을 씻어야 한다고 간호사가 말했다. 다른 가족들에게도 증상이 나타나지 않는지 반드시 지켜봐야 한다고도 했다. 그녀의 목소리는 완고했다. "시력을 잃는 건 위생이 나쁘기 때문이에요. 어디에 살죠?"

"미니애폴리스요." 퍼트리스가 말했다.

위생이 나쁘다니, 퍼트리스는 생각했다. 간호사가 우리가 사는 집에 올 수도 있지. 그녀는 공식적인 평가를 하고, 우리의 방식이 기준에 부합하지 않는다며 여기저기에 보고할 수도 있어. 보건당국은 심지어 아기를 데려가려고 할 수도 있고. 다른 아이들에게 그런 일이 일어난 적이 있었어. 하지만 다행이지, 천만다행이야. 나는 눈이 멀지 않을 거야! 그녀의 목이 간질거렸다. 당장 이곳에서 나가야 한다는 신호였다. 그녀는 간호사에게 감사를 표했다.

퍼트리스가 나가기 전에 간호사는 안과의사가 있는 날 다시 오라며 진료 날짜를 알려주었다.

"왜요?" 퍼트리스가 물었다.

간호사는 퍼트리스의 약속을 받아냈다.

밖에서는 우드 마운틴이 여지껏 데이지 체인과 같이 기다리고 있었다.

"집까지 바래다줄 필요 없어." 퍼트리스가 말했다. "가게 쪽으로 가서 차를 얻어 타면 돼."

"왔던 길로 되돌아갈 거야." 우드 마운틴이 고집을 피웠다. "눈은 치료가 된 거야?"

"눈이 멀지는 않을 거야." 퍼트리스가 말했다.

"눈이 멀다니!" 우드 마운틴이 말했다. "우리 할머니가 시력을 잃었어."

"그런 끔찍한 일이. 눈이 멀면 난 직장을 잃게 될 거야. 장작을 팰 수도 없겠지. 다른 건 모르겠다. 나는 모든 것을 전부 그리워하게 될 거야."

그 말이 정확히 무슨 뜻인지 퍼트리스는 제대로 말할 수 없었다.

"모든 아름다운 것들 말이야."

"거기에 나는 없을 것 같은데." 우드 마운틴이 말했다. "모든 아름다운 것들 안에." 하지만 이 말은, 자신도 뜻하길 바라는 것처럼 들렸다.

"당연히 너도 있지." 여전히 눈먼다는 생각에 충격을 받은 상태인 퍼트리스가 말했다. 모든 것을 잃는다. 그녀는 이전까지는 그런 생각을 해본 적이 정말로 없었다. 그런데 그런 일이 벌어질 수도 있었음을 알게 된 것이다.

"우리 할머니는 잘 헤쳐 나가셨어." 우드 마운틴이 말했다. "다른 감각들이 열린다고 하셨었지. 할머니는 어디에서든 모든 것을 들을 수 있었어. 그리고 냄새? 내가 아무 소리를 내지 않아도 할머니는 내 냄새를 맡을 수 있었어."

퍼트리스의 말이 선사한 기쁨의 놀라움을 감추기 위해 우드 마운틴이 서둘러 말을 늘어 놓았다.

"그런 건 전혀 몰랐어." 퍼트리스가 말했다.

벌써 눈이 덜 따끔거렸고, 빛은 더 상냥했다. 차갑고 신선한 공기가 그녀의 마음을 흔들었다. 나는 눈이 멀지 않을 거야, 그녀는 생각했다. 해가 비스듬히 장엄한 빛을 드리우며 하늘에 낮게 떠 있었다. 두 사람이 터벅터벅 걷는 동안 금색 빛이 점점 강해져, 특징적인 지형 모든 곳에서 빛이 뿜어져 나오는 것처럼 보였다. 나무, 덤불, 눈, 언덕. 그녀는 쳐다보는 것을 멈출 수 없었다. 길은 햇빛에 누렇게 마른 갈대가 수북하게 있는 얼어붙은 습지를 지나 이어졌다. 한데 모인 붉은 버드나무들이 타오르고 있었다. 나뭇가지들의 부채와 채찍이 살아 빛을 냈다. 겨울 구름이 사나운 회색 하늘을 배경으로 반복되는 무늬를 형성했다. 비늘, 고리 모양의 밧줄, 생선 뼈. 세계는 의미로 다정했다.

"오니지신. 너무 아름다워." 퍼트리스가 중얼거렸다. 그녀는 말에서 내려 그 옆에서 걷고 있었다. 우드 마운틴이 몸을 기울여 그녀에게 입을 맞추었다. 그러려던 것이 아니었는데. 그는 퍼트리스가 말에 올라타 말 엉덩이를 찰싹 쳐서 가버렸을 때 완전히 희망을 잃었다. 말이 길을 따라 쿵쿵거리며 가는 것이 보였다. 하지만 데이지 체인의 빠른 걸음은 오래가지 못했다. 곧 그가 별로 노력하지 않아도 따라잡을 수 있을 만큼 그들은 천천히 다시 걷고 있었다. 그는 사실 따라잡지 *않으려* 애썼으나 속도가 맞춰지는 것을 피할 수 없었다. 한동안 누구도 말을 하지 않았다.

"다시 되돌릴 수 있었으면 좋겠어." 결국 우드 마운틴이 말했다.

"괜찮아." 퍼트리스가 말했다. "놀랐어."

"어떻게 놀랄 수가 있어? 나는 늘 너희 집에 가 있잖아. 사람들은 우리가 깊은 사이라고 그래."

"심지어 아기도 우리 아기라고 그러던데." 퍼트리스가 말했다.

걱정스럽게, 그녀가 웃었다.

"그랬으면 좋겠어." 갑작스레 욱하는 감정에 우드 마운틴이 말했다. "나는 네가 나랑 함께였으면 좋겠어."

이 말을 뱉자마자 그는 자기 영혼의 가장 깊은 진실을 충동적으로 말해버렸음을 느꼈다. 그는 그녀가 필요했다. 그녀를 원했다. 그에게는 전부였다. 그녀가 그의 유일한 단 하나였다. 확신이 미친 듯 치밀어 오른 그는 데이지 체인의 고삐를 꽉 쥐어 멈추게 하고, 거의 광기에 가까운 상태로 울부짖었다. "내게는 너뿐이야. 유일한 단 하나라고! 나는 네가 필요해, 오 픽시! 아니, 퍼트리스! 부디 제발 나와 결혼해줘."

열광적으로, 그는 올려다보았다. 그녀의 얼굴이 구름을 배경으로 떠다녔다. 비록 그녀는 아무 말도 하지 않았지만, 그녀의 상처 입은 부드러운 눈은 가장 기분 좋은 감각을 그에게 전달하며 가만히 내려다보았다. 그들은 서로 다른 생각을 하면서 다시 집으로 천천히 걷기 시작했다. 그녀는 자신이 어느 것도 약속하지 않았다는 사실에 안도했고, 그는 그녀가 싫다고 말하지 않았다는 것에 안도했다.

**사실,** 그 순간 퍼트리스는 이렇게 말하고 싶었다. 내 사람, 나도 너를 원해! 내 사람, 나도 네가 필요해! 그렇고말고! 사랑한다는 말은 하고 싶지 않았다. 그가 그 말을 하지 않았다. 그가 마음을 다해 너무도 아름답게 이야기하는 그 중대한 순간에도, 퍼트리스의 일부는 관망을 했다. 그녀 마음의 일부는 생각을 하고 있었고, 심지어 자신에게 말하고 있었다. "그녀는 이것을 느끼고 있어. 그녀의 심장이 너무 빠르게 뛰어서 어지러워. 봐, 그녀는 너무 행복해. 걷잡을 수 없이 행복해. 그녀는 빠지고 있어. 사랑에 빠지고 있어, 빠지고 있어." 퍼트리스는 집에 도착하자마자 곧장 장작더미로 가서 일을 했다. 목소리가 계속 그녀에게 말을 걸어왔다. 그녀와 같이 학교에 다니기 시작했던 소녀 중 몇몇은 수년 전에 결혼했다. 그중 몇몇은 세 명, 네 명, 다섯 명의 아이를 낳았다. 몇몇은 중년 여성처럼 보였다. 눈 녹인 물로 빨래를 하고. 온 가족의 옷을 빨고. 옷을 말리기 위해 얼리고. 햇살 아래에서 빨래를 채찍으로 때리고. 더구나 퍼트리스의 어머니는 결코, 조금이라도 우드 마운틴과 결혼하라는 뜻을 내비친 적이 없었다. 그러니 퍼트리스가 왜 결혼을 해야 한단 말인가? 실망스러운 생각이 번뜩 떠올랐다. 이제 우드 마운틴은 숨겨온 감정을 고백했으니 그녀에게 들러붙을 것이다. 그를 시험해볼 수 없다. 만일 그와 그것을 시험 삼아 해본다면 그녀는 어머니가 사랑에 대해 말해준 몇 안 되는 것 중의 하나를 어기게 될 터였다. "남자 마음을 가지고 절대 장난치면 안 돼. 그 남자가 어떤 사람인지 너는 절대 모른단다." 사랑을 했는데 거절을 당할 경우, 어떤 영적인 힘으로 남자가 그녀를 해칠 수도 있다는 뜻이었다. 그리고 퍼트리스는 어머니 말의 다른 부분이 정말이지 맞는 말이라고 생각했다—그 남자를 사랑하지 않는다고 말하기 전까지는 절대 그를 알 수 없다. 어쩌면 그때, 유혹을 위해 감추어두었던 그의 진정한 추함이 드러나리라. 결국 그런 일이 이미 버키와의 사이에서 벌어졌었다.

# 이름들

**자낫이 생각하기에는,** 모든 장소가 그곳에서 벌어졌던 실제 일들(꿈꾼 것, 먹은 것, 죽음, 동물의 출현)이 아닌, 사람들(정치인, 성직자, 탐험가)을 따라 이름 지어졌을 때 무엇인가 잘못되기 시작했다. 영속하는 지구와 이곳에서 잠깐 머물다 죽을 것들 사이에서 치무코마낙('백인'이라는 뜻의 치페와어—옮긴이)이 갖는 이 혼란스러움은 전형적인 그들의 오만함이었다. 자낫에게는 이러한 행동이 삶의 공간들에 균열을 발생시킨 것처럼 보였다. 인간의 이름으로 얼룩진 장소들에 동물들은 오지 않았다. 식물도 간헐적으로 자라기 시작했다. 자낫의 약초 중에서 가장 섬세한 것은 심지어 한꺼번에 죽어갔고, 어쩌면 자신들의 열매와 잎들을 자낫조차 찾지 못할 비밀스러운 곳으로 끌고 가기 위해 스스로 뿌리를 끊어낸 것인지도 몰랐다. 그리고 이제 성자와 토지 불하자와 성직자의 이름을 견디고 있는 이 반쯤 파괴된 장소들조차 빼앗기게 될 터였다. 그녀의 경험상 일단 그 사람들이 땅을 가져간다는 말을 하면, 그 땅은 이미 가버린 것이나 마찬가지였다.

## 엘나스와 버논

**두 사람은** 서로와 함께 다니는 것이 진절머리 났다. 그래서 밀다 핸슨이 그녀의 농가에 있는 방을 하나씩 준다고 했을 때, 그렇다, 분리된 방을 준다고 했을 때, 엘나스의 눈 뒤에서는 열망의 눈물이 뜨겁게 차올랐다. 어찌나 세게 목이 메어왔던지 말을 하지 못할 정도였다. 버논은 그 제안을 거절하기 위해 목소리를 쥐어짜내야 했다. 선교 원칙은 물론 의장도 방을 항상 함께 쓸 것을 주장했다. 그들은 화장실에 가는 것 이상으로 멀리 서로를 벗어날 수 없었다. 둘 중 한 명이 유혹의 손아귀에 빠졌을 때, 다른 한 명은 그것을 지켜본 다음 지역의장에게 보고하거나 비상상황이라면 전화라도 해야 했기 때문이다.

그래도 여러 방 중 침대가 두 개 있는 방이 있었고, 보호구역 밖이며 시내와 조금밖에 떨어져 있지 않다는 점에서 그 집은 완벽했다. 하느님께서 나란히 놓인 침대가 아니라 방을 가로질러 서로 떨어진 침대를 주셨다. 그것은 특별한 일이었다. 핸슨 여사는 자기 밭을 세주고 지금은 혼자 사는 과부였다. 그녀가 먹을 것을 주겠다고 했다. 그 말에 그들은 머리를 숙여 절했다. 감사한 마음뿐만 아니라 두 사람은 배고픔에 어지러운 상태였다. 그날 밤 접시에 팬케이크가 놓였고 그 옆에 베이컨이 자리했다. 목이 짧은 핸슨 여사가 매우 만족한 눈빛, 자부심이 넘치는 눈빛을 반짝이며 그들이 먹는 것을 지켜보았다. 그들은 거의 숨을 쉴 수 없었다. 너무도 배가 고파서 허겁지겁 달려들다 거의 숨이 막힐 지경이었다. 그녀의 표정이 동정심으로 바뀌더니, 천천히 고개를 저었다. 숱이 적은 머리칼로 말아 올린 둥지는 물음표 모양으로 고정되어 있었다. 아무튼 뭐였더라? 무슨 종교라고? 사실 그것에 대해선 들어도 이미 여러 번 들었을 것이다.

그날 밤, 엘나스는 작은 방을 가로질러 가서 침대에 누웠다. 버논과 적어도 10피트는 떨어져 있었다. 황홀했다. 밀다는 각각 누비이불 두 장씩을 주었고, 두 사람은 누비이불 상단에 겨울용 톱코트를 씌웠다. 따뜻했다. 거의 과할 정도였다. 하지만 아침이 되면 밀다가 부족함 없이 채워 넣은 장작난로가 재와 잉걸불로 사그라져 분명 추위가 칼로 찌르듯 할 터였다.

기진맥진했음에도 불구하고, 그리고 그보다 훨씬 더 사람을 지치게 하는 분노에도 불구하고 엘나스는 잠들지 못했다. 그는 딘 페이브 교구장에게 치명적인 결과를 낳을지도 모를 전화를 해야 할지, 말아야 할지를 두고 씨름하고 있었다. 그는 하느님 안에서 형제인 그를 고자질하고 싶지 않으나, 실수가 계속되게 놔둘 수는 없었다. 선교하라는 부름을 받아 파이프스톤 씨 목장에 머물던 시기에 버논은 몇 번 화장실에 가는 척 자리를 비웠었다.

엘나스는 집 안에서 루이스 파이프스톤에게 경전에 대한 수많은 아름다운 지적 증거들은 물론, 그의 종교가 가진 관심을 끌 만한 이로운 점들에 대해 계속 이야기하고 있었다. 그는 미국에서 기원한 유일한 종교가 그의 종교임을 선언한 후 얼마 안 되어 말을 멈췄다. 그가 이 말을 하면 사람들은 세례를 받든, 안 받든 대개 그에게 동의하는 미소를 지었다. 그런데 이 황소 같은 몸집의 남자는 입술을 굳게 다물고 이마 아래에서부터 쏘아보면서 몸을 앞으로 기댔다. 곧 공격할 것 같은 태세였다. 엘나스는 말을 더듬다가 멈췄다. 길었던 순간이 지나고, 루이스는 표정을 바꾸더니 놀랍게도 아기 천사 같은 미소를 지어 보였다.

"우리는 여기, 우리만의 종교가 있습니다." 그가 말했다. "우리만의 경전도 있어요. 유일한 것이고, 이야기로 되어 있지요."

"오, 물론이죠." 엘나스가 말했다. "우리도 교황이 꽉 쥐고 있다는 걸 알고 있어요."

"이 주변 모든 사람이 가톨릭 신자이긴 하지만 난 그걸 말하는 게 아닙니다." 루이스가 말했다.

"아, 그렇다면…"

혼란스러움. 엘나스는 다른 개신교 열성주의자들이 이곳에 먼저 왔다 간 것인지 의문스러울 수밖에 없었다.

"내가 말했듯이, 우리 부족이 가진 우리만의 종교 말이에요." 루이스가 계속 이야기했다. "우리는 이 세계에서 우리가 있는 곳에 감사합니다. 하지만 이것보다 더 높은 그 누구도 숭배하지 않아요." 루이스는 창문 밖으로 손을 뻗어 어두워지고 있는 하늘, 멈춰선 구름, 겹겹이 구름 속으로 가라앉으면서 녹아내리고 있는 태양을 가리켰다. 헛간도 시야에 들어왔다. 그리고 바로 그때, 엘나스는 버논이 옥외 화장실이 아니라 헛간에서 나오는 것을 보았다.

**버논이 자리를** 비운 것은 잠깐이었다. 엘나스는 버논의 목적이 가장 행렬 때 보았던 그 말 타는 소녀였을 거라고 꽤 확신했다. 하지만 가장 극악한 죄에 닿기에는 너무도 짧은 시간이었다. 엘나스는 웃기 시작했는데, 버논으로 인해 놀랐기 때문이기도 했고, 다른 한편으로는 그만의 종교라는 것이 루이스의 농담인 줄 알았기 때문이기도 했다. 인디언들이 무엇을 믿든 그것은 종교라고 불릴 만한 것이 아닐 거라고 그는 제법 확신했다. 엘나스는 루이스도 같이 웃기 시작할 것이라고, 진지한 표정으로 한 그의 농담을 이번만은 이해해준 것에 감동할 것이라고 생각했다. 하지만 그 대신 루이스는 음울한 불을 지폈고, 그런 표정으로 엘나스를 쳐다보았다. 그리고 침묵. 심지어 지금까지도 엘나스는 배 속에 서늘한 느낌이 들었다. 그리고 여기 방에 누워 생각해보니, 버논이 주장한 것처럼 보호구역 사람들은 이미 니파이인으로 문명화되어 격상된 옛날 옛적의 레이맨인 것 같기도 했다. 버논이 돌아올 때까지 침묵은 계속되었다.

"이만 가는 게 좋겠어, 버논 장로." 엘나스가 말했다.

압박을 받을 때면 그의 목소리는 여전히 끽끽거렸다.

지금, 마치 그를 괴롭히려는 듯 쥐들이 긁어대는 소리가 들렸다. 빙글빙글 돌고, 찍찍 하는 소리를 내고, 더욱더 마구 긁어댔다. 그 소리들은 머릿속에 갇힌 생각들의 현현처럼 느껴졌다. 그의 두개골 안에서 그것들이 이쪽 끝에서 저쪽 끝으로 내달렸다. 그는 분투하고 있었다. 한편으로 그는 만일 상황이 반대였다면—결코 그럴 일은 없겠지만— 버논은 그를 윗선에 넘겼을 것이라고 어느 정도 확신했다. 버논은 두 번 생각하지 않으리라. 그는 엘나스를 증오했다. 엘나스가 버논을 증오하는 것보다 훨씬 더. 증오는 아니었지만. 증오는 존재해선 안 된다고 배운 단어였으니, 증오는 아니었다. 그저 그에게 사랑이 없었을 뿐. 사랑의 불충분함. 그것이 바로 그가 마음을 못 잡고 있는 핵심 이유였다. 그는, 곧 엘나스는 버논의 영혼을 진정 걱정하는가? 아니면 그저 새로운 동행인을 얻기 위해 버논을 없애버리고 싶은 것인가? 버논에 관해 상부에 이야기하는 것이 버논에게도 도움이 될까? 그의 동행인은 수치를 당할 것이다. 버논의 부모가 모은 돈, 버논 자신이 모은 돈, 선교를 가기 위해 했던 그 모든 것들이 헛되게 될 것이다. 그런 식으로 실패한 선교는 극복할 수 없다. 집으로 돌려보내진다면 지역사회, 어쩌면 인생에서까지 그의 평판이 심각한 해를 입을 수도 있다. 더욱이 버논의 영혼이 진실로 위기에 처했다면 영원히 해를 입을 수도 있다. 엘나스의 생각은 흔들렸고, 빙글빙글 돌았으며, 선택지 사이에 갇혔다. 그러다 어떤 감정의 형태로, 하나의 생각이 천천히 그를 향해 비밀스레 다가왔다.

  엘나스는 그 생각이 벌레처럼 기어오르는 듯한 감각에서 벗어나고 싶었다. 그 생각의 손길을 받고 싶지 않았지만 손길이 계속 되돌아왔다. 언어로는 표현할 수 없는 종류의 것 같았다. 그러나 결국 그가 무의식을 향해 유영하는 동안 말이 형태를 갖추었다. 칠판에 적힌 문장들이 거듭 지워지다가, 한 문장이 오랫동안 머물렀다.

  *이것에 관하여 버논과 이야기하라.*

  엘나스는 깨어나기 시작했다. 물론 교구장에게 가는 것이 명백한 규칙이었다. "네 동행인에게 말하라"라는 규칙은 없었다. 반면, 그것을 금지하는 규칙도 없었다. 그런데 버논이 하고 있을 법한 일은 너무도 사적인 것이라 명확하게 서술하기가 불가능했다. 그에게 이야기를 꺼내기 위해 엘나스는 대체 어떤 단어를 사용할 것인가? 그렇게 직접적으로 말한다고? 사적인 문제에 대해 다른 사람에게 말하는 것이 죄라고 그에게 가르친 사람은 아무도 없었지만, 마치 죄처럼 느껴졌다. 그가 느끼고 있는 그런 감각들은 감정이라고 불리는 질병의 증상처럼 느껴졌다. 그와 버논은 이 수치스러운 상황을 인정해야 할 것이다. 엘나스는 간증을 해본 적이 있었지만, 지금 이것은 간증과는 달랐다. 그가 가진 극히 적은 수의 친구들과도, 가정 생활이나 교회 생활에서 이런 것은 해본 적이 없었다. 심장의 해자에 둘러싸여 깊이 파묻힌 빛, 그러니까 영혼 속의 문 잠긴 방 안에서 그는 주께 이야기했다. 이곳은 다른 인간과 함께, 특히 버논이라는 형체를 한 인간과는 함께 가지 못하는 장소였다.

# 밤의 새

**그녀는 버키**와 1학년 때부터 함께 학교에 다녔다. 차를 태워주겠다고 권하던 그의 방식은 너무나 친절했다. 여름. 뒷좌석 창문이 내려갔다. 제발 타. 어서. 그 미소. 그는 늘 친절했고, 가끔은 평소보다 더 친절했다. 그것이 경고의 종을 울렸던 건지도 모른다. 그러나 그날이 오기 전까지 그녀는 의심하는 사람이 아니었다. 세 명의 소년은 앞의 벤치형 시트에 앉아 있었고, 버키만 뒷좌석에 있었다. 그녀가 뒷좌석에 탔더니, 소년 중 한 명, 마이런 펠트가 퍼트리스 옆으로 잽싸게 들어왔다. 그게 마뜩찮았는데, 바로 그때 소란을 일으켰으면 좋았을 거라고 나중에서야 그녀는 생각했다. 그들은 차를 출발시키자마자 너무 빠르게 속도를 올렸고 버키는 하고자 하는 일을 했다. 퍼트리스가 밀어내자 버키는 그녀에게 다시 몸을 던졌다. 마이런이 그녀의 팔을 잡았다. 그녀는 몸을 비틀고 발로 차려고 애썼다. 버키의 손이 셔츠 안으로 들어올 때 그의 손톱이 그녀를 후벼 팠다. 그는 무릎으로 그녀의 무릎을 눌러 벌리려고 하더니 자신의 바지를 더듬거렸다. 그녀에게 와닿는 누린 숨. 그의 입술에서 떨어지는 점액. "이거 재미없어." 그녀가 말했다. 차에 있던 모든 소년들이 웃었다. 그녀는 얼음처럼 얼었다. 이번에는 더 크게 말했다. "꼬맹이들이라 재미없다고." 그녀는 그들이 기울이는 주목의 뾰족한 날을 느꼈다. "호수로 가. 덤불로 가자. 내가 어딘지 알아. 너희들한테 좋은 시간이란 뭔지 알려줄게." 그 말이 어디에서 나왔는지 그녀는 결코 알 수 없었다. 그러나 이것이 그들이 기억할 전부였다. 마이런은 그녀가 다시 허리를 세우고 앉을 수 있게 해주었다. 언젠가, 그녀가 마침내 이 일을 처리할 때, 그녀는 그도 죽일 것이다. 그들은 호수로 가는 울퉁불퉁한 길을 따라 달렸다. 그녀는 차 세울 곳을 보여주었다. 호수 바로 앞이었다. 버키는 그녀의 신발을 가져갔다. "얘는 이제 달릴 수 없어." 멍청이. 왜냐하면 그녀는 달릴 수 있었으니까. 최대한 빨리 달릴 수 있었으니까. 퍼트리스는 달렸다. 호수로 뛰어들었다. 그들이 쫓아왔지만 어쩌면 신발을 벗어야 했거나, 어쩌면 수영을 못 하는지도 몰랐다. 그러나 그녀는 헤엄이 곧 여름에 씻는 방법이었기에 수영하는 법을 알고 있었다. 그녀는 베라와 함께 수영하는 것을 사랑했다. 그녀는 팔을 앞으로 허우적대며 저 멀리 나아갈 때까지 힘차게 헤엄쳤다. 원피스는 가벼웠다. 그녀는 그것을 벗지 않았다. 그 무엇도 그녀를 붙잡아 당길 수 없었다. 호숫가에 있는 그들은 아주 작아졌지만, 그래도 그녀는 계속 헤엄쳤다. 삼촌의 배를 보았을 때 그녀는 그를 향해 방향을 틀었다.

  그날 밤, 퍼트리스는 가림막 담요 뒤쪽으로 램프를 가져가 할퀸 상처와 멍을 들여다보았다. 어깨에는 깨문 자국까지 있었다. 그중 어느 것도 느끼지 못했었다. 그러나 그의 손이 향했던 곳은 아직도 느낄 수 있었다. 그녀는 떨고 있었고, 눈을 꽉 감았고, 깔개 담요 아래로 기어 들어갔다. 다음 날, 더 많은 멍이 피부 아래에서 위로 올라와 있었다. 그런 표현이 있었다. "그들이 내 피부 아래로 들어왔다."('짜증나게 했다'는 뜻의 영어 관용구—옮긴이) 그녀는 흔적들을 어머니에게 보여주면서 소년들이 저지른 모든 행동을 자낫에게 말했다. 그들은 단 한 켤레 있는 신발마저 가져갔다. 어머니는 그녀에게 크게 두 번 숨을 내뱉게 했다. 그러고 나서 손을 딸의 손에 포갰다. 아무도 한 마디 말도 하지 않았다. 그것은 두 사람 모두에게 일어난 동일한 일이었고, 둘 다 이를 알았다. 나중에 퍼트리스가 버키의 비뚤어진 입과 그것이 어떻게 측면을 따라 내려가며 퍼졌는지에 대해 들었을 때, 그녀는 단서를 찾기 위해 어머니의 얼굴을, 평온하고 근엄한 얼굴을 보았다. 그러나 퍼트리스는 다름 아닌 자신이 한 일임을 알게 되었다. 그녀의 증오는 악의가 너무도 깊은 나머지, 마치 밤의 새처럼 그녀에게서 빠져나왔다. 이것이 버키에게로 곧장 날아가 그의 얼굴 옆면에 부리를 깊게 박은 것이다.

# U.S.I.S.

"뭐 가지고 있어요?"

"럭키 스트라이크(담배 상표—옮긴이)."

"오, 좋군요. 아니, 제 말은, '제기랄'이라고요."

저기는 반스에게 담배를 건넸고, 그들은 주방의 하얀색 탁자에 앉았다. 그 탁자는 저녁 시간이 끝나자마자 저기가 빵반죽을 치댈 때 쓰는 것으로, 윗부분이 에나멜로 되어 있었다. 이른 저녁 시간에 그녀는 라디오를 따라 내내 흥얼거리며, 동그랗게 만 엄지손가락과 집게손가락 사이로 누룩을 넣어 부풀어 오른 반죽을 튀어나오게 했다. 이제 팬롤들은 전부 알맞게 구워져서 식힘망 위, 깨끗한 행주 아래에서 쉬고 있었다. 공기에서 갓 구운 빵 냄새와 바스락거리는 담배 연기 냄새가 났다. 그녀가 라디오 소리를 줄였지만 조니 레이의 목소리는 여전히 들을 수 있었다.

"이게 인생이지." 충만하게, 그녀가 말했다.

"이게 인생이죠." 울적하게, 반스가 말했다.

"뭐 고민 있어?"

"이제 다들 아는데요."

그의 입 귀퉁이가 축 쳐졌다.

젠장, 이 남자의 모든 것이 아마 축 쳐지고 있을 거라고 저기는 생각했다. 내 아들은 이런 문제가 없어서 다행이지. 그리고 나서 그녀는 그런 생각을 했다는 것에 마음이 불편해졌다. 반스가 기대하는 대로 자신의 감정이 반응해주기를 바랐다. 그가 안쓰러웠다.

"그냥 단념해." 그녀가 말했다.

"말이야 쉽죠. 더구나 아주머니한테는요. 픽시를 빼앗은 사람이 바로 아주머니 아들이니까."

"건초더미, 내가 하는 얘기 잘 들어. 누구도 여자의 마음을 훔칠 수 없어. 특히나 픽시 같은 여자라면 더더욱. 픽시는 자기 마음을 주고 싶은 남자를 스스로 결정한 거야. 그게 다야. 그냥 단념해."

"아무 도움이 안 되네요."

"주변을 둘러봐. 터틀마운틴은 아름다운 여성들이 많기로 유명해."

"저도 그렇게 들었어요."

"오, 그딴 소리 집어치워. '저도 그렇게 들었어요'라니! 그건 사실이야, 너도 알잖아. 그냥 여기저기 둘러봐. 너 이제 정말 바보처럼 보이려고 그런다."

"상관 안 해요."

"밸런타인이랑 만나봤어?"

"전 밸런타인이 무서워요. 깨문다고요. 게다가 부시 댄스 이후로 꽤 여러 번 저를 비웃었어요."

"걔는 내 이복조카야."

"네?"

"됐어, 됐어. 그냥 만나봐."

"제가 만나기에는 너무 뾰족한 여자예요. 아마 절 거절할 거예요."

"내가 대신 가서 물어봐줄게."

"저를 깨물지 좀 말라고 말해주세요."

"덩치는 커가지고. 웬 겁쟁이람."

"광견병에 걸릴지도 모른다고요." 그가 미소 지었다. 어쩌면 무는 것이 그렇게 나쁘지 않았는지도 모른다. 반스는 정부가 지급한 재떨이에 담배를 껐다. 저기는 U.S.I.S, 곧 '미연방 인디언 서비스'라는 표가 붙은 무거운 철제 수저를 집어 들었다. 그리고 대답을 기다리면서 그 커다란 수저로 차를 저었다. 반스는 더 이상 아무 말도 하지 않았다. 그녀는 그것을 좋다는 뜻으로 이해했다.

**밸런타인은 멀리** 간선도로 근처에 살고 있었다. 가족이 차를 고치는 작은 사업을 하고 있었기 때문에 부품 사용용 차들이 사방에 널려 있었다. 저기는 근처까지 차를 몰고 가서 통나무 여러 개 위에 놓여 있는 멋진 구모델 T 옆에 자신의 차를 세웠다. 보기 좋게 페인트가 벗겨진 집 문에서 이복형제 레몬이 밖으로 나왔다.

"좋은 차들이 많네." 저기가 말했다.

"최소한 얘네는 가만히 있지." 레몬이 말했다. "지난가을 그링고와는 딴판으로 말이야."

저기가 웃었다. "늙은 그링고는 완전히 달라져버렸어. 밸런타인은 어디에 있어?"

"어쩐 일로 밸런타인을 찾아? 이제 올 때가 됐는데."

"뭐 물어볼 게 있어서 그래. 기다릴게."

두 사람이 햇살이 강하게 내리쬐는 회색 눈 마당을 무질러가고 있을 때, 엔진 소리가 들리더니 도리스 로더가 도로로 들어왔다. 밸런타인이 차에서 웃으며 내린 다음, 친구에게 오래도록 손을 흔들었다.

"여자들끼리만 하는 얘기야?" 레몬이 물었다.

"응. 안녕." 밸런타인에게 걸어가면서 저기가 말했다.

"고모, 안녕하세요."

"안녕, 아가씨. 건초더미가 너한테 데이트 신청을 하고 싶어 해."

"글쎄요." 밸런타인이 자신의 손모아장갑을 보며 아랫입술을 삐죽 내밀었다. 도리스나 픽시가 주변에 없을 때만 끼는 장갑이었다. "픽시가 쓰다 버린 남자 줍는 거 이제 싫어요."

"픽시는 반스를 쓴 적이 전혀 없어." 저기가 말했다. "반스는 이제 나온 신상품이지. 최소한 이 주변에서는 말이야."

"사용한 적은 없죠. 그래도 중고품인 건 변함없어요."

"환장하겠네. 그 사람을 쓴 건 네가 유일해. 물어 뜯었다더만. 그 사람은 네가 무섭대. 그리고 심지어," 저기는 거짓말을 했다. "이제 픽시한테 질렸대."

"그래요?"

"엄청 짜증난대."

"그럼 나한테 직접 와서 물어볼 수도 있잖아요." 밸런타인의 어조가 공격적이었다.

"왜 그 사람이 그래야 하는지 모르겠는데, 카랑카랑한 잭 아가씨." 저기가 말했다. "사실 난 지금 그 사람이 너랑 엮이는 게 좋을 것 같지 않아. 내 마음이 바뀌었어."

저기는 짜증난 듯 중얼거리면서 발을 쿵쿵대며 그녀의 차로 갔다.

"잠시만요!" 밸런타인이 외쳤다.

그러나 저기는 액셀을 밟고 떠나버렸다.

**그날 저녁,** 식사 시간이 한참 지나고 나서 반스가 찾아와 또다시 저기에게 담배를 권했다.

"끊었어." 그녀가 말했다.

"그냥 고마워서 드리는 거예요."

반스는 수상쩍을 정도로 활기차 보였다. 저기는 그저 의심스럽다는 듯 쳐다보기만 했다.

"밸런타인이 직접 찾아와서 데이트 신청을 했어요."

"이런, 이런, 이런." 담배를 받으며 저기가 말했다. "내 작은 이복조카가 정신을 차렸구나. 참 별일이네."

"내 여자친구 흉보지 말아요." 반스가 말했다.

"여자친구라고! 이런, 이런, 이런." 그녀는 연기로 동그라미를 만들어 분 뒤, 그 안으로 또 다른 동그라미 모양의 연기를 통과시켰다. 그러고는 만족스럽다는 듯 미소 지었다. "충고 하나 해줄까?"

"아니요, 네, 아니요."

"어쨌든 해줄게. 또 다른 행운을 위해서. 이 말을 마지막으로 나는 진짜 빠질 거야. 걔를 쫓아다니지 마. 너무 쫓아다니면 안 돼. 걔는 좀 확신을 주지 않는 남자를 좋아하는 부류거든."

"제가 픽시를 너무 쫓아다녔다고 생각하세요?"

"마지막 말이라고 했잖아."

"좋아요, 픽시는 잊죠. 저도 알아요. 정중하고 당당해질 거예요."

퍽이나 그럴까, 저기는 생각했다. 그건 딱 정중하지도 당당하지도 않은 남자가 할 법한 말이었다.

"캐리 그랜트처럼 해." 그녀가 결국 말했다. "감정을 얼굴에 다 드러내놓지 말고. 그냥 눈만 써. 입꼬리랑."

입?

걱정의 빛이 반스의 얼굴을 스쳤다. 그는 밸런타인의 예쁜 활 모양 입술과 그사이에 있는 뾰족한 치아의 반짝임을 생각하고 있었다. 기꺼이 주먹도 맞는 남자가 어찌 여자의 진주 같은 하얀 치아에 겁을 먹는단 말인가.

# 달리는 자

**공장에서 집으로** 오는 길에 토머스는 자신의 눈 저쪽 구석에서 거슬리는 무언가를 보았다. 한 소년이 차와 나란히, 그를 바로 옆에서 따라잡으며 뛰고 있었다. 토머스는 20, 30으로 달리고 있었고, 40까지 50까지 속력을 올렸다. 여전히 소년은 달리고 있었다. 그는 소년이 바라보고 있음을 느낄 수 있었다. 토머스는 만일 자신이 잠깐 옆을 본다면, 다시 도로에 주의를 기울일 수 없을 것임을 알았다. 왜냐하면 그 소년은 로더릭일 테니까. 달리고 있는 소년이 환영이라는 것도, 이번 주에 하루에 두세 시간만 자서 잠이 충분하지 않다는 것도 알았다. 시내에 다다르자 소년은 다른 방향으로 가기 시작했고, 토머스는 집까지 나머지 길을 조심스럽게 운전했다. 그때쯤에는 공포가 그를 잠에서 완전히 깨웠고, 그래서 집에서 잠이 안 올까봐 걱정이 되었다.

"로더릭을 또 봤어." 그가 아침식사 너머로 로즈에게 말했다. 사슴 고기 약간, 감자, 오트밀로 차린 식사였다. "도로였는데 내 옆에서 뛰더라고."

"오늘밤엔 내가 같이 갈게." 로즈가 말했다.

**그날 밤**, 로즈는 토머스와 함께 차를 타고 공장으로 갔다. 추위가 깊었고 바람은 높았다. 헤드라이트 불빛 안에서 눈이 서로 섞이고 꼬이는 형태를 그리면서 도로 표면을 따라 흩날리고 있었다.

"눈 뱀을 보고 있으면 나는 가끔 최면에 걸려." 토머스가 말했다.

"당신 눈빛이 멍해지면 내가 꼬집어줄게." 로즈가 말했다.

"이런, 그럼 아프지 않게 꼬집어줘. 안 아픈 곳에다가."

"나쁜 사람. 여하튼, 난 당신한테 노래를 불러주지는 않을 거야."

로즈가 지금껏 유일하게 부른 노래는 가사 없이 반복되는 자장가로 아기들은 이 노래에 곧장 잠에 빠져들었다.

"식사로 깜짝 놀랄 만한 것들을 가져왔지." 그녀가 말했다. "그중에서 가장 놀라운 건 말이야, 내가 당신을 책상에 엎드리게 할 거라는 거야. 당신이 잠깐 푹 자는 동안 내가 계속 지킬게."

"원칙에 어긋나는걸."

"누가 알겠어?"

두 사람은 차를 타고 조용히 나아갔다.

"로더릭만 빼고." 그녀가 말했다. "하지만 그는 말하지 않을 거야."

"내 귀신 갖고 농담하지 말아줘." 토머스가 말했다. "옛 시절 이후로, 우리 꽤 많이 다시 친해졌다고."

"둘이서 얘기도 해?"

"주로 일방적인 대화야. 그러다 다시 종종 내 머릿속에서 말이 들려. 오래전에 걔가 했던 말들."

"남편, 자기는 미쳐가고 있어."

"아내, 그게 내가 두려워하는 거라네."

"이 일은 언제까지 할 거야?"

"워싱턴에 간 다음에 쉴 거야."

"눈치 못 챘겠지만, 우리도 힘들게 견디고 있어."

"알고 있어."

토머스는 그녀의 손을, 단 한 번도 여자아이 손 같아본 적이 없는 우둘투둘하고 억센 손을 잡았다. 작은 소녀였던 시절 이후로, 사람들은 늘 그녀를 일하는 사람으로 알았다. 그녀는 누구보다도 더 많이 일할 수 있었다. 그녀의 어머니가 그렇게 말했었다. 두 사람의 결혼의 토대는 일이었고, 오늘 밤처럼 한 사람이 지치면 다른 사람이 도와줬다. 그는 아내의 손을 꼭 쥐었다. 그녀도 그의 손을 꼭 쥐었다. 그들은 가끔 이런 식으로 대화했다. 그들이 문에 이르렀을 때 러배트는 막 떠나는 참이었다. 그가 인사했다. 나가서 시동을 거느라 오래도록 차를 달랬다. 엔진이 몇 번 털털거리는 소리와 펑 하는 소리가 들리더니, 러배트가 폭발음을 내며 도로를 따라 달렸다. 곧 다시 시동이 꺼지더니 또 한 번 폭발음이 났다. 그러고는 천천히 집을 향해 차가 굴러갔다.

"자기 차를 직접 만지거든." 토머스가 말했다. "레몬한테 가보는 게 좋을 텐데."

로즈는 책상 근처에 자기 물건을 내려놓고 긴 의자를 잡아당겨 꺼냈다. 그가 첫 순찰을 돌 때 그녀는 천천히 뒤를 따랐다. 그리고 나서 여자 화장실에서 오랜 시간을 머물렀다. 그녀는 그 수도시설을 좋아하지 않을 수가 없었다. 밖으로 나온 그녀가 미소를 짓고 있었다. 머리에 빗질을 하고 립스틱을 바른 모습이었다.

"뜨거운 물이 계속 나와."

"언젠가는 우리 집도." 토머스가 말했다. 그는 그녀를 다시 보더니 갑작스레 수줍음을 느꼈다. "예뻐졌네."

"당신 잠 깨우려고 노력하는 거지 뭐."

"효과 있어. 진짜 좋은데."

그들은 같이 커피를 마셨다. 그는 로즈가 함께 와준 것에 감동했다. 로즈는 힘겨운 집안일은 물론, 때때로 의무적인 어려운 일들을 챙겼고, 두 부모님을 보살폈으며, 힘든 상황에 있는 사람들이 그녀에게 끝없이 맡기는 아이들을 봐주었다. 토머스 주변에 있는 모든 사람들을 돌보는 로즈. 그런 그녀가 지금은 그를 돌보고 있으며, 더구나 립스틱까지 발랐다. 그녀는 얌전하게 커피를 내려다보았고, 이내 눈을 들어 그를 보았다. 그도 그녀를 바라보았다. 다른 모든 것이 점점 사라져갔다. 로즈만이 유일했고, 늘 로즈뿐이었다. 두 사람은 오래도록 서로의 눈을 바라보았다. 긴장감에 웃음이 났다. 그때 가장 어두운 모퉁이에서 소음이 들렸다.

그들은 기다렸다. 그림자가 살짝 움직였다. 작게 끼익 소리가 났다. 어쩌면 건물이 살짝 가라앉은 것인지도. 그림자는 천천히 움직여 멀어지더니, 눈에 보일 만큼 뚜렷하게 살금살금 멀어졌다. 로즈는 뒷목이 오싹해졌다.

"그 사람이야." 그녀가 소곤소곤 말했다.

토머스는 아무 말도 하지 않았다. 그게 로더릭이라면 그녀가 그를 보았으면 했다. 그러나 다른 일이 전혀 일어나지 않자 마침내 그들은 긴장을 풀었다. 로즈는 그에게 책상에 머리를 대고 엎드리라고 이야기했다. 그는 사양했다. 다음번 순찰에선 로즈가 손전등을 들고 이끌었다. 두 사람이 다시 자리에 앉았을 때 그녀는 도시락에서 샌드위치를 꺼내 그에게 주었다. 삶은 닭고기에 약간의 그레이비소스를 입혀 만든 샌드위치였다. 그녀는 그해 가을에 닭 여섯 마리를 통조림으로 만들었다. 이게 그 마지막이었다.

"엎드려서 자." 그가 다 먹자 그녀가 명령조로 말했다.

목소리가 너무도 엄해서 그는 수그러들었다. 겹친 팔 위에 고개를 내려놓는 순간, 그는 덮쳐오는 안도감과 편안함으로 가득 차올랐다. 그는 곧바로 잠들었다.

**로더릭은 모터** 위가 아니라 뒤, 로즈가 볼 수 없는 곳에 앉아 있었다. 그는 마치 자신이 닭고기 샌드위치, 홈메이드 번빵을 먹는 듯이 얼굴 앞으로 두 손을 내밀었다. 그는 학내 빵가게에서 일했었다. 그곳에서 일하는 것은 밤에 배를 가득 불릴 수 있는 방법이었다. 아이들은 손에 넣을 수만 있다면 어느 반죽이든 훔쳐서 주머니에 넣었다. 그들은 이것을 '장식한다'고 했다. 반죽을 장식한다. 밤에 잠자리에 들어 그 반죽을 먹으면 이것이 부풀어 올라 충분히 배를 채워주었다. 아침에 빈속으로 깨어 배가 아프지 않아도 되었다. 제과점에서 일하려면 착하게 행동해야 했다. 그 일을 계속 하는 것만이 로더릭이 유일하게 마음 쓰는 것이었고, 그리하여 오랜 시간 동안 그는 착하게 굴었다. 그러다 꼬마 하나가 들키는 바람에 버튼 벨 여사가 아이들의 주머니를 모두 확인하게 되었다. 그는 해고되었다. 그 후 그는 더 이상 마음을 쓰지 않았고, 억눌렀던 온갖 나쁜 행동들이 터져 나왔다. 그는 도망쳤다. 다시, 또다시. 그는 달리는 자가 되었다. 그러다 결국 지하 저장고에 들어가 추위에 떠는 신세가 된 것이었다. 다 빵반죽 때문이었다. 이제 설령 저 샌드위치를 먹을 수 있다 하더라도 그는 더 이상 맛을 느낄 수 없었다. 로더릭이 보석베어링 공장에 오기 시작한 까닭은 이곳이 새로운 곳이기 때문이었다. 그는 보호구역에 있는 모든 오래된 장소들이 지겨웠다. 그리고 당연하게도 오랜 친구 토머스 주위에 있는 것이 좋았다. 가끔 로더릭은 한 해나 두 해 동안 잠잘 수 있는 곳을 발견했다. 그러나 깨어나면 그는 어김없이 유령, 여전히 유령이었고, 이런 상황은 점점 오래되어가고 있었다.

**토머스가 깼을** 때 그는 자신이 어디에 있는지 깨닫지 못했다. 그만큼 깊이 잠들었었다. 그는 팔에서 머리를 떼어 일으키고 눈을 떴다. 로즈는 긴 의자 위에 스러져 있었다. 코트를 베개 삼아 머리를 베고, 가슴과 팔에 스웨터를 덮고 있었다. 너무도 평화로워 보였다. 그는 다음 순찰을 한 뒤, 담배를 피우러 밖에 나가는 대신 책상 앞에 앉아 펜을 만지작거렸다. 그는 이웃 카운티의 지역위원을 곧 만날 참이었다. 부족민들에 대한 연방정부의 책임을 떠안는 것을 완강하게 반대하는 편지를 쓰는 것과 관련된 만남이었다. 학교는 말할 것도 없고 도로를 정비할 충분한 세금 기준도 보호구역에는 없었다. 오 그렇다. 현재 상황에서는 백인 거주지역 및 카운티의 군소 관료들까지 전부 쓸모 있었다. 그자들이 사무실 책상 뒤편에서 겁먹을 수만 있다면. 토머스는 쓰기 시작했다.

## 선교사의 발

**이 영원할** 것 같은 선교는 평생을 걷는다 해도 다 이뤄낼 수 없었지만, 그리고 버논은 하루의 끝을 고대했지만(특히 이제는 핸슨 여사가 주는 축복이 깃든 음식이 있었다), 그럼에도 밤이면 밤마다 그는 움직이는 발 때문에 잠에서 깼다. 발이 아팠고 휴식이 필요했다. 그럼에도 긴 발가락이 달린, 창백하고 좁다랗고 뼈가 불거진 그의 발은 가만히 있지 않으려 했다. 마치 두 발에게는 그들만의 생각이 있는 것 같았다. 제어가 안 되었다. 신께서 엘나스와 버논, 두 사람을 곧 다른 곳으로 옮겨가게 한 것이 그는 감사했으나, 한편으로는 파고까지 걸어야 할까봐 두려웠다.

그러나 만일 발이 꽁꽁 얻다고 해도 발 자신은 거리끼지 않을 것이라고, 그는 억울한 마음으로 생각했다. 마치 발들이 그에게 전혀 속하지 않은 것들이라는 듯이.

발에 경련이 나고 떨리는 와중에 다시 잠들기 위해 애쓰는 것보다 나쁜 단 한 가지 것이 있었다. 바로 그의 발이 침대에서 나와 더 멀리 가보기로 작정한 것을 발견하는 일이었다. 때때로 발은 버논을 산책시키기로 마음먹었다. 몇 번, 잠에서 깬 그는 자신이 밀다 핸슨 씨네 마당에 있는 것을 발견했다. 다음에는 진입로에서였다. 마치 그가 우편물을 찾으러 가기라도 한 것처럼.

그는 가족이 그리웠다. 떠날 때는 신이 났었는데. 치아가 하나밖에 없는 할머니와 매력적인 이모들과 못생긴 삼촌들이 그리웠다. 가장 그리운 것은 누군가 그를 사랑할지도 모른다는 환상이었다.

그가 아이였을 때 살던 집의 서까래에서 내려와 꿈속에서 그와 부둥켜안고 있었던 파이처럼 달콤한 어떤 사람. 꿈속에서조차 그의 마음이 그 사람을 만나러 가지 못하게 무척 조심해야 했다. 그리고 반드시, 결코, 결코, 그레이스를 생각하지 말아야 했다. 몸의 대부분은 말을 들었으나 발은 아니었다. 이 아프고 반항적인 발은 말을 듣지 않았다.

어느 밤, 그는 달빛 아래 외로운 도로에 나와 있는 자신을 발견했다. 외투는 입고 있었지만 추위에 불타오르는 듯한 발에는 신발이 신겨져 있지 않았고, 헐벗은 발바닥이 자갈에 베였다. 밀다 씨네 집으로 돌아오는 길에 그는 도로가에 오래된 고물 자동차가 서 있는 것을 보았다. 그는 멈춰 서서 창문을 유심히 들여다보았다. 뒷좌석에 무언가 움직이는 일렁임과 진창에서 싸우는 듯한 동물 소리가 있었다. 그는 계속해서 앞으로 천천히 걸어갔고, 머지않아 그의 상처 입은 발은 마침내 이불 아래에서 잠잠해졌다. 그가 목도한 것은 실제로 일어난 일이었던가? 그는 날카로운 실망감에 얼어붙었다. 그는 죄를 짓고 있는 두 영혼을 멈추기 위해 끼어들지 않은 자기 자신이 실망스러웠다. 이제 그들의 영혼은 길을 잃은 것이다.

## 스피릿 복사기*

"방금 나온 축축한 인쇄본이야." 저기가 아래로 축 처진 경제조사 마지막 장을 밀리의 손에 전해주며 말했다.

밀리는 종이를 곧장 코에 갖다 댔다. 아이 같아, 저기는 생각했다.

마지막 장은 정말이지 여전히 축축했고, 밀리는 신선한 아닐린 염색제 향에 푹 잠겨 희열을 느꼈다. 아마도 이것은 그녀가 가장 좋아하는 냄새일 것이다. 그녀는 또한 새로 퍼올린 휘발유, 버터밀크에 흠뻑 적신 튀긴 셀러리, 그리고 고무풀을 좋아했다. 그녀는 저기를 도와주기 위해 사무실에 왔다. 점점 더 흐릿해지는 보라색 글씨의 복사본이 스물다섯 부 있었다. 특별 복사본도 네 부 있었는데, 그것들은 토스크 교육감의 사무실에 있는 더 정교한 복사기에 접근할 수 있는 유령의 손이 만든 것이었다.

이들 복사본은 토머스가 만들고 있는 서류를 위한 것이었다. 하지만 저기의 교육감 사무실 접근 권한은 제한적이었다. 더구나 토머스가 요청했던 등사기는 아직 도착하지 않았고, 영영 안 올지도 몰랐

* 1923년에 발명된 이후 일반적으로 사용되었던 인쇄 방법. 카본지와 유사한 종이 마스터 시트를 사용해 보라색 또는 녹색 사본을 최대 40장까지 인쇄할 수 있었다.

다. 그래서 그들은 다시금 사용 가능한 복사기로 만족해야 했다. 서른 부를 찍고 나자 원본이 망가져서 밀리가 한 부를 새로 타이핑하기로 했다. 복사본들은 지역 및 주 관료, 신문사 및 라디오 진행자, 그리고 이 지역의 지배적인 경제 사안에 관심 있는 사람들에게 두루 보낼 예정이었다.

밀리는 간지를 빼낸 다음, 먹지와 함께 원본을 타자기에 끼워 넣었다. 그녀는 매우 세심하게 처음 시작할 때부터 종이를 일직선으로 맞췄다.

"그 사람들은 늘 틀려." 저기가 말했다. 그녀는 시나몬롤을 가져왔다. 밀리를 위한 선물. 시나몬롤과 커피가 그들을 밤까지 멀리 데려다줄 것이었다.

"오래전에 말이야." 저기가 계속 이야기했다. "그들이 인디언 숫자를 세어오라고 와페턴에 사는 어떤 멍청이를 보냈어. 이름은 맥컴버였어. 당연히 바보는 아니지. 자기 일을 너무 잘하는 사람이었어. 우리는 대부분 사냥하러 나가 있었고, 그는 오로지 순혈 인디언들의 수만 셌어. 그래서 결과적으로, 이미 스무 개 구역 이하였던 우리 보호구역은 단 두 개 구역으로 뭉개졌지. 그래서 틀리다고 한 거야."

"세상에." 특수 솔로 타자기 자판을 청소하고 있던 밀리가 말했다. "세상에."

이것은 그녀가 '아, 네' 대신에 사용하기로 결심한 단어였다.

"틀린다는 건 사람들이 죽도록 굶주린다는 뜻이지. 우리는 그때 이후로 한 번도 충분한 땅을 가져본 적이 없어. 혹은 부족 사람들이 다 함께 한 곳에서 살아본 적이 없지."

"정부는 희망사항과 다를 바 없는 일련의 추정에 기초해서 작동되고 있었어요." 밀리가 말했다. "저는 그들이 원하는 건 늘 그렇듯이 단순히 우리의 땅이 아닐까 싶어요."

"잠시만." 저기가 말했다. "그거 받아 적을게."

밀리는 기쁜 나머지, 자판을 잘못 눌러 실수를 하고 말았다. 짜증스러워 입술을 깨물었다. 그녀는 고무 롤러를 들어 올리고, 면도날로 종이 뒤의 먹지를 부드럽게 긁어냈다. 그러고 나서 수정 연필로 실수한 부분을 덮었다. 그녀는 수정 접합체를 건조한 후에 작은 먹지 조각을 끼워 넣었다. 해당 글자를 다시 치고 남은 먹지를 제거한 다음 계속 타이핑을 했다. 저기가 한 말은 사실이었다. 잘못 측정된 인구조사는 터틀마운틴 사람들이 물질적으로 풍요롭다고 의회에 확신을 주는 데 사용되었다. 하지만 이것은 단순히 그게 전부가 아닌 문제였다. 밀리는 생각을 정돈할 수 없었고, 이것의 이유를 문단으로 정확하게 형성할 수 없었다. 이것은 무언가 인디언으로 존재하는 것에 관한 것이었다. 그리고 정부. 정부는 인디언이 그들에게 무언가 빚진 것처럼 행동해왔는데, 사실 그 반대가 아닌가? 그녀는 기숙학교에서 교육을 받은 적이 없을 뿐더러, 어떤 식으로든 인디언에 관해 교육받은 적이 없었다. 그녀가 받은 가톨릭 학교 교육으로는 완전히 패배하거나 손쉽게 죽어버린 숱한 이교도들 말고는 인디언에 관해 전혀 알 수 없었다. 그녀는 자신의 가족에 대해 아는 바가 거의 없었고, 최대한 동화되었다. 사람들은 그녀가 인디언인 것을 거의 알아채지 못했다. 그러니 그녀가 자기 자신을 단호히 인디언으로 생각할 이유가 있었을까? 그것을 가치 있게 여길 이유가 무엇이었을까? 백인의 익명성을, 그 편안함을, 그 안에서 어울리는 기쁨을 열망하지 않을 이유가 무엇이란 말인가? 사람들은 그녀가 왜 조금 다르게 보이는지 그 이유를 알고 나면 종종 이렇게 말하곤 했다. "네가 인디언일 거라곤 생각도 못 했어." 칭찬이라고 하는 말이었다. 그러나 모욕에 가깝게 느껴졌다. 왜 그랬을까? 그녀는 픽시에 대해 생각했다. 혹은 퍼트리스. 어느 이름이 맞는지 그녀는 확실히 알지 못했다. 두 사람은 같은 부류의 사람들이었다. 예쁜 외모가 아니라 색깔 면에서 그랬다. 어쩌면 픽시는 이러한 것들을 다 생각해봤을지도 모른다. 밀리는 너무도 강렬하고, 너무도 우아하며, 너무도 아는 것이 많은 픽시의 어머니에 대해 생각했다. 그리고 픽시는 자낫이 알고 있는 모든 것을 알았다. 픽시, 자기 어머니와 너무도 닮은 그녀는 자신이 얼마나 특별한지 알고 있었던가?

"이런." 밀리는 그전까지 몇 페이지 내내 타자를 완벽하게 쳤다. 당연하게도 그녀는 타이핑에 탁월했다. 그러나 자낫과 픽시를 생각하느라 점점 주의력이 떨어졌고, 자판의 잘못된 위치에 손을 올려놓아 한 줄을 다 망쳤다. 그리고 해당 페이지의 끝부분에 거의 다 다다라 이번에는 한 쪽 전체를 없애야 했다. 잘못 기입한 줄은 면도칼로 잘라내고, 다른 종이 위에 그 줄을 다시 쳐서 면도칼로 도려낸 후, 투명 테이프를 이용해 원본에 고정해 넣었다. 그다음은 먹지 조각을 다루는 일이었다. 그리고 그 고친 줄을 원래 있던 줄 아래에 정확히 위치시키는 까다로운 문제. 당연히 그녀는 이것을 매우 잘했다. 석사 논문을 전부 직접 타자기로 쳤었고, 지금 치는 것은 단지 논문의 일부일 뿐이었다. 같은 과정에 있었던 남학생들은 전부 여성 타자수를 고용해 논문 타이핑을 했었다. 그 일로 그녀는 남학생들이 자신보다 못하다고 여겼다.

일을 마쳤을 때, 밤이 반쯤 지나 있었다. 저기는 모퉁이에 담요를 깔고 그 위에 잠들어 있었다. 밀리는 여전히 따뜻한 보온병의 커피를 마시고, 멋지게 감긴 롤 하나를 다 먹었다. 세심하게 사용한 포크에 묻어 있는 아이싱과 시나몬 주근깨까지 핥아먹었다. 다른 사람들은 손가락으로 먹었다. 세상에. 밀리는 아니다. 그걸 아는 저기가 포크와 접시를 가져왔다. 그러니 저기를 자게 두자, 밀리는 생각했다. 그녀는 스피릿 복사기의 원통형 통 위에 원본 첫 번째 면을 고정시켰다. 그리고 유동액 통을 뒤집은 다음, 압력과 심지와 가이드레일을 꼭 필요한 만큼 조정했다. 그러고서 사랑스럽다는 듯 복사기를 손으로 돌리기 시작했다. 복사기 유동액의 중독적인 냄새가 사무실 공기를 채우면서, 그녀는 점점 행복해지고 또 행복해졌다.

# 1954년을 위한 기도

**이 밤에** 언덕에서 깨어 있는 자가 누구인가?

**점점 더** 큰 희열을 느끼는 한 젊은 여자가 스피릿 복사기의 회전하는 통을 작동시킨다. 흐느적거리듯 걷는 키 크고 마른 선교사가 자는 중에 얼어붙은 도로를 따라 휘청거린다. 치페와-크리족 전통 여성은 말똥말똥 깨어 있는 아기의 피부에 곰기름을 문질러준다. 무척이나 나이 든 한 남자는 그에게 찾아온 작은 빛들에게 말을 걸고 있고, 무척이나 나이 든 한 여자는 적들에게서 도망치기 위해 건넜던 요동치는 붉은 강을 격렬한 꿈속에서 다시 건넌다. 커다란 초가지붕 머리를 한 금발의 남자는 갑작스레 몸을 일으켜 앉아 "당신은 정말 서투르네요"라고 말하는 호리호리한 여성의 맨몸을 만져보려 애쓴다. 심하게 취한 남자는 저주가 풀리기를 애원하며 눈 속에서 소리를 지르고 있다. 또 다른 남자, 반쯤 취했을 뿐인 남자는 형제들과 끝없는 카드놀이를 하고 있고, 형제들은 그가 모르몬교로 개종한 것은 우스꽝스러우며 러배트라는 좋은 가톨릭 이름에 먹칠을 하는 것이라 말한다. 한편 또 다른 남자, 상처 입고 강하며 자기가 태어난 곳의 이름으로 불리고 있는 남자는 마구간 안의 작은 장작난로 옆에서 자고 있다. 옆 마구간에서는 그링고라는 이름의 말만 유일하게 담요를 덮고 있다. 하지만 담요 덮개만으로는 만족하지 못한 말은 두꺼운 판자에 머리를 바짝 대고 생각에 잠겨 그 영양이 풍부한 나무를 질근질근 씹는다. 그링고는 확실히 귀리나 보리를 더 좋아하는 것으로 보이며, 그의 하인이 나타나길 바라는 마음으로 머리를 앞뒤로 흔들고 발을 쿵쿵거린다. 그러나 아무 일도 일어나지 않고 밤은 계속되고 또 계속된다.

\* \* \*

**부족 사무실** 바닥에서 자고 있는 믿음직스러운 여성은 너무도 지친 가운데 잠꼬대를 하기 시작한다. *소금이 너무 많이 들어갔어*, 그녀가 말한다.

**선생님들이 종종** '요정'이라 부르곤 했던, 부드럽고 반짝이는 눈을 가진 젊은 여성은 손목시계를 구매하는 중으로, 몽고메리워드사社 카탈로그의 주문서를 작성하고 있다.

**그 저주받은** 남자는 모두가 깊이 잠들어 있는 부모님 집을 향해 기어가고 있다. 그는 자신이 그저 욕망에 이끌려 저질렀던 일에 대한 처벌을 충분히 받았다고 느낀다. 만일 뇌만 온전히 작동한다면, 그와 똑같은 짓을 하고도 멀쩡한 모습으로 걷고 있는 성인 남성들의 이름을 사방으로 댈 수 있을 것이다. 그들은 온전한 입으로 미소 짓고 있으며, 두 눈을 모두 떴다 감았다 한다. 그래, 그녀를 여기저기 때렸었다. 그래, 그녀를 거의 가질 뻔했었다. 하지만 아무 일도 일어나지 않았다! 그렇다고 아예 시도하지 말았어야 했다는 것이 아니다. 그저 여자를 잘못 골랐을 뿐이다.

**몇 마일** 떨어진 곳, 한 수심 깊은 남자가 보석베어링 공장에서 잉크펜으로 파머 훈련을 하고 있다. 그는 손목을 돌리고 손가락을 구부리더니, 의자에 앉은 채 이쪽저쪽 몸을 돌린다. 다 마치고 나자 몸을 똑바로 한 뒤, 밀턴 R. 영 상원의원에게 아직 쓰지 않은 또 다른 편지를 쓴다. 그는 편지에서 전략을 펼치며, 예의 바른 절망을 담아 서명한다. 다음으로 가망 없이, 또 다른 노스다코타주 상원의원인 윌리엄 "와일드 빌" 랭어에게 길고도 정중한, 그러면서도 농담으로 가득한 편지를 쓴다. 와일드 빌은 종결을 지지하는 사람이지만, 토머스는 잃을 것이 없으므로 그를 좋아할 수밖에 없다. 한때 그는 주지사 저택에 들어앉아 방어벽을 두르고 집무실 퇴거를 거부했던 인물이니까. 만일 당시 랭어가 고립주의적인 길을 고수해냈다면, 어쩌면 토머스의 형 팰런은 저 먼 전쟁에서 죽지 않았을지도 모른다. 세계는 필시 훨씬 더 안 좋아졌을 테지만, 그래도 형 팰런은 현실에서 존재할 수 있었을 것이다. 이따금 그저 벽을 통과해 걸어 다니거나 고독한 영혼들에 대해 수군거리는 것이 아니라….

**오늘 밤에는** 로더릭이 곁에 없는 것 같았지만 굉장히 기묘한 느낌이 일었다. 토머스가 편지를 쓰는 동안 마치 펜이 보호구역에 있는 모든 것들의 균형을 유지하고 있는 듯했다. 그래서 그는 계속 썼다.

# 너희는 인디언 유령을
# 동화시킬 수 없어

**유령이라고 하더라도** 로더릭은 결코 동화되지 않을 것이다. 너희는 인디언 유령을 동화시킬 수 없어. 너무 늦었어! 그는 백인 지옥에도, 백인 천국에도 가지 않았다. 그러나 너무나 먼 색앤드폭스 지역에서 죽었기에 치페와 천국의 마감 기한을 맞추지도 못했다. 그리하여 고향으로 가는 자기 시체를 따라와 그저 슬렁슬렁 돌아다녔다. 그는 이런저런 일에 관한 대화들을 엿들었다. 그 용어를 알아낸 것은 죽은 이후였다. 백인들이 하려고 하는 것. 동화. 백인의 방식이 곧 나의 방식이 된다. 그는 숙고해보았다. 백인들이 그의 머리카락을 모두 밀어 나중에 부들부들하고 뾰족뾰족하게 자랐을 때, 로더릭은 뭐랄까, 그것이 마음에 들었다. 모피 같았다. 그는 머리털 위에 손을 대고 쓸어보았다. 몇 가지는 그가 무척 원했던 것이기도 했다. 복숭아 통조림이 그랬다. 하지만 딱딱한 신발은 아니었다. 동트기 전만 아니라면 트럼펫도 좋아했다. 그리고 따뜻한 울외투. 울양말도. 그러나 다시 생각해보면, 만일 그들이 없애버리지만 않아도, 그는 곱슬곱슬한 버펄로 외투를 입을 수 있었을 것이다. 곱슬곱슬한 버펄로 양말 역시 마찬가지다. 결핵. 분명 그는 그것을 좋아하지 않았다. 그런데 옛 시절에 질병이 있었던가? 그는 그 어떤 것도 들어본 일이 없었고, 그래서 궁금할 수밖에 없었다. 인디언들은 무슨 이유로 죽었을까? 동물, 사고, 추위, 다른 인디언. 예전에는 동물이 너무 많을 뿐만 아니라 어디에나 있어서 아무도 굶주리지 않았다는 이야기를 들은 적이 있었다. 말에게 차일 수도 있었고, 성난 버펄로의 뿔에 들이받힐 수도 있었다. 로더릭은 어쩌면 자신이 죽었을 법한 다른 방식들에 관한 생각에서 헤어 나오지 못했다. 무엇이 되었든 더 나았을 것이다. 예를 들면 창을 꽉 쥐고 적을 막아내는 전투 같은 것. 안 돼, 그가 겪었던 공포와 고통, 그는 숱한 세월 동안 전부 잊지 않았다. 당연히 이 세월은 유령인 그에게는 순간 같았다. 그는 고인이 된 퍼랜토의 장례식에 가기도 했다. 어쩌면 몰래 그를 따라 사후세계로 향하는 여정에 오를 수 있을지도 모른다고 생각했다. 그는 어딘가 새로운 곳으로 갈 준비가 되어 있었다. 그러나 퍼랜토는 술에 취해 죽은 탓에, 거룩한 길에서 방향을 홱 틀어버렸다. 그래서 로더릭은 자낫이 마치 그의 어머니처럼 물을 세 번 갈아가며 요리한 팔팔 끓는 곰 고기 냄새로 되돌아왔다. 어떤 연유에서인지는 몰라도 그는 냄새를 맡을 수 있었다. 또한 그는 자낫이 말하는 것을 듣길 좋아했다. 동화는 안 돼! 치페와어에는 욕설이 없었지만 섹스에 관한 단어는 무척 많았고, 로더릭은 섹스에 관해 듣는 것을 좋아했다. 그것을 못 해봤다는 것이 유감스럽기는 해도, 이제 그것에 관한 모든 것을 알았다. 너무 많이 알았다. 예전에 그는 사람들이 성적으로 도발적인 행동을 하기 시작하면 그들 앞에 나타나기를 멈추기도 했었다. 그러나 자낫과 나이 든 사람들이 섹스에 관해 이야기할 때는 재미있었다. 그는 유령의 웃음을 지었다. 고드름에서 떨어지는 물소리처럼 들리는 것, 저 높은 곳에서 나무의 잔가지들이 서로 부대끼는 소리 같은 것. 하지만 실제 섹스는? 그것은 한 편의 익살극이었다. 동화되어 행동하는 것. 그래서 그는 안 했다. 다만 홀로 동화되지 않는 것은 정말이지 어려웠다. 그는 집에 갈 수 있길 바랐다.

# 클라크 켄트

**안과 치료소는** 병원 모퉁이에 있었다. 방문 안과의사가 검진하는 작은 방 바깥에 선이 그어져 있었다. 퍼트리스는 그 선에서 한 시간 동안 서 있었다. 눈 검사는 차트와 조명, 그리고 까만 줄이 여럿 그어진 카드로 이루어졌다. 의사가 모든 결과를 기록하더니 커다란 렌즈 세트를 그녀의 얼굴 앞에 내려놓았고, 앞에 있는 형체가 선명하게 보일 때까지 각각의 눈의 배율을 바꾸었다. 완료되고 나자 그는 몇 가지를 더 적더니 특수한 처방이 아니라면서 그날 바로 안경을 맞춰줄 수 있다고 알려주었다.

"안경이요? 저는 안경을 쓸 필요가 없는데요."

보는 데는 문제가 없었으므로 검사를 받는 것이 안경으로 이어질 거라고는 생각하지 못했다.

"무언가를 읽는 정도의 거리에서는 시력이 보통보다 더 좋아요." 그가 말했다. "멀리 있는 것들을 보려면 안경이 필요합니다."

"멀리 있는 것들도 보여요."

"더 선명하게 보게 될 거예요."

그는 진료실을 나가더니 판지로 된 상자를 가지고 들어왔다. 그

상자에서 안경을 하나 꺼냈다. 다들 쓰는 인디언 공공의료 안경과 같은 종류였다. 안경테는 까만색에 정사각형 모양이었다. 그는 이것을 퍼트리스의 얼굴에 올려놓고 귀 뒤에 잘 맞도록 안경다리를 조정했다.

"이제," 그가 말했다. "완벽하게 맞네요. 읽을 때는 벗어도 될 거예요."

안경이 코 위에서 무겁게 느껴졌다. 그녀는 모든 것을 플라스틱 액자 안에 들어가 있는 모양으로 보는 데 익숙해질 것 같지 않다고 생각했다. 귀 뒤에 안경다리가 놓인 방식이 너무도 의식되었다. 퍼트리스는 병원 계단을 걸어 내려가봤지만 큰 차이가 있는 것 같지 않았다. 모든 것이 평소처럼 보였다. 단, 계단 마지막 칸에서 기다리고 있는 우드 마운틴을 봤을 때만 빼고. 그녀는 싸움으로 엉망이 된 그의 얼굴을 작은 것 하나하나 모두 볼 수 있었다. 기대에 찬 희망, 그가 다시는 입 밖으로 꺼내지 않기를 바라는 사랑까지도. 그녀는 계단을 걸어 내려가며 점차 그에게 가까워질 때, 자신이 단 한 번도 멀찍이 떨어진 사람의 얼굴을 읽었던 적이 없음을 깨달았다. 그녀는 사람들의 표정을 본 적이 없었으며, 그 사실을 깨닫지조차 못했었다. 멀찍이서 본 그는 이제 달라 보였다. 코가 너무 내려앉은 탓에 그를 잘생겼다고는 못 할 것 같았다. 그녀는 계단 위에 멈춰 서서 우드 마운틴 너머, 차들과 집들, 나무들과 급수탑 쪽을 바라보았다. 세상의 세밀함에 그녀는 숨이 막혔다. 벽돌의 확고한 선. 문에 걸린 표지들의 또렷함. 수많은 잎들과 어두운 나무줄기 뒷면을 배경으로 뾰족하게 곧추선 소나무 바늘잎들.

그녀가 경이에 찬 눈으로 우드 마운틴을 봤을 때, 그녀는 그가 웃기 일보 직전이라는 것을 알 수 있었다.

"뭐가 그렇게 웃겨?"

하지만 그녀가 느끼기에도, 무언가 굉장히 재미있었다. 지금 그녀는 달리 변장을 하고 있었다.

"너 꼭 슈퍼맨 여자친구처럼 보여."

"아니야. 클라크 켄트처럼 보이지."

"오, 와, 그래 맞아!"

우드 마운틴이 팔을 내밀자 그녀는 영화에서처럼 그의 팔을 잡았다. 균형을 잡으려면 그가 필요했다. 안경 탓에 발이 한참 멀찍이 떨어져 있는 것처럼 느껴졌다.

"집에는 어느 길로 가실 건가요, 클라크 켄트? 오래 걸리는 길, 아니면 빨리 가는 길?"

치누크 바람(로키산맥 동부에 부는 건조하고 따뜻한 바람—옮긴이)이 전날 밤 내내 불었다. 세상은 눈으로 화사했고 빛으로 덮여 있었다. 도로는 물로 반짝이고 있었으며 공기는 따뜻하고 부드러웠다. 그리고 새들, 새들이 나와 겨울의 한복판에서 봄노래를 불렀다.

"왔던 길로 똑같이." 퍼트리스가 말했다.

집에 반쯤 다다랐을 때 우드 마운틴이 길 위에서 그녀를 멈춰 세웠다. 그러고는 두 손 안에 그녀의 얼굴을 감싸 쥐었다. 그는 그녀에게 입맞춤하지 않았다. 안경 모퉁이에 입을 맞추었다. 다시 걷기 시작했을 때 그는 그녀의 손을 잡았다.

"방금 뭐야?"

"참을 수 없었어. 그 안경."

"남자애처럼 보이지." 퍼트리스가 웃었다.

"아니, 안 그래." 우드 마운틴이 말했다. "하지만 확실히 똑똑해 보여. 널 귀찮게 구는 남자가 있다면, 그 사람 참 불쌍하네."

계속 걷는 동안 눈부신 눈발은 두 눈이 감당할 수 없을 정도로 광채를 뿜어냈다. 조금이라도 빛을 막기 위해 눈을 감아야 했다. 그러면 가장자리에 깃든 어둠을 느낄 수 있었다. 누군가 돌덩이를 실은 썰매를 끌고 숲을 통과해 간 덕분에 길이 다져져 있었다. 그들은 그 길을 따라 걸었다. 파란빛이, 더 보드라운 빛이 그들을 감쌌다.

"귀찮게 굴어봐." 퍼트리스가 말했다.

"귀찮게 굴라니. 나는 클라크 켄트를 유혹할 생각은 한 번도 해본 적이 없는걸."

"뭐, 어쨌거나 해봐." 퍼트리스가 말했다.

우드 마운틴은 가슴팍에 그녀의 등을 마주하여 안았다. 그의 두 손이 패드를 덧댄 그녀의 허리 부근을 꽉 붙들었다. 두 사람은 매우 따뜻하게 옷을 입고 있었지만, 만일 구식 체위로 일을 치른다면 목과 바지가 눈투성이가 될 터였다. 그녀는 돌아서서 그의 머리가 어지러워질 때까지 입을 맞추었다. 그녀는 치마를 입고 있었지만, 속에 울스타킹을 신고 있었다.

"앉을 수 있는 통나무를 찾아보자." 그가 말했다. "내가 아래에 앉을게. 네가 그 위에 앉아."

앉을 만한 장소를 찾아내기 전까지 그녀는 그 말이 무슨 뜻인지 이해하지 못했다. 그는 손을 외투 아래 그녀의 가슴 위에 두었고, 그녀는 잠시 아찔해졌다. 오, 너무 좋아. 그녀가 상위에서 몸을 하강할 때, 그가 두 사람의 옷을 알맞게 매만졌다. 이윽고 그녀는 베티가 했던 말을 기억해내고서 그에게 물었다. 그는 외투 안주머니에서 포장된 것을 하나 꺼냈다.

"널 만날 때마다 쉽게 꺼낼 수 있는 곳에 두고 있었어." 그가 수줍게 말하더니 그것을 씌웠다. 이제 그는 너무도 간절하게 그녀의 안에 있었다. 그녀의 두 눈에 눈물이 차올라 안경이 뿌예지자, 그가 천천히 몸을 떨어뜨렸다. 그녀는 안경을 정돈한 다음, 다시 시작하기 위해 숨을 들이쉬었다. 마침내 그들은 했고, 점점 나아졌다. 베티는 그것이 세상 모든 것들 중의 최고라고 말했지만 그 정도는 아니었다. 하지만 퍼트리스는 베티의 말마따나 자신이 중독되어가는 것은 아닐지 의문스럽기도 했다. 만일 그렇게 된다면 그녀는 다른 어떤 것도 생각하지 않게 되리라. 일이 벌어지고 있는 동안에 그녀는 정말 개의치 않았다. 그러나 우드 마운틴이 무력해지고 이성을 잃자, 그리고 무언가를 크게 외치고 나서 잠잠해지자 그녀는 마음이 쓰였다. 너무도 마음이 쓰였다. 여태 밀리에게 받은 오렌지색 손모아장갑을 끼고 있던 그녀는 그의 머리를 자신의 심장에 대고 안았다. 나뭇가지에서, 숲 전체에서 눈이 무더기로 떨어졌다. 눈 아래에서는 물줄기가 녹으며 속살거렸다. 딱따구리가 나무를 어찌나 세게 두드려대는지 나무가 마치 종처럼 울려댔다. 그들의 숨은 점차 느려져 완벽한 순간에 숨을 들이쉬고 있었다. 어쩌면 지금 두 사람은 생각마저 똑같은 것처럼 보였으나, 그녀는 굳이 확인해보고 싶지는 않아서 말은 꺼내지 않았다. 두 사람은 아까 입었던 대로 옷을 고쳐 입고 길 위에 그대로 있었다. 두 사람은 깨끗해졌다. 그들은 그렇게 느꼈다. 두 사람의 욕망은 이제 사라졌고 아이 같은 기분이 되었다. 그녀는 아무런 이유 없이 웃더니, 그의 얼굴을 눈으로 씻겨주겠다고 엄포를 놓았다. 그가 그렇게 하라고 해서 그녀는 눈을 한 움큼 쥐었으나 그의 뺨만 건드리고 말았다. 그리고 그가 입을 열었을 때 그녀는 그에게 눈을 먹였다. 우드 마운틴에게 그 눈은 영원의 맛이었다. 그는 다시 픽시에게 그 눈을 먹였다. 눈이 픽시의 혀 위에서 녹았다. 안경에 김이 서렸다. 이제 그녀는 가라앉기 시작하고 있었다. 땅에 닿기 시작했다. 오두막이 시야에 들어오는 곳에 두 사람이 다다르고 나서야, 비로소 그녀는 자신의 가슴이 꽉 닫혔다는 것을 감지했다. 숨을 고르게 쉴 수가 없었다. 그녀는 그에게 잘 가라고 말한 뒤, 그를 문 안으로 들이지 않았다.

# 체크

**문제가 있었다.** 밀리의 패턴 옷이 바닥나고 있었다. 그레이스와 함께 선교회 옷무더기로 가보았지만 꽃무늬밖에 찾을 수 없었다. 밀리는 옷감 속의 꽃들을 끔찍하게 싫어했다.

"까탈스러워." 그레이스가 말했다.

"난 내가 입고 싶은 걸 아는 거야."

"이건 어때?"

그레이스가 파선이 그려진 서클 치마를 들어 올렸지만 선이 무질서하게 끊겨 있었다. 그래서 그레이스가 유혹하는 미소와 함께 치마를 빙글빙글 돌릴 때는 옅은 적대감마저 일었다.

"여기 네 이름이 쓰여 있네. 체크."

"싫어."

"까탈이야!"

너무 많은 수의 오래된 물건들이 주위에 있을 때 밀리에게 어떤 느낌이 덮쳐왔다. 일종의 공황이었다(밀리는 몇몇 상황에서 자신에게 폐소공포증이 일어난다고 스스로 진단 내린 바 있었다). 또한 그녀가 가지고 있는 옷 가운데 무엇을 입더라도 워싱턴에서 진술할 수 없을 거라고 퍽

확신했다.

"여기서 나가자."

"잠깐만!"

그레이스가 그녀에게 딱 맞는 크기의, 까맣고 노란 체크 셔츠를 들고 있었다. 깃 끝이 뾰족하고 소매가 팔뚝 선까지 내려오는 셔츠였으며, 다트 마감이 되어 있었다. 밀리가 셔츠에 감탄하는 동안 그레이스가 옷무더기 깊숙한 곳까지 손을 뻗어서 놀랄 만한 옷을 찾아냈다. 길고 무거운 원피스였는데, 여섯 개의 서로 다른 천으로 만들어져 있었고, 각각의 천은 저마다의 기하학적 패턴으로 이루어져 있었다. 색깔은 파랑, 초록, 금색으로 동일했으나 각각의 조합이 미세하게 달랐다. 트윌 원단으로 만들었으며, 패턴은 천 위에 눌러 붙인 것이 아니라 천 안으로 엮은 것이었다. 밀리는 팔을 활짝 펼쳤다. 심장이 부풀어 올랐다. 그녀는 블라우스와 원피스 값을 수녀에게 치른 뒤에 건물 입구 쪽의 통로로 걸어 나와서, 그곳에 앉아 천 조각 하나하나의 무늬를 살펴보았다. 페르시아 러그의 다양한 상징처럼 하나하나가 복잡하고 불가사의했다. 그녀가 들여다보자 패턴들이 그녀를 내면 깊숙이 데리고 갔다. 상점과 마을을 넘어 의미의 토대 속으로, 이내 의미마저 넘어 어떤 장소 속으로 그녀를 이끌었다. 그곳은 세계의 구조가 인간의 마음과 아무런 관련이 없는 곳이었고, 더구나 원피스 패턴과도 아무 관련 없는 곳이었다. 단순하고, 원시적이고, 말로 표현할 수 없으며, 너무도 아름다운 곳. 그곳은 그녀가 매일 밤 가는 곳이었다.

## 레이맨들

"**그들의 증오는** 굳어졌으며, 그들은 그들 스스로의 악한 본성에 이끌려 거칠고 흉포하며, 피에 굶주리고, 우상 숭배와 더러움이 가득한 백성이 되어, 사냥 짐승을 먹고 살아가며, 장막에 거하며, 허리에 짧은 가죽띠를 두르고, 머리를 민 채 광야를 방황하였으며…"

"로지, 당신은 어떻게 생각해?" 토머스가 말했다. "이게 우리래."

그는 그 묘사를 다시 읽었다.

"아니." 로즈가 말했다. "에디 밍크랑 더 비슷한데."

토머스는 모르몬경을 덮고 다시 법안 본문을 살폈다. 얼마 전 그는 왓킨스에 대한 정보를 더 얻기 위해 미국인디언의회 회장인 조 개리에게도 편지를 쓴 바 있었다.

"확실한 사실은," 개리가 답변을 보내왔다. "왓킨스는 유머 감각이 없다는 거예요."

모르몬경보다 그것이 훨씬 더 무서웠다.

왓킨스는 저 아래 사막에서 절망적인 상황에 처해 있던 나바호족에 대한 원조 기금을 충분히 책정하는 것도 거부했다. 왓킨스는 나바호족이 "빈곤에 익숙하다"라고 말했다. 그의 발언이 널리 회자되는 바람에 아마 그도 뜨끔했을 것이다. 토머스는 경제적인 곤경을 집중 공략하기로 마음먹었다. 왓킨스는 인디언이 사라지는 것과 바로 그 이유로 인디언이 그를 사랑해주는 것, 둘 다 원하는 것처럼 보였다. 토머스가 깨어 있는 시간에 최대한 모르몬경을 읽어보니, 왜 그 남자가 조약법을 완전히 무시하는지 이해할 수 있었다. 왓킨스의 종교에서는 모르몬 사람들이 그들이 원하는 모든 땅을 신으로부터 선물 받았다. 인디언은 백인이 아니었고, 기쁜 사람들이 아니었으며, 어두운색 피부라는 저주를 받은 사람들이었으므로 땅에서 살 권리가 없었다. 미합중국에서 가장 높은 정부 주체와 법 조약에 사인을 했다는 것 또한 왓킨스에게는 아무것도 아니었다. 법률적 책임은 신의 계시 다음이었다. 모든 것이 신의 계시 다음이었다. 모르몬경에 전부 기록되어 있는 조셉 스미스가 받은 계시에 따르면, 그의 사람들만이 최고이며 세상을 가져야 한다.

"작은 틈으로 볼 수 있는 돌, 모자 바닥에 있는 눈, 금판에 관한 정신 나간 이야기를 대체 누가 믿는담? 이 책은 전부 인디언을 제거하기 위한 변명에 불과해." 토머스가 말했다.

로즈가 그의 말을 듣고 웃기 시작했다.

"잘 생각해보면, 모두 정신 나간 이야기야." 그녀가 말했다.

그 말이 토머스를 생각으로 이끌었다. 뭐라도 좀 나은 경전이 있었던가? 능력과 시로 가득한 성경도 믿기 어려운 이야기로 가득했다. 토머스는 그것들이 굉장히 흥미롭다고 생각했었지만, 따지고 보면 전부 그저 이야기일 뿐이었다. 하늘의 여자 이야기나 창조의 마니둑, 혹은 나나보조 이야기보다 덜 중요했다. 엘나스와 버논이 두고 간 재미없는 책은 물론 그 모든 것들 중에서, 토머스는 초자연적 인물인 나나보조가 가장 좋았다. 나나보조는 오리를 속였으며, 자신의 엉덩이에 화가 난 나머지 그것을 불태워버렸고, 높은 나무에 갇혔을 때 내려오기 위해 똥 산을 만들었다. 조카를 위해 늑대를 잡았고, 어느 때고 양심의 가책을 갖지 않았으며, 물총새를 아름다운 색으로 채색했음은 물론, 아이들이 굶주릴 때 거짓으로 밥을 먹이기도 했다. 자신의 남근은 어깨너머로, 고환은 서쪽으로 던져버렸고, 스스로 그루터기로 변해 자신의 남근을 물총새가 앉아서 쉬는 나뭇가지처럼 보이게 만들었다. 또한 신의 그림자를 쏴 죽였으며, 온갖 유용한 것과 꼭 필요한 수많은 것들, 가령 웃음 같은 것을 창조한 존재였다.

## 하느님의 계획


**노버트는 점점** 그들 두 사람이 무언가 다른 것을 할 것처럼 가장하던 것을 멈추기 시작했다. 노버트는 베티의 기분을 맞춰주지 않았다. 이제 베티를 위한 사탕은 없었다. 애정 어린 대화도 없었고, 그런 척하지도 않았다. 그렇게 변해버린 날들에는 소다수 판매점에 가지 않았고, 드라이브를 하며 풍경을 구경하거나 영화를 보러 가지도 않았다. 심지어 차를 세웠을 때 라디오도 안 들었다. 노버트는 그저 곧장 자기 할 일을 했다. 베티로서는 노버트와 함께 뒷좌석으로 가는 것이 좋다고는 해도, 전적으로 괜찮은 건 아니었다. 어느 날 밤, 베티는 노버트의 속도를 누그러뜨리는 데 성공했고, 꽤 잘 흘러가고 있었다. 사실 그녀는 무척 달아오르고 행복감에 다가서는 중이었다. 그때 차 문이 열리더니 노버트가 튕겨 나갔다. 그는 문에 몸을 밀착시킨 채 베티의 위쪽에서 힘겹게 움직이며 머리로 창문을 누르고 있던 참이었다. 그가 몸을 빼내 그녀의 가슴 사이로 자신을 내던지던 순간, 유감스럽게도 차 문이 벌컥 열렸다. 그는 속절없이 그녀의 몸에서 미끄러져 매끈한 도로 위로 자신의 복부를 내동댕이쳤다. 베티는 문의 걸쇠가 저절로 튀어나온 줄 알았으나, 이내 누군가 밖에서 말하는 소리가 들렸다. "당신의 영혼을 위한 하느님의 계획을 말씀드릴게요. 잠시 시간을 내주실 수 있겠습니까?"

# 위원회

**루이스는 말들을** 두고 떠나는 것이 영 마뜩찮았다. 모지스는 다리가 말을 안 들어서 꼼짝없이 누워 있어야 했다. 그들에게는 어르고 달래는 일이 필요했다. 그렇지 않으면, 워싱턴에 갈 위원회는 저기 블루, 밀리 클라우드, 토머스 와샤스크로 이루어질 것이었다. 원래 그들은 루스 무스크랏 브론슨의 집에 머물러도 좋다는 제안을 받았다. 그녀는 미국인디언의회 비서실장으로, 인디언의회는 아직 워싱턴 집무실을 마련할 기금이 없어 그녀의 집에서 갖가지 일들을 운영하고 있었다. 그런데 제안을 수락한 후 얼마 되지 않았을 때, 그녀가 결국 그들을 수용할 수 없게 되었다고 전해왔다. 실망. 그들은 값싼 호텔을 찾았다.

"제가 할 수 있을 것 같지 않아요." 밀리가 저기에게 말했다. "저는 상원의원 무리 앞에 앉아 있을 수 없어요. 제 목소리를 믿지 않아요."
"전에 목소리가 안 나왔던 적이 있었니?"
"아니요. 하지만 이러니저러니 말을 늘어놓죠."
"다들 그러지."
"문제는 그러다 말이 잘못 튀어나온다는 거예요."

저기가 침묵했다. 밀리는 분명 사람들을 공격하거나 화나게 하는 말들을 했다. 만일 그녀가 상원의원을 상대로 그렇게 해서 증언을 엉망으로 만든다면?

"아주머니가 연구에 관해 진술해줄 수 없으세요?" 밀리가 물었다.

"당연히 안 되지." 저기가 말했다. "나는 이미 토머스가 목이 쉬면 성명서를 대신 읽기로 했어. 네 것까지 생각해야 한다면 혼란스러울 거야."

"퍼트리스가 제 자리를 대신하게 하죠."

"너 제정신이니?"

"퍼트리스의 새 안경 보셨어요? 진중한 사람처럼 보여요. 제 연구 결과를 속속들이 이해할 때까지 공부할 유일한 사람은 퍼트리스뿐이에요. 그리고 말도 잘하고요."

**저기와 밀리는** 보석베어링 공장으로 차를 몰고 가서 퍼트리스가 퇴근하기를 기다렸다. 그녀가 주차장으로 걸어왔을 때 그들이 그녀를 멈춰 세웠다.

"집까지 데려다줘도 될까? 밀리랑 내가 너한테 물어볼 게 좀 있어." 저기가 물었다.

"감사하지만 괜찮아요." 퍼트리스가 말했다. 하지만 그들은 그녀가 도리스와 밸런타인에게 가라고 손을 흔들 때까지 고집을 부렸다.

"대체 무슨 일이죠?" 그녀가 데소토 뒷좌석에 올라타며 말했다. 밀리가 뒤를 돌아보더니, 상대를 당황시키는 자신의 안경을 통해 퍼트리스를 빤히 쳐다봤다. 퍼트리스도 그만큼이나 상대를 당황시키는 자기 안경을 통해 밀리를 빤히 쳐다봤다.

"봐요, 내가 안경 얘기 했었잖아요." 간선도로로 올라설 때 밀리가 말했다. "안경이 픽시의 눈을 감춰주고 있어요. 훨씬 덜 귀여워 보이지만, 오히려 좋을 거예요."

"뭐가 좋은데요?"

퍼트리스는 막연한 불안감을 느꼈다. 마치 이런 일이 전에도 있었던 것 같았다. 아, 그렇다, 기억이 났다. 예전에는 버키였지. 또 지난번에도 차에 타라고 협박을 받았었는데, 그 길로 결국 독성이 있는 베이브 의상을 입고 유리 수조 안에서 헤엄치게 되었지.

"좋을 게 뭐냐고요?" 그녀가 다시 말했다.

"워싱턴 D.C.에서 증언하는 일에 좋죠." 밀리가 말했다. "나는 못 해요. 난 무슨 말을 할지 알려면, 먼저 그걸 글로 써야 하거든요. 당신은 바로바로 대답할 수 있잖아요."

"바로바로 대답할 일이 뭐가 있어요? 그냥 연구 결과를 읽는 거 아니예요?"

"그 사람들은 질문을 하고 싶어 할 거예요."

"어, 안 되겠어요. 나는 그 질문에 대답할 수 없어요. 당신 연구에 대해 모든 걸 아는 게 아니잖아요. 난 할 수 없어요."

"아니, 할 수 있어요." 밀리가 말했다. "당신은 그렇게까지 바보가 아니예요."

퍼트리스는 밀리가 말하는 방식에 익숙해져 있었다.

"전혀 바보가 아니죠, 밀리. 하지만 나는 집에 있어야 하고, 일을 해야 해요."

"부족 위원회가 상사한테 말을 해줄 거예요. 가족 일은 내가 도울게요."

"어차피 당신은 우리 집에 자주 오죠." 퍼트리스가 말했다.

"기록하느라 그래요." 밀리가 말했다. "나는 아마 경제학에서 인류학으로 바꿀 것 같아요."

"아무튼 간에." 저기가 말했다.

"나는 안 해요." 퍼트리스가 말했다. "하지만 같이 연습은 해줄게요, 밀리. 그럼 경우에 맞지 않는 행동을 하지 않게 될 거예요."

"당신은 우리랑 같이 가야 해요." 밀리가 말했다. "내가 경우에 맞지 않는 행동을 할 때를 대비해서."

"그 정도면 마음에 걸릴 게 전혀 없죠." 퍼트리스가 말했다.

"이제 회의를 시작합니다."

토머스가 형식에 맞춰 회의를 진행했다. 속기를 할 줄 안다고 말한 밀리가 지난번 저기가 기록한 내용에 이어 회의록을 작성했다. 위원회가 진짜 해야 할 일은 누가 워싱턴 D.C.에 갈지 결정하는 것이었다.

"모지스?"

"다리 상태가 아직도 좋지 않아. 나는 분명 못 가게 될 거야."

"루이스?"

"말들한테 안 좋은 시기야."

루이스는 지지서한에 카운티와 주 관료들의 서명을 받아냈다. 그는 여전히 미국재향군인회의 지역 지부에 노력을 쏟고 있었고, 누구에게든 가서 자신의 황소 같은 몸과 귀여운 미소로 서명을 받아낼 수 있었다. 심지어 기부금을 받는 것도 문제없었다. 하지만 그는 워싱턴에는 가고 싶어 하지 않았다.

"당연히 자네가 있어야지. 그래야 그 사람들이 우리한테 대표성이 있다는 걸 알지."

"전혀 도움이 안 될 거야. 내가 생각하는 건 오직 그들이 내 아들을 망쳤다는 것뿐이야." 루이스가 말했다.

토머스는 종이 뭉치를 내려다보며 손으로 이마를 쓸었다. 그는 그날 유독 피곤했고, 어지러움과 싸우고 있었다.

"밀리가 가고 싶어 하지 않는다는 걸 알고는 있지만," 토머스가 말했다. "우리가 돈을 조금만 더 모으면 퍼트리스가 밀리를 뒷받침할 수 있어. 보석베어링 공장에 관한 증언을 할 수도 있고. 저기, 넌 어때? 날 실망시키지 말아줘."

"나는 이번 일을 놓치지 않을 거야. 날이면 날마다 오는 일이 아니잖아."

"이건 관광 여행을 떠나는 게 아니야."

"그야 당연하지. 만일 당신이 도시 수돗물에 배탈이 나기라도 하면, 내가 성명서를 읽을 수 있도록 준비해놨어."

"그런 일은 없을 거야." 토머스가 손사래를 치며 말했다. "금주 중이거든."

"거기 가면 다들 술은 안 마시는 게 좋을 거야." 모지스가 말했다.

"제일 좋은 건 당신이 와서 우리를 감시하는 거지." 저기가 말했다. "정신 나간 치폐와 사람 한 무리가 무슨 일을 벌일지 누가 알겠어."

"나를 속여서 데려갈 궁리는 하지 마. 나는 늙었어."

"이게 당신이 죽기 전에 큰일을 할 마지막 기회야, 아키웬지"

**다들 여전히** 불안한 채로 회의가 끝났다. 토머스는 퍼트리스와 밀리를 차로 집까지 바래다줬다. 그즈음 자주 있는 일이었는데, 밀리는 퍼트리스와 함께 집에 갔다. 도착하면 밀리는 자낫의 난로 옆에 있는 탁자에 앉아 연필과 공책을 꺼냈다. 그러고는 자낫이 주기적으로 수집하는 식물 중 하나를 그렸다. 그녀는 그 말린 잎들이 무엇인지 알아보려 애썼다.

"여름에 한 번 더 와야겠네요." 밀리가 말했다. "이렇게 바짝 말라버리면 어떤 식물인지 알 수가 없어."

"그건 미스코민('라즈베리'를 뜻하는 치폐와어—옮긴이)이에요." 퍼트리스가 말했다. "엄마는 어디에든 그걸 써요. 여자한테 좋은 식물이에요. 생리통도 완화해주고, 자궁도 튼튼하게 해주고, 젖도 나오게 해주죠. 하지만 엄마는 이걸 일상적으로 쓰세요. 그래서 엄청 많이 가지고 있는 거예요. 그리고 여기 이거는 가기게박('소나무'를 뜻하는 치폐와어—옮긴이)이에요. 이것도 여자한테 좋은 식물이죠."

"세상에." 밀리가 말했다.

퍼트리스는 예전에 농업 고문인한테 통조림 만드는 법을 배워서 어머니를 위해 병 한 상자를 집에 가지고 온 적이 있었다. 그때 포키는 어린나무 막대기로 튼튼한 선반을 만들어 벽에 고정해주었다. 밀리는 으깬 나뭇잎과 껍질을 벗긴 뿌리가 가득 담긴 병들이 줄지어 있는 것에 호기심이 일었다. 다른 약들은 자낫이 아끼는 야생 양파처럼 모퉁잇줄에 걸려 있거나 긴 꼬리로 땋아져 있었다.

밀리는 주머니칼로 연필을 뾰족하게 깎고 계속 공책에 썼다. 어디선가 많이 본 듯한 공책이었다.

"학교 공책이네요." 퍼트리스가 말했다.

"정부 지급품이에요. 내가 수학 선생님한테 공책 몇 권이 필요하다고 부탁했어요."

"건초더미를 만났군요? 그러니까, 반스 말이에요."

"맞아요. 그레이스랑 내가 훈련장으로 우드 마운틴을 데리러 갔거든요. 반스가 나더러 잠깐 와서 자기 교실을 보라고 하더라고요."

"그래서 갔어요?"

"그럼요. 내 체크 셔츠가 좋다고 그러던데요. 보면 아이디어들이 떠오른대요."

"이런, 그거 참 들이대네." 퍼트리스가 말했다.

"'들이댄다'라," 밀리가 말했다. "맞아요, 아이디어들이 들이닥친다는 거죠."

"아니, 내 말은… 오, 당신도 알잖아요."

"오! 그런 거 전혀 아니에요. 좌표평면에서 특정 사각형을 가리는 것 같은 그런 수학 가르치는 방법을 말한 거지. 나는 반스가 무슨 뜻으로 한 말인지 알아요."

"자료조사 얘기로 돌아가죠. 그 사람들은 당신이 정보를 어떻게 얻었는지 물을 것 같아요."

밀리는 아버지를 방문한 후에 어떻게 조사할 생각을 하게 됐는지 말하고 나서, 당시 인터뷰를 하면서 겪었던 새로운 경험들 전부를 매우 자세하게 이야기했다. 그리고 자신이 속해 있던 대학 과정에 대해, 또 장학금을 어떻게 받았는지도 풀어놓았다. 자신이 쓴 다른 보고서들, 그다지 많지 않은 경력 사항, 참조한 목록, 그리고 성적도 나열했다. 퍼트리스는 뾰족한 연필로 기록을 해나갔다. 밀리는 상원의원 중 누군가가 정보의 신빙성을 해치려고 할 경우에 대비해 모든 사항을 이야기해야만 할 터였다.

## 빼빼 마른

**가끔 밸런타인이** 눈을 반쯤 감고 반스를 곁눈질할 때면, 반스는 상상컨대 자신이 그녀의 턱 안에 물려 있는 연약한 토끼가 된 것 같았다. 당연히 그는 밸런타인데이의 사탕처럼 그녀가 실제로 달콤하기를 바랐다. 나의 것이 되기를. 그는 그녀의 맨살을 만지는 데까지는 성공했다, 거의. 하지만 그녀는 손을 매섭게 쳐내는 데 선수였고, 심지어 성기까지 휘갈겼다. 그는 공포에 점점 힘이 빠져갔다. 약해졌어! 건초더미! 만일 그가 그녀를 더 소중하게 대하려면 먼저 청혼을 해야 한다는 것은 분명했다. 엄격한 가톨릭 기준으로 보면 그랬다. 당연히 반스는 이것을 존중했다. 하지만 다른 한편으로, 남자는 남자였다. 결과적으로 그는 스피드백을 치는 속도가 너무 빨라지고 있었고, 지나치게 자주 줄넘기 줄이 보이지 않을 만큼 뛰었다. 그리하여 몸무게, 실제 몸무게가 줄었다. 밸런타인의 감시망에 그가 점점 말라가는 것이 포착됐다.

"점점 빼빼 마르고 있잖아." 그녀가 말했다.

이제 그는 서투른 데다가 빼빼 마른 사람이었다. 그전까지는 단 한 번도 그런 식으로 불려본 적이 결코 없었다. 그는 풍채가 컸고, 이를 스스로 알고 있었다. 그리고 오, 그는 그것을 증명해 보일 수도 있었다. 만일 밸런타인이 그 부드러운 심장 모양의 이름과 조금만 더 비슷한 사람이었더라면 말이다.

## 여정


**그들은 기차에** 앉아 잤다. 미니애폴리스에서 다음 기차를 탔다. 또 다른 밤을 기차에 앉아 잤다. 토머스는 큰 소리로 읽어야 할 종이 위에 너무 많은 표시를 남기지 않으려고 애쓰면서 강박적으로 그의 증언내용을 읽었다. 퍼트리스는 손목시계를 확인하고 또 확인했다. 그녀는 매일 밤 시계태엽을 감는 순간을 애타게 기다렸다. 또한 값비싼 사무용 여행가방을 샀다. 체크무늬. 두 가지 음영의 초록색과 빨간색 선들. 능력 좋은 사업가 같은 딸깍 소리를 크게 내면서 튀어 오르듯 열리는 걸쇠. 저기는 샌드위치, 쿠키, 말린 사과, 당근, 건포도가 가득 담긴 작고 낡은 여행가방을 낑낑대며 들고 기차에 탔다. 그들은 식당 칸에서 돈을 쓰고 싶지 않았다. 세 번째 밤을 기차 의자에서 잤고, 워싱턴에서 깨어났다. 플랫폼을 따라 여행가방을 끌고 가면서 그들은 극심한 피로에 휘청거리지 않으려 애썼다. 숨을 깊게 들이쉬고 몸과 짐을 힘겹게 옮기며 널찍한 계단을 올랐다. 이내 심장이 쿵쾅대고 눈이 따가운 채로, 그들은 자신들이 솟구치는 아치형 천장의 거대한 연속체 안에 서 있음을 깨달았다.

   공간의 크기가 충격이었다. 담배 연기가 낮은 천장을 이루고, 그 위로 강렬한 빛이 있었다. 공기는 바다 근처에서 침묵당했지만, 공간은 하나의 물리적인 존재처럼 여겨질 정도로 너무도 커다란 아우성을 감싸 안고 그것에 둘러싸여 있었다. 그것은 빠르게 움직이는 엔진 소리, 경적 소리, 빵빵거리는 소리, 종소리, 사이렌 소리, 휘파람 소리, 요란하게 울리는 소리, 삐 소리, 으르렁거리는 브레이크 소리, 울부짖는 타이어 소리, 그리고 이들 소리 아래로 훨씬 더 작은 소리들, 속삭이는 발소리, 종이가 사각대는 소리, 대화하는 중얼거림, 수저와 포크의 쨍그랑 소리, 컵을 내려놓는 소리, 먹는 소리, 코트를 입고 벗는 바스락거리는 소리, 주석으로 만든 징을 치는 소리, 시계 침 소리, 그리고 움직임이, 혹은 고무로 된 덧신이, 혹은 기쁨이 내는 끽끽대는 소리로 이루어져 있었다. 토머스 일행은 주머니처럼 그들 자신만의 고요 안에 서 있었다.

  토머스와 모지스에게 도시의 소음은 방향 감각을 잃게 하는 것이어서 그들은 움직일 수가 없었다. 저기는 소음을 날씨 대하듯 했다. 그녀는 이 소리와 저 소리를 구분하지 않거나, 세부적인 것들에 마음 쓰지 않았다. 밀리는 대학가의 학교 캠퍼스 근처에 살았기 때문에 소음에 더 익숙했다. 퍼트리스는 이미 각오를 한 터였다. 그들은 마침내 대열을 정비해서 택시에 끼어 탄 뒤 모로칸호텔까지 갔다. 깨끗했지만 오래되고 낡은 자그마한 곳이었다. 그들의 방은 도로에 면한 방향에 있었고 높이는 2층밖에 되지 않았다. 창문을 닫아도 소음이 시끄럽게 두드려댔다. 토머스와 모지스가 방 하나를 쓰고, 여성 셋이 다른 방 하나를 썼다. 저기는 호텔 측에 침대 하나는 2인용으로 요청했었지만, 두 침대 모두 1인용이었다.

  "굳이 동전 던지기 같은 건 안 할 거야." 저기가 말했다. "나는 뼈도 아프고, 막 발로 차거든. 너희 둘이 같이 쓰도록 해."

그들은 극도로 기진맥진한 상태로 아담한 식당에서 식사를 하고, 순서대로 재빨리 미지근한 물에 목욕을 했다. 그리고 나자 잘 시간이었다. 밀리의 잠옷은 눈의 감각을 마비시키는 다이아몬드와 점으로 뒤덮여 있었다. 저기는 오래되어 다 해진 루이의 보드라운 셔츠를 입었다. 퍼트리스는 흐느적거리는 파란색 면으로 만든 나이트가운을 입고 있었는데, 선교회의 무료 옷더미에서 가져온 것이었다. 그녀는 밀리 옆으로 들어가 등을 맞댔다. 방은 따뜻했지만 두 사람은 목 근처까지 이불을 끄집어 당겼다. 저기와 밀리는 곧장 잠들었다. 와글거리는 소리에 퍼트리스만 홀로 깨어 있었다. 사실 사람들은 아래층에 있었지만, 꼭 그녀의 머리 바로 위에서 떠들고 있는 것 같았다. 처음에는 이 흥미로운 파편들을 하나씩 귀 기울여 들었고, 그리하여 눈을 계속 감고 있었음에도 수면 상태로 옮겨가지 못하고 다시금 의식을 느끼기 시작했다. 그녀는 저기와 밀리가 방을 돌아다니고 있는 것을 느낄 수 있었고, 분명 아침이라 생각했다. 그러나 그녀가 눈을 떴을 때, 빛이 길었다. 아직 아주 늦은 오후일 뿐이었다. 그녀의 눈이 감겼다.

**그때 무언가** 그녀의 안으로 살며시 움직였다. 달라진 소리와 달라진 공기가 깃든 새로운 공간. 그때까지 그녀가 붙잡기를 애써 거부하고 있던 그것. 찢어지는 감각이 있었다. 마치 그녀의 중심이 관통되어 반으로 나뉘는 것 같았다. 그리고 심장이 모든 것을 파괴할 듯 제어할 수 없이 뛰었다. 숨을 쉴 수 없었다. 그녀는 팔을 들어 올렸다― 만일 그가 거기 있어 그녀를 안아주었더라면. 그녀의 얼굴이 부드러워졌다. 만일 그의 얼굴이 부드럽게 와닿아 입맞춤해주었더라면. 그녀의 혀 위에서 눈이 녹았다.

"일어나." 저기가 그녀를 부드럽게 달래며 말했다. "배고프잖아."

"가요." 밀리가 말했다. "길 아래에 작은 식당이 있어요."

"거기 좋아 보이던걸." 저기가 퍼트리스의 발을 잡아당기며 말했다. "서두르자."

## 매의 눈

**퍼트리스는 하원** 바닥을 내려다보며 관람석 안으로 걸어 들어갔다. 그녀의 목도리와 외투는 비에 젖어 아직 축축했다. 증언이 있기 하루 전날이었고, 그들은 국회의사당을 눈에 익히려는 중이었다. 그녀는 앉았다. 주변에 있는 사람들을 조심스럽게 흘긋 보았다. 립스틱을 진하게 칠한 범상치 않은 모습의 한 여성이 눈에 들어왔다. 너무도 매력적이어서 퍼트리스는 눈을 떼기가 어려웠다. 그녀는 잠깐 퍼트리스에게 눈길을 주고는 하원 의석을 내려다보며 거기에 집중했다. 그녀의 짙은 머리칼은 물결치며 뒤로 넘겨져 목 뒷덜미에서 멋지게 말려 있었다. 그녀는 여왕처럼 인상 짙은 이목구비를 가졌고, 기장이 짧고 얇은 재킷과 종아리를 반쯤 덮는 치마로 된 옅은 갈색 정장을 입고 있었다. 무릎 위에 검은색 작은 가방을 꼭 쥔 그녀는 움직임 없이 눈을 고정한 채 맹금류의 강렬함으로 의원들이 앉거나 서 있는 반원을 응시했다. 하원 의석에서 멕시코 경제에 관한 논의가 시작되었다. 퍼트리스는 연사들의 말을 다 이해하기는 어려웠지만, 정부의 권력 공간에 있다는 엄중함이 관람자들의 강렬한 감정을 자극하는 것 같았다.

"비바 푸에르토리코 리브레!"

퍼트리스는 고개를 돌려 그녀의 손에 들린 권총을 보기 전까지는 그 소리를 총소리라고 인지하지 못했다. 그녀는 서 있었다. 키가 컸다. 다시 한 번 그녀는 울부짖었다. "비바 푸에르토리코!" 권총은 퍼트리스가 딱 한 번 루이스 파이프스톤 씨 댁에서 봤었던 전리품, 루거 같았다. 그게 그녀가 지닌 총이었다. 그녀는 군중 너머 높은 곳을 겨누었지만, 누군가 다른 사람이 아래쪽을 향해 총을 쏘았다. 퍼트리스는 너무 충격적이어서 몸을 수그리지도 움직이지도 못했다. 아래층 바닥에 남자들이 쓰러지고 다른 이들이 책상과 연단 뒤로 앞다투어 숨는 것이 보였다. 그러고는 끝났다. 경호원들이 관람석으로 요란하게 돌진해 들어와 여자의 총을 낚아챈 다음 그녀를 붙잡았다. 그들은 통로에서 키 작은 남자를 끌고 갔고, 또 다른 남자 역시 체포했다. 전부 몇 명이지? 방문객 관람석에 있던 사람들은 공포와 혼란으로 휘청거리며 배회하다가, 몇 가지 질문에 답하기 전까지는 밖으로 나갈 수 없다고 통보 받았다.

퍼트리스는 한 시간 동안 줄을 서 있었다. 마침내 그녀의 심문 차례가 되었고, 경호원은 의심스럽다는 듯 눈살을 찌푸리더니 옆쪽으로 움직이라고 손짓했다. 그때 퍼트리스에게 문득 그런 생각이 들었다. 머리칼이 짙은 그 여성은 나랑 자매일 수도 있었어.

"어디서 오셨죠?"

"노스다코타요." 퍼트리스가 말했다.

"여행객입니까?"

"네." 퍼트리스가 답했다. 상황을 복잡하게 하는 문제를 거론하면 그게 뭐든 간에 억류될지도 모른다는 두려움이 컸다.

"신분증 있습니까?"

퍼트리스는 영 상원의원으로부터 얻은 통행증을 제출했고, 보석 베어링 공장에서 일을 시작했을 때 받은 작은 크기의 판지 카드도 건넸다. 카드에는 국방성 직인이 찍혀 있었다. 경호원은 그것들을 돌려주면서 입술을 꼭 다문 채 엄숙한 미소를 지었다.

"뭐든 본 게 있나요?" 그가 물었다.

"그 여성 분 옆에 제가 앉아 있었어요."

"말씀하시는 걸 좀 적을게요."

"그 사람은 허공에 총을 쐈어요. 의원은 아무도 쏘지 않았어요."

"오, 그래요? 그녀에겐 잘된 일이로군요." 그가 비꼬는 목소리로 말했다.

퍼트리스는 밖으로 걸어 나가 지금껏 본 것 중 가장 긴 계단을 내려갔고, 부족 사람들을 찾기 위해 주위를 둘러보았다. 경찰차, 시끄럽게 울리는 사이렌, 떼로 모인 경찰관들이 있었다. 여행객들과 기자들은 거리를 따라 무리 지어 있었다. 퍼트리스는 국회의사당으로부터 멀리 떨어지도록 지시를 받았고, 그녀를 기다리고 있는 토머스와 저기를 쉽게 찾았다. 모지스는 이미 호텔로 돌아갔다. 퍼트리스는 아까 그 여성이 무섭지 않았다. 사실 분명 끔찍한 일이었지만, 여성이 일어나 소리쳤을 때 퍼트리스에게 전율이 일었다. 무엇 때문에 여성은 그런 일을 했던가? 푸에르토리코가 뭐길래?

"상황을 다 봤니?" 저기가 물었다.

퍼트리스는 대답을 못했고, 이내 깨달았다. 이곳 워싱턴에서 그녀는 사람이 총에 맞는 것을 보았다. 나라 전역에서 야만적이라고 여겨지는 보호구역에서조차 한 번도 보지 못했던 일이었다. 아무런 감정도 없었다. 그녀 아래에 있던 남자들이 쓰러지고, 넘어지고, 어쩌면 울부짖었다. 그리고 그녀는 반응조차 하지 않았다. 퍼트리스가 주목했던 것은 옅은 갈색 정장을 입은 여성이었다. 그 매 같은 눈, 두려움 없는 외침. 그녀가 어떻게 양손으로 총을 쥐었는지, 어떻게 빨갛고 하얗고 파란 천을 단번에 펼쳐 내보이기 위해 애썼는지, 그리고 총을 쥐고 있는 동안 얼마나 어색해했는지 같은 것들을 주목했다. 퍼트리스는 충동적으로 "여기, 제가 도와줄게요"라고 말할 뻔했다. 그 여성을 위해 천을 탈탈 털어 펼치려 했었다. 국기, 분명히 그녀 조국의 국기였다. 대체 왜 그랬을까?

　모든 것이 별안간 압도할 만큼 거대해졌다. 국회의사당, 기념비, 건물의 내부, 내려가는 계단, 그리고 혈흔—광택이 나도록 닦인 목재와 의자 쿠션 위에 정말로 피가 묻어 있었다. 퍼트리스는 잠시 비틀거렸고, 방으로 돌아가 침대에 웅크리고 누워 있어야 할 것 같다고 말했다. 그녀는 떨고 있었다. 저기가 팔꿈치를 잡아주었다.

　"다 봤어요. 네, 제가 봤어요." 퍼트리스가 말했다. "거기 한 여자가 있었어요."

# 특정 인디언 부족과 맺은 연방정부 계약 및 약속의 종결

**합동 공청회**

내륙 및 섬 사안에 관한 위원회의
하부 위원회에 앞서 개최함
제83대 미국 의회 2분기

---

제12부
노스다코타주 터틀마운틴 인디언
1954년 3월 2일 및 3일

---

**노스다코타주 치페와 인디언
터틀마운틴 집단의 자문위원회 의장
토머스 와샤스크의 진술**

이와 더불어 위원회의 다른 성원들인
보석베어링 공장 직원, 유령,
예비 박사과정생, 속기사의 진술.
상원의원 아서 V. 왓킨스의 발언은
의회 의사록에서 직접 인용한 것임.

* * *

**그들은 꿀** 색깔의 판으로 덮여 있는 커다란 방 안으로 들어갔다. 아름답게 장식한 나무로 이루어진 이 거대한 반원의 경사지는 책상형 좌석들로 나뉘어져 공간의 한쪽 편을 차지했다. 밝지 않은 빛이 거대한 창문을 통과해 그 구조물 위에 쏟아졌다. 그리고 긴 직사각형 책상이 가장 큰 책상을 바라보며 공간의 앞쪽 중앙에 위치해 있었다. 그들은 모두 상원의원 밀턴 R. 영과 악수했다. 복싱 선수의 화강암 턱을 가진 그는 부드럽고 사려 깊은 사람이었다. 포트버솔드에서 한달음에 와준 마틴 크로스—그는 친절하고 우락부락하며 눈치가 빨랐다—가 영 상원의원과 이야기를 나눴다. 토머스는 책상 옆에 서서 그들과 담소했으며, 나머지 사람들은 책상 바로 뒤에 있는 의자에 앉아 있었다. 모지스와 저기가 서로에게 투덜거렸다. 퍼트리스는 무릎 위에 손을 올려놓았다. 그 옆에서 밀리는 두려움에 반쯤 넋이 나간 채 정면을 응시하며 앉아 있었다.

밀리는 상원의원들이 앉게 될 곳 뒤편에 있는, 살짝 안쪽으로 들어간 벽널을 보고 있었다. 아마도 출입구일 것이다. 그것은 예리한 수직 모퉁이로 장식되어 있었다. 모양이 서로 꼭 맞는 건 행운이지, 그녀는 생각했다. 행운, 행운, 행운. 그리고 나는 미신을 믿는 사람이 아니야. 그녀는 정신적으로 힘겨울 때 그렇게 하듯, 방 안의 물체들이 나열된 모습을 가늠해보고 있었다. 출입구는—그것이 출입구가 맞는다면—완벽하게 중앙에 위치해 있어 불안감을 잠재워주었다. 그러나 창을 통해 들어오는 넘칠 듯한 빛을 한쪽으로 밀어두는 묵직한 휘장이 약간 비뚤게 달려 있었다. 이것 때문에 울고 싶어졌지만, 그녀는 울지 않는 사람이었다. 마음을 단단히 먹은 밀리는 양 측면에서 기하학에 저항하고 있는 거대한 청동 스콘스(팔이 두 개 이상인 촛대―옮긴이)로부터 마음의 위안을 얻었다. 그 붙박이 장식품은 보통보다 훨씬 더 큰 손전등처럼 보였다. 각각의 스콘스는 이미 빛으로 차고 넘치는 방에 미미해 보이는 불빛을 더했다. 이 손전등이 밀리의 생각을 다른 데로 돌려줬다. 하지만 막 자리에서 일어날 때 피가 불안으로 요동쳤다. 그녀는 다른 사람들과 함께 선서를 한 다음 토머스 왼쪽 책상에 앉았다. 상원의원들이 부스럭거리며 낮은 소리로 논의를 나눴다. 밀리는 그녀의 성명서 페이지가 순서대로 되어 있는지 확인하고 또 확인하면서 자신을 진정시켰다. 왓킨스 상원의원의 연설이 시작됐다. 그녀는 극심한 공포에 떨었으나, 상원의원을 올려다보고는 그 역시 타자하는 법을 모르는 또 다른 남자일 뿐임을 깨닫고 두려움을 떨쳤다.

거대한 책상 아래 한쪽에는 엄격한 정장을 입은 여성이 앉아 있었다. 그녀는 속기용 타자기 자판 위에 손가락을 올려놓더니 타자를 시작했다. 아하. 이런 일엔 핑계를 댈 수가 없지. 그때 문득 밀리는 생각했다. 저 멋진 기계를 가진 여성 속기사가 내 말도 받아 적겠네. 밀리는 이런 생각이 천천히 자신을 비밀스러운 자신감으로 채우도록 허락했다.

**영 상원의원이** 유려하게 연설했고, 부족 위원회 성원들이 그가 해주길 바랐던 말을 정확히 해주었다. 그는 연방정부의 책임에 주가 개입할 수 없으며, 그것을 떠안을 수 없다고 주장했다. 심지어 보호구역의 값비싼 직업 교육 재원을 정부가 대야 한다고 했다.

**토머스가** 시작했다.

**먼저, 소개,** 격식을 차린 말. 그리고 기록이 보여주듯, 정부가 아닌 지역주민들의 너그러운 재정 지원을 받아 부족 사람들이 워싱턴까지 왔음을 강조. 복싱 경기에 대해서는 아무 말도 하지 않음.

**토머스의 뒤편,** 지지자 및 이해관계자들이 앉는 줄에 자리해 있던 퍼트리스는 눈을 깜빡이고는 우드 마운틴의 으스러진 눈썹을 기억해 냈다. 눈 내리던 날의 어느 순간, 그녀의 안경이 미끄러졌고, 그때 그의 상처가 뼈를 가로지르며 어떻게 나 있는지 보았다. 살아 있고, 아직 낫는 중인 방해물. 그녀는 그를 어떻게 해야 할까?

* * *

**부족 위원회는** 종결 자체의 전제를 다루는 대신 시간을 벌자고 마음 먹었다. 보호구역은 현재 지원이 없으면 스스로 유지할 수 없으므로 정부의 5개년 계획은 충분하지 않다. 그것을 강조하자. 그리고 나서 분노의 표시로 더 많은 돈을 정부에게 요구한다.

**터틀마운틴 보호구역에** 대한 서술.

**강경한 반대** 성명. 그다음에는 옥수수 시럽 한 국자—즉, 정부의 노력과 시간에 대한 감사 표현. 여기에 추가로, 인디언한테 모든 것을 뜯어낼 두 가지 조치를 입안한 장본인들인 왓킨스 상원의원과 H. 렉스 리 인디언사안협력위원을 위해 시럽 한 국자 더.

왓킨스가 말을 가로막았다. 왓킨스가 말하기 시작했다.

토머스는 생각했다: 오, 젠장, 물러서지 마. 물러서지 마. 그가 훈계하는 눈으로 널 보게 놔두지 마. 그가 네게 아무 의미도 없는 단어들을 내던지게 놔두지 마. 그러지 마…

…그리고 갑자기 로더릭이 그 공간에 있었다.

## 로더릭

로더릭은 아서 V. 왓킨스 상원의원을 보자마자 누구인지 정확히 알았다. 왓킨스는 파머 손글씨 방법을 가르쳤던 교사였다. 자 모서리로 그의 손을 세게 내리쳤던 작은 남자. 로더릭의 귀를 잡아당겼던, 꽥꽥 소리를 질렀던, 로더릭을 가망 없는 녀석이라 불렀던, 인디언 말을 한다는 이유로 벌을 줬던 사람이었다. 왓킨스는 로더릭을 지하 저장고 계단으로 끌고 가면서 토머스에게 말했었다. "너도 같이 내려갈래?"

*왓킨스 상원의원:* 제가 살던 지역에서는 백인들이 보호구역의 척박한 땅을 소유했습니다. 그런데 인디언들은 1년이 채 되지 않아 그들의 할당 토지를 임대로 놓더군요. 그저 농사짓기가 싫은 거예요. 그것이 오늘의 현실입니다. 나는 인디언 할당 토지의 대부분을 백인이 임차하고 있다고 생각합니다. 그게 바로 제가 인디언들이 농사짓고 싶어 한다는 것을 진지하게 믿을 수 없는 이유예요.

## 퍼트리스, 생각

왓킨스는 또 다른 백인 농장주야. 도리스 로더의 가족처럼 할당 토지에 세금이 부과되는 날짜가 지나고 나서야 값싼 인디언 땅을 고른 사람들. 나는 그가 척박한 땅을 얻지 않았다는 것을 빌어먹게도 잘 알지. 왜냐하면 어떤 백인도 그런 땅에 돈을 지불할 리가 없으니까. 그는 오직 농사 가능한 땅만 얻었어.

*왓킨스 상원의원:* 실례가 안 된다면 말이죠, 당신은 일을 합니까?
*토머스 와샤스크:* 네, 저는 농사를 짓습니다.
*왓킨스 상원의원:* 부족들 중에 당신 같은 사람이 더 없어 몹시 애석한 일이군요.
*토머스 와샤스크:* 보호구역 내의 농사 가능한 땅은 대부분 인디언들이 경작하고 있습니다.
*왓킨스 상원의원:* 제가 본 인디언들은 어디든 똑같았어요, 기계 관련 직업에 종사했습니다. 손 기술이 필요한 직업이요. 그걸 좋아하는 것처럼 보이던데요.

## 퍼트리스

그걸 좋아하는 것처럼 보이던데요? 그렇겠지. 우리가 그렇겠지.

## 밀리

나는 내 원피스를 내려다보지 않을래. 옷소매에서 길을 잃지 않을 거야. 기하학적 요소가 들어간 옷을 입었으니 다 괜찮겠지. 발표를 마치기 전까지는 더 깊은 생각 속으로 들어가선 안 돼.

*토머스 와샤스크:* 미국 전역에서 고용률이 눈에 띄게 감소하는 추세라는 사실에 착안한다면, 그 이주 프로그램은 시기적으로 좋지 않고, 극복할 수 없을 만큼의 어려움으로 가득할 것이라고 생각합니다. 이주 프로그램에는 한계가 있다는 점을 강조하고 싶습니다. 저희가 가진 문제를 전부 다루고 있지는 않아요.

*왓킨스 상원의원:* 저 또한 전부 다루고 있다고는 생각하지 않습니다. 당연하죠. 결국 정부는 당신들의 문제를 모두 해결해줄 수 없으니까요. 대부분의 문제는 여러분 스스로 해결해야 합니다.

**토머스**
로더릭, 너니?

**로더릭**
그래, 나야. 버텨. 열 내지 마. 저들은 인디언이 똑똑한 걸 좋아하지 않지. 늙은 오줌싸개 씨는 무시하고 너의 문장들을 그러모아.

*왓킨스 상원의원:* 오, 그렇고말고요. 당신들이 스스로 치료하지 않는다면 무엇도 영원히 치료되지 않을 겁니다. 정부가 제아무리 자애롭다 해도, 사람들에게 뭔가 해내겠다는 의지를 집어넣어줄 수는 없는 거예요. 그건 스스로 길러내는 것입니다. 도덕성, 성격, 혹은 어떤 좋은 미덕도 법률 제정으로 사람에게 심을 수는 없죠.
  걷는 법을 배우려면 걸어야 합니다.

**토머스, 생각**

우리는 터틀마운틴에 포장마차(미국 서부개척 시대에 백인들이 타던 운송 수단-옮긴이)를 타고 가지 않았지.

**로더릭과 토머스**

토머스는 남은 평생, 당시 교사가 그에게 로더릭이랑 지하 저장고에 가고 싶으냐고 물었던 순간을 떠올렸을 때 이렇게 말하는 것을 상상했다. "네, 네, 저 아래까지 던져보시죠. 이 흉측한 생쥐야." 그러나 그는 그렇게 말하지 않았었다. 전혀. 토머스는 침묵했고, 비난은 로더릭이 받게 했다. 단지 비겁함에서 나온 행동은 아니었다. 아니지. 왜냐하면 어쨌든 그저 지하 저장고일 뿐이었고, 로더릭은 예전에 훨씬 더 나쁜 상황에도 처했었으니까. 아니지. 왜냐하면 교사의 등 뒤에서 로더릭이 그에게 그냥 있으라며 고개를 저었으니까. 그는 그런 아이들이 저 아래에서 한 번에 일주일씩 잊혀진다는 것을 알고 있었다. 아니, 그것은 전략이었다. 토머스는 위쪽에서 로더릭의 탈출을 도와줄 수 있었다.

*왓킨스 상원의원:* 개인적인 질문을 몇 가지 할게요. 대답하기 싫으면 안 해도 됩니다. 답을 요구하는 것은 아니지만 아마도 상황을 보여주는 데 도움이 될 거예요. 당신은 생계를 위해서 무슨 일을 하십니까?

*토머스 와샤스크:* 말씀드렸듯이 농사를 짓습니다. 또한 터틀마운틴 군수품 공장 경비 중의 한 명이기도 합니다. 보석 공장입니다. 사람들은 이곳에서 보석베어링을 만들죠.

*왓킨스 상원의원:* 보석베어링이 뭐지요?

*토머스 와샤스크:* 보석베어링 견본품과 돋보기를 가지고 왔습니다. 보석베어링을 보기 위해서는 돋보기가 필요하지요. 더불어 이 일에 관한 전문가도 왔어요. 퍼트리스 퍼랜토입니다. 전문적인 증언을 위해 그녀를 이 자리에 모셔도 될까요?

*왓킨스 상원의원:* 반드시 선서를 해야 합니다만, 여하튼, 좋습니다.

*퍼트리스 퍼랜토:* (선서를 한 후, 두려움에 머리가 윙윙댄다. 카드와 견본품, 그리고 돋보기를 들고 있다.) 여기 보이는 이 작은 철사는 텅스틸로 만든 것입니다. 이것이 기계 안에 설치되어 보석에 구멍을 뚫을 때까지 앞뒤로 움직이죠. 돋보기로 이 보석을 관통하는 미세한 구멍을 볼 수 있습니다. 모든 것이 안으로나 밖으로나 다듬어져 있고요. 여기 보시는 대로 카드에 명시된 특정 치수를 반드시 맞추게 되어 있고, 또한 컵 모양으로 파여 있어서 윤활 목적의 기름을 담아둘 수 있습니다.

*왓킨스 상원의원:* (퍼트리스를 무시하고 토머스 와샤스크에게 말한다.) 이 사람들은 이 일을 익혀 뭘 하죠?

*토머스 와샤스크:* 평균 시급이 75센트에서 90센트인 것으로 알고 있습니다. 제 경우에는 한 주에 38.25달러를 집에 가져갑니다.

*왓킨스 상원의원:* 가족이 있는 인디언 여자들도 일부는 그곳에서 노동을 하죠, 그렇지 않습니까?

*토머스 와샤스크:* 맞습니다. 그곳에 고용된 대부분의 인디언 여성에게는 가족이 있습니다.

*왓킨스 상원의원:* 왜 남자보다 여자를 고용하죠? 남자들도 꽤 있잖아요, 아닌가요?

*토머스 와샤스크:* 공장에서 시험을 실시합니다. 손재주를 알아볼 수 있는 시험이에요. 제가 알기로, 여성들이 그런 일에서는 남성보다 뛰어납니다. 아울러 지금 기회를 주신다면 한 명을 앞쪽으로 모시고 싶습니다. 터틀마운틴 보호구역의 사회경제적 상황에 관해 본인이 실시한 현장 조사 연구를 소개하기 위해 밀리 클라우드가 이 자리에 와 있습니다.

## 밀리

"만일 이것이 처음으로 기록되는 것이라면…" 밀리가 말했다.
그리고 그녀는 시작했다.
연구 결과를 소리 내어 읽는 것은 흐릿해져갔다.
질문들이 많았다.
그렇게 한 시간이 지나갔고, 그리고 그다음. 마침내 휴회.

## 로더릭

네가 얼마나 저 백인 교사에게 엉덩이가 닳도록 알랑방귀를 뀌어댔는지 기억하니? 그를 선생님이라고 부르고, 선생님 여기요, 선생님 저기요 하면서, 쉴 새 없이 그에게 감사를 표하고 조언을 구했지. 그때 저자의 양복 주머니에 있던 열쇠들을 훔친 거였지? 그러고서 너는 나를 빼내주고 그 열쇠들을 다시 몰래 넣어뒀잖아.

## 토머스

"이걸 해야 하나?" 토머스가 조용히 말했다.
토머스는 왓킨스 상원의원이 복도를 걸어가는 것을 보았다. 몇 안 되는 수행단과 함께 그는 계단을 내려갔다. 토머스는 왓킨스 상원의원을 따라갔다. 그는 상원의원의 집무실을 찾은 다음 그 안으로 들어갔다. 자기가 누구인지 비서에게 막 설명할 참이었는데, 왓킨스 상원의원이 안쪽 집무실에서 나타났다.

"거기, 안녕하신가." 왓킨스 상원의원이 말했다. "내가 뭐 해줄 일이라도?"

"감사 인사를 하려고 왔습니다." 토머스가 말했다.

"이런, 이런." 상원의원이 말했다.

"우리 부족민들을 염려해준 것에 감사를 표하고 싶었습니다. 당신은 분명 우리 상황을 진지하게 받아들였어요. 저는 당신이 보여준 친절함에 매우 놀랐습니다. 세심하게 경청하는 것은 물론, 종결 법안에 대한 저희의 증언을 사려 깊게 숙고해주었죠."

"내가 상원의원으로 지내는 동안, 자기 증언을 들어줘서 고맙다고 한 사람은 아무도 없었소."

"저는 그것을 소홀함이라고 부르죠." 토머스가 말했다.

상원의원의 집무실을 나서면서 그는 생각했다. 나는, 그리고 우리는 의심의 여지없이 아무것도 가진 게 없고 절망적이야. 상황이 얼마나 좋지 않은지를 보여주는 징후지. 나는 내 존엄함을 기꺼이 포기해서라도 당신에게 엉덩이가 닳도록 알랑방귀를 뀔 수 있어. 단지 그것이 우리의 대의에 도움이 되길 바랄 뿐이야.

**작별인사**

다음 날 증언을 마친 뒤, 이 작은 대표단은 국회의사당을 떠나는 것을 불안해했다. 마치 그들이 거기 있음으로써 여전히 모종의 영향력을 끼치기라도 하는 것처럼, 그들은 그곳에 더 오래 머물렀다.

# 집으로 가는 길

**토머스**

집으로 가는 기차 안에서 회색 눈이, 앞이 안 보이는 눈이, 어두컴컴한 들판이 빠르게 지나갔다. 저 위에서 거대한 무리를 이룬 새들이 괴상한 점들로, 또 나선형으로 움직이면서 고래고래 지저귀고 여기저기 방향을 바꾸었다. 토머스는 판자로 덮여 있거나 커튼이 쳐진 창문, 금방 무너질 듯한 화재 대피용 비상계단, 지저분한 쓰레기장, 까매진 벽돌 벽, 쓰레기 폐기장 등 헤아릴 수 없이 많은 것을 스쳐보곤 침묵했다. 그러는 동안 그는 모든 순간, 모든 말을 복기했다. 이런 말을, 저런 말을 그가 했던가? 그 상원의원이 안경을 고쳐 썼을 때, 그건 무슨 뜻이었나? 이제 어떻게 될까? 토머스는 기회를 망쳐버렸다고 확신하게 되었다. 어떻게 망쳤다는 것인지 콕 집어 말할 수는 없지만 그는 알았다. 또 다른 한 가지. 그 상원의원은 증언하는 모든 인디언 한 사람 한 사람에게 인디언 피가 어느 정도로 섞였는지 물었다. 재미있는 건, 정확히 아는 사람이 아무도 없었다는 점이다. 누구도 숫자로 대답하지 않았다. 혈통은 인디언들이 면밀하게 추적하는 것이 아니었고, 사실 토머스는 직계 조상도 알아본 적이 없었다. 누가 4분의 1인지, 2분의 1인지, 혹은 4분의 3인지, 순수 혈통인지 알아내려 하지 않았다. 토머스가 아는 사람 중 누구도 그렇게 하지 않았다. 거리가 점점 멀어질수록 이 점이 마음에 걸리기 시작했다. 명부가 뭐라든 정부가 뭐라든 상관없이, 모든 사람은 자신이 인디언인지 아닌지 알고 있었다. 그것은 주어진 사실이거나, 사실이 아니거나였다. 예전에 한 남자가 술집에서 자신의 가계도를 만든 적이 있었다. 토머스가 그 가계도를 보고 있을 때 남자는 인디언 쪽을 강조했고, 그러자 어딘가 프랑스인이 있다는 것을 남자도 알고 있긴 했지만 순수 혈통이 되었다. 그리고 나서 그 사람은 다시 가계도를 만들었는데, 더 백인으로, 더 인디언으로, 더 백인으로 만들었다. 그것은 게임이 되었다. 그리고 여전히 게임이었는데, 단, 왓킨스 상원의원의 흥미를 끄는 게임이었고, 이는 곧 그들을 지워버릴 수도 있는 게임이란 뜻이었다.

**한 사람** 앞에 한 부씩, 그들은 기념품으로 간직하기 위해 신문을 샀다. 그들은 미국 하원에서 무슨 일이 일어났는지 읽었다. 하원의원 중 누구도 죽지는 않았지만 한 명이 위중한 상태였다. 이제 와서 생각해보면 공청회가 취소되지 않았다는 것이 놀라웠다. 다음 날 포악한 모습으로 경계태세를 늦추지 않는 보안요원 여럿이 추가로 배치되긴 했지만, 입장할 때 간략하게만 검문을 받는 정도였다.

### 퍼트리스

이제 알겠네. 그 경기 뒤에 우드 마운틴이 어떤 기분이었을지 알겠어, 퍼트리스가 생각했다. 겉모습이 아니라, 당연히 내면에서 말이야. 아드레날린이 전부 사라지고 그녀의 투지가 모조리 빠져나갔지만, 모든 순간이 명료하고 강렬했다. 세세하게 떠오르는 상원의원들의 얼굴. 특히 왓킨스 상원의원. 거만함. 그것이 왓킨스의 일거수일투족을 설명해주는 단어였다. 그의 동전 지갑 같은 입. 스스로 의롭다고 믿는 사람의 편안함. 그런 분위기를 풍기면서 자기 몸을 움직이는 방식. 방 안을 가득 채운 위선적 독실함. 위선적 독실함. 퍼트리스의 머릿속에 날아와 꽂힌 또 하나의 단어.

**신문에 푸에르토리코에** 대한 내용이 조금 나와 있어서 퍼트리스는 답을 얻었다. 자리를 박차고 일어나 권총을 쐈던 여성의 사진이 크게 실려 있었다. 빛을 발하는 뜨거운 두 눈, 립스틱 바른 입의 상처, 그런 것들이 신문 인쇄면 위에 흐릿했다. 퍼트리스는 그 오돌토돌한 사진을 손으로 쓸어보고는 가방 안에 신문을 조심스럽게, 안전하게 넣었다. 그리고 뒤로 기댄 다음 여성의 눈을 보았다. 롤리타 르브론. 비바 푸에르토리코. 여성은 자신의 조국이 살기를 너무도 간절히 바랐으므로 기꺼이 살인하려 했다. 그녀에게 무언가 잘못된 것이 있나? 혹은 퍼트리스에게 무언가 잘못된 것이 있나? 만일 반대 증언이 효과를 발휘하지 못한다면, 만일 그들 세계의 작은 조각을 잃는다면, 만일 퍼트리스의 어머니가 강제로 도시에 살게 된다면—도시는 어머니를 죽일 것이다—, 만일 베라가 결코 발견되지 않는다면, 만일, 만일, 만일 퍼트리스가 아서 V. 왓킨스 상원의원을 그녀 앞에 무릎 꿇린다면, 그리고 그의 목숨을 그녀의 손아귀에 넣는다면. 만일 그렇다면. 만일 그렇다면? 미스터 으스대는 입. 미스터 위선적 독실함.

왓킨스는 위험에 처하게 될 거야, 그녀는 생각했다. 나는 분노했을 때 완벽하게 일을 해내지.

**퍼트리스는 그날** 기차 안에서 잠들기가 어려웠다. 자려고 할 때마다 매번 어떤 심상이 끼어들었다. 퍼트리스는 자신의 손을 어머니의 손으로 보았다. 어머니의 손가락이, 강하고 자연법칙을 초월하는 그 손가락이 주근깨쟁이의 목을, 버니의 목을, 그 상원의원의 목을 조르는 것을 보았다. 퍼트리스는 이 상을 멈춰보려고 애썼지만 자꾸 되돌아왔다. 그녀는 복수심에 불타는 영, 요동치는 영, 심지어 사람을 죽일 듯한 영에 지배되었다. 이것과 똑같은 영이 버키의 얼굴을 쪼아댄 그 새를 부화시켰었지. 집에 도착하면 퍼트리스는 의식용 오두막을 깨끗하게 청소하고, 어머니에게 이런 생각들을 없앨 수 있게 도와달라고 부탁할 참이었다.

## 모지스

그는 아내가 그리웠다. 아내는 자그맣고 태도가 바르며 거리낄 것 없이 웃는 친절한 여성이었다. 두 사람은 유년 시절부터 함께해왔다. 아내가 없었던 때가 없었다. 이번이 가장 긴 시간이었다. 그는 아내의 니트 목도리 중 하나인 빨간색 목도리를 가지고 와서 밤이면, 심지어 기차 안에서도 얼굴 옆에 두고 잤다. 자녀들은 두 사람을 "옛날 사람들"이라고 불렀는데, 둘의 사랑이 그러했기 때문이다. 옛 시절. 두 사람은 손을 잡았다. 입을 맞추었다. 서로를 니니모셴이라 불렀다. 좋은 아침이야, 내 작은 귀염둥이, 그는 아내에게 매일 아침 이렇게 말했다. 그는 자신이 떠나 있는 동안 아내에게 무슨 일이라도 생기지 않을까 두려웠다. 어쩌면 시내에 사는 아내의 사촌에게 전화를 걸어볼 수 있지 않을까? 어쩌면 지금 전화가 덜 비쌀 수도 있지 않을까? 무슨 일이 생겼으면 전보를 쳤겠지, 라고 저기가 여러 번 말했다. 그는 아무 일도 없는데 걱정을 하고 있었다. 그러나 무슨 일이 생길 거라는 느낌이 그를 놔주지 않으려 했고, 그래서 그는 생각을 다른 데로 돌리길 바라면서 토머스와 함께 밖으로 나왔다. 미니애폴리스역에서 기차를 갈아타기 위해 잠시 머무는 동안, 그와 토머스는 담배가게를 찾아 자기들 담배와 루이스의 담배를 좀 사기로 했다.

**토머스**
토머스가 모지스와 함께 키가 크고 화려하게 장식된 철제 기둥 사이를 걷고 있을 때, 토머스는 오랫동안 어딘가 이상이 있음을 깨달았다. 이상한 느낌이 은밀히 그에게 찾아왔던 것이다. 오, 토머스는 자신이 정신적으로 정상이 아님을 알고 있었다. 그 모든 일을 겪고서 누군들 정상일 수 있을까? 그런데 지금은 육체적으로도 정상이 아니다. 그는 숨이 자꾸 막혀 기둥에 기댔다. 다리에서 힘이 빠져나가고 있었다. 강렬한 통증이 얼굴 오른쪽에 쥐도 새도 모르게 올라오고 있었다. 모지스가 뒤를 돌아보고는 토머스에게 따라오라고 손짓했다. 토머스는 걸으면 나아지기를 바라며 계속 걸었다.

**저기**
"오, 남자들은 냄새나는 담배나 찾으러 가라지 뭐." 그녀가 웃었다. "아가씨들, 우리한테 한 시간이 주어졌어. 카페에 찾아가서 도시의 도넛을 먹어보자. 암베!('가자'는 뜻의 치페와어—옮긴이)"

## 토머스

돌바닥 위에 패턴을 그리고 있는 타일들이 융기했다. 그는 무릎과 손으로 땅을 짚었고, 그러고서 깊이 빠져 들어가 칠흑 같은 어둠 속을 헤엄쳤다. 그가 얼마나 조그마한지 느낄 수 있었다. 그리고 세계가, 그 괴물 같은 공간이 부풀어 올랐다. 더 거대하게, 더 거대하게. 모든 것이 공간과 물이었다. 그는 저 뒤를, 저 위쪽 어딘가와 주변 모든 곳을, 움직임의 소용돌이를 알아차렸다. 외치는 소리와 부르는 소리. 그는 모든 것을 무시하고, 아래로, 저 아래로 계속 헤엄쳐야만 한다. 비록 어둠이 두껍고 단단해지고 있다 해도. 하지만 계속 움직이는 게 거의 불가능했다. 그는 어둠의 바닥으로 가라앉기 위해 티끌 같은 힘을 찾아내야 한다. 그리고 훨씬 작은 티끌을 또 찾아내야 한다. 올라가려면 먼저 바닥에 닿아야 한다. 그게 사향쥐의 임무였다.

"안디?" 그가 깨어나며 말했다. "여기가 어디죠?"

"병원이에요. 뇌졸중입니다."

노란색 늑대 눈으로 그를 마주보고 있는 사람은 길고 두툼한 회색의 머리칼이 촘촘하게 난 키 큰 백인 간호사였다. 만약 간호사인 줄 알았더라면 토머스는 풀을 먹여 빳빳하고 새하얀 그녀의 모자 양쪽에 있는 뾰족한 귀를 보고 놀라지 않았을 것이다.

그가 물었다. "지구를 다 측량했나요?"

토머스는 그녀가 꼬리를 흔들어 털어낼지도 모르는 먼지 부스러기였다. 그녀의 치아는 길고 더러웠다. 토머스는 정말로 그 늑대가 측량을 다 마치는 것을 보았다. 그리고 자신의 가슴에서 심장이 꽉 조여지는 것도.

# 만약

**담요의 겉면은** 매일 세탁했다. 그리고 안감은 매주 세탁했다. 담요 겉면은 구슬로 화려하게 장식된, 멀리서 사온 쪽빛 양모였다. 이 구슬로 꿴 하얀 포도나무는 인생의 길이었다. 단풍나무 잎, 여러 가지 색깔의 장미꽃, 그리고 포도나무에서 뻗어 나온 자낫이 가장 좋아하는 모양들. 우드 마운틴은 아킬레를 지게식 요람 위에 누이고, 아기 엉덩이와 마른 허벅지 주변에 부들 솜털을 빽빽하게 넣었다. 아킬레는 지게식 요람 안에 움직일 수 없이 꼭 맞게 들어가고 나서 점점 차분해지고 졸려 하기 시작했다. 우드 마운틴은 포키의 침대로 아기를 데려가 내려놓았다. 집에 그와 아기뿐이어서 힘겨웠다. 지금이 완벽한 시간이었다. 난로가 열을 내뿜고 있었다. 자낫은 향나무를 주우러 가고 없었다. 퍼트리스만 여기 있었더라면, 그는 그녀에게 다시 한 번 같은 것을 청했을 것이다. 결혼해줘. 그는 이런 식으로 살 수는 없었다. 이번에는 그녀도 결혼하자고 말해줄 것이다, 그럴 것이다, 그렇지? 마침 끓인 차도 한 주전자 있었다. 그때 밖에서 발소리가 들렸다. 누구인지 볼 수는 없었다. 누군가 말을 하고 있었다. 뛴다. 심장이 마치 그가 링에 들어설 때처럼 쿵 소리를 냈다.

한 여성이 문가에 있었다. 우드 마운틴은 조금은 어지러워하며 빠르게 숨을 쉬었고, 입이 크게 벌어졌다. 무슨 말을 해야 할지 전혀 몰랐다. 퍼트리스가 아니었다. 낯선 사람, 적어도 그는 첫눈에 그렇게 생각했다. 여성의 눈은 깊은 공허 속에서 갈 곳을 잃었고, 얼굴은 너무도 말라서 치아가 거대해 보일 정도였다. 그녀는 갈색 천 재킷과 멜빵바지를 입고 갈색 니트 모자를 쓰고 있었다. 그녀가 말을 꺼냈을 때 그의 눈이 커다래졌다. "너 여기서 뭐하는 거야, 우드 마운틴?"

그가 고개를 저었다.

"나 기억 못하겠어? 나 베라야."

회색 턱수염이 난 한 남자가 고개를 재빨리 숙이고는 걸어와 그녀의 뒤에 섰다. 남자의 얼굴에 나타난 수줍게 놀란 표정. 집 안쪽이 어두웠던 탓에 눈이 적응하는 동안 남자는 눈을 깜빡였다.

"나는 여기 오래 있지 않을 거예요." 남자가 말했다. "키우는 개가 차 안에 있어서."

베라가 남자를 오랫동안 바라보았다. 그러고는 발끝으로 서서 위쪽으로 손을 뻗더니 가족 소유의 소총을 꺼내 내렸다. 그녀는 이것을 남자에게 한사코 주려고 했으나 그가 받지 않았다.

"제발." 베라가 말했다. 그녀의 얼굴에 걱정하는 기색이 일었다. 그녀의 두 눈에 눈물이 차올랐다. 남자가 미소 지었고, 수염 사이사이로 치아가 희미하게 반짝였다. 그의 눈은 행복하지 않았다. 남자가 두 손을 높이 들더니 가족에게 그 소총이 필요할 거라고 말했다. 그러고는 돌아서서 문 밖으로 나갔다.

아킬레가 작은 소리를 냈다. 그러자 베라가 커다래진 눈으로 우드 마운틴의 눈을 똑바로 쳐다보았다. 그리고 우드 마운틴은 베라가 그와 아기, 여동생, 어머니, 그 모든 가능성들을 한데 모으고 있음을 알아차렸다. 베라 자신의 아기라고는 생각도 못한다는 것을 알아챘다. 내가 아킬레를 데리고 밖으로 나가 사라질 수도 있어, 라는 미친 생각이 쾅 하며 그의 머릿속을 뚫고 들어왔다. 우드 마운틴은 지게식 요람에서 아킬레를 들어 올렸다. 아기의 아름다움이 자랑스러웠고, 잠들어 있는 그 작고 부드러운 얼굴이 사랑스러웠다. 아킬레는 작은 털모자가 달린 옷을 입고 있었다.

"네 아기야." 우드 마운틴은 베라를 보지도 않고 말했다. 그는 오직 아킬레만 보았다.

베라가 눈처럼 스러졌다. 그가 그녀를 일으켜 세워 품에 아기를 안겨주었을 때 자낫이 집에 돌아왔다. 두 사람은 아기를 사이에 두고 서로를 와락 끌어안았다. 우드 마운틴은 밖으로 나가 암말 데이지 체인에게 갔다. 그는 두 다리가 떨리고 팔에 힘이 너무 없어서 말 등 위로 올라탈 수가 없었다. 그래서 그냥 고삐를 잡고 말이 길을 이끌도록 했다. 무슨 이유에서인지 과거의 그는 어떤 일이 일어날 수도 있다고 전혀 상상해보지 않았었다…. 만약. *만약*. 이제 그 *만약*이 실제로 일어났고, 지금의 그는 자신이 아킬레에게 속하지 않는다는 것을 상상조차 할 수 없었다.

# 토스카

**그것은 서로** 짜증스러운 사건이었다. 신이시여 감사합니다. 가볍게 그녀를 애무하는 고통스러운 일이 진행되는 중에, 그녀가 몸을 세워 앉으며 말했다. "집에 데려다줘." 반스는 기쁘게 그녀의 말대로 했다. 차에서 내리면서 그녀가 말했다. "안녕. 진지하게 말하는 거야." 그녀가 자기 아버지 집 마당에 있는 눈 덮인 거대한 자동차 더미를 지나갈 때, 반스는 차창 밖으로 상체를 길게 빼냈다.

"영원한 안녕이란 뜻에서 안녕이라고 하는 거니?" 그가 외쳤다.

살을 에는 찬바람에 그의 뺨과 이마가 따가웠다. 3월이잖아, 제기랄! 여기 이 높은 곳에서 겪는 추위 같은 건 예전엔 결코 몰랐었다.

그녀가 뒤를 돌아보았고, 표정을 보니 그 뜻으로 한 말이 맞았다. 반스는 좌석에 푹 잠긴 채로 차를 몰고 가면서, 정말이지 너무도 마음이 후련해졌다.

**그는 체육관을** 지나 곧장 직진했다. 토요일 밤에 운동을 하려던 것이었나? 아니. 그는 자기 방으로 돌아가고 있었다. 불가사의한 기쁨 속에서. 그리고 우울함 속에서. 남자란 여러 감정은 물론 서로 모순되는 감정도 품을 수 있었다. 왜 아니겠나? 반스에게는 이제 막 받은 삼촌의 또 다른 선물이 있었다. 오페라 음반이었다. 반스는 오페라가 남자다운 취향이라고 생각하지는 않았지만 은밀하게 이 음반이 꽤 좋다고 생각했다. 사실 음반은 그를 울게 했다. 풍성한 흐느낌. 그는 혼자 있을 때만 음반을 틀었다. 그렇게 흐느끼고 난 후, 때때로 가장 달콤한 꿈속으로 빠져들었다.

# 솔즈베리

**밀리였다.** **구급차를** 부르고 토머스가 반드시 미네소타대학병원으로 가야 한다고 고집을 부린 사람은. 병원은 그를 곧바로 받아주었고, 지금은 조용한 층, 높은 병원 침대에 따뜻하게 옷을 입힌 채로 토머스를 눕혀놓았다. 퍼트리스만이 친척 자격으로 병실 안에 들어갈 수 있었다. 그녀는 침대 옆의 철제 의자에 앉아 두 눈을 그의 얼굴 위에 두고 있었다. 완전히 의식이 없는 것은 아니었고, 그저 잠들어 있는 것 이상의 무언가가 더 있었다. 그의 표정은 고요하고 부드러웠으며 어떤 걱정도 없었지만, 퍼트리스는 공포에 잠식되었다. 그녀는 그가 몸 밖에서 부유하며 맴돌고 있음을 느낄 수 있었다.

 간호사가 들어와서 바이털 사인을 쟀다. 퍼트리스는 이 퉁명스러운 여자가 영혼을 쫓아낸 것이 아닌가 걱정했지만, 침묵이 다시 내려앉았을 때 토머스의 영혼이 침대 위 허공에서 천천히 흔들리고 있음을 느낄 수 있었다. 토머스는 그녀가 아는 사람 중에서 가장 아버지에 가까운 사람이었다. 그녀는 토머스의 손 근처에 자신의 손을 뻗어 내려놓고 눈을 감았다. 시간이 흐르고, 그녀는 어머니의 언어로 말하기 시작했다. 매번 의식의 시작에 어머니가 하던 말들이었다. 이 말들은 사방에 앉아 있는 바람의 정령과 사방에서 오는 동물의 정령을 불러일으켰다. 그녀는 이 대표들과 정령들이 모두 방 안에 들어오도록 초대했다. 시간이 소멸해갔다. 바람이 솟을 때 창문의 유리가 떨렸다. 사람들이 이야기를 하며 복도를 지나갔다.

**시간이 흐르고**, 간호사가 퍼트리스에게 삼촌의 상태가 안정적이라고 장담했을 때, 그녀는 밀리와 함께 병원을 나가 밀리의 셋방으로 갔다. 작은 원룸의 내부는 추웠다. 밀리는 퍼트리스에게 코트를 입고 있으라고, 그리고 의자에 앉으라고 이야기했다. 그녀는 퍼트리스 옆에 작은 의자를 끌어다주고는 작은 난방기를 켰다. 솔즈베리 난로의 코일이 발갛게 피어올랐고 편안한 열기가 다리를 향해 흘러왔다.
"좋은 곳이네요." 퍼트리스가 탁자를 보고 고개를 끄덕이며 말했다. "저건 뭐예요?"
"전기 주전자예요. 주방 싱크대는 없지만, 욕실에 욕조도 있고 요리용 히터도 있어요. 미트 파이를 좀 샀어요. 엄마는 저걸 셰퍼드 파이라고 부르고, 미시간 옆쪽에서는 미트 페이스티라고 부르죠. 저쪽에 작은 식료품점이 있는데 거기에 갓 만든 것도 있고, 아니면 냉동된 걸 살 수도 있어요. 그리고 사과도 두 개 샀어요."
"한 끼 식사가 있었네요." 퍼트리스가 말했다.
밀리가 일어나 차를 끓였다. 그녀는 큰 행사라도 치르는 것처럼 과장된 몸짓으로 설탕을 휘저었다. 그녀는 이미 자신의 작은 방의 먼지를 떨고 깔끔하게 정리해놓았다. 퍼트리스가 이곳에 온다는 기쁨이 어찌나 대단한지 숨쉬기가 어려울 정도였다. 무엇인가가 밀리의 가슴팍을 계속 그러쥐었다. 그녀는 퍼트리스에게 찻잔을 건네주고 그에 맞는 컵받침도 주었다.

"그래, 이거지." 퍼트리스가 말했다.

밀리는 다시 작은 의자에 앉은 다음, 차의 수면을 입김으로 후 불었다.

"내 방에 온 사람은 당신이 처음이에요."

"여기 오래 안 살았나보군요." 퍼트리스가 말했다.

"아뇨, 오래 살았어요. 그냥 아무도 초대한 적이 없는 거예요. 누구도 물어본 적은 없지만, 그렇게 된 거죠. 당신이 처음이에요."

"음, 나는 여기가 좋네요." 퍼트리스가 말했다. "텅 빈 벽을 좋아하거든요."

"벽에 아무것도 없는 걸 좋아하세요?"

밀리는 커다란 기쁨을 숨기기가 어려웠다. "나는 뭘 좀 붙여야겠다고 항상 생각을 해요." 그녀가 말했다. "사진 같은 거요. 하지만 금방 의문스러워지죠. 무슨 사진을 붙인담?"

"사람들은 벽에 너무 많은 것들을 붙여놔요."

밀리는 뜨겁고 달콤한 차 한 모금을 마셨다. 너무도 맛있었다. 곧 파이를 데울 것이고 사과도 먹을 것이다. 그러고 나서 병원으로 돌아가 토머스를 면회할 것이다. 그 후에 두 사람은 방으로 돌아와 잠자리에 들겠지.

"침대가 하나뿐이라 미안해요."

"또 같이 자면 되죠. 당신은 조용히 잘 자는 사람이잖아요. 가끔 추울 때면 나랑 포키랑 엄마랑 아기랑 전부 다 같이 이불 여러 개를 덮고 자요. 포키가 발로 차지만 살아남으려면 어쩔 수 없죠."

"나는 가스버너 때문에 창문을 조금 열어놓고 자요. 가끔 여기서 자다가 일어나면 입김이 보이죠."

"우리 집은 가끔 가족들이 내쉬는 숨 때문에 이불에 성에가 끼어요. 아침에 깨서 떼어내야 해요."

"가끔 내가 왜 여기 혼자 있는 걸 이렇게나 좋아하는지 궁금해져요. 나는 왜 이리 행복할까."

"남자친구 없어요?"

"다 별로예요."

"나도 그래요. 우드 마운틴을 생각해보고 있긴 하지만."

"그 사람 잘생겼다고 들었어요. 나야 잘 모르지만요."

"잘생겼어요. 심지어 다쳤는데도."

"있잖아요, 당신은, 당신은 아름다워요." 밀리가 말했다. 목이 막힌 그녀의 목소리가 굵어졌다. 그녀는 터져 나오는 사랑의 말들을 하기 위해 입을 열었다. 이런 단어들이 자기 안에 있는 줄 그녀는 정말이지 몰랐으나, 별안간 그것들이 마음속 숨겨진 구멍에서 터져 나오려 했다. 그녀가 뭔가 소리를 냈지만, 퍼트리스가 먼저 말을 꺼냈다.

"근데 생각해봤는데요, 밀리. 베라가 집에 온 이후에, 내가 당신을 가족으로 맞으면 어떨까요? 우리가 자매가 될 수 있지 않을까 싶어요."

"자매라. 오."

"내 언니가 되어줄래요?"

"음, 물론이죠."

밀리는 그간의 인터뷰들을 통해 치페와 사람에게 가족으로 받아들여진다는 것에는 우정과 경의라는 특별한 의미가 담겨 있음을 충분히 이해하고 있었다. 그러나 무슨 이유에서인지 퍼트리스가 한 말은 그녀에게 단 한 가지 방식으로만 느껴지지 않았다. 그녀는 기쁜 동시에, 어쩐지 실망스러웠다. 그녀의 감정은 침묵 속에서 이런 식으로 계속 나아갔다. 퍼트리스의 제안이 기쁜 일이기는 했지만, 마음이 편치 않고 무언가를 갈망하는 채로 남겨졌다. 마치 황홀한 무늬가 그녀 앞에서 반짝였다가 그 아래의 형상을 손에 쥐려 하자 흩어져버린 것 같았다.

## 호수, 우물,
## 풀숲에서 우는 귀뚜라미

**토머스는** 그 시간에 먼 곳에서 돌아다니며, 이곳저곳으로 미끄러지듯 떠다니고 있었다. 픽시가 그의 배 위에 올라탔을 때, 토머스는 호수에 나와 낚시를 하고 있었다. 그녀가 배까지 헤엄쳐 왔다는 것이 그를 놀라게 했다. 그는 배 옆면에서 그녀를 거칠게나마 끌어올려 선체 바닥에 닿을 수 있게 도와주었다. 그녀는 그곳에서 숨을 헐떡이며 누워 있었다. 아니, 그가 숨을 헐떡이고 있었다. 토머스는 병원에 있었고, 아울러 자신이 아직 배 안에 있다는 것에 놀랐다. 픽시는 결코 왜 헤엄쳐 왔는지 말하지 않았지만, 그는 저 뒤 호숫가에 있는 소년들을 보았고, 심지어 그 먼 곳에서 보기에도 소년들은 화가 나 폭발할 지경인 듯했다. 그 후로 오래지 않아, 버키의 입이 뒤틀리게 되었다. 사람들은 가장 강력한 치료사들만이 그 뒤틀린 입을 내던질 수 있다고 이야기했다. 버키에게 벌어진 일이 다른 소년들을 겁에 질리게 했고, 결국 그들은 차 안에서 일어났던 일의 진실을 실토했다. 그리하여 토머스는 진상을 알게 되었다. 그 어리고 어리석은 자의 얼굴이 내려앉지만 않았어도, 토머스가 그를 데리고 나가 선수들처럼 흠씬 패주었을 터였다.

 토머스는 한동안 하얀 침대에서 유영하다가, 그 배로 돌아간 자신을 발견했다. 또다시. 그런데 이번에는 픽시와 함께 있지 않았다. 서쪽 저 너머 하늘에서 폭풍이 점점 커지고 있었다. 너무 멀어서 번개는 치지 않았다. 그는 작은 75풋풋을 움직이기 시작해 차를 세워둔 곳을 향해 속도를 높였다. 너무 늦었다. 폭풍이 돌진해오더니 그를 보트에서 빙글빙글 빠르게 날려 저 높은 곳으로 내던졌다. 물속으로 곤두박질쳤을 때의 충격은 그의 폐에서 공기를 몰아갔다. 무한의 무거움, 그는 가라앉았다. 이번에는 기차역에서와 같았다. 그는 바닥 저 끝까지 내려갔으나, 그것은 호수의 바닥이 아니었다.

 아니, 그는 우물 바닥으로 돌아가 있었다.

 공공사업진흥국에서 보호구역에 우물 파는 장비를 살 수 있도록 돈을 지원해줬고, 토머스와 비분은 양묘기와 수년 동안 들판에서 주워 모은 돌무더기를 동원해 작업에 착수했다. 건조한 9월에 시작했는데, 그렇게 해야 확실히 사시사철 물을 얻을 만큼 충분히 깊은 우물을 팔 수 있을 것이기 때문이었다. 정부는 또한 철로 만든 동그란 우물 벽을 지급했다. 두 사람은 우물 벽 내부를 파낸 뒤, 모르타르를 사용해 돌들을 한데 모아 가장 윗부분에 고정했다. 우물 벽이 더 깊게 가라앉는 동안 두 사람은 계속 땅속 측면에 돌들을 배치했다. 토머스와 비분은 번갈아가며 땅을 팠고, 그렇게 지표면 아래로 들어갈 때까지 함께 팠다. 누가 땅을 파든 양묘기에 묶여 있는 양동이를 흙으로 채우면, 위에 있는 사람이 이것을 땅 위로 감아올렸다. 그러고서 위에 있는 사람—이제는 거의 늘 비분—이 양동이에 단단한 돌을 담아서 내려 보내, 그것으로 측면을 받쳐 지지할 수 있게 했다.

토머스는 무겁고 까만 표토층을 지나 점토 속으로 꽤 깊이 들어갔다. 미세한 입자로 된 점토는 두툼했고 밀도가 놀라울 정도로 높았다. 비분은 계속 줄리아더러 손수레를 가지고 와서 그 점토로 솥을 만들어보라고 했다. 그녀는 관심이 없었다. 나흘째가 되니 토머스는 점토에 질려버렸다. 점토가 끔찍했다. 밤사이 점토가 우물 구멍 속에서 상해 시큼해졌고, 땅을 팔 때 그 맛이 혀를 감쌌다. 그의 코가 고운 점토 점액질로 뒤덮였다. 폐가 아프고 가슴이 조여왔다. 어떤 기체 같은 것이 구멍을 채우고 있는 것은 아닌지 의문스러워지기 시작했다. 점점 더 유황 냄새가 났다. 하지만 여기 병원 침대에서, 특히 밤이면, 그는 그 우물에 어떤 편안함을 느끼기 시작했다. 냄새가 강렬했는데, 아마도 소독용 알코올이었을 것이다. 그리고 땅은 훈기를 내뿜고 있었다. 거의 아늑했다. 그는 무섭지 않았다. 그건 그에게 놀라운 일이었는데, 왜냐면 땅을 파는 동안에는 무서웠기 때문이다.

사실 부끄럽게도, 가끔 그는 극도의 공포에 빠져들어 어쩔 줄을 몰랐다. 종종 두려움에 목이 막히는 것을 느꼈다. 발밑에서 땅이 무너져 내려 그를 삼켜버릴 수도 있다는 상상을 멈춰야만 했다.

때로 그는 그 구멍 속으로 다시 내려가느니 차라리 죽기를 거의 바랄 정도였다.

이제, 상관없었다. 무엇도 그를 해칠 수 없었다. 배에서, 우물에서, 침대에서, 이제 그가 할 수 있는 일은 아무것도 없었고, 워싱턴으로 돌아가지 않아도 됐기에 그는 안전했다. 그의 목숨이나 정신을 잃을 수도 있는 잔혹한 가능성에도 불구하고 이것은 일종의 방학이었다. 혹은 만일 로즈가 곁에 있었더라면 방학일 수 있었을 것이다. 둘이서 함께 접이식 뒷좌석으로 침대를 만들어 내시 안에 누워 있는 것이었더라면 좋았을 텐데. 그러니까 두 번째 신혼여행으로, 풀숲에선 귀뚜라미가 울고 있는 그런.

# 천장

**두 여성은** 흐릿한 회색 공기 속으로 재미난 듯 이야기를 하며 침대 위에 누워 있었다. 토머스를 보러 갔다가 그가 훨씬 더 괜찮아졌다는 것을 알게 된 후 그들은 오트밀을 샀다. 두 사람은 버터, 설탕, 계피를 넣은 오트밀을 한 그릇씩 먹었다. 배가 따뜻해지고 가득 찼다. 추위가 누그러졌다. 어찌나 만족스럽던지. 밀리는 다음 학기에 수강할 수업에 대해 이야기하고 있었다. 퍼트리스는 그 수업명들을 유심히 들었다.

"변호사가 되려면 어떻게 해야 해요?" 퍼트리스가 물었다.

밀리가 이야기해주었다.

**그들이 천천히** 떠다니는 동안, 말 사이에 고요함이 내려앉았다. 가끔은 꼭 두 사람이 잠꼬대를 하고 있는 것 같았다. 퍼트리스는 마침내 밀리가 깊은 숨을 느릿하게 쉬며 잠들었음을 확신했다. 그녀도 이제 편히 잠들 수 있었다. 퍼트리스가 둥실둥실 떠내려갈 때 수면의 암흑 속에서 우드 마운틴의 얼굴이 선명해졌다. 소스라치게 놀라며 그녀의 의식이 깨어났다. 워싱턴에서 반쯤 깨어 있던 순간 이후로, 퍼트리스는 용케 그에 대해 생각하지 않을 수 있었다. 그렇지만 어쨌든 그들은 사랑을 나누었고, 서로의 눈을 들여다보았었다. 아이처럼 장난쳤으며, 서로의 얼굴을 눈으로 씻겨주었다. 그녀는 그를 사랑했다. 아닐까? 대체 그걸 어떻게 아는 걸까?

베티 파이가 옆에 있었다면 물어볼 수 있었을 것이다. 하지만 밀리에게는 아니다. 밀리에게 물어볼 수는 없었다. 퍼트리스는 계속 자신의 감정에 대해 신중하게 생각했다. 어느 영화에서 들었던 것처럼, *정신을 차릴 수 없이 빠져든* 건 아니었다. 그렇다고 해서 영화를 예제 삼아 인생을 살고 싶지는 않았다. 퍼트리스는 누구와 결혼해야 할 것인지 확실하게 알고 싶었다. 이런 건 명백해야 하는 것이 아닌가? 어쩌면 베라가 집에 돌아왔을 때 명백해질 거야, 라는 생각이 들었다. 그 일이 벌어질 때까지 그녀는 떠날 수 없다. 그녀의 삶은 그 일에 달려 있다. 그래, 베라가 모든 것을 해결할 것이다.

퍼트리스는 잠들었다가 다시 깜짝 놀라며 깼다. 갑작스레 떠진 눈으로 회색을 들여다보았다. 퍼트리스는 베라가 돌아오지 않는 상황에 대한 상상을 자신에게 단 한 번도 허락한 적이 없었다. 자낫이 알듯 퍼트리스도 알았다. 베라는 살아 있으며 반드시 돌아올 것이다. 어딘가 저 아래에서 차가 지나가면서 전조등 불빛이 천장을 가로질렀다. 지금 퍼트리스가 보기에, 밀리 방의 천장은 벽처럼 부드럽지도 엷지도 않았다. 오히려 금이 가고 벗겨졌으며, 음울함으로 불길했다. 오, 왜 천장이 그런 식으로 보였어야만 했을까? 이로 인해 퍼트리스는 자신이 틀렸을지도 모른다고 생각하게 되었다. 베라가 집에 돌아오지 않을 수도 있다는 것. 깊은 슬픔이 천천히 차올랐다.

빌어먹을 천장아, 퍼트리스는 생각했다. 내게 필요한 단 한 가지는 거대하고 못생긴 거미가 널 가로지르며 걸어가주는 거야. 나는 무언가 불빛으로 반짝이는 것을 봐야겠어.

    그녀는 침대에서 나와 창문으로 걸어갔다. 서리 앉은 양치식물이 창문을 타고 올라 반쯤 뒤덮었다. 또 한 대의 차가 모퉁이를 돌았고, 초록색과 금빛 불꽃과 함께 문양들이 드러났다. 살아 있어! 문양들이 그녀에게 말하는 것처럼 보였다. 살아 있어!

# 더 큰 기쁨

"마음 잠그는 걸 잊은 거지." 엘나스가 말했다.
"아냐. 난 잊은 적 없어." 버논이 말했다.
"그럼 무슨 일이 벌어진 건데?"
"그녀의 두 눈이 자물쇠를 딴 거야."

그들은 각자 팔꿈치를 괴고 빛 속에 나란히 서 있었다. 이런 추위에는 밖에 나갈 도리가 없어서 아까 그들은 각자 아픈 척을 하고 아침식사 후에 계단을 올라 다시 방으로 돌아갔었다. 이제 그들은 눈을 깜빡이며 창문의 작은 직사각형 하나를 응시하고 있었다. 갓 내린 눈이 수 마일 너머로 펼쳐져 있었다. 그 새하얀 강렬한 빛에, 어둑한 방에 있는 그들조차 깜짝 놀랐다.

"그녀가 자네의 발 앞에 유혹을 둔 거야." 엘나스가 말했다.
"그런 거 아니야, 아니야. 그녀가 의도했다고 하긴 어려워."
"어쨌든 그랬잖아." 엘나스가 말했다.
버논은 말하지 않았다.
"내가 알고 싶은 건, 자네가 그 죄를 그만둘 거냐는 거야."

"그만둬. 오, 난 그만둘 거야."

"그래, 그럼."

"이제 우리가 부르면, 그들이 와서 우릴 데려가는 건가?" 잠시 후에 버논이 부끄러움으로 화끈거리면서도 희망과 사투를 벌이며 말했다. "우리, 역시 그만두는 거지, 너랑 나?"

"이 일은 우리가 힘써 이겨내야 한다고 나는 생각해." 엘나스가 말했다.

엘나스의 목소리에 적의가 가득하다고 버논은 생각했다.

"젠장, 너무 춥잖아. 우리가 죽었어야만 했다고 어디 적혀 있는 것도 아닌데."

"어디 안 적혀 있다고도 할 수 없지."

버논은 입을 열었다가 닫아버렸다. 긴장한 어깨, 가슴팍을 가로지르며 꼭 낀 팔짱, 그들은 말없이 뻣뻣하게 서 있었다. 그들이 원한 것은 준비 태세를 갖추고 싸우는 것이었다.

**이후에 그들은** 밀다의 차를 얻어 타고 시내로 갔다. 시내에서 밀다는 식료품점으로 가고, 버논과 엘나스는 거기서 다시 러배트한테 방문할 방법을 모색했다. 그때 버논은 그들이 파송된 이유를 다시 상기했다. 인디언들이 얼마나 가르침을 잘 받아들이는지, 얼마나 온화하고 마음이 열려 있는지, 그리고 얼마나 순한 사람들인지도 떠올렸다. 인디언들은 마치 말 잘 듣는 어린아이들처럼 기꺼이 타인이 기뻐하는 일을 하려고 하는 사람들이었다. 하지만 러배트는 아니었다. 그는 이미 타락했고, 세례를 꺼렸으며, 심지어 그들을 문 안에 들이는 것조차 탐탁지 않아했다. 러배트가 지금 그들에게 가능한 유일한 선택지였지만, 추위가 가죽을 산 채로 벗겨내고 있던 탓에, 두 사람은 다시 걸어서 밀다의 차로 돌아가기로 결정했다. 그런데 아무런 언질도 없이 갑자기 엘나스가 방향을 틀었다. 옆 마을로 갈 거라고 그가 말했다. 버논은 엘나스를 따라가는 것은 곧 죽음임을 알았지만 다른 선택의 여지가 없었다. 바람이 마치 그의 외투가 종이 자락인 양 뚫고 지나갔다. 버논의 두 손은 감각을 잃었다. 또 얼굴은 타는 듯했다. 나무토막이 된 두 발이 휘청거렸다. 루이스 파이프스톤이 도로에 멈춰서 그들을 태워줬을 때, 그리고 그들에게 그랜드포크스에 내려줄 수 있다고 말했을 때 두 사람의 눈에 차올랐던 차가운 눈물이 뜨거워졌다. 그랜드포크스에는 그들을 받아줄 수 있는 교회 사람이 살고 있었다. 밀다에게 몇 안 되는 소지품을 그곳으로 보내달라고 부탁할 생각이었다. 혈액이 빠르게 돌면서 몸이 녹자, 그들은 삶의 견딜 수 없는 불을 참아낼 수 있게 해달라고 기도했고, 아울러 자신들이 더 큰 기쁨으로 이미 부르심을 받았음을 깨달았다.

# 부엉이들

**반스가 그의** 베개를 적시고 있을 때 루이스 파이프스톤은 낙오자들을 데려오기 위해 저기의 차를 몰고 시티즈로 향하고 있었다. 스스로 죄책감을 지울 수가 없어 루이스는 그 일행을 낙오자라 불렀다. 한 마일 한 마일 거듭될수록 그는 죄책감과 싸웠다. 그랜드포크스를 통과하면서, 파고를 통과하면서, 퍼거스폴스를 통과하면서, 그렇게 계속해서 싸웠다. 로열턴과 세인트클라우드를 통과했지만, 죄책감은 여전히 그 자리에 있었다. 루이스는 만일 자신이 함께 워싱턴에 갔더라면 일이 다르게 전개됐으리라는 것을 알았다. 그랬다면 토머스가 그런 식으로 쓰러지지는 않았을 텐데. 자신이라면 시티즈에서 다음 기차를 기다리는 동안 담배를 피우러 밖에 나갔을 테고, 구체적으로 이유를 들 수는 없지만 루이스 자신이 토머스를 구했을 것이라고 확신했다. 루이스는 도시에 당도해서야, 그리고 병원을 찾는 엄청난 어려움과 더불어 면회 시간에 토머스의 병실로 입실 허가를 받고 나서야 비로소 조금 안도했다.

토머스는 아직 병원 침대에 있었다. 하지만 일어나 앉아 있었고, 루이스를 보자 예의 그 커다란 미소와 함께 치아가 금빛으로 반짝였다. 그의 얼굴에 생기가 돌았다.

"자네 말들이 분명 또 밖으로 나갔나보군!"

"자네를 울타리에 집어넣으려고 내가 여기까지 왔다네." 루이스가 말했다.

"퍼트리스가 그러던데, 자네가 날 아주 최신식으로 데리고 갈 거라면서."

"저기 차까지 레드카펫을 깔아드리지. 자네가 앞자리, 영예의 자리에 올라 타."

"내 차를 가지고 와도 괜찮았는데."

"그럼 웨이드가 어마어마한 속도로 차를 몰면서 온갖 시골길을 돌아다닐 수가 없잖아. 그 녀석이 지금까지 그렇게 해오고 있었던 것처럼 말이야."

"그건 샬로일걸. 내 딸이야말로 드라이버지."

"좋아, 그럼 샬로라고 해두지. 저번 날에 샬로가 낑낑대면서 트렁크에 커다란 밀가루 포대를 싣는 걸 봤어. 그걸 싣고서 친구들을 데리러 가더군."

"역시 내 딸이야."

밀리와 퍼트리스가 퇴원 서류를 작성하고 있는 간호사와 함께 병실 안으로 들어왔다. 루이스는 차를 지키기 위해 다시 내려갔다.

**집으로 오는** 길, 사정 없이 내리쬐는 햇살과 그 아래에서 강한 빛을 뿜고 있는 눈 덮인 들판을 차로 통과해가는 동안, 토머스는 기차역에서 자신과 모지스가 담배를 사러 나갔을 때 무슨 일이 벌어졌는지 이야기해주려 애썼다.

"바닥에 부딪혔을 때는 아무 느낌이 없었는데, 그리고 나서 위를 올려다보니까 부엉이들이 눈에 들어오는 거야. 눈처럼 하얀 부엉이들이 떼로 물결을 이뤄서 내 위로 날아가더라고. 러배트라면 부엉이들이 나를 죽이고 싶어 하는 거라고 말했을 거야. 하지만 나는 부엉이들이 날 안전하게 지키러 왔었다는 걸 알지."

"그것 참 좋은 이야기군." 루이스가 말했다. "이제 자네를 부엉이 남자라고 불러야겠어."

"그것도 싫지 않지만," 토머스가 말했다. "그래도 나는 그저 하찮은 사향쥐일 뿐이지."

"러배트랑 부엉이 얘기가 나와서 말인데, 자네의 야간 근무를 러배트가 서고 있었어?"

"내가 알기로는, 아직까지 그렇게 해주고 있을걸."

"러배트가 그만둔다고 들었어. 부엉이가 하도 안으로 들어오려고 해서."

"그거 내 부엉이야. 근방 어딘가에 사는 게 분명해. 창문에 비친 자기 모습을 계속 공격하지. 창문 부엉이가 자기 영역을 침범한다고 생각하는 거야."

"음, 부엉이가 러배트를 날려버린 게로군. 무슨 일이 있어도 돌아가지 않겠다고 했대."

"아마 로더릭도 있었을 거야."

"옛날 그 로더릭? 학창 시절의 로더릭 말이야?"

"그 친구가 찾아와. 나쁘게 찾아오는 건 아니고. 그래도 그 친구 때문에 러배트가 신을 두려워하지."

"러배트가 온통 거룩한 것이 바로 그 이유였군. 저기가 그러는데

요즘 러배트가 매일같이 미사에 와서 한 번도 빠짐없이 성찬에 참여한대. 교회 도로 작업도 하고 거기에 쌓인 눈도 삽으로 퍼 나르면서 관리직 일을 구해보려고 노력 중인가봐."

"이런, 러배트가 내게 와서 극단적인 예언을 전해주던 일들을 그리워하게 될 거야."

"걱정하지 마." 루이스가 말했다. "자네는 러배트를 오며 가며 보게 될 테니까. 러배트는 한결같이 극단적인 예언을 전해줄 거야."

"내 작은 부엉이가 보고 싶군." 토머스가 말했다. "반려동물처럼 여기던 부엉이야. 그 녀석이 농장 천장의 뼈대에다 둥지를 틀었어."

루이스가 날카롭게 그를 힐끗 쳐다보았다.

"농장 기둥 말이야." 토머스가 말했다. 그러고서 한동안 아무 말이 없었다. "서까래인가." 토머스가 낮은 목소리로 중얼거렸다.

## 나무에 있던 곰의 두개골은
## 동쪽을 향한 채 빨간색으로 칠해져 있었다

**우드 마운틴**은 곰의 두개골을 지나쳐 걸었다. 그는 이것이 자낫이 고맙다고 말하는 방식임을 알았다. 퍼트리스는 아직 집에 오지 않았고, 그는 아킬레에게 가보고 싶었다. 집에 가까이 갔을 때, 우드 마운틴은 안쪽에서 우는 소리를 들었다. 아니, 웃는 소리였나? 아니, 둘 다였나? 그는 큰 소리를 외치고 안으로 들어갔다. 베라와 자낫이 아킬레가 곰가죽 양탄자 위에 섰다가 넘어졌다가, 다시 일어났다가 흔들렸다가, 다시 한 번 잠깐 균형을 잡는 것을 보고 있었다. 한 발자국 내디디려 할 때마다 아킬레는 콩 하며 넘어졌고, 곧 까르륵 하며 웃었다. 아기는 우드 마운틴을 보자 팔을 활짝 펼치더니 사랑을 담아 큰 소리를 냈다. 아기의 반응을 본 베라는 혼란스러워 말을 잊은 채 우드 마운틴을 뚫어져라 바라보았다.

"아킬레." 우드 마운틴이 말했다. 그는 아기에게만 보여주는 눈을 하고서 아킬레를 번쩍 들어 올렸다. "아킬레, 나의 꼬마."

자낫이 베라에게 말했다. "봐, 내가 말했지."

베라는 일어나 물을 끓이려고 난로 위에 주전자를 올렸다.

"아기 이름은 토머스야." 베라가 우드 마운틴을 향해 말했다.

우드 마운틴은 그녀의 말을 듣지 못한 채 계속 아기와 소소한 장난을 쳤다. 베라가 차를 가져와 우드 마운틴에게 주고는 구석에 있는 침대에서 베라 자신과 놀게 하려고 아이를 번쩍 안아 들었다. 하지만 아기는 베라의 팔을 지나쳐 우드 마운틴에게 돌아가기 위해 힘겹게 앞으로 나아갔다. 아기가 양탄자를 무지르며 빠르게 걷자 베라의 입이 뒤틀렸다. 그 집요한 투지가 너무 재미있어 웃음을 자아냈지만, 그렇게 단순한 것만은 아니었다.

"내가 말했잖아." 자낫이 다시 말했다.

"이제 알겠네." 베라가 말했다. "아이가 나보다 저 남자를 더 사랑하나봐."

"아니면 나보다도." 자낫이 말했다. 그녀는 마음 쓰지 않았다.

"바뀌겠지." 우드 마운틴이 아이를 안은 채로 말했다. "조금만 있으면 아기는 네가 떠났었다는 걸 전혀 기억도 못 할걸."

그는 속으로는 자기 자신의 말을 믿지 않았다.

우드 마운틴은 아킬레가 이제 막 난 치아를 훈련할 수 있게 베이컨 조각을 가지고 왔다. 아기는 새끼 늑대처럼 크게 즐거워하며 그 지방 조각을 물어뜯었다. 다시, 베라가 웃었다. 평범한 웃음이 아니었다. 웃음 속에 슬픔이 배어 있었고, 이것이 어두운 쉰 소리 속으로 천천히 스며들어갔다. 우드 마운틴은 베라의 얼굴을 자세히 들여다보고서, 이제 막 하얗게 변해가고 있는 상처가 한쪽 눈썹을 가르고 있음을 알아챘다. 또 다른 상처는 그녀의 턱을 가로지르고 있었다. 머리칼은 마치 갓 애도 기간에 들어간 여자처럼 마구잡이로 짧게 잘려 있었다. 아까 그에게 컵을 건네줄 때는 손가락도 떨었다. 우드 마운틴은 컵을 받아들면서 번개 같은 불꽃을 느꼈다. 그렇게 상처가 났어도 베라에게서 눈을 뗄 수 없었다. 사람들은 베라와 픽시를 두고 이렇게 말하곤 했다. "퍼랜토 씨 댁 미녀들."

"삼촌을 따라서 이름을 토머스라고 지은 거지." 그가 말했다.

베라가 고개를 끄덕인 다음, 난로 위에 손바닥을 따뜻하게 덥혔다. "니는 네 아버지를 따라서 아킬레라고 지어준 거고." 잠시 후에 그녀가 대답했다.

**우드 마운틴은** 매일같이 찾아왔다. 퍼트리스가 돌아와 공장에 다시 나가기 시작하자, 그는 보통 퍼트리스가 일하러 가 있을 때 왔다. 방문할 때마다 그는 베라에 관한 무언가를 발견했다. 베라의 한쪽 귓불은 누가 물어뜯은 것처럼 우둘투둘했다. 손가락 하나는 한 번 부러졌었던 것처럼 굽어 있었다. 한쪽 눈은 가끔 측면을 보았는데, 마치 그 방향으로 세게 부딪힌 적이 있는 것 같았다. 이 하나가 없었지만 그녀가 온몸으로 웃지 않는 이상 보이지 않았다. 그런데 온몸으로 웃는 것이 그녀의 방식이었다. 그러다 끝내 일이 벌어졌다. 우드 마운틴의 턱에도 똑같은 이가 빠져 있었다. 그녀가 다친 곳이면 그도 역시 똑같이 다쳤다. 시간이 흐르며 베라의 얼굴이 나아졌고, 그녀는 점점 더 자주 밖으로 나갔다. 덫을 놓은 길을 따라 터벅터벅 걸어 다녔고, 깔개를 만들 갈대를 모았다. 어머니처럼 그녀도 내다 팔 바구니를 만들었고, 토머스 아킬레에게 입힐 작은 옷들을 바느질했다. 아니, 그 반대로 아킬레 토머스였던가? 이제는 베라조차도 가끔 아기를 아킬레라고 불렀다.

**어느 날**, 집에 온 퍼트리스는 그들이 함께 있는 것을 보았다. 그리고 알게 되었다. 아킬레를 안고 있는 언니 너머로 우드 마운틴이 몸을 숙이고 있었다. 아기가 재채기를 하자 두 사람은 함께 경이로워했다. 그냥 재채기일 뿐인데. 그녀는 이해할 수 없었지만, 두 사람이 함께 아킬레에게 뜨거운 사랑을 쏟을 때, 퍼트리스 자신의 혼란과 욕망과 사랑의 가능성 같은 감각들은 저 아래로 가라앉았다. 그녀의 감정은 진흙투성이가 되어 무거워졌다. 그렇게 끝내 퍼트리스는 그 감정들을 전혀 알아채지 못했다. 그러던 어느 날 우드 마운틴이 집을 나서고 있을 때, 마침 그녀가 집에 도착하는 일이 있었다. 도리스가 퍼트리스를 내려준 바로 그때, 우드 마운틴이 도로로 내려왔다. 타고 다닐 말이 없어서 요즘 그는 늘 걸어 다녔다. 퍼트리스가 가까이 다가오는 것을 본 그가 멈춰 섰다.

"퍼트리스." 그가 그녀와 눈을 마주치지 않으면서 말했다. "할 얘기가 있어."

"나 다 알아." 그녀가 말했다.

그가 눈을 들어 그녀를 보았다. 그녀는 눈길을 돌리지 않았다.

"난 두 사람을 다 사랑해." 그가 눈치를 보느라 괜한 말을 했다.

"아니, 너 안 그래." 그녀가 말했다. 하지만 화난 것은 아니었다. 아니, 만일 화가 났다 해도, 그것은 이럴 시간이 없다는 자연스러운 발로였을 것이다. 그 감정들은 얼어붙은 배설물 같았다. 그녀는 그것을 떨어내야 했다.

"다행히 화난 것 같지는 않네." 그는 마음이 편안해졌다. 그리고 자기 눈썹을 문지르며 덧붙였다. "그저 내가 바라는 건, 네가 생각을…"

"좋았어." 그녀가 말했다. "저 밖에서 있었던 일, 좋았다고." 그녀가 입술을 앙다물고는 나무들이 얽혀 있는 곳, 그들이 사랑을 나눴던 곳을 향해 눈짓했다. 갈대처럼 얇은 화살이 그녀를 뚫고 지나갔다. "그런데 그때 집으로 돌아가는 길에 생각해보니, 잘한 일 같지는 않더라."

"그랬었니?" 그의 목소리가 간절했다.

"집을 바라보는데, 언니가 돌아올 거라는 걸 그냥 알겠더라고. 그리고 네가 얼마나 아킬레를 사랑하는지 생각했어. 그때 아마 깨달았던 거지. 네가 베라를 보게 되면 아기와 함께 언니의 길이 네 길이 되겠구나, 하는 걸."

"맞아. 베라의 길이 곧 나의 길이야."

그는 만족한 듯 보였고, 그녀는 홀가분했다. 아마도 그 무거운 낯섦을 내려놓고 앞으로 나아갈 수 있을 것 같았다. 두 사람은 함께 집으로 돌아갔다. 집 안으로 들어서자 베라가 올려다보았다. 베라는 바구니 하나를 마무리 짓고 있었다. 우드 마운틴이 물푸레나무를 갈라 뼈대를 만들었고, 베라가 이제 막 자른 버드나무의 빨간 채찍을 안팎으로 엮었다. 버드나무 향이 선명하고 비밀스러웠다. 퍼트리스는 자신의 감정을 지나가게 하는 것만이 유일한 길이라고 생각했다. 베라의 무너져 내린 심장이 다시 설 수 있게 도와주는 것이라면, 퍼트리스는 그게 누구든 무엇이든 끌어안을 것이었다.

## 복사기 정령들

**부족들에게 배포될** 의장 보고서의 원본을 준비하느라 밀리는 늦게까지 일했다. 그녀는 남자를 위해 타이핑을 함으로써 자신의 원칙을 어기게 될 참이었다. 그러나 이 경우, 그녀가 토머스를 인터뷰한 데다 워싱턴 여정에 대한 그녀 자신만의 세부사항을 곁들였기에 마치 뉴스 기사처럼 느껴졌다. 추운 봄밤이었고, 한 시간 안에 저기가 그녀를 데리러 올 것이었다. 원본이 완성되자 그녀는 곧장 첫 번째 장을 스피릿 복사기의 원통 위에 올려놓고 크랭크를 돌리기 시작했다.

**이번에는,** 한 부씩 복사될 때마다 기계에서 정령spirit이 나타났다. 1892년, 부족 사람들은 터틀마운틴 지역의 첫 번째 인구조사에 서명했었다. 미콴, 카시니컷, 와샤스크, 아와니퀘, 카키기도-아신, 카나나토와카친, 아나콰독, 오마카킨스, 마쉬키고퀘, 스왐피 우먼, 키스나, 콜드, 아이스, 드레스드 인 스톤, 포기 데이 우먼, 스피킹 스톤, 머라지, 클라우드, 리틀 프로그, 옐로우 데이, 선더. 무슨 연유에서인지 오늘 밤 그들은 또 다른 존재 속으로 다시 잠기기 전에, 옛 고향 땅 이곳저곳을 돌아다니러 별의 길을 따라 내려왔다. 그들은 계속 복사기를 떠나 날아올랐다. 커밍 보이스, 스톱스 더 데이, 크로스 라이트닝, 스키너, 홀 인 더 스카이, 비트윈 더 스카이, 라잉 다운 그래스, 센터 오브 더 스카이, 래빗, 프레리 치킨, 데이 라이트, 마스터 오브 더 화이트 맨. 이들은 메티스족(캐나다와 펨비나에서 건너온 부족), 그리고 프렌치-크리-치폐와족(버펄로를 처음으로 사냥하고 땅을 휘젓고 다닌 부족)과 피가 섞인 원주민이었다. 그들 모두는 할당 토지에 내던져졌다. 그 후 그들은 땅을 여러 조각으로 쪼갰고, 달러의 가치를 배웠다. 그렇게 달러 하나로 달러 여럿을 만든 다음 그것들을 삶의 방식으로 일구게 되었다.

**밀리는 사실** 복사기 유동액 냄새에 약간 취한 듯했기 때문에 정령들의 비행에 대해선 알아차리지 못했다. 다만 크랭크를 돌리는 동안 계속 목소리가 들려와서 무언가 이상한 일이 벌어지고 있을지도 모른다는 생각이 들었다. 마치 어린아이들이 바닥에서 뛰어다니듯 놀람의 탄성과 불편한 쿵 소리들. 방이 소곤거림으로 가득 찼다. 어쩌면 바깥의 바람이 거세졌는지도 모른다. 저기가 나타났을 때 밀리는 재빠르게 복사기를 닫아 내리고, 순서에 상관없이 종이들을 모았다. 바깥에 나오니 신선한 찬 공기가 머리를 심하게 두들겨댔다. 그녀는 꽁꽁 언 두 맨손으로 관자놀이를 문질렀다. 따뜻한 차에 올라타자 두통이 사라졌다. 그러나 자동차의 으르렁 소리 너머로 그녀는 노랫소리와 북 치는 소리가 들린다고 생각했다. 밀리와 저기가 집을 향해 걸어가고 있을 때 파이프스톤 씨 목장에서 훨씬 더 큰 소리가 들려왔다.

"이 소리 들리세요?" 밀리가 저기에게 물었다.

그들은 멈춰 서서 외투를 더 단단히 여몄다. 저기가 하늘을 가리 켰다. 밀리는 고개를 들어 움직이는 대기 속을 보았다. 빛은 초록색과 분홍색이었다. 피 흘리듯 흐르는 빛, 춤추는 불꽃. 더 이상 노랫소리도 북소리도 없었지만, 밀리는 희미하게 타닥거리는 소리를 들을 수 있었다.

"그들이 우리를 돌보고 있어." 저기가 말했다. "저 춤추는 정령들 말이야. 꽁꽁 얼겠다. 들어가자."

밀리는 추위가 발을 꼬집고 목이 뻣뻣해져 아플 때까지 밖에 머물며 빛을 바라보았다. 복사기 때문에 이상한 기분이 들던 터였는데, 만일 북극광이 복사기와 어떤 관련을 맺는다면 정전식 복사기를 택할 것이라는 생각이 들었다. 왜냐하면 빛이라는 것이 그 자체로 해와 지구의 자극 사이의 상충되는 강렬한 힘에서 탄생하는 전자 파동이기 때문이었다. "그들이 우리를 돌보고 있어"라는 저기의 말은 자낮이 빛에 대해 했던 말과 공명했다. 즉, 빛은 죽은 자, 기뻐하는 자, 자유로운 자, 자애로운 자의 영이니. 밀리는 뼛속까지 추웠지만 빛들을 조금 더 오래 바라보았다. 아울러 하나의 이유가 다른 하나를 배제하는 것은 아니며, 가득 찬 전자가 정령일 수도 있다는 것, 그 무엇도 다른 무언가를 배제하지 않는다는 것, 수학이란 철저한 형태의 광기라는 것, 그리고 반스와 주기적으로 데이트를 하리라는 것을 마음에 새겼다. 그래야만 했다. 왜냐하면 반스가 그녀에게 방정식으로 청했으니까. 누군들 거기에 싫다고 대답할 수 있으랴.

## 아 타 상태

**퍼트리스의 근거리** 시력은 여전히 완벽했고, 구멍을 뚫기 위해 보석을 놓는 속도와 정확도도 돌아왔다. 화가 나 있을 때 그랬던 것처럼, 그녀는 자신이 최상의 능률을 발휘하며 일하고 있다는 것을 느낄 수 있었다. 하지만 그녀는 화가 난 것이 아니었다. 그녀의 목적은 돈을 버는 것이었다. 점심시간이 될 때쯤 어깨가 아프기 시작하고 손가락이 뻣뻣해지고 있었다. 그래서 손을 구부리고 문질렀다. 그녀는 아직도 군데군데 찌그러진 시럽 채취용 양동이를 도시락통으로 가지고 다녔다.

베티 파이가 점심식사를 하는 곳으로 여유롭게 걸어 들어왔다.

"이제 넌 워싱턴 D.C.에 갔다 왔다 이거지. 나랑 이야기를 하기에는 너무 잘났다는 거야?"

"응." 퍼트리스가 말했다. "앉아."

베티는 옆자리에 털썩 앉더니 주머니에서 삶은 달걀을 꺼냈다. 탐욕스러운 몸짓으로 껍질을 까서 두 입에 해치웠다. 터져 나온 부기드('방귀'를 뜻하는 치페와어―옮긴이). 건너편에 있던 밸런타인이 짜증난다는 듯 눈을 치켜떴다. 베티는 그저 강조할 목적으로 방귀를 한 번 더 뀌었다.

"실례할게." 베티가 예절 바른 태도를 과하게 가장한 목소리로 말했다. "달걀을 먹으면 꼭 방귀를 뀌게 되더라고."

그녀는 귀를 덮은 반짝이는 머리칼 한 뭉치를 손으로 보드랍게 매만졌다. 그리고 초록색 꽃무늬 원피스의 상의 부분에 있는 장식 천을 매끄럽게 눌러 폈다.

"바로 뀌었잖아." 밸런타인이 말했다. "달걀 먹자마자. 난 네 말 안 믿어."

베티는 손가락을 튕겨 딱 소리를 냈다. "이런 소리였지."

퍼트리스는 점심 양동이가 그날의 운수를 일러주기라도 하는 듯 그것을 들여다보았다. 한숨이 나왔다. 당근과 삶은 감자였다. 어쩌면 약간의 소금이 도움이 될지도 몰라서 퍼트리스는 베티에게 물어봤다. 베티가 종이에 싼 소금을 조금 건네주었다. 그 와중에도 베티는 마파람에 게 눈 감추듯 달걀을 하나 더 먹었다.

"그렇게 심하게 부기드를 뀌게 된다면서 대체 달걀은 왜 먹는 거야?" 컬리 제이가 물었다.

"부기드 좀 뀌는 게 어때서?" 베티가 말했다. "나는 달걀이 좋아. 청원서에 서명은 했어?"

"나는 했어."

"나는 퍼트리스가 제출하는 게 좋을 거라고 생각해."

"밸런타인이 더 나을걸." 퍼트리스가 말했다. "아니면 도리스나."

"도리스 로더는 안 할 거야." 밸런타인이 말했다. "걔는 싫어해…. 알잖아, 걔가 뭘 싫어하는지."

"메뚜기 즙이지." 베티가 말했다.

퍼트리스는 목이 턱 막혔다. 베티는 얼마나 여러 번 메뚜기들의 갈색 즙을 손으로 짜냈을까? 볼드 씨에 대한 생각. 그녀는 점심 양동이 뚜껑을 다시 덮었다.

"내가 할게." 밸런타인이 말했다. "난 휴게시간을 되찾고 싶어. 퇴근할 때쯤 되면, 난 거의 손을 움직이지도 못해."

"임시적인 거였잖아. 우린 다시 받기로 되어 있었어." 베티가 말했다. 그녀가 다시 방귀를 뀌고는 손가락을 들어올렸다. "방금 내 말, 인용해도 좋아."

**일을 마치고** 뒷좌석에 앉아 보슬거리는 봄비를 통과해 달리면서, 퍼트리스는 돈에 관해 생각했다. 더 많은 돈이 필요했다. 봉급 인상을 요청할 계획이어서 훨씬 더 열심히 일하고 있었다. 베라가 지금 일을 구할 거라는 생각은 말이 안 되는 것처럼 보였다. 베라는 그것이 무엇이든 바깥 세계에서 일하지 않을 것이고, 그녀의 아기를 떠나지 않을 터였다. 퍼트리스는 이제 두 명이 아닌 가족 네 명을 책임지고 있었다. 그런데 놀라운 일 하나. 우드 마운틴이 통학 버스 모는 일을 하기 시작했다. 연방정부 공무직으로, 좋은 직장이었다. 그와 퍼트리스가 가닿은 이해와 더불어, 이 직업은 그가 베라와 결혼할 수 있는 탄탄대로를 열었다. 그뿐만 아니라 두 사람은 집 뒤에 있는 오두막을 손볼 계획을 세웠다. 여름 동안에 오두막을 어떤 식으로 고칠 것인지 둘은 끊임없이 이야기했다. 그들이 오두막으로 거처를 옮기고 나면 퍼트리스는 포키와 어머니만 책임지면 될 테지만, 또다시 무언가 예상하지 못한 일이 생겼다. 대학으로 돌아간 밀리가 전공을 바꿨다는 편지를 전해왔다. 밀리는 인류학자가 되기로 결심했다면서 자낫과 함께 연구하고 싶다고 했다. 아울러 정보 제공자에게 지급할 수 있는 연구비를 신청했다고 덧붙였다.

"많은 돈은 아니에요." 그녀가 편지에 썼다. "하지만 그 돈과 퍼트리스가 모은 돈이라면, 어쩌면 퍼트리스는 학교로 돌아갈 수 있을지도 모르죠."

도리스와 밸런타인은 퍼트리스를 내려주었고, 그 큰 차는 도로를 따라 달렸다. 퍼트리스는 길을 따라 걷기 시작했다. 땅이 물 먹은 스펀지처럼 폭신했다. 눈이 지표 속으로 내려앉고 있었다. 공기는 축축하고 진했다. 나무에서 수액이 올라오고 있으니 자낫이 자작나무 수액을 받기 위해 나가 있을 터였다. 겨울에 그녀는 나무에 삽관을 꽂은 다음 그것을 나뭇결 안으로 두드려 넣고서 수액 채취용 철제통을 두었다. 차가운 수액은 봄의 강장제였다. 마시면 나무의 특별한 기운을 나눠받을 수 있었다. 집 근처로 천천히 가고 있던 퍼트리스는 어머니가 수액 주전자를 살피면서 불가 근처의 나무 그루터기 위에 앉아 있는 것을 보았다. 퍼트리스는 집 안으로 들어가 옷을 갈아입었다. 밖으로 나왔을 때 어머니가 양동이에 담갔다가 퍼올린 병을 내밀었다. 퍼트리스가 어머니 옆에 있는 또 다른 편한 그루터기 위에 앉았다. 자낫은 불에 꾸준히 잘 타고 있는 통나무들을 정돈하려고 막대기로 쿡쿡 쑤석였다. 그러고서 자신의 수액 병을 들었다.

"밀리가 엄마를 유명하게 만들어줄 거예요." 퍼트리스도 수액 병을 들며 말했다. "언젠가 책이 나오겠죠."

"난 그런 건 신경 쓰지 않아." 자낫이 말했다. "하지만 우린 그 주니아('돈'을 뜻하는 치페와어—옮긴이)를 쓸 수 있지."

활짝 웃으며, 메티스인들이 와인을 들어 올리듯 자낫이 병을 들어

올렸다. "아 타 상테('건강을 위하여'라는 뜻의 프랑스어-옮긴이)."

퍼트리스가 병을 어머니의 병에 살짝 부딪혔다. "아 타 상테."

두 사람은 함께 얼음처럼 차가운 자작나무 물을 마셨다. 생명이 나무에 들어가 가지를 따라가며 꽃봉오리를 부풀게 하듯, 수액이 두 사람에게로 흘러들어갔다. 퍼트리스는 한쪽으로 기대어 자작나무의 몸통에 귀를 대보았다. 땅으로부터 물을 들이켜는 나무의 흥얼거리는 내달림을 들을 수 있었다. 그녀는 눈을 감은 채 마치 자신이 물인 것처럼 나무껍질을 통과했고, 꽃봉오리 끝을 떠나 구름 속으로 빨려 들어갔다. 그녀는 봄의 숲속, 작은 불가에 앉아 있는 자신과 어머니를 내려다보았다. 자낫이 고개를 들어 위를 보고 미소 지었다. 그러더니 어린 퍼트리스가 가던 길을 벗어났을 때 그랬던 것처럼, 딸에게 돌아오라고 손짓했다.

"암베 비이잔 오마 아킹 미나와."('보라, 그녀가 다시 이곳, 땅으로 온다'는 뜻의 치페와어-옮긴이) 자낫이 말했다. 이윽고 퍼트리스가 돌아왔다.

# 로더릭

**또, 그는** 기차를 놓쳤다. 그러나 워싱턴에는 인디언 유령들이 너무도 많아 그곳에 머물기로 했다. 잠시 동안 로더릭은 역 주변에서 회오리를 일으켰다. 지루하게 배회를 할 만큼 하고 나서 다시 구경을 하러 돌아갔는데, 결국 그가 본 것들은 살아 있는 자들을 그간 너무도 주의 깊게 살피느라 놓쳤던 것들이었다. 그는 기념비를 보았고, 조각상을 보았고, 건축물을 보았다. 어느 한 건물에는 너무나 많은 목소리가 있어서 건물 밖에서도 그 목소리들이 웃고 사소하게 다투는 것을 들을 수 있었다. 그는 흘러들어가 안을 둘러보다가 창고 쪽으로 휙 불어 들어갔다. 오, 이런! 자신과 같은 종족 사람들의 서랍과 보관장들이었다! 인디언 유령들은 그들의 뼈, 혹은 머리 가죽에 남긴 머리칼 한 뭉치, 혹은 피부 조각들에 갇혀 있었다. 신성한 파이프 몇몇이 단조로이 노래하고 있었다. 다른 유령들은 시끌벅적하게 자신의 뼈를 걸고 도박을 하고 있었다. 유령 같은 고스트댄스(인디언들이 죽은 사람의 혼과 통하기 위해 추는 춤—옮긴이) 셔츠, 윙윙대는 전쟁 방패, 갸르륵 웃는 아기 모카신, 혼령들로 목 졸린 신성한 두루마리가 있었다. 인디언들은 살아 있는 전시물로서 세상의 꼭대기나 바닥에서 끌려왔다가 곧장 유령이 되었다. 수 세기 동안 인디언들은 동일한 이유로 워싱턴으로 향했다. 터틀마운틴의 작은 원정단처럼 가족과 땅을 지키고자 그곳에 갔다. 이 위험한 여정에서 인디언들이 취중 농담하듯이 그들은 가로등에 목 매달려 죽었다. 밧줄 목걸이를 한 유령들. 알고 보니 이 도시는 유령으로 가득했다. 유령으로 활기찼다. 로더릭은 이렇게나 많은 동료와 함께해본 적이 없었다. 더욱이 그 유령들은 새로운 누군가를 기뻐했다. 로더릭이 머물러 남은 것을 기뻐했다. 유령들은 로더릭과 언쟁했다. 왜 거기로 돌아가려는 거야? 누가 너를 기다리기라도 해?

# 토머스

**그는 겨드랑이에서** 보온병을 꺼내 철제 책상 위에 있는 서류가방 옆에 내려놓았다. 가방은 여기저기 흠집이 나 있었지만 더 이상 불룩하지 않았다. 얇은 작업복과 오래되어 낡은 페도라는 의자에 놓았고, 도시락은 시원한 창턱에 두었다. 그는 타임카드를 찍었다. 자정. 열쇠고리와 회사 손전등을 집어 들고 그는 주요 층 둘레를 걸었다.

드릴 작업실과 모든 잠금장치를 확인하고 조명 스위치도 작동시켜봤다. 보강 작업을 한 산성 세척실 문 안으로 들어가 다이얼과 호스에 손전등을 비춰보았다. 그는 사무실과 화장실을 확인한 뒤, 마지막으로 다시 그의 책상으로 돌아왔다. 새로운 램프가 지급되었다. 이제 전보다 더 세진 빛이 책상 표면을 채웠다. 그가 앉았다. 노란색의 작은 스프링 공책에 적어둔 생일들을 꽤 여럿 놓쳐버렸다. 그는 손자, 손녀, 아들, 딸, 친구, 친척들을 위해 렉솔잡화점에서 꽃으로 도톰하게 장식된 카드를 한 무더기 골라두었다.

각각의 카드 맨 아래에는 "사향쥐"라는 이름으로 서명을 한 다음, 작고 유연한 꼬마 친구를 그렸다. 그 꼬마는 몸을 꼬며 물속을 헤엄치거나, 곡선으로 나아가거나, 발을 닦거나, 혹은 그저 햇살을 받으며 통나무 위에 앉아 있는 모습이었다. 토머스는 이따금 낙서하는 일을 즐기게 되었다. 이것은 그가 단어를 떠올리는 데 애를 먹는 일을 맞닥뜨리면서 시작되었다. 기차역에서 발병했던 뇌졸중으로 힘겨운 시간을 보낸 뒤, 병원은 그에게 가도 좋다며 퇴원시켰다. 그런데 가끔 그의 뇌는 무언가를 놓치고 넘어갔다. 이따금 뇌가 알 듯 말 듯한 단어를 그도 모르게 자신의 주름 속으로 감춰버렸다. 그는 마음을 편히 갖고 그 단어를 몰래 훔쳐와야 했다. 그 후 낙서는 기억과의 숨바꼭질 놀이에서 이길 수 있는 하나의 방법이 되었다. 그림들이 때때로 숨겨져 있던 단어를 꺼내왔다. 또한 요즘은 가끔 그가 말하는 중에 단어가 그에게로 찾아오는 것에 실패하기도 했다. 그럴 때면 그는 단어를 대체할 수 있는 긴 설명의 말을 했는데, 재미있게도 이것이 웃음을 이끌어냈다. 바로 엊그저께 그는 자동차 트렁크라는 단어를 잊었고, 그래서 이렇게 말했다. "경첩이 달린 자동차의 동굴." 사람들은 이것을 재치라고 오해했다. 다른 때에도 비슷하게, 로즈에게 그녀와 "이름이 같은 원피스"를 입어달라고 부탁했는데, 머릿속에 빨간색이라는 단어를 떠올릴 수 없었기 때문이었다. 루즈, 스칼렛, 카민, 로즈. 이렇게나 많은 단어가 나중에 떠올랐다. 그리고 샬로에게는 "비비 꼬인 방식들의 책"을 달라고 했는데, 그건 미스터리 책을 의미한 것이었다. 샬로는 그 설명을 마음에 들어 했다. 그가 겪고 있는 문제를 알아챈 사람은 아무도 없는 것처럼 보였고, 그도 이 문제를 알릴 생각은 추호도 없었다. 그러나 그 자신은 문제를 알고 있었다. 영어에 앞서 치페와어로, 유년 시절의 언어로 생각하기 시작했을 때 문제를 알아차렸다. 그는 돌아가고 있는 것일까? 종종 작은 사향쥐들을 그리면서 등불의 원 안에 앉아 있을 때면, 그는 앞으로 벌어질 강탈에 대해 날것의 공포를 느꼈다. 그에게는 정신이 전부인데 이것을 어떻게 구해낼 것인지, 실낱같은 생각조차 없었다. 그는 그저 계속 아래로 잠수해 들어가, 단어를 그러쥐고 다시 올라왔다. 종결과의 싸움은, 아서 V. 왓킨스와의 싸움은, 두렵게도 그의 모든 것을 희생시킬 싸움이 될 것이었다.

**이후에 등불** 아래에서 졸면서 그는 사향쥐들이 사방에 있는 것을 보았다. 사향쥐들의 작고 유연한 형체는 끊임없이 굴을 완벽하게 만들면서, 땅거미가 내린 바닥을 따라 미끄러지듯 바삐 움직였다. 그는 사향쥐들이 부드러운 잡초를 잡아당겨, 즙이 많은 뿌리를 먹으려고 작은 발바닥 사이에 쥐고 있는 것을 보았다. "내 이름이 뭐지?" 그가 작은 생명체 중 하나에게 물었다. "와샤스크, 기디히니카즈('네 이름은 와샤스크다'라는 뜻의 치페와어—옮긴이)." 그것이 말했다.

그의 이름. 그가 자신을 모르는 때가 올 수도 있을까? 이 종잇조각이 그에게 주어진 것은 극단의 때에 이름이나마 되찾아오기 위함인가? 그는 종잇조각을 입 안에 넣었다. 별안간 아버지의 오두막 바깥에 그와 아버지가 앉아 있었다. 토머스는 눈부신 포플러 나뭇잎들을 응시했다. 잎들이 나뭇가지에서 소용돌이치듯 우수수 떨어지면서 흔들리고 반짝였다. 강렬한 노란색, 금빛 붉은색, 그리고 오렌지색의 잎들이 그의 눈을 채웠다. 그런데 지금은 봄인데, 그는 생각했다. 여기에 있으면 안 되겠어. 내게 무언가 또 일어나고 있나봐. 그는 주위를 돌아보았고, 시야가 닿는 저 먼 곳까지 두툼하고 하얀 뼈들이 야생 초원 여기저기에 흩뜨려져 있는 것이 눈에 들어왔다.

뼈들이 비스듬히 서더니 비틀거리며 모여 형체가 되었고, 덥수룩

한 살덩이를 입었다. 풀은 초록색 예복인 듯 물결을 이루고 부풀어 올랐으며, 동물들은 막대하고도 막대한 숫자로 초원을 가로질렀다. 땅이 그 구불구불한 돌진에 진동했고, 바람에 흩날렸으며, 하늘로 사라졌다.

토머스는 도시락에 있는 젤리 번빵을 기억해냈다. 로즈가 뜨겁고 진한 커피를 만들어주었다. 그는 고개를 흔들고, 눈을 문지르고, 편히 그의 할 일을 했다. 생일 축하 메시지에 밑줄을 긋고, 자신만의 인사말을 더하고, 정확도를 기해 편지를 구성했다. 다시 타임카드를 찍고 그날 밤의 마지막 순찰을 돌 시간이 될 때까지.

~

**터틀마운틴 지역의** 치페와족은 종결되지 않았다.

~

**내 할아버지는** 첫 뇌졸중 발병에서 회복되었고, 계속해서 여러 일들을 했다. 보호구역의 학교 시스템을 개선시키고, 터틀마운틴 헌장을 쓰고, 터틀마운틴의 첫 역사서를 집필 및 출간했다. 그는 1959년까지 부족 의장을 지냈다. 또한 보석베어링 공장에서 관리 감독자로 승진하여 1970년 정년퇴직을 할 때까지 일했다.

~

**1955년에 터틀마운틴** 보석베어링 공장의 여성들은 노동조합 결성을 시도했다. 할아버지의 말씀에 따르면, 이것이 저 멀리 뉴욕에까지 소동을 일으켰다고 한다. "고발, 혐의, 상상의 날조, 소문, 예언, 협박, 그에 맞선 또 다른 협박 같은 것들이 두텁고도 빠르게 날아올랐지. 양측 전부 식사 형태의 뇌물을 제공했어. 그 뇌물은 용인되었지." 결국 노동조합 결성은 투표에서 좌절되었다. 그러나 급여 인상은 곧장 인정을 받았다. 구내식당도 완성되었다. 그리고 노동자들은 휴게시간을 다시 얻어냈다.

저자 후기

# 할아버지의 편지들

오니셰너베이, 패트릭 고노는 1950년대 중반에 터틀마운틴 지역의 치페와족 자문위원회 의장을 지냈다. 1950년대 중반은 미국의 황금시대로 추정되는 시기이지만 사실 이 시기는 짐 크로우 법(공공장소에서 백인과 유색인종 분리를 강제한 법—옮긴이)이 군림하고, 아메리칸 인디언의 힘은 최저점에 달하던 때였다. 법은 우리의 전통 종교를 금지했고, 자원 수탈 기업은 (심지어 지금도) 끊임없이 불법적으로 우리의 땅을 빼앗았으며, 정부 기숙학교는 우리의 언어를 약화시켰다. 우리의 지도자들은 또한 동화 정책을 추진하는 정부 관료들에게도 해명해야 했다. 내 할아버지의 직함인 "자문위원회"가 바로 그 예이다. 할아버지와 동료 구성원들이 가진 권한은 거의 없었다. 자문위원회의 목적은 인디언국의 자문에 응하는 것이었으나, 그들은 부족 사람들을 대변할 기회라면 무엇이든 놓치지 않았다. 1950년대는 협약이 보장하고 있었던 얼마 남지 않은 땅과 권리를 쉽게 가져가버릴 수 있는 시기였다. 전쟁이 끝나고 건축 붐이 일던 시기에 클래머스와 메노미니 숲은 특별히 더 탐나는 곳이었다. 그곳의 부족들이 종결 정책이 계획된 첫 다섯 부족 안에 포함되었던 것은 우연이 아니다.

할아버지는 1953년과 1954년에 훌륭한 편지들을 연이어 쓰셨다. 이 편지들은 내 부모에게 보내는 것들이었다. 나는 1954년에 태어났는데, 어머니는 내게 그 편지들을 주며 잘 보관하라고 했다. 패트릭 고노는 포트토튼, 해스켈, 그리고 와페턴에 있는 정부 기숙학교에 다녔다. 파머 메소드를 교육받은 사람이라면 익숙하게 여길, 아름다운 "기숙학교 손글씨"로 적혀 있는 이 편지들은 보호구역 생활의 이야기들로 가득했다. 그것들은 놀랍고, 재미있었으며, 전형적인 편견들을 부수는 이야기였다. 한데 모으니 종교적이고 애국적인 깊이가 있으며, 가정적인 한 남자의 초상, 그리고 매우 인간적인 지성의 초상을 구성하고 있었다.

오지브웨어의 첫 발화자인 할아버지는 키시케무니시우, 물총새의 아들이었고, 오지브웨족 펨비나 집단의 우두머리 전사였던 조지프 고노, 카시기위트의 손자였다. 그들은 몬태나주 평원을 가로지르며 버펄로를 사냥했고, 그것으로 살았다. 할아버지는 보호구역에서 태어난 첫 세대 중 한 명이었다. 그의 가족은 처절하게, 그리고 어렵사리 농업의 세계로 들어갔다. 결국 그들은 성공했다. 패트릭은 편지에서 자신이 트럭에 꾸민 아름다운 정원에 관해 이야기하면서, 관상용으로 기르고 있는 모스 로즈 같은 것들을 매우 기뻐하며 자세히 서술했다. 또한 귀리를 심었으나 어쩐 일인지 아마를 추수하게 되었다는 이야기도 적었다. 그는 자녀들이 말한 우스운 것들에 대해 이야기했고, 아내 메리 세실리아 르페이버를 향한 사랑을 고백했다. 할아버지는 내 부모에게 비밀스러운 이야기들을 털어놓았고, 자문위원회에서 맡은 의장 역할을 어렵게 만든 새로운 걱정거리를 이야기했다. 이런 편지들을 쓸 당시, 의장직은 한 달에 30달러를 보수로 받게 되어 있었지만, 그는 부족의 재정난이 심각하여 봉급을 받지 않았다. 패트릭은 종결 법안에 관한 이야기를 들었고, 듣는 즉시 알아차렸다. 이것은 늘 그렇게 불려왔듯이, 인디언 전쟁의 새로운 전선이었다.

"만일 현재 계류 중인 입법안의 대부분이 통과된다면, 이 대륙에서 우리가 가지고 있던 마지막 땅은 사라질 것이며, 이 풍요로운 대지의 첫 거주민이라는 우리의 위엄과 특별함은 파괴될 것입니다." 당시 미국인디언의회 회장이었던 조 개리가 말했다.

"이 새로운 법안은 인디언에게 일어날 수 있는 최악의 일입니다." 내 할아버지의 말이다.

나는 그전까지는 마음의 안정이나 영감 때문에 할아버지의 편지를 수차례 읽어왔지만, 마침내 내가 미뤄두었던 종결 시대에 관한 수북이 쌓인 자료와 함께 이 편지들을 읽어야겠다는 생각을 했다. 나는 날짜를 자세히 기록한 할아버지의 편지를 법안의 타임라인(부족들에게 의회에 전할 대답을 준비할 시간을 불과 몇 달밖에 주지 않았다)과 대조해보았다. 일단 그렇게 하자 나는 할아버지가 마틴 올드 도그 크로스(TAT라는 부족 협력체 의장을 지낸 인물―옮긴이) 같은 명석한 친구들, 그리고 인디언은 아니지만 힘을 보탠 사람들과 함께 종결의 궤도를 바꿔놓는 무언가를 성취했다는 것을 깨달았다. 그리고 국가 대 국가가 맺은 협약으로 만들어진 합법적이고 신성하며 불변하는 약속들을 깨버리려는 연방정부의 막강한 힘에 도전하는 무언가를 성취했다는 것 역시 알게 되었다. 우선적으로 종결이 계획된 부족들 가운데, 터틀마운틴 대표단은 맹렬한 방어를 준비해 승리를 거둔 첫 번째 대표단이었다. 나는 그제야 할아버지의 농담들 뒤에 있는 간절함과 기진맥진함이 보였다. 그는 밤에는 내내 편지를 쓰고, 낮에는 줄곧 회의에 참석하는 돌개바람이었다. 일주일에 열두 시간밖에 못 잔 적도 더러 있었다. 나는 그가 종결을 되돌린다는 불가능해 보이는 일을 추구함으로써 우리 가족이, 그리고 인디언 거주지역이 무엇을 잃게 되었는지 잘 알고 있었다.

총 113개 부족 공동체가 종결이라는 재앙으로 고통을 받았다. 부족 땅 140만 에이커를 잃었다. 종결된 부족의 많은 사람이 빈곤 속에서 일찍 명을 달리하는 동안, 부는 사적 기업으로 흘러들어갔다. 단 한 부족도 이득을 보지 못했다. 결국 아다 디어가 이끄는 메노미니를 포함하여 78개 부족 공동체가 연방정부의 승인을 다시 얻었다. 10개 부족 공동체는 주정부의 승인은 얻었으나 연방정부의 승인은 얻지 못했다. 31개 부족 공동체는 땅이 없다. 24개 부족 공동체는 소멸한 것으로 여겨진다. 아다 디어의 최근 회고록《차이를 만들다: 원주민 권리와 사회 정의를 위한 나의 투쟁 Making a Difference: My Fight for Native Rights and Social Justice》은 이 주제와 관련된 훌륭한 책이다.

계속된 정치적 싸움이 끼친 심각한 악영향, 그리고 할아버지의 건강이 악화하기 시작하면서 견뎌야 했던 할머니와 어머니 형제자매들의 비통함. 이런 것들을 내가 기억하고 있었기 때문에 이 소설의 많은 부분을 나는 무거운 마음으로 썼다. 결국 할아버지는 기나긴 쇠약으로 고통 받았다. 하지만 패트릭 고노는 유머와 낙천성, 상냥함을 결코 잃은 적이 없었다. 나는 이 책이 그의 품위 있는 영혼을 반영한 것이기를 바란다. 또한 나는 터틀마운틴 사람들의 노력이 다른 부족 공동체들에게 종결이라는 그 길고 엉망진창인 악몽과 협상할 때 도움을 줬다고 생각하고 싶다. 1970년에 리처드 닉슨은 의회에서 연설하면서 종결 정책의 종료를 요구했다. 5년 후, 원주민들이 자결권을 갖는 새 시대가 시작되었다.

　감사해야 할 사람들이 많다. 먼저 패트릭 고노와 메리 고노, 그리고 두 분이 양육한 멋진 가족들에게 감사한다. 그중에는 할아버지의 편지들을 모아두고, 할아버지의 기사와 농담들이 포함된 의장 보고서를 등사물로 남겨둔 예술가, 어머니 리타 고노 어드리크도 있다. 사랑하는 이모이자 친구인 돌로레스 고노 맨슨, 이모 마돈나 오언, 그리고 특별히 미국인디언과학및기술협회AISES와 스미스소니언협회 산하의 국립아메리카인디언박물관NMAI 이사장으로서 평생토록 원주민을 위해 봉사해온 삼촌 드와이트 고노에게 감사의 말을 전한다. 우리 가족의 '파이프 지킴이'인 삼촌 하워드 고노, 그리고 로버타 모린에게도 감사의 말을 전한다. 작가이자 시인, 그리고 우리 가족의 역사가이기도 한 나의 자매 리제로테 어드리크는 매우 귀중한 조언과 지지를 주었다. 우리 모두를 위해 춤을 춰준 주디 아주어에게 고맙다는 말을 하고 싶다. 우리 부족의 역사가인 레스 라파운틴 교수는 이 원고에 뛰어난 아이디어들로 가득한 초반 자료를 제공해준 사람으로 그 자료는 값을 매길 수 없이 귀중했다. 데니즈 라지모디어도 중요한 변화들을 만들었다. 젤마 펠티어의 답변과 그녀가 전해준 추억담에 매우 감사하다. 그녀의 어머니가 보석베어링 공장에서 일한 분이었다. 의심이 들 때는 게일 콜드웰이 기운을 북돋아주었다. 미네소타대학 노스럽 교수인 브렌다 차일드는 이 책의 변화와 발전에 관한 긴 이야기를 들어준 사람이자, 난롯가에 앉아 힘을 북돋는 말과 친절한 조언을 해준 사람이며, 국립문서보관소에서 자료를 조사하는 기쁨을 내게 처음 알려준 사람이기도 하다. 어머니는 1950년대 보호구역에서 보낸 자신의 삶에 관하여 긴 이야기를 들려주었다. 그녀의 기억을 다른 이들과 나누는 것은 기쁨이었다.

  터틀마운틴 대표단은 실제로도 복싱 경기를 열어 부분적으로 재정을 충당했다. 치폐와 학자인 밀리 클라우드라는 인물은 마리 루이스 보티노 볼드윈과 이네즈 힐거 수녀 등 몇몇 사람을 조합하여 그것을 만들었다. 데이비드 P. 들롬 박사는 의회 위원회를 깜짝 놀라게 하고 그들에게 깊은 인상을 남긴 경제 연구를 실제로 저술한 사람이다. 파고에서 열린 인디언국과의 회의는 실제 회의 기록을 바탕으로 서술했으며, 의회 증언 또한 마찬가지다. 실제 자문위원회 구성원으로는 레오 지노트, 에드워드 졸리, 엘리 매리언, 그리고 테리사 "리사" 모넷 데이비스 리버드 등이 있었다. 마틴 크로스가 자신의 전문 지식으로 도움을 주기 위해 왔다는 사실이 나는 감동적이었다. 그의 부족은 당시 육군 공병단에 의해 사랑하는 고향 땅이 범람하고 파괴되어 황폐해진 탓에 고통을 받고 있었고, 그는 그것을 생각하며 도움을 주러 왔다. 마틴 크로스는 터틀마운틴 사람들을 도와준다는 이유로, 증언을 하는 동안 종결시키겠다는 협박을 여러 차례 받았다. 그는 강하고 도덕적인 지지자였다. 한편, 아서 V. 왓킨스 상원의원은 진실로 오만한 인종차별주의자였다. 그러나 정당하게 말하자면, 조 매카시 상원의원을 저지하고 미국 정치의 추한 시대를 끝내는 데에 핵심적인 역할을 한 것도 아서 V. 왓킨스다.

  베라의 이야기는 멀리사 팔리, 니콜 매슈스, 세라 디어, 과달루페 로페즈, 크리스틴 스타크, 아일린 휴던이 쓴《진실의 정원: 미네소타 원주민 여성의 성매매 및 인신매매 Garden of Truth: The Prostitution and Trafficking of Native Women in Minnesota》를 바탕으로 썼다. 1970년대에 미니애폴리스에 있는 '페르시안 팜'에서 커다란 수조 속의 인어로 일한 다이비나의 이야기는 픽시의 수중쇼걸 경험의 영감이 되었다.

우려스럽게도 종결에 관한 기억은 아메리칸 인디언 사이에서도 사라지고 있다. 시인이자 예술가인 여동생 하이드 어드리크는 내게 그 지식을 보존하기 위해 책을 써야 한다고 독려해주었다. (실제로 트럼프 정부와 내무부 차관보 태라 스위니는 왐파노아그 부족을 종결하고자 함으로써 종결 시대를 다시 불러들였다. 왐파노아그 부족은 해안가에서 필그림 파더스 [1620년 메이플라워호를 타고 와서 미국 매사추세츠주 플리머스에 정착한 영국 청교도인들—옮긴이]를 환영한 첫 부족이고, 추수감사절을 만든 부족이기도 하다.) 의사인 여동생 앤절라 어드리크는 다트머스에 있는 베이커도서관에서 자신이 오래전에 수집한 종결 관련 자료들을 내게 주었고, 그것은 큰 도움이 되었다. 캔자스시티 국립문서보관소의 사서인 조이스 버너에게도 깊은 감사의 뜻을 표하고 싶다. 보물찾기를 좋아한다고 내게 말한 그녀는 할아버지의 기숙학교 서류철은 물론, 기숙학교에 들어오기까지의 여정을 할아버지 자신이 서술한 편지들, 그리고 그가 치른 선거에서 실제로 작성한 투표용지를 연이어 찾아주었다. 또한 헌신적으로 일해준 국립문서보관소의 사서 엘리자베스 번스에게도 감사의 마음을 전하고 싶다. 늘 그렇듯 나는 비판적인 조언과 더불어 영감을 주는 편집자 테리 카틴, 그리고 그 누구보다도 뛰어난 실력을 가진 교열 담당자 트렌트 더피에게 가장 감사하다. 꾸준히 내 모든 소설을 대표해준 진 어와 앤드루 와일리에게도 감사하다. 우리 가족의 수호천사인 딸 팔러스는 기술적인 도움을 주었다. 키즈는 우리의 길에 불을 밝혀준다. 위스콘신주 라쿠더레이에 있는 와두코다딩학교에서 오지브웨어 몰입교육 교사로 있는 네타-니미드 아무퀘, 페르시아가 나의 오지브웨어 고문역이었다. 하지만 만약 실수가 있다면 전적으로 내 책임이다. 이 책은 앰버 올리버, 존 주시노, 리디아 위버가 인내와 함께 어렵게 편집하여 변화된 것이다. 감사하다! 늘 그렇듯 커버 디자인을 한 밀런 보직, 내지 디자인을 한 프리츠 메치, 그리고 책의 표지 그림(북극광 스펙트럼을 바탕으로 한 그림이다)을 그린 에이자 에이브에게 고맙다(한국어판 커버는 변경되었다—편집자).

끝으로, 만일 당신이 과연 정부 문서 안에 적힌 건조한 단어들의 나열이 영혼을 산산조각내고 삶을 파괴할 수 있을까 하는 의심을 가진 사람이라면, 이 책이 그 의심을 지워주길 바란다. 반대로, 만일 당신이 우리에게는 그 건조한 단어들을 바꿀 만한 힘이 없다고 확신하는 사람이라면, 이 책이 당신에게 용기를 주길 바란다.

밤의 경비원

1판 1쇄 펴냄 2023년 5월 8일
1판 3쇄 펴냄 2025년 6월 2일

지은이     루이스 어드리크
옮긴이     이지예
편 집      안민재
디자인     룩앳미
제 작      세걸음
인쇄·제책   상지사

펴낸곳     프시케의숲
펴낸이     성기승
출판등록   2017년 4월 5일 제406-2017-000043호
주 소     (우)10885, 경기도 파주시 책향기로 371, 상가 204호
전 화     070-7574-3736
팩 스     0303-3444-3736
이메일     pfbooks@pfbooks.co.kr
SNS       @PsycheForest

ISBN     979-11-89336-59-2    03840

이 책의 내용을 이용하려면 반드시 저작권자와
도서출판 프시케의숲에 동의를 받아야 합니다.